新注和歌文学叢書 5

藤原為家勅撰集詠 詠歌一躰 新注

岩佐美代子 著

青簡舎

目次

凡　例

一、本書は藤原為家の生涯の詠歌六〇一一首のうち、勅撰十三代集に入集した三三二首と、その歌論書「詠歌一躰」について、注釈を施したものである。

一、十三代集底本としては『新編国歌大観　第一巻勅撰集編』（昭58）を用いたが、同書の表記は各集使用底本の本文によってまちまちなので、私意により読みやすい形に統一した。なお一部他資料により本文を改訂した場合には、その旨を明記した。

一、新編国歌大観所収各集の底本は次の通りである。

新勅撰集　樋口芳麻呂蔵本

続後撰集　宮内庁書陵部蔵四〇五・八八本

続古今集　尊経閣文庫蔵本

続拾遺集　尊経閣文庫蔵飛鳥井雅康筆本

新後撰集以下十二集　宮内庁書陵部蔵吉田兼右筆本

風雅集　九州大学附属図書館蔵細川文庫本

一、詞書が前歌のそれを受けている場合は、前歌詞書を（　）に入れて示した。

一、新編国歌大観番号を漢数字で示すとともに、注釈全詠に算用数字で通し番号を付し、解説・巻末二表も含め、引用に当ってはこれを示して参照の便をはかった。

一、各詠ごとに〔現代語訳〕〔詠歌年次・契機〕〔他出〕〔参考〕〔語釈〕〔補説〕を示した。

一、本書の成立には佐藤恒雄氏『藤原為家全歌集』（平14）『藤原為家研究』（平20）に負うところ極めて大きく、引用も再々にのぼるので、それぞれ『全歌集』『研究』と略称し、必要に応じ当該頁を示した。

一、〔詠歌年次・契機〕は『全歌集』により、作品名もその示す所に従った。

一、〔他出〕も『全歌集』により調査した。資料名は同書における略称でなく原名または新編国歌大観標題名を用い、新編国歌大観所収のものはその歌番号を示した。ために大納言為家集（底本書陵部蔵本）の歌番号と本文異同のみは、神習文庫本を底本とした『全歌集』と若干の相違がある。

一、詠歌一躰の本文は、冷泉家時雨亭叢書第六巻『続後撰和歌集　為家歌学』（平6、解説佐藤恒雄）所収の為秀筆本を、同書写真版により翻刻した。

一、翻刻に当り次の処置を施した。

1　漢字仮名の別は底本に従った。

2　漢字は通行の字体に改めた。但し「詠歌一躰」「證歌」の二者は底本のままとした。

3　送り仮名を補い、その部分には傍点を付してこれを示した。

4　仮名遣いは底本のままとし、歴史的仮名遣いを（　）内に入れて傍記した。

5　私見により濁点・句読点・「　」を補った。

6　読みにくい、また意味の取りにくい表記については、（　）内に読みまたは漢字を傍記した。

7　ごく一部の脱字は（　）に入れて補った。

8　和歌二行書の状態は、上下句の間を一字分あける事で示した。

一、本文は適宜段落を切り、改行し、〔現代語訳〕〔語釈〕〔補説〕を示した。

一、解説に引く詠歌一躰の本文表記は、読みやすい形に適宜改めた。

一、巻末為家作品一表では、各勅撰集詞書の誤認は訂正し、作品は本書における通し番号で示した。続後拾遺集一〇六八に寂蓮詠として入った作は省略した。

一、参考文献の集成には石澤一志氏の協力をわずらわした。なお補遺につとめたい。

一、和歌初句索引は五十音順、同じく通し番号で示した。寂蓮詠として入った作は省略した。

注釈

新勅撰集

右衛門督為家

1

前関白家歌合に、雲間花といへる心をよみ侍りける

立ちのこす梢も見えず山ざくら花のあたりにかかる白雲（一〇一）

〔現代語訳〕前関白九条道家家の歌合に、「雲間の花」という題の気持を詠みました歌。

雲がすっかり立ちこめて視界をかくし、取残している梢も見えない、と思ったのは満開の山桜そのものだったのだ。花のあたりに更に白雲がかかって、いずれが花、いずれが雲とも見分けがつかないよ。

〔詠歌年次・契機〕貞永元年七月十一日光明峰寺入道摂政家七首歌合。一二三二年、35歳。

〔参考〕「秋霧のたえまに見ゆる紅葉ばやたちのこしたる錦なるらむ」（続後撰四三二、経盛）「夕霧に梢も見えず初瀬山入相の鐘の音ばかりして」（詞花一二二、兼昌）「たちよらぬ春の霞を頼まれよ花のあたりと見ればなるらむ」（後撰一一四、清蔭）「おしなべて花の盛りになりにけり山の端ごとにかかる白雲」（千載六九、西行）

〔他出〕正風体抄四五。題林愚抄一〇五四。新歌仙歌合。元暦三十六人歌合二一。新歌仙。新三十六人撰歌合（甲）。新三十六人歌仙。新三十六人歌合。全歌集一六九五。

〔補説〕「たちのこす」は、参考経盛詠（仁安二年経盛家歌合）以来「錦」「袖」等の縁語として「裁ち残す」意に用いられており、これを「雲が立ち残す」意に転じた所に為家の働きがある。各句ともに古歌の詞をあやなしつつ、満開の桜と白雲――「雲間花」の縹渺たる美を歌柄大きく詠みなす。なお本歌合は道家主催だが本文は散逸、為家

詠は他に夫木抄・閑月集により計四首が知られ、勅撰入集は本詠のみである。

2

寛喜元年十一月女御入内屏風に、時鳥をよみ侍りける

長き日の森のしめなはくりかへしあかず語らふ時鳥かな（一六二）

〔現代語訳〕 寛喜元年十一月、女御入内の御料の屏風に、「時鳥」の題を詠みました歌。

長いうららかな夏の日、神垣の森に張り渡す長い注連縄を繰るように、くり返し飽くことなく鳴き続ける時鳥よ。

〔詠歌年次・契機〕 寛喜元年十一月十六日女御入内御屏風和歌。一二二九年、32歳。

〔参考〕「榊さす森のしめなはくりかへし長きいくかの五月雨の空」（大納言為家集二〇三〇、元仁元年藤川百首）「神奈備の森のしめなはうちはへて鳴く時鳥妻や恋ふらむ」（壬二集一八〇八、家隆）

〔他出〕 為家卿集一八九。大納言為家集三一一「あかで語らふ」。三十六人大歌合一九一。正風体抄四七「山時鳥」。新三十六人撰歌合（甲）。後三十六人歌合（甲）。全歌集一五四八。

〔語釈〕 **○長き日** 春に言うのが普通であるが、「あやめ草ふくや五月の長き日にしばしをやまぬ軒の玉水」（拾遺愚草一三二七、定家）のように夏に用いる例も無くはない。ここでは「しめなは」の縁で出し、「くりかへし」につなげる。**○語らふ** むつまじく語り合う。時鳥が低い声で地鳴きをくりかえすさまを特にいう。飛びながら高音に鳴く「名乗る」の対。

〔補説〕 関白道家女竴子（藻壁門院）はこの日後堀河天皇に入内、二十三日女御となる。屏風歌は道家・公経・実氏・定家・為家・家隆・知家の七名が詠じ、行能が清書、二十四日屏風を天覧に供した。

本詠は案外に類歌が少い。参考家隆詠と、自らの藤川百首詠（一二二四、27歳）を取り合せての作か。式子内親王

の「時鳥その神山の旅枕ほのかたらひし空ぞ忘れぬ」（新古今一四八六）も当然意識されていたと思われ、「森」は賀茂神社の神奈備なる神山をイメージする。なおこの屏風和歌は神宮文庫蔵八八首の残欠本のみが存し、その中に本詠はないが、樋口芳麻呂「寛喜元年女御入内屏風和歌とその考察」（愛知学芸大学研究報告10、昭35・3）により、歌題は「五月　杜陰時鳥」と知られる。為家詠は他に一首が続後撰集10に入る。

3

（題しらず）

音立てて今はた吹きぬわが宿の荻の上葉の秋の初風（一九八）

【現代語訳】（題不明の歌）

音を立てて、今、ああ、やっぱり吹いて来たよ。私の家の、荻の高く立ち伸びた上方の葉をさわがせる、秋の最初の風が。（又、さまざまに物思う季節が来たのだ）

【詠歌年次・契機】　新勅撰成立文暦二年以前、契機不明。一二三四年、37歳以前。

【参考】　「ますらをが鳩吹く秋の音立ててとまれと人を《は（奥儀抄）》言はぬばかりぞ」（奥儀抄六三二、袖中抄六八一、和歌色葉一八九）「夕暮は荻吹く風の音まさる今はたいかに寝覚めせられむ」（新古今三〇三、具平親王）「秋はなほ夕まぐれこそただならね荻の上風萩の下露」（和漢朗詠集二二九、義孝集四）「さりともと思ひし人は音もせで荻の上葉に風ぞ吹くなる」（後拾遺三二一、三条小右近）「我が背子が衣の裾を吹きかへしうらめづらしき秋の初風」（古今一七一、読人しらず）「いかにせむと思ひはてぬるわが恋は荻の上葉の秋の初風」（仙洞句題百首二六〇、慈円）

【他出】　源承和歌口伝五。正風体抄四八。題林愚抄二九五一。新三十六人撰二四四「音にたつ」。全歌集一七五六。

【語釈】　**○今はた**　今、将に。「はた」は感動をあらわす。何とまあ。**○荻**　水辺や湿地に自生するイネ科の多年草。薄に似てそれより大形。

〔補説〕　卒然と見ては月並みな季節詠としか思えぬが、実は参考諸詠をふまえ、恋の心を深く含めた秀歌。「音立てて」は参考歌による後鳥羽院の「朝まだき鳩吹く秋の音立てて調べの松に風かはるなり」（後鳥羽院御集七五四、詠五百首）がただ一首先行する。「今はた」と「荻」の結合も具平親王詠のみで、他詠はほとんど「今はた同じ」（「難波なる……」後撰九六〇、元良親王詠を襲う）の形である。引用を目立たせず、しっとりと情趣深く、源承和歌口伝「初本とすべき歌」に選ばれているのも尤もとうなずかれる。

うへのをのこども秋十首歌つかうまつりけるに

片岡の森の木の葉も色づきぬわさ田のをしね今や刈らまし（二九七）

〔現代語訳〕　殿上人どもが秋の十首歌を詠進した時に詠みました歌。

片岡の森の木の葉も、紅葉して来たなあ。早稲の田で十分に熟した稲を、さあ、今は刈りはじめる事だろうか。

〔詠歌年次・契機〕　貞永元年（秋か）内裏十首和歌。一二三二年、35歳。

〔参考〕「時鳥声待つ程は片岡の森のしづくに立ちやぬれまし」（新古今一九一、紫式部）「神無月時雨とともに神奈備の森の木の葉はふりにこそふれ」（後撰四五一、読人しらず）「葛飾のわさ田のをしねこきたれて泣きも足らじと尽きぬ涙か」（散木集九八九、俊頼）

〔他出〕　為家卿集二三八。大納言為家集七七三。三十六人大歌合一九七。正風体抄五一。歌枕名寄一六三。後三十六人歌合（甲）。八十浦之玉本居大平序。全歌集一七二九。

〔語釈〕　**○片岡の森**　山城の歌枕。京都市北区、上賀茂神社近くの岡の森。万葉の歌枕大和の片岡山とは異なる。
○わさ田のをしね　わさ田は早稲を作る田、をしねは小稲《をしね》で、稲の美称（俊頼髄脳）とも、晩稲《おしね》で、遅く成熟する稲ともいうが、ここでは参考俊頼詠により、成熟し扱《こ》き垂れ（頭を垂れ）る程になった稲の意と見ればよかろう。

〇まし　反実仮想の意を失って、推量の「む」に近くなった中世的用法。
〔補説〕　紅葉の森と黄金の稲田の対照。「わさ田のをしね」は俊頼と本詠以外に用例を見ぬようである。なお近世古学派の和歌集成「八十浦之玉」の文政五年（一八二二）編者本居大平序に、「いにしへぶり」の例歌として本詠・続古今37・新後拾遺306（新千載280と重複）の三詠が示されている。たしかにゆったりと大柄な古風を守った詠である。十首和歌本文は散逸、為家詠は四首のみ家集等に知られるが、勅撰入集は本詠だけである。

5

冬歌よみ侍りけるに

冬来ては時雨るる雲の絶え間だによもの木の葉のふらぬ日ぞなき（三八三）

〔現代語訳〕　冬の歌を詠みました時に詠みました歌。
冬が来たらまあ、（時雨が降るのはもちろんだけれど、その）時雨れる雲がふと途切れたちょっとの間にさえも、あちらこちら一面の木の葉の降り落ちて来ない日はないよ。

〔詠歌年次・契機〕　文暦二年以前、契機不明。一二三四年、37歳以前。

〔参考〕　「冬来ては一夜二夜を玉笹の葉わけの霜の所せきまで」（千載四〇〇、定家）「龍田山時雨るる雲の絶え間より紅にほふ峰の紅葉ば」（壬二集一二九〇、家隆、為家卿家百首）「時雨れ行くよもの木の葉の秋風をことぞともなき松の色かな」（紫禁集七五二、順徳院）

〔他出〕　正風体抄五三。新三十六人撰二四六「時雨るる空の」。新時代不同歌合二五一。新三十六人撰歌合（甲）。全歌集一七五七。

〔補説〕　これも「木の葉を時雨にあやまつ」月並詠と見過されかねないが、実は五句すべて、勅撰集初登場、またはほとんどそれに近い特異句である。初句を用例多い「冬来れば」の条件づけでなく、父定家詠にならい「冬来ては」とした所に、季節の到来に対する新鮮な心の動きが表現されている。

（題しらず）

奥山の日かげの露の玉かづら人こそ知らねかけて恋ふれど（六八三）

〔現代語訳〕（題不明の歌）

私の恋は、奥山の日の当らない木の枝に、露を含んでひっそりとからんでいる日蔭の葛のようなもの。この思いは誰も知らない、もちろん恋しいあの人も知らない、いつも心にかけて恋しいと思い続けているのだけれど。

〔詠歌年次・契機〕 文暦二年以前。契機不明。一二三四年、37歳以前。

〔参考〕「恋しさに今日ぞたづぬる奥山の日かげの露に袖はぬれつつ」（新古今一一五四、正清）「わが袖は潮干に見えぬ沖の石の人こそ知らねかわく間ぞなき」（千載七六〇、二条院讃岐）「かけて恋ふる神のみむろの玉かづら絶えぬ契をなほや恨みむ」（夫木抄一五九五八、後鳥羽院）

〔他出〕 正風体抄五六。全歌集一七五八。

〔語釈〕 **○日かげ**「日光の当らない所」の意に、日蔭の葛（ヒカゲノカズラ科の常緑のシダ類。清浄なものとして神事に冠にかけた）をかける。**○玉かづら** 玉葛、玉鬘。葛の美称、また玉を連ねて頭にかける髪飾。「日蔭に置く露―露の玉―玉の髪飾」と連ねて「掛けて」を呼び出す。**○かけて** 心にかけて。玉かづらの縁語。

〔補説〕 参考新古今正清詠は五節所の童への恋歌で、五節の景物日蔭の葛を引く。これを活用して、清純な秘めた恋の思いを美しくうたっている。若々しく高雅な詠。

以上、新勅撰詠六首、うち三首は詠歌年次・契機ともに不明であるが、37歳までの作中からさすがに撰者なる父定家のめがねにかなったすぐれた詠である。

7

洞院摂政家百首歌に、花　　　　前大納言為家

明けわたる外山のさくら夜のほどに花さきぬらしかかる白雲（六八）

〔現代語訳〕摂政九条教実家の百首歌に詠んだ、「花」の題の歌。
一面に明るんで来る、里近い山の桜は、この一晩のうちに見事に咲きそろったらしい。全山を覆ってかかる白雲、と見える、その美しさよ。

〔詠歌年次・契機〕貞永元年三月洞院摂政家百首。一二三二年、35歳。

〔参考〕「ともしする火串の松も消えなくに外山の雲の明けわたるらむ」（千載一九七、行宗）「落ちつもる庭の木の葉を夜のほどに払ひてけりと見する朝霜」（後拾遺三九八、読人しらず）「み吉野の花さきぬらし去年《こぞ》もさぞ峰にはかけし八重の白雲」（林葉集一〇八、俊恵）「おしなべて花の盛りになりにけり山の端ごとにかかる白雲」（千載六九、西行）

〔他出〕洞院摂政家百首一三一。為家卿集二四九「遠山桜」。大納言為家集一三六。井蛙抄七五。寂恵法師歌語。正風体抄六六。題林愚抄八四一。全歌集一五七四。

〔語釈〕○外山　奥山・深山に対し、人里に近い山。

〔補説〕「み山には霰降るらし外山なるまさきのかづら色づきにけり」（古今一〇七七、神遊歌）以来、「外山」は秋

冬の景として詠まれて来た。春季詠としては「高砂の尾上の桜咲きにけり外山の霞立たずもあらなむ」（後拾遺一二〇、匡房）「花なれや外山の春の朝ぼらけ嵐にかをる峰の白雲」（新勅撰六〇、成宗）のみ、しかし為家は、新勅撰仮奏覧の前年、貞応二年（一二二三）千首に、「朝日影さすや外山の桜花うつろふ色ぞかねて見ゆらむ」（九七）「待ちわぶる外山の花は咲きやらで心づくしにかかる白雲」（一〇一、続古今八六、20）と「外山の桜」を直接詠じた作をなしている。本作はこれを一斉開花の喜びとして歌柄大きくゆったりと詠む。何気なく用いられたような「明けわたる」は千載集初出の「外山」にかかわる措辞として意識された事、のちの宝治百首から本集五九に為家自身が撰入した道助親王詠「明けわたる外山の末の横雲に羽うちかはし帰る雁金」を見ても明らかであろう。「花さきぬらし」は本詠による勅撰集初出句、「かかる白雲」の西行詠は、後年詠歌一躰の「近代、よき歌」の筆頭にあげられた、為家愛着の秀歌である。以上の観点からして、本詠は為家が撰者詠の筆頭として自撰勅撰集にかかげた自信作と思われ、十分の注意をもって味読するに足る作品であると言えよう。

本百首は教実主催。為家詠は続後撰三・続古今四・続拾遺一・新後撰三・続千載二・新千載一・新後拾遺三、計一七首が勅撰集に入っており、早期の作品中評価の高い作品群であったと考えられる。

8

（題しらず）

あだになど咲きはじめけむいにしへの春さへつらき山桜かな（一二三一）

〔現代語訳〕（題不明の歌）

頼りにならないはかない物という運命を持って、何で咲きはじめたのだろう。その、そもそも最初の、大昔の春を思うさえ恨めしい、山桜の花よ。

〔詠歌年次・契機〕続後撰成立建長三年以前、契機不明。一二五一年、54歳以前。

【参考】「久しかれあだに散るなと桜花かめにさせれどうつろひにけり」(後撰八二、貫之)「枝よりもあだに散りにし花なれば落ちても水のあわとこそなれ」(古今八一、高世)「あだなりと名にこそ立てれ桜花年にまれなる人も待ちけり」(古今六二、読人しらず)
【他出】井蛙抄七六。正風体抄六七。新三十六人撰二四二。全歌集二七三三。
【語釈】○あだ　長続きせず短時間で終る意。はかなく、かりそめなさま。頼りにならずいいかげんなさま。
【補説】「昔たれかかる桜の花を植ゑて吉野を春の山となしけむ」(新勅撰五八、良経)に触発されての詠か。良経詠が奇想でこそあれ率直な桜花讃であるのに対し、「あだ」という定評の根源をたずね、恨むという形で、逆説的な桜花讃とした所にねらいがあり、興趣がある。

(夏の歌の中に)
天の川遠き渡りになりにけり交野のみ野の五月雨のころ　(二〇七)
【現代語訳】(夏の歌の中に詠んだ歌)
天の川の水量が増して、とても遠い川渡りの道になったよ。交野の禁猟区に五月雨の降り続く頃は。(五月だからまだいいけれど、これが七月だったら「遠き渡りにあらねども」という七夕の逢瀬はどうなる事だろう)
【詠歌年次・契機】貞永元年三月洞院摂政家百首。一二三二年、35歳。
【参考】「天の川遠き渡りにあらねども君が舟出は年にこそ待て」(拾遺一四四、人麿)「狩り暮らし七夕つ女に宿借らむ天の川原に我は来にけり」(古今四一八、伊勢物語八二、業平)「又や見む交野のみ野の桜狩花の雪ちる春の曙」(新古今一一四、俊成)「天の川八十瀬も知らぬ五月雨に思ふも深き雲のみをかな」(拾遺愚草一〇二九、定家、千五百番歌合)

〔他出〕 洞院摂政家百首四三四。秋風抄四〇、秋風集一八三、両者ともに「遠き渡りと」。寂恵法師歌語。現存六帖抜粋五〇「五月雨の空」。六華集三九八。井蛙抄七七・一四五。正風体抄六九。歌枕名寄三四〇九・三四二三。新時代不同歌合二五〇。全歌集一五九三。

〔語釈〕 **〇天の川** 河内の歌枕。交野を西北方に流れ、淀川に注ぐ。同名の銀河によそえる。**〇遠き渡り** 参考人麿詠を本歌とする。**〇交野のみ野** 河内の歌枕。現大阪府交野市・枚方市に当る、淀川東岸の平野。皇室遊猟のための一般禁猟区で、禁野交野、また御野という。伊勢物語惟喬親王の桜狩で著名。

〔補説〕 現代人から見ればつかみ所のない平板な歌とも見えようが、参考拾遺詠および伊勢物語桜狩の段が常識であった時代にあっては、実に面白い作と受けとめられたに違いない。井蛙抄第二「取ル二本歌ヲ一事」にも、「本歌の心にすがりて風情を建立したる歌」の例に引かれている。これらを心において読めば、艶冶な古典の面影を籠めて蕭々と降る五月雨の寂しさが、一端なりとも理解できよう。

10

寛喜元年女御入内屏風に、紅葉

龍田山よその紅葉の色にこそ時雨れぬ松のほども見えけれ（四二三）

〔現代語訳〕 寛喜元年女御入内の御料の屏風に詠んだ、「紅葉」の題の歌。

ここ、龍田山では、他の木々の紅葉の色によってこそ、時雨に濡れても色を変えない、常盤の松のめでたい姿もはっきりと見えることだ。

〔詠歌年次・契機〕 寛喜元年十一月十六日女御入内御屏風和歌。一二二九年、32歳。

〔参考〕 「秋来れど色も変らぬ常盤山よその紅葉を風ぞかしける」（古今三六二、読人しらず）「吹く風によその紅葉は散りくれど君が常盤のかげぞのどけき」（拾遺二八二、好古）「心とや紅葉はすらむ龍田山松は時雨にぬれぬものかは」（新古今五二七、俊成）「友と見しよその紅葉は散りはててひとり時雨るる高砂の松」（夫木抄六二三〇、為家、貞応二年名所百首）

〔他出〕 為家卿集一九〇。大納言為家集七三〇。井蛙抄七八。正風体抄七一。歌枕名寄二四〇〇。全歌集一五五六。

〔語釈〕 **〇龍田山** 大和の歌枕。立田とも。奈良県生駒郡斑鳩町。大和・河内間の交通路。紅葉の名所。**〇よその紅葉** 本来、参考古今・拾遺詠のように「他の場所の紅葉」の意であったが、為家は「他の木の紅葉」として用いている。同様の例は「松ならぬよその紅葉も一夜にぞ北野の森は色づきにける」（文応元年為家七社百首三七八）、「枝かはすよその紅葉にうづもれて秋はまれなる山の常盤木」（続拾遺三六三、後嵯峨院）にも見え、当時共通の一理解であったと思われる。**〇時雨れぬ松** 時雨にも影響されず、色変えぬ松。

〔補説〕 「色変えぬ、常盤の松」の意の「時雨れぬ松」は、近世に至るまで新編国歌大観中他に例を見ぬ為家の独創句である。わずかに「秋の色に時雨れぬ松もなかりけりはふきあまたの葛城の山」（続古今五一九、公経）「丹生の山嵐の流す紅葉ばに時雨れぬまきも色づきにけり」（夫木抄八二〇五、宗尊親王）があるが、いずれもそれぞれの意味で「色づいた」と言っているのであり、本詠の意とは異なる。入内祝賀の屏風詠であるから、紅葉題であっても美しいがやがて散る紅葉ではなく、これによって一入映える常盤の松の緑をこそ詠じたのである。古歌によりながら時と場を心得て新表現を創造した力量を見るべき一首。現存神宮文庫蔵残欠本には見えない（↓2）。

11

建長二年九月詩歌を合せられ侍りし時、山中秋興

染めもあへず時雨るるままにたむけ山紅葉をぬさと秋風ぞふく（四四二）

〔現代語訳〕 建長二年九月、詩に歌を合せられました時、「山中の秋興」の題を詠みました歌。

まだ十分に染めあげもしないが、時雨で色づくにまかせて、あの菅公の手向山の歌をそのままに、色とりどり

の紅葉を神への幣とするかのように秋風が吹き散らすよ。

〔詠歌年次・契機〕 建長二年九月仙洞詩歌合。一二五〇年、53歳。

〔参考〕「このたびはぬさもとりあへず手向山紅葉の錦神のまにまに」（古今四二〇、道真）「秋の山紅葉をぬさと手向くればすむ我さへぞ旅心地する」（古今二九五、貫之）「神無月しぐるるままに暗部山下てるばかり紅葉しにけり」（金葉二五七、師賢）

〔他出〕 為家卿集四五四。大納言為家集七一三。寂恵法師歌語。井蛙抄七九。正風体抄七二。題林愚抄四四〇二。全歌集二六五三。

〔語釈〕 **○あへず** しきれないで。**○まにに** 成行きにまかせて。**○たむけ山** 旅の安否を司る神の宿る峠。ここに幣を手向けて道中安全を祈る。固有名詞ではないが奈良山・逢坂山などをあてる場合もある。**○ぬさと** ぬさは麻や楮の糸または布を串に掛けた、神への捧げ物。旅行の時はこれに代えて紙や絹を細かに切ったものを撒くので、紅葉をそれに見立てた。「と」は「として」の意。

〔補説〕 有名な古今詠二首による作。軽やかな調子が、「山中秋興」の題意を見事にあらわし（詠歌一躰では「春興」「秋興」につき、「いづれも興を尽くさむと詠むべし」と教えている）、楽しげな秋山のそぞろ歩きの風情を演出している。本詩歌合は後嵯峨院主催。本文は散逸、為家詠は三首が家集等に見え、一首は続千載186に入る。

入道前摂政家歌合に、同じ心（名所月）を

五十鈴川神代の鏡かげとめて今も曇らぬ秋の夜の月（五三六）

〔現代語訳〕 入道前摂政道家家の歌合に、前歌と同じ題の気持（名所の月）を詠んだ歌。

五十鈴川の川の面に、神代から伝わった伊勢皇大神宮の御神体の御鏡そのままに、円満具足の形をとどめて、

今に至っても曇る事のない姿を映している、秋の夜の月よ。（ああ何と尊い事だろうか）

〔詠歌年次・契機〕　貞永元年八月十五日光明峰寺入道摂政家名所月三首歌合。一二三二年、35歳。

〔他出〕　名所月歌合貞永元年二一「なほくもりなき」。為家卿集二三四「けふもくもらぬ」。大納言為家集六八八。井蛙抄八〇。正風体抄七三。歌枕名寄四五七八。全歌集一七一〇「なほくもりなき」。

〔語釈〕　**〇五十鈴川**　伊勢神宮内宮の境内を流れる御手洗川。**〇神代の鏡**　同神宮の神体、八咫鏡。**〇かげ**　姿形、また光。更に鏡の縁語「掛け」をもかける。**〇曇らぬ**　「鏡」「月」双方にかける。

〔補説〕　本詠は歌合十一番右として、左方三位侍従母（俊成女）「万代もみもすそ川の敷波も澄める雲居の秋の月影」と合され、判者定家により「みもすそ川、澄める雲居、五十鈴川神代の鏡、尤可レ為レ持」として持と判定された。端正な神威讃美詠という以上、何の事もない歌のように思われるが、実は新編国歌大観十巻を通観して、ついに参考歌として取上げるべきものを発見できなかった。常套句とも見える「影とめて」も、露や涙に映る月、というような形が多く、神聖な五十鈴川に映る鏡のような満月は、為家独自の高貴にして雄大なイメージである。三首詠中勅撰入集は本詠のみ。

13

三輪の社に詣でて書きつけ侍りし

みしめ引く三輪の杉むらふりにけりこれや神代のしるしなるらむ（五六二）

〔現代語訳〕　三輪神社に参詣して、社頭に書きつけました歌。

しめ縄を引きめぐらした、三輪山の杉の群立ちはいかにも古くなったなあ。これこそは、神代の三輪明神の神詠、「しるしの杉」そのものなのだろうか。

〔詠歌年次・契機〕　寛喜元年三輪社参詣時。一二二九年、32歳。

〔参考〕「みしめ引き卯月の忌をさす日より心にかかる葵草かな」（新勅撰六六九、俊成）「わが庵は三輪の山もと恋しくはとぶらひ来ませ杉立てる門」（古今九八二、読人しらず）「さざ波や滋賀の浜松ふりにけり誰が世にひける子日なるらむ」（新古今一六、俊成）「三輪の山しるしの杉はありながら教へし人はなくて幾世ぞ」（拾遺四八六、元輔）

〔他出〕為家卿集一七七「三輪の神杉」。大納言為家集一七一一。三十六人大歌合二〇九「三輪の檜原も」。寂恵法師歌語。井蛙抄八一。正風体抄七四。歌枕名寄二七八〇。後三十六人歌合（甲）「三輪の檜原も」。新三十六人撰二四九。全歌集一五六四。

〔語釈〕**○三輪の社**　奈良県桜井市、大神神社。三輪山を神体とし、里の女に通ったその神の詠とされる参考古今詠から、杉がその象徴となった。**○しるし**　証拠。「とぶらひ来ませ」という目印であると同時に、神代の物語を証言する物。また、後にはこの社に祈願し、境内の杉の枝を持ち帰ると、その効験で願いが叶うとされたので、「三輪」「杉」の縁語ともなる。

〔補説〕「みしめ引く」は、本詠及び同じく為家の「今はまた五月来ぬらしみしめ引く神のみたやも早苗取るなり」（夫木抄二六〇三、嘉禄元年〈一二二六〉十禅師社百首）、「みしめ引く御戸代小田の苗代にまづせきかくる賀茂の川水」（文応元年〈一二六〇〉七社百首一〇一）以外、新編国歌大観に用例皆無。「みしめ引き」も俊成詠以外にない。「三輪の杉むら」は正治建保頃の百首に数例あるが、勅撰集では本詠初出である。一般に為家は陳腐な擬古典主義の元祖のようにみなされているが、決してそうでない事、本詠一つ取ってみても明らかであろう。なお本詠は、貞永元年（一二三二）三月十四日日吉社撰歌合四十八番左（九五）に、初句「さしあふ《本ひ》ぐ」として出詠されており、同撰歌合の成立事情（↓323）からして、献詠ののち同年に行った自家百首（↓68）にも入れたのではないかと思われる。

大納言になりて、よろこび申しに日吉社に参りてよみ侍りし

14

老いらくの親の見る世と祈りこし我があらましを神やうけけむ（五七三）

〔現代語訳〕 大納言に昇進して、謝礼のため日吉神社に参詣して詠みました歌。

年をとった親の、まだ在世で見る事のできるうちに、父を越える官職にまで昇進したいと祈って来た私の念願を、神は受け入れて下さったのでしょうか。（希望のかなった事を心から御礼申し上げます）

〔詠歌年次・契機〕 仁治二年二月一日、任権大納言。一二四一年、44歳。

〔他出〕 寂恵法師文「たらちねの」。三十六人大歌合二〇五「たらちねの」「我がかねごとを」。井蛙抄八一。正風体抄七五「神やうくらん」。後三十六人歌合（甲）「たらちねの」「我がかねごとを」。全歌集一八四三。

〔語釈〕 **○よろこび申し** 昇進・任官の謝礼。**○日吉社** 大津市坂本の日吉神社。祭神大山咋神、大己貴神。比叡山の鎮守。**○老いらく** 老年。**○あらまし** 願望。**○うけ** 納受、嘉納の意。

〔補説〕 為家の官歴とこれに対する父定家の関心、一喜一憂の程は、『研究』43頁以下に詳しい。わけても大納言の官は御子左家二代忠家をもって途絶えており、六代為家に至りようやくこれに復する事を得、しかもこの吉報を老父生前に報告できた事は、無上の喜びであったろう。約半年後の同年八月二十日、父定家は80歳で没。危うくも「親の見る世」に叶えられた宿願であった。俊成以来の御子左家の日吉社、特に十禅師信仰については『研究』1096頁以下に詳しいが、為家も22歳の承久元年（一二一九）日吉社大宮歌合・同十禅師歌合をはじめ、しばしば同社法楽の歌事を行い、死去二年前、76歳、文永十年（一二七三）の同社百日参籠にまで至っている。本詠はその神助に対する報謝の念に満ちた一首である。

15

恋歌の中に

逢ふまでの恋ぞいのりになりにける年月長きもの思へとて（七八五）

〔現代語訳〕恋の歌の中に詠んだ歌。
あの人にもう一度逢いたい、逢うまで生きていたいと思うこの恋が、私の命を支える祈りになっていることだ。逢えないままにこれからも長い年月、物思いに沈んで過せといって。

〔詠歌年次・契機〕貞永元年三月洞院摂政家百首。一二三二年、35歳。

〔参考〕「逢ふまでとせめて命の惜しければ恋こそ人の祈りなりけれ」（後拾遺六四二、頼宗）「玉の緒の絶えてみじかき命もて年月長き恋もするかな」（後撰六四六、貫之）

〔他出〕洞院摂政家百首一一二三。為家卿集二六〇「恋ぞ命になりにけり」。中院詠草九六九「恋ぞ命に」。井蛙抄八三。正風体抄七七「恋ぞ命に」。全歌集一六二八。

〔補説〕歌題は「不遇恋」。「恋ぞいのりに」は前後に類例のない、全くの為家独創句で、「恋ぞ命に」（これも他に用例なし）とする本文の多いのも理解されるところであり、「年月長き」の典拠となる貫之詠からすれば、この方が正しいかとも思われるのであるが、今一つの典拠、頼宗詠を導入すれば、更に深く切ない「不遇恋」の思いがしみじみと感得され、得難いユニークな一首であると認められる。

16

（題しらず）

たのまじな思ひわびぬるよひよひの心は行きて夢に見ゆとも（八八五）

〔現代語訳〕（題不明の歌）
あてになどすまいよ。恋しさに思いあぐねた、夜毎々々の私の心は、あの人の所に通って行ってその夢にあらわれるとしても。（つれないあの人は何とも思ってくれないだろうから）

〔詠歌年次・契機〕続後撰成立建長三年以前、契機不明。一二五一年、54歳以前。

〔参考〕「たのまじな夜の間の程に引きかへて今朝は忘るる人の心を」（月詣集八一二、成全）「人目のみ繁きみ山の青つづらくるしき世をぞ思ひわびぬる」（後拾遺六九二、章行女）「おぼめくな誰ともなくてよひよひに夢に見えけむ我ぞその人」（後拾遺六一一、和泉式部）「見ぬ人の恋しきやなぞおぼつかな誰とか知らむ夢に見ゆとも」（拾遺六二九、読人しらず）

〔他出〕 井蛙抄八四。正風体抄七八。全歌集二七三四。

〔語釈〕 **○見ゆ**　現われる。

〔補説〕 非常に個性的な、参考和泉式部詠は、実は女性にはじめて求愛する男性に代って詠んだものという。その物語めいた巧みな趣向を、現実の女性の、思いわびた切実な嘆声として、鮮かに再構成している。前者は女性の詠んだ男性の、いかにも男性らしい歌。後者は男性の詠んだ女性の、いかにも女性らしい歌。まことに面白い対照である。「たのまじな」は参考月詣集詠以外に先行用例は見当らない（「たのまじよ」「たのまずよ」はある）が、為家はこれ以外続拾遺91・新千載272と、計三回用いており、その自らに言い聞かせるような口調が、彼の個性を示している。

17

名所歌あまたよみ侍りし中に

みちのくのまがきの島は白妙の波もてゆへる名にこそありけれ（一〇二四）

〔現代語訳〕 名所の歌を多数詠みました中に詠みました歌。

「陸奥の籬の島」というのは（いい名前だなあ）、「まっ白い波でもってまわりを結いまわした」という、それは（淡路島よりも）ここにこそふさわしい名前だったよね。

〔詠歌年次・契機〕 建長三年以前、契機不明。一二五一年、54歳以前。

〔参考〕「わたつみのかざしにさせる白妙の波もてゆへる淡路島山」(古今九一一、読人しらず)「卯の花の咲ける垣根は陸奥の籬の島の波かとぞ見る」(拾遺九〇、読人しらず)「かつ越えて別れもゆくか逢坂は人頼めなる名にこそありけれ」(古今三九〇、貫之)

〔他出〕 井蛙抄八五。正風体抄七九。歌枕名寄七三一三。全歌集二七三五。

〔語釈〕 **○みちのくのまがきの島** 陸奥の歌枕、籬の島。宮城県塩釜湾の入口近くにある島。「籬」(垣根)の縁で「ゆふ」(結び合せる)を出す。

〔補説〕 籬の島は、その名の面白さから「松—待つ」(「わが背子を都にやりて塩竈の籬の島の松ぞ恋しき」古今一〇八九、陸奥歌)、「立寄る」(「さてもなほ籬の島のありければ立寄りぬべく思ほゆるかな」後撰六六六、清蔭)のように詠まれたが、為家は参考拾遺詠から発想して古今読人しらず詠を想起し、紺碧の海に白波の籬を結いめぐらした緑の小島のイメージを浮び上らせた。「名にこそありけれ」の結句にその発見の喜びが躍っている。

18

初春霞をよみ侍りける

あさみどり霞の衣いつの間に春来にけりと今朝は立つらむ（五）

〔現代語訳〕「初春の霞」の題を詠みました歌。
空一面をほのぼのと薄藍色に覆う霞の衣よ。一体いつの間に、春が来たよと知らせて、この新春の朝には立ちこめるのだろう。

〔詠歌年次・契機〕嘉禎元年（家集注記）、契機不明。一二三五年、38歳。

〔参考〕「あさみどり春は来ぬとやみ吉野の山の霞の色に見ゆらむ」（続後撰三、忠見）「春の着る霞の衣ぬきをうすみ山風にこそ乱るべらなれ」（古今二三、行平）「いつのまに霞立つらむ春日野の雪だにとけぬ冬と見しまに」（後撰一五、読人しらず）「降る雪のみのしろ衣うち着つつ春きにけりとおどろかれぬる」（後撰一、敏行）

〔他出〕中院詠草一。題林愚抄八三。全歌集一七五九。

〔語釈〕**○あさみどり**　薄藍、また薄緑。「みどり」は青・萌黄にも共通して用いた。**○霞の衣**　参考古今詠による。「衣」に対し春（張る）・来（着）・立つ（裁つ）と縁語を連ねる。**○今朝**　正月元日の朝。

〔補説〕一見、古来うたい古された平凡作のようにも見えるが、参考諸詠と対比すると、他の景物をすべて排して「初春霞」そのものを詠じた所に気品と大きさが感じられる。「平凡の非凡」という為家詠の典型である。出典「中院詠草」は文永二年（一二六五）末に撰定を完了する続古今集の撰集資料とすべく、為家自ら自信作を厳選して編んだものと見られる、一六七首の小歌集。本詠はその巻頭歌である。勅撰入集状況は解説に示した。

19

若菜をよみ侍りける

若菜つむわが衣手も白妙に飛火の野辺はあは雪ぞふる（二〇）

〔現代語訳〕「若菜」の題を詠みました歌。

若菜を摘んでいる私の着物の袖も白くなる程に、飛火の野は一面にうっすらと春の雪が降っている。

〔詠歌年次・契機〕 貞応二年八月千首和歌。一二二三年、26歳。

〔参考〕「君がため春の野に出でて若菜つむわが衣手に雪は降りつつ」（古今二一、光孝天皇）「若菜つむ袖とぞ見ゆる春日野の飛火の野べの雪のむら消え」（新古今一三、教長）「梅が枝に鳴きてうつろふ鶯の羽白妙にあは雪ぞふる」（新古今三〇、読人しらず）

〔他出〕 千首四七。為家卿集四六「白妙の《に》」。中院詠草三。大納言為家集二七一。全歌集二〇九。

〔語釈〕○若菜　正月、初子の日に不老長寿を祝って摘んで食する、芽を出したばかりの野草。**○飛火の野辺**　大和の歌枕。奈良市春日野の異称。和銅元年（七一二）外敵侵入を知らせる狼煙《のろし》（烽火《とぶひ》）が設けられた事からいう。**○あは雪**　淡雪。春に降る、とけやすい雪。

〔補説〕 参考詠三首を巧みに消化し、そのいずれとも異なる一つの景をのびやかに描出している。為家千首は井蛙抄第六によれば、若年時、歌道不堪により出家を決意したが、慈円に諫められて五日間に詠出、これを父定家に認められ、歌道家宗匠となるきっかけとなったと言われる有名な作品。その中からは、続古今三、続拾遺四、続後拾遺三、風雅七、新千載二、新拾遺六、計二五首が勅撰集に入っている。

千首歌よみ侍りけるに

待ちわぶる外山の花は咲きやらで心づくしにかかる白雲（八六）

〔現代語訳〕 千首歌を詠みました時に詠みました歌。

待ちかねている、里近い山の桜は咲きたくてもまだ咲けないような風情で、さもさも気をもませるように、花ならぬ白雲だけがかかっているよ。

〔詠歌年次・契機〕 貞永二年八月千首和歌。一二三三年、26歳。

〔参考〕「待ちわびぬ心づくしの春霞花のいさよふ山の端の空」（拾遺愚草一〇一〇、定家）「渡りてはあだになるてふ染河の心づくしになりもこそすれ」（後撰一〇四七、読人しらず）「おしなべて花の盛りになりにけり山の端ごとにかかる白雲」（千載六九、西行）「葛城や高間の桜咲きにけり龍田の奥にかかる白雲」（新古今八七、寂蓮）

〔他出〕 千首一〇一。全歌集二六三。

〔語釈〕 **○咲きやらで** 思いきって咲く事もできないで。**○心づくし** 心労すること。

〔補説〕「外山の花（桜）」の特異性については7に述べた。本詠はおそらく参考定家詠に触発されての作であろう。「待ちわびる」のは「年の三とせ」（伊勢物語五二、女）の恋でなければ「来べきほど時過ぎぬれや待ちわびて鳴くなる声の人をとよむる」（古今四二三、敏行）の時鳥、「心づくし」は筑紫歌枕（染河）との懸詞、等々の詠歌常識から脱却して、「春霞に対して心づくしに花を待つ」とした定家詠は、千五百番歌合百三十六番に後鳥羽院詠と番えられ、判者俊成は、「心こもりて愚意難」及侍れど、すがたよろしければ」と勝を与えた。「かかる白雲」については7に既述した通りである。このような先人作に学びながら、一首は平明で姿正しく、若年にしてすでに後代の風格を備えている。

（百首歌人々によませ侍りけるに）

初瀬女の峰の桜の花かづら空さへかけて匂ふ春風（一〇三）

〔現代語訳〕（〈摂政九条教実が〉百首歌を廷臣らに詠ませました時に詠みました歌）

初瀬山の峰の満開の桜は、初瀬乙女が手作りして髪に飾る花鬘だろうか。空にまで届く程に、その匂いを運ぶ春風よ。

〔詠歌年次・契機〕貞永元年三月洞院摂政家百首。一二三二年、35歳。

〔参考〕「初瀬女のつくる木綿花《ゆふはな》三吉野の滝のみなわに咲きたらずや」（万葉九一二、金村）「唐人の舟をうかべて遊ぶてふ今日ぞわが兄子《せこ》花かづらせよ」（万葉四一五三、新古今一五一、家持）「花盛り春の山辺を見渡せば空さへ匂ふ心地こそすれ」（千載五一、師通）「花の色に天ぎる霞立ちまよひ空さへ匂ふ山桜かな」（新古今一〇三、長家）

〔他出〕洞院摂政家百首一三二「にほふ山風」。為家卿集二五〇。中院詠草一五。大納言為家集一三七。全歌集一五七五。

〔語釈〕〇初瀬女　大和の歌枕、初瀬（泊瀬、奈良県桜井市初瀬町）の女。参考万葉詠により、木綿花（楮の繊維で作った白い造花）を作る者とされた。〇花かづら　花を連ねて作った髪飾り。頭に掛けるところから、「かけて」（作用を及ぼして）と縁語関係をなす。

〔補説〕「初瀬女」「花かづら」と万葉語を活用して蒼古の味わいを出しつつ、しかし全体としては大景を実に艶治に詠みこなしている。詠歌一躰「古歌を取る事」に言う、万葉歌中の「美しくありぬべき事のなびやかにもくだらで、よき詞悪しき詞まじりて聞きにくきを、やさしくしなしたる」秀歌。「空さへかけて」は、はるか後年「花十首寄書」に浄弁が「久方の空さへかけて巻向のあなしの山は花かづらせり」（一四四）と本詠を模倣、また沙玉集II一六六に後崇光院が用いているだけの、為家独創句である。

22

弘長元年百首歌奉りけるに、花を

よしさらば散るまでは見じ山ざくら花の盛りを面影にして（一一五）

〔現代語訳〕 弘長元年百首歌を詠進した時に、「花」の題を詠んだ歌。

（こんなに満開でも、間もなく散るのだろう。）ああもうそれでは、散るまでは見まいよ、山桜よ。このすばらしい花盛りを、しっかりと記憶にとどめておいて。

〔詠歌年次・契機〕 弘長元年九月以降詠進弘長百首和歌。一二六一年、64歳。

〔参考〕 「よしさらば待たれぬ身をばおきながら月見ぬ君が名こそ惜しけれ」（後拾遺八六五、隆方）「折り取らば惜しげにもあるか桜花いざ宿かりて散るまでは見む」（古今六五、読人しらず）「三吉野の花の盛りを今日見れば越の白嶺に春風ぞ吹く」（千載七六、俊成）「夕されば物思ひまさる見し人の言問ひしさま面影《かほ（六帖）》にして」（万葉六〇二・古今六帖二〇七二・二七六八、笠女郎）

〔他出〕 弘長百首九五。為家卿集六五三。中院詠草一六。大納言為家集一五五。雲玉抄五三。六華集二〇三。三百六十首和歌六一。新三十六人（乙）。全歌集四一七六。

〔語釈〕 **〇よしさらば** ままよ、已むをえない、それならば。**〇面影にして** 幻影として思いうかべて。

〔補説〕 華麗な俊成詠を前提に、古今詠を打返して逆説的に満開の桜を讃美する。「面影にして」は常套表現のように見えるが万葉以外用例なく、勅撰集では本詠と笠郎女の万葉詠二首（玉葉・新千載）以外、風雅集永福門院内侍詠「あはれ又夢だに見えで明けやせむ寝ぬ夜の床は面影にして」（一三〇一）のみであり、以後に若干の用例を見る。為家の独自表現と言うべきである。

弘長百首は続古今撰集に当り後嵯峨院が、為家のほか実氏・基家・家良・為氏・行家・信実の七名に召した百首で、後代「七玉集」とも呼ばれた。為家詠は続古今四・続拾遺一三・新後撰九・玉葉三・続千載四・続後拾遺三・

新千載三・新拾遺三・新後拾遺一・新続古今三、計四六首が勅撰入集しており、為家勅撰詠の最も大きな供給源となっている。

23

岸山吹を

早瀬川波のかけこす岩岸にこぼれて咲ける山吹の花（一六六）

【現代語訳】「岸の山吹」の題を詠んだ歌。
爽快なまでに流れの早い川よ。波のかかっては躍り越えて行く岩畳の岸の上に、点々と黄色の花びらをこぼしつつ乱れ咲いている、山吹の花の美しいこと。

【詠歌年次・契機】寛元二年六月十三日以前、右大臣一条実経家百首和歌。一二四四年、47歳。

【参考】「早瀬川みをさかのぼる鵜飼舟まづこの世にもいかが苦しき」（千載二〇五、崇徳院）「岩根越す清滝川の早ければ波折りかくる岸の山吹」（新古今一六〇、国信）

【他出】雲葉集二三七。秋風集一一七。現存六帖四七。全歌集一八七三。

【語釈】**○早瀬川**　水の早く流れる川。**○かけこす**　掛け、越す。「影越す」ではない。**○岩岸**　石の重なった川岸。

【補説】「早瀬川」は千載集以後の先行勅撰集に各一首用例があるが、皆人生的な意味をこめて用いられ、続古今本詠ほか一首（二五五、通光）ではじめて純叙景歌となる。また「波のかけこす」「岩岸に」「こぼれて咲ける」すべて勅撰集中に類例のない、ただ一句の特異句であるのみならず、新編国歌大観全巻を通じて初出、「こぼれて咲ける」の如きは、はるか後年松永貞徳の「逍遊集」に一首を見るにすぎない。なお建長八年百首歌合では、三百六番左忠定詠「いはぬ色も包みや余る垣ほよりもれこぼれたる山吹の花」（六一一）に対し、判者知家が「一条前摂政家百首に戸部禅門歌に、さきこぼれたる山吹の花といふ事や侍りし、下句変らずや」と言って負としており、後年阿仏は十六夜日記に、「かもめ居る洲崎の岩もよそならず波のかけこす袖にみなれて」（三九）と詠んでいる。おだやかな伝統詠と見えながら、実はきわめて独創的な一首である。現存六帖については29参照。

本百首の催行時期を「六月十三日以前」とするのは、この日付をもって主催者実経が左大臣に転ずるからである。百首の全容は伝わらないが、家集をはじめ夫木抄その他の私撰集によって、三二首が収集されている。勅撰入集は続古今三・続拾遺一、計四首である。

文永二年七月七日題をさぐりて七百首歌人々によませ侍りしに、卯花を

卯の花のまがきは雲のいづくとて明けぬる月の影やどすらむ（一九〇）

〔現代語訳〕（後嵯峨院が）文永二年七月七日、探り題で七百首歌を廷臣らに詠ませました時に、「卯花」の題を詠みました歌。

卯の花の白々と咲く垣根は月の影と見まがうばかり。一体これは雲のどこだと思って、とっくに明けてしまったはずの月は光を宿しとどめているのだろう。

〔詠歌年次・契機〕　文永二年七月七日後嵯峨院白河殿当座七百首和歌。一二六五年、68歳。

〔参考〕「夏の夜はまだよひながら明けぬるを雲のいづこに月やどるらむ」（古今一六六、深養父）

〔他出〕白河殿七百首一三五「明けゆく月の」。大納言為家集三〇五。源承和歌口伝四「影のこすらむ」。和歌用意条々八。井蛙抄一四三。題林愚抄一七四五。全歌集四七二七。

〔語釈〕　**○題をさぐりて**　探題。あらかじめ題を書いて用意した紙片を各人が探り取り、これによって当座に詠歌する歌会。**○卯の花**　ウツギ（ユキノシタ科の落葉低木）の花。初夏に白い五弁の花を一面につけ、月の光にまがえ

て詠まれる。**〇雲のいづくとて**　参考古今詠を本歌とする。**〇月の**　「の」は主格をあらわす。

〔補説〕　和歌用意条々では「古歌の詞を上下して、おきあらたむる事」、井蛙抄では「本歌の心にすがりて風情を建立したる歌」にあげる。卯の花の白さを月光にまがえる歌は数多いが、短夜の月を惜しんだ奇警な古今詠を巧みに活用し、軽妙な諧謔で人の意表をつく。晩年の為家の柔軟な作歌能力を見るべき一首。「明けぬる月の」は七百首内閣文庫本・書陵部本では「明けゆく月の」であるが、ここは古今詠を引いた「明けぬる」でなければ面白さが生れない。書陵部本を底本に用いた『全歌集』でも、他本により「ぬる」と改訂している。

本歌会は後嵯峨院が、為家・為氏・実雄・真観ら近臣と、計二一名で催したもの。本集は後嵯峨院親撰の形式を取っているので、詞書も同院の立場で記している。為家は八〇首（他に初案一）を詠み、続古今一、続拾遺二、新後撰二、続千載一、続後拾遺一、新拾遺四、計一一首の勅撰入集を見る。

25

西園寺入道前太政大臣家にて、海辺郭公といふことをよみ侍りける

今はまたねにあらはれぬ時鳥波こす浦のまつとせし間に（二一七）

〔現代語訳〕　入道前太政大臣西園寺実氏家で、「海辺の郭公」という題を詠みました歌。

（昔の人は波に洗われて岸の松の根が現われるように、悲しい恋のために音《ね》に現われて泣いてしまいそうだと言ったが）今はそれとはこと変り、音（鳴き声）で存在が現われてしまったよ、時鳥よ。波が打寄せてその根を洗う海岸の松ではないが、私がひたすら待っていた間に。

〔詠歌年次・契機〕　嘉禄元年右大将西園寺実氏家和歌。一二二五年、28歳。

〔参考〕　「風ふけば波うつ岸の松なれやねにあらはれて泣きぬべらなり」（古今六七一、読人しらず）「浦風やとはに波こす浜松のねにあらはれてなく千鳥かな」（続後撰四九四、定家）「我が宿は道もなきまで荒れにけりつれなき人を

まつとせし間に」（古今七〇七、遍昭）

〔他出〕 為家卿集一一二三。中院詠草一一八。大納言為家集三三三六。題林愚抄二一七三。全歌集一四二二。

〔語釈〕 **○入道前太政大臣** 実氏。公経男、建久五～文永六年（一一九四～一二六九）76歳。関東申次、後嵯峨中宮大宮院の父として威勢あり、為家の従兄、庇護者。歌会当時は右大将。入道前太政大臣は続古今撰進時の称呼。

○ねにあらはれぬ 松の根が波に洗われて現われた意に、時鳥が鳴く音でそこにいる事が現われた意をかける。

○まつとせし間に 「松」と「待つ」をかける。

〔補説〕 本歌会詠は二首、ともに為家卿集に「右大将家会」と注するもののみが知られる。「海辺郭公」という詠みにくい題を、古歌をあやなして詠んだ軽妙な才気を見るにとどまる。今一首も「逢不逢恋　逢ふことはなぎさの波のこす玉の手にとるばかりあるかひもなし」（為家卿集一三〇〇）で、同工異曲の言葉遊びめいた作である。

26

五十首歌に、寝覚郭公を

時鳥なく一声も明けやらずなほ夜を残す老いの寝覚めに（二一一九）

〔現代語訳〕 五十首歌の中に、「寝覚の郭公」の題を詠んだ歌。

古歌には「鳴く一声に明くるしののめ」というのだけれど、その時鳥の鳴く一声を聞いた後も容易に夜明けには至らないよ。まだまだ長い夜の時間を残して目が覚めてしまう、老年の習性のために。

〔詠歌年次・契機〕 正嘉二年詠五十首和歌。一二五八年、61歳。

〔参考〕 「夏の夜のふすかとすれば時鳥なく一声に明くるしののめ」（古今一五六、貫之）「心していたくななきそきりぎりすかごとがましき老の寝覚めに」（続後撰三八三、後鳥羽院下野）「老眠早覚常残レ夜　病力先衰不レ待レ年」（和漢朗詠集七二四、白）

〔他出〕　為家卿集五六六。中院詠草二九「老いの寝覚めは」。大納言為家集三三九。題林愚抄二〇六一。私玉抄。全歌集三三二九。

〔語釈〕　**○老いの寝覚め**　老人の、夜半に目覚めて容易に寝付かれない状態。

〔補説〕　周知の古今貫之詠を巧みに用い、作者自身の実感をこめて歌題を詠みこなしている。若年時の「海辺郭公」詠（25）とくらべ、歌題の性格にもよるが、古歌の取り方も自然でしみじみと味わえる作品となっている。なおこの五十首は為家卿集により一一首（うち三首一部欠、一首題のみにて歌欠）が収集されている。勅撰入集は本集に今一首（38）がある。

27

野月をよみ侍りける

草の原野もせの露に宿かりて空にいそがぬ月の影かな（四二四）

〔現代語訳〕「野の月」の題を詠みました歌。

ここ、一面の草の原では、野も狭しとばかり置き渡した露の一つ一つそれぞれに、宿を借りたように光を映して、空を急いで渡って行くようにも見えない。月の姿よ。

〔詠歌年次・契機〕　宝治元年十一月詠進宝治百首和歌。一二四七年、50歳。

〔参考〕「草の原月の行方におく露をやがて消えねと吹く嵐かな」（拾遺愚草一八六六、定家）「よられつる野もせの草のかげろひて涼しく曇る夕立の空」（新古今二六三、西行）「秋の夜は宿かる月も露ながら袖に吹きこす荻の上風」（新古今四二四、通具）

〔他出〕　宝治百首一六四七。題林愚抄四〇六五。全歌集二五四八。

〔語釈〕　**○野もせ**　野も狭。野も狭いと思われるほど。野原一面。

〔補説〕　草原一面に置き渡した露の一粒々々に、月の光がきらきらと輝く。空に悠々とかかり、傾くとも見えぬ満月。さりげなく詠まれているが、繊細と雄大を兼ね備えた珍しい詠である。「空にいそがぬ」ははるか後代猪苗代兼載の「閑塵集」に「山の端を出でても霞む影とてや空にいそがぬ春の夜の月」（三八）があるのみの為家独自句。
　宝治百首は続後撰集撰定の資料として、後嵯峨院が召した百首。当初二五名、のち一五名を追加。二年秋頃までに完成。為家詠は、続古今四・新後撰一・玉葉三・続千載一・続後拾遺二・風雅八・新千載一・新拾遺三・新続古今一、計二四首が勅撰集に入集している。

　月歌中に

見るままに秋風寒し天の原とわたる月の夜ぞふけにける（四二七）

〔現代語訳〕　月の歌の中に詠んだ歌。
　見ているうちにしんしんと秋風の寒さが身にしみて来る。大空を静かに渡って行く月の光の中に、夜が更けてしまったことだ。

〔詠歌年次・契機〕　文永二年続古今集撰進以前。契機不明。一二六五年、68歳以前。

〔参考〕「見るままに山風荒く時雨るめり都も今は夜寒なるらむ」（新古今九八九、後鳥羽院）「今よりは秋風寒くなりぬべしいかでかひとり長き夜を寝む」（新古今四五七、家持）「山の端のささらえをとこ天の原とわたる光見らくしよしも」（万葉九八三、坂上郎女）「かささぎの渡せる橋におく霜の白きを見れば夜ぞふけにける」（新古今六二〇、家持）

〔他出〕　寂恵法師歌語。題林愚抄三九〇五。全歌集四八六九。

〔語釈〕　**○とわたる**　門渡る。「門」は両方から接近して狭くなった所の意。瀬戸を渡る。海路を渡る。ここでは空を海、月を船に見立てた。

〔補説〕　万葉の歌句を巧みにあやなして、ゆったりと大柄に仕立てている。さりげない風情だが好もしい一首である。

霧間朝鹿といふことをよみ侍りける

秋霧の朝立つ山に妻こめてまだ夜深しと鹿のなくらむ（四三四）

〔現代語訳〕「霧の間の朝の鹿」という題を詠みました歌。

秋霧の、朝早く立ちこめる山の中に大事な妻をこもらせて、まだ夜は深いよ、別れるには早いよ、と鹿は鳴いているらしいよ。

〔詠歌年次・契機〕　建長二年現存六帖成立以前、契機不明。一二五〇年、53歳以前。

〔参考〕「秋山に朝立つ霧の峰こめて晴れずも物を思ふべらなる」（是則集二九）「山里は霧立ちこめて人もなし朝立つ鹿の音ばかりして」（続詞花二一三、通俊）「秋の野に朝立つ鹿の音に立てて泣きぬばかりも恋ひわたるかな」（続後撰九三三、通俊）「春日野は今日はな焼きそ若草の妻もこもれり我もこもれり」（古今一七、読人しらず）「いづ方に鳴きて行くらむ時鳥淀の渡りのまだ夜深きに」（古今一一三、忠見）

〔他出〕　現存六帖第二帖時雨亭文庫本六五。題林愚抄三七四〇。全歌集二六六九。

〔補説〕「霧間朝鹿」という題意を、参考諸詠の言葉と趣向とを巧みにあやなして詠む。現存和歌六帖は真観撰。古今六帖にならった類題集であるが、従来第六帖および各帖からの抜粋本のみが伝わっていた。冷泉家時雨亭文庫公開により、第二帖が発見され、本詠はそこに見出だされた。なお続古今50も、現存和歌六帖詠にのみ認められる勅撰入集歌である。

30

弘長元年百首に、鹿を

小倉山秋はならひとなく鹿をいつとも分かぬ涙にぞ聞く（四四九）

〔現代語訳〕　弘長元年百首に、「鹿」の題を詠んだ歌。

　ここ、小倉山では、秋とは悲しいもの、泣くのはこの季節の習慣だよ、と言うように鳴く鹿の声を、（常に憂愁の中に過している私は）季節をいつとも限らず流れる涙の中で聞くことだ。

〔詠歌年次・契機〕　弘長元年九月以降詠進弘長百首和歌。一二六一年、64歳。

〔参考〕「夕月夜小倉の山になく鹿の声のうちにや秋は暮るらむ」（古今三一二、貫之）「さやけさは秋のならひの夜半の月思へとてこそ寝られざりけれ」（壬二集五四三、家隆、千五百番歌合）「袖ぬらすならひは露と言ひおきてはては時雨るる秋ぞ悲しき」（大納言為家集七七七、宝治二年実氏家百首）「夕づくよさすや岡辺の松の葉のいつとも分かぬ恋もするかな」（古今四九〇、読人しらず）「しののめの明くれば君は忘れけりいつとも分かぬ我ぞ悲しき」（新勅撰八一九、兼輔）

〔他出〕　弘長百首二七〇。為家卿集六七〇「なく鹿も《を歟》」。中院詠草四三。大納言為家集五三四「いつとし分かぬ」。歌枕名寄七三八「なみだとぞきく」。全歌集四二〇一。

〔語釈〕　**○小倉山**　山城の歌枕。京都市右京区嵯峨。「小暗」とかける例が多いが、ここでは現実の為家の嵯峨山荘所在地（→47）をいう。**○ならひ**　慣らい。習慣、特性。**○分かぬ**　分別できぬ。

〔補説〕　為家にとって、小倉山の秋とは、仁治二年（一二四一）八月二十日に没した父定家への追慕なくしては語りえない場所であり、季節であった。寛元元年（一二四三）ここで三回忌の仏事を催した時の諸家との贈答は、続古今47・続千載210・211ほか家集のみ所収の二首が見られる。しかも本詠の二年後、弘長三年七月十三日には、愛娘後嵯峨院大納言典侍の早世という思いもよらぬ不幸が起って、嵯峨喪籠詠「袖ぬらす露はならひの秋ぞとも消えぬる時ぞ思ひ知らるる」（秋思歌一）の哀歌が生れ、更に八年後の文永八年にも「袖ぬらすならひと聞きし秋をおきて夏の末野にむすぶ白露」（大納言為家集四三六、続百首）と詠ずる。「秋はならひ」「ならひは露」といった言葉続きはほとんど為家創始と見られ、以後の中世和歌に若干の流行を見る。

九月十三夜明石の浦にて十首歌よみ侍りける中に

明石潟昔のあとをたづね来て今宵も月に袖ぬらしつる（四七五）

〔現代語訳〕 九月十三夜に、明石の浦で十首歌を詠みました中に詠みました歌。

ここ、明石潟に、源氏物語の旧跡をたずねて来て、（物語なら須磨の八月十五夜、明石の八月十二三日の「秋の夜の月毛の駒」だが）はるか末の世の九月十三夜の今夜も、しみじみと月を眺めて涙に袖を濡らしたことだ。

〔詠歌年次・契機〕 正元元年九月十三日明石浦観月詠十首和歌。一二五九年、62歳。

〔参考〕「明石潟須磨も一つに空さえて月に千鳥も浦伝ふなり」（月清集七六二、正治初度百首、良経）「明石潟色なき人の袖を見よすずろに月も宿るものかは」（新古今一五五八、秀能）

〔他出〕 為家卿集五九二。中院詠草五四。大納言為家集六二七、歌枕名寄七九七三、両者ともに「袖ぬらしつつ」。全歌集三三六五。

〔語釈〕 **○明石潟** 播磨の歌枕。兵庫県明石市の海浜。**○昔のあと** 光源氏流謫の古跡。明石と言えば当然その前提須磨をも含む。

〔補説〕 同時詠は、為家卿集・大納言為家集に本詠に続いて載る、「都にて月やあかしと人問はば雲なき空を答へこそせめ」一首のみが知られる。明石と言えば「須磨も一つに」が常識で、「今宵も」と言う時は当然須磨の巻の「今宵は十五夜なりけり」を強く念頭に置いての詠である。

洞院摂政家百首歌に、紅葉を

くちなしのひとしほ染の薄紅葉いはでの山はさぞ時雨れけむ（五〇八）

〔現代語訳〕 摂政九条教実家百首歌に、「紅葉」の題を詠んだ歌。

庭の木々は、「くちなし」の実の赤黄色にうっすらと紅葉したよ。（我が家でさえそうなのだから）遠い北国の、「（口が無いから）言わない」という名を持つ磐手の山はどんなに時雨が降って色深く染まったことだろう。

〔詠歌年次・契機〕 貞永元年三月洞院摂政家百首。一二三二年、35歳。

〔参考〕「声に立てて言はねどしるしくちなしの色は我がため薄きなりけり」（後撰一二一六、読人しらず）「紅のひとしほ染の薄桜山路の雪の散るかとぞ見る」（正治後度百首六一四、長明）「見ぬ人にいかが語らむくちなしのいはでの里の山吹の花」（新勅撰一二六、読人しらず）「もずのゐるはじの立枝の薄紅葉たれ我が宿の物と見るらむ」（金葉二四三、仲実）「見ぬ人にいかが語らむくちなしのいはでの里の山吹の花」（新勅撰一二六、読人しらず）「思へどもいはでの山に年をへて朽ちやはてなむ谷の埋木」（千載六五一、顕輔）

〔他出〕 洞院摂政家百首七三一。万代集一一九〇。雲葉集七一六。六華集九一〇。題林愚抄四六八九「いはでの山の」。歌枕名寄六九七三。全歌集一六〇五。

〔語釈〕 **〇くちなし** 梔子。アカネ科の常緑灌木。果実を赤みを帯びた黄色の染料とする。実が熟しても口を開けないので、「口無し」と言い、「言はで」とかけて用いる。**〇ひとしほ染** 染料に一回浸し入れた（一入）だけのごく薄色の染。**〇いはでの山** 陸奥の歌枕、磐手（岩手）山。「言はで」をかける。

〔補説〕「口無し」「言はで」の懸詞の技巧のみの作のようにも見えるが、庭前の薄紅葉を見て遠い満山の紅葉を思いやる心は、現代とて同じ、ただ今日ではそれを居ながらにテレビで見得る、というだけの事であろう。「ひとしほ染」は参考長明詠以外に以前の用例なく、「染」と言うからには桜より紅葉の方が適切である。その他全体の句あしらいを含めて、為家の古歌摂取、応用の巧みさが知られる。

33

千鳥をよめる

時つ風寒く吹くらしかすゐ潟潮干の千鳥夜半に鳴くなり（六〇一）

〔現代語訳〕「千鳥」の題を詠んだ歌。

季節にふさわしい風が、寒く吹くらしい。香椎潟では、潮干の浜をあさる千鳥が夜中に鳴くのが聞える。

〔詠歌年次・契機〕 宝治二年十一月詠進宝治百首和歌。一二四七年、50歳。

〔参考〕「時つ風吹くべくなりぬ香椎潟潮干の浦に玉藻苅りてな」（万葉九五八、小野老）「湊風寒く吹くらし鶴のなくなごの入江につららゐにけり」（続後撰五〇一、長方）「浦風に吹上の浜の浜千鳥波立ちくらし夜半に鳴くなり」（新古今六四六、紀伊）

〔他出〕 宝治百首二三二五。現存六帖抜粋本一七八「かしひがた」。歌枕名寄八九八〇。全歌集二五六五。

〔語釈〕 **〇時つ風** 季節・時刻によってきまって吹く風。ここでは冬の季節風に当ろう。**〇かすゐ潟** 筑前の歌枕、香椎潟。福岡市香椎の海岸。香椎は和名抄に「加須比」と訓む。

〔補説〕 宝治百首の歌題は「潟千鳥」。初期千首以来の万葉摂取の成果を見るべき一首である。

34

題しらず

網代守さぞ寒からし衣手のたなかみ川も氷る霜夜に（六二二）

〔現代語訳〕 題不明の歌。

網代で魚を取っている人は、さぞ寒いだろうな。（袖の中に引っこめている手も氷り）田上川の水はもちろん氷るような、霜の下りる寒い夜に。

〔詠歌年次・契機〕 寛元三年十月入道右大弁光俊勧進経裏百首和歌。一二四五年、48歳。

〔参考〕「後の世の心も知らじ網代守さえたる空の月のよなよな」（拾遺愚草員外六二、定家）「風寒み今朝霜白し網代守思ふにさこそ氷魚は寄るらめ」（新撰六帖九九〇、光俊）「いはばしる　近江の国の　衣手の　田上山の」（万葉五〇、藤原宮之役民）「月影の田上川に清ければ網代に氷魚のよるも見えけり」（拾遺一一三三、元輔）

〔他出〕 万代集一四一一、全歌集二四四八、両者ともに「こほるしもよは」。

〔語釈〕 **○網代守** 川に杭を打ち、竹や木を編んだ簀（網代）を渡して水をせき止め、簀の上に氷魚を導いて取る網代漁をする漁師。**○寒からし** 寒くあるらし。寒かろうな。**○衣手の** 「手《た》」にかかる枕詞。**○たなかみ川** 近江の歌枕、田上川。大津市田上町黒津で瀬田川に注ぐ大戸《だいと》川。網代による氷魚漁で有名。

〔補説〕「網代守」は勅撰集中本詠のみ、「衣手の田上川」と続く例も、本詠とその二首前の「衣手の田上川や氷るらむ三尾の山風さえまさるなり」（六三一、実雄）が初出で、あと続後拾遺（国助）・新後拾遺（是法）の二例のみである。光俊は法名真観。建仁三～建治二年（一二〇三～七六）、74歳。定家に学び、為家とともに新撰六帖題和歌を詠じなどするが、本百首の翌四年末から反御子左派として活躍する。百首為家詠は続古今37・49、続後拾遺226、新後拾遺539、計五首が勅撰に入るほか、夫木抄その他により合計三八首が知られる。

35

弘長元年百首に、雪を

さらでだにそれかとまがふ山の端の有明の月に降れる白雪（六六八）

〔現代語訳〕 弘長元年百首に、「雪」の題を詠んだ歌。

実際降っていなくたって、あら、雪が降ったのかしら、と、その白い光でとまどわせる、山の稜線を照らす有明の月のもと、今本当にしんしんと降っている白雪よ。

〔詠歌年次・契機〕 弘長元年九月以降詠進弘長百首和歌。一二六一年、64歳。

〔参考〕「朝ぼらけ有明の月と見るまでに吉野の里に降れる白雪」(古今三三二、是則)

〔他出〕 弘長百首四〇二。為家卿集六八三「それかとまよふ」。中院詠草七七。大納言為家集九〇一。源承和歌口伝九。寂恵法師歌語。夫木抄七二七七。題林愚抄五七六八。全歌集四二一九。

〔語釈〕 **○さらでだに** さ、あらでだに。そうでなくてさえ。**○それ** 雪。

〔補説〕 古今詠の趣向を逆転して、雪の白さを強調する。源承和歌口伝では「初本とすべき歌」の中に引く。特に解説・言及はない。

冬歌よみ侍りけるに

年のうちの雪を木毎の花と見て春をおそしと来ゐる鶯 (六七九)

〔現代語訳〕 冬の歌を詠みました時に詠みました歌。

まだ歳末のうちに、降った雪を木毎に咲いた梅の花かと思って、春はどうしたの、遅いじゃないの、とばかり、早くも来ている鶯よ。

〔詠歌年次・契機〕 嘉禄二年権大納言家和歌。一二二六年、29歳。

〔参考〕「雪ふれば木毎に花ぞ咲きにけるいづれを梅と分きて折らまし」(古今三三七、友則)「春ごとに流るる河を花と見て折られぬ水に袖やぬれなむ」(古今四三、伊勢)「梅が枝に来ゐる鶯春かけてなけどもいまだ雪は降りつつ」(古今五、読人しらず)

〔他出〕 為家卿集一五〇。大納言為家集九三一。六華集一四一七「雪を木ごとに」「きなく鶯」。三百六十首和歌三四四。全歌集一四四四。

〔語釈〕 **〇木毎の花** 参考友則詠により、木偏に毎で梅をあらわす。

〔補説〕 古今調を巧みにあやなした一首。本歌会詠は為家卿集詞書によりこの一首が知られるのみで、権大納言も西園寺実氏か九条基家か未詳。

37

光俊朝臣すすめ侍りける百首歌に

天下る神のかご山今しもぞ君が為にと見るもかしこき（七四六）

〔現代語訳〕 藤原光俊朝臣が勧進しました百首歌に詠みました歌。

天から降って来たと伝えられる神聖な山、そのかご山を、今という今こそは、我が君のための御加護の象徴であるとして見るにつけても、まことに畏れ多く思われる事である。

〔詠歌年次・契機〕 寛元三年十月入道右大弁光俊勧進経裏百首和歌。一二四五年、48歳。

〔参考〕「天降付《あもりつく》 天之芳来山《あまのかぐやま》 霞立《かすみたち》 春《はる》尓至婆《にいたれば》」（万葉二五七、鴨君足人）「あまくだる あまのかぐ山 霞立ち春に至れば」（新拾遺一八八〇、読人しらず）「君が代は天のかご山出づる日の照らむ限りは尽きじとぞ思ふ」（千載六〇九、伊通）「久方の天のかご山空晴れて出づる月日も我が君のため」（続古今一九一五、家隆）

〔他出〕 夫木抄八二八八。現存六帖第二帖時雨亭文庫本三四、歌枕名寄二九三六、両者ともに「神のかぐやま」。八十浦之玉本居大平序。全歌集二四六三。

〔語釈〕 **〇かご山** 大和の歌枕、天香具山。奈良県橿原市。天なる山が二分して、一は大和に、他は伊豫に降ったという（伊豫国風土記逸文）。「かご山」には神の「加護」をかけたと見たが、読み過ぎか、如何。

〔補説〕「あまくだる」「かごやま」は参考に示した如く当時の万葉語の一つの訓みであるが、「神のかご山」は為家の創出とおぼしく、この後建長八年百首歌合に「天下る雪かと春は見ゆるまで神のかご山桜散るなり」(五五三、顕朝)、弘長百首に「思ひやる程ぞ久しきいにしへに天下りける神のかぐ山」(五八六、為氏)がある。↓4。

餞別の心を

帰り来むまた逢坂とたのめども別れは鳥の音ぞなかれける (八三九)

〔現代語訳〕「餞別」の気持を詠んだ歌。

別れてもいずれは帰って来るのだ、都を離れる逢坂の関は、すなわち又逢う嬉しい地名だと頼みにはするけれども、しかし当面の別れの悲しさには、逢坂ならぬ函谷関の鶏のように声を立てて泣けてしまうよ。

〔詠歌年次・契機〕 正嘉二年詠五十首和歌。一二五八年、61歳。

〔参考〕「別れゆく今日はまどひぬ逢坂は帰り来む日の名にこそありけれ」(拾遺三一四、貫之)「帰り来む程をば知らず悲しきは世を長月の別れなりけり」(詞花一七六、道経)「人はいさ我身は末になりぬればまた逢坂をいかが待つべき」(金葉三四六、実綱)「逢坂の木綿付鳥にあらばこそ君がゆき来をなくなくも見め」(古今七四〇、閑院)

〔他出〕 為家卿集五七六。中院詠草一〇六。大納言為家集一二九二。歌枕名寄五六九八「わかれにとりの」。全歌集三三三六。

〔語釈〕 **○また逢坂** 「又逢ふ」に「逢坂の関」(近江の歌枕、山城との国境、都と鄙《ひな》との境の関)をかける。**○鳥の音** 夜中は通行を許さない函谷関を、鶏の音をまねて朝と思わせて通った孟嘗君の故事、また近江介源昇に贈った古今集閑院詠による。

〔補説〕 当然再会のあるべき、旅行のための餞別であるが、しかしやはり別れは悲しい。その思いを故事に寄せて巧みに詠む。言葉あしらいの妙を見るべき作。

39 （旅歌中に）

安倍島の山の岩が根片敷きてさぬる今宵の月のさやけさ（八九三）

【現代語訳】（旅の歌の中に詠んだ歌）

安倍島の山の岩のごつごつした根方に片袖をわずかに敷いて、旅寝する今夜の月の、ああ何と清らかに明るいこと。

【詠歌年次・契機】 建長二年秋風抄成立以前百首歌。一二五〇年、53歳以前。

【参考】「玉かつま安倍島山の夕露に旅寝得せめや長きこの夜を」（万葉三一五二、作者未詳）「岩がねの床に嵐を片敷きてひとりや寝なむ小夜の中山」（新古今九六二、有家）「印南野の浅茅おしなみさぬる夜のけながくあれば家ししのはゆ」（万葉九四〇、赤人）「ももしきの大宮人のまかり出て遊ぶ今宵の月のさやけさ」（万葉一〇七六、作者未詳）

【他出】 秋風抄二九八。秋風集一〇一四。井蛙抄四五七。歌枕名寄四四二五。全歌集二六六一。

【語釈】 **〇安倍島** 播磨国加古郡、また井蛙抄では「大和国云々」とし、歌枕名寄では摂津の部に入るが、未詳。**〇岩が根** 土の中に根を据えた岩。また岩の根方。**〇片敷きて** 男女共寝する時は互いの袖を敷きかわすが、独寝ゆえに自分の片袖ばかりを敷いて。**〇さぬる** 「さ」は接頭語。

【補説】 万葉語を自在に引いて、古代的な旅歌の味わいを出している。

40 宝治二年百首歌、寄滝恋

音無しの滝の水上人とはば忍びにしほる袖や見せまし（一〇二五）

〔現代語訳〕　宝治二年百首歌の中の、「滝に寄する恋」の歌。
音無しの滝の源はどこから出ているのか、とあの人が聞いたなら、その人への秘めた恋ゆえに人知れず涙に濡らし続けている、私の袖を「ここです」と見せたいものだ。（まさかそういうわけにも行かないだろうけれど）

〔詠歌年次・契機〕　宝治元年十一月詠進宝治百首和歌。一二四七年、50歳。

〔参考〕　「朝夕に泣く音を立つる小野山は絶えぬ涙や音無しの滝」（源氏物語五四二、落葉宮）「恋ひわびてひとり伏屋によもすがら落つる涙や音無しの滝」（詞花二三二、俊忠）「落ちたぎつ滝の水上年つもり老いにけらしな黒きすぢなし」（古今九二八、忠岑）「いづこまで送りはしつと人とはばあかぬ別れの涙川まで」（伊勢物語二三六、女）「偽の涙なりせば唐衣忍びに袖はしほらざらまし」（古今五七六、忠房）「とがむなよ忍びにしほる手をたゆみ今日あらはるる袖のしづくを」（源氏物語四四六、夕霧）

〔他出〕　宝治百首二六四五。為家卿集四一三。中院詠草八五。大納言為家集一一一四。歌枕名寄八四四五・八四四九。全歌集二五七四。

〔語釈〕　○音無しの滝　紀伊の歌枕、音無川の滝。必ずしも実在特定のものを指さず、「音信のない」「表面に出さない」の意に用いる。○水上　源流。○しほる　湿らせる。ぬらす。○や……まし　実際は実現不可能な事を仮想し、遅疑する。……しようか、まさかそうもなるまいが。

〔補説〕　第四句、新編国歌大観宝治百首・大納言為家集、ならびに『全歌集』では「しのびにしぼる」としている。袖を「しほる」という場合、「絞る」と解するのが一般的であるが、小西甚一「「しほり」の説」（言語と文芸49、昭41・11）に言う通り、「湿る」（びっしょりぬらす）とするのが正しい。有名な「契りきなかたみに袖をしほりつつ末の松山波越さじとは」（後拾遺七七〇、元輔）にしても、恋人同士「互いに袖を泣きぬらしながら」の方が、「互いにぬれた袖をしぼりながら」よりはるかに風情があり、しかも現実性豊かであろう。このように考えて「しほる」を清音「湿る」と解した。小西説は俳諧論を主眼としたものであり、私はこれを妥当と認めて京極派作品の解釈に取入れたが、一般研究界においてはそれ以前の時代の和歌の訓み・解釈にはほとんど顧みられていないようなので、注意を促したい。

41

関白前左大臣家百首に、見恋

よしやただ芦屋の里の夏の日に浮きて寄るてふその名ばかりは（一〇二八）

〔現代語訳〕関白前左大臣一条実経家百首に詠んだ、「見る恋」の歌。

ああもう何とも仕様がない。芦屋の里に、夏の日に浮いて寄って来るという浮き海松《みる》、その名のように「うかうかとただ見るだけ」というこの恋は。

〔詠歌年次・契機〕寛元二年六月十三日以前右大臣一条実経家百首和歌。一二四四年、47歳。

〔参考〕「こりずまの浦にかづかむ浮海松《みる》は波さわがしくありこそはせめ」（大和物語一一三、監命婦）「この比は南の風にうきみるのよるよる涼し芦の屋の里」（拾遺愚草員外五四八、定家）

〔他出〕題林愚抄六四〇七。歌枕名寄三七七〇。新撰三十六人歌合。伊勢物語集注四四〇。全歌集一八八九。

〔語釈〕**〇よしや**　ままよ、仕方ない。**〇芦屋の里**　摂津の歌枕。兵庫県芦屋市から伊丹市あたりにかけての海辺の集落。塩焼き、漁をする海人の住む里とされる。「よしや」に対する「悪しや」でもある。**〇浮きて寄る**　参考二詠により、「浮海松」を暗示し、「成就せずただ見るだけの恋」の意をあらわす。

〔補説〕大和物語に、

監の命婦、朝拝の威儀の命婦にて出でたりけるを、弾正の親王見給うて、俄かにまどひ懸想じ給ひけり。御文ありける御返り事に、「うちつけにまどふ心と聞くからに慰めやすく思ほゆるかな」。親王の御歌はいかがありけむ、忘れにけり。（七八段）

又、同じ親王に、同じ女、「こりずまの浦にかづかむ浮海松は波さわがしくありこそはせめ」（七九段）とある歌、および参考定家詠による。大変に凝った趣向詠である。

（文永二年九月十三夜の歌合に、不逢恋）

おのづから逢ふを限りの命とて年月ふるも涙なりけり（一〇七一）

【現代語訳】（文永二年九月十三夜の歌合に詠んだ、「逢はざる恋」の歌）
もしや偶然にも逢う折があったら、それを限りに死んでもいい命、でもそれまでは生きていたいと思いつつ、長い年月を過しているにつけても、降るように流れ落ちるのは涙ばかりであるよ。

【詠歌年次・契機】文永二年九月十三日亀山殿五首歌合。一二六五年、68歳。

【参考】「我が恋は行方も知らず果もなし逢ふを限りと思ふばかりぞ」（古今六一一、躬恒）「別るれど影をばそへつ増鏡年月ふとも思ひ忘るな」（続古今八五三、恵慶）

【他出】亀山殿五首歌合五九。大納言為家集一〇〇六。新時代不同歌合二五二。全歌集四八〇二。

【語釈】**○おのづから** 自然の成行きで。たまたま。**○ふる**「経る」に「降る」をかける。

【補説】周知の古今詠を巧みに取る。本歌合は後嵯峨院主催、仙洞亀山殿における五十番、作者二十名の晴の催しで、本詠は三十三番として左方右大臣近衛基平（20歳）の「いとせめてつれなき中のなぞもかく思ひ尽きせぬ契なるらむ」と合され、衆議判ながら判詞左方真観（光俊）、右方融覚（為家）。真観の判詞、「左歌、……「おもひつきせぬ契」はことに優美にこそ侍れ、と申し侍りしかば、叡慮もさやうにこそ侍りしか。右歌、殊に宜しきの由沙汰ありて、「涙なりけり」に勝字をつけられにき」に対し、為家は「左、よろしく聞え侍りしを、右の下句すてがたしとて、勝ち侍りにける、いかがとぞ見給ふる」と謙退している。なお為家詠の勅撰入集は他に新千載273のみ。

43

寄鳥恋

ありしよの別れも今の心地して鳥の音ごとに我のみぞなく（一一七九）

〔現代語訳〕 「鳥に寄する恋」の歌。

愛しあっていた当時の、切ない後朝の別れも、たった今の事のような気持がして、暁を告げる鶏の声を聞く度に、（去ってしまった恋人を思って）私はただ一人泣くことだ。

〔詠歌年次・契機〕 文永二年続古今集成立以前、契機不明。一二六五年、68歳以前。

〔参考〕 「ありしよの恋しきままに故郷の花に向ひて音をのみぞなく」（続古今一四〇九、上総）「数ふれば昔語りになりにけり別れは今の心地すれども」（千載五八五、有仁室）「名残とて頼む日数も過ぎゆくに別れは今と音ぞなかれける」（秋思歌一七七、為家）「鶯はなべて都になれぬらむ古巣に音をば我のみぞなく」（千載八七〇、読人しらず）

〔他出〕 全歌集四八七〇。

〔語釈〕 **〇ありしよ** 往時。過ぎ去った昔。華やかな、また楽しかった昔を回顧する意に用いる。「よ」には「夜」の意もある。**〇今の心地** 過去であるが今現在の事であるような気持。

〔補説〕 詠歌年次不明、かつ恋歌ではあるが、参考秋思歌、愛娘後嵯峨院大納言典侍追慕詠を思わせる。恋歌としても年齢を感じさせせぬ、哀婉な実感にあふれた作である。

44

六帖題歌中に

高砂の山の山鳥尾上なるはつをのたれを長く恋ふらむ（一二二〇）

〔現代語訳〕 古今六帖になぞらえた題の歌の中に詠んだ歌。

高砂の山にすむ山鳥よ。その、山の上から長く垂らす美しい垂尾のように、お前は一体誰を長い間恋い続けているのだろう。（私も同じように、たった一人の人を長く恋しているのだが）

〔詠歌年次・契機〕 寛元元年十一月十三日〜二年二月二十四日新撰六帖題和歌。一二四三〜四四年。46〜47歳。

〔参考〕 「足引の山の山鳥かひもなし峰の白雲立ちし寄らねば」（後撰一二八〇、兼輔）「尾上なる松の梢は打ちなびき波の声にぞ風も吹きける」（拾遺四五三、忠見）「山鳥の尾ろの初麻《はつを》に鏡かけ唱ふべみこそ汝に寄そりけめ」（万葉三四六八、作者未詳）「山鳥のはつをの鏡かけねども見し面影に音は泣かれけり」（六百番歌合一〇五三、顕昭）

〔他出〕 新撰六帖五〇七。万代集二二六四。歌枕名寄八〇八六。新百人一首。新三十六人撰二四八「あしびきの」。全歌集二〇〇一。

〔語釈〕 **○高砂の山** 播磨の歌枕、兵庫県高砂市。「高い」をかける。**○山鳥** キジ科の鳥。昼は雌雄伴い、夜は谷を隔てて寝るとされる。尾の長い事から「尾」の枕詞ともなる。**○尾上** なだらかな山の上。**○はつを** 初麻（その年初めて取れた麻）の意であったが、「山鳥のはつを」と熟した所から、鳥の尾の一番長く美しいものの意ともなる。**○たれを** 「垂れた長い尾」と「誰を」をかける。

〔補説〕 新撰六帖では「山鳥」題で、知家も「山鳥のはつをの鏡はつかにもわかるる妻の影見てぞ泣く」（五〇八）と詠み、為家も草稿本では「足引の山の山鳥しだり尾の隔つる中は音にのみぞなく」としているが、本詠は「別るる」「隔つる」「泣く」等の表現から脱却して、余韻ある詠み口で情緒を深めている。

新撰六帖題和歌は、古今和歌六帖の歌題を中心に構成した五三七題を、家良・為家・知家・信実・光俊が各題一首づつ詠んだもの。主催は家良の形を取るが、実際の企画推進は為家と考えられる。奇異な歌題による野心的な作も多く、万葉の古風をめざした本詠もその一つ。なお、為家詠は続古今三・新後撰三・玉葉一二・続千載二・新千載一・新拾遺二・新後拾遺一・新続古今一、計二五首が勅撰入集している。

45

百首歌の中に

恨みてもあまの網縄くりかへし恋しきかたに引く心かな（一二二三）

〔現代語訳〕 百首歌の中に詠んだ歌。

つれない恋人をいくら恨んでみても、漁師が縄で編んだ網を繰返し引くように、恋しいという思いにばかり繰返し引かれる心だなあ。

〔詠歌年次・契機〕 文永二年続古今集成立以前某年百首。一二六五年、68歳以前。

〔参考〕 「霞さへたなびきにけり春駒のみまきの浦のあまの網縄」（建長八年百首歌合六四九、家良）「置く網のしげき人目にことよせて又こと浦に引く心かな」（続後撰九〇一、但馬）

〔他出〕 全歌集四八七一。

〔語釈〕 **○恨みても** 「浦見ても」をかける。**○くりかへし・引く** ともに「網縄」の縁語。**○かた** 「方」と「潟」をかける。

〔補説〕 縁語の連鎖による、実感の伴わぬ月並詠とも見えるが、「あまの網縄」は参考家良以外に用例なく、しかもこれを詠じたのは九条基家主催、反御子左派色の極めて濃厚な歌合である。為家の眼はこのような所にまで届き、しかも取入れるべきものは取入れている。「恋しきかたに」は勅撰集初出、「引く心かな」も参考続後撰詠に次ぐものである。なおこの百首歌については他に所見がない。

46

六帖題歌よみ侍りけるに

いさしらずなるみの浦に引く潮の早くぞ人は遠ざかりにし（一三八七）

〔現代語訳〕　古今六帖になぞらえた題の歌を詠みました中に詠みました歌。
さあ、どうなった事やらわからないよ。鳴海の浦の引潮が急速に岸から遠ざかって行くように、とっくの昔にあの人はさっさと遠く離れて行ってしまったのだもの。
〔詠歌年次・契機〕　寛元元年十一月十三日～二年二月二十四日新撰六帖題和歌。一二四三～四四年、46～47歳。
〔参考〕「いさしらずかりにと聞けど逢ふことの又かた野にやならむとすらむ」（続詞花五七四、師尚）「君恋ふとなるみの浦の浜久木しほれてのみも年を経るかな」（新古今一〇八五、俊頼）「いかにせむ阿波の鳴門に引く潮の引き入りぬべき恋の病を」（教長集七〇二）「吉野川岩波高く行く水の早くぞ人を思ひそめてし」（古今四七一、貫之）「住吉の有明の月をながむれば遠ざかりにし影ぞ恋しき」（新勅撰一二八〇、和泉式部）
〔他出〕　新撰六帖一一〇二。秋風抄二四九。歌枕名寄四九一四。全歌集二一二〇。
〔語釈〕　**〇いさ**　さあ、どうだか。**〇なるみ**　尾張の歌枕、鳴海。名古屋市緑区鳴海町。「知らずなる」をかける。**〇早くぞ**　引潮の早い事と心変りの早い事、更に「すでにもう」の意をかける。
〔補説〕　新撰六帖「しほ」題。恋人の離れ行く早さを引潮にたとえたのは、目に見えるようで適切である。

47

前中納言定家身まかりて後、第三年の仏事嵯峨の家にてし侍りけるにつかはしける　入道前太政大臣

今日といへば秋のさがなる白露も更にや人の袖ぬらすらむ

返し

今日までも憂きは身にそふさがなれば三年の露のかわく間ぞなき（一四二〇）

〔現代語訳〕（前中納言定家の没後、三回忌の仏事を嵯峨の家で行いました時に贈りました歌、西園寺実氏、「今日、御命日の

八月二十日と言えば、秋にはつきものの白露ではありますが、三回忌ともなれば更に繁くあなたの袖をぬらすことでしょう」）

その返歌。

父が亡くなって月日のたった今日までも、悲しい事ばかり我が身につきまとう運命を担った私、そして父の思い出深い嵯峨の家ですから、三年越しの涙の露のかわく間とてはありません。

〔詠歌年次・契機〕 寛元元年八月二十日、定家三回忌法要時。一二四三年、46歳。

〔参考〕「悲しさは秋のさが野のきりぎりすなほ故郷に音をやなくらむ」（新古今七八六、実定）「嬉しきはいかばかりかは思ふらむ憂きは身にしむものにぞありける」（詞花二三三、道信）「わが袖は潮干に見えぬ沖の石の人こそしらねかわく間ぞなき」（千載七六〇、讃岐）

〔他出〕 為家卿集三三九。中院詠草一二〇。大納言為家集一七三四「かわくまもなし」。全歌集一八六七。

〔語釈〕 **〇さが** 性格、特性の意に、地名「嵯峨」をかける。 **〇三年の露** 三回忌を迎えた涙。

〔補説〕 定家没は仁治二年八月二十日、80歳。年に不足はないといっても、為家はいつまでも父を恋う思い切であった。贈歌の主、実氏（↓25）は為家従兄にして御子左家パトロン。十分に彼の心を汲み得る友であり、為家も「性《さが》―嵯峨―露」の贈歌の技巧を素直に受けて返歌している。なお古来和歌で「袖ぬらす」のは「涙・水・波・時雨・雫」等で、「露」は勅撰集では新古今集「袖ぬらす萩の上葉の露ばかり昔忘れぬ虫の音ぞする」（七八四、忠実）「あけくれは昔をのみぞ忍草葉末の露に袖ぬらしつつ」（一六七四、成仲）が初出である。

定家三回忌の贈答としては、他に後鳥羽院下野との二組、（その一は↓210）、公経、覚寛（↓211）、合計五組が知られる。その舞台なる定家の「嵯峨の家」については、角田文衛「定家の小倉山荘」（国文学昭57・9、『王朝史の軌跡』昭58所収）に詳しい考証があり、これによれば「嵯峨二尊院門前往生院町東部と二尊院門前善光寺山町中部、東部のあたり」（明月記元久二年七月十四日条）であるという。

大納言典侍身まかりての比よみ侍りける

あはれなど同じ煙に立ちそはで残る思ひの身をこがすらむ（一四六一）

〔現代語訳〕 大納言典侍為子が亡くなった頃に詠みました歌。

ああ一体どうして、我が子の火葬の時一しょに伴って煙となってしまわないで、生き残った辛さにじりじりと身を焼くような思いをするのだろうか。

〔詠歌年次・契機〕 弘長三年七月十三日、後嵯峨院大納言典侍死去。一二六三年、66歳。

〔参考〕 「あはれなど又見る影のなかるらむ雲がくれても月は出でけり」（新勅撰一二三九、公経）「限りあれば例の作法にをさめ奉るを、母北の方、同じ煙にのぼりなむと泣きこがれ給ひて」（源氏物語、桐壷）「思ひやれ同じ煙にまじりなで立ちおくれたる春の霞を」（栄花物語五〇一、源三位）

〔他出〕 秋夢集二五。中院詠草一二三。沙石集八九「あはれげに同じ煙と立ちはてで残る思ひに身をこがすかな」。全歌集四三一〇。

〔語釈〕 **〇同じ煙** 同一の火葬の煙。**〇立ちそはで** 「立ち」は煙の縁語。**〇思ひ** 「火」をかけ、「こがす」もその縁語。

〔補説〕 大納言典侍は為家の一人娘為子。定家「鍾愛之孫姫」として幼くしてその自筆三代集・伊勢物語を伝受、後嵯峨院典侍となり、二条良実男左大臣道良に嫁したが、27歳にして死別。のち出家、二児を残して31歳で没。詠草残編「秋夢集」があり、またその死を惜む為家哀傷歌集「秋思歌」がある。沙石集には「大納言為家卿、最愛の御女におくれ給ひて、かの孝養の願文の奥に」とあり、その異文は定稿以前の願文における本文かとされる（佐藤恒雄『中世私家集七』秋思歌解題、時雨亭叢書、平12）。源氏物語桐壷更衣の母の嘆きを切に共感した哀歌である。

49

光俊朝臣すすめ侍りける百首歌中に

たらちねの無からむのちの悲しさを思ひしよりもなほぞ恋しき（一四六五）

〔現代語訳〕　藤原光俊朝臣が勧進しました百首歌の中に詠みました歌。

親の亡くなった後、どんなに悲しかろうかという事は、想像してはいたのだが、（いざ父が亡くなってみると）思っていたのをはるかに越えて恋しく悲しいことだ。

〔詠歌年次・契機〕　寛元三年十月入道前右大弁光俊勧進経裏百首和歌。一二四五年、48歳。

〔参考〕　「昔だに昔と思ひしたらちねのなほ恋しきぞはかなかりける」（新古今一八一五、俊成）「世の中に無からむのちに思ひ出でば有明の月を形見とは見よ」（続後撰一二二九、顕綱）「よそながら思ひしよりも夏の夜の見はてぬ夢ぞはかなかりける」（後撰一七一、読人しらず）「逢坂の関に心は通はねど見し東路はなほぞ恋しき」（後拾遺九一五、相模）

〔他出〕　為家卿集三八四「猶ぞかなしき」。中院詠草一二一。大納言為家集一七六七「猶ぞかなしき」。万代集三五七〇。新続三十六人撰二五〇「なからむあとの」。全歌集二四六〇。

〔語釈〕　**○たらちね**　「親」の枕詞。またこれのみで親、父母の意。ここでは父定家。

〔補説〕　本詠詠出の寛元三年は父定家没の四年後。母京極禅尼（西園寺実宗女）は当時在世で、翌四年十一月四日81歳で没する。為家の両親追善の仏事の手厚さについては、『研究』第五章「仏事供養」に詳しい。

50

（花歌の中に）

花咲きし時の春のみ恋しくて我が身やよひの空ぞのどけき（一五〇八）

〔現代語訳〕（花の歌の中に詠んだ歌）

花が咲き、自分もまた華やかな時代であった頃の春ばかりが恋しく思われて、「弥生」の名の通り、自分の身がいよいよ老いて来たこの三月の空を見れば、のどかにもまた物淋しく思われるよ。

〔詠歌年次・契機〕建長二年現存六帖成立以前。契機未詳。一二五〇年、53歳。

〔他出〕現存六帖抜粋本一二。全歌集二六六五。

〔語釈〕○やよひ　三月の異名。「弥《い》や生《お》ひ」の転という。その語源によって「いよいよ年老いた」意をこめる。
○のどけき　閑暇があり、一面寂寥を覚える感情をあらわす。
〔補説〕詠歌年次は特定できないものの、内容からすれば「花咲きし時の春」とは仁治二年（一二四一）44歳の二月一日権大納言昇任の春であろう。しかし同年八月二十日父の喪により服解、復任する事は叶わず、寛元元年（一二四三）四月二十日本座を聴されるも、四年十一月四日母の喪により再び服解。建長二年九月十六日、父の官であった民部卿を兼官した。本詠はおそらくこの二度の服解のいずれかの頃のものであろう。淡々とした詠み口に深い感慨がこもる。現存和歌六帖については29参照。

51

弘長元年百首に、花を

いにしへの大内山の桜花面影ならで見ぬぞ悲しき（一五一一）

〔現代語訳〕弘長元年百首に、「花」を詠んだ歌。

その昔の、大内裏に咲いた桜花よ。それを今は、回想の中の姿でなくては見る事ができないのは、まことに悲しいことだ。

〔詠歌年次・契機〕弘長元年九月以降詠進弘長百首和歌。一二六一年、64歳。

〔参考〕「九重に立つ白雲と見えつるは大内山の桜なりけり」（詞花二四、出雲）「よそにのみ思ふ雲居の花なれば面影ならで見えばこそあらめ」（頼政集八〇、風雅一四六四）

〔他出〕弘長百首九六。為家卿集六五四。中院詠草一七。大納言為家集一五六。寂恵法師歌語「みぬぞ恋しき」。歌枕名寄一二八一。全歌集四一七七。

〔語釈〕**○大内山**　宮中をさす「大内《たいだい》」を訓読みにした表現。

〔補説〕この五年前、康元元年二月二十九日、59歳をもって出家している。その感慨として首肯されるところである。

百首歌の中に

いにしへを思ひ出づれば時鳥雲居はるかに音こそなかるれ（一五五一）

〔現代語訳〕百首歌の中に詠んだ歌。

延臣として活躍した昔を思い出せば、時鳥が空のはるか彼方に鳴く、それではないが、宮中がはるか遠いものになってしまった事を思って、声を出して泣けてしまうよ。

〔詠歌年次・契機〕正嘉元年七月卒爾百首和歌。一二五七年、60歳。

〔参考〕「いにしへを思ひ出づるの悲しきはなけども空に知る人ぞなき」（新勅撰一一三一、基俊）「時鳥雲居のよそになりしかば我ぞ名残の空になかれし」（金葉四五一、公実）「かりがねの帰るを聞けば別れ路は雲居はるかに思ふばかりぞ」（拾遺三〇四、好忠）

〔他出〕為家卿集五二六。中院詠草三二。大納言為家集四四九。題林愚抄一八二八。全歌集三二六七。

〔語釈〕**○雲居**　空。同時に宮中をも意味する。

〔補説〕　これも前詠と同様の懐旧詠である。この卒爾百首は為家卿集ほかにより四八首（うち一部欠四首）が知られるが、勅撰入集は本詠のみである。

53

題しらず

いにしへは我だにしのぶ秋の月いかなる世々を思ひ出づらむ（一五九六）

〔現代語訳〕　題不明の歌。
その昔の事は、数ならぬ私でさえ慕わしく思うのだ。太古から照らしている秋の月は、どんな時代々々を思いおこしていることだろう。

〔詠歌年次・契機〕　貞応二年八月千首和歌。一二二三年、26歳。

〔参考〕　「あはれ又いかなる世々のむくひにてうきにつけても人を恋ふらむ」（続後撰八六二、為継）

〔他出〕　千首九五五「いかなるよに」。為家卿集八四「いかなるかげか」。大納言為家集一七八一「いかなる世をか」。秋風抄九三。全歌集一一一七「いかなるよに」。

〔補説〕　月に人間が行った事さえはるか昔話になった現在でも、皓々たる秋月に対する時この感慨は共感されるところであろう。「我だにしのぶ」に若々しい為家の風貌が現前する。

54

題しらず

絶えずとふかけひの水の情こそおとづれながらさびしかりけれ（一六九五）

〔現代語訳〕　題不明の歌。

（人の訪問とてない閑居に、それだけは）絶えず流れの音を立てて安否を尋ねてくれるような筧の水に、つい感じてしまう人間的な情愛、それは嬉しい訪れとは思うものの、やはり淋しさをそそるものでもあるよ。

〔詠歌年次・契機〕 貞永元年三月洞院摂政家百首和歌。一二三二年、35歳。

〔参考〕「思ひやれとふ人もなき山里の筧の水の心細さを」（後拾遺一〇四〇、中将）「思ひやれ筧の水の絶えだえになりゆくほどの心細さを」（詞花二五八、章行女）「おどろかす音こそ夜の小山田は人なきよりもさびしかりけれ」（千載三二六、読人しらず）

〔他出〕 洞院摂政家百首一六一八。全歌集一六五二。

〔語釈〕 **○かけひ** 筧。懸樋。庭に水を引くためにかけ渡した樋。

〔補説〕 山家の心細さの象徴としての筧の水ではあるが、人一人来ぬ閑居では、その音する事がふと嬉しく、更にそう思う自分がむしろ淋しい、という逆説的趣向。

（同じ心〈暁〉をよみ侍りける）

身を思ふ寝覚めの涙ほさぬ間になきつづけたる鳥の声かな（一七二二）

〔現代語訳〕（前歌と同じ題の気持〈暁〉を詠みました歌）

さまざまに我が身を思って流す、寝覚めの涙をまだかわかす事もできないうちに、（はや暁になったのか）私に続けるようにして鳴く、鶏の声よ。（それを聞けばまた涙がこぼれる）

〔詠歌年次・契機〕 寛元元年十一月十三日～二年二月二十四日新撰六帖題和歌。一二四三～四四年、46～47歳。

〔参考〕「大方の秋の寝覚めの長き夜も君をぞ祈る身を思ふとて」（新古今一七六〇、家隆）「人しれぬ寝覚めの涙ふりみちてさも時雨れつる夜半の空かな」（新古今一三五五、伊尹）「我が袖の老の涙もほさぬ間に又露かかる秋の夕暮」（中院集一八〇、為家、文永四年九月続百首）「鳴きつづく蟬の諸声ひまもなしならびの岡の夏のひぐらし」（夫木抄三六四一、為家、文応元年毎日一首）

〔他出〕 新撰六帖二一七。題林愚抄八五二七「なきつづきたる」。全歌集一九四八。

〔語釈〕 **○寝覚め** →26。

〔補説〕 平凡のようだが、「身を思ふ」と初句に出す事、また「ほさぬ間に」「なきつづけたる」は為家の独自句である。

（宝治二年百首歌奉りけるに、海眺望を）

明けわたる芦屋の海の波間よりほのかにめぐる紀路の遠山（一七二七）

〔現代語訳〕（宝治二年百首歌を詠進した時に、「海の眺望」の題を詠んだ歌）

ほのぼのと明けて来る、芦屋の海辺に立って見渡すと、白波の間からほんのりと、内海を抱いてめぐる、紀州の遠い連山まで望むことができるよ。

〔詠歌年次・契機〕 宝治元年十一月詠進宝治百首和歌。一二四七年、50歳。

〔参考〕「明けわたる雲間の星の光まで山の端さむし峰の白雪」（新勅撰四二四、家隆）「遠山の峰たちのぼる雲間よりほのかにめぐる秋の稲妻」（新撰六帖四九二、為家）「何として月を待たまし由良の崎なほ雲かかる紀路の遠山」（歌枕名寄八六八七、家隆）

〔他出〕 宝治百首三八八四。現存和歌六帖第二帖時雨亭文庫本三二一「あしやのうらの」。歌枕名寄三七七七。全歌集二六〇四。

〔語釈〕 **○芦屋** →41。**○紀路の遠山** 紀伊半島、吉野熊野の連山。

〔補説〕「芦屋の浦」「沖」は数多くあるが、「海」は他に用例なし。「ほのかにめぐる」は参考為家詠のみ。「紀路の遠山」は参考家隆詠が先行するのみで、後に頓阿・為理に用例がある。紀路の遠山は万葉集の「あさもよし　紀路に入立ち　真土山　越ゆらむ君は」（五四三、金村）などを想定するか。おだやかな大景が過不足なく詠出されている。

題しらず

風渡る浜名の橋の夕潮にさされてのぼるあまの釣舟（一七三〇）

〔現代語訳〕さわやかな風が吹きわたる、浜名の橋に寄せて来る夕暮の満潮に押されて、自然に浜名川を溯る、漁師の釣舟よ。

〔詠歌年次・契機〕題不明の歌。

〔参考〕宝治二年夏万代集成立以前。一二四八年、51歳。

〔参考〕「津の国の難波の春は夢なれや芦の枯葉に風わたるなり」（新古今六二五、西行）「潮満てるほどに行きかふ旅人やはまなの橋と名づけそめけむ」（兼澄集一一三）「霧わたる浜名の橋の夕波に人のとだえぞかけて待たるる」（建保名所百首八三九、行能）「うち渡す浜名の橋の入波に棚なし小舟誰を恋ふらし」（壬二集七七〇、家隆）

〔他出〕万代集三三〇七「あまのすてふね」。六華集一六三六。歌枕名寄五〇四二「あまのすて舟」。全歌集二六二九。

〔語釈〕〇**風渡る**　「渡る」は「橋」の縁語。〇**浜名の橋**　遠江の歌枕。古く、浜名湖から海に流れ入る浜名川にかかった橋。明応七年（一四九八）地震のため湖が外洋とつながったので失われ、今切《いまぎれ》の渡として渡船となった。〇**夕潮**　夕暮に満ちて来る潮。〇**さされて**　「棹さす」のでなく、「潮にさされて」上流に溯る、という趣向。

〔補説〕　為家の関東下向は建長五年（一二五三）ただ一度で、「今ぞ知るたぐひ見えねばまたかかる浜名の橋とむべもいひけり」（大納言為家集一三六五）と詠じている。すなわち本詠は実景に接する前の想像詠であるが、下句の趣向性も厭味でなく、さわやかな詠である。「太平記」巻二、俊基朝臣再関東下向事に、「浜名の橋の夕潮に、引く人もなき捨小舟」と引用されている。

（懐旧の心を）

水茎の昔のあとに流るるは見ぬ世をしのぶ涙なりけり（一七六五）

〔現代語訳〕（「懐旧」の気持を詠んだ歌）

筆で書かれた、昔の人の文字を見て流れる（泣けてしまう）のは、自分の見た事のない遠い過去の時代を思い慕う涙であるよ。

〔詠歌年次・契機〕　寛元二年六月十三日以前、右大臣一条実経家百首和歌。一二四四年、47歳以前。

〔参考〕「水茎のあとを見るにもいとどしく流るるものは涙なりけり」（栄花物語七九、義子）「さらでだに露けき嵯峨の野辺に来て昔のあとにしほれぬるかな」（新古今七八五、俊忠）「見ぬ世まで思ひのこさぬながめより昔にかすむ春の曙」（月清集三〇九、良経、六百番歌合）

〔他出〕　為家卿集三六〇。中院詠草一二八。大納言為家集一五二六。全歌集一八九九。

〔語釈〕　**○水茎**　筆。「あと」を伴って、筆跡。**○流るる**　水の縁語。「泣かるる」をかける。**○見ぬ世**　自分の知見しない昔。**○しのぶ**　思いやる。追懐する。

〔補説〕　参考俊忠詠は、その父忠家の法輪寺墓所に詣でてのものである。為家詠の「昔のあと」は墓所ならぬ筆跡であるが、単に古人のそれというよりは、やはり父祖の直筆であり、「見ぬ世」も自家繁栄の昔であろう。本来の歌題は「往時」である。「見ぬ世をしのぶ」は言い古された言辞のように思えるが、実ははるか後代為村集に「移し取る袖のかをりもあかなくに見ぬ世をしのぶ軒の橘」（六八九）が見出せるのみである。

三首歌講じ侍りしに、述懐を

たらちねの道のしるべの跡なくは何につけてか世に仕へまし（一七七二）

〔現代語訳〕 三首歌を披講しました時に、「述懐」を詠みました歌。
父親が残してくれた、歌道の手引の庭訓という遺産がなかったならば、何に自分の特色を位置づけて、我が君の治世に奉仕する事ができるだろう。（何と父祖の思のありがたいことか）

〔詠歌年次・契機〕 文永二年続古今集成立以前、詠三首歌。一二六五年、68歳以前。

〔参考〕 「春の来る道のしるべはみ吉野の山にたなびく霞なりけり」（後拾遺五、能宣）「稲葉吹く風の音せぬ宿ならば何につけてか秋を知らまし」（金葉一七一、伊通）

〔他出〕 全歌集四八七三。

〔語釈〕 **○たらちね** →49。**○道のしるべ** 道案内。道標。ここでは「歌道上の教訓」をさす。**○世** 天皇の治世。朝廷。**○まし** 反実仮想の助動詞。

〔補説〕 官界の専門家業だけでなく、文化的にも公家家業の固定を来たし、その一能をもってしてでも昇進が期待できるようになった時代、歌道はその尤なるものであった。これを反映し、父祖の訓育に感謝する詠。三首歌というが、他詠は不明。

寄老述懐を

嘆くぞよ鏡の影の朝ごとに積りて寄する雪と波とを（一八一九）

〔現代語訳〕「老いに寄する述懐」を詠んだ歌。
ああ、つくづく嘆くことだよ。鏡に映る自分の姿を見る朝毎に、積り、また寄せる、雪のような白髪と、波のような皺とを。

〔詠歌年次・契機〕 康元元年良守法印勧進熊野山二十首和歌。一二五六年、59歳。

〔参考〕「嘆くぞよ氷にとづる濁江のうちとけがたき世にすまふとて」（為家七社百首四三六、石清水）「うばたまのわが黒髪や変るらむ鏡の影にふれる白雪」（古今四六〇、貫之）「見えもせむ見もせむ人を朝ごとに起きては向ふ鏡ともがな」（新勅撰九二六、和泉式部）

〔他出〕 為家卿集五〇三。中院詠草一四五。大納言為家集一四一六。題林愚抄九五八九。全歌集三二一六。

〔語釈〕 **○積りて寄する**「積る」は白髪の雪、「寄する」は皺の波。

〔補説〕「嘆くぞよ」は為家創始、のち安嘉門院四条五社百首、嘉元百首実兼らに踏襲される。老を嘆く「頭の雪」「老の波」は常套表現であるが、端的に顔の皺を波と結びつけたのは、「与謝の海に老の波数かぞへくるあまのしわざと人も見よとぞ」（好忠集二）ぐらいしか見当らない。為家はすでに寛元四年（一二四六）49歳の時、「ふもとなる谷の桜の増鏡雪と波との面影ぞ立つ」（大納言為家集一八九、日吉三社歌合）と詠んでいるが、十年前のこの美しい叙景を我が身の老に振りかえた作。「寄老述懐」とはいうものの、まださほど切実な嘆声ではない。なおこの二十首和歌は、家集により一三首が知られ、外に歌題略記、歌欠二首がある。勅撰入集は他に続千載191。主催者良守は生没年未詳、新古今歌人忠良の孫で三井寺法印、熊野那智に三年滝垢離を取り（玉葉二七八四）、また為家から三代集を学んでいる（源承和歌口伝）。

題しらず

やほよろづ神もさこそは守るらめ照る日の本の国つ都を（一九〇六）

〔現代語訳〕　題不明の歌。
　八百万の神々も、さぞやしっかりとお守り下さるだろうよ。照りわたる日光の下に栄える、日本国の都を。

〔詠歌年次・契機〕　貞永元年三月洞院摂政家百首和歌。一二三二年、35歳。

〔参考〕　「やほよろづ神のちかひもまことには三世の仏の恵みなりけり」（新勅撰五六三、通親）「祈るより神もさこそは願ふらめ君あきらかに民安くとは」（拾遺愚草一六〇〇、定家、藤川百首）「もろこしも天の下にぞありと聞く照る日の本を忘れざらなむ」（新古今八七一、成尋母）

〔他出〕　洞院摂政家百首一九一六。現存六帖第二帖時雨亭文庫蔵三八六。全歌集一六六五。

〔語釈〕　**○やほよろづ**　八百万。数の非常に多いこと。**○さこそは**　然こそは。推量の表現（らめ）を伴って、さぞかし、定めての意。**○照る日の本**　「日本」の国名に、「照る」という美称を添える。**○国つ都**　「つ」は体言について これを下の語に対し連体修飾語にする格助詞。上代的な用法。

〔補説〕　古風を庶幾した賀歌である。しかし「国つ御神」「国つ社」というのが通例で、「国つ都」は為家独特。巧みな言葉あしらいで賀意を十分にあらわしている。

続拾遺集

春立つ心をよみ侍りける

あら玉の年は一夜の隔てにて今日より春とたつ霞かな（一）

〔現代語訳〕 立春の気持を詠みました歌。（去年とか今年とかいうけれど）年というものはたった一晩の仕切りがあるだけで、さあ、今日から春だ。と言わんばかりに早速立つ霞よ。（面白いものだなあ）

〔詠歌年次・契機〕 未詳。

〔参考〕「吉野山かすめる空を今朝見れば年は一夜の隔てなりけり」（拾遺愚草一〇一、定家、二見浦百首）「いつしかと出づる朝日を三笠山けふより春の峰の松風」（拾遺愚草一六〇一、定家、韻歌百廿八首）「春や今朝急ぎ来つらむ雪のうちに年をこめても立つ霞かな」（新撰六帖三、為家）

〔他出〕 題林愚抄七。嘉吉三年前摂政（兼良）家歌合三番判詞「けさよりはると」。全歌集五八七二。

〔語釈〕 **○あら玉の** 「年」の枕詞。

〔補説〕 全く詠み古された新年詠と見過されかねないが、実は「年は一夜の」「今日より春と」は勅撰集中本詠のみの独自句、三・五句も用例僅少である。参考に示したように、為家は本詠の発想表現を主として定家詠から学んだと思われる。しかし景物を排して「霞」一つにしぼって歌柄大きく、為家没後最初の勅撰集の巻頭歌に、男為氏が掲げたのもさこそと首肯できる秀歌である。但し「寂恵法師文」によれば、初案は「年のうちに春や立つらむ降り積る雪間かすめる《ぞかすむ(千首)》逢坂の関《山(千首)》」(千首一)であったが、続後撰巻頭の俊成詠「年のうちに春立ちぬとや吉野山霞かかれる峰の白雪」と似ているとの寂恵の進言により改めたという(『続拾遺和歌集』平14、小林一彦解説271頁)。相似もさる事ながら、歌としても本詠の方がはるかにすぐれて居よう。後に嘉吉三年(一四四三)前摂政家歌合三番左に、入道正二位為盛は三・四句が「隔てぞと今日より見えて」と、本詠とわずかに異なるのみの歌を出し、「左は続拾遺集の巻頭為家卿のうたに、あら玉の……と侍るにただ二三字かはれるばかりなり、いかにも老耄のしわざ(時に為盛77歳)とぞおぼえ侍る」(衆議判、後日兼良記)と難ぜられている。

(春の歌の中に)

佐保姫の名に負ふ山も春来ればかけて霞の衣ほすらし(三〇)

【現代語訳】(春の歌の中に詠んだ歌)
春の女神、佐保姫の名を持つ佐保山も、(夏が来ると白い衣を干す香具山と同じように)春が来ると山の上にふうわりと霞を掛けて、衣を干したようにたなびかせているらしいよ。

【詠歌年次・契機】 暦仁元年七月二十日以後興福寺権別当法印円経勧進春日社十首和歌。一二三八年、41歳。

【参考】「佐保姫の名にあらはるる山なれば今朝も霞の衣たつらし」(壬二集二一二九、家隆)「佐保山に霞の衣かけてけり何をか四方の山はきるらむ」(散木集八、俊頼)「神無月時雨ふりおけるならの葉の名に負ふ宮の古言ぞこれ」(古今九九七、有季)「天にます豊岡姫のゆふかづらかけて霞める天の香具山」(後鳥羽院御集六〇四)「春すぎて夏来にけらし白妙の衣ほすてふ天の香具山」(新古今一七五、持統天皇)

【他出】 静嘉堂文庫蔵詠霞一首懐紙。為家卿集二八六。中院詠草四。大納言為家集二一五。歌枕名寄一九二九「あけてかすみの」。全歌集一七八九。

〔語釈〕 **○佐保姫の名に負ふ山** 大和の歌枕、佐保山。現在の奈良市北方だが平城京から見れば東側（五行説で春に当る）に当るところから、春の女神佐保姫が住むとされた。「名に負ふ」は「名前をつけられる」意。**○かけて……ほす** 「佐保」に衣類を掛け、干す「棹」をかける。

〔補説〕 参考家隆詠と持統天皇詠からの発想と思われるが、趣向性が目立たず品よくすっきりと仕立てている。この十首和歌は為家卿集等により七首が知られ、大和各地の歌枕詠である。勅撰入集は他に続後拾遺231一首。また静嘉堂文庫美術館には本詠のみを記した一首懐紙が所蔵されている。筆跡は「為家の特徴をよく備えてはいるが、硬さがあって若干の疑念も残る」（『全歌集』761頁）とされるが、端に「中納言為家」の位置があり、これにより、権官から本官に転じた暦仁元年七月二十日以後の催行であった事が知られる。その写真版は『全歌集』口絵グラビア16に示されている。なお勧進者円経は藤原為業（寂念）の孫。新勅撰・続後撰・続拾遺に計四首入集している。

弘長元年百首歌奉りける時

白雲の色はひとつを桜花咲きぬと匂ふ春の山風（五八）

〔現代語訳〕 弘長元年百首歌を詠進した時詠んだ歌。

（遠望では）白雲の色は花の白さと全く同じで区別がつかないのだが、（それをちゃんと見分けて）「桜の花が咲いたよ」と、匂いを運んで知らせてくれる。春の山風よ。

〔詠歌年次・契機〕 弘長元年九月以降詠進弘長百首和歌。一二六一年、64歳。

〔参考〕 「白露の色はひとつをいかにして秋の木の葉を千々に染むらむ」（古今二五七、敏行）「桜花咲きにけらしな足引の山のかひより見ゆる白雲」（古今五九、貫之）「たづねつる花のあたりになりにけり匂ふにしるし春の山風」

（千載四六、崇徳院）

〔他出〕 弘長百首九三。為家卿集六五一。中院詠草一三。大納言為家集一五三。全歌集四一七四。

〔語釈〕 **〇ひとつを** 一つであるものを。

〔補説〕 桜か白雲かとまがい、香によって知るというのは珍しからぬ趣向であるが、参考敏行詠の秋を春に引き直し、「色は一つを」の意味を微妙にずらして、貫之・崇徳院詠とも異なる一首に仕立てている。

建長三年吹田にて十首歌奉りけるに

立ちまがふ同じ高間の山桜雲のいづこに花の散るらむ（一〇五）

〔現代語訳〕 建長三年、吹田で十首歌を詠進した時に詠んだ歌。

雲か、花かと見まがうように、雲のかかる同じ高間の山に白く見える山桜よ。雲のどこに花が散って、あのようにいずれとも見えぬ美しさをかもし出しているのだろう。

〔詠歌年次・契機〕 建長三年閏九月十七日〜二十七日後嵯峨院吹田御幸十首和歌。一二五一年、54歳。

〔参考〕 「立ちまがふ峰の雲をば払ふとも花を散らさぬ嵐なりせば」（山家集一一四、西行）「かづらきや高間の桜咲きにけり立田の奥にかかる白雲」（新古今八七、寂蓮）「咲かぬ間ぞ花とも見えし山桜おなじたかねにかかる白雲」（新勅撰六六、民部卿典侍）「夏の夜はまだ宵ながら明けぬるを雲のいづこに月やどるらむ」（古今一六六、深養父）

〔他出〕 為家卿集四六一、中院詠草二一、大納言為家集二七八、歌枕名寄二三四五、全歌集二七〇六、以上すべて「立ちまよふ」「雲のいづくに」。

〔語釈〕 **〇高間の山** 大和の歌枕、高天とも。葛城山系の金剛山の別名か。

〔補説〕 第一・第四句、続拾遺集以外の資料ではすべて「立ちまよふ」「雲のいづくに」である。「まよふ」は「まがふ」と同じく「区別が定かでない」意であると思われるが、なお「入り乱れる」の意とも取れるので、入集時に改めたか。「いづく」も深養父詠に明らかによりつつ「折しもあれ雲のいづくに入る月の空さへをしきしののめの道」（拾遺愚草一六三一、定家）等、「いづく」とする例が定家・家隆・良経らにも見えるが、なお本歌により入集時に改めたか。なお今後続拾遺集本文研究の深化に待つ。「吹田」とは、大阪府吹田市に西園寺公経の営んだ豪奢な山荘で、当時は実氏が領して自らも歌会を行い、後嵯峨院御幸時の十首歌会の事は増鏡内野の雪にも記されている。この十首からは、続拾遺に他に二首（83・96）、家集類に本詠を含め三首、計実数五首が知られる。

弘長元年百首歌奉りける時、款冬を

散ればかつ波のかけたるしがらみや井手こす風の山吹の花（一三九）

〔現代語訳〕　弘長元年百首歌を詠進した時、「款冬」の題を詠んだ歌。
散るとすぐそのまま川面一面に浮いて、波が自分で川の中にかけた花びらの柵《しがらみ》になる、それが、井手の玉川を吹き越す風に舞う、山吹の花なんだなあ。

〔詠歌年次・契機〕　弘長元年九月以降詠進弘長百首和歌。一二六一年、64歳。

〔参考〕　「見渡せば波のしがらみかけてけり卯の花咲ける玉川の里」（後拾遺一七五、相模）「山川に風のかけたるしがらみは流れもあへぬ紅葉なりけり」（古今三〇三、列樹）

〔他出〕　弘長百首一三〇。為家卿集六五六。中院詠草二三。大納言為家集二四六。歌枕名寄八六三。全歌集四一八一。

〔語釈〕　**○かつ**　且つ。一方である動作が行われると同時に、他方でもう一つの動作が行われる意。**○しがらみ**　柵。流水をせき止めるため、杭を打込み、竹や木の枝を横にからませたもの。ここでは川面を横断するように散り浮いた山吹の花びらをそれに見立てる。**〇井手**　山城の歌枕。京都府綴喜郡井手町。木津川の支流、玉川の清流と、山吹・蛙で名高い。

〔補説〕　参考二詠を暮春の山吹に取りなす。初句「散ればかつ」は為家の独創で（「散ればかつ咲く」は先行若干例がある）、のち文永八年にも「散ればかつ行き来の袖もまがふまで色香を譲る梅の下風」（大納言為家集七八）と詠んでいる。「井手こす波」は多いが、「井手こす風」はこれもまた為家独自。

藤

いつはりの花とぞみゆる松山の梢を越えてかかる藤波（一四〇）

〔現代語訳〕　「藤」の題の歌。

どうもあれは、うそつきの花じゃないかと見えてしまうよ。松山の梢を越えて、波のように咲きかかっている藤の花は（だって「君をおきてあだし心を我が持たば末の松山波も越えなむ」〈古今一〇九三、陸奥歌〉って言うのに、その約束を破るなんて）。（そんなにも現実離れした、美しい光景だ）

〔詠歌年次・契機〕　弘長元年九月以後詠進弘長百首和歌。一二六一年、64歳。

〔参考〕　「契りきなかたみに袖をしほりつつ末の松山波越さじとは」（後拾遺七七〇　元輔）

〔他出〕　弘長百首一二三。歌枕名寄七〇〇七。全歌集四一八〇。

〔語釈〕　**〇藤波**　藤の花房がしだれなびくさまを波に見立てる。

〔補説〕　周知の古今・後拾遺詠を用いて、松にからみ咲く藤を大袈裟に扱った諧謔詠。

（題しらず）

時鳥待つとばかりの短夜に寝なまし月の影ぞ明けゆく（一五二）

〔現代語訳〕（題不明の歌）

時鳥が鳴かないかとひたすら待っている夏の短夜に、（とうとうその声は聞かれず）こんな事なら寝てしまえばよかったのに、はや月の光も白々と、夜は明けはなれて行く。

〔詠歌年次・契機〕 寛喜元年為家勧進家百首和歌。一二二九年、32歳。

〔参考〕「やすらはで寝なましものを小夜ふけて傾くまでの月を見しかな」（後拾遺六八〇、赤染衛門）「聞かでただ寝なましものを時鳥なかなかなりや夜半の一声」（新古今二〇三、相模）「やすらはで寝なまし月に我なれて心づからの露の曙」（拾遺愚草員外四〇五、定家）

〔他出〕 為家卿集一八二。中院詠草二六。大納言為家集四四二（神習文庫本四四三「ねなまし《ほとなくイ》」）。題林愚抄一八七〇。全歌集一五二四。

〔語釈〕 **〇短夜** すぐ明けてしまう夜。夏の夜にいう。**〇なまし** 完了の助動詞「ぬ」の未然形に反実仮想の助動詞「まし」がついた形。「……してしまおうのに」。

〔補説〕「寝なまし月」は参考定家詠を襲ったものであろう。「待つとばかり」「影ぞ明けゆく」は常套表現のように見えるが実は為家創始とおぼしく、後代にもごく少数例しかない。この百首は為家が自家で催した最初の百首で、諸集から一七首が集成され、更にそこから撰歌された寛喜四年日吉社撰歌歌合（↓323）と見合わせて、なお八首を加える事ができる。勅撰では他に玉葉集に二首（179・180）、計三首入集。

洞院摂政家の百首歌に、同じ心（五月雨）を

69

満つ潮のながれひるまもなかりけり浦の湊の五月雨の比（一八三）

〔現代語訳〕 摂政九条教実家の百首歌に、前歌と同じ題の気持（五月雨）を詠んだ歌。

満ちていた潮が干潮時となり、海水が沖に流れ去って岸辺がかわくひまもなく、また日中らしい明るさもないよ。海岸の船着場に五月雨の降りしきる季節は。

〔詠歌年次・契機〕 貞永元年三月洞院摂政家百首和歌。一二三二年、35歳。

〔参考〕「満つ潮のながれひるまを逢ひがたみみるめの浦によるをこそ待て」（古今六六五、深養父）

〔他出〕 洞院摂政家百首四三二。為家卿集二五四。大納言為家集三七六。全歌集一五九一。

〔語釈〕 **○ながれひるま** 流れ、干る間。参考古今詠による。「昼間」をかける。

〔補説〕 深養父詠を巧みに使い、満干潮にも時刻にも関係なく、空を暗くし海辺を濡らして降りしきる五月雨をうたっている。

70

弘長元年百首歌奉りける時、霧

朝ぼらけ嵐の山は峰晴れてふもとをくだる秋の川霧（二七六）

〔現代語訳〕 弘長元年百首歌を詠進した時、「霧」の題を詠んだ歌。

ほのぼのと明けて来る朝。嵐山は峰の上方がくっきりと晴れて、麓を流れる大堰川の川面を覆う秋の川霧が、ゆっくりと下流へと下って行く。

〔詠歌年次・契機〕 弘長元年九月以降詠進弘長百首和歌。一二六一年、64歳。

〔参考〕「朝ぼらけ嵐の山の寒けれ《まだき(拾)》ば散るもみぢ葉《紅葉の錦(拾)》を着ぬ人ぞなき」（公任集一三九、拾遺二一〇）「曇りなくはこやの山の峰晴れて行末遠く出づる月影」（正治初度百首七九九、忠良）「嵐山ふもとをくだる川霧の雲になりゆく冬の曙」

（夫木抄六五四一、為家、正嘉二年毎日一首）「打寄する波にまかせて七夕をたちなかくしそ秋の川霧」（高光集二五）「あけくれの程もや見るとこころみに八重立ちこめよ秋の川霧」（長能集一〇六）「峰高みあかねさし出づる朝日山晴れなで宇治の秋の川霧」（建暦三年内裏歌合三七、有家）

【他出】 弘長百首三二六。為家卿集六七六。大納言為家集七〇八。歌枕名寄六九一一。全歌集四二〇九。

【語釈】 **○嵐の山** 山城の歌枕、嵐山。京都市西京区、大堰川西岸。「嵐」は「晴」に対する。

【補説】 参考に示した、三年前正嘉二年の毎日一首詠の、公的百首詠への改作か。公任詠の先蹤を踏み、冬詠を秋詠とする事で、たけ高く印象鮮やかな秀歌としている。「ふもとをくだる」は為家独創、「秋の河霧」の先例は参考三首のみ。古歌と吟じくらべてあくまでも自詠を洗練する、為家の「稽古」のあり方をしのばせる一首である。

前関白一条家百首歌に、関月

逢坂や鳥の空音の関の戸もあけぬと見えて澄める月かな（二九四）

【現代語訳】 前関白一条実経家百首歌に、「関の月」の題を詠んだ歌。

ここ、逢坂では、夜の間はいくら鶏の鳴きまねをしても開けないという関所の扉も、もう朝と認めて開けたと見えて、夜明の空になお残って澄んでいる月が美しく仰がれるよ。

【詠歌年次・契機】 寛元二年六月十三日以前右大臣一条実経家百首和歌。一二四四年、47歳。

【参考】 「夜をこめて鳥の空音にはかるとも世に逢坂の関はゆるさじ」（後拾遺九三九、清少納言）「遊子猶行㆓於残月㆒函谷鶏鳴」（和漢朗詠集四一六）

【他出】 為家卿集三五四。大納言為家集六三五「あきぬと見えて」。題林愚抄四〇七八。歌枕名寄五八〇一。新三十六人撰二四五「逢坂の鳥の空音に」。私玉抄。全歌集一八八三。

〔語釈〕 ○逢坂 →38。○鳥の空音 孟嘗君、函谷関の故事（→38）。○あけぬ 「ぬ」は完了。戸を開けた意と夜が明けた意をかける。

〔補説〕 「関月」題を、故事を活用してすっきりと詠む。

（題しらず）

秋をへて遠ざかりゆくいにしへを同じ影なる月に恋ひつつ（三一七）

〔現代語訳〕（題不明の歌）

秋を迎え、送る度に、一年々々遠いものになって行くその昔の事どもを、当時と全く同じ光で照る月を眺めながら、しみじみ恋しく思っているよ。

〔詠歌年次・契機〕 安貞元年道助法親王家詠十五首和歌。一二二七年、30歳。

〔参考〕 「しのべとや知らぬ昔の秋をへて同じかたみに残る月影」（新勅撰一〇八〇、定家、元暦元年賀茂社歌合）「秋をへて昔は遠き大空にわが身一つのもとの月影」（拾遺愚草一八〇三、定家、建仁元年院五十首）「何事もかはりのみ行く世の中に同じ影にて澄める月かな」（山家集三五〇、西行）

〔他出〕 国立歴史民族博物館蔵本「月前懐旧」。為家卿集一五七。中院詠草一三四。大納言為家集六七七。全歌集一四八一。

〔語釈〕 ○秋をへて 何回もの秋を経過して。○月に恋ひつつ 「に」は「対して」の意。「つつ」は反復継続。

〔補説〕 「秋をへて」は定家に特に好まれ、しばしば「月」と結びつけて用いられること、参考詠に見る通りで、本詠はこれらに和したような形である。西行詠を取入れた下句は特に感深く、家の伝統の重みを思う若き日の嘆声を思わせる。「月に恋ひつつ」は為家独得の含みある表現で、のちに「嵯峨の通ひ」で安嘉門院右衛門佐（阿仏）

が、「槙の戸を出でがてにせし面影を暮るる夜毎の月に恋ひつつ」（七）と摸倣している。本十五首和歌は高松宮旧蔵本が歴史民族博物館に現存、勅撰入集は本詠のみである。

雪の歌とてよみ侍りける

矢田の野の浅茅が原もうづもれぬ幾重あらちの峰の白雪（四四六）

〔現代語訳〕雪の歌として詠みました歌。

矢田の野の浅茅原も、雪にうずまってしまった。（麓がこんな有様なら）一体幾重積っていることだろう、有乳山の山頂の白雪は。

〔詠歌年次・契機〕貞応二年八月千首和歌。一二二三年、26歳。

〔参考〕「八田の野の《に（新古今）》浅茅色づく有乳山峰のあわ雪寒く降《あ（新古今）》るらし」（万葉二三三一、作者未詳。新古今六五七、人麿）

〔他出〕千首五三四。題林愚抄五七七三。歌枕名寄七三四八。全歌集六九六。

〔語釈〕**○矢田の野**　越前の歌枕。有乳山の麓の野。契沖説では大和国添下郡矢田とする。**○浅茅が原**　チガヤがまばらに生えた原。**○あらち**　越前の歌枕、有乳（愛発）山。北麓に愛発の関があった。敦賀市。「幾重有ら」をかける。

〔補説〕「幾重あらちの」の秀句的な面白さからのみ成った歌とも見えるが、「矢田の野に霰降りきぬあらち山嵐も寒く色かはるまで」（壬二集二六〇〇、家隆）「あらち山矢田野の浅茅色づきぬ人の心の峰のあは雪」（壬二集二八一九、家隆）「あらち山峰の木枯先立てて雲のゆくてに落つる白雪」（拾遺愚草一二五六、定家）等の先人詠にくらべ、最も正面から本歌人麿詠に向き合い、初冬の景を厳冬に詠みかえて如実に描写し得た作として評価できる。

74

白河殿七百首歌に、同じ心（山霞）を

山の端の見えぬを老にかこてども霞みにけりな春の曙（四七八）

〔現代語訳〕 白河殿百首歌に、前歌と同じ題の気持（山の霞）を詠んだ歌。

山の稜線が見えないのを、年をとって視力が衰えたためだ、ああ情ない、と嘆いたけれども、考えてみれば霞が立ってそれではっきり見えないのだな、春の曙だもの。（何も年のせいではない）

〔詠歌年次・契機〕 文永二年七月七日後嵯峨院白河殿当座七百首和歌。一二六五年、68歳。

〔参考〕 「春といへば霞みにけりな昨日まで波間に見えし淡路島山」（新古今六、俊恵）

〔他出〕 白河殿七百首六「かこちても」。大納言為家集三〇。六華集一〇七。全歌集四七一一「かこちても」。

〔語釈〕 **○白河殿** 京都市左京区白河の白河院御所。法勝寺があった。**○老に** 老年のせいとして。**○かこてども** 愚痴をこぼしたが。

〔補説〕 老齢を自覚させられた嘆声を、年齢によらず誰にも霞んで見える春の曙ゆえだったのだ、と安堵する軽い諧謔。余裕たっぷりの老手である。原作と思われる「かこちても」ならば、「視力の衰えを嘆くのは常の事ではあるが、それにしてもまあ霞んだことよ」となる。この方が趣深いとも思われるが、のち、より理解しやすく改めたか。

75

康元元年きさらぎの頃わづらふ事ありて、つかさ奉りてかしらおろし侍りける時よみ侍りける

数ふれば残るやよひもあるものを我が身の春に今日別れぬる（四八三）

〔現代語訳〕 康元元年二月頃、病気に悩む事があって、官職を辞し、出家しました時に詠みました歌。

指折り数えてみれば、春としてまだ残っている三月という月もあるのだのに、自分自身としての春――宮廷人の生活に、今日、別れてしまったことよ。

〔詠歌年次・契機〕 康元元年二月二十九日出家。一二五六年、59歳。

〔参考〕 「いにしへに我が身の春は別れにき何かやよひの暮は悲しき」（続後撰一〇四八、基氏）

〔他出〕 為家卿集四九五「かとふれば」。中院詠草一四三。大納言為家集一七三八。全歌集三二二一。

〔語釈〕 **○かしらおろし** 剃髪出家し。**○やよひ** 弥生。三月。春の最後の月。**○つかさ奉りて** 朝廷に、給わっていた官職を返上して。**○我が身の春** 実社会で栄えていた時代。

〔補説〕 参考詠の詠者、園基氏は、持明院基家男、建暦二～弘安五年（一二一二～八二）71歳。為家より四歳の年少で、参議正三位に至ったが元暦元年（一二三四）十一月23歳で、同年齢の後堀河院（生母北白河院は基氏の姉）崩に殉じ出家（続古今一四五三）。為家は続後撰集に、右詠を含め三首を勅撰初入集せしめている。為家は59歳にして、若くして「我が身の春」を捨てた旧友の心境を、しみじみと追体験したに違いない。

五社に百首歌よみて奉りける比、夢の告あらたなるよし記し侍るとて書き添へ侍りける　皇太后宮大夫俊成

春日山谷の松とは朽ちぬとも梢にかへれ北の藤波

その後年をへてこのかたはらに書き付け侍りける　前中納言定家

立ちかへる春を見せばや藤波は昔ばかりの梢ならねど

同じく書き添へ侍りける

言の葉の変らぬ松の藤波に又立ちかへる春を見せばや（五二八）

【現代語訳】（五社に百首歌を詠んで奉納した頃、夢のお告であらたかな霊験があったという事を記録しますについて、それに書き添えました歌、俊成、「私の身は春日山の谷底の松のように朽ち果ててしまっても、子孫は山上の梢にかかって咲く藤の花のように、藤原北家の繁栄に帰ってくれよ」。その後何年もたってから、この歌の側に書きつけました歌、定家、「こううたった父に、年立返っためでたい新春のような子孫の立身を見せたいものだ。藤の花房が昔ほど高い梢に昇れないように、盛代のような高位への出世は望めないにしても」）

そこに、同様に書き加えました歌。

歌道精進の精神は昔に変らず、そしてそれによって松に昇る藤のように家運上昇をめざしている我が家の伝統の力で、再び立ち返る春のような盛んな時代を父祖にお見せしたいものだ。

【詠歌年次・契機】書写状況・内容から見て仁治二年為家任権大納言および定家没以前と推定（『研究』）。一二四一年、44歳以前。

【参考】「鬱鬱澗底松　離離山上苗」（左思、詠史詩）「補陀落の南の岸に堂立てて今ぞ栄えむ北の藤波」（新古今一八五四、春日榎木明神）

【他出】俊成五社百首巻首書付「事のはのくちせぬ松のはかなさに」（冷泉家本）。同「年のはのくちせぬ松のみどりかな」（書陵部乙本）。長秋草三「事のはのくちせぬ松のはかなさに」。寂恵法師文。全歌集一八四四。

【語釈】○谷の松　世に認められない不遇を象徴する。参考詩句による。○北の藤なみ　参考新古今詠により、藤原氏北家をいう。

【補説】俊成詠は文治六年（建久元、一一五〇）五社百首中、春日社百首の巻軸の一首手前に「述懐」題で詠まれたもの（二九九）であるが、俊成は自家保存用にまとめて書写した「五社百首」（現存冷泉家本、冷泉為満・為頼写）の巻頭扉にもこれを散らし書し、定家は貞永元年（一二三二）正月三十日権中納言任官直後に、その傍らに「立ちかへる」詠を書きつけた。これらの悲願を受けて、為家が家祖長家・忠家に並ぶ権大納言についに昇進したのは仁治二年（一二四一）二月一日、定家没の半年前の事であった。本詠は為家自身俊成・定家詠の余白に同様散らし書で書きつけたものと考えられるが、その詠出・書記時期は未詳。本来第三句「はかなさに」である事、また中巻遊紙表に存する定家詠「老いらくの月にすみては四年へぬ隔てし道の雲は晴れねど」（建保二年〈一二一四〉二月十一日参議任官直後書付）の余白に同様書き付けた詠が「見て晴るる天照る月のかげなれば後の世かけてわが身へだつな」（全歌集一八四六）とある事からして、佐藤氏は「いずれも書記した年代は確定しがたいが、慎ましやかな決意表明のありようから、定家生前のことではなかったかと思われる」（『研究』104頁）としておられる。但し『全歌集』では「定家没直後と推断」とされたが、その後考えを変更された由、当方よりの直接の質問に文書でお答えいただいたのでこれに従う。なお続拾遺集の本詠第三句「藤波に」は撰入時の撰者改訂と思われ、更にこれに続いて「三代の筆のあとを見て又かきそへ侍りし　為氏　春日山祈りし末の代々かけて昔かはらぬ松の藤波」（五二九）が掲げられて、撰者為氏の強い家門意識が表明されている。なおこの為氏詠は冷泉家本以下の五社百首現存諸本には見えないが、為氏権大納言任官の文永四年（一二六七）二月二十三日に、為氏所持本に書き付けたかとされている（『研究』110頁）。

六月祓を

みそぎ川行く瀬も早く夏暮れて岩越す波のよるぞ涼しき（五五八）

〔現代語訳〕「六月祓」を詠んだ歌。

六月祓をする川辺へ出て見ると、流れ行く川瀬の水が早く、同様に早くも夏は終って、岩を越す波が岸に寄り、夜気がまことに涼しいことだ。

〔詠歌年次・契機〕 貞応二年八月千首歌。一二二三年、26歳。

【参考】「みそぎ川波の白ゆふ秋かけて早くぞ過ぐるみな月の空」（続後撰二三六、良経、正治百首）「あすか川行く瀬の波にみそぎして早くぞ年の半ばすぎぬる」（続古今二八三、定家、建保百首）「夏暮れて流るる麻のゆふは川誰水上にみそぎしつらむ」（続古今二八二、家隆）「鳴滝や西の川瀬にみそぎせむ岩越す波も秋や近きと」（続後撰二三七、俊成、千五百番歌合）「水無月の月影白きをみ衣うたふさざ波よるぞ涼しき」（拾遺愚草員外五〇八、定家）「松浦潟木の間に月を残してももろこし舟のよるぞ涼しき」（建保名所百首三五六、行能）

【他出】千首二九二。歌枕名寄九五六六。全歌集四五四。

【語釈】**○六月祓**　六月晦日の夏越《なごし》の祓（半年間の汚れを払うため、茅の輪をくぐり、人形を水に流す）。**○みそぎ川**　禊・祓を行う川。**○早く**　流れの早い事と夏の終りの早い事をかける。**○よる**　「波の寄る」と「夜」をかける。

【補説】俊成・定家・家隆・良経詠によく学びつつ、景を単彩化してまことに涼やかな詠である。「よるぞ涼しき」は珍しからぬ表現のように思われるが、実は前例は参考二詠しかない。

　　　文永十年七月七日内裏に七首歌奉りし時

天の川八十路にかかる老の波又立ちかへり今日に逢ひぬる（五六四）

【現代語訳】文永十年七月七日、内裏に七首歌を詠進した時詠んだ歌。

天の川の「八十瀬」ならぬ、八十歳にさしかかろうとする老人の、「寄る年波」ながら、波が立返るように一年たって帰って来た今日の七夕に、又めぐり逢ったことよ。

【詠歌年次・契機】文永十年七月七日内裏七首和歌。一二七三年、76歳。

【参考】「天の川八十瀬霧らへり《よりあふ（赤人）》彦星の時待つ舟には《にゆく舟（赤人）》今し《や（赤人）》漕ぐらし《ん（赤人）》」（万葉二〇五三、赤人集三一五）「天の川八十瀬の波もむせぶらむ年待ちわたるかささぎの橋」（新勅撰二一一、崇徳院）「天の川八十瀬もしらぬ五月雨に思ふも深き雲のみをかな」（拾遺愚草一〇二九、定家、千五百番歌合）

〔他出〕 全歌集五八三二。

〔語釈〕 **〇内裏** 亀山天皇。**〇八十路** 八十に達しようとする年齢。すなわち七十代。↓113。「天の川八十瀬」（多くの瀬）の慣用句とかける。**〇老の波** 老年。年の寄るのを波の寄るのにたとえる。「かかる」「たち」「かへり」は波の縁語。**〇今日** 七月七日という日をさすだけでなく、内裏乞巧奠公式歌会という、特別行事をたたえる意味を持つ。

〔補説〕 本詠は同一機会の続千載詠（193）とともに、為家公的歌会出詠の最後の作品として残る。「又たちかへり今日にあひぬる」の感慨はまことに深かったと想像される。「天の川八十路」と入って「老の波」と続けるあたり、いかにも老手である。なお本歌会詠の全貌は伝わらず、続拾遺集に光俊・隆博詠が見える。

（弘長元年百首歌奉りける時、荻を）

いにしへはおどろかされし荻の葉に吹きくる風を寝覚めにぞ待つ（五六八）

〔現代語訳〕（弘長元年百首歌を詠進した時、「荻」の題を詠んだ歌）

若かった昔は、恋人が来たかと胸躍らせ、そして落胆させられた、荻の葉を吹きそよがせる風であったが、年老いた今は寝覚めて眠れないままに、せめてその風だけでも吹いて来てくれないかと待つことよ。

〔詠歌年次・契機〕 弘長元年九月以降詠進弘長百首和歌。一二六一年、64歳。

〔参考〕「夕まぐれ恋しき風におどろけば荻の葉そよぐ秋にはあらずや」（散木集三七三、俊頼）「小山田の庵ちかく鳴く鹿の音におどろかされておどろかすかな」（新古今四四八、西行）「風の音の限りと秋やせめつらん吹きくるごと

に声のわびしき」（後撰四二一、読人しらず）「神無月寝覚めにきけば山里の嵐の声は木の葉なりけり」（後拾遺三八四、能因）

【他出】弘長百首二四九。為家卿集六六八。大納言為家集四九一。六華集五九二。全歌集四一九八。

【語釈】**○おどろかされし**「はっと気づかされた」意と、「目を覚まされた」意をかける。**○寝覚め** →26。

【補説】寝覚めの淋しさをまぎらそうとし、若かった昔を思う、老境の実感。

弘長元年百首歌奉りける時、月を

身の憂さのさのみはいかにまさるぞと又めぐりあふ月や見るらむ（五九一）

【現代語訳】弘長元年百首歌を詠進した時、「月」の題を詠んだ歌。

まあこの人、その身にかかる不幸の、そんなにまでどうして加わるのだろうと、秋ごとに又めぐり合う月は見ることだろう。

【詠歌年次・契機】弘長元年九月以降詠進、弘長百首和歌。一二六一年、64歳。

【参考】「身の憂さの秋は忘るるものならば涙くもらで月は見てまし」（千載二九八、頼輔）「浅ましやさのみはいかに信濃なる木曽路の橋のかけ渡るらむ」（千載八六二、実重）「何となく我ゆゑぬれし袖の上は浅かりけりと月や見るらむ」（壬二集八七六、家隆、建保四年院百首）

【他出】弘長百首二九八。為家卿集六七三。大納言為家集五九八。全歌集四二〇五。

【語釈】**○さのみは**　そのようにばかりは。**○めぐりあふ月**　一年がめぐって再び逢う秋の明月。

【補説】「月や見るらむ」の用例は多いが、ほとんどは「人間が月を見る」意で、「月が人間を見る」例はわずかに参考家隆詠を拾える程度、勅撰集では本詠以外続千載一八一四定房詠、新千載三三一後宇多院詠のみである。この時期すでに阿仏との関係で本妻頼綱女との仲は険悪、続古今撰進をめぐり反御子左派の活動もあったはずで、「身の憂さ」を嘆ずるのもさこそと思われるが、翌年九月続古今撰者追加、三年七月女大納言典侍没、為氏との不和も表面化するに至る。為家晩年の「身の憂さ」は、本詠以後もまさるのみであった。

題しらず

見し事のみな変り行く老いの身に心長きは秋の夜の月（五九四）

〔現代語訳〕 題不明の歌。

私が今まで見て来た事は皆どんどん変って行って、（知らぬ世界に来たような）この老年の身に、心長く変らずに接してくれるのは、秋の夜の月、ただそれだけだよ。

〔詠歌年次・契機〕 未詳。

〔参考〕「見し事もみぬ行末もかりそめの枕にうかぶまぼろしの中」（式子内親王集九七）「忘れなむと思ふにぬるる袂かな心長きは涙なりけり」（後拾遺七六〇、良成）「年ふれば荒れのみまさるふるさとに心長くも澄める月かな」（後拾遺八三二、為政）

〔他出〕 全歌集五八七三。

〔語釈〕 **○見し事** 過去に体験して来た事。↓100。**○心長きは** 持続して変らないのは。

〔補説〕 老後の感慨、さぞかしとうなずかれる。「見し事」を「自らの過去の体験」とする例は意外に少く、ようやく参考式子内親王詠を拾い得た。新古今盛時から承久の乱、後堀河皇統・土御門皇統の盛衰、後嵯峨朝歌壇の確執等、七十八年の生涯の変転と思う時、心長く変らぬ秋の夜の月に寄せる心情の程がしのばれる。

常盤井入道前太政大臣家にて月の歌よみ侍りける中に

仕ふとて見る夜なかりし我が宿の月にはひとり音ぞ泣かれける（六〇四）

〔現代語訳〕 入道前太政大臣西園寺実氏家で、月の歌を詠みました中に詠みました歌。

我が君の御政治に関与し、奉仕するがために日夜精勤し、それゆえに見る事もなかった自宅での月を、閑職となった今はしみじみと見るにつけて、一人声を立てて泣けてしまうよ。（衰えた我が身が悲しくて）

〔詠歌年次・契機〕 建長五年八月十五日前太政大臣実氏吹田亭月五首和歌。一二五三年、56歳。

〔参考〕「大宮にのみ　久方の　昼夜わかず　仕ふとて　かへりみもせぬ　我が宿の　しのぶ草生ふる　板間あらみ」（古今一〇〇二、貫之）「仕ふとて着しや衣のさかさまに年は行かなむ今になるやと」（新撰六帖一七一二、為家）「仕ふとて朝急ぎし鳥の音の今はほのかに聞くぞ悲しき」（万代集三六六一、良実）「従〻今便是家山月　試問清光知不〻知」（新撰朗詠集二三一、白）

〔他出〕 為家卿集四七四。中院詠草一三一。大納言為家集五九五。全歌集三〇〇九。

〔語釈〕 **○仕ふとて**　君に仕えるといって。

〔補説〕 為家は若き日、順徳内裏にまめまめしく仕え、後堀河朝嘉禄二年（一二二六）参議従三位、ついで正三位、右兵衛督、右衛門督、従二位、権中納言、正二位、中納言と累進し、仁治二年（一二四一）二月、ついに御子左二祖忠家以来の権大納言に昇った。「仕ふとてみる夜なかりし」は決して文飾、誇張ではなかったであろう。しかし同八月、父定家の没によって服解、復任する事を得ず、寛元元年（一二四三）本座聴許、建長二年（一二五〇）民部卿を兼ねたとは言え、もはや昔日の活躍からは遠かった。本詠ある所以である。なお本五首和歌の詠は為家卿集により三首が知られる。勅撰入集は本詠のみ。

83

建長三年吹田にて十首歌奉りける時

立ちかへり又仕ふべき道もがな年ふりはつる宿の白雪（六五七）

〔現代語訳〕 建長三年、吹田で十首歌を詠進した時詠んだ歌。

昔に帰って、再び我が君に奉仕できる道があればいいのになあ。年旧り、そしてまた空からも降り積って、復帰の道を閉ざし果ててしまった、私の家の白雪よ。

〔詠歌年次・契機〕 建長三年閏九月十七～二十七日後嵯峨院吹田御幸十首和歌。一二五一年、54歳。

〔他出〕 全歌集二七〇八。

〔語釈〕 **○立ちかへり** 引き返して。「道」の縁語。**○ふりはつる** 「旧り果つる」。「降り」をかける。

〔補説〕 前詠の二年前、やはり同様の心境を詠んだもので、格別の事もない述懐歌と見えるが、「年ふりはつる」「宿の白雪」ともに先蹤がないようである。後者はのちの為家詠に、「小倉山朝ゆく鹿のあとならで人も踏み見ぬ宿の白雪」（大納言為家集八八〇、文永元年十月続百首）「踏み分けむならひも知らず松の戸を雪にとぢたる宿の白雪」（大納言為家集一八五七、文永五年徒然百首）がある。また源承和歌口伝、五、「不審ある歌」に、

うづもるる詞、其の始は藤原仲敏、正嘉二年（一二五八）にすすめ侍りし熊野心経歌、源仲昌、

仕へこし道やはいづく年ふりて世にうづもるる宿の白雪（一二三二）

此の歌よろしく侍るにや。

とある。仲昌は宇多源氏仲業（続古今・続拾遺各一首入集）男、左近将監正五位下文章生。本詠の摸倣歌か。

84

松雪といふことを

冬来ては雪のそこなる高砂の松を友とぞいとどふりぬる（六五八）

【現代語訳】「松の雪」という題を詠んだ歌。
冬が来るというとまあ、雪の積った底にうずもれた高砂の松を唯一の友にして、私はいよいよ年をとるばかりだよ。

【詠歌年次・契機】嘉禎元年（家集注記）。契機未詳。一二三五年、38歳。

【参考】「冬来ては一夜二夜を玉笹の葉わけの霜の所せきまで」（千載四〇〇、定家）「下折れの音のみ杉のしるしにて雪のそこなる三輪の山もと」（続後撰五一一、信実）「誰をかも知る人にせむ高砂の松も昔の友ならなくに」（古今九〇九、興風）

【他出】中院詠草七六。題林愚抄五九六七。歌枕名寄八〇七八。全歌集一七六一。

【語釈】**○雪のそこなる**　雪にうずもれた。「そこ」には「澗底松」（↓76参考）の意を響かせるか。**○高砂の松**　高砂は↓44。松はその主要な景物で、「友」は参考古今詠による。**○ふりぬる**　「旧り」は雪の縁語「降り」をもかける。

【補説】「冬来ては」は5でも注意した通り使用例の多くない歌語だが、定家は参考詠（初学百首）をはじめ初期詠で三首用いており、為家は貞応二年千首に「冬来ては霜枯れはつる芦の葉にあれゆく風の声ぞすくなき」（五五二）等三首、文暦元年以前新勅撰詠（5）、その次の年の本詠、寛元二年新撰六帖詠、文応元年七社百首二首と、生涯を通じて八首も使っている。下句は実年齢に比してはふさわしからぬ述懐とも見えるが、周知の古今詠を巧みに使った趣向である。

85

羇中秋といふ事を

うつりゆく日数知られて夏草の露わけ衣秋風ぞ吹く（六七二）

〔現代語訳〕「羇中の秋」という題を詠んだ歌。

（旅を続けて行くと）過ぎて行く日数、それに伴って移り変る季節の様子がはっきりわかって、夏草に置いた露を分けて歩いた旅衣に、今はもう秋風が吹いている。

〔詠歌年次・契機〕文永二年七月七日後嵯峨院白河殿当座七百首和歌。一二六五年、68歳。

〔参照〕「かはりゆく涙の色ぞあはれなる草の枕の日数知られて」（壬二集三七五、家隆、六百番歌合）「夏草の露わけ衣着もせぬになどわが袖のかわく時なき」（新古今一三七五、人麿）「夏草の露わけ衣それながらかわかぬ袖に秋風ぞ吹く」（如願集一三八）

〔他出〕白河殿七百首五九三。大納言為家集一三二四。六華集六五四。全歌集四七八一。

〔語釈〕○羇中「羇」は旅。詠歌一躰に「羇中」と「旅宿」は異なる旨の言及がある。○うつりゆく 移り変って行く。日数の推移とともに旅程の進行をも含める。○知られて 目に見えてわかって。

〔補説〕先行三詠を巧みに融合させて、題意を的確に詠む。前もっての心構えはあったにしても、当座大量の続歌詠作の中で、何の苦もなく適切警抜でしかも稀少な古人詠を想起し活用する。68歳にして、すばらしい詠歌能力である。なお為家は「露わけ衣」を、「さらでだに野原にほさぬ浅茅生の露わけ衣秋風ぞ吹く」（大納言為家集四八〇、貞永元年）「夏草の露わけ衣さはり多み袖のみぬれて行きもやられず」（大納言為家集四二〇、建長五年）とも詠んでいる。

題しらず
ながめつつ思へば同じ月だにも都にかはるさやの中山（六八一）
〔現代語訳〕題不明の歌。

つくづくと眺めながら思う事だが、同じ月でさえも、都とは違う淋しい光で照らしている、小夜の中山よ。

〔詠歌年次・契機〕 貞応二年八月詠千首和歌。一二二三年、26歳。

〔参考〕「ながめつつ思ふもさびし久方の月の都の明け方の空」（新古今三九二、家隆）「光そふ木の間の月におどろけば秋もなかばのさやの中山」（新勅撰二九二、家隆）

〔他出〕 千首九一二。歌枕名寄五〇一八「おもへばかなし」。全歌集一〇七四。

〔語釈〕 **○さやの中山** 遠江の歌枕、小夜の中山。静岡県掛川市。「清《さや》」の縁で月が詠まれる。

〔補説〕 為家の東海道往還ははるか後の建長五年（一二五三）ただ一度で、本詠ももとより想像詠である。おそらく家隆の二詠が頭にあった事であろう。しかし今日現実にその地に立っても、甚だ淋しい山中であり、この感は首肯し得る。56歳の為家、往路には詠なく、帰途に「行く末は急ぐにつけて近づけど越ゆるぞ遠き小夜の中山」（大納言為家集一三四一）と詠んではいるが、すでに十一月で月の季節ではなかった。若き日の詠を想起していたかどうか。

宝治二年鳥羽殿にて、池上松といへる心を

池水の絶えずすむべき御代なれば松の千歳もとはにあひ見む（七二八）

〔現代語訳〕 宝治二年鳥羽殿で、「池上の松」という題の気持を詠んだ歌。
（鳥羽殿を立派に修理してはじめて御幸になりました。）この庭の池水の常に澄んでいるように、今後絶える事なくこの御所に通い住まれるに違いない我が君の御代ですから、庭の松の千年の齢にも、永遠《とわ》（鳥羽）に出逢い、見る事ができるでしょう。

〔詠歌年次・契機〕 宝治二年八月後嵯峨院御幸鳥羽殿初度和歌。一二四八年、51歳。

〔参考〕「今年だに鏡と見ゆる池水の千代へてすまむ影ぞゆかしき」（後拾遺四五六、範永）「わが末の絶えずすまなむ五十鈴川底に深めて清き心を」（続後撰五三四、後嵯峨院）「君が代にひきくらぶれば子の日する松の千歳も数ならぬかな」（後拾遺三一、公実）「津の国の難波思はず山城のとはにあひ見むことをのみこそ」（古今六九六、読人しらず）「もろ人も千代のみかげに宿しめてとはにあひ見む松の秋風」（拾遺愚草一九四二、定家、最勝四天王院障子和歌、鳥羽）

〔他出〕為家卿集四二七。中院詠草一六六。大納言為家集一二四二。題林愚抄九〇五一・一〇五九九。歌枕名寄一〇四七。全歌集二六一二。

〔語釈〕〇鳥羽殿　京都市伏見区鳥羽にあった白河院離宮。八月二十九日御幸。〇すむ　「澄む」と「住む」をかける。〇とはに　「永遠に」に「鳥羽に」をかける。参考古今詠による。

〔補説〕増鏡内野の雪に、「鳥羽殿も近頃はいたう荒れて、池も水草がちに埋もれたりつるを、いみじう修理し磨かせ給ひて、はじめて御幸なりし時、「池の辺《ほとり》の松」といふこと講ぜられしに」として、実氏・後嵯峨院・同院大納言典侍（為家女）の歌を掲げる。この三首は続後撰集賀にこの順で為家が撰入したものである。

恋歌中に

濁り江の水草がくれの浮きぬなはくるしとだにも知る人はなし（七七七）

〔現代語訳〕恋の歌の中に詠んだ歌。
私の恋は、濁った池の水草にかくれて浮く蓴菜《じゅんさい》のようなもの。それを知って手繰り寄せて取る人もないように、内心こんなに苦しいのだと知る人はない。

〔詠歌年次・契機〕弘長三年九月以降詠進弘長百首和歌。一二六一年、64歳。

〔参考〕「濁り江にうきみこがるる藻刈舟はてはゆきさの影をだに見ず」（続後撰九五一、後堀河院民部卿典侍）「なき事をいはれの池の浮きぬなはくるしき物は世にこそありけれ」（拾遺七〇一、読人しらず）「わが恋は増田の池の浮きぬなはくるしくてのみ年をふるかな」（後拾遺八〇三、小弁）

〔他出〕 弘長百首四三四。為家卿集六八八、大納言為家集九七二、両者ともに「しる人もなし」。全歌集四二三四。

〔語釈〕 **○浮きぬなは** 「ぬなは」は蓴菜（ジュンサイ）の古名。スイレン科目の多年生水草。ねぬなはとも。水面に浮く若芽を、長い根を手繰り寄せて取り、食用にするので、「浮き」に「憂き」をかけ、「繰る」から「苦し」を導く。

〔補説〕 百首の歌題は「忍恋」。上句の比喩に十分その心をあらわしている。

弘長元年百首歌奉りけるに、忍恋

いかにせむ恋は果てなきみちのくのしのぶばかりに逢はでやみなば（八〇四）

〔現代語訳〕 弘長元年百首歌を詠進した時に、「忍ぶる恋」の題を詠んだ歌。

ああどうしようか。私の恋の成就は果もなく遠い道程の、陸奥の信夫の里を望むようなもの。耐え忍び、面影を偲ぶばかりで、逢う事もなく終ってしまうならば。

〔詠歌年次・契機〕 弘長元年九月以降詠進弘長百首和歌。一二六一年、64歳。

〔参考〕 「みちのくのしのぶもぢずり誰ゆゑに乱れむと思ふ我ならなくに」（古今七二四、融）「たまさかにあひ見てのちもいとひけり恋は果てなき物にぞありける」（千五百番歌合二六九八、顕昭）「すぐろくの市場に立てる人妻の逢はでやみなむ物にやはあらぬ」（拾遺一二一四、読人しらず）

〔他出〕 弘長百首四三五。為家卿集六八九。大納言為家集九七三。題林愚抄六二四八。歌枕名寄六九一九。私玉抄。全歌集四二二五。

〔語釈〕 ○みちのくのしのぶ　陸奥の歌枕、信夫の里。福島市。信夫摺が名産として知られ、「忍ぶ」とかけて用いられる。「みちのく」は国名に「恋の道」をかける。
〔補説〕 「恋は果てなき」の用例は参考顕昭詠以外には見当らない。単なる歌枕懸詞仕立ての歌とのみは見過し難い、言葉あしらいの熟達した詠である。

山階入道左大臣家十首歌に、寄関恋

心こそ通はぬ中の関ならめなどか涙の人目もるらむ（八一四）

〔現代語訳〕 入道左大臣山階実雄家の十首歌に、「関に寄する恋」の題を詠んだ歌。
あの人と私の心の食い違いこそ、通う事のできぬ恋の道の中に据えられた関でもあろうが、一体どうして、私の涙まで、人目をさえぎってこっそり流さねばならないのだろう。（ここにまで関守がいるわけではないのに）
〔詠歌年次・契機〕 文永七年閏九月二十九日前左大臣山階実雄家月次十首和歌。一二七〇年、73歳。
〔参考〕 「逢坂は心のかよふ道なれば隔てむ関にさはるべしやは」（弁乳母集七七、傅の殿）「打ちもねぬよその人目を待ちわびぬよひよひごとの中の関守」（白河殿七百首四二四、為氏）「人目もる関よりほかに逢坂を越ゆる山路のなどなかるらむ」（続古今一〇七四、行家）「袖にのみ包むならひと思ひしに人目をもるも涙なりけり」（続後撰六七八、素暹）
〔他出〕 大納言為家集一一一九。題林愚抄七六二六。私玉抄。全歌集五四四八。
〔語釈〕 ○関　関所。通行をさえぎり止めるもの。○人目もる　涙が目からもれ落ちる意と、「人目守る」すなわち他人の見る目を憚る意をかける。「守る」は関の縁語。
〔補説〕 実雄は西園寺公経の三男、為家とはいとこ関係になる。文永七八年にかけ、家に月次十首をしばしば行っている事が注目される。この歌会は為家の嵯峨小倉山荘の近くの実雄の小倉山荘で開かれていた事、八年正月二十九日の月次十首における為家詠、「小倉山おなじふもとの野辺にこそ万代かけて若菜をもつめ」（大納言為家集五四、夫木抄二五九、全歌集五四七七）によって角田文衛氏が指摘するところであり（「定家の小倉山荘」国文学昭57・9）、高齢の為家の歌会参加もこれにより首肯されよう。なおこれら一連の月次歌会の為家詠からは、続拾遺四・新後撰一・新千載一、計六首が勅撰に入集している。

山階入道左大臣家十首歌に、不逢恋

頼まじな逢ふにかへむと契るとも今いくほどの老の命は（八七四）

〔現代語訳〕 入道左大臣山階実雄家の十首歌に、「逢はざる恋」の題を詠んだ歌。
あてになんかすまいよ。「命なんか、あなたと逢うのと引きかえに捨ててもいい、どうか逢って下さい」と口説いてみても、それを待って今後どれ程生きていられるかもわからない、年老いた私の命だもの。

〔詠歌年次・契機〕 文永七年八月十八日前左大臣山階実雄家月次十首和歌。一二七〇年、73歳。

〔参考〕 「頼まじな思ひわびぬる宵々の心は行きて夢に見ゆとも」（続後撰八八五、為家、16）「命やは何ぞは露のあだ物を逢ふにしかへば惜しからなくに」（古今六一五、友則）「ありとても今いくほどの行末に我が身ひとつを思ひわぶらむ」（続拾遺一一九六、家良）

〔他出〕 大納言為家集一〇〇八。全歌集五四一六。

〔語釈〕 **○逢ふにかへむ** 逢う事に命を換えよう。一度逢えたら死んでもいい意。参考古今詠による。**○契る** 愛を宣言する。**○今いくほど** 今後何程生きるか。余命少い意。いく（幾）は「生く」をかける。

〔補説〕 続後撰「頼まじな」詠は文学的に構成された詠であるが、その後為家は55歳から阿仏との熱烈な恋をする。

その体験をふまえての最晩年の詠。老いてなお枯れぬエネルギーに脱帽する。

92

山階入道左大臣家十首歌に、待恋

さりともと思ふかひなき宵々の偽をだに頼み果てばや（八九七）

〔現代語訳〕 入道左大臣山階実雄家の十首歌に、「待つ恋」の題を詠んだ歌。

約束したからにはいくら何でも来てくれるだろう、と思うかいもなく、失望を重ねるばかりの夜毎ではあるが、それでもせめて偽りにでもそう言ってくれる言葉を頼みにして、信じ続けたいものだ。（でもその信頼もいつまで続くことか）

〔詠歌年次・契機〕 文永七～八年前左大臣山階実雄月次十首和歌。一二七〇～七一年、73～74歳。

〔参考〕 「さりともと思ひし人は音もせで荻の上葉に風ぞ吹くなる」（後拾遺三二一、小右近）「思へども思はずとのみいふなればいなや思はじ思ふかひなし」（古今一〇三九、読人しらず）「ただ頼めたとへば人の偽を重ねてこそは又も恨みめ」（新古今一二二三、慈円）

〔他出〕 全歌集五五〇一。

〔語釈〕 **○さりとも** いくらそうであっても。**○ばや** 自分の行為を表わす語について自分の希望を表わす終助詞。したいものだ。

〔補説〕 本詠は文永七年八・十・十一・十二月、八年二月のいずれかの月次会のものと推定されている（『全歌集』）。

93

弘長元年百首歌奉りける時、初逢恋

手枕に結ぶ薄の初尾花かはす袖さへ露けかりけり（九二一）

【現代語訳】 弘長元年百首歌を詠進した時、「初めて逢ふ恋」の題を詠んだ歌。
二人の手をさし交わして枕とし、初めての契りを結ぶ。その人の初々しさ、しなやかさ、やさしさは、はじめて穂に出た薄尾花のよう。あまりのいとしさに、重ね合わせる袖さえ涙でぬれてしまうようだよ。

【詠歌年次・契機】 弘長元年九月以降詠進弘長百首和歌。一二六一年、64歳。

【参考】「手枕にかせる袂の露けきは明けぬと告ぐる涙なりけり」(新古今一一八一、宇多天皇)「小男鹿のいる野の薄初尾花いつしか妹が手枕にせむ」(新古今三四六、人丸)「一人ぬる床は草葉にあらねども秋くる宵は露けかりけり」(古今一八八、読人しらず)

【他出】 弘長百首四八〇。為家卿集六九三。大納言為家集一〇一一。井蛙抄二九〇。題林愚抄六七四八。私玉抄。全歌集四二三一。

【語釈】 **○手枕** 腕を枕にする事。多く共寝の場合にいう。**○結ぶ** 契を結ぶ意とともに、旅寝に草を結んで枕とする縁から、「薄」を呼び出す作用を持ち、かつ「露」の縁語ともなる。**○薄の初尾花** イネ科の多年草、ススキが秋の初めに出す褐色の穂。「初逢恋」を利かせる。**○かはす** 互に交錯させる。「手枕」の縁語。**○露けかりけり** 薄の露と涙の露とをかける。

【補説】「初逢恋」の情景と心とを、しなやかに美しく詠む。句あしらいの巧みさは抜群である。井蛙抄第三では「庶幾せざる詞」のうち、「かはす」の例としてあげるが特に解説はない。

弘長元年百首歌奉りけるに、暁別恋

別れ路の有明の月の憂さにこそたへて命はつれなかりけれ (九二九)

【現代語訳】 弘長元年百首歌を詠進した時、「暁の別るる恋」の題を詠んだ歌。

愛する人と別れて帰る道を照らす有明の月の恨めしさ、辛さ。それをつくづくと感ずるにつけてこそ、そういう思いにも堪えて生きている命の、何と無情で鈍感な事だろうと思うよ。

〔詠歌年次・契機〕 弘長元年九月以降詠進弘長百首和歌。一二六一年、64歳。

〔参考〕 「有明のつれなく見えし別れより暁ばかりうきものはなし」（古今六二五、忠岑）「思ひわびさても命はあるものを憂きにたへぬは涙なりけり」（千載八一八、道因）「いく秋をたへて命のながらへて涙くもらぬ月にあふらむ」（拾遺愚草二三七七、定家）

〔他出〕 弘長百首四八七。為家卿集六九四。大納言為家集一〇一五。全歌集四二三二。

〔語釈〕 **○別れ路** 人と別れる道。本来、勅撰集では離別・羇旅に用いられる語で、恋歌では新勅撰の「逢坂のゆふつけ鳥も別れ路をうきものとてやなきはじめけむ」（八一二、幸清）あたりが早い例である。

〔補説〕 右の幸清詠も「逢坂」を詠み込んで、羇旅と関係している。勅撰集以外でも恋歌に用いるのは永久百首の「いづかたと行方もしらぬ別れ路にいかにさきだつ涙なるらむ」（四八六、仲実、別恋）あたりが突出して早く、降って家隆の「朝霜のおきてわびしき別れ路にしばしはたゆめ鴫のはねがき」（壬二集二七七七、後朝恋）が拾える程度。いずれにせよ、恋歌における「別れ路」の使用はそう陳腐なものでもなかった事を押えておきたい。以下の表現も参考諸詠等をふまえた独自の言いまわしである。

題しらず

忘るべき今は我が身の涙だに心にかなふ夕暮ぞなき（九六二）

〔現代語訳〕 題不明の歌。

恋人が忘れたからには私も忘れて当然のはずなのに忘れられず、「今は我が身のいふかひもなし」というように流す涙さえ、心の命ずるままに止める事のできる夕暮などありはしないのだ。

〔詠歌年次・契機〕　貞応二年八月詠千首和歌。一二二三年、26歳。

〔参考〕「忘れぬと聞かばぞ我も忘るべき同じ心に契り来しかば」（相如集五七）「枕のみ浮くと思ひし涙川今は我が身の沈むなりけり」（新古今一三五七、是則）「潮の間によもの浦々たづぬれど今は我が身のいふかひもなし」（新古今一七一六、和泉式部）「わりなしや心にかなふ涙だに身のうき時はとまりやはする」（後拾遺八八四、雅通女）

〔他出〕　千首六三〇。六華集一一三三。全歌集七九二。

〔語釈〕　○心にかなふ　意のままになる。

〔補説〕　難解であるが一往右のように解した。「忘るべき」は相如集のシチュエーションにより、「今は我が身の」は新古今二詠のイメージを重ね用いているか。如何。

建長三年吹田にて十首歌奉りけるに、恋歌

かひなしな言ひしにかはる同じ世に有ればと頼む命ばかりは（一〇三三）

〔現代語訳〕　建長三年、吹田で十首歌を詠進した時、恋の歌として詠んだ歌。

全く、ある甲斐もないことだなあ。同じ世でありながら恋人の心は以前言った言葉と全く違ってしまった、その同じ世の中に、でも生きていればもとの関係に戻る事もあるかもしれないと、それだけを頼りにして、命ばかりようやく生きながらえているという事は。

〔詠歌年次・契機〕　建長三年閏九月十七～二十七日後嵯峨院吹田御幸十首和歌。一二五一年、54歳。

〔参考〕「思はむと頼めし人は有りときく言ひし言の葉いづち去にけむ」（後撰六六五、右近）「頼むべき方もなけれど同じ世に有るは有るぞと思ひてぞふる」（和泉式部集七七三）「同じ世に有るかひもなき身なれども命ばかりはなほ惜しきかな」（拾玉集五〇、慈円、十題百首）「恋ひ死なむ命はなほも惜しきかな同じ世に有るかひはなけれど」（新古今一二二九、頼輔）

〔他出〕　全歌集二七〇九。

〔語釈〕　**○言ひし**　恋人のかつて言った言葉の内容。愛すると誓った事。**○命ばかりは**　「かひなしな」を受ける。

〔補説〕　「かひなしや」は若干の前例があり、この時代以後盛行するが、「かひなしな」は為家独自であり、ただ一字の違いで鬱屈した悲しみをより深く表現しえている。

山階入道左大臣家十首歌に、名所松

我見ても昔は遠くなりにけりともに老い木の唐崎の松（一一〇〇）

〔現代語訳〕　入道左大臣山階実雄家の十首歌に、「名所の松」の題を詠んだ歌。

自分が見ても我ながら、ああ、お互いに盛りであった昔は遠くなってしまったなあ、と思うよ。共に年老い、お前も老木になった唐崎の松よ。

〔詠歌年次・契機〕　文永八年三月二十九日前左大臣山階実雄家月次十首和歌。一二七一年、74歳。

〔参考〕　「我見ても久しくなりぬ住の江の岸の姫松いく世経ぬらむ」（古今九〇五、読人しらず）「年ごとに昔は遠くなりゆけど憂かりし秋は又も来にけり」（後拾遺五九七、重之）「神垣に昔わが見し梅の花ともに老木となりにけるかな」（金葉五一六、経信）「たぐひなき身こそ思へば悲しけれ一本立てる唐崎の松」（新撰六帖二三一七、為家）「天下る跡を忘れず今日毎に神代知らるる唐崎の松」（大納言為家集一三七〇）「我が頼む心一つは神も見よ又たぐひなき唐崎の松」（為家七社百首五七二、日吉）

〔他出〕　大納言為家集一二四六。歌枕名寄五九七四。全歌集五四九九。

に余りあるものであろう。

〔語釈〕 ○唐崎 近江の歌枕。滋賀県大津市、琵琶湖西岸の崎。さざ波・月・氷などと共に詠まれる事が多い。
〔補説〕 「唐崎の松」は古くは歌に詠まれる事は稀で、為家に至って突出して多きを数える。それは参考詠に示すごとく、彼の日吉信仰にかかわるものであったであろう。同時に「一本立てる」その姿が、俊成・定家のあとを受けて、ただ一人御子左家の宮廷栄誉回復・歌道家権威把持の至上命令を担って立つ自己の姿と重なるが故の共感でもあった。本詠の二年後にも、彼は老躯をおして日吉神社百日参籠を行っている。「ともに老木」の感懐は察するに余りあるものであろう。

弘長元年百首歌奉りける時、述懐

和歌の浦においずはいかで藻塩草波のしわざもかき集めまし（一一五六）

〔現代語訳〕 弘長元年百首歌を詠進した時、「述懐」の題を詠んだ歌。
和歌の浦に生えなかったなら、どうしてさまざまの海藻を、波の打寄せた結果としてでも掻き集める事ができようか。そのように私も、和歌の道にたずさわって年老いなかったならば、諸歌人の詠草を、各方面の協力によりつつ書き集める事はできなかったはずだ。（勅撰撰者の下命を受けた事の、何と喜ばしいことだろうか）
〔詠歌年次・契機〕 弘長元年九月以降詠進弘長百首和歌。一二六一年、64歳。
〔参考〕 「敷妙の枕の下に海はあれど人を見るめはおひずぞありける」（古今五九五、友則）「老いぬとてなどか我が身をせめぎけむおいずは今日に逢はましものか」（古今六〇三、敏行）「藻塩草かき集めてもかひぞなき行方もしらぬ和歌の浦風」（続後撰一一四九、師季）「和歌の浦に波寄せかくる藻塩草かき集めてぞ玉も見えける」（続古今一八九五、後嵯峨院）
〔他出〕 弘長百首六五九。為家卿集七〇七、中院詠草一四七、両者ともに「おいずはいかに」。大納言為家集一四八〇「おひずはいかが」。歌枕名寄八三四一。全歌集四二五七。

〔語釈〕○和歌の浦　紀伊の歌枕。現在の新和歌の浦ではなく、片男波の入江付近。湾内の小島に和歌の神衣通姫を祀る玉津島神社（↓120）があった。歌道家、歌人社会を象徴する。○おいずは　「老いずは」と「生ひずは」をかける。○藻塩草　海藻。比喩的に和歌の詠草をいう。○しわざ　作業。業績。○かき集め　「掻き集め」と「書き集め」をかける。○まし　反事実の仮想。「いかで」を伴って反語表現をなす。

〔補説〕二年前の正嘉三（正元元）年三月十六日、北山西園寺邸庚申連歌会の席上、為家は後嵯峨院から口頭で直々に勅撰の事を下命された。しかし翌文応元年早くも真観の宗尊親王への接近が顕著となり、為家は七社百首を詠作奉納、その中には真観への痛憤と老病による自信喪失感を吐露しているとされる（『研究』369頁以下、587頁以下）。その点に異論はないが、佐藤氏がその一証として本詠を引き、「和歌の道に長く携わってきて、私がこんなに年老いてなかったら、歌草をかき集めて何としてでも勅撰集を完成させたものを」（598頁）という解釈を示しておられ、また小林一彦氏『続拾遺和歌集』（平14）でも「衰老による続古今集撰集作業の停滞をうたう」とされるのはいかがであろうか。「まし」は反実仮想であり、反語をあらわす「いかで」を伴って、「老いなかったらどうして書き集める事ができただろうか、いやできなかったはずだ」となる。「鶯の声なかりせば雪消えぬ山里いかで春を知らまし」（拾遺一〇、朝忠）「秋萩の下葉を見ずは忘らるる人の心をいかで知らまし」（拾遺八三八、広平親王）「呉竹の折れ伏す音のなかりせば夜深き雪をいかで知らまし」（千載四六四、明兼）等と同様の語法である。「述懐」題とは言いながら、勅撰集を前提とした詠進百首に、両氏解のような内容の詠を加えるという事は考え難く、またそれを、後代の撰にもせよ勅撰集に入集するという事もありえない。文法的にも誤りであるのであえて指摘する。なお翌弘長二年九月には撰者四名が追加されるが、それは本詠以後の話である。老いた事は述懐の要因ではあるが、それにより生涯二度の撰者下命を受け、老いた事が無駄でなかった感慨として読みとるべきである。家集類の異文が「老いずはいかに」あるいは「いかが」である事もあわせ、このように解釈する。なお解説373頁ならびに新拾遺303詠参照。

99

述懐の心を

思ふほど心を人に知られねば憂しといふにもことわりはなし（一一七五）

【現代語訳】「述懐」の気持を詠んだ歌。自分が思っている。その深さの程度まで、心の中を他人に知ってもらえるわけではないから、辛い、悲しいといっても、それを人に納得させるような理屈はつけられないことだ。

【詠歌年次・契機】 弘長元年四月三十日早卒百首和歌。一二六一年、64歳。

【参考】 「人目見ぬ岩の中にも分け入りて思ふほどにや袖しほらまし」（月清集四五七、良経）「たよりにもあらぬ思ひのあやしきは心を人につくるなりけり」（古今四八〇、元方）「いづくとも身をやる方の知られねば憂しと見つつもながらふるかな」（千載一一二六、紫式部）「なべて世のならひと人や思ふらむ憂しといひても余る涙を」（新勅撰一一三五、惟明親王）

【他出】 為家卿集六四五、大納言為家集一四七八、全歌集四一六二、三者ともに「ことわりもなし」。

【語釈】 **○思ふほど** （自分の）思うぐらい。**○ことわり** 筋道の立った説明。

【補説】 この早卒百首は一七首が為家卿集に連続して掲げられ、本詠及び新後撰109、続後拾遺219、新後拾遺141と、計四首が入集している。述懐詠は本一首のみで、どのような意図をもっての百首かは不明である。第五句は「ことわりもなし」が原作で、のち「も」の重なる事を嫌って改めたか。

100

弘長元年百首歌奉りける時、懐旧

見し事のただ目の前におぼゆるは寝覚めのほどの昔なりけり（一二五六）

【現代語訳】 弘長元年百首歌を詠進した時、「懐旧」の題を詠んだ歌。
かつて体験した事が、ただ目の前に見えるように思われるのは、夜中、目覚めてつくづくと思う、昔の姿であるよ。
【詠歌年次・契機】 弘長元年九月以降詠進弘長百首和歌。一二六一年、64歳。
【参考】「見し事も見ぬ行末もかりそめの枕にうかぶまぼろしの中」(式子内親王集九七)「行く先をしらぬ涙の悲しきはただ目の前に落つるなりけり」(後撰一三三三、済)「ももしきや古き軒端のしのぶにもなほあまりある昔なりけり」(続後撰一二〇五、順徳院)「うつつにて夢なるものは長き夜の寝覚めに思ふ昔なりけり」(続古今一八一七、公朝)
【他出】 弘長百首六六九。為家卿集七〇八。中院詠草一三七。大納言為家集一五一〇。寂恵法師歌語。全歌集四二五八。
【語釈】 ○見し事 昔の実体験。○寝覚め ↓26。
【補説】「見し事」を「過去の体験」の意で用いるのは、参考式子内親王詠が先行のほとんど単独例ではないかと思われるが、為家は本集五九四(81)にも「見し事のみな変りゆく老の身に心長きは秋の夜の月」とうたっている。二首あわせて、そぞろに為家晩年の思いがしのばれる。なお小林氏は下句を「眠りから覚めた時の、夢の中で見た昔の出来事なのだったよ」と訳されるが、集の排列からして、雑下巻頭から一二六〇までは懐旧詠であり、夢を主題とするのはそれ以降の一連であるので、上のように訳した。

(題しらず)
名を残す苔の下とも待ちもせず有る世ながらにむもれぬる身は (一二七六)
【現代語訳】 (題不明の歌)

（今は不遇でも）死後に認められて名声を残す、苔むした墓石の下での栄誉があろうとも期待しないよ。生きているこの世ながら、すでに死んだも同様に日蔭者になっているこの身は。

〔詠歌年次・契機〕 文永元年贈答百首和歌。一二六四年、67歳。

〔参考〕「わが深く苔の下まで思ひおくうづもれぬ名は君や残さむ」（新勅撰一一九二、尊円）「苔の下にうづまぬ名をば残すともはかなの道や敷島の歌」（拾遺愚草一六八三、定家）「遺文三十軸　軸々金玉声　竜門原上土　埋レ骨不レ埋レ名」（和漢朗詠集四七一、白）

〔他出〕 中院詠草一四八。全歌集四五七九。

〔語釈〕 **○苔の下** 墓石が古び、苔が生えるところから、墓の中、死後。**○むもれぬる** 埋まってしまっている。目に立たず、無視されている。

〔補説〕 参考尊円詠は、詞書に「文治の頃ほひ、父の千載集えらび侍りし時、定家がもとに歌つかはすとてよみ侍りける」とあり、当時俊成男尊円（母・詳伝未詳）が弟定家に贈った歌である。その期待に応じて定家は新勅撰を独撰、「うづもれぬ名」を残した。ついで為家はすでに続後撰集単独撰者となり、同様の名声を得ているはずである。しかし正元元年再度の勅撰拝命後、弘長二年真観ら撰者追加を見、本詠と同年文永元年九月十七日付飛鳥井教定宛書状では、鬱念や周囲の批判により撰者辞退をほのめかしてもいる（『研究』601頁）。「有る世ながらにむもれぬる身」とはまさに当時の実感であったであろう。

この贈答百首は中院詠草により六首が知られ、本詠および新後撰130の計二首が勅撰入集している。

九条左大臣かくれ侍りて、ほかに移し侍りにける朝、雪深く積りたりけるに、右衛門督忠基もとにつかはしける

いつの間に昔の跡となりぬらむただ夜のほどの庭の白雪（一三〇八）

返し　右衛門督忠基　思はずよただ夜のほどの庭の雪に跡を昔としのぶべしとは

〔現代語訳〕　九条左大臣道良が没しまして、遺骸を他所に移しました朝、雪が深く積ったのを見て、右衛門督忠基の所に贈りました歌。

いつの間に、故人の思い出の場所となってしまったのでしょう。（まのあたり生きていたその人の姿はなくなって）たった一晩の間に降り積った庭の白雪よ。（今は全く世界が一変した思いです）

（返歌、忠基　全く思いもよりませんでしたよ。おっしゃる通りただ一夜に変った庭の雪景色に、あの方がおられたのはもう昔になってしまったと追憶しようとは。）

〔詠歌年次・契機〕　正元元年十一月九日、二条道良没の翌朝贈答。一二五九年、62歳。

〔参考〕　「さらでだに露けきさがの野辺に来て昔の跡にしほれぬるかな」（新古今七八五、俊忠）「落ちつもる庭の木の葉を夜のほどに払ひてけりと見する朝霜」（後拾遺三九八、読人しらず）「たづね来て道分けわぶる人もあらじ幾重も積れ庭の白雪」（新古今六八二、寂然）

〔他出〕　為家卿集六〇五。中院詠草一二五。大納言為家集一七三五。全歌集三三七五。

〔語釈〕　**〇九条左大臣**　二条道良。関白左大臣良実男、母従二位僙子。文暦元～正元元年（一二三四～五九）26歳。為家女後嵯峨院大納言典侍の夫。**〇忠基**　九条高実男。寛喜二～弘長三年（一二三〇～六三）34歳。**〇昔の跡**　故人の遺蹟。「跡」は「雪」の縁語。**〇夜のほど**　ただ一夜の間の変化をいう。

〔補説〕　道良は為家ただ一人の愛娘、為子（後嵯峨院大納言典侍）の夫。彼が摂家二条家の嫡男でありながら「九

条」と呼ばれる所以は、彼が為家に婿取られた形で御子左家所有の九条邸に住んだためである事が、本詠によって証明される。「ほかに移し」とは遺骸が九条邸から二条家本邸になり何なり、岳父為家の手の及ばぬ所に運び去られた事をいう。摂家嫡男との婚姻は、家祖長家以後下降を重ねた家格を再び向上せしめる非常な慶事であった。その人を失った事は、愛娘を寡婦とした事とあわせて痛恨の打撃であった。その悲しみを愬えた忠基は当時30歳、三位右中将。摂家九条家支流で、道良の縁続きの親友であろう。参考俊忠詠は二祖忠家墓所に詣でての詠である。

十戒歌の中に、不偸盗戒

主知らで紅葉は折らじ白波の立田の山の同じ名も憂し（一四〇五）

〔現代語訳〕　十戒の歌の中に、「不偸盗戒」を詠んだ歌。
（大変美しい紅葉だが）木の持主がわからないのにこの紅葉は折るまいよ。「風吹けば沖つ白波立田山」という、それと同じ名――紅葉泥棒と名をつけられたらいやだもの。（仏様だって盗んではいけないとおっしゃるじゃないか）

〔詠歌年次・契機〕　正嘉二年十月前参議忠定三年結縁経五首和歌。一二五八年、61歳。

〔参考〕　「風吹けば沖つ白波立田山夜半にや君がひとり越えなむ」（古今九九四、読人しらず、伊勢物語四九、女）「越えじただ同じかざしの名もつらし立田の山の夜半の白波」（新勅撰六一五、宗円）

〔他出〕　為家卿集五八七。中院詠草一六二「立田の山に」。大納言為家集一五七九。全歌集三三一九。

〔語釈〕　**○十戒歌**　仏教で十悪（心口意から生ずる十種の罪悪）を犯さぬための十の戒律を題とする歌。**○不偸盗戒**　盗む事を禁じた戒律。**○白波**　盗賊の異名。中国山西省の地名「白波谷」で、黄巾賊がここに塁を築いたところからいう（後漢書）。**○立田の山**　↓10。「白波の立つ」とかける。

〔補説〕　忠定は中山兼宗男、参議正二位に至り康元元年（一二五六）没、69歳。新古今以下に二七首入集。本五首和歌は四首が家集類によって知られるが、勅撰入集は本詠のみである。

弘長元年百首歌奉りける時、神祇

榊葉の変らぬ色に年ふりて神代久しき天の香具山（一四五八）

〔現代語訳〕　弘長元年百首歌を詠進した時、「神祇」の題を詠んだ歌。
峰に生える榊の葉の、変らぬ緑色のままに長い年月を経て来て、神代からの歴史のまことに久しいことよ、天の香具山よ。

〔詠歌年次・契機〕　弘長元年九月以降詠進弘長百首和歌。一二六二年、64歳。

〔参考〕「万代の色も変らぬ榊葉は三上の山に生ふるなりけり」（拾遺六〇二、読人しらず）「雪ふれば峰の真榊うづもれて月にみがける天の香具山」（新古今六七七、俊成）「千早ふる神垣山の榊葉は時雨に色も変らざりけり」（後撰四五七、読人しらず）「千歳とも限らじものを千早ふる神代久しき松の緑は」（為家七社百首五六八、伊勢）

〔他出〕　弘長百首五八五。為家卿集七〇〇「天のかご山」。中院詠草一〇五。歌枕名寄二九四五。全歌集四二四六。

〔語釈〕　〇榊葉　榊はツバキ科の常緑小高木で神事に用いる。また広く神事に用いる常緑樹をもいう。古事記天岩屋戸の段に「天香《かぐ》山の五百津《いほつ》真榊」と見える。〇天の香具山　↓37。

〔補説〕　弘長百首の歌題は「山」。「神代久しき」は、「久しく」の形で、輔親集三六・拾玉集五一五〇に見える程度で多からぬ表現であるが、為家は七社百首でも用いている。
文永十一年（一二七四）五月八日、77歳の為家は53歳の為氏を同道して中御門経任を訪ね、勅撰撰者として推挙している（延慶両卿訴陳状）。私の軋轢とは別に、歌道家後継者としてはどこまでも為氏を立てていたのであり、やがて為家没の翌建治二年（一二七六）拝命、明くる弘安元年続拾遺集奏覧を果した為氏は、その巻頭に為家詠をかかげ、かつ全歌人中最多の四三首（ついで後嵯峨院三三首、定家二九首）を撰入して、父の志に報いた。

新後撰集

105

弘長元年、後嵯峨院に百首歌奉りける時、春雪

先づ咲ける花とやいはむ打ちわたす遠方野辺の春のあは雪（一七）

〔現代語訳〕 弘長元年、後嵯峨院に百首歌を詠進した時、「春の雪」の題を詠んだ歌。
（あれは何、と聞かれたら）今年先ず一番先に咲いた花ですと言おうかしら。ずっと見渡す遠くの野原に白く積っている、春のやわらかい雪を。

〔詠歌年次・契機〕 弘長元年九月以降詠進弘長百首。一二六一年、64歳。

〔参考〕 「打ちわたす　遠方人に　物申す我　そのそこに　白く咲けるは　何の花ぞも」（古今一〇〇七、旋頭歌、読人しらず）「大名児を遠方野辺に苅る草の束の間も我忘れめや」（万葉一一〇、草壁皇子）「おほなかの遠方野辺に苅る茅の束の間に我忘れめや」（古今六帖二八八四、人丸）「打ちわたす遠方野辺の白露によもの草木の色かはるころ」（拾遺愚草二三〇一、定家）「春日野の下もえわたる草の上につれなく見ゆる春のあは雪」（新古今一〇、国信）

〔他出〕 弘長百首三二。為家卿集六四六。大納言為家集五七。全歌集四一六七。

〔語釈〕 **○打ちわたす** 遥かに見渡す。**○あは雪** 淡雪。降ってもすぐ消えるようなやわらかい雪。

〔補説〕 源氏物語夕顔の巻でも口ずさまれる有名な旋頭歌を、秋景に用いた定家の先蹤とはまた趣向を変え、「白く咲けるは何の花ぞも」に応える形として、春雪の野の遠望を美しくうたう。「遠方野辺」はありそうに見えて実

は勅撰集初出。歌柄大きくしかも心利いた、ほほえましい作である。

文永二年七月、白河殿にて人々題をさぐりて七百首歌仕うまつりける時、橋霞を

にほの海や霞みて暮るる春の日に渡るも遠し瀬田の長橋 (三二)

〔現代語訳〕 文永二年七月、白河殿で廷臣らが探り題で七百首歌を詠進した時、「橋の霞」の題を詠んだ歌。

鳰の海、広々とした琵琶湖が、霞に包まれて暮れて行く春の日に見渡せば、渡って行く道も実に遠く思われる、瀬田の長橋よ。

〔詠歌年次・契機〕 文永二年七月七日後嵯峨院白河殿当座七百首和歌。一二六五年、68歳。

〔参考〕「にほの海や霞のをちにこぐ舟のまほにも春のけしきなるかな」(新勅撰一六、式子内親王)「槙の板も苔むすばかりなりにけり幾世経ぬらむ瀬田の長橋」(新古今一六五六、匡房)

〔他出〕 白河殿七百首一〇。大納言為家集三九。歌枕名寄五八六三。全歌集四七一二。

〔語釈〕 **○にほの海** 近江の歌枕、鳰の海。琵琶湖。**○瀬田の長橋** 近江の歌枕。琵琶湖から瀬田川が流れ出る所にかかる橋。

〔補説〕 瀬田の橋は大嘗会悠紀方屏風の景、また関東からの貢馬の道筋として、祝意をこめて詠まれる事が多かったが、本詠はそうした常識を背後に持ちつつも純叙景として美しく詠まれている。「渡るも遠し」――彼も勿論建長五年東下に当って渡ったのではあるが、ここでは自ら渡ろうとして橋の袂に立っているのではなく、琵琶湖岸から遠望しつつ、はるかにその先に続く東路までも思いやっているのであろう。

107

弘長元年百首歌奉りける時、春雨

たをやめの袖もほしあへず明日香風ただいたづらに春雨ぞふる（五一）

〔現代語訳〕 弘長元年百首歌を詠進した時、「春雨」の題を詠んだ歌。

やさしい乙女の袖もかわかすひまもないほどに、その昔の都、飛鳥の里では（「都を遠みいたづらに吹く」とうたわれた）風とともに、ただ空しく春雨が降っている。

〔詠歌年次・契機〕 弘長元年九月以降詠進弘長百首和歌。一二六一年、64歳。

〔参考〕 「たをやめの袖吹きかへす明日香風都を遠みいたづらに吹く」（万葉五一、続古今九三八、志貴皇子）「時雨れつつ袖もほしあへず足引の山の木の葉に嵐吹く比」（新古今五六三、信濃）

〔他出〕 弘長百首六七。寂恵法師歌語。嘉吉三年前摂政家歌合五十七番判詞。全歌集四一七二。

〔語釈〕 **○たをやめ** たおやかでやさしい女。**○明日香風** 飛鳥風。奈良県橿原あたりを吹く風。飛鳥は六〇〇年代都として栄えたが、七一〇年元明天皇が平城京に遷都したため寂れた。参考万葉詠による。**○あへ** 事を全うし、やりきる意。否定形で、「しきれないで」「するいとまもなく」。**○いたづらに** 無駄に。都人が賞する事もなく。

〔補説〕 志貴皇子詠に全面的によりつつ、古都に降る春雨の淋しさをうたう。

108

宝治元年十首歌合に、山花

老の身に苦しき山の坂越えてなにとよそなる花を見るらむ（九四）

〔現代語訳〕 宝治元年十首歌合に、「山の花」の題を詠んだ歌。

この年とった身には、歩くのも苦しい山の急な坂を越えて、一体何でわざわざ、私とは何の関係もない山の奥

の花を見に行くのだろう。（そんなにも私の花への執着は深いのだなあ）

〔詠歌年次・契機〕 宝治元年九月後嵯峨院仙洞十首歌合。一二四七年、50歳。

〔参考〕「見し事のみな変りゆく老の身に心長きは秋の夜の月」（続拾遺五九四、為家、81）「君を祈る年の久しくなりぬれば老の坂ゆく杖ぞ嬉しき」（後拾遺四二九、慶暹）「七十路の老の坂ゆく山越えてなほ色深き紅葉をぞ見る」（続後撰一〇八〇、成茂）「思ひわびさても待たれし夕暮のよそなるものになりにけるかな」（続後撰九五四、順徳院）

〔他出〕 仙洞十首歌合五二。題林愚抄九九四。私玉抄。全歌集二四九八。

〔語釈〕 **○老の身に……坂越えて** 山城と丹波の境なる大枝山の「老の坂」が老年をあらわす歌枕なるにちなみ、これを現実の山坂に取りなす。**○なにと** なぜ、どうして。

〔補説〕 本歌合伝本は書陵部ほかに存し、歌人二六名、百三十番二六〇首の大歌合で、為家が判者として一々に詳細な判詞を記した上、長文の跋を加えている。本詠は二十六番右で、左、越前の「み吉野の花の盛りになりぬれば四方の草木も匂ふ春風」と合され、判詞は「左、山の心おぼつかなくや。右、「苦しき山の坂越えて」と、凡卑の姿、たとへば爪木負へる山人の、なほしも花の蔭を去りてよそに見たる面影、甚だ見苦しく侍るにこそ。尤も為レ負」とし、自詠十首すべて越前に勝を譲っている。勅撰集に入ったのも本詠のみである。

春暁月を

鐘のおとは霞の底に明けやらで影ほのかなる春の夜の月（一四三）

〔現代語訳〕「春の暁月」の題を詠んだ歌。

暁の鐘の音は、立ちこめた霞の奥にくぐもったように聞えて、空はまだ明け白む様子もなく、その姿がほのかに浮んでいる、春の夜の月の風情よ。

〔詠歌年次・契機〕　弘長元年四月三十日早卒百首和歌。一二六一年、64歳。

〔参考〕「何事を春の日ぐらし思ふらむ霞の底にむせぶ鶯」（清輔集一一）「波の音も霞の底に沈むなり芦屋の里の春の曙」（拾玉集四〇九五、慈円）「花は皆霞の底にうつろひて雲に色づく小初瀬の山」（新勅撰一一四、良経）「時鳥雲のたえまにもる月の影ほのかにも鳴きわたるかな」（金葉一一三、式部）

〔他出〕　為家卿集六三〇。大納言為家集一一二一。後撰百人一首。全歌集四一四七。

〔語釈〕　○霞の底　深い霞で視界がさえぎられ、存在が定かでない状況をいう。○明けやらで　明けそうでありながらなかなか明るくならない状態で。

〔補説〕「……の底」という表現については、佐藤恒雄『藤原定家研究』（平13）232頁以下に詳論がある。清輔詠の「霞の底」は和漢朗詠集の「咽レ霧山鶯啼尚少」（六五、元）を和様化した所に生れた表現かと思われるが、新古今歌人により「鶯」を離れて自由に用いられるようになった。「鐘」に用いたのは為家独自かと思われるが、重いその音を表現して適切であり、「月」のあしらいも美しい。

洞院摂政家の百首歌に、郭公

時鳥おのが古声立ちかへりその神山にいまなのるらし（一八三）

〔現代語訳〕　摂政九条教実家の百首歌に、「郭公」の題を詠んだ歌。

時鳥よ。お前はまあ、去年の自分の同じ声をちゃんとそのままで帰って来て、昔ながらの賀茂の神山に今しも高い声で名告《なの》りをあげるらしいよ。

〔詠歌年次・契機〕　貞永元年三月洞院摂政家百首和歌。一二三二年、35歳。

〔参考〕「五月待つ山時鳥うち羽ぶき今も鳴かなむこぞの古声」（古今一三七、読人しらず）「聞かばやなその神山の時鳥ありし昔の同じ声かと」（後拾遺一八三、美作）「時鳥誰に昔をしのぶらむその神山のおのが古声」（洞院摂政家百首三二四、経通）
〔他出〕 洞院摂政家百首三三四「立ちかへる」。為家卿集二五二。中院詠草二七。大納言為家集三一三。歌枕名寄二七。全歌集一五八七。
〔語釈〕 **○おのが古声** 参考諸詠のように、時鳥は毎年同じ鳥が来て過去と同じ声で鳴くとされた。その、自分自身の古くからの声。**○その神山** 山城の歌枕、神山。上賀茂神社の北の山。古来の神聖な山として、「そのかみ」（その当時、昔）とかけていう。**○なのる** 時鳥が飛びながら高音に鳴くのをいう。
〔補説〕 「おのが古声」はいかにも典拠ありげだが、新編国家大観では洞院摂政家百首の二例が初出で、以後も宗良親王千首「跡たれし神代も知るや時鳥山田の原のおのが古声」（二二九）、尭恵の下葉集「時鳥花橘の都よりその名告りせばおのが古声」（一三二）があるのみである。

111

宝治百首歌奉りける時、早苗

道の辺の山田のみしめ引きはへて長き日つぎの早苗とるなり（二〇六）

〔現代語訳〕 宝治百首歌を詠進した時、「早苗」の題を詠んだ歌。
道のほとりの山田を見ると、神聖なしめ縄を引きめぐらして、長い夏の日、長年のならわしになっている、神に日々奉る神饌の料のお米を作るための早苗を取り植えているようだよ。
〔詠歌年次・契機〕 宝治元年十一月詠進宝治百首和歌。一二四七年、50歳。
〔参考〕 「今はまた五月来ぬらしみしめ引く神の御田屋も早苗とるなり」（夫木抄二六〇三、為家、嘉禄元年十禅師社奉納百首）「みしめ引く御戸代小田の苗代にまづせきかくる賀茂の川水」（七社百首一〇一、為家、賀茂）「朝まだき桐生の岡に立つ雉は千代の日つぎのはじめなりけり」（拾遺二六六、元輔）「東路やひつぎのみつぎ絶たじとて雪踏み分くる瀬田の長橋」（長秋詠藻三二一、俊成）

〔他出〕　宝治百首九二八「ながき日つぎに」。為家卿集四〇五「やまだのさなへ《みしめ歟》」。大納言為家集三六八。題林愚抄二二五二「ながき日つぎに」。全歌集二五三〇「ながきひつぎに」。

〔語釈〕　**〇みしめ**　注連縄の美称。**〇引きはへて**　引延へて。長く引きのばして。**〇日つぎ**　日次。日毎に奉る貢物。「長き日」とかける。

〔補説〕　「みしめ」と「田」（神社付属の神田）の結合は、為家以外にはほとんど見られないようである。「日つぎ」も珍しい語であるが、元輔・俊成詠も参考に、「日々の神饌」の意に解した。なお参考為家詠はそれぞれ日吉神社十禅師宮・賀茂神社に奉納したもので、本詠もそのような社への参詣途次をイメージしているかと思われる。第四句の異文は、「日つぎの」なら「早苗」に、「日つぎに」なら「長き日つぎ」（長年月続く神饌行事）に、わずかながら重点が移動することになろうか。

（題しらず）

月ならで夜河にさせる篝火も同じ桂の光とぞ見る（一二一八）

〔現代語訳〕（題不明の歌）

月光ではなくて、闇夜の川にきらきらと射している、鵜舟の篝火の光。それも、ここ桂川で見るのだから、月の桂と同じ光だと見ることだよ。

〔詠歌年次・契機〕　寛元元年十一月十三日〜二月二十四日新撰六帖題和歌。一二四三〜四四、46〜47歳。

〔参考〕　「五月闇鵜河にともす篝火の数増すものは螢なりけり」（詞花七四、読人しらず）「久方の月の桂も秋はなほ紅葉すればや照りまさるらむ」（古今一九四、忠岑）「久方の中なる川の鵜飼舟いかに契りて闇を待つらむ」（新古今二五四、定家）

【他出】　新撰六帖一〇二二。雲葉集三四五。三十六人大歌合一九五「光なりけり」。歌枕名寄六三四。後三十六人歌合（甲）「光なりけり」。全歌集二一〇四。

【語釈】　**○夜河**　闇夜に行われる鵜飼。夏、篝火をたいて鵜を使い鮎を取る。京都では桂川で行う。**○させる**　光がさす。鵜舟の「竿さす」意をもこめる。**○桂の光**　中国で、月の中に桂の木が生えているとする所から、月光。これに鵜飼の名所、山城の歌枕、桂（京都市西京区桂。大堰川がここで桂川となる）をかけ、ここで見る篝火の光だから月光と同じだと興ずる。

弘長元年百首歌奉りける時、月

仕へこし秋はむそぢに遠けれど雲井の月ぞ見る心地する（三九三）

【現代語訳】　弘長元年百首歌を詠進した時、「月」の題を詠んだ歌。

我が君に奉仕し、宮廷の諸官職にたずさわっていた昔は、六十年間の秋を経て遠くなってしまったけれど、年老いた今も内裏で仰いだ月は実際に見るような気持がするよ。

【詠歌年次・契機】　弘長元年九月以降詠進弘長百首。一二六一年、64歳。

【参考】　「霜雪の白髪までは仕へきぬ君の八千代を祝ひおくとて」（拾遺愚草一四九七、定家）「百敷の大宮ながら八十島を見る心地する秋の夜の月」（拾遺一一〇六、読人しらず）

【他出】　弘長百首二九九「秋はむそぢの」。為家卿集六七四「秋はむそぢのとをかれど」中院詠草一三三。大納言為家集五九九「秋はむそぢの」。題林愚抄三九二一。全歌集四二〇六「秋はむそぢの」。

〔語釈〕　○むそぢ　六十路。五十代から六十歳までをいう。六十代とするのは近世以後かとされる（岩橋小弥太「耕雲明魏」国語と国文学昭28・11）。

〔補説〕　為家は建仁二年（一二〇二）十一月十九日、五歳にして叙爵、従五位下に叙せられ、翌三年三月一日、はじめて後鳥羽院に拝謁、「住吉の神もあはれと家の風なほも吹きこせ和歌の浦波」（家長日記三一）の詠をたまわった（『研究』）。以来、五十九年、すなわち六十路である。公的生活をそこまで遡るのは文飾、誇張とも言えようが、若い有能官僚としてのびのびと活躍できた順徳朝・後堀河朝への思いは、後嵯峨朝での歌壇指導者の立場とは別趣の、なつかしいものであったのではなかろうか。なお為家卿集五八〇の、正嘉二年（一二五八）詠とされる、「つかへこし」および「むそち」のみを残存する「月前」（以下題詞欠）詠は、本詠と同一歌かとされる（『全歌集』三三四〇）。

洞院摂政家の百首歌に、紅葉

千はやぶる神奈備山の村時雨紅葉をぬさと染めぬ日はなし（四二六）

〔現代語訳〕　摂政九条教実家の百首歌に、「紅葉」の題を詠んだ歌。
神奈備山に、さっと降っては晴れ、降っては晴れする時雨よ。山の木の葉を神に奉るぬさのように、色美しい紅葉に染めあげない日はないよ。

〔詠歌年次・契機〕　貞永元年三月洞院摂政家百首。一二三二年、35歳。

〔参考〕　「千はやぶる神奈備山のもみぢ葉に思ひはかけじうつろふものを」（古今二五四、読人しらず）「秋の山紅葉をぬさと手向くればすむ我さへぞ旅心地する」（古今二九九、貫之）「龍田川三室の山の近ければ紅葉を波に染めぬ日ぞなき」（新勅撰三五五、教実、洞院摂政家百首）

〔他出〕 為家卿集二五七。中院詠草五八。大納言為家集七三一。全歌集一六六九。
〔語釈〕 **○千はやぶる** 「神」の枕詞。**○神奈備山** 神が天から降臨する山。「紅葉」との関連で龍田山をさすであろう。**○村時雨** 時々強く降っては止む事をくりかえす秋の雨。**○ぬさ** 幣。神への捧げ物。特に山を越える時道祖神に捧げる色とりどりの布の小片。
〔補説〕 現存の百首伝本の中には本詠は見当らず、歌集や本集の詞書によってそれと知られる。参考教実詠は同一機会の作であり、下句の類似を避けてさし変える等の事があったか否か。他にも四首、秋風集、また夫木抄に本百首詠とされて伝本と異なる詠が見られる。

弘長元年百首歌奉りける時、落葉

散りはつる後さへ跡をさだめぬは嵐の末の木の葉なりけり（四五四）

〔現代語訳〕 弘長元年百首歌を詠進した時、「落葉」の題を詠んだ歌。
すっかり散ってしまった後まで、一つ所におちついていないのは、嵐で吹き落された末に、なお風に舞ってあちこちする木の葉なのだなあ。
〔詠歌年次・契機〕 弘長元年九月以降詠進弘長百首和歌。一二六一年、64歳。
〔参考〕 「人は来ず風に木の葉は散りはてて夜な夜な虫は声よわるなり」（新古今五三五、好忠）「塩風のあらだつ波の小夜千鳥いかなるかたに跡さだむらむ」（大納言為家集九五三、正嘉元年卒爾百首）「冬の来て紅葉吹きおろす三室山嵐の末に秋ぞ残れる」（後鳥羽院御集三五七）
〔他出〕 弘長百首三七一。題林愚抄五〇七〇。全歌集四二一五。
〔語釈〕 **○跡をさだめぬ** 証跡を残さぬ。枝にとどまらぬのみか、散り落ちてもなお風に吹かれて安定せぬ意。

〔補説〕 案外に先行表現が見出しにくい。風に舞う落葉への関心は、為兼卿和歌抄に引かれて有名な「おのづから染めぬ木の葉を吹きまぜていろいろに行く木枯の風」（五、詠歌年代未詳）にも見られる。↓148。

116

弘長元年百首歌奉りける時、初冬

いつとてもかるる人目の山里は草の原にぞ冬を知りける（四六四）

〔現代語訳〕 弘長元年百首歌を詠進した時、「初冬」の題を詠んだ歌。（昔の人は「人目も草もかれるから冬は淋しさがまさる」と言ったけれど）いつだって人目は離《か》れているこの山里では（季節にかかわらず淋しく）、草の原が枯《か》れるのを見てはじめて、冬が来たのを知ることだ。

〔詠歌年次・契機〕 弘長元年九月以降詠進弘長百首和歌。一二六一年、64歳。

〔参考〕 「山里は冬ぞさびしさまさりける人目も草もかれぬと思へば」（古今三一五、宗于）「霜枯はそこと見えぬ草の原誰にとはまし秋の名残を」（新古今六一七、俊成女）

〔他出〕 弘長百首三五四。為家卿集六七九、大納言為家集八〇五、両者ともに「ふゆはしりける」。和歌用意条々。題林愚抄四八九五。全歌集四二一三。

〔語釈〕 **○かるる** 「離《か》るる」（訪問者のない）と「枯るる」（草が）をかける。

〔補説〕 参考古今詠を活用、閑居の淋しさを強調する。

117

弘長元年百首歌奉りける時、歳暮

むそぢあまり送ると思ひし身の上に又かへりける年の暮かな（五三一）

〔現代語訳〕　弘長元年百首歌を詠進した時、「歳暮」の題を詠んだ歌。
六十年余りも、送りやって来たと思った私の身の上に、まあよくも又帰って来た年の暮だなあ。（果して今後何回これが繰返されるかわからないけれど）
〔詠歌年次・契機〕　弘長元年九月以降詠進弘長百首和歌。一二六一年、64歳。
〔参考〕　「数ふればわが身に積る年月を送り迎ふとなに急ぐらむ」（拾遺二六一、兼盛）
〔他出〕　弘長百首四一七「いそぢあまり」。為家卿集六八六「ものうへに」。中院詠草七九。大納言為家集九二三。題林愚抄六一一八「いそぢあまり」。全歌集四二二二。
〔語釈〕　**○むそぢあまり**　六十歳をはるかに越えて。↓113。
〔補説〕　初句「むそぢ」は、新編国歌大観では新後撰集（底本書陵部蔵吉田兼右筆本）・弘長百首（底本校本百首部類本）ともに「いそぢ」とするが、詠出時64歳、かつ弘長百首大阪市図書館蔵森文庫本および家集三種すべて「むそぢ」とするので改めた。なお今後新後撰集本文研究の進展に待つ。

白河殿七百首歌に、遊子越関といふ事を
鳥の音に関の戸出づる旅人をまだ夜深しと送る月影（五五三）

〔現代語訳〕　白河殿七百首歌に、「遊子関を越ゆ」といふ題を詠んだ歌。
鶏の鳴く声を聞いて、さあ、関所の扉が開いた、と勇んで出て行く旅人を、まだ夜は深いのになあ、気をつけておいで、と見送るように照らしている、月の光よ。
〔詠歌年次・契機〕　文永二年七月七日後嵯峨院白河殿当座七百首和歌。一二六五年、68歳。
〔参考〕　「遊子猶行二残月一　函谷鶏鳴」（和漢朗詠集四一六）「夜をこめて鳥の空音にはかるとも世に逢坂の関は許さ

じ」（後拾遺九三九、清少納言）「秋霧の朝立つ山に妻こめてまだ夜深しと鹿のなくらむ」（続古今四三四、為家、29）

〔他出〕 白河殿七百首五七七。大納言為家集一二一四。題林愚抄九三九〇。私玉抄。全歌集四七七九。

〔語釈〕 **○遊子** 游子。旅人。**○鳥の音** 一番鶏の声。孟嘗君の故事（→71）による。

〔補説〕 43歳の詠、続拾遺二九四（71）と同想であるが、「まだ夜深し」には、謀られて時ならぬに開門した関を出て行く孟嘗君一行を見送る月の心理もうかがえ、ほのかなユーモアがただよう。

旅の歌の中に

故郷に思ひ出づとも知らせばや越えて重なる山の端の月（五六五）

〔現代語訳〕 旅の歌の中に詠んだ歌。

故郷に待っている人に、「なつかしく恋しく思い出しているよ」とだけでも知らせたいものだ。幾つも幾つも越えて来て、振り返れば重なって見える故郷の方角の山の端に、今しもかかっている月に託して。

〔詠歌年次・契機〕 宝治元年八月十五日仙洞内々五首和歌。一二四七年、50歳。

〔参考〕「月見ばと契りおきてし故郷の人もや今宵袖ぬらすらむ」（新古今九三八、西行）

〔他出〕 為家卿集四〇一。中院詠草一一二。大納言為家集六八三。全歌集二四九三。

〔語釈〕 **○知らせばや**「ばや」は希望をあらわす終助詞。知らせたいものだ。

〔補説〕 うたい古された趣向であり、用語であると見えるが、さて調べてみるとこのような言葉続きの先行作は見当らない。宝治百首に「そよいかに思ひ出づとも知らせまし猪名の笹生の風につけても」（二五二四、隆親）の詠があるが、本詠の方が早い。「越えて重なる山の端の月」の言葉あしらいはきわめて巧妙で、都の方、西方をふりかえり、山々の姿にそこを越えて来た実感を重ねて、今しもその方に沈もうとする月に故郷へのことづけを託したい気持が巧みに表現されている。

なおこの時の作として残るものは本詠のみであるが、歌合記録としては、葉黄記同日条に「院於二常盤井殿一有二和歌御会一。題五題、為家卿献レ之」。弁内侍日記五八段に「八月十五夜、常盤井殿にて院の御会侍りしに、大宮大納言、万里小路大納言、藤大納言為家……、月は曇りがちにていと口惜し」云々と見える。

人々すすめて、玉津島社にて歌合し侍りけるに、社頭述懐を

跡たれしもとの誓を忘れずは昔にかへれ和歌の浦波（七五七）

〔現代語訳〕 人々に勧進して、玉津島神社で歌合をしました時に、「社頭の述懐」の題を詠みました歌。

この国に和歌の守護神としてあらわれ給うた本来の精神をお忘れでなかったならば、玉津島の神よ、和歌の浦の波が引いてはまた寄せ返るように、今日の歌壇の状態が昔に返って正しく盛んになるようお守りください。

〔詠歌年次・契機〕 弘長三年三月玉津島社三首歌合。一二六三年、66歳。

〔他出〕 玉津島歌合六五。歌枕名寄八三四五。全歌集四二八四。

〔語釈〕 **○玉津島社** 和歌浦（↓98）湾内の小島に祀る玉津島神社（現在は島を離れ奠供《てんぐ》山の麓に移転）。和歌の神、衣通《そとおり》姫を祀る。**○跡たれし** 垂跡。仏が衆生を救うため、神の形となってあらわれること。**○もとの誓** 本願。神仏の衆生救済の根本精神。**○かへれ** 本来の姿にもどる事に、波が寄せては返る事をかける。**○和歌の浦波** 歌壇のあり方を象徴する。

〔補説〕 玉津島社の祭神は稚日女尊であったが、のち神功皇后を合祀、更に「和歌浦」の縁で衣通姫を祀り、歌道守護の神社と崇められた。衣通姫は允恭《いんぎょう》天皇の妃、「わが背子が来べき宵なりささがにの蜘蛛のふるまひかねてしるしも」（古今序）の作者で、古今序に「小野小町は古の衣通姫の流なり」とされた所から和歌の女神とされた。

為家は弘長二年九月続古今撰者として真観ら四名が追加された事に歌道家の危機を感じ、一門を率いて住吉・玉津島両社に参詣、社頭で各三十三番の歌合を行って自家歌道再興を祈念した。本詠は玉津島歌合三十三番左、この催しの趣旨そのものを結論として明示した作である。両歌合中為家詠の勅撰入集はこの一首のみであるが、全体的な詠風・価値については小論「為家の和歌――住吉社・玉津嶋歌合から詠歌一躰へ――」（和歌文学研究96、平20・6）を参照されたい。

（題しらず）

知られじな霞にこめて蜻蛉《かげろふ》の小野の若草下にもゆとも（七七四）

〔現代語訳〕（題不明の歌）

あの人には知ってもらえないだろうなあ。霞の立ちこめた下で、蜻蛉の小野の若草がひそかに萌え出しても、全くそれと人に知られないように、私が心の底で燃え立つばかりあの人の事を思い続けているとしても。

〔詠歌年次・契機〕 寛元元年十一月十三日～二年二月二十四日新撰六帖題和歌。一二四三～四四年、46～47歳。

〔参考〕「知られじな我が人しれぬ心もて君を思ひの中にもゆとは」（後撰一〇一七、読人しらず）「花の色は霞にこめて見せずとも香をだにぬすめ春の山風」（古今九一、宗貞）「三吉野の蜻蛉《あきつ》の小野に苅る草の思ひ乱れて寝る夜しぞ多き」（万葉三〇六五、作者未詳）「蜻蛉の小野の草葉のあれしよりあるかなきかと問ふ人もなし」（土御門院御集三三六）「蚊遣火は物思ふ人の心かも夏の夜すがら下にもゆらむ」（拾遺七六九、能宣）

〔他出〕 新撰六帖一九一七。現存六帖四。夫木抄九六七五。歌枕名寄二二四三。全歌集二二八三。

〔語釈〕 **○蜻蛉の小野**　吉野の歌枕。吉野離宮あたりの野というが未詳。秋津・飽津とも書き、すべて「あきつ」と読んだが、当代「かげろふ」の訓が行われた。**○もゆ**　「萌ゆ」と「陽炎《かげろふ》」の縁語「燃ゆ」をかける。

〔補説〕 歌題は「春の草」。しかしそれによそえ、三代集の言葉を巧みにあやなして恋歌に仕立ててある。為家は後年、「蜻蛉の小野の若草日にそへてもゆる緑は深くなりゆく」（大納言為家集一八〇八、文永五年徒然百首和歌、71歳）とも詠んでいる。

（題しらず）

みちのくに乱れてすれる狩衣名をだに立つな人に知られじ（七九五）

〔現代語訳〕（題不明の歌）

私の恋は、陸奥の名物、乱れて摺った忍摺りの狩衣のようなもの。（思い乱れた忍ぶ恋なのだから）うわさだけでも立てて下さるなよ、人に知られないでいたいのだから。

〔詠歌年次・契機〕 未詳。

〔参考〕「春日野の若紫のすり衣しのぶの乱れかぎり知られず」（伊勢物語一、新古今九九四、業平）「みちのくのしのぶもぢずり誰ゆゑに乱れむと思ふ我ならなくに」（古今七二四、融）「身投ぐとも人に知られじ世の中に知られぬ山を知るよしもがな」（後撰一一六三、賀朝）

〔他出〕 全歌集五八七四。

〔語釈〕 **○みちのく** 陸奥。東北地方五箇国の古称。ここでは忍摺の産地信夫の里（現福島市）をさす。**○乱れて**……伊勢物語第一段の「その男、しのぶ摺りの狩衣をなん着たりける」および参考詠による。**○名をだに立つな**「忍ぶ恋」の意を含ませる。「立つ」は他動詞下二段活用。「裁つ」は「衣」の縁語でもある。

123

寄絵恋といふことを

音立てぬものから人に知らせばや絵にかく滝のわきかへるとも（八一三）

〔現代語訳〕「絵に寄する恋」という題を詠んだ歌。

音に立てぬ（口に出さぬ）状態にありながら、しかも思う人に知らせたいものだ。「絵に描いてある滝が滝壷に沸きかえるように激しく流れながら、その音は聞えないように、私の心はあなたへの恋に沸きたぎっているのですよ、口で言いはしないけれど」と。

〔詠歌年次・契機〕 未詳。

〔参考〕「うしと思ふものから人の恋しきはいづこをしのぶ心なるらむ」（拾遺七三一、九四四、読人しらず）「わが心変らむものか瓦屋の下たく煙わきかへりつつ」（後拾遺八一八、長能）

〔他出〕 題林愚抄八二四五。私玉抄。全歌集五八七五。

〔語釈〕 **○ものから** 逆接条件をあらわす接続助詞。でありながら。……のに。**○ばや** 自己の動作の実現を希望する終助詞。……したいものだ。**○わきかへる** 沸騰する。水が滝壷に勢よく落ちるさま。恋心の激しく乱れる事を象徴する。

〔補説〕 詠みにくい歌題を巧みに処理した詠。

124

白河殿七百首歌に、寄雲恋

生駒山隔つる中の峰の雲何とてかかる心なるらむ（九二一）

〔現代語訳〕 白河殿七百首歌に、「雲に寄する恋」の題を詠んだ歌。

あなたと私との仲の障碍は、昔の人が「生駒山雲な隠しそ」と詠んだ、二人の中を隔てる峰の雲のようなあなたの心。どうしてこんなむずかしい心でいらっしゃるのでしょう。

〔詠歌年次・契機〕 文永二年七月七日後嵯峨院白河殿当座七百首和歌。一二六五年、68歳。

〔参考〕 「君があたり見つつを居らむ生駒山雲なかくしそ雨は降るとも」（伊勢物語五〇、高安の女、新古今一三六九、読人しらず）「消えねただしのぶの山の峰の雲かかる心の跡もなきまで」（新古今一〇九四、雅経）

〔他出〕 白河殿七百首四〇七。大納言為家集一〇八七。題林愚抄七四三五。私玉抄。全歌集四七五三。

〔語釈〕 **○生駒山** 大和の歌枕。奈良県生駒市。大和と河内の間の交通路で、伊勢物語二十三段で知られる。**○かかる** 斯かる。このような。雲の「掛かる」意をかける。恋人の冷い心をさす。

〔補説〕 伊勢物語で周知の、大和の女と河内高安の女の話をふまえる。

弘長元年百首歌奉りける時、不逢恋

問へかしなあまのまてかたさのみやは待つに命の長らへもせむ（九三五）

〔現代語訳〕 弘長元年百首歌を詠進した時、「逢はざる恋」の題を詠んだ歌。

尋ねて来て下さいな。「あまのまてかたいとまなみ」というようにお暇がないのかも知れませんが、「待て」と言われてそんなに待ってばかりいても、そうそう命が長く保つとも思われませんもの。

〔詠歌年次・契機〕 弘長元年九月以降詠進弘長百首和歌。一二六一年、64歳。

〔参考〕 「問へかしな幾代もあらじ露の身をしばしも言の葉にやかかると」（後拾遺一〇〇六、読人しらず）「伊勢の海のあまのまてかたいとまなみ長らへにける身をぞ恨むる」（後撰九一六、英明）「伊勢の海のあまのまてかた待てしばしうらみに波のひまはなくとも」（新勅撰一二八八、家隆）

〔他出〕　弘長百首四五八。為家卿集六九〇。中院詠草九一。大納言為家集一〇〇三。夫木抄一六六六七「文応元年七社百首」。六華集一〇五四。題林愚抄六五〇〇。私玉抄。全歌集四二二七。

〔語釈〕　**○あまのまてかた**　「まてかた」は「真手肩」で、海人が両手両肩全部を使って働く意とも言い、また海人の取る馬蛤《まて》貝とも、「まくかた」が正しいとも言うが未詳。ここでは「待て」の意に用い、「待つに命の」を導く。
○さのみやは　そんなにまで……だろうか、そんなはずはない。反語。

126

山階入道左大臣家十首歌に、寄心恋

いつはりのある世悲しき心こそ頼まじとだに思ひ定めね（九五七）

〔現代語訳〕　入道左大臣山階実雄家の十首歌に、「心に寄する恋」の題を詠んだ歌。
「いつはりのなき世なりせば」というけれど、やっぱり偽りのある世である事が悲しい。でも心は相変らず、「だから恋人の甘い言葉など頼りにすまい」と決心する事さえできないのだ。

〔詠歌年次・契機〕　文永八年三月二十九日前左大臣山階実雄家月次十首和歌。一二七一年、74歳。

〔参考〕　「いつはりのなき世なりせばいかばかり人の言の葉嬉しからまし」（古今七一二、読人しらず）

〔他出〕　大納言為家集一一四〇。題林愚抄八四二八。私玉抄。全歌集五四九七。

〔補説〕　二句切として解してみた。如何。

127

洞院摂政家百首歌に、逢不遇恋

忘れねよ夢ぞと言ひしかねごとをなどそのままに頼まざりけむ（一〇七四）

〔現代語訳〕 摂政九条教実家百首歌に、「逢うて遇はざる恋」の題を詠んだ歌。「逢うのはもうこれ切り、忘れなさいよ、これは夢だよ」とあの人が言ったあの約束を、どうしてそのまま信じ、受け入れなかったのだろう。（どうしても忘れられず、逢いたくてたまらない）

〔詠歌年次・契機〕 貞永元年三月洞院摂政家百首和歌。一二三二年、35歳。

〔参考〕「世にもらば誰が身もあらじ忘れねよ恋ふなよ夢ぞ今を限りに」（新撰六帖一五六二、玉葉一五一九、為家、166）

〔他出〕 洞院摂政家百首一三一八。秋風集九四六「夢かといひし」。三十六人大歌合二〇三「わかれねよ」「たのまざるらむ」。後三十六人歌合（甲）「夢路といひし」「たのまざるらむ」。題林愚抄六九三〇。私玉抄。全歌集一六三五。

〔語釈〕 **〇忘れね** 「ね」は完了の助動詞「ぬ」の命令形。忘れなさい。**〇かねごと** 約束。予言。

〔補説〕 十二年後の新撰六帖「口固む」の題で、為家は本詠の「かねごと」部分を参考詠のように詠じている。詳しくは玉葉166の条で述べるが、決して平淡温雅だけではない為家の歌風の片鱗を見る事ができよう。

弘長元年百首歌奉りける時、露

よなよなの涙しなくは苔衣秋おく露の程は見てまし（一二九五）

〔現代語訳〕 弘長元年百首歌を詠進した時、「露」の題を詠んだ歌。季節に関係なく毎夜々々流す涙がなかったならば、出家の衣をまとっている私も、他の季節と違って秋に置く露がどんなに多いか、それを知る事ができるだろうが。（四季を問わぬ涙のためにそれは不可能である）

〔詠歌年次・契機〕 弘長元年九月以降詠進弘長百首和歌。一二六一年、64歳。

〔参考〕「君こふる涙しなくは唐衣胸のあたりは色もえなまし」（古今五七二、貫之）「奥山の苔の衣にくらべ見よいづれか露のおきまさるとも」（新古今一六二六、師氏）「風だにも吹き払はずは庭桜散るとも春の程はみてまし」（後拾

遺一四八、和泉式部）

〔他出〕弘長百首二三五、為家卿集六六六、両者ともに「程もみてまし」。中院詠草四四。大納言為家集五二二「程もみてまし」。全歌集四一九六「ほどもみてまし」。

〔語釈〕○よなよな　夜毎々々。○苔衣　苔衣。出家の姿をいう。為家出家は康元元年、本詠の五年前、59歳。○露　自然界の露に涙の露をかける。○まし　事実に反する事を仮設して想像する意。

〔補説〕参考師氏詠は藤原高光出家の際の見舞の歌。他二詠とあわせ、作家時における為家の古歌活用の一端をうかがい得よう。為家出家は勿論年齢にもよるが、病のための已むをえぬもので、以後も未練の涙を絶ちかねる所があったと思われる（↓75）。末句異文は、「は」の重複を避ける意味では「も」が好ましいが、「露」の題を明示するためには「は」が妥当であろう。

前中納言定家早う住み侍りける所にて、前大納言為家わづらふ事侍りける時、雪の朝に申しつかはしける

権中納言公雄

消えもせで年を重ねよ今も世にふりて残れる宿の白雪

返し

消え残るあととて人にとはるるも猶頼みなき庭の白雪（一三三七）

〔現代語訳〕（前中納言定家が以前住んでいました家で、前大納言為家が病臥する事がありました時、雪の朝に言い送りました歌、公雄、「消えたりしないで越年してほしいよ。今なお古びながら世に残っている貴重な家に降り積った白雪よ」（どうぞ御健勝で年をお重ね下さい。今日なお古い歴史をもって残っておられる名家の主であるあなたは））

その返歌。

「消え残ったあとだ」といってあなたに御心配いただくにつけても、ますます頼み少く見える庭の白雪ですよ。

（父の跡としてお見舞をいただく甲斐もなく、心細い私の命です）

〔詠歌年次・契機〕 文永年間。一二六四〜七五年、67〜78。

〔他出〕 全歌集五八六二。

〔語釈〕 **○早う住み侍りける所** 定家嵯峨小倉山荘↓47。**○公雄** 左大臣実雄男、小倉。文永九年（一二七二）後嵯峨院崩に殉じ出家、30歳前後か。法名頓覚。続古今以下歌人。**○消えもせで……** 「消え」「重ね」「ふり」「残る」は雪の縁語。**○あと** 「後嗣」の意と雪の縁語「跡」をかける。

〔補説〕 為家は「老ののち病に沈」んだと、玉葉集詞書二箇所に見え（172・175）、後者は詞書中に見える「為兼少将に侍りし時」からして、その任少将文永五年十二月二日以後の事と考えられる。本詠を加え三者が同一機会のものか否かは未詳（172は春、175は冬詠）であるが、本詠は贈歌に「年を重ねよ」とある所からして某年歳暮詠であろう。公雄の父実雄がその小倉山荘で文永年中月次歌会を開いている事は90に述べたが、公雄はこの山荘を伝領して「小倉」を称した（角田文衛「藤原定家の小倉山荘」↓47）。すなわち若い公雄が為家に親しみ、病を気遣い長寿を祈る因縁は十分にあったと思われる。

（題しらず）

住みそめし跡なかりせば小倉山いづくに老の身をかくさまし（一三六八）

〔現代語訳〕 （題不明の歌）

父、定家が住みはじめた、この嵯峨小倉山の家がなかったならば、私は一体どこにこの年老いた身を隠そうか。

どこにもそんな所はなさそうだなあ。（親の恩のありがたさが身にしみることだ）
〔詠歌年次・契機〕　文永元年贈答百首。一二六四年、67歳。
〔他出〕　中院詠草一五〇。歌枕名寄七四六。全歌集四五八一。
〔語釈〕　○小倉山　↓30。
〔補説〕　山荘の境域については47に角田氏説を示したが、同氏によればその中での建物の位置は「往生院町五番地の二の南部と三番地の二」に想定するのが最も可能性が多いとされ、「いま試みに右の想定地に立って四周を見渡すと、西には小倉山の優艶な山容を間近に仰ぎ見ることが出来る」という。なお為家がここに定住したのは、文応元年63歳の秋からと推定される。（『研究』194頁）。

題しらず

たらちねの親のいさめの数々に思ひあはせて音をのみぞ泣く（一三九一）

〔現代語訳〕　題不明の歌。
親から受けた教訓、誡めを一々に思い返すにつけて、それぞれ切実に思い当る事ばかりで、ただ声を立てて泣くばかりだ。
〔詠歌年次・契機〕　寛元元年十一月十三日〜二年二月二十四日新撰六帖題和歌。一二四三〜四四、46〜47歳。
〔参考〕「たらちねの親のいさめしうたたねは物思ふ時のわざにぞありける」（拾遺八九七、読人しらず）「なきかげの親のいさめはそむきにき子を思ふ道の心弱さは」（拾遺愚草二七一二、定家）「さめぬれば思ひあはせて音をぞ泣く心づくしの古の夢」（新古今一九〇五、慈円）
〔他出〕　新撰六帖八六七。為家卿集三四八。中院詠草一二二。大納言為家集一四〇六。全歌集二〇七三。

〔語釈〕 ○たらちね　↓59。○いさめ　諫め。訓戒。○数々に　あれこれと。どれもこれも。
〔補説〕 定家没後二～三年の感慨である。新撰六帖の歌題は「おや」。草稿本では「たらちねの親のいさめは忘れねど跡だにふまぬ敷島の道」である。再案では歌道に限らず処世のすべてにわたって父の訓戒が身にしみている姿が髣髴とする。なお新千載276参照。

弘長元年百首歌奉りける時、松

昔とて語るばかりの友もなし美濃の小山の松の古木は（一四六七）

〔現代語訳〕 弘長元年百首歌を詠進した時、「松」の題を詠んだ歌。
昔なつかしいと言って、語り合うほどの友もいない。「美濃の小山の一つ松」のように友を失って孤独な老木になってしまった、私の身は。
〔詠歌年次・契機〕 弘長元年九月以降詠進弘長百首和歌。一二六一年。64歳。
〔参考〕 「思ひ出づや美濃の小山の一つ松契りし事は今も変らず」（新古今一四〇七、伊勢）「わが恋ふる美濃の小山の一つ松契りし心今も忘れず」（古今六帖八六八）「いかなりし美濃の小山の岩根松ひとりつれなき年のへぬらむ」（続後撰一一七四、知家）
〔他出〕 弘長百首五七一。為家卿集六九九。中院詠草一〇四。大納言為家集一二四〇。題林愚抄九〇一四。歌枕名寄六五〇六。全歌集四二四四。
〔語釈〕 ○美濃の小山　美濃の歌枕。岐阜県不破郡の南宮山《なんぐう》であるという。
〔補説〕 かく嘆きつつ、為家はなお、あと十四年を生きねばならなかった。その最晩年にわずかに「嵯峨のかよひ」の安らぎがあった事を喜びたい。

玉葉集

六帖の題にてよみ侍りける歌の中に、若菜を

里人や若菜摘むらし朝日さす三笠の野辺は春めきにけり（一五）

〔現代語訳〕 古今六帖になぞらえた題で詠みました歌の中に、「若菜」の題を詠みました歌。

里人達は若菜を摘んでいるらしいよ。朝日の光のさす、三笠山のふもとの野は、いかにも春めいて来た。

〔詠歌年次・契機〕 寛元二年十一月十三日～二年二月二十四日新撰六帖題和歌。一二四三～四四年、46～47歳。

〔参考〕 「冬すぎて春は来ぬらし朝日さす春日の山に霞たなびく」（新勅撰四、読人しらず）「君が代は限りもあらじ三笠山峰に朝日のささむ限りは」（金葉三二五、匡房）「かぎろひの　春にしなれば　春日山　三笠の野辺に　桜花木のくれがくり」（万葉一〇四七、作者未詳）

〔他出〕 新撰六帖二七「里人も」。万代集六六「若菜つむらん」。歌枕名寄一八九一「里人も」。新三十六人撰二四一「若菜つむらん」。全歌集一九〇五「さと人も」。

〔語釈〕 **〇三笠の野辺** 大和の歌枕、三笠山（春日大社の後の山）の麓の野。春日野。「さす」は「笠」の縁語。

〔補説〕 「三笠の山」「春日の野辺」はごく一般的に用いられるが、万葉語「三笠の野辺」を復活したのはおそらくこの詠であり、以後若干の追随詠を見るのみ。為家はのち建長八（康元元）年毎日一首にも「春雨のふるにつけてや春日なる三笠の野辺の若菜摘むらむ」（夫木抄二七七）と詠じている。

余寒の心を

冴えかへり山風荒るる常盤木に降りもたまらぬ春の淡雪（二一九）

〔現代語訳〕　「余寒」の題の気持を詠んだ歌。
再び寒気がつのり、山風が強く吹き荒れる常緑樹に、降りながら積る事もできぬ、春のやわらかな雪よ。

〔詠歌年次・契機〕　未詳。

〔参考〕「時雨れつる宵の村雲冴えかへり冬ゆく風に霰ふるなり」（壬二集二五六六、家隆）「起き出でて又こそ見つれ冬の夜に冴えかへりたる山の端の月」（寛元元年河合社歌合四、真観）「見るままに山風荒く時雨るめり都も今は夜寒なるらむ」（新古今九八九、後鳥羽院）「淡雪のたまればかてにくだけつつ我が物思ひのしげき比かな」（古今五五〇、読人しらず）「花はなほ風まつ程もあるものを枝にたまらぬ春の淡雪」（老若五十首歌合三二四、雅経）

〔他出〕　題林愚抄三九四。全歌集五八七六。

〔語釈〕　**○冴えかへり**　一旦ゆるんだ寒気が再び強まって。

〔補説〕　先行歌の言葉を巧みに操りつつ、まさに「余寒」を体感させる純叙景歌に仕上げている。玉葉集には本詠をはじめ、詠歌年次・契機の全く不明な作が一六首と、他集にくらべ群を抜いて多く、それらの他集との重複も題林愚抄三、私玉抄一のみである。これらは夫木抄とも重ならず、為兼は二条・冷泉両家とも異なる独自の為家詠資料をある程度持ち、これを誇示しているように思われる。早く弘安末年（一二八五～七）成立の為兼卿和歌抄に引かれた「おのづから染めぬ木の葉を吹きまぜて色々にゆく木枯の風」（148）もその一である。

宝治二年百首歌奉りけるに、春雪をよみ侍りける

あは雪は降りも止まなむまだきより待たるる花の散るとまがふに（三二一）

〔現代語訳〕　宝治二年百首歌を詠進した時、「春の雪」の題を詠みました歌。
ひらひらと舞う春の雪は降り止んでほしいよ。ずっと早くから咲くのを待ちこがれている花が、もう散るのかと見間違えてしまうから。

〔詠歌年次・契機〕　宝治元年十一月詠進宝治百首和歌。一二四七年、50歳。

〔参考〕「槙の屋に時雨は過ぎてゆくものを降りも止まぬや木の葉なるらむ」（式子内親王集五八）「おぼつかないづれの山の峰よりか待たるる花の咲きはじむらむ」（山家集五九、西行）「長き日に待たるる花は咲きやらでくらしかねたる二月の空」（新撰六帖三七、為家）「我が来つる方も知られず暗部山木々の木の葉の散るとまがふに」（古今二九五、敏行）

〔他出〕　宝治百首八八。万代集七七。全歌集二五〇九。

〔語釈〕　〇まだき　早い時期。〇まがふ　よく似ていて見わけがつかない。

〔補説〕　おだやかな詠み口で趣向も平凡、と見えようが、実は類似句をさがし求めても「あは雪」「まだきより」以外はなかなか見当らない。為家詠の特性を示す一首である。

（春歌中に）

浅緑柳の枝の片糸もてぬきたる玉の春の朝露（一〇六）

〔現代語訳〕（春の歌の中に詠んだ歌）
薄緑色の、柳の枝を細い糸として、貫き連ねた玉のようにかかっている、春の朝露の美しさよ。

〔詠歌年次・契機〕　弘長元年九月以降詠進弘長百首和歌。一二六一年、64歳。

〔参考〕「浅緑糸よりかけて白露を玉にもぬける春の柳か」（古今二七、遍昭）「片糸もてぬきたる玉の緒を弱み乱れやしなむ人の知るべく」（新勅撰七一九、読人しらず）「初草のそれとも見えぬ末葉よりやがてもぬるる春の朝露」（宝治百首三九五、承明門院小宰相）

【他出】弘長百首六〇、大阪市図書館蔵森文庫本「かた糸に《もてイ》」。為家卿集六四九「柳のいとのかたいとも」。中院詠草八、大納言為家集八四、両者ともに「柳の糸の」。全歌集四一七一。

【語釈】○片糸　二本をより合せて通常の太さにする前の、細い糸。

【補説】「春の朝露」の初出例は参考小宰相の宝治百首。次が本詠、ついで建長五年三月「垣ほなる草のはつかにめぐむより結びそめたる春の朝露」（大納言為家集一二三七）、文永七年庚申続百首「咲けばかつ花にたわめる山吹の心もしらぬ春の朝露」（大納言為家集二四七）と続く。「折る袖もうつりにけりな桜花こぼれて匂ふ春の朝露」（続拾遺七七、公守）は為家も出席する実雄家の十首歌で、文永七〜八年頃のものと思われる。その後は「風吹けば柳の糸のたまゆらもぬきとめがたき春の朝露」（閑月集二八、実兼）「風わたる岸の柳の片糸に結びもとめぬ春の朝露」（閑月集三四、為兼）と続き、草根集以降に多く詠まれる。それらの陳腐化して行く過程を見渡すと、為家の本詠のさらりとした叙景は群を抜いて鮮かである。

137

春歌の中に

山深き谷吹きのぼる春風に浮きてあまぎる花の白雪（二二一）

【現代語訳】春の歌の中に詠んだ歌。

山深いここで見ると、深い谷から吹き上げる春風に乗って、宙に浮び、空一面が曇るほどに散り交う、白雪のような落花よ。

【詠歌年次・契機】寛元元年暮春、宇都宮頼綱西山禅室にて。一二四三年、46歳。

〔参考〕「吹きのぼる木曽のみさかの谷風に梢も知らぬ花を見るかな」（続古今一三九、長明）「梅の花それとも見えず久方のあまぎる雪のなべて降れれば」（古今三三四、読人しらず）「山高み峰の嵐に散る花の月にあまぎる明け方の空」（新古今一三〇、讃岐）「吹く風や空に知らする吉野山雲にあまぎる花の白雪」（月清集三八、良経）
〔他出〕為家卿集三二一「翫残花　暮春比、於蓮生西山禅室詠之」、中院詠草二二、大納言為家集二二二、全歌集一八五九、以上すべて「風の上に」。
〔語釈〕○あまぎる　天霧る。霧のように空を覆う。
〔補説〕岳父頼綱の中院山荘（↓146）での詠。この時なお為家は出家者蓮生たるその人に敬意を表して、「この山は盛りに見ゆる遅桜御法の花もさぞ残るらむ」「たづね来し深山桜にめかれしてまことの花の盛りをぞ聞く」と詠じ、更に帰洛の路次、「都にて山の端高く待ち出でし月の桂はふもとなりけり」と詠み送った（為家卿集三二二・三二三・三二九、大納言為家集二二三・二二四・一七二四）。本詠にも山荘の風趣をたたえる挨拶の意はあるが、風景をぐっとせり上げて深山幽谷に天霧る花の雪を雄大に描いている。「春風に」は「風の上に」と「浮きて」の重複を避けての撰者為兼の改訂か。印象的な自然詠である。

弘長元年百首歌に、卯花

榊とる比とはしるし白妙に木綿かけわたす森の卯の花（三〇三）

〔現代語訳〕弘長元年百首歌に、「卯花」の題を詠んだ歌。

榊を取って祭の用意をする頃だという事がはっきりわかるよ。まっ白に、その榊につける木綿四手をかけ渡したように咲いている、森の卯の花を見れば。

〔詠歌年次・契機〕弘長元年九月以降詠進弘長百首和歌。一二六一年、64歳。

【参考】「榊とる卯月になれば神山の楢の葉柏もとつ葉もなし」（後拾遺一六九、好忠）「榊葉に木綿四手かけて誰が世にか神の御前に祝ひそめけむ」（拾遺五七六、神楽歌）「千早ふる比良のみ山の紅葉ばに木綿かけわたす今朝の白雲」（安法法師集二八）「住吉の岸の浜松神さびて木綿かけわたす沖つ白波」（為家千首八一〇）「千早ふる神のあら垣白妙に木綿かけわたす卯の花の比」（為家七社百首一四八、伊勢）

【他出】弘長百首一四四。夫木抄二四四九。題林愚抄一七一七。全歌集四一八三。

【語釈】○榊　→104。これを取るのは四月、諸社祭の行われる頃。○木綿　ゆふ。楮《こうぞ》の皮の繊維を糸状にしたもの。神前に供する幣帛、木綿四手。○卯の花　→24。

【補説】「木綿かけわたす」は安法以外為家のみが三回用いている。以後ははるか降って武者小路実陰の芳雲集に「白妙の梢の雪は誰がみそぎ木綿かけわたす森の下陰」（三〇〇二）があるのみである。

　　後堀河院御時、五月五日といふことをうへのをのこどもに詠ませさせ給ひけるに仕うまつりける

磨きなす玉江の波の真澄鏡今日より影やうつし初めけむ　（三四八）

【現代語訳】後堀河院の御代に、「五月五日」という題を殿上人共にお詠ませになった時に詠みました歌。

　磨きぬいた玉のように澄んだ玉江の波は、あの百錬鏡をそのままに、今日、五月五日から、物の形を明らかに映しはじめたのだろうか。

【詠歌年次・契機】貞永元年五月五日内裏当座五首和歌。一二三二年、35歳。

【参考】「夏刈の芦のかりねもあはれなり玉江の月の明方の空」（新古今九三二、俊成）「あやめ引くみ沼を見れば唐国に今日や鏡の影を増すらむ」（散木集二八八、俊頼）「百錬鏡　鎔範非二常規一　日辰処所霊且奇　江心波上舟中鋳　五月五日日午時　瓊粉金膏磨瑩已　化為二一片秋潭水一」（百錬鏡　白氏文集）

〔他出〕 為家卿集二〇九。大納言為家集三五三。六華集三七九。題林愚抄二二八六。全歌集一六八九。
〔語釈〕 〇玉江 歌枕。越前（福井市花堂町）、また摂津（三島江）。必ずしも場所を特定せず美しい水辺の意にも用いる。〇真澄鏡 澄んだ鏡。新楽府「百錬鏡」を暗示。〇今日 「五月五日日午時」の詩句による。
〔補説〕 本歌会詠五首は為家卿集・大納言為家集により全部が知られるが、勅撰はじめ諸撰集に取られたのは本詠のみである。折節に合い、たけ高く、祝意十分で、さすがはと首肯される。

（五月雨を）

早苗とるしづが小山田ふもとまで雲も下り立つ五月雨の比（三五六）

〔現代語訳〕（「五月雨」の題を詠んだ歌）

苗代の早苗を取って農夫が植えている小さな山田を見ると、彼等が田に下り立つだけでなく、そこに雲がかかって、麓まで雲も下り立っていると見える、五月雨の頃よ。

〔詠歌年次・契機〕 未詳。

〔参考〕 「早苗とる田子のもすそのひたすらに下り立ちわたる身をいかにせん」（散木集二八二）「今更にしづが小山田打ちかへし雪げもよほす風の寒けさ」（宝治百首二〇八、為家）「ふもとまで一つ雲ぢとなりはてて山の端もなし五月雨の空」（壬二集四二九、家隆、正治初度百首）「海山の境も見えずさざなみや雲の下り立つ五月雨の比」（為家七社百首一九四、日吉）

〔他出〕 題林愚抄二三一八。全歌集五八七七。

〔語釈〕 〇しづ 身分の低い労働者、農民。〇下り立つ 精を出して働く。特に「袖ぬるる恋路とかつは知りながら下り立つ田子のみづからぞ憂き」（源氏物語一一五、六条御息所）の如く、水田に下り立つ田植の作業に用いられる。

これに雲の「下り」「立つ」をかける。

〔補説〕「しづ」と「雲」がいずれも「下り立つ」と興じた詠である。参考七社百首詠の再案か、如何。「しづが小山田」「しづが山田」は為家が好み用い、他には用例のごく少い句で、「取れやまづ早苗も生ひぬ時鳥なくやさつきのしづが小山田」（大納言為家集四六三、文永元年四月十六日）「春にあふしづが山田の苗代に国栄えたる御代ぞ見えける」（為家千首一五八）「夏深きしづが山田におく蚊火はほにこそ出でね下むせびつつ」（為家七社百首二一五、日吉）がある。

弘長百首歌に、七夕を

久方の雲居はるかに待ちわびし天つ星合の秋も来にけり（四六四）

〔現代語訳〕 弘長百首歌の中に、「七夕」の題を詠んだ歌。

空の上でははるか離れた牽牛と織女が待ちこがれ、一方遠い地上でも我々が待ちわびていた、天上で二星が逢う、その秋がとうとう来たことだよ。

〔詠歌年次・契機〕 弘長元年九月以降詠進弘長百首和歌。一二六一年、64歳。

〔参考〕「逢ふことは雲居はるかになる神の音に聞きつつ恋ひやわたらむ」（貫之集五五一）「袖ひちて我が手にむすぶ水の面に天つ星合の空を見るかな」（新古今三一六、長能）

〔他出〕 弘長百首二二一。寂恵法師歌語「秋はきにけり」。題林愚抄三〇〇六。全歌集四一九四。

〔語釈〕 **○久方の** 雲居・空の枕詞。**○はるかに** 空間的な意味と時間的な意味をかけていう。**○天つ星合** 天上で、牽牛織女二星が逢うこと。

〔補説〕「天つ星合」は参考長能詠以外能因に二首見える程度。宝治百首の「久方の天つ星合を雲の上に程もまぢかく今日まつるらし」（一二五四、資季）がわずかに先行し、南北朝後期以降に用例が増加する。

（宝治百首歌召されける時、萩露を）

乙女子がかざしの萩の花の枝に玉をかざれる秋の白露（五〇三）

〔現代語訳〕（〈後嵯峨院が〉宝治百首歌をお召しになった時、「萩の露」の題を詠んだ歌）

愛らしい少女が髪にさす挿頭のような、美しい萩の花の枝に、更に玉を飾りつけているように見える、秋の白露よ。

〔詠歌年次・契機〕 宝治元年十一月詠進宝治百首歌。一二四七年、50歳。

〔他出〕 宝治百首一三二七。題林愚抄三四九五。私玉抄。全歌集二五四〇。

〔参考〕「わが背子がかざしの萩におく露をさやかに見よと月は照るらし」（万葉二二二五、作者未詳）「秋も今半ばになれやわが背子がかざしの萩もうつろひにけり」（新撰六帖一三二一、家良）「秋の雨にかざしの萩の枝弱みくだけて落つる露の白玉」（万代集八四一、教実）「袖ふれて折らばけぬべし我妹子がかざしの萩の花の上の露」（瓊玉集一七四、宗尊親王）「露むすぶ秋ぞ来にける我が宿の浅茅が上に玉をかざれる」（田多民治集六三）「ませの内に露も払はぬ床夏や玉をかざれる錦なるらむ」（正治初度百首一九三二、讃岐）

〔語釈〕 **○かざし** 髪や冠にさす、花や枝、造花。挿頭。

〔補説〕 万葉以来「わが背子」「我妹子」のかざしであった萩を、可憐な「乙女子」のものとし、露の玉で飾った美しい歌。

（雁をよめる）

秋風に日影うつろふ村雲をわれ染めがほに雁ぞ鳴くなる（五八四）

〔現代語訳〕（「雁」の題を詠んだ歌）

秋風の中、夕日の光が映って赤く見える村雲を、（忠岑詠の、野辺を染める雁の涙ではないが、これもまた）さも自分が染めたのだよというように、雁の鳴くのが聞える。

〔詠歌年次・契機〕　未詳。

〔参考〕「いとどしく照りこそまされ紅葉ばに日影うつろふ天のかご山」（西宮歌合七、公教）「片山は日影うつろふ空ながら里分きて行く夕立の雲」（宝治百首一一二六、基良）「秋の夜の露をば露とおきながら雁の涙や野べを染むらむ」（古今二五八、忠岑）

〔他出〕　全歌集五八七八。

〔語釈〕　○われ染めがほに　「……がほ」は心中の思いを外部にはっきり示す様子。いかにも「私が染めたのですよ」という態度。

〔補説〕「日影うつろふ」の初出、西宮歌合は大治三年（一一二八）。次にあらわれるのが宝治百首（一二四七）、一二〇年後で、なお「岡のべや日影うつろふ玉笹の葉分に残る霜ぞつれなき」（寂身法師集五八八、宝治二年）およびほぼ同時代詠なる「村時雨過ぎゆく峰の雲間より日影うつろふ遠の山もと」（玉葉八四三、公相）がある。忠岑詠を引いた機智は鮮かである上、「染め顔」ないし「我染め顔」は為家の独自句。「なにがほ」は「無下にうたてき」（無名抄）「打解けたる詞」（衣笠内府家難詞）等として難ぜられるが、本詠は風・光・色・声を巧みにあやなして、情景を生き生きと描出している。

（雁をよめる）

聞かじただ秋風寒き夕附日うつろふ雲に初雁の声（五八五）

〔現代語訳〕（「雁」の題を詠んだ歌）

聞くまいよ、もういっその事。秋風の寒く吹く中、寒々と夕日の光が映る雲に鳴く初雁の声は。（その胸に迫る情趣ゆえに）

〔詠歌年次・契機〕　文永四年七月七日続七十首和歌。一二六七年、70歳。

〔参考〕「聞かじただつれなき人の琴の音にいとはず通ふ松の風をば」（拾玉集一六九二、慈円、六百番歌合）「聞かじただ長月の夜の有明に鹿と虫との惜しむ別れを」（正治初度百首六五六、慈円）「松島や秋風寒き磯寝かなあまの刈藻をひしきものにて」（月清集一四八一、良経）「たづねつる花の梢をながむればうつろふ雲に春の山風」（千五百番歌合一九六、寂蓮）「待てしばし花下蔭の夕づく日《夜（家集）》うつろふ雲に暮るる山風」（寛喜四年石清水若宮社三首歌合三九、為家卿集二〇四）「山桜うつろふ雲に出でやらで尾上の月は影かすかなり」（大納言為家集一六九八、貞永元年内裏当座）

〔他出〕　中院集一三三「夕日かげ色づく雲に」。歌苑連署事書一五「夕ぐれに」。全歌集五〇一八「ゆふ日かげいろづく雲に」。

〔補説〕「秋風寒く」「寒し」「寒み」は万葉以来しばしば用いられるが、「秋風寒き」の用例は参考良経詠ぐらいしか見当らない。「うつろふ雲に」も参考三詠程度、しかも詠歌時期不明のため引用を省いた続拾遺五二〇祝部忠成詠を含めすべて春季詠で、「うつろふ」は主として花にかかわる措辞となっているが、本詠では明確に「夕日の光が映じている雲」として秋の夕暮の風情を的確に描写している。但し本来は「夕日かげ色づく雲に」で、これを為兼が京極派好みに改訂したか。しかしこの原作の言葉遣いも用例稀少である。歌苑連署事書では、「我が門の稲葉の風におどろけば霧のあなたに初雁の声」（玉葉五七八、式子内親王）、本詠、「あはれなる山田の庵のねざめかな霧のあなたに初雁の声」（玉葉五九八、讃岐）をあげて、「右の三首のうちつづき入れる言葉のさまただ同じやうにて、てづつに聞え侍り」と、「……に初雁の声」の類似を指摘し、排列を難じている。

なお、この続七十首和歌は中院集に一〇首をまとめて入集、うち勅撰入集は本詠のみで、他詠は諸集に一切採られていない。

家百首歌に

浦遠き白洲の末の一つ松またかげもなく澄める月かな（六五六）

〔現代語訳〕 自家で催した百首歌に詠んだ歌。

入江のずっと遠くに突出た白砂の洲崎の端に立つ、一本の松がくっきりと目立ち、全くかげりもなく澄み切った、明らかな月よ。

〔詠歌年次・契機〕 寛喜元年為家勧進家百首和歌。一二二九年、32歳。

〔参考〕 「浦遠き志賀の大わだ行過ぎて里近からし衣うつなり」（夫木抄五七六六、知家）「一つ松幾代か経ぬる吹く風の音の清きは年深みかも」（万葉一〇四二、市原王）「ふるさとの志賀の浦わの一つ松幾代緑の年か経ぬらむ」（為家千首八一四）

〔他出〕 秋風集一一五二。現存六帖五一三。夫木抄一二一九五。全歌集一五三三。

〔語釈〕 ○**白洲**　白い砂の洲崎。

〔補説〕 何の奇もない平明な叙景で、ありふれた歌かと見えるが、各句の用例は少く、ありふれた描写とは言えない。「またかげもなく」にしても、相似た例は「住みわびてあがる雲雀のしるきかなまたかげもなき春の若草」（拾遺愚草員外一二二、定家）のみで、しかもこの「かげ」は「物蔭」であって「光」に対する「かげ」ではない。「一つ松」は参考千首詠から見て、おそらく唐崎の松をイメージしているのであろう。

146

（月御歌の中に）

小倉山都の空は明けはてて高き梢に残る月影（七二〇）

〔現代語訳〕（〈前歌〉「月の御歌の中に」と同題の歌）

ここ、小倉山の麓の山荘から、東、都の方を見渡すと、空はすっかり明け切って、ふりかえれば小倉山の高い梢の上に残る、白い有明月の姿よ。

〔詠歌年次・契機〕 未詳。

〔参考〕「松風はたえず吹けども小倉山都の人のおとづれはなし」（大納言為家集一二八六）

〔他出〕 全歌集五八七九。

〔語釈〕 **〇小倉山** ↓30。定家以来の小倉山荘（↓129・130）。「小暗」とかけて「明けはてて」と対比させる。

〔補説〕 建長三年（一二五一）から最晩年にかけて詠み続けられた、「毎日一首」の作でもあろうか。為家は文応元年（一二六〇）63歳の秋から嵯峨中院邸に移住したとされる（『研究』194頁）。岳父蓮生から譲られた中院邸は定家の山荘の東隣至近の距離にあり、為家がそのいずれに住んだか、時期的に明らかでないが、いずれも為家所有に帰していたと思われる（角田文衛「定家の小倉山荘」↓47）。その生活の中から生れた一首である。前歌は朔平門院（伏見院皇女）詠なるにより「御」を付す。

147

秋雨を

秋の雨のやみがた寒き山風にかへさの雲も時雨れてぞ行く（七七二）

〔現代語訳〕「秋の雨」の題を詠んだ歌。

秋の雨が止みそうになって、一入寒く吹く山風のために、その風に送られて山に帰る雲も、帰りがけにもう一しきり時雨れて行くよ。

〔詠歌年次・契機〕寛元元年十一月十三日～二年二月二十四日新撰六帖題和歌。一二四三～四四年、46～47歳。

〔参考〕「立ちのぼる雲間に山は見えそめてやみがたしるき五月雨の空」（夫木抄三〇六八、為家）「暮れはてぬかへさは送れ山桜誰がために来てまどふとか知る」（千載六一、俊頼）

〔他出〕新撰六帖四一二。全歌集一九八二。

〔語釈〕**○やみがた** 止み方。「方」は「……し始める頃」の意の接尾語。**○かへさ** 帰る折。

〔補説〕「やみがた」は「明けがた」「暮れがた」等と現代でも用いるような日常語である。これを和歌に用いたのは為家が最初であるらしい。参考為家詠は夫木抄詞書には「洞院摂政家百首」とあるが、現存同百首伝本には見えない。「やみがた」が不穏当であるとしてさしかえたか。この語は京極派に好まれ、「雲みだれ風のけしきの荒く吹くはやみがたにこそ雨のなるらし」（為子集四一）「降りすさぶ朝けの雨のやみがたに青葉涼しき風の色かな」（伏見院御集一三三六）等と用いられている。

題しらず
おのづから染めぬ木の葉を吹きまぜて色々に行く木枯の風（八六一）
〔現代語訳〕題不明の歌。
自然の成行きで、まだ色づかない木の葉をも紅葉の中に吹きまぜて、紅黄緑、色とりどりに吹きすぎて行く、木枯の風よ。

〔詠歌年次・契機〕　未詳。

〔参考〕「うすくこく散る紅葉ばをこきまぜて色々に吹く秋の山風」（夫木抄六一三九、頼行、歌苑抄）

〔他出〕　為兼卿和歌抄五。全歌集五八八〇。

〔補説〕　為兼卿和歌抄に、「入道民部卿も、『おのづから……』と詠みたるをば、人々、木の字二つあり、三句を、染めぬ下葉とはなど侍らぬぞ、と申しけるにも、まことに下葉と言ひては、染め残す心も思ひ入れたるさまにて、病をも去れば、かたがたそのいはれある方は侍れども、風に従ひて通る木の葉に向きては、下葉やらむ上葉やらむ、実には知らず、ただ木の葉とこそ見ゆれ、下葉といへば、歌の体くだくるなり。ただ、さてあるべき由申して、病にては侍るなり」とある。たとえ歌病を冒すとしても眼前の景を正確に描写すべき事を例示したものである。参考夫木抄詠は本詠の解説のような歌であるが、出典として注記された「歌苑抄」は安元三年（一一七七）七月以前に撰ばれたと推定される歌林苑歌集（散佚）。作者源頼行は仲政男、頼政弟、保元二年（一一五七）陰謀の事により配流直前自害という人物、宜秋門院丹後の父である。為家詠はこの歌の詠みかえか、如何。

149

冬歌の中に

時雨降る山のはつかの雲間よりあまりて出づる有明の月（九一〇）

〔現代語訳〕　冬の歌の中に詠んだ歌。

時雨の降る山の端の、ほんの僅かの雲間から、隠れきらずに顔を出す、二十日の有明月よ。

〔詠歌年次・契機〕　未詳。

〔参考〕「越え来むとささらえ男出で立てや山のはつかに影の先立つ」（為忠家後度百首三五五、俊成）「村雲の峰にわかるるあととめて山のはつかに出づる月影」（新勅撰二七〇、道家）「浅茅生の小野の篠原しのぶれどあまりてなどか

人の恋しき」（後撰五七七、等）
【他出】 全歌集五八八一。
【語釈】 **○山のはつか** 「山の端」に「僅《はつ》か」をかけ、更に「二十日月」を響かせる。
【補説】 「山のはつか」という秀句めいた言葉続きは、為忠家後度百首に、まだ顕広と称した23歳の俊成が、おそらくはじめて詠出したもの。洞院摂政家百首道家詠がこれに続き、本詠はそれに次ぐものであろう。「あまりて出づる」は先行例見当らず、のちに為相が海道百首の中で、「河となる末まで清し岩間よりあまりて出づる醒が井の水」（藤谷集二八〇）と詠んでいる。

冬歌の中に

山河のみわたに淀むうたかたのあわに結べる薄氷かな（九三六）

【現代語訳】 冬の歌の中に詠んだ歌。
山河の流れの曲り目に淀んでいる水の泡の、頼りなげな様子をそのままに、そのあたりにはかなげに張った薄氷よ。
【詠歌年次・契機】 未詳。
【参考】 「泉川水のみわたのふしづけに柴間の氷る冬は来にけり」（千載三八九、仲実）「うは氷あわに結べるひもなればかざす日かげにゆるぶばかりを」（千載九六一、清少納言）
【他出】 全歌集五八八二。
【語釈】 **○みわた** 水曲。川の流れが曲って水の淀んでいる所。**○うたかた** 水の泡。**○あわに** 「泡に」と「淡く、ほのかに」の意をかける。

【補説】　枕草子で知られる清少納言の当意即妙の社交歌を、巧みに叙景歌に活用する。

151

（冬歌とてよみ侍りける）

時移り月日積れる程なさよ花見し庭に降れる白雪（九五七）

【現代語訳】（冬の歌として詠みました歌）
時が移り変り、月日がたって行くことの何という早さだろう。つい先頃花を見ていた庭に、花に代って降り積る白雪よ。

【詠歌年次・契機】　未詳。

【参考】「もえ続く香の煙の時移り羊の歩み今日も程なし」（新撰六帖四八〇、光俊）「いしなごの玉の落ちくる程なさに過ぐる月日は変りやはする」（聞書集一七五、西行）

【他出】　全歌集五八八三、「程なさに」。

【語釈】　**○積れる**　「雪」の縁語。

【補説】　内容は何の奇もない「光陰矢の如し」の感懐であるが、使用句は「降れる白雪」以外、新編国歌大観を博捜してもほとんど用例が見当らない。そのような、歌言葉ならぬ日常平語をもって、誰にも肯定できる人生の感慨を、何の苦もなく歌にしている。なお『全歌集』は第三句「程なさに」とするが、その底本たる書陵部蔵兼右筆本以外の諸本は「程なさよ」とするので、これによった。

152

雪歌の中に

降る雪の雨になり行く下消えに音こそまされ軒の玉水（九八六）

〔現代語訳〕　雪の歌の中に詠んだ歌。
降る雪が、いつとなく雨に変って行くにつれ、積った雪も下からとけ出して、ああ、音が繁くなりまさって行くよ、軒から落ちる玉のような雨しずくが。
〔詠歌年次・契機〕　未詳。
〔参考〕「かきくらし降る白雪の下消えに消えて物思ふ比にもあるかな」（古今五六六、忠岑）「下消えの雪間を見れば冬ながら春のけぢかき心地こそすれ」（古今六帖七一〇、読人しらず）「ふる雪はかつぞ消ぬらし足引の山のたぎつせ音まさるなり」（古今三一九、読人しらず）「早苗とる山田にかへる沢水の音こそまされ夕立の空」（紫禁集四九〇、順徳院）「雨やまぬ軒の玉水数しらず恋しきことのまさる比かな」（後撰五七八、兼盛）「つくづくと春のながめの淋しきはしのぶに伝ふ軒の玉水」（新古今六四、行慶）
〔他出〕　全歌集五八八四。
〔語釈〕　○下消え　下消え。積雪が下部から溶け、消えること。
〔補説〕　淡々とした叙景の中に、冬の気象とその中に生きる人間の思いとを活写している。「雨になり行く」は為家の創始とおぼしく、のち伏見院に「山の端も消えていくへの夕霞かすめるはては雨になりぬる」（玉葉九七）等、京極派好みの「……ぬる」の形で愛用され、また光厳院に「夕霞かすみまさると見るままに雨になり行く入相の空」（光厳院御集九）がある。

冬歌の中に
嵐吹くみ山の庵の笹の葉のさやぐを聞けば霰降るなり（一〇〇九）
〔現代語訳〕　冬の歌の中に詠んだ歌。

嵐の吹く、山の奥の庵の周囲の笹の葉が一面にさやさやと鳴るのを聞くと、どうやら霰が降って来たらしいよ。

〔詠歌年次・契機〕 未詳。

〔参考〕「嵐吹くみ山の庵のひまをあらみ月を主ととふ人もがな」（建保元年閏九月内裏歌合九、範宗）「笹の葉はみ山もさやにさやげども我は妹思ふ別れ来ぬれば」（万葉一三三、人麿）「笹の葉に霰降る夜の寒けさにひとりは寝なむものとやは思ふ」（千載九五七、馬内侍）「笹の葉はみ山もさやにうちそよぎ氷れる霜を吹く嵐かな」（新古今六一五、良経）

〔他出〕 全歌集五八八五。

〔語釈〕 **○霰降るなり** 「なり」は伝聞推定。「さやぐ」音により、目には見ずに「霰降る」事を推定する。

〔補説〕 参考範宗詠は、歌合席上、左方として、右方為家の「白雲のかかるみ山の月にだにとへかし人の秋の思ひを」と合され、判者定家により、「左、下句優に侍るべし。右、秋の月の光に向ひて「白雲のかかる」といへる、事たがひて聞え侍れば、以レ左為レ勝」と評せられた。為家時に16歳、歌壇デビュー二年目である。彼の脳裏に強く残った一首であり、それが本詠上二句として再生したものでもあったろうか。

　ここまでの四季詠中、詠歌年次・契機未詳のもの一〇首にのぼり、しかも現代的に見ても生き生きとした叙景歌が多い。撰者為兼が評価し、後代に伝えたいと思った、祖父為家の歌風の一面を示すものとして、二条派撰集の入集歌とは一味違った作品群である。

　　仏名をよみ侍りける

となへつる三世の仏をしるべにておのれもなのる雲の上人（一〇二四）

〔現代語訳〕「仏名」を詠みました歌。

御名を唱え続けた、三世の仏達を先導にして、自分も名告《なの》りをあげる、殿上人達よ。
〔詠歌年次・契機〕 寛元元年十一月十三日〜二年二月二十四日新撰六帖題和歌。一二四三〜四四年、46〜47歳。
〔参考〕 「仏名の夜、……聞きも知らぬ仏の御名どもに、名告り続くる声々、まことに滅罪の益もあるらむとおぼえて弁内侍　まことには誰も仏の数なれや名告り続くる雲の上人」(弁内侍日記一一八、宝治二年)「折りつればたぶさにけがる立てながら三世の仏に花たてまつる」(後撰一二三、遍昭)
〔他出〕 新撰六帖二〇二。題林愚抄六〇六七。私玉抄。全歌集一九四〇。
〔語釈〕 **〇仏名**　仏名会。十二月十五日から三日間、後には十九日から三日間、清涼殿で行われた法会。一万三千仏の名号を唱えて罪障を懺悔する。**〇三世の仏**　過去現在未来の三世の諸仏。**〇おのれもなのる**　仏名会が終ると引続いて、参列の廷臣らが名謁を行う事をいう。
〔補説〕 弁内侍日記の記述は本詠の四年後、一二四八年、七六段のものであるが、状況を知るに十分であろう。

歳暮の心を

春秋の捨てて別れし空よりも身に添ふ年の暮ぞ悲しき (一〇二五)

〔現代語訳〕 「歳暮」の題の気持を詠んだ歌。
春や秋の、惜しむ人を捨てて別れて行った、あの果ての日の空(も悲しかったが、それ)よりも、自分の身に添って又一年の老いを加える、年の暮こそまことに悲しいことだ。
〔詠歌年次・契機〕 寛元元年十一月十三日〜二年二月二十四日新撰六帖題和歌。一二四三〜四四、46〜47歳。
〔参考〕 「山路をば送りし月もあるものを捨てても暮るる秋の空かな」(続後撰四五四、俊成)「かへりては身に添ふものと知りながら暮れゆく年を何したふらむ」(新古今六九二、兵衛)

〔他出〕 新撰六帖草稿二一二。全歌集一九四七。
〔語釈〕 ○身に添ふ 新年になると一歳年が加わる。「別れ」と「添ふ」の対比の趣向。
〔補説〕 新撰六帖定稿本は「暮れはてて あすははじめとなる年の昔になどかかへらざるらむ」。この方が無難であるが、玉葉撰者為兼は草稿の初案「春秋の捨てて別れし空」という新奇さを買ったのであろう。

同（建保）六年八月十五夜、中殿にて池月久明といふことを講ぜられ侍りけるに

雲の上に光さしそふ秋の月宿れる池も千代やすむべき（一〇七一）

〔現代語訳〕 建保六年八月十五夜、清涼殿で「池の月久しく明らかなり」という題の歌を披講されました時に詠みました歌。

雲の上とたたえられる宮中に、なお光を添える秋の月よ。その影を映している池も、今後千年も、清らかな光を受けて澄み渡るに違いない。（そしてその内裏の主たる我が君も、ここに永遠に住み栄えられるであろう）

〔詠歌年次・契機〕 建保六年八月十三日中殿御会和歌。一二一八年、21歳。
〔参考〕 「めづらしき光さしそふ盃はもちながらこそ千代もめぐらめ」（紫式部日記五、後拾遺四三三、紫式部）「君を守る天照る神のしるしあれば光さしそふ秋の夜の月」（拾遺愚草二四九四、定家）「松影のうつれる宿の池なれば水の緑も千代やすむべき」（散木集六九八、俊頼）
〔他出〕 建保六年中殿御会和歌二二。題林愚抄一〇四五三。全歌集二九。
〔語釈〕 ○八月十五夜…… 実は八月十三日、中殿（清涼殿）で催された詩歌管絃の御会。順徳天皇主催。藤原信実筆の中殿御会図のある事で有名。○すむべき 「澄む」に「住む」をかけ、順徳治世の永続を讃美。
〔補説〕 七月三十日、順徳天皇から翌月の中殿御会和歌歌仙としての為家吹挙を内々下命された父定家は、「詠歌

の事始終思ひ放つべき事にあらず、随って又形の如く相連ね候か。然れども当時愚父眼前に吹挙を加ふべきの分限、猶極めて不堪の由見給ふるにより、年来制止を加へ、交衆に合せず。……只別して叡慮の趣により召さるべくんば、此の限りにあらず」（明月記）と称して、重ねての命により出席を許した。為家思い出の一首であり、その光栄を肝に銘じての天皇賀詞である。勅撰入集歌中でも新千載268に次ぎ、最も初期の公式詠。

　家に百首歌よみ侍りけるに

岩が根を伝ふかけぢの高ければ雲の跡ふむ足柄の山（一一九四）

【現代語訳】　自家で百首歌を詠みました時に詠みました歌。
　岩山のまわりを伝って行く桟道が大変高いので、まるで雲の通り道の跡を踏みたどって足を進めて行くような気のする、足柄の山よ。

【詠歌年次・契機】　元仁元年八月か、詠百首和歌。一二二四年、27歳。

【参考】　「岩がねのこごしき《こりしく(六帖)》山に入りそめて山なつかしみ出でがてぬかも」（万葉一三三二、作者未詳、古今六帖八三一、人麿）「雲のゐる峰のかけぢを秋霧のいとど隔つる比にもあるかな」（源氏物語六二七、大君）「東路やまだ明けやらぬ足柄の八重山雲を今ぞ分入る」（壬二集二九七七、家隆）

【他出】　夫木抄八六九九「雲に道ふむ」。歌枕名寄五三二一。全歌集一三二一「雲にみちふむ」。

【語釈】　**○かけぢ**　険しい崖に、木材などで棚のようにかけて渡して作った道。桟道。**○足柄の山**　相模の歌枕。神奈川県西南部、箱根金時山に連なる、東海道の要路。関を設け、足柄明神を祀り、その神歌は今様の秘曲。「跡」「ふむ」は「足」の縁語。

【補説】　若年時の想像詠であり、「雲に道ふむ」は不安定な行程をあらわして面白いが、やや熟さない表現である。

「雲の跡ふむ」は断崖の桟道の形容として巧み。玉葉撰定時の撰者改訂か、如何。書陵部蔵兼右筆本玉葉集では「雲の跡とふ」であり、全歌集脚注異文はこれによっているが、これは同本の独自異文であるので諸本により改訂した。

（宝治百首歌奉りける時、旅泊）

たづねみむ同じ浮寝の泊り舟我が思ふ方にたよりありやと（一二三六）

〔現代語訳〕（宝治百首歌を詠進した時、「旅泊」の題を詠んだ歌）
たずねてみようよ、同じ港で波に浮んで寝ている仮泊中の舟に。私の愛する人のいる方面に、もしや寄港するついでがあるかと。（それなら消息を託するのだが）

〔詠歌年次・契機〕 宝治元年十一月詠進宝治百首和歌。一二四七年、50歳。

〔参考〕「月やどる同じ浮寝の波にしも袖しほるべき契りありける」（山家集四一七、西行）「湊河同じ浮寝の波の音も今朝立ちかはる秋の初風」（玄玉集四〇二、寂蓮）「名にしおはばいざ言問はむ都鳥我が思ふ人はありやなしやと」（伊勢物語一三、古今四一一、業平）「有明の月より西の時鳥我が思ふ方に鳴きわたるかな」（正治初度百首一九三〇、讃岐）「たよりあらばあまの釣舟ことづてむ人をみるめに思ひわびぬる」（千載六七三、有仁）

〔他出〕 宝治百首三八四四。全歌集二六〇三。

〔語釈〕 **〇浮寝**　水に浮いたまま寝ること。「憂き寝」の意も含める。

〔補説〕「我が思ふ方」は参考讃岐詠をはじめ、月清集九一・拾遺愚草五三二一等を見ても仏教的意味を含めて用いられているが、本詠では伊勢物語「我が思ふ人」と重ねて、望郷と妻恋うる思いを表現している。「たづねみむ」も第三句に置かれる事が多く、初句に打出す例は稀である。

159
（旅泊の心を）
みなと風寒き浮寝の楫枕都を遠み妹夢に見ゆ（一一三九）

【現代語訳】（「旅泊」の題の気持を詠んだ歌）湊を吹き渡る風が寒々と感じられる、船中の仮寝で、楫を枕に横になっていると、都はつくづく遠く感じられ、愛する妻が夢にあらわれる。

【詠歌年次・契機】 未詳。

【参考】「みなと風寒く吹くらしなごの江に妻呼びかはし鶴さはに鳴く」（万葉四〇一八、続古今一六三五、家持）「浦伝ふ磯の苫屋のかぢ枕聞きもならはぬ波の音かな」（千載五一五、俊成）「たをやめの袖吹きかへす明日香風都を遠みいたづらに吹く」（万葉五一、志貴皇子、続古今九三八、田原天皇）「世の中はうきふししげし篠原や旅にしあれば妹夢に見ゆ」（千載九七六、俊成）

【他出】 全歌集五八八六。

【語釈】 **○みなと風** 入江を吹く風。**○楫枕** 舟の中で寝ることを、象徴的にいう。

【補説】 万葉の古風をめざしつつ、上句には中世独自の寂しみをたたえて成功している。

160
題しらず
落ちたぎつ音には立てじ吉野川水の心は沸きかへるとも（一一五九）

【現代語訳】 題不明の歌。落ちて逆巻く激しい音は決して立てまい。吉野川の水の中のように、私の心は恋の思いで沸き返るとしても。

〔詠歌年次・契機〕　未詳。
〔参考〕「足引の　み山もさやに　おちたぎつ　吉野の川の　川の瀬の　清きをみれば」（万葉九二〇、金村）「吉野川岩きりとほし行く水の音には立てじ恋ひは死ぬとも」（古今四九二、読人しらず）「吉野川水の心は早くとも滝の音には立てじとぞ思ふ」（古今六五一、読人しらず）「涙川袖のみわだに沸きかへり行く方もなき物をこそ思へ」（新勅撰六六一、俊成）
〔他出〕　全歌集五八八七。
〔語釈〕　**○落ちたぎつ**　水の落ちる勢が激しくて水が沸きかえる。涙が激しく流れるさまをも暗示。**○吉野川**　大和の歌枕。大台ヶ原山から吉野・五条を経て和歌山県に入り紀の川となる。宮滝のあたりの急流が「落ちたぎつ」と形容された。**○水の心**　水心。水の内部、中心。
〔補説〕　古歌を巧みにあやなした技巧的な恋歌と見て終り、とも言えるが、年次も契機も未詳、という事は、晩年、阿仏へのひそかな恋心とも想像できなくはない。

初言恋の心を

今こそは思ふあまりに知らせつれ言はで見ゆべき心ならねば（一三五八）

〔現代語訳〕「初めて言ふ恋」の題の気持を詠んだ歌。

押えていた恋情を、今こそは思いに堪えかねて知らせたことだ。言わないでそれとあの人にわかってもらえるような心ではないのだもの。

〔詠歌年次・契機〕　寛元元年十一月十三日～二年二月二十四日新撰六帖題和歌。一二四三～四年、46～47歳。

〔参考〕「今日こそは知らせそめつれ恋しさをさりとてやはと思ふあまりに」（成通集七）「思ひかね今日山水のもら

すかな言はでやむべき恋路ならねば」(教長集六五七)
【他出】新撰六帖一三三一。秋風集六八八。題林愚抄六三七九。全歌集二一六六。
【語釈】〇見ゆ　見られるように振舞う。見せる。
【補説】新撰六帖での題は「いひはじむ」。珍しい直情平叙の歌で、為兼なればこその採択か。

光明峰寺入道前摂政家恋十首歌合に、寄弓恋

引きとめよ有明の月の白真弓帰るさいそぐ人の別れ路(一四三六)

【現代誤訳】入道前摂政九条道家家恋十首歌合に、「弓に寄する恋」の題を詠んだ歌。

いとしい人を引きとめておくれよ、空にかかった白木の弓のような有明の月よ。帰りを急ぐ恋人の、後朝の別れの道で。

【詠歌年次・契機】貞永元年七月光明峰寺入道摂政家恋十首歌合。一二三二年、35歳。

【参考】「引きとめよ紀伊の関守が手束弓春の別れを立ちやかへると」(壬二集一四五五、家隆、洞院摂政家百首)「天の原ふりさけ見れば白真弓張りてかけたり夜道はよけむ」(万葉二八九、間人大浦)「露おけばあさえのいでの白真弓かへるわびしき今朝にもあるかな」(堀河百首一一八七、国信)

【他出】光明峰寺摂政家歌合四九。題林愚抄八二七〇。私玉抄。全歌集一七〇一。

【語釈】〇白真弓　白木の檀《まゆみ》で作った弓。白い弓状の有明月をたとえる。「引き」「帰る(返る)」は弓の縁語。

【補説】「引きとめよ」は参考家隆詠が初出、本詠がこれに次ぎ、以後は正徹に二、景樹に一例を見るのみ。しかも家隆詠は本詠の四箇月前、貞永元年三月の洞院摂政家百首詠である。「帰るさ急ぐ」「人の別れ路」も室町以降に若干の用例を見るだけで、ただ為家自身文永八年四月当座百首に「いかにせむ思ひの綱にまかすれば引きとめがた

き人の別れ路」（大納言為家集一九七五）と用いている。当歌合は判者定家、為家は信実と合され、勝六、負三、持二。本詠は右方信実の「わが方によると契らぬ梓弓をしくはいかが人を頼まむ」に対し、「右歌、無㆓難事㆒。左の「晨明の月のしらま弓」、ひく人々侍りて、為㆑勝」とされた。その評価通り、情景の美しさが印象的である。本歌合からは、他に新千載269・新拾遺295、計三首が勅撰入集している。

暁の時雨にぬれて女のもとより帰りて、朝につかはしける

帰るさのしののめ暗き村雲も我が袖よりや時雨れ初めつる（一四五六）

返し　安嘉門院四条　きぬぎぬのしののめ暗き別れ路にそへし涙はさぞ時雨れけむ

〔現代語訳〕 明け方の時雨にぬれて女の所から帰って来て、朝になって言い送った歌。
帰りの道の、夜明けの空を暗くしてわだかまっていた雲も、別れの涙にぬれた私の袖に誘われて、時雨を降らせはじめたのでしょうか。
（返歌、四条（あら、そうじゃありませんわ。）厭かず別れた後朝の、あなたの御身に添えてあげた私の涙のせいで、さぞかし時雨は降ったのでしょうよ）

〔詠歌年次・契機〕 建長四年以降、四条（阿仏）と相識ってのち。一二五二年、55歳以降。

〔参考〕 「しののめのほがらほがらと明けゆけばおのがきぬぎぬなるぞ悲しき」（古今六三七、読人しらず）「なれにける秋の寝覚も今更にしののめ暗き虫の声かな」（宝治百首一五二五、基良）「くちなしの一入染めの薄紅葉いはでの山はさぞ時雨れけむ」（洞院摂政家百首七三一、続古今五〇八、為家、32）

〔他出〕 全歌集二七六三。

〔語釈〕 **○しののめ**　東雲。夜明けの、わずかに東の空が白む頃。**○きぬぎぬ**　後朝。男女、衣を重ねての共寝か

ら、翌朝それぞれの衣を着て別れる事をいう。

〔補説〕　源承和歌口伝によれば、安嘉門院四条、すなわち阿仏は、続後撰集奏覧の後、為家女後嵯峨院大納言典侍に「源氏物語書かせんとて」招かれた。同集奏覧は建長三年十二月二十五日。ゆえに本贈答以下玉葉風雅に入る両者の唱和計五組と、玉葉に見る為家の関係詠二首は、それ以後二人が文永年間に入って嵯峨の家での公然同居に至るまでの期間に詠ぜられたものであろう。為家55歳から66歳、阿仏31歳から42歳ぐらいの間。両者ともに、まことにみずみずしい感性である。「しののめ暗き」は数年前の宝治百首に基良が用いたのみの語で、同詠よりもはるかに有効に働いている。また、「さぞ時雨れけむ」は貞永元年洞院摂政家百首の為家詠。これを阿仏が用いたのも偶合とは思われず、どこで知ったか、阿仏の才気を証するに十分であろう。

詠歌時期について佐藤氏は、「時雨」を媒介としている事からして季節は冬であり、建長五年の冬の大半は為家鎌倉旅行中であった所から、本贈答歌の時期は建長四年冬の可能性が大きく、以下の関係諸詠もその前後に集中的にとり交わされたものかとしている（『研究』117頁）。なお以下風雅集も含め一連の両者の贈答歌については、岩佐「恋のキイワード――為家と阿仏の場合」（隔月刊文学、平19・9―10）参照。

六帖の題にて歌よみ侍りけるに、日比隔てたるといふことを

三日月のわれて相見し面影の有明までになりにけるかな（一四八〇）

〔現代語訳〕　古今六帖になぞらえた題で歌を詠みました中に、「日比隔てたる恋」という題を詠みました歌。

三日月の頃に、心が割れ砕けるばかりの思いの末にようやく逢う事のできた人の面影は、まだ眼前にありながら、（その後逢う機会もなく日がたち）月も有明にまでなってしまった。

〔詠歌年次・契機〕　寛元元年十一月十三日～二年二月二十四日新撰六帖題和歌。一二四三～四四年。46～47歳。

〔参考〕「宵のまに出でて入りぬる三日月のわれて物思ふ比にもあるかな」（古今一〇五九、読人しらず）「三日月のわれては人を思ふともよに二度は出づるものかは」（古今六帖三五四、読人しらず）
〔他出〕新撰六帖一四三二。詠歌一躰七。和歌一字抄三六七。題林愚抄七〇八八。三五記一八七。全歌集二一八六。
〔語釈〕**〇日比隔てたる**　逢わないで何日も隔てた恋。古今六帖五、「雑思」に見える題。**〇三日月の**　「われて」の枕詞、同時に「有明」との対応で「三日から二十日過ぎまで」、すなわち「日比隔てたる」の題意をあらわす。**〇われて**　三日月を満月の割れた一片と見、思い砕ける激しい恋情とかける。
〔補説〕詠歌一躰では、「詞の字の題をば、心をめぐらして詠むべしと申すめり」として、「隔日恋」の題の下に本詠を引く。月齢によって「日比隔てたる」を巧みに表現した作。詠歌一躰所引六三首中にただ一首の自詠である所から見ても、会心の自信作であったと言えよう。

女につかはしける

波のよる潮のひるまも忘られず心にかかる松が浦島（一四八八）

〔現代語訳〕女に言い送った歌。

波の「寄る」浜辺、潮の「干る間」ではないが、夜も昼も忘れられず、心にかかって仕方がないよ、「心あるあま」が待っている、松が浦島――あなたの事は。

〔詠歌年次・契機〕建長四年以降、阿仏と相識ってのち。一二五二年、55歳以降。

〔参考〕「満つ潮の流れひるまを逢ひがたみみるめの浦に夜をこそ待て」（古今六六五、深養父）「恨みても潮のひるまは慰めつ袂に波のよるいかにせむ」（続後撰八三九、深養父）「音に聞く松が浦島今日ぞ見るむべも心あるあまは住みけり」（後撰一〇九三、素性）「ながめかるあまのすみかと聞くからにまづ潮たるる松が浦島」（源氏物語一六二、源

氏）
〔他出〕 全歌集二七六四。
〔語釈〕 ○よる 「寄る」に「夜」をかける。○ひるま 「干る間」に「昼間」をかける。○かかる 「波」の縁語。○松が浦島 陸奥の歌枕。宮城県松島。「待つ」をかけ、そこに住む海人《あま》（尼）を暗示する。
〔補説〕 「女」は「心あるあま」——阿仏であり、「松が浦島」はすなわち彼女を象徴する。為家の老いらくの恋のみずみずしさは、古歌・古典を操る手法の確かさとともに、驚くべきものである。

六帖題にて歌よみ侍りけるに、くちかたむ、といふことを

世にもらば誰が身もあらじ忘れねよ恋ふなよ夢ぞ今は限りに（一五一九）

〔現代語訳〕 古今六帖になぞらえた題で歌を詠みました中に、「口固む」という題を詠みました歌。
世間に洩れてうわさが立ったら、あなたと私と、どちらの立場もなくなってしまうでしょう。忘れて下さいよ、恋い慕うのではないよ、夢だよ、もうこれで最後なんだからね。
〔詠歌年次・契機〕 寛元元年十一月十三日～二年二月二十四日新撰六帖題和歌。一二四三～四四年、46～47歳。
〔参考〕 「世にもらば我が心をや疑はむまた知らせたる人しなければ」（続古今一〇一三、行家）「忘れねよこれは限りぞとばかりの人づてならぬ思出でもうし」（拾遺愚草一〇八六、定家、千五百番歌合）「忘れねよ夢ぞといひしかねごとをなどそのままに頼まざりけむ」（新後撰一〇七四、為家、洞院摂政家百首、127）
〔他出〕 新撰六帖一五六二、全歌集二二一二、両者ともに「今をかぎりに」。
〔語釈〕 ○くちかたむ 口止めをする。古今六帖第五「雑思」中の題。○誰が身もあらじ 誰の身も無事では居ないであろう。「誰」とは恋人と自分の双方をさす。○忘れねよ 「ね」は完了の助動詞「ぬ」の命令形。忘れてしま

えよ。

【補説】特異な題による想像詠であるが、切迫した口調により臨場感豊かで、劇的効果をあげている。「今は限りに」は「今を」よりも、より限定的な感じを強める。為兼による改訂か、如何。参考為家詠はこれに先立つ35歳の作。

わづらふこと侍りけるが、おこたりて後、久しく逢はぬ人につかはしける

あらば逢ふ同じ世頼む別れ路に生きて命ぞさらにくやしき（一五二六）

【現代語訳】病気しておりましたが、よくなって後、その後も久しく逢わない女に言い送りました歌。

（古歌にも言う通り）同じ世に生きていれば逢える事もあろう、死に別れてしまったらその希望もないと、ただそれを頼りに生き長らえたのに、（それでも逢えないとは）取りとめた命が今更くやしい事です。

【詠歌年次・契機】建長四年以降、阿仏と相識ってのち。一二五二年。55歳以降。

【参考】「いかにしてしばし忘れむ命だにあらば逢ふ世のありもこそすれ」（拾遺六四六、読人しらず）「恋すればうき身さへこそ惜しまるれ同じ世にだに住まむと思へば」（詞花二二四、心覚）

【他出】全歌集二七六五。

【語釈】**○あらば**　世にあらば。生きていれば。**○別れ路に生きて**　死別のはずの道に生き長らえて。「いき」は「行き」と「生き」をかけ、道の縁語。

【補説】これも阿仏への贈歌と見られる。「わづらふこと」はいつの事か未詳。

（恋の心を）

168

とこの海の我が身越す波よるとてもうちぬる中に通ふ夢かは（一五九五）

〔現代語訳〕（恋の気持を詠んだ歌）

鳥籠《とこ》の海ならぬ、床の中の涙の海で、私の身を越えて波が押し寄せるような夜であっても、寝ている中であの人の所へ通う夢があるだろうか。（長恨歌と違い、そんな工合には行かないのだ）

〔詠歌年次・契機〕　建長元年九月十三日仙洞五首和歌。一二四九年、52歳。

〔参考〕「泣く涙夜な夜なつもるとこの海の藻にすむ虫やわが身なるらむ」（壬二集二七二一、家隆）「わたつみの我が身越す波立ちかへりあまのすむてふうらみつるかな」（古今八一六、読人しらず）「思ひあまりうちぬるよひのまぼろしも波路を分けて行き通ひけり」（千載九三六、長明）

〔他出〕　為家卿集四三四。大納言為家集一一〇四。全歌集二六三二。

〔語釈〕　**○とこの海**　近江の歌枕、鳥籠の海。滋賀県彦根市の、不知《いさや》川の河口付近の琵琶湖。「床」をかける。**○よる**　波の「寄る」に「夜」をかける。**○うちぬる中に……**　参考長明詠により、道士が海上の仙山に楊貴妃の魂を求めたという長恨歌の故事を思いよそえる。

〔補説〕　本五首和歌の作は為家卿集・大納言為家集により三首が知られ、うち一首は続千載195に入る。本詠の歌題は「寄海恋」。この時為家は講師を勤めた（砂巌）。

169

（題しらず）

恋しさも見まくほしさも君ならでまたは心におぼえやはする（一六八一）

〔現代語訳〕（題不明の歌）

恋しさも、顔見たさ逢いたさも、あなたでなくてほかの誰に対して、又と私の心に感じる事があろうか。（た

（だあなただけを愛しているのだよ）

〔詠歌年次・契機〕 寛元元年十一月十三日～二年二月二十四日新撰六帖題和歌。一二四三～四四年、46～47歳。

〔参考〕「昨日今日行きあふ人は多かれど見まくほしきは君一人かな」（和泉式部続集一八〇）「行く末はゆかしけれども来し方の恋しきばかりおぼえやはする」（大納言為家集一九三八、文永八年当座百首）「身につもる秋の心の悲しさも月に向へばおぼえやはする」（続古今一七一七、頼輔）

〔他出〕 新撰六帖一三七二。全歌集二一七四。

〔語釈〕 **〇見まくほしさ** 見たい（逢いたい）という気持。**〇おぼえやはする** 思うだろうか、いや思いはしない。「やは」は反語。

〔補説〕 新撰六帖題は「わきておもふ」。これを的確に詠む。「おぼえやはする」の用例は少いが、為家は晩年にも用いている。

嘆くことありて籠りゐて侍りける人のもとにつかはしける

大方のさらぬならひの悲しさもある同じ世の別れにぞ知る（一六八八）

返し　安嘉門院四条　はかなさはある同じ世も頼まれずただ目の前のさらぬ別れに

〔現代語訳〕 不幸な事があって喪にこもっていました人の所に贈りました歌。

世の中一般に避ける事のできない、「死別」というものの悲しさも、生きている同じ世で逢えない、あなたとの別れの悲しさによって、お察ししていますよ。

（返歌、四条　心細いことには、あなたと共にあるこの同じ世にも期待はできません。ただ目の前に見た、避けがたい死別に動転して、この先生きて行かれるとも思えませんもの）

【詠歌年次・契機】 建長四年以降、四条（阿仏）と相識ってのち。一二五二年、55歳以降。

【参考】「老いぬればさらぬ別れの《も（古今）》ありといへばいよいよ見まくほしき君かな」（伊勢物語一五三、古今九〇〇、業平母）「わびつつは同じ世にだにと思ふ身のさらぬ別れになりやはてなむ」（千五百番歌合二四四七、風雅一四〇六、家長）「頼むべき方もなけれど同じ世にあるはあるぞと思ひてぞふる」（和泉式部集七七三）

【他出】 全歌集二七六六。

【語釈】 **○さらぬならひ** 避けられない世の常。死別。**○ある同じ世の別れ** 共に生きている同じこの世での別れ。生別。

【補説】「さらぬならひ」「さらぬ別れ」により、おそらく阿仏の父平渡繁（従来養父とされていたが、田渕句美子『阿仏尼とその時代』（平12）によれば実父か）または母との死別と思われる。そのための喪籠を見舞うにつけて、一層逢瀬のままならぬ事を嘆じた贈答。

絶恋の心を

朝夕は忘れぬままに身に添へど心を語る面影もなし（一七五〇）

【現代語訳】「絶ゆる恋」の題の気持を詠んだ歌。

朝に夕に忘れられないままに、恋人は我が身に立ち添っているかのように思われるが、それは幻想にすぎず、現実に愛する心を打ち明けて語れるような面影すらもない。（ああ、悲しいことだ）

【詠歌年次・契機】 寛元元年十一月十三日～二年二月二十四日新撰六帖題和歌。一二四三～四四年、46～47歳。

【参考】「身に添へるその面影も消えななむ夢なりけりと忘るばかりに」（新古今一一二六、良経）「一人のみ明かせる夜半の鳥の音は恨みなれたる面影もなし」（為家千首七二五）

【他出】新撰六帖一二三七「身にそへて《と》」。題林愚抄七〇五〇。全歌集二一四七。

【補説】新撰六帖題は「おもかげ」。「心を語る」は新編国歌大観中他に用例なく、「面影もなし」は為家千首が初出で、近世に至り多用される。

老ののち、病に沈み侍りける比、花の盛りに、住み侍りける家の前を車のあまた過ぎけるを聞きて

花盛り塵に馳すなる小車の我が身一つぞやる方もなき（一八八五）

【現代語訳】老後、重病で床についておりました頃、花盛りに、住んでいた家の前を車が沢山通り過ぎて行った音を聞いて詠みました歌。

花盛りの遊楽に、塵を巻きあげて駆け歩いているらしい車の音を聞くと、私一人世の中から取り残されて、慰めようもなく情ない思いをどうする事もできない。

【詠歌年次・契機】文永年間。175詠詞書により、六年（一二七〇）、73歳以降か。

【参考】「花明二上苑一　軽軒馳二九陌之塵一」（和漢朗詠集一一三、閑賦）「花見にと急ぐ車は過ぎぬれど我のみ行かで思ひこそやれ」（朗詠百首六、花明上苑……、隆房）「月やあらぬ春や昔の春ならぬ我が身一つはもとの身にして」（古今七四七、伊勢物語五、業平）「思ひをば君がしるべに知られにき恋しきことぞやる方もなき」（為忠家初度百首五七〇、忠定）

【他出】夫木抄一一〇八。全歌集五八六三。

【語釈】○住み侍りける家　嵯峨小倉山荘。○花盛り　朗詠の詩句、「長安の名勝、上林苑に花が明るく咲きそろうと、軽やかな花見の車が九条の都大路を塵を巻きあげて馳せ違う」による。○馳すなる　走らせているらしい。「なる」は伝聞推定。病床で音だけを聞いているさま。○やる方もなき　「どうしようもない」意に、車の縁語「や

る」をかける。

〔補説〕　為家晩年の生活を髣髴とさせる詠。ここには175詞書のように為兼の名をうたってはいないが、おそらく為兼の親近時の事で、彼ならでは知りえない状況下での歌ゆえに詳細な詞書とともにこれを誇示したのであろう。なお175参照。

月歌の中に

おぼえぬに老のならひの悲しきは月にこぼるる涙なりけり（一九九五）

〔現代語訳〕「月」の歌の中に詠んだ歌。
自覚しないのに、老人の習性が出て悲しいのは、月を見てひとりでにこぼれ落ちる涙であるよ。

〔詠歌年次・契機〕　未詳。

〔参考〕「恨むとも嘆くとも世のおぼえぬに涙なれぬる袖の上かな」（式子内親王集九四、玉葉二五四二）「なく雁の涙知られて萩原や月にこぼるる秋の白露」（大納言為家集六六六）

〔他出〕　全歌集五八八八。

〔語釈〕　○おぼえぬに　自分では気がつかないうちに。

〔補説〕　全く平凡な老人の繰言、と思われようが、「おぼえぬに」を初句に置く所、また「老のならひ」「月にこぼるる涙」皆為家独自の表現である。弘長三年没の愛娘大納言典侍に寄せた哀歌「秋思歌」の中でも、為家は繰返し「月にこぼるる涙」の諸相をうたっている。

月歌の中に

いかにせむ心なぐさむ月だにも我が世をかけてふけまさるかな（二〇〇二）

〔現代語訳〕 月の歌の中に詠んだ歌。
ああ（この淋しさを）どうしたらよかろう。せめて心の慰めに見ている月さえも、私の人生が老い行くのと同様に、どんどん更けて行くことだ。

〔詠歌年次・契機〕 寛元元年十一月十三日～二年二月二十四日、新撰六帖題和歌。一二四三～四年、46～47歳。

〔参考〕「住みそめて心なぐさむ山里もくやしくなりぬ木枯の声」（壬二集一九四、家隆）「残りなく我が世ふけぬと思ふにも傾く月にすむ心かな」（千載九九九、待賢門院堀河）

〔他出〕 新撰六帖二七七、全歌集一九五五、両者ともに「ふけまさるなり」。

〔語釈〕 〇かけて　関係をつけて。同じように。

〔補説〕「跡みれば心なぐさの浜千鳥今は声こそ聞かまほしけれ」（後撰六三五、読人しらず）以来、歌語としては「名草の浜」（紀伊の歌枕）をかけて「心なぐさの」「心なぐさに」が用いられ、「心なぐさむ」は参考家隆詠以外拾遺愚草一三九〇が見られる程度である。末句「かな」は、原作「なり」（更けまさるようだ）より詠嘆の意を強めるための、為兼の改訂か。新撰六帖歌題は「雑の月」。

老の後、病に沈みて侍りし冬、雪の夜、前大僧正道玄、人々あまた伴なひ来たりて、題をさぐりて歌よみ侍りし中に、岡雪といへる事をよみ侍りしを、筆とる事かなはず侍りて、為兼少将に侍りし時書かせて出だし侍りし

いかにして手にだにとらぬ水茎の岡辺の雪に跡を付くらむ（二〇四一）

〔現代語訳〕 老後、病苦に悩んでおりました冬、雪の夜、前大僧正道玄が知人を多数同伴して来て、探り題で歌を詠みました中で、「岡の雪」という題を詠みましたが、筆を持つ事ができないので、為兼が当時少将であったのに書かせて出しました歌。

一体どうして、筆を手に取ることすらできぬほど老衰した私の許に、岡辺に積る雪に足跡を付けて訪れて、後に残るような歌会まで開いて下さるのでしょう。ありがたい事です。

〔詠歌年次・契機〕 文永五年十二月為兼任少将以後十一年末、為家没前年まで。一二六八〜七四年、71〜77歳。

〔参考〕「引きすてて手にだにとらぬ梓弓また我が方にかへりやはせむ」（光明峰寺摂政家歌合六一、親季）「書きやれど手にだにとらぬ玉章は我がものからのかたみとも見ず」（中院集八五、為家）「秋風の日にけに吹けば水茎の岡の木の葉も色づきにけり」（万葉二一九三、作者未詳）「水茎の岡のやかたに妹とあれと寝ての朝けの霜のふりはも」（古今一〇七二、水茎ぶり）

〔他出〕 題林愚抄五八九七。歌枕名寄九三五八。全歌集五八六四。

〔語釈〕 **○道玄** 嘉禎三〜嘉元二年（一二三七〜一三〇四）68歳。二条良実男、天台座主。続古今以下作者。**○題をさぐりて** 探題→24。**○為兼** 建長六〜元弘二年（一二五四〜一三三二）79歳。京極為教男。為家の孫。京極派和歌創始者、玉葉集撰者。**○水茎の岡** 「筆」の異名「水茎」に、歌枕「水茎の岡」（近江、また土佐とも、未詳）をかける。**○跡** 「水茎」および「雪」の縁語。

〔補説〕 為兼は文永七年（一二七〇）17歳の時から為家の嵯峨の家に同宿して歌道を学び（延慶両卿訴陳状）、九年秋、古今集を伝受した（伊達本古今集奥書・為兼卿記）。おそらくこの頃以後の出来事であろう。佐藤氏は文永十一年、77歳の時かとする（『研究』1317頁）。172の病臥と関連するか、未詳。「手にだにとらぬ」の用例は参考二例のみ、あとははるかに下って蘆庵に一例ある。

176

日吉社に参りて雪の降り侍りければ、法印源全が許へよみてつかはしける

踏み分けて今日こそ見つれ都より思ひおこせし山の白雪（二〇四六）

返し　法印源全　踏み分けてとはるる雪の跡を見て君をぞ深く神は守らむ

〔現代語訳〕　日吉神社に参詣して、雪が降りましたので、法印源全の所に詠んで送りました歌。

道を踏み分けてやって来て、今日こそは見たことですよ、今まで都から思いやってばかりいた比叡山の白雪を。

（返歌　源全　わざわざ踏み分けて参詣された、雪の中のあなたの足跡を見て、かくも信仰深いあなたをこそ、神は真実に守られることでしょう）

〔詠歌年次・契機〕　某年、日吉神社参詣の折。

〔参照〕「忘れては夢かとぞ思ふ思ひきや雪踏み分けて君を見むとは」（古今九七〇、伊勢物語一五二、業平）

〔他出〕　全歌集五八八九。

〔語釈〕　**〇日吉社**　↓14。**〇源全**　伝未詳。永陽門院少将の父（勅撰作者部類）。

〔補説〕　為家の日吉信仰については14参照。本詠の詠歌年次は不明。文永十年の百ケ日参籠は四月二十一日からのもので、本詠とは機会を異にする。

177

題しらず

暮るる間にすずき釣るらし夕潮のひがたの浦にあまの袖見ゆ（二〇八四）

〔現代語訳〕 題不明の歌。

暮れるまでの僅かの時間に、鱸を釣っているらしい。夕潮の引いたひがたの浦に、海人の袖のひるがえるのが見える。

〔詠歌年次・契機〕 寛元元年十一月十三日〜二年二月二十四日新撰六帖題和歌。一二四三〜四四年、46〜47歳。

〔参考〕「あらたへの藤江の浦に鱸釣るあまとか見らむ旅行く我を」(万葉二五二、人麿)「ささ波の比良山風の海吹けば釣するあまの袖かへる見ゆ」(万葉一七一五、槐本)

〔他出〕 新撰六帖九七二「日だかのうらに」。万代集三一九三。夫木抄一一七〇九「ひがさのうらに」。夫木抄一三二〇二。歌枕名寄九六四三「ひがたのうらの」。全歌集二〇九四「日だかのうらに」。

〔語釈〕 **○すずき** 鱸。スズキ科の近海魚。**○夕潮** 通常、夕方に満ちて来る潮をいうが、ここでは「ひがた」に続くので引潮と考えた。「日笠の浦」であっても「干」とのかけ詞で用いたものと推測されるが、如何。**○ひがたの浦** 歌枕名寄に「干潟浦　摂津　習俗抄」とするが所在未詳。「干潟」をかける。或いは日笠浦(播磨の歌枕、兵庫県高砂市)の転訛か。

〔補説〕 新撰六帖稿本では「くれぬまにすゝきつるらしゆふしほのひたか《かた》のうらのあまのそてみゆ」とする。

　　嵯峨の家に年久しく住みてよみ侍りける

小倉山松を昔の友と見ていくとせ老の世をおくるらむ　(二三一一)

〔現代語訳〕 嵯峨の家に長年住んでいて、詠みました歌。

私の家のある小倉山で、年経る松だけを昔からの友と見ながら、あと一体何年、私はこの老衰の身で生きて行くのだろう。

〔詠歌年次・契機〕 文永七年七月二十二日庚申続百首和歌。一二七〇年、73歳。
〔参考〕「誰をかも知る人にせむ高砂の松も昔の友ならなくに」（古今九〇九、興風）
〔他出〕 大納言為家集一二四一。全歌集五三九九。
〔補説〕「嵯峨の家」「小倉山」については47・129・130・146参照。為家はしばしばこの家に逗留したが、定住したのは文応元年（一二六〇）以後と考えられる。有名な古今詠を打ち返しての老残の述懐は切実である。なおこの続百首は大納言為家集にのみ四三首見え、詞書に「三人詠之」とある。中の一人は当時同宿していた17歳の孫、為兼でもあろうか（↓175）。今一人は阿仏か、為兼の姉為子か。勅撰集では他に続千載209一首入集している。

家に百首歌よみ侍りける時

山ぎはの田中の森にしめはへて今日里人は神まつるなり（一二二九）

〔現代語訳〕 自家で百首歌を詠みました時詠みました歌。
山近い田の中の森に、注連縄を張りめぐらして、今日こそ里人は神祭を執り行っているらしいよ。
〔詠歌年次・契機〕 寛喜元年為家勧進家百首和歌。一二二九年、32歳。
〔参考〕「里遠き田中の森の夕日かげうつりもあへずとる早苗かな」（続後撰一九四、雅経）「袖さむき田中の森の辻やしろ火焼《ほたき》をはやす声きほふらむ」（為忠集一七三）
〔他出〕 現存六帖第二帖時雨亭文庫蔵二五五「けふさと人の神まつるなる」。歌枕名寄九四九九。全歌集一五二六。
〔語釈〕 **○田中の森** 歌枕名寄では未勘国の歌枕として本詠をのみ挙げている。普通名詞と見るべきか。**○しめはへて** 注連延へて。注連縄を長くのばして。
〔補説〕「田」と「しめ」の結合については111参照。

180

六帖の題にて歌よみ侍りけるに、言の葉

秋津洲人の心をたねとして遠く伝へし大和言の葉（二四四八）

【現代語訳】 古今六帖の題になぞらえて歌を詠みました時に、「言の葉」の題を詠みました歌。

この日本国の、人の心を根源として、遠い昔から伝えて来た大和詞、和歌よ。（それは何とすばらしい文学だろう）

【詠歌年次・契機】 寛喜元年為家勧進家百首和歌。一二二九年、32歳。貞永元年三月日吉社撰歌合。一二三二年、35歳。

【参考】 「やまとうたは人の心をたねとして、万の言の葉とぞなれりける」（古今集仮名序）

【他出】 日吉社撰歌合一〇〇、夫木抄一四一二五、全歌集一五三七、以上すべて「ほかにはきかぬ」。

【語釈】 **〇秋津洲** 日本国の異称。また「大和」の枕詞。

【補説】 為家家百首については68参照。玉葉集詞書「六帖の題にて」は撰者為兼の誤認、また第四句「遠く伝へし」も為兼の改訂かも知れぬ。但しこの方が歌柄ははるかに高く、勅撰入集詠にふさわしくなっている。

181

続古今集撰ばれ侍りける時、撰者あまた加へられ侍りて後、述懐の歌の中によみ侍りける

玉津島あはれと見ずや我が方に吹き絶えぬべき和歌の浦風（二五三六）

【現代語訳】 続古今集を撰定されました時、自分以外に撰者が多数追加されました後、述懐の歌の中に詠みました歌。

玉津島の明神も、かわいそうと思っては下さいませんか。私の方角には和歌の浦の風が吹き絶えてしまいそう

な、この状況を。（歴代撰者としての御子左家の伝統も、私個人の面目も、全く失われそうな有様です）

〔詠歌年次・契機〕　弘長二年九月、撰者四名追加。一二六二年、65歳。

〔参考〕「かれにける葵のみこそ悲しけれあはれと見ずや賀茂の瑞垣」（新古今一二五五、読人しらず）

〔他出〕　全歌集四二七八。

〔語釈〕　**○続古今集**　第十一番目の勅撰集。後嵯峨院下命。**○撰者あまた……**　正元元年（一二五九）為家一人に下命されたが、弘長二年九月、基家・家良・行家・真観（光俊）が撰者に追加され、文永二年（一二六五）十二月成立。**○玉津島**　↓120。**○和歌の浦**　↓98。ここでは歌道家の伝統をいう。

〔補説〕　この撰者追加の事情については『研究』593頁以下に詳しい。老齢による撰集作業の遅延という責任は為家にもあろうが、将軍宗尊親王の権威を借りての光俊の強引な介入には、悲憤やる方ないものがあったであろう。このような勅撰撰者関係の確執にかかわる歌の採択は本来憚るべきでもあろうが、玉葉撰定時における為世との争いがここに尾を引いているとも見られる。

題しらず

いかにして心に思ふことわりを通すばかりも人に語らむ（二五九二）

〔現代語訳〕　題不明の歌。

一体どうやって、心に思っている事の筋道を、すっきり納得させるように人に語ったらよかろう。（思うままにはなかなか語れぬことだ）

〔詠歌年次・契機〕　未詳。

〔参考〕「あはれとも心におもふほどばかり言はれぬべくはとひこそはせめ」（新古今八三八、西行）

183

〔他出〕 全歌集五八九〇。
〔語釈〕 **○ことわり** 道理。
〔補説〕 全くありのままのただこと歌である。七十余年の生涯をかえりみて、実にさまざまの形での人との交渉を経て、思わずもこぼれ出た述懐として、感深いものがある。

釈教歌の中に

遇ひがたきみのりの花に向ひてもいかでまことの悟り開けむ (二六九三)

〔現代語訳〕 釈教歌の中に詠んだ歌。
遇うことのむずかしい仏法の精華、妙法蓮華経に、幸いに向いあう幸運を得て、これを読誦するにつけても、果してどうやって真の開悟解脱に至る事ができるであろうか。(どうかそうありたいものだが)
〔詠歌年次・契機〕 未詳。
〔参考〕「咲きがたきみのりの花に置く露ややがて衣の玉となるらん」(後拾遺一一八六、康資王母)「仏説是法華　令衆歓喜已　尋即於是日　告於天人衆　諸法実相義　已為汝等説　我今於中夜　当入於涅槃　汝一心精進　当離於放逸　諸仏甚難値　億劫時一遇」(法華経序品)
〔他出〕 全歌集五八九一。
〔語釈〕 **○みのりの花** 「法華経」を和らげていう。**○開けむ** 開悟する事に、蓮の花が開く事をかける。
〔補説〕 参考にあげた法華経序品の偈の末句「諸仏には甚だ値《あ》ひ難し。億劫に時に一たび遇ふならむ」を引き、方便品に舎利弗の請を三度拒否しながら、ついに仏の説いた法華経をたたえつつ、これによる開悟の願望と困難をうたう。

続千載集

弘長元年後嵯峨院に百首歌奉りける時

立ちかへり春は来にけりさざ波や氷吹きとく志賀の浦風（四）

〔現代語訳〕 弘長元年、後嵯峨院に百首歌を詠進した時詠んだ歌。
改めて再び春はやって来たよ。氷結して名物のさざ波も立たなかった琵琶湖でも、あたたかく氷を吹いてとかし、再びさざ波を立てる、志賀の浦の春風を感じる事ができる。

〔詠歌年次・契機〕 弘長元年九月詠進弘長百首和歌。一二六一年、64歳。

〔参考〕「君来ずて年は暮れにき立ちかへり春さへ今日になりにけるかな」（後撰一三七、雅正）「さざ波や志賀の浦風いかばかり心の内の涼しかるらむ」（拾遺一三三六、公任）「志賀の浦や遠ざかりゆく波間より氷りて出づる有明の月」（新古今一三九、家隆）「谷川の氷吹きとく風の音や春立つ今日のしるしなるらむ」（大弐集二）「春風の氷吹きとく川岸の冬木の柳色づきにけり」（新撰六帖三四六、家良）

〔他出〕 弘長百首四。全歌集四一六三。

〔語釈〕 ○さざ波や　滋賀・大津など琵琶湖西南部一帯の古名、楽浪郡から、滋賀・長等などにかかる枕詞。同時に琵琶湖の細波を表現する。「立ち」「かへり」は「波」の縁語でもある。

〔補説〕 生涯、何回と数知れず詠んだに違いない立春詠であるが、いかにも大柄で穏和で、好もしい一首である。

「氷吹きとく」の先行例は参考二詠のみであるが、これらとくらべても、家隆の「遠ざかりゆく」に対応し、かつ志賀ゆかりの「さざ波」をあしらって、全く円熟した詠み口を示している。

住吉社によみて奉りける百首歌中に、若菜を

下萌えやまづ急ぐらむ白雪の浅沢小野の若菜摘むなり（二八）

【現代語訳】 住吉神社に詠んで奉納した百首歌の中に、「若菜」の題を詠んだ歌。

目につかない下草の芽ぶきが、もうはじまっているらしい。白雪がまだ浅く残っている住吉の浅沢小野の若菜を、もう人々は摘んでいるようだよ。

【詠歌年次・契機】 文応元年九月末～二年正月十八日七社百首和歌。一二六〇～六一年、63～64歳。

【参考】 「春日野の下萌えわたる草の上につれなく見ゆる春のあは雪」（新古今一〇、国信）「住吉の浅沢小野の忘れ水たえだえならで逢ふよしもがな」（詞花二三九、範綱）「春の日の浅沢小野の薄氷たれ踏み分けて根芹摘むらむ」（壬二集五〇四、家隆、千五百番歌合）

【他出】 七社百首三四、不二文庫蔵詠百首和歌真跡五首切、全歌集三四六〇、以上すべて「あさざはをのに」。

【語釈】 **〇住吉社** 大阪市住吉区の住吉神社。表筒男《うわつつのおの》命・中筒男命・底筒男命・神功皇后を祀る。航海の神、また伊勢物語一一七段、帝行幸に業平詠歌に対し大神が返歌した事から、柿本・玉津島とともに和歌三神と崇められた。**〇下萌え** 一目につかず物の下で芽生えること、またその草。**〇浅沢小野** 攝津の歌枕。住吉神社近くにあった低湿地。雪の「浅い」意をかける。

【補説】 「したもえ」は「夏なれば宿にふすぶる蚊遣火のいつまで我が身したもえをせむ」（古今五〇〇、読人しらず）「したもえに思ひ消えなむ煙だにあとなき雲の果ぞかなしき」（新古今一〇八一、俊成女）以来、恋心の「下燃え」

を表現する言葉として多用され、参考国信詠にもとづいた「下萌え」の使用は少い。本詠はこれを巧みに用いて住吉神社への子日若菜の祝意をあらわしている。不二文庫蔵詠百首和歌真跡五首切は住吉社奉納春部巻頭五首である。第四句は「小野に」が正しいか。続千載集本文研究の将来に待つ。

七社百首は、正嘉三年（一二五九）三月、後嵯峨院から再度勅撰（続古今）撰者を拝命した為家が、祖父俊成の千載集完成報謝のために企図した五社百首の例にならい、文応元年九月から伊勢・賀茂・春日・日吉・住吉の五社、更に石清水・北野を加えた七社に向け、翌年正月十八日までの間に詠出し、その後順次各社に奉納したものである。住吉社奉納は五月十三日。その成立・歌風については『研究』365頁以下に詳しい。勅撰集には本詠のほか続後拾遺148および風雅五首、計七首が入集している。

建長二年詩歌を合せられ侍りける時、江上春望

難波江や冬ごもりせし梅が香の四方に満ちくる春の潮風（五〇）

【現代語訳】 建長二年、詩に歌を合せられました時に詠みました、「江上の春望」の題の歌。

ここ、難波の海辺では、冬ごもりしていた梅の、今や咲きはじめた芳香が四方に満ち満ちて来るように、その香を乗せた春の潮風が、豊かに吹き渡っている。

【詠歌年次・契機】 建長二年九月仙洞歌合。一二五〇年、53歳。

【参考】 「難波津に咲くや木の花冬ごもり今を春べと咲くや木の花」（古今序）「難波津に冬ごもりせし花なれや平野の松に降れる白雪」（続古今七一三、家隆）「立ちのぼるただ一むらの浮雲の四方に満ちくる夕立の空」（御室撰歌合三四、賢清）「夕波の磯立ちのぼる由良の戸に玉をぞ寄する春の潮風」（建保名所百首一七九、行能）

【他出】 為家卿集四五〇。中院詠草五。大納言為家集一三一。全歌集二六五一。

〔語釈〕 **○難波江** 攝津の歌枕。大阪湾、淀川河口附近の入江。**○冬ごもり** 参考古今序詠による。
〔補説〕 先行詠をよく消化して、詩歌合の場にふさわしい高雅な一首に仕立てている。

187

（待花といへる心を）

咲かぬより花は心にかかれどもそれかと見ゆる雲だにもなし（六七）

〔現代語訳〕 （「花を待つ」という題の気持を詠んだ歌）
咲かないうちから、花が待ち遠しく、気にかかって仕方がないのだけれど、あれが咲きはじめた花かな、と見えるような雲すらもない。

〔詠歌年次・契機〕 康元元年（家集注記）。契機不明。一二五六年、59歳。
〔参考〕「思ひかね昨日の空をながむればそれかと見ゆる雲だにもなし」（千載五五〇、頼孝）
〔他出〕 為家卿集四九一。大納言為家集一四九。題林愚抄八六七。私玉抄。全歌集三二一三。
〔語釈〕 **○かかれども** 「雲」の縁語。**○それかと** 花かと。
〔補説〕 参考千載詠は藤原道信夭折の悼歌。その火葬の雲を一転して、期待される花の雲に取りなす。

188

西園寺入道前太政大臣家三首歌に、花下日暮といへる心を

長しとも思はで暮れぬ夕日影花にうつろふ春の心は（八七）

〔現代語訳〕 入道前太政大臣西園寺実氏家三首歌に、「花の下に日暮る」という題の気持を詠んだ歌。
（長いはずの春の日も）長いとも思わないで暮れてしまったよ。夕日の光が満開の花に映って、次第に弱まり消

えて行く、その変化に見入って時のたつのも忘れた、この春の一日の心は。

〔詠歌年次・契機〕 建長三年前太政大臣実氏西園寺亭三首和歌。一二五一年、54歳。

〔参考〕 「長しとも思ひぞはてぬ昔より逢ふ人からの秋の夜なれば」（古今六三六、躬恒）「み吉野は花にうつろふ山なれば春さへみ雪ふるさとの空」（続後撰一三四、定家）「世の中にたえて桜のなかりせば春の心はのどけからまし」（古今五三、業平）

〔他出〕 為家卿集四六〇。大納言為家集一九一。題林愚抄九五一。私玉抄。全歌集二七一一。

〔語釈〕 **○うつろふ** 夕日の光が花に映じ、やがて消え行く事と、花に心を移入した忘我の境地とをかける。

〔補説〕 参考躬恒詠を巧みに春に引き直す。「うつろふ」の語は白露・月光・曙光などに用いられるが、「花にうつろふ」と続ける用例はさして多からず、「夕日影花にうつろふ」美感を描いたのはおそらく本詠が嚆矢と思われ、のち京極派に継承される。本三首歌はこの一首のみが知られる。

（題しらず）

花を見てなぐさむよりやみ吉野の山を憂き世のほかといひけむ（一一七）

〔現代語訳〕（題不明の歌）

花を見て、この世の苦悩を忘れ、心なぐさめられる所から、吉野の山を古人は「辛い現実世界から隔絶した所だ」と言ったのだろうか。（全くその通りだ）

〔詠歌年次・契機〕 康元元年（家集注記）。契機不明。一二五六年、59歳。

〔参考〕 「花を見て帰らむ事を忘るるは色こき風によりてなりけり」（千里集一四）「あはれ我が多くの春の花を見てそめおく心誰に伝へむ」（新勅撰九九、西行）「世にふれば憂さこそまされみ吉野の岩のかけ道踏みならしてむ」（古

今九五一、読人しらず）「み吉野の山のあなたに宿もがな世の憂き時のかくれがにせむ」（古今九五〇、読人しらず）

〔他出〕 為家卿集四九二。大納言為家集一五〇。全歌集三三二四。

〔語釈〕 **○なぐさむよりや** 「より」は動作・心理の起点をあらわす。「や」は疑問。

〔補説〕 「花を見て」など、何でもない言葉だが、勅撰集では参考西行詠と本詠と二首のみである。金葉三三四経長詠は「花を見で」。

宝治百首歌奉りける時、籬款冬

山吹の花こそ言はぬ色ならめもとのまがきをとふ人もがな（一八七）

〔現代語訳〕 宝治百首歌を詠進した時、「籬の款冬」の題を詠んだ歌。
山吹の花こそは、「くちなし色」、すなわち口が無くて物言わぬ色でもありましょうが、それにしても「この美しい花はどこの家の垣根に咲いていたのか」と尋ねて、やって来てくれる人も、あってよさそうなものですが。

〔詠歌年次・契機〕 宝治元年十一月詠進宝治百首和歌。一二四七年、50歳。

〔参考〕 「山吹の花色衣主やたれ問へど答へずくちなしにして」（古今一〇一二、素性）「九重にあらで八重さく山吹の言はぬ色をば知る人もなし」（新古今一四八一、円融院）「九重にうつろひぬとも菊の花もとのまがきを思ひ忘るな」（新古今五〇八、有仁室）「蛙なく神奈備河にさく花の言はぬ色をも人のとへかし」（新勅撰六九一、讃岐）

〔他出〕 宝治百首六八八。題林愚抄一四二四。私玉抄。全歌集二五二四。

〔語釈〕 **○言はぬ色** ↓32。梔子色《くちなし》。赤みを帯びた濃い黄色。山吹の花の色。クチナシは実が熟しても口が開かない所からこの名があり、「口無し」とかけて「言はぬ色」という。**○もとのまがき** 本来咲いていた垣根の場所。**○とふ** 「問ふ」と「訪ふ」をかける。

〔補説〕 古歌の言葉を巧みにあやなし、恋の心をもかすめてすっきりと詠む。

191

題しらず

五月雨は行くさき深し岩田河渡る瀬ごとに水まさりつつ（二九〇）

〔現代語訳〕 題不明の歌。

五月雨は、行き先の方ほど雨脚繁くなって来る。岩田河は、瀬を渡る度ごとに目に立って増水して来ているよ。

〔詠歌年次・契機〕 康元元年良守法印勧進熊野山二十首和歌。一二五六年、59歳。

〔参考〕「岩田河渡る心の深ければ神もあはれと思はざらめや」（続拾遺一四五九、花山院）「松が根の岩田の岸の夕涼み君があれなと思ほゆるかな」（山家集一〇七七、西行）

〔他出〕 為家卿集四九六「なみた河」。中院詠草三三。大納言為家集三七八。歌枕名寄八四五九。全歌集三二〇九。

〔語釈〕 ○深し 程度がまさる。 ○岩田河 紀伊の歌枕。和歌山県西牟婁郡、宮田川の中流の称。熊野中辺路の要所で、ここを渡渉する事が熊野参詣の御禊と考えられた。

〔補説〕 二十首和歌の歌題は「五月雨」。雨の降り方を「深し」というのはやや奇異だが、参考花山院詠の「深ければ」を意識し、かつ「水まさりつつ」と関連させたものであろう。行くほどに前方は暗く、音もなく降りまさる五月雨の風情として実感的である。良守については↓60。

192

文永八年七夕、白河殿にて人々題をさぐりて百首歌よみ侍りける時、蚊遣火

蚊遣火の下安からぬ煙こそあたりの宿もなほ苦しけれ（三一七）

〔現代語訳〕　文永八年の七夕に、白河殿で廷臣らが探り題で百首歌を詠みました時、「蚊遣火」の題を詠みました歌。

蚊遣火の、表面に燃え立たないで下でくすぶっているために出る煙こそは、まわりの家々も同様に煙たくて苦しいことだ。

〔詠歌年次・契機〕　文永八年七月七日白河殿探題百首和歌。一二七一年、74歳。

〔参考〕「夏草のしげき思ひは蚊遣火の下にのみこそ燃えわたりけれ」（新勅撰七〇六、読人しらず）「水鳥の下安からぬ思ひにはあたりの水も氷らざりけり」（拾遺二二七、読人しらず）

〔他出〕　全歌集五七九七。

〔補説〕「下安からぬ」は参考拾遺詠のごとく、水鳥の見えない水中での足づかいを表現する語となっていたが、為家はこれを「蚊遣火」に応用した。彼の本歌会詠は、この一首のみが知られる。

亀山院位におましましける時、七月七日人々に七首歌召されけるによみて奉りける

天の川絶えじとぞ思ふ七夕の同じ雲居に逢はむかぎりは（三五〇）

〔現代語訳〕　亀山院が皇位についていらっしゃいました時、七月七日廷臣らに七首歌をお召しになった折に詠進しました歌。

天の川の流れは、決して絶える事はあるまいと思います。七夕の二星が、同じ空の上で年に一度必ず逢うであろう、その逢瀬が続く限りは。（そのように我が君の御代の内裏の乞巧奠の儀式も、決して絶える事はないでしょう）

〔詠歌年次・契機〕　文永十年七月七日内裏七首和歌。一二七三年、76歳。

〔参考〕「世々をへて絶えじとぞ思ふ吉野川流れて落つる滝の白糸」（続後撰七九二、醍醐天皇）「もろともにおなじ

雲居にすむ月のなれて千歳の秋ぞ久しき」（新後撰一五八五、後嵯峨院、弘長三年九月十三夜）
〔他出〕　全歌集五八三三。
〔語釈〕　**○亀山院位に**　正元元年十二月～文永十一年一月（一二五九～七四）在位。**○雲居**　「空」に「内裏」の意をかける。
〔補説〕　古えの聖天子の詠とかつての治世の君の詠とを巧みに組合わせ、七夕の永遠性を重ねて、時にふさわしい頌歌としている。

題しらず
秋風に峰ゆく雲を出でやらで待つほど過ぐるいざよひの月（四四〇）

〔現代語訳〕　題不明の歌。
秋風に乗って、峰の上を悠々と過ぎて行く雲を、なかなか出るに至らないで、待つ時間が過ぎて行く、十六夜の月よ。
〔詠歌年次・契機〕　寛元元年十一月十三日～二年二月二十四日新撰六帖題和歌。一二四三～四四年、46～47歳。
〔参考〕　「神無月時雨や冬のはつせ山峰ゆく雲は定めなけれど」（宝治百首二〇〇五、基良）「雪と見て花とや知らぬ鶯の待つほど過ぎて鳴かずもあるかな」（躬恒集一一五）「長き夜にあかずや月をしたふらむ峰ゆく鹿の有明の声」（拾遺愚草二〇三四、定家）
〔他出〕　新撰六帖三〇二。為家卿集三四四。大納言為家集六三一。全歌集一九六〇。
〔語釈〕　**○いざよひの月**　陰暦十六日の月。日没後ややあってためらうように出るところからいう。
〔補説〕　新撰六帖歌題は「いざよひ」。何でもない歌のようだが、古今六帖「高山の峰ゆく鹿《しし》（万葉）の友を多み袖ふりこぬを忘ると思ふな」（九三五、万葉二四九三、作者未詳）以来、和歌で、「峰ゆく」のは鹿であった。「峰ゆく雲」は為家の創始とおぼしく、のち参考宝治百首詠、弘安百首為氏詠（新後拾遺四七二）、嘉元百首定為詠（新続古今六八三）と追随詠がある。

195

建長元年九月十三夜鳥羽殿五首歌に、水郷月

里の名もあらはにしるし長月の月の桂の秋の今宵は（四八〇）

【現代語訳】建長元年九月十三夜、鳥羽殿五首歌に、「水郷の月」の題を詠んだ歌。

「桂」というこの里の名も、実に目に見えてなるほどと思われるよ。九月十三日、月の桂も紅葉すると言われる、秋今宵の明月の美しさを見れば。

【詠歌年次・契機】建長元年九月十三日仙洞五首和歌。一二四九年、52歳。

【参考】「里の名をわが身に知れば山城の宇治のわたりぞいとど住みうき」（源氏物語七四七、浮舟）「里の名も君が千歳にあらはれてとはに吹くべき松の風かな」（建保名所百首一〇四〇、忠定、鳥羽）「里の名も久しくなりぬ山城のとはにあひ見む秋の夜の月」（続古今三九六、後嵯峨院）「久方の月の桂も秋はなほ紅葉すればや照りまさるらむ」（古今一九四、忠岑）

【他出】為家卿集四三二。大納言為家集六四九。題林愚抄四二一一。歌枕名寄六五二。全歌集二六三〇。

【語釈】**○里の名**　鳥羽殿（→87）の所在地は桂川が淀川に合流する附近ゆえ、「桂」と称した。**○あらはに**　表面にあらわれて。**○しるし**　顕著である。**○月の桂**　月中に桂の木が生えるという中国の伝説から、月の美称。

【補説】「里の名も」は参考忠定・後嵯峨院詠により、「鳥羽」を「永遠《とわ》」に通ずるとして鳥羽殿讃美の意が定着している。これを下に含みながらあえて「桂」に振りかえ、九月十三夜の頌歌とあわせて鳥羽殿・後嵯峨院讃歌とし

ている。老練の業を見るべきである。

弘長百首歌奉りける時、虫

きりぎりす思ふ心をいかにとも互ひに知らでなき明かすかな（五二九）

〔現代語訳〕 弘長百首歌を詠進した時、「虫」の題を詠んだ歌。

きりぎりすよ。（お前も鳴き、私も泣いている。）その思っている心の中はどんなものなのかとも、お互いに知らないで（長い夜を）なき明かすことだなあ。

〔詠歌年次・契機〕 弘長元年九月以降詠進弘長百首和歌。一二六一年、64歳。

〔参考〕「なき明かす友とは聞けどきりぎりす思ふ心は通ひしもせじ」（玉葉六一七、為教）「色ならばうつるばかりも染めてまし思ふ心をしる人のなさ」（拾遺六二三、貫之）「今よりの秋の寝覚めをいかにとも荻の葉ならで誰かとふべき」（新勅撰三二一、讃岐）

〔他出〕 弘長百首二六三。全歌集四二〇〇。

〔語釈〕 **〇きりぎりす** 今のコオロギ。**〇互ひに知らで** きりぎりすと、自分と、互いに悲しみの内容を知らないで。

〔補説〕 参考為教詠の詠歌時期は明らかでないが、本詠の好適な解説の形をなしている。きりぎりす同士鳴き明かすのではなく、きりぎりすと作者とが「鳴き（泣き）明かす」のである。

白河殿七百首歌に、尋網代といへる心を

舟もがないさよふ波の音はしてまだ夜は深し宇治の網代木（六四五）

〔現代語訳〕　白河殿七百首歌に、「網代を尋ぬ」という題の気持を詠んだ歌。舟がほしいなあ（近寄って見たいものだ）。静かに寄せる波の音だけがして、まだ夜は深く、はっきり見る事のできない、宇治の網代木の風情よ。
〔詠歌年次・契機〕　文永二年七月七日後嵯峨院白河殿当座七百首和歌。一二六五年、68歳。
〔参考〕　「もののふの八十宇治川の網代木にいさよふ波の行方しらずも」（万葉二六四、新古今一六五〇、人麿）「しばし待てまだ夜は深し長月の有明の月は人まどふなり」（新古今一一八二、惟成）
〔他出〕　白河殿七百首三七二。大納言為家集八六二。拾遺風体集一七九。題林愚抄五五七五。歌枕名寄二八六。全歌集四七五〇。
〔語釈〕　○いさよふ　早く進まない。停滞しがちである。○宇治の網代木　山城の歌枕、宇治川の名物、網代（↓34）を支えるため水中に打った杭。また網代そのもの。
〔補説〕　有名な人麿詠により、なお「舟もがな」で題意「尋」を明確に詠みこむ。この句は本詠以外には皆無で、近世、蘆庵・幸文に一首づつ見えるのみである。「いさよふ波の音」によって、むしろ静寂を巧みに表現する。

題しらず

かち人の野分にあへる古蓑の毛を吹く世こそ苦しかるらめ（七五四）

〔現代語訳〕　題不明の歌。
徒歩で行く人が嵐にあった時の、身にまとった古蓑の毛の状態のように、むやみに毛を吹き分けるようにして、他人の欠点をさがし求める世の中こそ、何とも辛く苦しいことだろう。
〔詠歌年次・契機〕　寛元元年十一月十三日～二月二十四日新撰六帖題和歌。一二四三～四四年、46～47歳。

〔参考〕「浅茅原野分にあへる露よりもなほありがたき身をいかにせむ」（新勅撰一一二八、相模）「直き木に曲れる枝もあるものを毛を吹ききずを言ふがわりなさ」（後撰一一五五、高津内親王）
〔他出〕 新撰六帖一八五二。現存六帖抜粋二五七。秋風集一三四三。夫木抄一五一七四「くるしかりけれ」。題林愚抄一〇一八九。全歌集二二七〇。
〔語釈〕 **○古蓑の毛** 古い蓑（菅・茅で編んで、肩から羽織る雨具）の、菅や茅が毛のように垂れた部分。**○毛を吹く**「有司吹レ毛求レ疵、笞二服其臣一」（漢書、中山靖王勝伝）。毛を吹いて疵を求む。強いて欠点を探し求める。
〔補説〕 新撰六帖歌題「みの」から、風に吹かれる旅行者の蓑を連想、その「毛」を介して人生苦の述懐につなげる。書陵部蔵兼右筆本を底本とする新編国歌大観本文には「ふかみの」とあるが、「ふるみの」の誤りと見て改めた。

玉津島に詣でてよみ侍りける

磨きおく跡を思はば玉津島今も集むる光をも増せ（八六九）

〔現代語訳〕 玉津島神社に参詣して詠みました歌。
代々の帝と撰者とが厳選して集めておかれた、勅撰集の歴史をすばらしいと思召すならば、玉津島の明神よ、今また勅命を受けて珠玉のような秀歌を選び集める私に力を与え、成果に光を増すようお助け下さい。
〔詠歌年次・契機〕 宝治二年八月玉津島参詣次三首和歌。一二四八年、51歳。
〔他出〕 為家卿集四二八。大納言為家集一三六九。全歌集二六一三。
〔語釈〕 **○玉津島** ↓120。**○磨きおく跡** 勅撰の先蹤。「古今、後撰のあとを改めず、五人のともがらを定めて、しるし奉らしむるなり。その上、自ら定め、手づから磨ける事は……」（新古今序）。「磨き」は玉の縁語。**○集むる**

秀歌を集める意と、浜辺に寄る玉を集める意をかける。

〔補説〕 宝治二年七月二十五日、後嵯峨院から為家に対し、勅撰集撰進の命が下った。俊成千載集、定家新勅撰集に続き、御子左家三代にわたる勅撰単独撰者拝命の栄光である。為家は翌月直ちに和歌の守護神玉津島神社に参詣、三首の詠を捧げて神助を祈念した。本詠以下、「つたひ来る道ありければ和歌の浦心にかけしるべをも見よ」(為家卿集四二九、大納言為家集一三七八)「白妙に雪吹上の浜風になほつけまうき跡をそへつつ」(為家卿集四三〇、大納言為家集一三七三)。彼にとり、父祖の先蹤がいかに貴重な誇りでもあり、また重圧であったかが知られる。足かけ四年にわたる撰集作業の後、建長三年(一二五一)十二月二十五日、続後撰集が奏覧された。

諸行無常　是生滅法といふことを

常ならぬ世にふるはては消えぬとやげに身を捨てし雪の山道(九五三)

〔現代語訳〕 「諸行無常　是生滅法」という事を詠んだ歌。

万物が変転して止まらない世に、生きる末はただ消え去るのみだという。まことにその真理を知るため、無常の身を捨てて涅槃経四句偈の後半を聞き、成道を遂げられた、雪山の山道での釈尊の行為の尊さよ。

〔詠歌年次・契機〕 未詳。

〔他出〕 閑月集五二〇「よにふるみちは」「ゆきのやまひと」。全歌集五八九二。

〔語釈〕 **○諸行無常　是生滅法**　涅槃経に見える仏教の根本思想をあらわす四句偈の前半。万物は変転してやむ事がない。これが生滅の法則である。**○ふるはては消えぬ**　「経る」(生きている)「消えぬ」(死んでしまう)に、雪の縁語「降る」「消えぬ」をかける。**○身を捨てし……**　釈迦が投身して悟りを得た雪山の道をさす。

〔補説〕 釈尊が前世、童子として雪山(ヒマラヤ山)で修行中、四句偈の前半を聞き、その後半を知るために羅刹に身を捨てて法施しようと、谷に身を投じて「生滅滅已　寂滅為楽」（生も死も滅しつくして存在しない。一切の煩悩を滅し去った所にこそ真に楽しい悟りの境地がある）の句を得、仏法を完成した。これを雪山の道に寄せて詠んだ歌。

後鳥羽院下野すすめ侍りける十六想観の歌に、水想観を

底清く澄ます心の水の面に結ぶ氷を重ねてぞ見る（九八〇）

〔現代語訳〕　後鳥羽院下野が勧進しました十六想観の歌の中で、「水想観」を詠みました歌。

底まで清らかに澄んだ水の印象を心の中に思い浮べ、更にその表面に張りつめた透徹した氷の像を重ねて観照する。（これによって必ず極楽に往生できるだろう）

〔詠歌年次・契機〕　暦仁元年後鳥羽院下野勧進無量寿経十六想観和歌。一二三八年、41歳。

〔参考〕　「次作水想。見水澂清、亦令明了無分散意。既見水已、当起冰想。見冰映徹、作瑠璃想。此想成已、見瑠璃地内外映徹」（観無量寿経）「底清く心の水を澄まさずはいかでさとりの蓮をも見む」（新古今一九四七、兼実）「千歳澄む池の汀の八重桜影さへ底に重ねてぞ見る」（千歳六一三、俊忠）

〔他出〕　中院詠草一六〇。全歌集一七九六。

〔語釈〕　**○後鳥羽院下野**　祝部充仲女、源家長妻。生年未詳、建長三年在世（九月十三夜影供歌合出詠）。**○十六想観**　観無量寿経に説かれた。阿弥陀仏の極楽世界を見、更に往生を得るための十六の観想階梯。**○水想観**　その第二観。澄んだ水、またその氷を心眼で観照し、瑠璃を敷きつめた極楽世界を見るに至る。

〔補説〕　下野は定家三回忌に為家を見舞う詠を贈っており（↓210）、親交の程がうかがわれる。為家卿集二九三・大納言為家集一五七六には上句を「春日さす三笠の山の榊葉の」として載せられており、『全歌集』一七九六では本詠の初案かとされているが、この上句は下句とも、また十六想観の内容ともかみ合わないようであり、全く別機

会の詠の上句が誤って本詠下句と結びついてしまったものと考える。

202

題しらず

うきにはふ芦の下根の水籠りにかくれて人を恋ひぬ日はなし（一〇七九）

【現代語訳】 題不明の歌。

泥の中に這っている芦の根が、水にかくれて見えないように、憂く辛い恋をする私も、誰にも知れぬようひっそりとかくれてではあるが、あの人を恋しく思わない日はない。

【詠歌年次・契機】 貞永元年三月洞院摂政家百首和歌。一二三二年、35歳。

【参考】「つれもなき人の心のうきにはふ芦の下根の音にこそは泣け」（新古今一〇七六、師俊）「奥山の岩垣沼の水籠りに恋ひやわたらむ逢ふよしをなみ」（拾遺六六一、人麿）「駿河なる田子の浦波立たぬ日はあれども君を恋ひぬ日はなし」（古今四八九、読人しらず）

【他出】 洞院摂政家百首一〇二一「うきねはふ」。為家卿集二五八。大納言為家集九六六。万代集一八五八。題林愚抄七八八八。全歌集一六二一。

【語釈】 〇うき 泥。水分を含んだ泥深い地。「憂き」をかける。〇下根 下方の根。芦に特にいう。〇水籠り 水隠り。水の中にかくれる事。転じて、心中に秘めて外部にあらわさぬ意。

【補説】 百首の歌題は「忍恋」。

203

建長三年九月十三夜十種歌合に、同じ心（寄煙恋）を

名に立たむ後ぞ悲しき富士のねの同じ煙に身をまがへても（一一〇三）

〔現代語訳〕 建長三年九月十三夜十種歌合に、前歌と同じ題の気持（「煙に寄する恋」）を詠んだ歌。（あの人に恋いこがれて死んだと）後の世の評判になる事が悲しいよ。火葬の煙となって、「珍らしげなく燃える」と言われた富士山の、その同じ煙に我が身を交えてしまっても。

〔詠歌年次・契機〕 建長三年九月十三日仙洞影供十種歌合。一二五一年、54歳。

〔参考〕「別れての後ぞ悲しき涙河底もあらはになりぬと思へば」（新勅撰九三七、読人しらず）「君てへば見まれ見ずまれ富士のねの珍らしげなく燃ゆるわが恋」（古今六八〇、忠行）「富士のねの煙もなほぞ立ちのぼる上なきものは思ひなりけり」（新古今一一三二、家隆）「母北の方、同じ煙にのぼりなむと泣きこがれたまひて」（源氏物語、桐壺）

〔他出〕 影供歌合三四〇。為家卿集四六八。中院詠草八七「身をまかせても」。大納言為家集一〇九六。全歌集二七〇三。

〔語釈〕 **〇名に立たむ** 恋の噂が立つであろう。「立つ」は煙の縁語。**〇身をまがへても** 自分の身を見分けのつかないようにしてしまっても。

〔補説〕 歌合では百七十番「寄煙忍恋」で、左方西園寺実氏の「煙だにそれとは見えじ味気なく心にこがす下の思ひは」と合され、衆議判で負、為家の後日書付けた判詞では、「心にこがすと侍る、詞たくみに、心あまりて、ことによろしく侍るうへに、富士の煙、珍らしげなく侍れば、沙汰の限りにあらずとて、負け侍りにき」とある。なお本歌合からは他に新続古今324に一首入る。歌合の背景についてはその補説参照。

洞院摂政家百首歌に

あまの住む里のとまやの葛かづら一方にやは浦風も吹く（一五七七）

〔現代語訳〕 摂政九条教実家百首歌に詠んだ歌。

（浦見る――恨みるという）海人の住んでいる里の、苫葺きの小屋にからむ葛かずらが、一せいに裏を見せてひるがえるのを見ると、なみ一通りに浦風も吹いているのだろうか、いやそれどころではないと知られる。

（そのように私の恨みも一通りではないのだ）

〔詠歌年次・契機〕 貞永元年三月洞院摂政家百首和歌。一二三二年、35歳。

〔参考〕「あまのすむ里のしるべにあらなくにうらみむとのみ人のいふらむ」（古今七二七、小町）「神奈備の三室の山の葛かづら裏吹きかへす秋は来にけり」（新古今二八五、家持）「知らざりし大海の原に流れ来て一方にやはものは悲しき」（源氏物語二一六、源氏）「とにかくに身の憂きことのしげければ一方にやは袖はぬれける」（続後撰一一七九、八条院高倉）

〔他出〕 洞院摂政家百首一四一七「里のと山の」。現存六帖二〇三「さとのとや《まや》まの」。全歌集一六四〇「里のとやまの」。

〔語釈〕 **○あまの住む里** 参考古今詠により、「浦見――恨み」を象徴する。**○とまや** 苫（菅・萱などを編んだ薦）で葺いた、粗末な水辺の小屋。**○葛かづら** クズ。野山に生えるマメ科の蔓草。葉裏が白く風に裏返る事で知られ、「うら・うらみ」の枕詞ともなる。**○浦風** 浦を吹く風。「恨み」をかける。

〔補説〕 百首の歌題「怨恋」をそれと言わず巧みに表現する。第二句、「あまの住む里」からすれば「とまや」が、「葛かづら」からすれば「とやま」が、より妥当のように思われるが、歌の風情からすれば前者がまさるか。「一方にやは」は源氏詠以来ありふれた歌語のように思われるが、参考高倉詠のほか実家集に一首見えるのみで、近世でも雪玉集二例のほかにはない。

205

後九条内大臣家三十首歌に

恨むるも恋ふる心のほかならで同じ涙ぞ堰くかたもなき（一六一一）

〔現代語訳〕 内大臣九条基家家の三十首歌に詠んだ歌。

恨むという心も、恋する心と別のものではなくて、どちらから流れるともつかない涙こそは、堰き止めようもないことだなあ。

〔詠歌年次・契機〕 嘉禄元年三月二十九日権大納言基家家三十首和歌。一二二五年、28歳。

〔参考〕 「恨むるも恋しといふも聞きとけば響きと声と水と氷と」（散木集一〇七三、俊頼）「しばしだに恋しき袖に包まばや憂きに落つるも同じ涙を」（御室五十首六四三、顕昭）

〔他出〕 新三十六人撰二四七「おなじ涙のせんかたぞなき」。全歌集一四〇七。

〔補説〕 基家は三十首歌催行時権大納言、歌題は怨恋。本三十首については明月記三月十四日から当日まで明月記に再々記事が見え、定家・家隆・慈円らの作は各自の家集に収められるが、全容は不明。為家詠は家集その他により一三首が知られ、本詠ほか一首（212）が続千載に入る。

206

弘長百首歌奉りける時、暁

いたづらに老の寝覚めの長き夜は我が涙にぞ鳥もなきける（一六三一）

〔現代語訳〕 弘長百首歌を詠進した時、「暁」の題を詠んだ歌。

なすすべもなく、老年ゆえの不眠に苦しんでいる長い夜は、暁近く堪え切れずに流す私の涙に誘われて、ようやく鶏も鳴くようだよ。

〔詠歌年次・契機〕 弘長元年九月詠進弘長百首和歌。一二六一年、64歳。
〔参考〕 「時鳥なく一声も明けやらずなほ夜を残す老の寝覚めに」（続古今二一九、為家、26）。
〔他出〕 弘長百首五六四。為家卿集六九八。大納言為家集一二〇八「鳥もなくなる」。題林愚抄《きけイ》八五一一。全歌集四二四三。
〔補説〕 参考続古今詠を詠じた時為家61歳。以後三年、老いの思いは一層深まっている。

弘長百首歌奉りける時、五月雨

五月雨の草の庵の夜の袖しづくも露もさてや朽ちなむ（一七二二）

〔現代語訳〕 弘長百首歌を詠進した時、「五月雨」の題を詠んだ歌。
五月雨に降りこめられた草庵にひとり雨音を聞く夜の私の袖よ。もる雨のしずくも涙の露もとどまらず、袖はきっとこのまま朽ちはててしまうだろう。
〔詠歌年次・契機〕 弘長元年九月詠進弘長百首和歌。一二六一年、64歳。
〔参考〕 「昔思ふ草の庵の夜の雨に涙なそへそ山時鳥」（新古今二〇一、俊成）「山の井のしづくも影もそめはててあかずは何のなほ時雨るらむ」（拾遺愚草二四一〇、定家）「よとともに波路へだててひく網のたえぬ恨みはさてや朽ちなむ」（光明峰寺摂政家歌合二〇二、信実）
〔他出〕 弘長百首一八三。為家卿集六六一。大納言為家集三八一。閑月集一三五「さみだれに」。全歌集四一八九。
〔語釈〕 **○さてや** こうして、まあ。**○朽ちなむ** 「なむ」は完了の助動詞「ぬ」の未然形に推量の助動詞「む」の終止形がついた形。
〔補説〕 俊成詠を襲った事は一見して明らかだが、「しづくも露も」「さてや朽ちなむ」はいずれも用例はごく少い。

208

弘長二年亀山殿十首歌に、朝寒蘆

難波江や朝おく霜に折れ伏して残るともなき世々の芦原（一七九一）

【現代語訳】弘長二年亀山殿十首歌に、「朝の寒蘆」の題を詠んだ歌。

難波の入江で見渡すと、朝、一面に置いた霜の下に、折れ、倒れ伏して、残っているものとも見えないよ、世々にうたい継がれた、難波の芦原は。

【詠歌年次・契機】弘長二年十一月二十一日後嵯峨院亀山殿十首和歌。一二六二年、65歳。

【参考】「津の国の難波の芦の目もはるに繁きわが恋人知るらめや」（古今六〇四、貫之）「津の国の難波の春は夢なれや芦の枯葉に風わたるなり」（新古今六二五、西行）「女郎花夜のまの風に折れ伏して今朝しも露に心おかるな」（金葉二三三、忠通）「春風に下ゆく波の数みえて残るともなきうす氷かな」（壬二集三〇三、家隆、六百番歌合）

【他出】全歌集四二七七。

【語釈】○亀山殿　京都市右京区嵯峨、後嵯峨院離宮。現大覚寺。○難波江　→186。○世々の芦原　代々知られた名物である芦原。「世」は芦の「節《よ》」をかける。

【補説】本十首歌の作品は、他に新千載265が知られるのみである。

209

炉火を

消えずとて頼むべきかは老が世の更くるに残るねやの埋み火（一八〇六）

【現代語訳】「炉の火」の題を詠んだ歌。

消えないからといって、頼りになどなるものか。老いた私の人生がなおも年を重ねつつ残るように、夜が更けて行くのにどうやら残っている、寝室の炭櫃に埋めた残り火よ。

〔詠歌年次・契機〕 文永七年七月二十二日庚申続百首和歌。一二七〇年、73歳。

〔参考〕 「ありとても頼むべきかは世の中を知らするものは朝顔の花」（後拾遺三一七、和泉式部）「秋の月ながめながめて老が世も山の端近くかたぶきにけり」（続後撰三七五、家長）「風さゆる長き霜夜やふけぬらむかすかになりぬねやの埋み火」（為家千首五七七）「消えやらぬねやの埋み火いつまでか互ひにおこす友となるべき」（為家七社百首四七八、石清水）

〔他出〕 前大納言為家集九二六。題林愚抄六〇二三。私玉抄。全歌集五三九二。

〔語釈〕 **○世の更くる** 齢が老いる意に、夜の更ける意をかける。**○埋み火** 灰に埋もれ残っている炭火。

〔補説〕 「ねやの埋み火」は為家の創始句とおぼしく、先例は見当らない。63歳詠の七社百首では「埋み火」題で七首すべて同様の心境を詠み、弱冠千首の時にはじまったこの歌材への関心が、以後生涯を通じていかに深まって行ったかを知り得る。

前中納言定家身まかりて後、前大納言為家嵯峨の家に住み侍りける比、申しつかはしける　後鳥羽院下野

尋ねばや見ぬいにしへの秋よりも君が住むらむ宿はいかにと

返し

都人なにの色にか尋ね見む時雨れぬさきの秋の山里（二〇四六）

〔現代語訳〕（前中納言定家の没後、前大納言為家が嵯峨の家に住んでおりました頃、言い贈りました歌、後鳥羽院下野「おたずねしたいものです。知らぬ昔の、嵯峨天皇が行幸、詩会を聞かれた当時の紅葉美しい御地の秋よりも、あなたが今ひっそりと籠って父君の思い出にふけっておられるお宅の御様子はいかがでしょうかと」）

その返歌。

華やかな都にお住まいの方が、何の面白さを求めてお尋ね下さいましょうか。時雨が紅葉を美しく染め上げるにもまだ早い、この何の趣もない秋の山里を。（あなたなればこそ、いつまでも父を忘れずお見舞い下さるのだと、心からありがたく存じます）

〔詠歌年次・契機〕寛元元年八月、定家三回忌。一二四三年、46歳。

〔参考〕「君が住む宿の梢のゆくゆくとかくるるまでにかへりみしはや」（拾遺三五一、道真）「秋は来ぬ龍田の山も見てしかな時雨れぬさきに色やかはると」（拾遺一三八、読人しらず）

〔他出〕為家卿集三三三、大納言為家集一七二八、全歌集一八六四、以上すべて「あきのやまもと」。

〔語釈〕**○嵯峨の家**　↓47。**○下野**　↓201。

〔補説〕定家三回忌贈答については47参照。「見ぬいにしへの秋」は、弘仁十年（八一九）嵯峨天皇嵯峨院御幸、講詩の事をさすと考えたが、下野との今一組の贈答では「見ぬ秋はげにぞくやしき小倉山いかなる色の露か置きけむ」「小倉山かたみの宿を思ひやれ三年ふりぬる露も涙も」（全歌集一八六三）とあり、この「見ぬ秋」は「定家の姿を見ぬ秋」と「訪問を志しながら果せずにいる秋」をかけた表現かと思われる。如何。末句は新編国歌大観底本、兼右筆本によるが、その当否は今後続千載集本文研究の成果に待つ。

同じ比、法印覚寛、思ひやる袂までこそしほれけれ秋のさが野のしげき夕露、と申して侍りければ

朽ちぬべし思ひやるだにしほるなる憂き身のさがの秋の袂を（二〇四七）

〔現代語訳〕同じ頃、法印覚寛が、「想像する私の袂まで涙でびっしょりぬれることですよ、追善を営まれる、この秋の嵯峨野のお住まいに一面に置く夕露同様、あなたの袖にこぼれる追憶の涙の御様子を思えば」と言

ってよこしましたので詠みました歌。

仰せの通り今にも朽ちはててしまいそうです。あなたが「思いやってもびっしょりぬれる」とおっしゃる、不幸な我が身の運命としてつきまとう、この嵯峨の家での秋の思い出の涙にひたす、私の袂ですもの。

〔詠歌年次・契機〕 寛元元年八月、定家三回忌。一二四三年、46歳。

〔参考〕 「悲しさは秋のさが野のきりぎりすなほふるさとに音をやなくらむ」（新古今七八六、実定）「今はさは憂き世のさがの野べをこそ露消えはてし跡としのばめ」（新古今七八七、俊成女）「物思はでただ大方の露にだにぬるればぬるる秋の袂を」（新古今一三一四、有家）

〔他出〕 為家卿集三三五、大納言為家集一七三〇、歌枕名寄四九八、全歌集一八六五、以上すべて「秋の袂は」。

〔語釈〕 **〇しほる**　びっしょりぬれる。**〇さが**　「嵯峨」に、「性《さが》」（性格、特性）をかける。

〔補説〕 覚寛は仁和寺法橋行賢男、生没年未詳。道助法親王家五十首和歌等歌人、新勅撰以下入集。定家と親交があった（明月記安貞元年三月一日）。その人との、新古今詠を巧みに操っての贈答である。末句の異文については前歌に同じ。但し「袂を」の方が「袂でありますものを」と余情を残した表現とも思われ勅撰入集時の改訂という事も考えられる。

212

寄神祇祝といふことを

春日山松吹く風の高ければ空に聞ゆる万代の声（二一二二）

〔現代語訳〕 「神祇に寄する祝」という題を詠んだ歌。

春日山では、松の梢を吹く風が高空を渡るので、それに乗って空高く聞えるよ、我が君の万年の御栄えをたたえる声は。

〔詠歌年次・契機〕 嘉禄元年三月二十九日権大納言基家家三十首和歌。一二二五、28歳。
〔参考〕「春日山峰の松原吹く風の雲居に高き万代の声」（拾遺愚草七八三、定家、建久二年十題百首）「春日山峰の朝日をまつ程の空ものどけき万代の声」（拾遺愚草二四九二、定家、建久五年左大将家歌合）
〔他出〕 為家卿集一四一。中院詠草一六七。大納言為家集一六九二。全歌集一四一〇。
〔語釈〕 **○春日山** 大和の歌枕。春日神社の後山、三笠山・若草山をも含む総称。**○万代の声** 永遠に続く世を予祝する声。祝賀儀式の時叫ぶ「万歳《ばんぜい》」の声。勅撰集ゆえ、「我が君の」と訳したが、三十首歌本来の趣旨としては春日明神を氏神とする藤原氏讃歌であろう。

立春の歌とてよみ侍りける

いとはやも春立ち来らし朝霞たなびく山に雪は降りつつ（三）

〔現代語訳〕 立春の歌として詠みました歌。
まあ何と早速にも、春がやって来たらしいよ。その証拠として朝霞がたなびく山には、しかしまだ雪が降り続いてはいるのだが。

〔詠歌年次・契機〕 建長二年秋風抄成立以前。契機不明。一二五〇年、53歳。

〔参考〕 「いとはやも鳴きぬる雁か白露の色どる木々ももみぢあへなくに」（古今二〇九、読人しらず）「久方のあまのはやまにこの夕霞たなびく春立ち来らし」（赤人集一一七）「朝霞立てるを見ればみづのえの吉野の宮に春は来にけり」（続後撰五、実朝）「春霞立てるやいづこみ吉野の吉野の山に雪は降りつつ」（古今三、読人しらず）

〔他出〕 秋風抄三。秋風集七。現存六帖抜粋二。題林愚抄一一。私玉抄。全歌集二六五九。

〔語釈〕 **○いとはやも** 非常に早くも。

〔補説〕 古今集「春霞立てるやいづこ」の古詠に応答したような形の歌。

214

題しらず

春の日の光も長し玉かづらかけて干すてふ青柳のいと（四五）

〔現代語訳〕 題不明の歌。

春の日は、日光も長々とさしていつまでも暮れようとしない。大宮人の美しい髪飾りをかけて干しているようだと言われる、青柳の糸の長いのと、ちょうど同じように。

〔詠歌年次・契機〕 貞応二年八月詠千首和歌。一二二三年、27歳。

〔参考〕 「百敷や大宮人の玉かづらかけてぞなびく青柳のいと」（新勅撰二六、讃岐）「布引の滝の白糸うちはへてたれ山風にかけて干すらむ」（続後撰一〇一四、後鳥羽院、最勝四天王院障子和歌）

〔他出〕 千首八四。為家卿集四九。中院詠草九。大納言為家集八一。閑月集三〇。全歌集二四六。

〔語釈〕 **○光も長し** 日光がさしている時間が長い。**○玉かづら** ↓6。**○干すてふ** 「干すといふ」の約。

〔補説〕 「光も長し」は全く為家独自の表現である。強いて似寄りの句をさがせば、「長き日かげ」というようなものは若干あるが、「光も長し」と言い切って、その長さが春日の長さにも、柳の糸の長さにも響いて来る所、独特の味わいをかもし出している。

215

住吉社によみて奉りける百首歌の中に、藤

立ちかへり誰か見ざらむ住吉の松に花咲く春の藤波（一四八）

〔現代語訳〕 住吉神社に詠んで奉納した百首歌の中に、「藤」を詠んだ歌。

（一度見たからといって）二度三度立ち帰って誰が見ずにいられようか。あの有名な住吉の松に花が咲いたように房々とかかる、波とも見える春の藤の盛りを。

〔詠歌年次・契機〕 文応元年九月末～二年正月十八日七社百首和歌。一二六〇～六一年、63～64歳。

〔参考〕「わが宿に咲ける藤波立ちかへり過ぎがてにのみ人の見るらむ」（古今一二〇、躬恒）「身にかへて誰か見ざらむいつしかと待ちし棟の花さきにけり」（禖子内親王家五月五日歌合一一、兵衛）「はるかなる君がみゆきは住吉の松に花さくたびとこそ見れ」（続後撰五五六、実政、延久五年二月後三条院住吉参詣）「龍田姫紅葉にまさる時雨にもたそまさりしは春の藤波」（応和三年宰相中将君達春秋歌合七三）

〔他出〕 七社百首一二五。全歌集三五五一。

〔語釈〕 **○立ちかへり** 「波」の縁語。**○住吉の松** →185。伊勢物語の業平献詠「我見ても久しくなりぬ住吉の岸の姫松いく代経ぬらむ」（古今九〇五）以来、境内の松は著名。**○藤波** 藤の花房を波に見立てるとともに、松にかかる波を暗示する。

〔補説〕「誰か見ざらむ」は第五句に置く事が多く、第二句に置くのは参考詠ほか僅少。「松に花咲く」は本来「十返りの花」すなわち百年に一度咲く松の花をさし、千年の齢を祝う賀詞であるが、これを藤に取りなしたのは為家が嚆矢のようである。「春の藤波」も春秋歌合以後為家が数回用い、後為氏らに引きつがれている。住吉の松と波との関係は、「住の江の松を秋風吹くからに声うちそふる沖つ白波」（古今三六〇、読人しらず）はじめ、きわめて深いこと、言うまでもない。

弘長百首歌奉りし時、同じ心（五月雨）を

大井川音まさるなり居る雲の小倉の山の五月雨の比（二一〇）

〔現代語訳〕 弘長百首歌を詠進した時、前歌と同じ題の気持（五月雨）を詠んだ歌。

大井川の川音は次第に高くなるようだ。動かず垂れこめた雲のためにうす暗い小倉山に、五月雨が止み間なく降る頃は。（川の水量がまさるので）

〔詠歌年次・契機〕 弘長元年九月以降詠進弘長百首和歌。一二六一年、64歳。

〔参考〕「降る雪はかつぞ消ぬらし足引の山の滝つ瀬音まさるなり」（古今三一九、読人しらず）「足引の葛城山に居る雲の立ちても居ても君をこそ思へ」（拾遺七七九、読人しらず）「紅葉ばを今日はなほ見む暮れぬとも小倉の山の名にはさはらじ」（拾遺一九五、能宣）

〔他出〕 弘長百首一八二。為家卿集六六〇。中院詠草三四。大納言為家集三八〇。拾遺風体集六七。歌枕名寄五九八・七四九九。全歌集四一八八。

〔語釈〕 **○大井川** 山城の歌枕、大堰川。京都市西京区嵐山の麓を流れ、下流桂橋を境に桂川となる。**○居る雲** じっと動かない雲。**○小倉の山** ↓30。「小暗」をかける。

〔補説〕 古歌の詞の巧みな組合せにすぎぬとも言えるが、小倉山荘の生活の一端もしのばれよう。

（秋歌の中に）

いとど又晴れぬ思ひに鳴きわびぬ霧の立ちどの小男鹿の声（三〇二）

〔現代語訳〕（秋の歌の中に詠んだ歌）

いつもよりも更に一そう、慰められない思いにかられて心細げに鳴いているよ。霧の立っているあたりから聞える、男鹿の声は。

〔詠歌年次・契機〕 未詳。

〔参考〕「いとどまた晴れぬながめの山里にさみだれそむる峰の雨雲」（大納言為家集四六六）「秋霧のともに立ち出

でて別れなば晴れぬ思ひに恋ひやわたらむ」（古今三八六、元規）「鳴きわびぬいづちか行かむ時鳥なほ卯の花のかげは離れじ」（後撰一五六、読人しらず）「五月山木の下闇にともす火は鹿の立ちどのしるべなりけり」（古今一一七、貫之）

〔他出〕 全歌集五八九三。

〔語釈〕 **○晴れぬ** さっぱりせぬ。「霧」の縁語。**○立ちど** 立っている場所。

〔補説〕 「いとど又」は格別珍しい歌語ではないが、為家は特に好んで、八回も使用している。また「鹿の立ちど」は古今集に由来してしばしば用いられるが、「霧の立ちど」は為家独自とおぼしく、のちに嘉元百首「おのが妻通ひたえてや山陰の霧の立ちどに鹿の鳴くらむ」（一七三五、為信）を見るのみである。

西園寺入道前太政大臣家にて三十首歌よみ侍りけるに

あはれ又誰ゆゑ長き秋の夜を月に恨みて衣うつらむ　（三七六）

〔現代語訳〕 入道前太政大臣西園寺公経家で三十首歌を詠みました中に詠みました歌。

ああ、（その音を聞けば）何とまあいとおしいこと。つれないどんな恋人のせいで、（知らぬ村里の女は）かくも長い秋の夜であるものを、月に恨めしさをうったえながら、衣を砧で打っているのだろう。

〔詠歌年次・契機〕 延応元年入道太政大臣公経家三十六首和歌。一二三九年、42歳。

〔参考〕 「八月九月正長夜　千声万声無㆓了時㆒」（和漢朗詠集三四五、白）「あはれ又今日も暮れぬとながめする雲のはたてに秋風ぞ吹く」（拾遺愚草一七五〇、定家）「あはれ又空さへ色のかはるらむ秋来る方に出づる三日月」（新撰六帖二八二一、為家）「須磨の関通ふ霜夜の友千鳥月に恨みて声かへるなり」（建保五年冬題歌合四七、兵衛内侍）「大淀の月に恨みてかへる波松はつらくも嵐吹く夜に」（自讃歌一〇三、有家）「小夜ふけて砧の音ぞたゆむなる月を見つつや衣

うつらむ」（千載三三八、覚性法親王）

〔他出〕 為家卿集三〇三、中院詠草五六、大納言為家集七九七、題林愚抄四五一〇、私玉抄、全歌集一八一九、以上すべて「秋の夜の」。

〔語釈〕 **○西園寺入道前太政大臣** 公経。承安元～寛元二年（一一七一～一二四四）、74歳。為家母の弟、承久以後の京都政界第一人者で、為家を猶子ともした庇護者。**○衣うつ** 擣衣。布地を柔らげたり艶を出したりするため、台（砧《きぬた》）にのせ、木槌で打つこと、冬着の準備をするため、秋に行う。

〔補説〕 「長安一片月　万戸擣レ衣声　秋風吹不レ尽　総是玉関情　何日平ニ胡虜一　良人罷ニ遠征一」（子夜呉歌　李白）で有名なように、中国では砧を打つのは遠く旅にある夫を思う女性とされている。それにのっとった詠。「あはれ又」は為家好みの言葉で、初句に八回、三句に一回用いており、うち六回は千首所用と、やや安易な面も見えるが、本詠ではしっくりと情緒をかもし出している。「月に恨みて」も用例稀少であるが場面にふさわしい。詞書「三十首歌」は「三十六首歌」が正しく、第三句は「秋の夜の」が原作で、勅撰入集時により含みのある「秋の夜を」に改訂したか、あるいは続千載集同様、底本兼右筆本の独自異文か未詳。以下221・224・225に同様のケースがある。本三十六首歌は中院詠草等により五首が知られ、なお八首が同時詠と推断されているが（『全歌集』200頁）、勅撰入集は本詠のみである。

219

暮秋の心を

とまらじな雲のはたてにしたふとも天つ空なる秋の別れは（四〇六）

〔現代語訳〕 「暮秋」の題の気持を詠んだ歌。

止まってなんかくれないだろうな。雲のかなたまで追っかけて行っても、空遠く去って行く秋という季節の別れは。

〔詠歌年次・契機〕 弘長元年四月二十日早卒百首和歌。一二六一年、64歳。

〔参考〕 「とまらじな四方の時雨のふるさととなりにし楢の霜の朽葉は」（拾遺愚草一三五八、定家、建保四年後鳥羽院百首）「夕暮は雲のはたてに物ぞ思ふ天つ空なる人を恋ふとて」（古今四八四、読人しらず）「かくばかり暮るる別れをしたふとも思ひも知らず春やゆくらむ」（続古今一五三八、師継、宝治百首）「思ひやる方こそなけれめぐりあはむ命もしらぬ秋の別れは」（秋風抄一二九、式乾門院御匣）

〔他出〕 為家卿集六三六。中院詠草六一。大納言為家集七六三。全歌集四一五三。

〔語釈〕 **○はたて** 果て。極限。**○天つ空** 天上界。手の届かぬ所。

〔補説〕 「とまらじな」は参考定家詠および夫木抄五九三三為実（為氏男）詠にしか用例が見当らないが、為家は三回、いずれも初句に用いている。本詠のそれは特に心深く、以下参考古今詠を巧みに活用して、百首和歌における歌題「九月尽」の情を表現している。若干先行する師継詠の観念的なのにくらべ、秋の高い空に浮ぶ雲に寄せた季節を惜しむ思いは具体的で美しい。

歳暮の心を

積り行く身の老いらくの数そへて過ぐる月日に年ぞ暮れぬる（五〇〇）

〔現代語訳〕 「歳暮」の題の気持を詠んだ歌。

一年一年と積って行く、我が身の「老い」というものの数を今年も一つ加えて、過ぎ去って行く月日の中に、又年が暮れてしまったことだ。

〔詠歌年次・契機〕 文永元年四月二十日粉河寺詠三十三首和歌。一二六四年、67歳。

〔参考〕「積り行く老となるともいかでかは雪の上なる月を見ざらむ」（続古今六六七、家隆）「年暮れて迎ふる春はよそなれど身の老いらくぞ憂きをきらはぬ」（続後撰一一〇一、覚寛）「なげかるる此の世の罪に数そへてさとらぬ夢の身をいかにせむ」（洞院摂政家百首一八一六、為家）「物思ふと過ぐる月日も知らぬまに今年は今日に果てぬとか聞く」（後撰五〇六、敦忠）「思出でも涙ふりゆく今日ごとにさすがに物の年ぞ暮れぬる」（宝治百首二三九三、俊成女）
〔他出〕大納言為家集九三八。題林愚抄六一三八。全歌集四五六三。
〔語釈〕〇老いらく　↓14。
〔補説〕平凡きわまる述懐のようだが、由緒ある句をきちんと用いている。「数そへて」は案外使用例が少い。

題しらず

立ちかへり来てもとまらぬ別れかななにそは名のみ逢坂の関（五五五）

〔現代語訳〕題不明の歌。
せっかく帰って来ても、そのまま留まる事はない再びの別れだなあ。一体何で名ばかり「逢坂の関」と言うんだ。（この関を越えて又行ってしまうんじゃないか）
〔詠歌年次・契機〕寛喜元年十月源光行関東旅行餞別。一二二九年、32歳。
〔参考〕「かへる山なにそはありてあるかひは来てもとまらぬ名にこそありけれ」（古今三八二、躬恒）「命やはなにそは露のあだものを逢ふにしかへば惜しからなくに」（古今六一五、友則）
〔他出〕為家卿集一七九、大納言為家集一二九四、全歌集一五六三、以上すべて「あふ坂の山」。
〔語釈〕〇なにそは　それが何なのだ。対象の価値を認めたくない時に言う。〇逢坂の関　↓38。「逢う」という名だが、またここを通って別れる。

【補説】千載集以下の歌人にして源氏物語の研究家、河内守源光行（長寛元〜寛元二年〈一一六三〜一二四四〉、82歳）は有職家として鎌倉幕府に仕えたが、寛喜元年上洛して六十の賀宴を開き、再び東下した。明月記同年十二月十日条に「光行入道日来請取六十賀其年六十七云々、更不得其心、餞赴関東別詩歌、歳末貧老雖難堪無極、不堪譴責、今朝書送二枚了」と記す。為家は賀歌としては「久しかれ積る六十路の一年に今行く末の千代の賀そへて」（為家卿集一七八、大納言為家集一六五八、全歌集一五六二）を贈った。餞別の本詠は古今躬恒詠を換骨奪胎、再会と別離の情を表現して巧妙である。末句「山」を「関」としたのは続後拾遺における改訂か、未詳（↓218）。

題しらず

旅衣つま吹く風の寒き夜に宿こそなけれ猪名の笹原（六〇〇）

【現代語訳】題不明の歌。

旅の着物の褄を吹き返す風が、身にしみて寒い夜に、宿る場所さえないことだよ、ここ、猪名の笹原では。

【詠歌年次・契機】貞応二年八月詠千首和歌。一二二三年、27歳。

【参考】「ながらふるつま吹く風の寒き夜に我が背の君はひとりか寝らむ」（万葉五九、誉謝女王）「しながどり猪名野を行けば《くれば（万葉）》有馬山夕霧立ちぬ宿はなくして」（新古今九一〇、万葉一一四〇、作者未詳）「有馬山猪名の笹原風吹けばいでそよ人を忘れやはする」（後拾遺七〇九、大弐三位）

【他出】千首九一〇「まつ吹く風の」。為家卿集七九。大納言為家集一二九五。全歌集一〇七二「まつ吹く風の」。

【語釈】○つま　褄。着物の前身の先端。○猪名　摂津の歌枕、猪名野。兵庫県川西市・伊丹市・尼崎市を流れる猪名川流域の野。

【補説】千首の特色の一つである万葉摂取（『研究』231頁以下）の顕著な作。「つま」（妻）「宿」に望郷の思いをにじませている。千首本文「まつ」は誤写か。「松」では「旅衣」とも関係せず、意味がない。

223　文永二年七月白河殿七百首歌に、寄煙恋

いかにせむ冨士の高根の名にだにも立たば苦しき下の煙を（六四一）

〔現代語訳〕　文永二年七月白河殿七百首歌に、「煙に寄する恋」の題を詠んだ歌。

ああどうしたらよかろうか。高い冨士の山の煙のように、うわさだけでも高く立ってしまったら困った事になると思って押えている、内心の激しい恋の思いを。

〔詠歌年次・契機〕　文永二年七月七日後嵯峨院白河殿当座七百首和歌。一二六五年、68歳。

〔参考〕　「いかにせむ冨士の煙の年ふれど忘るるほどにならぬ思ひを」（続後撰七七六、鷹司院按察）「清見潟月すむ空の浮雲は冨士の高根の煙なりけり」（山家集三一九、西行）「よしさらば今はしのばで恋ひ死なむ思ふにまけし名にだにも立て」（拾遺愚草八六一、定家）「むせぶとも知らじな心かはらやに我のみ消たぬ下の煙は」（新古今一三二四、定家）

〔他出〕　白河殿七百首四一五。大納言為家集一〇九七。全歌集四七五五。

〔語釈〕　**○立たば**　評判になったらば。「煙」の縁語。**○下の煙**　「恋」「思ひ」を「火」にかける所から、それが表面に出せず心中にくすぶるのを、発散しない煙にたとえる。

224　宝治百首歌奉りける時、寄木恋

伊勢のあまの藻塩木こりながらからしや消たぬ同じ煙を（六九七）

〔現代語訳〕 宝治百首歌を詠進した時、「木に寄する恋」の題を詠んだ歌。
伊勢の海の海人が、塩水を煮詰めるため伐《こ》り出す薪ではないが、つくづく懲りていながら、ああ辛いなあ、同じ煙でありながら、薪の火とは違い、消す事も出来ない恋の火の煙なんだもの。

〔詠歌年次・契機〕 宝治元年十一月詠進宝治百首和歌。一二四七年、50歳。

〔参考〕「伊勢の海のあまの藻塩木こりもせで同じうらみに年ぞふりぬる」（続古今一三二八、家良）「みさごゐるすさの入江に満つ潮のからしや人に忘らるる身は」（登蓮恋百首三一、続後拾遺九三八）「炭竈の同じ煙の末だにも遠きはかすむ大原の里」（夫木抄七五六八、貞応三年百首、為家）

〔他出〕 宝治百首二八〇五、題林愚抄七七四六、全歌集二五七七、以上すべて「同じ煙は」。

〔語釈〕 **○藻塩木** 製塩のため塩水を煮詰める薪。**○こりながら** 「木を伐《こ》る」と「懲る」をかける。**○からしや** 辛いなあ。塩の「からし」をかける。**○同じ煙** 薪の煙と同じ恋の火の煙。

〔補説〕「からし」は「八穂蓼も川原を見ればおいにけりからしや我も年をつみつつ」（好忠集一〇七）以来「蓼」について用いられ、「潮」について言うのは登蓮恋百首のみであるが、為家は後年まで「梓弓磯辺の岩にひく潮のからしやさても袖ぬらしつる」（大納言為家集一八六五、文永五年徒然百首）「あまのすむ浦の藻塩木今までにからしや心こりはてぬ身は」（大納言為家集一一一〇、文永六年正月二十八日六帖題続五十首）と、「潮」「塩」について用いている。後者は本詠とほとんど同想である。「同じ煙」も彼の好みのようであるが、47詠とは意味が異なる。「煙を」は「は」より含みのある複雑な気持をあらわす撰者改訂か（↓218）。

弘長百首歌奉りける時、不逢恋

誰ゆゑに思ふとか知る初瀬女の手に引く糸のをのれ乱れて（七四七）

〔現代語訳〕　弘長百首歌を詠進した時、「逢はざる恋」の題を詠んだ歌。

一体誰のせいで、こんなに恋いこがれていると御承知なのですか。初瀬乙女の可憐な手で繰り引いて作る糸の緒が自然と乱れるように、我が心からどうしようもなく思い乱れているこの私を。（何とかしてお逢いしたいのです）

〔詠歌年次・契機〕　弘長元年九月以降詠進弘長百首和歌。一二六一年、64歳。

〔参考〕　「みちのくのしのぶもぢずり誰ゆゑに乱れんと思ふ我ならなくに」（古今七二四、融）「初瀬女のつくる木綿花三吉野の滝のみなわに咲ききたらずや」（万葉九一二、金村）「こもりくの初瀬乙女が手にまける玉は乱れてありと言はずやも」（万葉四二四、山前王）

〔他出〕　弘長百首四五九、為家卿集六九一、中院詠草九二、大納言為家集一〇〇四、夫木抄一五三〇六・一六六〇六、拾遺風体集三三二、全歌集四二二八、以上すべて「手にまく玉の」。

〔語釈〕　**○初瀬女**　↓21。**○手に引く糸**　初瀬女は木綿花を作るが、そのために栲の樹皮の繊維を手で細く引き裂いて糸とする。**○をのれ乱れて**　糸の「緒」と「己れ」をかけ、糸の乱れと心の乱れを表現する。

〔補説〕　続後拾遺集以外の本文はすべて下句「手にまく玉のをのれ乱れて」で、おそらくこれが正しく（「まく」は「まとわす」「からみつける」意）、「手に引く糸」は撰集時の改訂か、底本独自異文か未詳（↓218）。万葉では初瀬女が「糸を引く」表現はない。

（恋の歌とて）

思ひ入る道をば安く聞きしかど逢ふにはさはる端山茂山（七八〇）

〔現代語訳〕（恋の歌として詠んだ歌）

古歌によれば、本当に恋の道に深く思い入るならどんな障害もたやすく乗り越えられると聞いたけれど、さて実際に思う人に逢おうとすると、「端山茂山」とうたわれたような大小の厄介物があって、思うように行かないことだよ。

〔詠歌年次・契機〕 寛元三年十月光俊勧進経裏百首和歌。一二四五年、48歳。

〔参考〕 「筑波山端山茂山しげけれど思ひ入るにはさはらざりけり」（新古今一〇一三、重之）

〔他出〕 為家卿集三八二「きえしかど」。大納言為家集一一六五「過ぎしかど」。全歌集二四五二。

〔語釈〕 **○思ひ入る** 決心して入りこむ。**○端山茂山** 主峰に付属する端の山や木の茂った山。恋の道の障害をいう。

〔補説〕 「重之は立派にそういうけれど、さて実行してみればそうは行かないんだよ」と苦笑する趣。

（恋の歌中に）

うつつとも覚えぬ物は逢ふと見し夢路に似たるこよひなりけり（八二六）

〔現代語訳〕（恋の歌の中に詠んだ歌）

現実でありながら現実とも思われないものは、恋人に逢うと見て嬉しかったのにすぐ覚めてしまった夢にも似た、今夜のはかない逢瀬であるよ。

〔詠歌年次・契機〕 文永二年（家集注記）、契機未詳。一二六五年、68歳。

〔参考〕 「うつつとも夢ともあかで明けぬるをいづれのよにか又は見るべき」（中務集一七九）「逢ふと見しその夜の夢はさめであれな長き眠りは憂かるべけれど」（千載八七六、西行）

〔他出〕 大納言為家集一〇一二。全歌集四八二四。

〔補説〕　大納言為家集には、「文永二年」の注記および歌題（直前詠を受ける形のものも半数近くある）のみを持ち、詠歌契機不明、かつ他の諸集に見えない作品が四〇首（うち一首は歌欠）あり、歌題は四季・恋・雑・釈教にわたっているので、この年百首を詠じたものかと考えられる。本詠の歌題は同集の直前詠に従うとすれば「初逢恋」。この一連の中から勅撰入集するのは、次の229詠との二首のみである。附言すれば、夫木抄には「文永二年毎日一首中」と詞書する歌が一九首あり、他集には一切取られていない。文永元年にも相似た状況が見られ、弘長三年愛娘大納言典侍を失った悲傷にもかかわらず、その翌年からの旺盛な作歌意欲に驚かされる。本詠にしても年齢を感じさせぬみずみずしさであり、「夢路に似たる」の措辞は他に例がない。

弘長百首歌奉りける時、恨恋

歎きわび人を恨みぬことわりの身に余るこそ涙なりけれ（九四四）

〔現代語訳〕　弘長百首歌を詠進した時、「恨む恋」の題を詠んだ歌。

あまりの悲しみにほとほと思いあまって、恋人を恨まず自分の運命の拙なさを恨むべきだという道理はわかっていながら、身一つに押え切れず流れ出てしまうのが、涙というものであったよ。

〔詠歌年次・契機〕　弘長元年九月以降詠進弘長百首和歌。一二六一年、64歳。

〔参考〕　「思ひにはたぐひなるべき伊勢のあまも人を恨みぬ袖ぞぬれける」（壬二集三九八、家隆、六百番歌合）

〔他出〕　弘長百首五五七。為家卿集六九七。大納言為家集一〇六三。全歌集四二四二。

〔補説〕　「身に余る」という表現は何等めずらしいものではないが、「身に余るこそ」はこの一例のみ、そして「涙なりけれ」と続く言いまわしはいかにも巧妙である。

春の歌中に

小倉山春とも知らぬ谷陰に身をふるすとや鶯のなく（九八五）

〔現代語訳〕 春の歌の中に詠んだ歌。

ここ、小倉山では、春が来たとも気のつかない谷の陰にかくれて、（人里に出て賞でられる事もなく）我が身を古びさせてしまう、というのであろうか、そんな声で鶯が鳴いている。（私と同じように）

〔詠歌年次・契機〕 文永二年（家集注記）、契機不明。一二六五年、68歳。

〔参考〕 「山深み春とも知らぬ松の戸にたえだえかかる雪の玉水」（新古今三、式子内親王）「春をだに待たでなきぬる鶯はふるすばかりの心なりけり」（後撰七三八、兵衛）「山高み雪ふるすより鶯の出づる初音は今日ぞなくなる」（後拾遺一九、能宣）

〔他出〕 大納言為家集二三三六。全歌集四八一五。

〔語釈〕 **〇小倉山** ↓30・130・146。**〇ふるす** 「古るす」に、鶯の縁語「古巣」をかける。

〔補説〕 山荘閑居の老為家の姿を髣髴とさせる一首。↓227。

宝治百首歌奉りける時、山家水

小倉山かげの庵はむすべどもせく谷水のすまれやはする（一〇七一）

〔現代語訳〕 宝治百首歌を詠進した時、「山家の水」の題を詠んだ歌。

小倉山の山陰に、私は小さな庵室をしつらえているけれども、谷川からその庭に引き入れた小流れの水が澄んでいるように、澄んだ心でそこに住む事ができるかというと、いいや、なかなかそういうわけには行かないよ。

〔詠歌年次・契機〕 宝治元年十一月詠進宝治百首和歌。一二四七年、50歳。

〔参考〕「小倉山かげの庵の柴の戸に残る淋しき有明の月」（白河殿七百首六三五、為氏）「涼しさは夏ともいはず小倉山かげの庵をむすぶ泉に」（嘉元百首一五二五、公雄）「見し世こそなほ恋しけれ小倉山かげの庵の庭の松風」（李花集六三一詞書、良基）

〔他出〕 宝治百首三六四五。題林愚抄八九七五。歌枕名寄七五一一。全歌集二五九八。

〔語釈〕 **○小倉山かげの庵** 定家以来の嵯峨小倉山荘をさす。「かげ」は山陰の意と「小暗い陰」とをかける。**○むすべども** 「庵を結ぶ（作る）」意に、水の縁語「掬《むす》ぶ」をかける。**○せく** 水流を塞き止め、一方に導く。**○すまれ** 「住まれ」と「澄まれ」をかける。

〔補説〕 小倉山荘の「せく谷水」の様相を、定家は「南有小河、……流水自西垣入、潺湲自北方出」と記している（明月記嘉禎元年五月四日）。為家は頼綱山荘にはしばしば滞在、また定家没後小倉山荘も伝領したが、宝治当時にはまだ定住するには至っていない（↓130）。「かげのいほり」は為家の独創句であるが、以後参考に示したように「小倉山」と結びついて頻用される。公雄は129に示したように同じく小倉に住居を持ち、良基は祖父兼基の有となった定家小倉山荘に住して中院准后と称した（岩佐『京極派歌人の研究』昭49、178頁・角田前掲論文）。正徹に至って「誰とはん木高き山の杉のもと種生ひかくすかげの庵を」（草根集九七〇五）と「小倉山」を離れた一般的歌語となり、同年代為尹千首でも「あらましは杉たつ山のかげの庵《いほ》誰かはさてもすみなれにけん」（九三一）と「かげのいほ」の形が出来て、草根集・雪玉集にも用いられる。多くの用例があるわけではないが、「歌詞《うたことば》」の形成の一つの形を見る事ができる。

懐旧の心を

さても猶ふるの社のみしめ縄あはれ昔をかけて恋ひつつ（一一四六）

〔現代語訳〕「懐旧」の題の気持を詠んだ歌。
本当にまあいつまでたっても、私の心は布留の社にかける注連縄と同じこと。古い昔の事を心にかけて恋いしのびつつ、懐旧の思いにひたることだ。

〔詠歌年次・契機〕 暦仁元年七月二十日以後興福寺権別当法印円経勧進春日社十首和歌。一二三八年、41歳。

〔参考〕「石の上ふるの社の木綿だすきかけてのみやは恋ひんと思ひし」（拾遺八六七、読人しらず）「道のべの朽木の柳春来ればあはれ昔としのばれぞする」（新古今一四四九、道真）「千早ふる神垣山のみしめ縄かけて恋ふとも知らせてしがな」（洞院摂政家百首一一二二、為家）

〔他出〕 為家卿集二九一。中院詠草一三五。大納言為家集一五〇九。全歌集一七九四。

〔語釈〕 **〇ふるの社** 大和の歌枕、布留（天理市布留）にある石上《いそのかみ》神宮。布都御魂《ふつのみたま》大神を祀る。「古」から「昔」を呼び出す。**〇みしめ縄** 神前に注連縄をかける事から、「かけて」（口に出して、心にかけて）の序とする。

〔補説〕「さてもなほ」「かけて恋ふ」ともに為家の好みの言葉である。

（題しらず）

憂しと思ふ身のことわりの数々にあはれ有りける世のむくいかな（一一八五）

〔現代語訳〕（題不明の歌）
しみじみ辛いと思う、我が身のあり方を、道理を立てて一々考えてみると、ああ、これも前世での行いの報いなのだと思われて、どうしようもなく悲しい。

〔詠歌年次・契機〕 未詳。

〔参考〕「憂しと思ふわが身に秋にあらねども万につけて物ぞ悲しき」（和泉式部集四二）「数ならぬ身のことわりを知らざらば恨みつべくも見ゆる君かな」（相模集五六三）

〔他出〕題林愚抄九四七八。全歌集五八九四。

〔語釈〕**○有りける世**　過去世。前世。「有りし世」と異なり、自ら現実には体験していなかった世をいう。「けり」は伝聞過去。**○むくい**　善悪の因果に対する応報。

〔補説〕老後の為家を襲った数々の不幸を思う時、そのかなりの部分は自業自得とも言えるものの、彼本人とすれば前世の報いとでも思わねば納得しかねるもの——続古今撰者追加、大納言典侍の死、為氏の不孝等が存在し、このような嘆声が発せられるのも無理もない事と思われる。初句「憂しと思ふ」は新編国歌大観底本兼右筆本「なしと思ふ」であるが、他本により訂正する。

源家長朝臣すすめ侍りける一品経歌中に、序品

まだ知らぬ空の光に降る花は御法の雨のはじめなりけり（一二八〇）

〔現代語訳〕源家長朝臣が勧進しました一品経の歌の中に、「序品」を詠んだ歌。

まだ誰も見た事もない、空に満ちる光の中に降る、さまざまの花は、やがて我々をうるおして下さる仏法の雨の前ぶれであったのだなあ。

〔詠歌年次・契機〕寛元四年前但馬守家長十三年結縁経和歌。一二四七年、49歳。

〔参考〕「仏説此経已　結跏趺座　入於無量義処三昧　身心不動　是時天雨　曼陀羅華　摩訶曼陀羅華　曼殊沙華　摩訶曼殊沙華　而散仏上……爾時仏　放眉間白毫相光　照東方　万八千世界……今仏世尊　欲説大法　雨天法雨」（妙法蓮華経序品）「久方の桂にかくる葵草空の光にいく世なるらむ」（新勅撰一四三、定家）「今やこの御法の雨に紫の

かれにし野辺の草も萌ゆらむ」（実材母集一四三）

〔他出〕為家卿集三九二。中院詠草一五八「はじめなるらし」。大納言為家集一五八〇。全歌集二四九一。

〔語釈〕〇家長　生年未詳～文暦元年（一二三四）60歳余か。和歌所開闔として新古今集編纂実務担当。家長日記あり。本詠はその十三年忌の詠で、詞書は誤り。勧進者は妻下野（↓201）であろう。〇一品経歌　法華経二十八品の各品の趣旨を詠んだ歌。〇序品　妙法蓮華経第一。仏が無量義経を説き終り、妙法蓮華経を説き始めんとする時の奇瑞を述べる。〇空の光　仏が白毫相から放つ光。〇花　曼阿羅華等天界の花。〇御法の雨　法雨。仏法のあまねき利益を万物をうるおす雨にたとえる。

〔補説〕序品の情景を簡明適切に詠む。「御法の雨」は、「御法の花」「御法の水」等と同じく釈教歌の常套表現のように見えるが、実は参考実材母詠以外には見当たらない。実材母は建保初年（一二一三）頃の生れかとされているから（井上宗雄「権中納言実材母集について」国学院雑誌平元・5、『鎌倉時代歌人伝の研究』平9）おそらく為家詠の方が先であろう。なお本結縁経詠は為家卿集等により二首が知られ、勅撰入集は本詠のみである。

神祇を

春日野の昔の跡の埋れ水いかでか神の思ひ出でけむ（一三二三）

〔現代語訳〕「神祇」の題を詠んだ歌。

祖父俊成が、昔、「春日野のおどろの道の埋れ水」と詠んで「神のしるし」――栄達の霊験を願いましたが、それをどうして神は思い出して下さったのでしょうか、（私は遠祖長家・忠家と並ぶ正二位権大納言にまで昇る事ができました。）ありがたい事です。

〔詠歌年次・契機〕正嘉二年尊海法印勧進春日社十五首和歌。一二五八年、61歳。

〔参考〕「春日野のおどろの道の埋れ水末だに神のしるしあらはせ」（新古今一八九八、俊成）

〔他出〕為家卿集五八四。中院詠草一五二。大納言為家集一六三七。全歌集三三二四。

〔語釈〕**○春日野** 大和の歌枕。奈良市春日公園一帯の野。**○埋れ水** 草原の中などにかくれて人目につかない流れや湧き水。

〔補説〕俊成詠は他家の人々にまで強い印象を与えたものと見え、建保二年（一二一四）定家が「はからざるに参議に任ぜられた際、前太政大臣大炊御門頼実はこの歌を思い出して、「古のおどろの道の言の葉を今日こそ神のしるしとは見れ」（続後撰五五〇）の歌を贈っている。まして当の継承者として、家の極官にまで至った感銘はいかばかりであったろうか。すでに官を辞し出家した身ながら、一旦受けた栄誉は消えるわけではない。その感謝の心を述べた詠である。

なお本集に、作者寂蓮として入る次の詠は、実は為家千首詠である。本詠は万代集三一七五に「題しらず　寂蓮法師」とするので、これを資料とした撰者の誤認か。新編国歌大観同集の校訂は私が担当したが、底本とした書陵部蔵兼右筆本（流布本系）に対し別系諸本も相違なかったように記憶する。ゆえに一往勅撰入集為家詠としては除外し、注釈のみ掲げておく。

（題しらず）　寂蓮法師

山里はとはれむとやは住みそめし音せぬ人を何恨むらむ（一〇六八）

〔現代語訳〕（題不明の歌）

そもそもこの山里に、私は誰かに尋ねて来てもらおうと思って住みはじめたのだろうか。（そんな気持はなく、ひたすら俗世を厭って隠遁したのに）音信してくれない人を、何だって冷いと恨むのだろう。（筋が通らないと思いつつ、やはり人恋しいよ）

〔詠歌年次・契機〕 貞応二年八月千首和歌。一二二三年、26歳。

〔参考〕 「霞ふるみ山の里の淋しきは来てたはやすくとふ人ぞなき」（後撰四六八、読人しらず）「思ひやれとふ人もなき山里のかけひの水の心細さを」（後拾遺一〇四〇、中将）「とふ人のなき芦葺のわが宿は降る霰さへ音せざりけり」（後拾遺四〇〇、俊綱）

〔他出〕 千首九三二。万代集三一七五、六華集一七五六、両者ともに作者寂蓮。全歌集一〇九四。

風雅集

（同じ心〈若菜〉を）

235　朝日山のどけき春のけしきより八十氏人も若菜摘むらし（一八）

【現代語訳】（前歌と同じ題〈若菜〉の気持を詠んだ歌）

朝日山の、うららかな新春の様子に誘い出されて、大勢の宇治の里人らも、若菜を摘みに出ているらしいよ。

【詠歌年次・契機】　貞応二年八月詠千首和歌。一二二三年、26歳。

【参考】「麓をば宇治の川霧立ちこめて雲居に見ゆる朝日山かな」（新古今四九四、公実）「朝日山裾野の野辺に雪消えて八十氏人も若菜摘むなり」（壬二集一一七八、家隆）

【他出】　千首五四。夫木抄二六五。歌枕名寄三七六。全歌集二一一六。

【語釈】　**○朝日山**　山城の歌枕。宇治市宇治川北岸。のどかにさしのぼる朝日を連想させる。**○八十氏人**　多くの氏人。ここでは「氏」に通う「宇治」の里人の意に、多数を意味する「八十」を冠したもの。

【補説】　為家の、特に初期の作には家隆に学ぶところが大きかったように思われる。本詠もその一例である。

宝治百首の歌の中に、梅薫風といふ事を

236　霞めどもかくれぬ物は梅の花風にあまれる匂なりけり（八〇）

〔現代語訳〕　宝治百首の歌の中に、「梅、風に薫る」という題を詠んだ歌。一面に霞んではいるけれども、それでもかくれない物は、梅の花の、風に乗って豊かに運ばれて来る匂いであるよ。

〔詠歌年次・契機〕　宝治元年十一月詠進宝治百首和歌。一二四七年、50歳。

〔参考〕　「つつめどもかくれぬ物は夏虫の身よりあまれる思ひなりけり」（後撰二〇九、読人しらず）

〔他出〕　宝治百首二四八。題林愚抄五五四。全歌集二五一三。

〔語釈〕　**○風にあまれる**　花も見えぬほど深い霞の中から、風によって外部にもれ出て来る。

〔補説〕　参考後撰詠を巧みに活用し、梅花の香気を強調した、心利いた作。「風にあまれる」は他に類例なく、はるか降って元禄十三年（一七〇〇）戸田茂睡撰の「鳥の跡」に、「吹きたゆむひまさへいとど匂ひきて風にあまれる軒の梅が香」（三五、山名義富）が見えるのみである。

春の歌の中に

広沢の池のつつみの柳かげ緑も深く春雨ぞ降る（九九）

〔現代語訳〕　春の歌の中に詠んだ歌。

広沢の池の堤に茂る柳の木蔭よ。その緑の色を一そう深く濃く見せて、春雨が降っている。

〔詠歌年次・契機〕　貞応二年八月詠千首和歌。一二二三年、26歳。

〔参考〕　「広沢や岸の柳をもる月の光さびたる水の色かな」（夫木抄八五六、順徳院）「小山田の池のつつみの古柳たがさしそめし緑なるらむ」（壬二集一一九〇、家隆）「水まさる山田の早苗雨ふれば緑も深くなりにけるかな」（拾遺愚草員外六九六、定家）「高瀬さす六田の淀の柳原緑も深く霞む春かな」（新古今七二、公経）

〔他出〕 千首一三六、夫木抄八五七、歌枕名寄五三八、全歌集二九八、以上すべて「ひろ沢や」。

〔語釈〕 **○広沢の池**　山城の歌枕。京都市右京区嵯峨、遍照寺山の南麓にある池。

〔補説〕 広沢の池は月の名所としてしばしば歌われるが、その「柳」を詠んだのは参考順徳院詠を見る程度、まして春雨の景を詠じたのは珍しい。為家は老後、文永二年（一二六五）白河殿七百首にも「幾度か道のためとて広沢の池のつつみを行きかへるらむ」（六二二）とも詠んでおり、これは「名所堤」の設題を満足させるための措辞でもあろうが、「広沢の池の堤」に或る思いを抱いていたようである。初句「広沢や」を「広沢の」と変えたのは京極派の好みとおぼしく、原作の歌枕的性格を払拭して実景実情の性格を強めたのであろう。

　　千首歌よみ侍りけるに

帰る雁羽うちかはす白雲の道ゆきぶりは桜なりけり（一三四）

〔現代語訳〕 千首歌を詠みました中に詠みました歌。
　春になって北に帰って行く雁が、白雲と羽を交錯させるように飛んで行く、「その白雲の道を行く頼りに言伝てを託そう」と古人は詠んだが、あれは白雲じゃなくて、満開の桜の雲だったんだよ。

〔詠歌年次・契機〕 貞応二年八月詠千首和歌。一二二三年、26歳。

〔参考〕 「白雲に羽うちかはし飛ぶ雁の数さへ見ゆる秋の夜の月」（古今一九一、読人しらず）「春来れば雁帰るなり白雲の道ゆきぶりに言や伝てまし」（古今三〇、躬恒）

〔他出〕 千首一四八。為家卿集五一。中院詠草一二「かりがねの」。大納言為家集二七三。井蛙抄二九一「かりがねの」。全歌集三一〇。

〔語釈〕 **○道ゆきぶり**　道行き触り。道で行き会うこと、すれ違うこと。ここでは「白雲の道ゆきぶり」で古今躬恒詠を暗示し、白雲を桜に転ずる趣向。

【補説】井蛙抄第三「庶幾せざる詞」のうち、「かはす」の例に続拾遺93詠と並んであげられている。

（題しらず）

旅人のゆききの岡は名のみして花にとどまる春の木のもと（一八五）

【現代語訳】（題不明の歌）

旅人が行ったり来たり通り過ぎて行くという名を持った「ゆききの岡」は、ただ名前ばかりであって、実は花に見とれてとどまっている、春の桜の木の下であるよ。

【詠歌年次・契機】文永二年七月七日後嵯峨院白河殿当座七百首歌。一二六五年、68歳。

【参考】「飛鳥川ゆききの岡の秋萩は今日ふる雨に散りかすぎなむ」（万葉一五五七、丹比真人国人、新勅撰一二三一、読人しらず）「知る知らずしばしやすらふ旅人のゆききの岡になびく青柳」（宝治百首三〇七、経朝）「ささなみや近江の宮は名のみして霞たなびき宮木守なし」（拾遺四八三、人麿）

【他出】白河殿七百首八八、大納言為家集一八二、両者ともに「ゆききの岡の」。夫木抄一一三五。歌枕名寄三二三七。全歌集四七一八「ゆききの岡の」。

【語釈】○ゆききの岡　大和の歌枕、逝廻岳。奈良県高市郡明日香村。

【補説】「ゆききの岡」は万葉詠により、「我が袖は今朝もほしあへず飛鳥川ゆききの岡の萩の白露」（壬二集二三八三、家隆）のように秋の景として詠まれる事が多く、満開の桜を詠んだのは珍しい。「行き来」というが通り過ぎられない、という趣向は建長三年（一二五一）影供歌合に「玉ぼこのゆききの岡の初時雨紅葉のかげをえやは過ぐべき」（三二一、教定）があり、衆議判後判詞を記した為家は「歌がらよろしく」と評して勝としている。第二句は

「ゆきの岡の」が原作であろうが、七百首歌内閣文庫二〇一・二七五本では「ゆきの岡は」とある（全歌集）。なお夫木抄には白河殿七百首詠として知家の「旅人のゆききの岡の小萩原うつればかはる袖の色かな」（四一〇六）が掲げられているが、現存七百首伝本には見えない。

宝治百首歌の中に、同じ心（首夏）を

夏きてはただひとへなる衣手にいかでか春をたちへだつらむ（三〇三）

〔現代語訳〕宝治百首歌の中に、前歌と同じ題（首夏）の気持を詠んだ歌。

夏が来たというので、衣更えして着た、たった一重の夏衣のせいで、どうして春をすっかり隔て切ってしまうのだろうか。（名残惜しいことだ）

〔詠歌年次・契機〕宝治元年十一月詠進宝治百首和歌。一二四七年、50歳。

〔参考〕「夏きてはたが為ならぬたそがれに待つにも名のる時鳥かな」（壬二集二二四五、家隆）「今日よりは千代を重ねむはじめとてまづ一重なる夏衣かな」（続古今一八三、良経）「わが宿の垣根や春をへだつらむ夏来にけりと見ゆる卯の花」（拾遺八〇、順）

〔他出〕宝治百首八〇八。題林愚抄一六四〇。全歌集二五二七。

〔語釈〕**〇首夏**　夏の初め。**〇夏きては……**「来て（着て）」「春（張る）」「立ち（裁ち）」は「衣」の縁語。**〇ただひとへなる……**　更衣により春から夏となる事と、薄い単物一枚で春と夏を偏えに峻別してしまう事をかける。

〔補説〕「夏きては」（夏が来るというと。夏が来たからには）は「春……」「秋……」「冬……」にくらべて用いられる事が少いが、為家は新撰六帖でも「夏きては卯の花垣根白妙の衣手かけて幾日ほすらむ」（七二）と詠じている。

宝治百首歌の中に、待郭公

葵草かざす卯月の時鳥人の心にまづかかりつつ（三一四）

〔現代語訳〕 宝治百首歌の中に、「郭公を待つ」の題を詠んだ歌。
葵草をかけて飾る賀茂祭の季節、四月になると、時鳥がもう来るはず、との期待は、（冠や簾にかける葵鬘よりも）人の心にまず一番先にかかって、待ち遠しくて仕方がないよ。

〔詠歌年次・契機〕 宝治元年十一月詠進宝治百首和歌。一二四七年、50歳。

〔参考〕「千早ふる賀茂の社の葵草かざす今日にもなりにけるかな」（長秋詠藻二三一、俊成）「みしめ引き卯月の忌をさす日より心にかかる葵草かな」（新勅撰六六九、俊成）「年の内に今日のみ時に葵草かざすみあれをかけて待つらし」（拾遺愚草七三二、定家）

〔他出〕 宝治百首八四八。全歌集二五二八。

〔語釈〕 **○葵草** 双葉葵。ウマノスズクサ科の多年草で、賀茂祭の時冠や車の簾に挿す。**○人の心に……** 葵草なら冠や簾にかかるが、時鳥の初声は早く聞きたいと心にかかるもの、という洒落。

〔補説〕 為家はのちの七社百首にも、「時鳥おのが初音も葵草かざす比とぞかけて待たるる」（一六四、賀茂）と詠じている。

宝治百首歌中に、夕立

山もとのをちの日影は定かにてかたへ涼しき夕立の雲（四〇六）

〔現代語訳〕 宝治百首歌の中に、「夕立」の題を詠んだ歌。

山の麓を照らす、はるか遠方の日光はくっきりと見えるのに、一方から涼しげにかげって来る、夕立の雲よ。

〔詠歌年次・契機〕 宝治元年十一月詠進宝治百首和歌。一二四七年、50歳。

〔参考〕 「夏と秋と行きかふ空の通ひぢはかたへ涼しき風や吹くらむ」（古今一六八、躬恒）

〔他出〕 宝治百首一一二八。題林愚抄二六一一。全歌集二五三五。

〔語釈〕 **○かたへ涼しき** 参考古今詠により、「一方では暑さが残っているが一方では涼しい」意。

〔補説〕 新編国歌大観の底本なる書陵部本宝治百首では「夕立の空」とあるが、全歌集の底本岡山大学附属図書館池田家文庫本宝治百首では「ゆふだちのくも」であり、情景からいってもその方がふさわしい。おそらく「雲→空」の誤写であろう。題詠であり、かつ「かたへ涼しき」を巧みに応用した趣向の歌ではあるが、夏の天象を生き生きととらえ、為家平生の自然観察眼の確かさを示して、後の京極派歌風を示唆するものである。

（秋歌とて）

夕まぐれ秋来る方の山の端に影めづらしく出づる三日月（四五二）

〔現代語訳〕（秋の歌として詠んだ歌）

夕闇の迫って来る頃、秋が来るという西の方の山の端に、その光が目新しいもののように、嬉しくも姿をあらわす三日月よ。

〔詠歌年次・契機〕 貞応二年八月詠千首和歌。一二二三年、26歳。

〔参考〕 「何となく心ぞとまる山の端に今年見そむる三日月の影」（拾遺愚草一〇三、風雅九、定家）「藤の花秋来る方の雲かとて若紫の心にぞしむ」（教長集一七三）

〔他出〕 千首三〇四。全歌集四六六。

〔語釈〕 **○夕まぐれ**　夕方、ほの暗くなる頃。**○秋来る方**　方位でいうと、秋は西に当るところから、西方をいう。
〔補説〕　残暑、そして無月の数日を過して、七月三日、暮れかかる山の端に涼しげな三日月の姿を見た喜びが、清々しくうたわれている。為家には十一年後の新撰六帖にも、「あはれまた空さへ色のかはるらむ秋くるかたに出づる三日月」（二八二）の詠がある。

244

春日社に奉りける百首歌の中に

色かはる梢を見れば佐保山の朝霧がくれ雁は来にけり（五五四）

〔現代語訳〕　春日神社に奉納した百首歌の中に詠んだ歌。
赤に黄に、色の変ってゆく梢を見ると、佐保山の朝霧にかくれて、ああ、雁がやって来たのだなあ、そういう季節になったのだなあ、と実感されるよ。

〔詠歌年次・契機〕　文応元年九月末～二年正月十八日七社百首和歌。一二六〇～六一年、63～64歳。
〔参考〕　「天の川雁ぞとわたる佐保山の梢はむべも色づきにけり」（後撰三六六、読人しらず）「あけぐれの朝霧ごもり《がくれ(旧訓)》なきてゆく雁は我が恋妹に告げこそ」（万葉二一二九、作者未詳）「めづらしや朝霧がくれ聞ゆなり外面の小田を初雁の声」（正治百首一七四八、師光）「わが門にいなおほせ鳥の鳴くなへに今朝吹く風に雁は来にけり」（古今二〇八、読人しらず）
〔他出〕　七社百首三〇五、夫木抄四九三四、全歌集三七三一、以上すべて「このはをみれば」。
〔語釈〕 **○佐保山**　→64。紅葉の名所。春日社奉献詠ゆえに大和の名所を詠む。
〔補説〕　第二句は「木の葉を見れば」がおそらく原作であろう。勅撰入集に当り、より歌柄の大きさを求めて「梢を見れば」と改めたかと思われる。「雁は来にけり」はありふれた結句のようだが、参考古今詠に憚ってか比較的用例は少なく、為家時代以後に多用される。百首の春日社への奉納は文応二年四月。

245

（稲妻を）

夕闇に見えぬ雲間もあらはれて時々照らす宵の稲妻（五七五）

〔現代語訳〕（「稲妻」を詠んだ歌）

もう夕闇に包まれて見えなくなっている、雲と雲のすき間も、その一瞬だけはくっきりとあらわれる、そんな姿を見せて、時々照らし出す、夕暮時の稲妻よ。

〔詠歌年次・契機〕 未詳。

〔参考〕「世の中を何にたとへむ秋の田をほのかに照らす宵の稲妻」（後拾遺一〇一三、順）「有明の月待つ宿の袖の上に人頼めなる宵の稲妻」（新古今三七六、家隆）「影やどす程なき袖の露の上になれてもうとき宵の稲妻」（拾遺愚草八二八、定家、六百番歌合三二五）

〔他出〕 全歌集五八九五。

〔補説〕 雷鳴や降雨を伴わぬ、宵闇の中の遠い電光を、空間的、時間的躍動感をもって見事に捉えている。先行諸詠のような人事的なものを拭い去って、自然そのものの動態を光と動きで写生的に表現する点、のちの京極派和歌の先駆であり、風雅集では本詠を中心に当代歌人の稲妻詠、合計五首を連続入集している。詠歌年次・契機未詳、毎日一首詠の可能性もあろうか。

246

住吉社に奉りける百首歌の中に、炭竈

炭竈の煙に春をたちこめてよそ目霞める小野の山もと（八七六）

〔現代語訳〕　住吉神社に奉納した百首歌の中に、「炭竈」の題を詠んだ歌。
炭を焼く炭竈の煙の中に、来るべき春の気配を立ちこめたかのように、遠くから眺めるとほんのりと霞んで見える、小野の山本の風情よ。
〔詠歌年次・契機〕　文応元年九月末～二年正月十八日七社百首和歌。一二六〇～六一年、63～64歳。
〔参考〕　「炭竈の煙に霞む小野山は年に知られぬ春や立つらむ」（清輔集二一六）「卯の花のよそ目なりけり山里の垣根ばかりにふれる白雪」（千裁一四三、政平）
〔他出〕　七社百首四七五。題林愚抄五九九九。歌枕名寄四五五。私玉抄。全歌集三九〇一。
〔語釈〕　**○炭竈**　木材を蒸し焼にして炭を作る竈。**○たちこめて**　煙の立つ意に、春立つ意をかける。**○よそ目**　局外者からの見る目。**○小野**　山城の歌枕。京都市左京区大原の周辺。雪・炭竈の名所。
〔補説〕　小野の炭竈の歌は多いが、煙に春霞を連想するのは参考清輔集と本詠ぐらいである。清輔詠にくらべ、繊細な詠み口が時代を感じさせる。

宝治百首歌に、旅宿

あはれなどあひも思はぬ故郷も旅寝となれば恋しかるらむ（九五四）

〔現代語訳〕　宝治百首歌に、「旅宿」の題を詠んだ歌。
ああ一体どうして、こちらが思うようには私の事を思ってくれるはずもない故郷でも、旅寝をして考えればこんなに恋しいのだろうか。
〔詠歌年次・契機〕　宝治元年十一月詠進宝治百首和歌。一二四七年、50歳。
〔参考〕　「あはれなど又見るかげのなかるらむ雲がくれても月は出でけり」（新勅撰一二三九、公経）「別るれどあひ

も思はぬ百敷を見ざらむことの何か悲しき」（伊勢集二三九）

〔他出〕　宝治百首三八〇五。全歌集二六〇二。

〔補説〕　参考伊勢詠を利用しただけの平凡な詠とも見えようが、発想修辞ともに独自である。「旅寝となれば」は全く用例なく、57にも引いた「太平記」俊基東下りの発端に、「一夜を明かす程だにも、旅寝となれば物うきに」と引かれ、また236に指摘した「鳥の跡」に、同じく山名義豊詠「故郷にただ何となき雨の夜も旅寝となれば枕淋しき」（五四九）を見るのみである。なお第三句、新編国歌大観では「ふるさとに」とするが、これはその底本とした細川文庫本の独自異文であるので改めた。

女と夜もすがら物語して、朝に言ひつかはしける

生きて世の忘れがたみとなりやせむ夢ばかりだにぬともなき夜は（一〇九六）

返し　安嘉門院四条　あかざりし闇のうつつを限りにて又も見ざらむ夢ぞはかなき

〔現代語訳〕　女と一晩中語り明かして、翌朝に言い送った歌。

この世に生きている限りは、きっと忘れ難いあなたとの思い出になることでしょうか。ほんの夢ばかりという程度にすら寝たともなく、あなたと過した夜は。

（返歌、四条　満足し切れない間に終った、闇の中での逢瀬のような頼りない現実を最後として、又と見る事もない夢にも似たあなたとの仲の、何とはかない事でしょうか。）

〔詠歌年次・契機〕　建長四年以降、四条（阿仏）と相識ってのち。一二五二年、55歳以降。

〔参考〕　「あかでこそ思はむ中は離れなめそをだに後の忘れがたみに」（古今七一七、読人しらず）「恋ひやせむ忘れやしなむぬともなく寝ずともなくて明かしつる夜を」（新勅撰六四三、高光）「あかざりし袖の中にや入りにけむ我が

魂のなき心地する」（古今九九二、陸奥）「むばたまの闇のうつつは定かなる夢にいくらもまさらざりけり」（古今六四七、読人しらず）

〔他出〕　全歌集二七六七「ぬとはなきよは」。

〔語釈〕　**○忘れがたみ**　忘れ形見。忘れる事のできない記念。「忘れ難み」をかける。**○闇のうつつ**　暗闇の中で逢ったような満足できない逢瀬。

〔補説〕　163以下の玉葉集詠と同様、以下三組の贈答は阿仏との熱烈な恋歌。これは馴れそめの頃か。古歌を縦横に駆使した両者の応酬は見ものである。全歌集の異文「ぬとはなきよは」はその底本とした書陵部蔵兼右筆本の独自異文で、口吻から言っても「ぬとはなきよは」とあるのが正しいと思われる。

女のもとにあからさまにまかりて、物語などして立ちかへり申しつかはしける

まどろまぬ時さへ夢の見えつるは心に余る行き来なりけり（一一〇一）

返し　安嘉門院四条　魂はうつつの夢にあくがれて見しも見えしも思ひわかれず

〔現代語訳〕　女の所にほんのちょっと立ち寄って、語り合ったりして帰って来てすぐに言い送った歌。

とろりともせぬ一時さえ夢が見られたように、思いがけず片時でもあなたに逢えたのは、恋しい思いが心からあふれ出たゆえの交流でしたよ。

（返歌、四条　（あなたは「まどろまぬ夢」とおっしゃいますが）私の魂は、現実にあった夢のような逢瀬のため、宙に浮んだようで、私が本当にあなたを見たのやら、あなたの夢の中に入って見られたのやら、分別もつきません。）

〔詠歌年次・契機〕　建長四年以降。一二五二年、55歳以降。

〔参考〕「まどろまぬかべにも人を見つるかなまさしからなむ春の夜の夢」（後撰五〇九、駿河）「むば玉の闇のうつつは定かなる夢にいくらもまさらざりけり」（古今六四七、読人しらず）「迷ひこし闇のうつつの名残とて見ゆとは見えぬ夢もうらめし」（続後撰八八八、定家）

〔他出〕全歌集二七六八。

〔語釈〕**○あからさまに**　かりそめに。僅かの間。**○立ちかへり**　帰宅した意と、「折り返してすぐに」の意をかける。**○うつつの夢**　参考古今詠により、夢のようにはかない逢瀬をいう。**○見し**　自分があなたを見た。**○見えし**　自分があなたに見られた。

〔補説〕後撰詠を引いた為家に対し、阿仏は完成したばかりの続後撰詠をすかさず活用して返している。その才気、為家の満足の程、思うべきである。

女のもとへ、近き程にあるよしおとづれて侍りければ、「今夜なむ夢にみえつるは、塩竈のしるしなりけり」と申して侍りけるに、つかはしける

聞きてだに身こそこがるれ通ふなる夢のただぢのちかの塩竈（一二〇四）

返し　安嘉門院四条　身をこがす契りばかりかいたづらにおもはぬ中のちかの塩竈

〔現代語訳〕女の所に、近所まで来ている事を知らせましたところ、「ちょうど今夜、夢にあなたが見えましたのは、あの千賀の塩竈ではありませんが、近くまで来ていらしたせいなのですね」と言ってよこしましたので、言い送りました歌。

あなたが「今夜夢に見た」と言って下さっただけで、この身は恋しさに燃えこがれる事ですよ。脇目もふらず

まっすぐに通ったらしい夢の道、その名も「千賀（近）の塩竈」とはね。

（返歌、四条「身こそこがるれ」なんてうまい事をおっしゃいますが、本当の所は私の方だけが身もこがれるほど焦燥する御縁にすぎないのでしょうか。近くまで来ていながら空しく帰ってしまう程度の、真心では思っても下さらない間がらでの「千賀の塩竈」などという喩えは。）

〔詠歌年次・契機〕 建長四年以後。一二五二年、55歳以後。

〔参考〕 「わが思ふ心もしるくみちのくのちかの塩竈ちかづきにけり」（古今六帖一七九七、続後撰八一二、山口女王）「恋ひわびてうちぬる中に行き通ふ夢のただぢはうつつならなむ」（古今五五八、敏行）「あまのたく藻塩の煙わが方になびかぬ恋の身をこがすかな」（続後撰七五四、為経）「みちのくのちかの塩竈ちかながらからきは人に逢はぬなりけり《はるけくのみも思ほゆるかな（六帖）》」（続後撰七三八、古今六帖一七九九、読人しらず）

〔他出〕 全歌集二七六九。

〔語釈〕 **○塩竈のしるし** 「近き程に」を歌枕「千賀」にかけ、その名物「塩竈」の効験だとする。**○こがるれ** 恋いこがれる意に、塩焼く火の焦がれる意をかける。**○ただぢ** 直路。一直線に行く道。**○ちかの塩竈** 陸奥の歌枕、千賀の浦（宮城県松島湾南西部の海岸。塩竈の浦とも）。**○いたづらに** 期待に反して、無駄に。

〔補説〕 歌枕「千賀の塩竈」は、古今六帖に二首見える以外ほとんど顧みられぬものであったが、為家ははじめて上掲二首を続後撰集に採った。これをめぐる両者の才気あふれる贈答。為家が阿仏に惚れこんだ理由は、玉葉風雅に採択されたこれらの贈答に明らかであろう。なお本詠については岩佐『秋思歌　秋夢集新注』（平20）90頁以下参照。

恋歌の中に

八声鳴くかけの垂尾のおのれのみ長くや人に思ひ乱れん（一一二八）

〔現代語訳〕恋の歌の中に詠んだ歌。
くりかえし鳴く鶏の、長く垂れて乱れる尾ではないが、おのれ一人、長い間あの人を恋して空しく思い乱れる事であろうか。

〔詠歌年次・契機〕貞応二年八月詠千首和歌。一二二三年、26歳。

〔参考〕「いかに鳴く八声の鳥の一声か年に年をば添ふるなるらむ」（堀河百首九、師時）「庭つ鳥かけの垂尾の乱れ尾の長き心も思ほえぬかも」（万葉一四一三、作者未詳）「音に立つるかけの垂尾の誰ゆゑに乱れて物は思ひそめてし」（拾遺愚草一三八三、定家）「逢はずして今宵明けなば春の日の長くや人をつらしと思はむ」（古今六二四、宗于）

〔他出〕千首六五九。全歌集八二一。

〔語釈〕**○八声鳴く** しばしば鳴く。早朝にくりかえし鳴く鶏の声の形容。**○かけ** くだかけ。鶏。**○垂尾** 尾長鶏の尾。ここまで「おのれ」を導く序。「乱れ」もその縁語。

〔補説〕参考定家詠の模倣にすぎぬとも言えるが、鶏の声と乱れ尾の印象は、本詠の方が整理されて効果的である。「八声の鳥」は堀河百首以来しばしば詠まれるが、「八声鳴く」としたのは為家独自で、のち新撰六帖に光俊が「八声鳴く鳥より先と思へども暁起きをねぞ過ぎにける」（二二二〇）と用いている。

千首歌中に

契りしを頼めばつらし思はねば何を命の慰めぞなき（一一六八）

〔現代語訳〕　千首歌の中に詠んだ歌。
契りを結んだ事を頼みにすれば、（その後の不如意さが）恨めしい。でもその契りを思わなかったら、何を頼りにこの命をつないで行くのか、その慰めさえないことだよ。
〔詠歌年次・契機〕　貞応二年八月詠千首和歌。一二二三年、26歳。
〔参考〕「思はずはつれなき事もつらからじ頼めば人を恨みつるかな」（拾遺九七三、読人しらず）「今ははや恋ひ死なましをあひ見むと頼めし事ぞ命なりける」（古今六一三、深養父）「逢ふ事のなくて年ふるわが身かな何を命にのぶるなるらむ」（輔親集一七〇）
〔他出〕　千首六九五。全歌集八五七。
〔補説〕「何を命」という措辞は、為家以前には参考輔親詠しかない。その後にも「忘れじの契りをいさと頼まねば何を命に長らへかせむ」（伏見院御集一六九二）「ながらへて何を命の頼むらむ同じ世知らぬ中の月日に」（題林愚抄七〇八四、為道）があるのみである。

宝治百首歌に、寄虫恋

絶えねばと思ふも悲しささがにのいとはれながらかかる契りは（一三一八）

〔現代語訳〕　宝治百首歌に、「虫に寄する恋」の題を詠んだ歌。
（いくら冷たくされても）縁が切れねばそれでよい、と思うのも悲しいことだ。蜘蛛の糸が切れそうに見えながら切れずにかかっているように、「糸」ならぬ「厭われ」ながら何とかつながっている間柄は。
〔詠歌年次・契機〕　宝治元年十一月詠進宝治百首和歌。一二四七年、50歳。
〔参考〕「思ひのみつもりのあまのうけの緒の絶えねばとてもくる由もなし」（続後撰六六一、後鳥羽院）「いつまでか絶えねば絶えぬ心とてなほざりごとの契り頼まむ」（新撰六帖一二六二、為家）「ささがにのいとかかりける身の程を思へば夢の心地こそすれ」（新古今一八一六、俊頼）「ささがにのいとほしとだに聞えねば蜘蛛手に物を思ふかひなし」（拾玉集四五、慈円）

〔他出〕　宝治百首二八八五。題林愚抄八〇〇八。私玉抄。全歌集二五七九。

〔語釈〕　**〇絶え**　蜘蛛の「糸」の縁語。**〇ささがに**　蜘蛛。「いと」「かかる」はその縁語。**〇かかる**　「斯かる」（このような）と、一縷の望みが「掛かる」意をかける。

〔補説〕　「ささがにの糸」から「いとふ」を引き出す形は、これ以前には隆信集の長歌の中の、「心細さは　ささがにの　いとひてもなほ　いとふべき」（九三六）にしか見えない。

大神宮へ奉りける百首歌の中に、残雪を

おのづからなほ木綿かけて神山の玉串の葉に残る白雪（一四一六）

〔現代語訳〕　伊勢大神宮に奉納した百首歌の中に、「残雪」の題を詠んだ歌。

（人のしわざではないが）自然にやはり幣帛をかけたように見えて、神宮の山に茂る玉串の榊の葉の上に残る、白雪の神々しさよ。

〔詠歌年次・契機〕　文応元年九月末～二年正月十八日、七社百首和歌。一二六〇～六一、63～64歳。

〔参考〕　「神さびて祝ふみむろの年ふりてなほ木綿かくる松の白雪」（拾遺愚草一八一六、定家）「春の日も光ことにや照らすらむ玉ぐしの葉にかくる白木綿」（長秋詠藻六一六、俊成）

〔他出〕　七社百首三六。歌枕名寄四八。全歌集三四六二。

〔語釈〕　**〇大神宮**　伊勢市、皇大神宮。天照大神と豊受大神を祀る皇室の祖廟。**〇木綿**　↓138。**〇神山**　伊勢大神

宮の神路山。**○玉串**　榊の葉に木綿をつけて神前に捧げるもの。転じて榊。

〔補説〕　さりげない詠み口であるが、父・祖父の詠を巧みにふまえつつ、「残雪」題を詠みこなしている。大神宮奉納は文応二年三月。

北野社に奉りける百首歌に

五月闇ともしに向ふ鹿ばかりあふもあはぬもあはれ世の中（一五二二）

〔現代語訳〕　北野神社に奉納した百首歌の中に詠んだ歌。

五月の暗い夜、照射《ともし》の猟をするための火串《ほぐし》に向う鹿は、火に目が合えばきらりと光る、その光を目当てに射取られてしまうが、目が合わなければ無事に逃れられる。そのように、運にめぐり合うのも合わぬのも、ああ、世の中のほんのちょっとした偶然のいたずらなのだ。

〔詠歌年次・契機〕　文応元年九月末～二年正月十八日七社百首和歌。一二六〇～六一年、63～64歳。

〔参考〕「五月闇繁き端山に立つ鹿はともしにのみぞ人に知らるる」（千載一九六、顕綱）「賎の男もともしに向ふ鹿を見て物のあはれや思ひ知るらむ」（拾玉集六二四、慈円）「秋風になびく浅茅の末ごとに置く白露のあはれ世の中」（新古今一八五〇、蟬丸）「くづれ行く岸の柳の根ざし草有るもあらぬもあはれ世の中」（壬二集一三三六、家隆、為家家百首）

〔他出〕　七社百首一八九。全歌集三六一五。

〔語釈〕　**○北野**　京都市上京区、北野天満宮。菅原道真を祀る。**○五月闇**　五月雨の季節の夜の闇。**○ともし**　照射。暗夜、松明をともした火串をかかげ、これと見合わせた鹿の両眼が光を反射するのを目当に射止める猟の方法。**○鹿ばかり**　「然かばかり（そのように）」をかける。**○あふもあはぬも**　火と鹿の目が「合う」事に、運に「逢う」

意をかける。

〔補説〕「あふもあはぬも」は新編国歌大観中この一例のみ。参考家隆詠は寛喜元年（一二二九）為家32歳の時家隆らに勧進して催した百首（歌人二五名）で、おそらくこの下句が脳裡にあって三十年後のこの詠となったものであろう。北野奉納は七社中最も遅く、文応二年五月十六日。

宝治百首歌に、夜灯

あはれにぞ月にそむくる灯の有りとはなしに我が世更けぬる（一六七三）

〔現代語訳〕宝治百首歌に詠んだ、「夜の灯」の題の歌。

我ながらいとおしい事だが、月の出とともに壁の方に向けて無用の物にしてしまう灯のように、有るとも見えないような有様で、私の人生は老いてしまったことだなあ。

〔詠歌年次・契機〕宝治元年十一月詠進宝治百首和歌。一二四七年、50歳。

〔参考〕「背レ燭共憐深夜月　踏レ花同惜少年春」（和漢朗詠集二七、白）「耿耿残灯背レ壁影　蕭蕭暗雨打レ窓声」（和漢朗詠集二三三、上陽人、白）「有明の月にそむくる灯の影にうつろふ花を見るかな」（拾玉集一九一八、慈円、文集百首）「大伴の御津の浜松待つことの有りとはなしに老ぞ悲しき」（続後撰一〇二九、行能）「年暮れて我が世更けゆく風の音に心のうちのすさまじきかな」（紫式部日記一四）「消えやらで残る影こそあはれなれ我が世更けそふ窓の灯」（壬二集一七八六、家隆）

〔他出〕宝治百首三二四五。全歌集二五八八。

〔語釈〕**○月にそむくる**　参考朗詠詩句による。月光を賞するため燭台を後向きにしてその光をさえぎる意。

〔補説〕参考第一の白詩では燭を背け月に対して共感を示しているのであるが、本詠は第二上陽人詩により、背けられた灯に感情移入して老境を嘆ずる形で、より陰影を深めている。「ともしび」を特に愛好した京極派勅撰集への入集は、いかにもと首肯されるところである。

千首歌よみ侍りけるに

あかだなの花の枯葉もうちしめり朝霧深し峰の山寺（一七七七）

〔現代語訳〕 千首歌を詠みました時に、詠みました歌。

閼伽棚に置かれた花の、枯れた葉もしっとりと湿るばかり、朝霧が深く立ちこめているよ、峰の山寺では。

〔詠歌年次・契機〕 貞応二年八月詠千首和歌。一二二三年、26歳。

〔参考〕「五月雨はたく藻の煙うちしめり潮たれまさる須磨の浦人」（千載一八三、俊成）「うちしめり菖蒲ぞかをる時鳥なくや五月の雨の夕暮」（新古今二二〇、良経）「夜半にたくかひやが煙立ちそひて朝霧深し小山田の原」（新勅撰二七六、慈円）

〔他出〕 千首九三五。現存六帖抜粋一三八。夫木抄一六四一四。六華集一九二七「枕の花も」。全歌集一〇九七。

〔語釈〕 **○あかだな** 閼伽棚。仏前に供える水や花、供物などを用意するために、仏堂の縁先の一部に張り出してしつらえた棚。

〔補説〕「閼伽棚」を詠んだ歌は古来本詠のみ、近世に入って、「いつまでか人は折りけむ閼伽棚の樒《しきみ》の花の枯れて残れる」（六帖詠草拾遺二九一、蘆庵）「閼伽棚の樒の枯葉うちみだし夕悲しき山風ぞ吹く」（亮々遺稿一〇五六、幸文）「閼伽棚の樒のさ枝霜見えてかれがれにのみ鹿ぞ鳴くなる」（柿園詠草四〇八、諸平）がある。これらとくらべても、本詠は発想・表現・詩情すべて抜群で、若き為家の感性の優秀さを知る事ができる。

宝治百首歌奉りける時、浦舟を

和歌の浦に身ぞうき波の海人小舟さすが重なる跡な忘れそ（一八四四）

〔現代語訳〕　宝治百首歌を詠進した時、「浦の舟」の題を詠んだ歌。
和歌の浦ならぬ、歌道の世界に生きて、この身こそは浮いた波の上の海人の小舟のように、辛い頼りないものではあるが、そうは言いながらも代々重なって来た歌道家としての業績だけは忘れるなよ。（屈せず一そう精進して行かねばなるまい）

〔詠歌年次・契機〕　宝治元年十一月詠進宝治百首和歌。一二四七年、50歳。

〔参考〕「人心うき波立つる由良の戸の明けぬ暮れぬと音をのみぞ泣く」（拾遺愚草一五六九、定家）「かはあひや身をうき波に立つ千鳥またはためしもなくなくぞ経る」（寛元元年河合社歌合二一、為家）

〔他出〕　宝治百首三五二五「わかの浦」。歌枕名寄八三五七。全歌集二五九五「わかの浦」。

〔語釈〕　**○和歌の浦**　↓98。**○身ぞうき波**　「身ぞ憂き」と「浮波」をかける。**○さすが**　舟の「棹さす」と「さすが」をかける。

〔補説〕　為家は本詠の三年前にも、参考にあげたごとく「身をうき波」と観じ、また二十一年後の徒然百首に、「和歌の浦我が方遠くゆく舟にとはばやもとの道はありやと」（大納言為家集一八八七）「芦鶴の心を知らば玉津島代々に伝ふる跡な忘れそ」（大納言為家集一八八九）と詠じている。歌道家三代目の重圧が、彼にとってどのようなものであったか、そぞろにしのばれる詠である。初句は意味からいっても声調からいっても、「和歌の浦に」と字余りになるのが正しい形であろう。

前大僧正良覚、横川にて如法経書き侍りけるに、天長の昔まで思ひやらるるよし申すとて

いにしへの流れの末をうつしてや横川の杉のしるしをも見る（二〇八六）

返し　前大僧正良覚　そのままに流れの末をうつしても猶いにしへの跡ぞゆかしき

〔現代語訳〕前大僧良覚が、横川で如法経写経供養を行いました時に、天長六年慈覚大師首楞厳院草創の昔まで思いやられる尊さであるという事を申入れるといって詠みました歌。

その昔の、慈覚大師の法流の末をうけついで、尊い経文を写す事によって、さぞかし、三輪の杉ならぬ横川の杉の霊験を得られることでありましょう。

（返歌　良覚　流祖以来の法式にそのままならって、末流の者として如法経を行うにつけても、やはり慈覚大師の足跡が慕わしいことですよ。）

〔詠歌年次・契機〕文永年間、良覚如法経供養時。一二六四～七四年、67～77歳。

〔参考〕「久しかれ横川の杉のためしとて緑の洞にうつす水茎」（夫木抄八九八七、為家、文応元年毎日一首）「よそにきく涙をさへぞかきながす横河の洞の杉の下水」（夫木抄八九八九、為家、文永十年毎日一首中）

〔他出〕全歌集五八六五。

〔語釈〕**○良覚**　生没年未詳、嘉元年間（一三〇三～〇六）在世、80余か。従三位実俊男、比叡山東南院。徒然草四五段の「堀池の僧正」。**○横川**　根本中堂の北方。首楞厳院・根本如法塔がある。**○如法経**　法式に従って法華経を書写供養すること。**○天長**　天長六年（八二九）慈覚大師円仁が横川を開き、首楞厳院を草創したことをいう。**○流れ**　円仁の法流の意を、横川の流れにかける。**○うつして**　なぞらえて。写経の意をかける。**○杉のしるし**　三輪神社、また伏見稲荷神社の神木の杉の枝を折って持ち帰り、長く枯れなければ願い事がかなうとされた。横川も杉に囲まれた聖域であるのでこれになぞらえていう。

〔補説〕良覚は続古今集初出、以下計一六首勅撰入集。文永八年（一二七一）実雄家月次十首（↓97）に為家と同席、

「行き来には頼むかげぞと立ちよりていそぢなれぬる志賀の浜松」（続拾遺一一〇一）と詠んでいるから、当時40代後半か。とすれば承久・貞応頃（一二二〇年初頭）生れ、嘉元百首詠進の時80歳余となる。一方、横川における写経供養に関する為家詠は、参考に示したごとく文応元年・文永十年の二回あるが、本詠は全歌集では「文永年間雑載」の項に収載されているので、一往それに従った。「横川」の風物としては、「都より雲の八重立つ奥山の横川の水はすみよかるらむ」（村上御集一三二）をはじめ「水」が定着しているが、ひとり為家のみ「横川の杉」をくりかえし詠み、のち心敬・常縁を経て近世に受けつがれる。三輪・稲荷でなくて「杉のしるし」を詠んだのも珍しい。

新千載集

260　山階入道前左大臣家十首歌に、子日松といへる事を

子日するいづくはあれど亀の尾の岩根の松をためしにぞ引く（一九）

〔現代語訳〕 入道前左大臣山階実雄家の十首歌に、「子の日の松」という題を詠んだ歌。

子の日の遊びをする名所は、もちろんいろいろあるのだけれど、私は亀尾山の岩に生える松をこそ、「千世の数かも」とうたわれた通り、長寿の嘉例として引き抜いて祝うよ。

〔詠歌年次・契機〕 文永八年正月二十九日前左大臣山階実雄家月次十首和歌。一二七一年、74歳。

〔参考〕 「みちのくはいづくはあれど塩竃の浦こぐ舟の綱手かなしも」（古今一〇八八、陸奥歌）「亀の尾の山の岩根をとめて落つる滝の白玉千世の数かも」（古今三五〇、惟岳）「春日山岩根の松は君がため千歳のみかは万代ぞ経む」（新勅撰四五二、能因）「秋深き山田の鳴子おしなべてをさまれる世のためしにぞ引く」（文治六年女御入内和歌一九一、定家）

〔他出〕 大納言為家集二三。歌枕名寄六七五。全歌集五四七五。

〔語釈〕 **○子日** その名所としては春日野・朝の原などがある。**○いづくはあれど** どこどこがよい、という見方はあるがそれはそれとして。**○亀の尾** 山城の歌枕、亀尾山、また亀山。京都市右京区嵯峨、大堰川を挟んで嵐山に対する。**○引く** 「引例」の意と子日の小松引の遊びをかける。

〔補説〕 嵯峨小倉山実雄山荘（↓90）での歌会ゆえに、子日の場としては格別伝統はないが、近傍でめでたい名を持つ亀尾山を出して祝言の挨拶とする。「いづくはあれど」の引用が適切である。

同じ心（若菜）を

冬枯の篠の小薄打ちなびき若菜摘む野に春風ぞ吹く（三七）

〔現代語訳〕 前歌と同じ題の気持（若菜）を詠んだ歌。

冬枯れの姿のまま残っている篠薄をなびかせて、人々が若菜を摘んで遊ぶ野に、やわらかい春風が吹いているよ。

〔詠歌年次・契機〕 貞応二年八月千首和歌。一二二六年、26歳。

〔参考〕 「今はしも穂に出でぬらむ東路の岩田の小野の篠の小薄」（千載二七一、伊家）

〔他出〕 千首四六。夫木抄二六七。題林愚抄三三〇。私玉抄「霜がれの」。全歌集二〇八。

〔補説〕 「篠の小薄」は、参考詠をはじめ、「我妹子に逢坂山の篠薄穂には出でずも恋ひわたるかな」（古今一一〇七、読人しらず）「穂に出でぬ物思ふらし篠薄招く袂の露しげくして」（源氏物語七一六、匂宮）等の修辞が多い所から、「まだ穂に出ていない薄」と解されている事が多いが、「穂に出でて篠の小薄招く野にたはれて立てる女郎花かな」（山家集二九七、西行）「なほざりにただ引き植ゑし篠薄秋より後も露深きまで」（拾玉集一八一七、慈円）等の例もあり、本詠の場合に至っては「まだ穂に出ていない」というのは全く当らないであろう。「穂に出る・出ぬ」というのは「薄」の属性であって「篠」にはかかわりなく、「篠」は「数多く」の意と思われる。本詠の場合は、残る枯薄と萌え出る若菜の対照に春風を配した趣向である。

花の歌の中に

面影はよそなる雲に立ちなれし高間の桜花咲きにけり（七六）

〔現代語訳〕 花の歌の中に詠んだ歌。
想像の中のその姿は、遠いあのあたりの雲がそれか、と見る事にばかり馴れていた高間山の桜花が、今、現実に目の前で咲いているよ。（何とすばらしいこと）

〔詠歌年次・契機〕 貞応二年八月千首和歌。一二二三年、26歳。

〔参考〕「かづらきや高間の山の桜花雲井のよそに見てや過ぎなむ」（千載五六、顕輔）「かづらきや高間の桜咲きにけり立田の奥にかかる白雲」（新古今八七、寂蓮）

〔他出〕 千首九五。為家卿集五〇。大納言為家集二七二。閑月集五一。全歌集二五七。

〔語釈〕 **○よそなる雲** よそながら花であろうかと見ていた雲。**○立ちなれし** 習慣づけられていた。「立ち」は面影・雲の縁語。**○高間** ↓65。

〔補説〕 参考二詠を巧みに綾なして、待ちこがれた桜の開花の喜びをうたう。「よそなる雲」は勿論「雲井のよそに」を受けた措辞ではあるが、成句としては定家若き日の作「松浦宮物語」巻二、主人公弁少将に対する鄧皇后の詠、「天つ空よそなる雲も乱れなむ行く方さらぬ月とだに見ば」（三六）がおそらく嚆矢であり、俊成女が「思ひ出でよ朝倉山の峰の月よそなる雲に影は絶ゆらむ」（俊成卿女集七三、北山三十首）とこれを受けついでいる。これらを脳裏に浮かべてのものであろう。

（郭公歌とてよめる）

忍ぶらむ心も知らず時鳥五月来ぬ間の音こそ待たるれ（二一二）

【現代語訳】（郭公の歌といって詠んだ歌）（まだ時期が来ぬからと）こっそり内緒にしているお前の心も察しないで、時鳥よ、五月が来ない前から早く聞きたいと、その鳴く声が待たれることだよ。

【詠歌年次・契機】弘長元年九月以降詠進弘長百首和歌。一二六一年、64歳。

【参考】「時鳥しのぶる比は山彦の答ふる声もほのかにぞする」（千載一五〇、重保）「五月こば鳴きもふりなむ時鳥まだしき程の声を聞かばや」（古今一三八、伊勢）

【他出】弘長百首一五七、題林愚抄一八五六、全歌集四一八四、以上すべて「心もしらで」。

【語釈】〇忍ぶらむ　時鳥は四月中は忍び音に鳴き、五月に入ってはじめて声高く名告るとされる。

【補説】第三句は新千載集のみ「心もしらず」とする。同集の本文研究は進んでおらず、新編国歌大観の底本書陵部蔵兼右筆本本文の主要校訂表（同書解題）にも指摘はないが、本来的には「心もしらで」であったかと考えられる。

同じき（建長）三年八月十五夜、仙洞にて水上月といへることを講ぜられけるに仕うまつりける

月宿る石間の水を結ぶ手に秋の半ばも数へてぞ知る（三八九）

【現代語訳】同（建長）三年八月十五夜に、後嵯峨院御所で「水上の月」という題の歌を披講された時に詠進した歌。

月が映っている、石の間に湧く清水をすくい上げるその同じ手でもって、あたかも今日は秋の半ば、八月十五夜だという事も、数えて知ることだ。

【詠歌年次・契機】建長三年八月十五夜仙洞三首和歌。一二五〇年、53歳。

〔参考〕「あすも来む野路の玉川水越えて色なる波に月宿りけり」（千載二八一、俊頼）「氷とぢ石間の水は行きなやみ空すむ月の影ぞ流るる」（源氏物語三一八、紫上）「奥山の石間の水を結びあげてあかぬものとは今のみや知る」（更級日記一八、孝標女）「水の面に照る月なみをかぞふれば今宵ぞ秋のもなかなりける」（拾遺一七一、順）
〔他出〕為家卿集四五三。大納言為家集六三七。題林愚抄四〇九四。全歌集二六四九。
〔語釈〕○結ぶ　両手ですくう。掬《むす》ぶ。○秋の半ば　秋、三月の中間点なる八月十五日。
〔補説〕「石間の水」は何でもない言葉のようであるが、源氏物語特有の語で、参考詠は風葉集四〇三にも取られている。今一首、真木柱の巻（四一四）にもある。紫式部集では夫宣孝の詠「こち風にとくるばかりを底見ゆる石間の水は絶えば絶えなむ、今は物も聞えじ」（三三）と、口争いの一こまとして使われ、その思い出の残る言葉か。更級日記詠は状況として本詠に最も近い。この二首和歌の今一首は家集に見えるが、勅撰入集は本詠のみである。なお催行年次は両家集詞書により建長二年が正しく、同日の弁内侍日記一一七段には「例の御会なり。雨降りていと口惜し」として、会ののち後嵯峨院・弁内侍・少将内侍三人で阿弥陀仏連歌を行った事が記されている。新後拾遺集314には同日鳥羽殿歌合の詠があるが、当時上皇は後嵯峨院一人であり、同日に仙洞と鳥羽殿の双方で歌会ということは考えにくく、後代の勅撰集である事でもあり、本詠の詞書「同じき三年」とともに、何等かの年次の誤りがあったものと考える。

弘長二年後嵯峨院に人々十首歌奉りける時、山紅葉を
紅葉ばも千入に過ぎて龍田姫我がゐる山の秋や染むらむ（五五四）
〔現代語訳〕弘長二年後嵯峨院に廷臣らが十首歌を詠進した時、「山の紅葉」の題を詠んだ歌。
紅葉も、「千回も染めた」と普通にいうが、ここ、龍田山ではそれ以上にすばらしいよ。龍田姫が、自分の住

む山の秋を飾るのだと思って、特別に濃く染め上げたのだろうか。

〔詠歌年次・契機〕 弘長二年十二月二十一日後嵯峨院亀山殿十首和歌。一二六二年、65歳。

〔参考〕 「奥山の千入の紅葉色ぞ濃き都の時雨いかが染むらむ」（続後撰四二五、土御門院）「見るごとに秋にもなるかな龍田姫紅葉そむとや山もきるらむ」（後撰三七八、読人しらず）「行《天雲の（伊勢）》きかへり空にのみしてふることは我がゐる山の風はやみなり」（古今七八五、伊勢物語三二、業平）

〔他出〕 全歌集四二七六。

〔語釈〕 **○千入**　千回も染料に入れて染める意で、濃い紅をいう。**○龍田姫**　龍田山（↓10）を神格化したもので、山が奈良の西方（五行説で秋に当る）にある所から秋をつかさどる女神とされた。**○我がゐる山**　龍田山。

〔補説〕 「千入」は紅葉の形容として古くからの定番と思いがちであるが、古くはつつじ・紅花に用いられ、また緑・紫など他の色にも使われて、「紅葉」が優勢になったのはやや遅い。参考土御門院詠、また貞永元年（一二三二）洞院摂政家百首の俊成御女詠、「紅に千入や染めし山姫の紅葉がさねの衣手の森」（七七七）などが比較的早い例ではなかろうか。

弘長元年百首歌奉りける時、同じ心（旅）を

都出でし日数思へば冨士のねもふもとよりこそ立ちのぼりけれ（八一九）

〔現代語訳〕 弘長元年百首歌を詠進した時、前歌と同じ題の気持（旅）を詠んだ歌。

都を出て鎌倉へ下った旅の日数を思えば、一日々々を重ねてよくもまあ行き着いたものだなあ。古今の序にいう、「遠い旅も足許からはじまり、高い山も麓の塵から立ちのぼった」というのは全くその通りだと、冨士山を見てもつくづくそう思うよ。

〔詠歌年次・契機〕　建長五年十一月日次詠草、鎌倉往還詠。一二五三年、56歳。弘長元年九月以降詠進弘長百首和歌に再録、一二六二年、65歳。

〔参考〕「遠き所も出で立つ足許よりはじまりて年月をわたり、高き山もふもとのちりひぢより成りて天雲たなびくまで生ひのぼれる如くに、この歌もかくの如くなるべし」（古今仮名序）

〔他出〕弘長百首六一六。為家卿集七〇三、大納言為家集一三〇六、この両者ともに「都いでて」「立ちのぼりけめ」。大納言為家集一七九七。全歌集三一六〇、四二五〇。

〔補説〕為家は建長五年十月京を出発、月末に鎌倉着、短期間の滞在ののち帰京の途につき、十一月末には帰着していたと考えられる。その全貌は『研究』119頁以下に詳しい。但し同書では、約八〇首にのぼる旅行関係詠の中に本詠は引用されていないが、大納言為家集二箇所における排列状況（一三〇六詠の方は直前に一首粉河寺三十三首詠が混在してはいるが）により五年十一月詠と認められる上、内容からいって観念的でない切実な体験詠と読みとれる。「都出でし日数」を思っている事、冨士詠としては具象性を欠くところから、十一月初頭、鎌倉に着いて長い旅程をかえりみての感慨と思われる。十一月末帰洛時の詠としては「都出でし」切実感に乏しい。

果して無事行き着けるかと思っていた旅の日数をかえりみ、我ながらよくぞやりとげたことよと思った時、はじめて接した冨士の偉容に重ねて、これまで巧妙な比喩にすぎぬと思っていた古今序の一節が、はじめて現実感をもって心にひびき、「この歌もかくの如くなるべし」の思いを新たにしたことであろう。業平をはじめ、古来何人の文人歌人が東海道を旅し、冨士を仰いだことか。その中で、形容としての貫之の言葉をかくも現実に体得し、理解し、表現したのは為家ただ一人である。後年弘長百首にあえて再録したのも、まことに故ある事と思われる。なおこの旅行関係詠で勅撰入集したのは本詠のみである。

止観談義の後よみてつかはしける
鷲の山曇らぬ月を頼むかな年経し法の水茎の跡（八六五）
返し　法印成運　いく秋か高ねの月に契るらむ鷲のみ山の雲路たづねて

〔現代語訳〕　摩訶止観の講義を聴聞したのち、詠んで贈った歌。
霊鷲山で釈尊が説法なさって以来、曇る事のない月のように世を照らし続ける教えを頼み、帰依することですよ。古くから伝わる仏法の書を解説していただくにつけても。
（返歌、成運　私もまあ何年、秋ごとに、高山の上に昇る月のように尊い法文の書に御縁を結ぶことでしょう。霊鷲山にかかる雲を分けて、道をたずねつつ登るような拙い講義ではありますが。）

〔詠歌年次・契機〕　詠歌年次未詳。成運止観談義に寄せての挨拶。

〔参考〕　「鷲の山へだつる雲や深からむ常にすむなる月を見ぬかな」（後拾遺一一九五、康資王母）「今ぞ知る心の空にすむ月は鷲のみ山の同じ高ねと」（続古今七七五、俊恵）

〔他出〕　全歌集五八九六。

〔語釈〕　**〇止観**　摩訶止観（天台止観）十巻。隋の智者大師智顗《ちぎ》の説いた、天台宗の観心実践修行の書。**〇談義**　仏典の講義・説法。**〇鷲の山**　インドマガダ国の主都、王舎城の東北にある霊鷲山。釈迦が常住して説法し、涅槃の後もそこにあるとされる。**〇月**　釈尊とその教えを象徴。**〇法の水茎の跡**　仏法の教えの書、すなわち摩訶止観。**〇成運**　系譜未詳、比叡山法印。続千載以下入集。

〔補説〕　成運詠は五首が勅撰入集しているが、本詠以外はいずれも法文歌・神祇歌で、伝記をさぐる手がかりはない。「いく秋か」とある所からすれば、秋ごとに止観談義を行っていたかと思われる。

禅林式の言葉を題にて四十八首の歌よみけるに、「弘誓《ぐぜい》の舟に棹さしてあまねく四生の波浪を渡らむ」といふことを

今は又誓ひの海の渡し守苦しき波に人は沈めじ（八九七）

〔現代語訳〕「禅林式」の文句を歌題にして四十八首の歌を詠んだ時、「阿弥陀仏の衆生救済の舟に棹を操って、すべての迷いの世界の波高い海を渡ろう」という所を詠んだ歌。

今はもう私は、御仏が衆生を救おうと立てられた大誓願を実践する、彼岸への渡し守だ。苦しい世の波風に、人々を沈め、成仏させせないような事は絶対にすまい。

〔詠歌年次・契機〕 建保五年禅林四十八首。一二一七年、20歳。

〔参考〕「思ふかな苦しき海に渡し守深き闇路に法の燈」（拾玉集三一六五五、慈円、厭離欣求百首）「世を救ふ誓ひの海の入日こそ難波の水の照らすなりけれ」（夫木抄一六四四九、為家、康元二年毎日一首中、天王寺西門）

〔他出〕 全歌集二一八。

〔語釈〕 **○禅林式** 禅林寺永観の著わした往生講式（阿弥陀仏による往生をたたえ、願う法会に用いる語り物）。**○弘誓の舟**「弘誓」は一切衆生を救おうという仏の広大な誓い。「舟」は人を此岸から彼岸に渡す乗物として仏の教えを象徴する。**○四生の波浪**「四生」は生物の生れる四つの形式、胎生・卵生・湿生・化生。「波浪」はそれらの生物社会が起す葛藤。**○誓ひの海** 仏の誓願の広大な事を海にたとえた語。

〔補説〕「四十八首」は阿弥陀の四十八願にちなみ、講式の詞章の句々を詠じたもの。他に二首が大納言為家集に見られる。本詠は為家の勅撰入集歌中最も若年時のもの。「誓ひの海」「苦しき波」は法文歌のきまり文句のように思えるが、為家以前には用例なく、以後も兼好・正徹などに一二見られるのみである。なお参考為家詠は60歳の作。

光明峰寺入道前摂政家十首歌合に

敷妙の床のみをなる涙河枕ながれてみる夢もなし（一一七八）

〔現代語訳〕 入道前摂政九条道家家十首歌合に詠んだ歌。

一人空しく寝る床の上を、水脈となって流れる涙の河よ。本当にあの古今集の歌のように、枕も流れてしまって、せめて枕の上で見ようと思ったあの人の夢も、見ることができない。

〔詠歌年次・契機〕 貞永元年七月光明峰寺入道摂政家恋十首歌合。一二三二年、35歳。

〔参考〕 「三瀬河わたらぬ先にいかでなほ涙のみをの泡と消えなむ」（源氏物語四〇八、玉鬘）「落ちたぎる涙のみをは早けれど過ぎにし方にかへりやはする」（狭衣物語二一三、狭衣）「涙河枕ながるるうきねには夢も定かに見えずぞありける」（古今五二七、読人しらず）

〔他出〕 光明峰寺入道摂政家歌合九三、全歌集一七〇三、両者ともに「涙には」。

〔語釈〕 **○敷妙の** 共寝をする時に敷く栲《たへ》（布の総称）の意で、「床・枕」等の枕詞。**○みを** 澪。川や海の中で特に流れのある所。**○涙河** 恋のため流れる涙の誇張表現。**○枕ながれて** 参考古今詠による。「泣かれて」をかける。

〔補説〕 歌合四十七番「寄枕恋」で、右方信実の「なほざりの枕ばかりや残るらむいかに寝し夜の夢のかたみに」と合され、判者定家は「右歌もをかしく聞え侍るを、「床のみを」めづらしくや侍るとて、為ㇾ勝」として勝を与えている。その言葉の通り、「床の澪」は他に用例がない。参考源氏・狭衣詠にヒントを得ての独創であろうか。第三句は「涙には」が原作であるべく、「涙河」では「澪」と重複する嫌いがあるが、勅撰詠としてはこの方が格が高くなる。そのあたりを見込んでの改訂であろう。

270

（同じ心〈寄煙恋〉を）

つれなさを思ひ消えにしむくいとて世々の煙に又やこがれむ（一二六二）

【現代語訳】（前歌と同じ題の気持〈煙に寄する恋〉を詠んだ歌）

恋人の無情さを恨んで死んでしまったら、その心の残った報いとして、成仏できず後の世に生きかわり死にかわり、妄執の火の煙に、又今と同じように思いこがれるのだろうか。（そう思う事が本当に悲しい）

【詠歌年次・契機】 貞永元年三月洞院摂政家百首和歌。一二三二年、35歳。

【参考】「夏の御方には……煙をさへ思ひ消えたまへる御心にて」（源氏物語、梅枝）「下もえに思ひ消えなむ煙だにあとなき雲のはてぞ悲しき」（新古今一〇八一、俊成女）

【他出】 洞院摂政家百首一一二〇、題林愚抄七五六七、私玉抄、全歌集一六二五、以上すべて「世々の煙と」。

【語釈】 **○思ひ消えにし**　思いのために死んでしまった。「思ひ」に「火」をかけ、「消え」「煙」「焦がれ」と続ける。**○こがれむ**　火で焦げる意に、烈しく恋いこがれる意をかける。

【補説】 源氏物語、花散里の薫物合における心情描写を恋歌に導入した俊成女詠により、後世まで残るであろう失恋の恨みの悲しさをうたう。第四句は「世々の煙と」がおそらく正しく、「世々の煙となって」で歌意が明確に示される。次詠「みらく」「みえて」の異文の可否とともに、新千載集の本文研究の結果を待ちたい。

271

宝治百首歌に、寄草恋

満つ潮の波の下草いや増しにみらくぞ人の遠ざかり行く（一四八一）

【現代語訳】 宝治百首歌に、「草に寄する恋」の題を詠んだ歌。

私の恋は、満ちて来る潮の波の下にかくれる海藻のようなもの。どんどん海面が高くなるのと同じように、あの「見らく少く」の古歌をさながら、見たい、逢いたいと思う人は遠ざかって行ってしまう。
〔詠歌年次・契機〕 宝治元年十一月詠進宝治百首和歌。一二四七年、50歳。
〔参考〕 「満つ潮の流れひるまを逢ひがたみみるめの浦に夜をこそまて」（古今六六五、深養父）「人しれず物思ふ袖にくらべばや満ち来る潮の波の下草」（続後撰七四四、式子内親王）「芦辺より満ち来る潮のいや増しに思ふか君が忘れかねつる」（新古今一三七八、山口女王）「潮満てば入りぬる磯の草なれやみらく少く恋ふらくの多き」（拾遺九六七、坂上郎女）
〔他出〕 宝治百首二八四五「みえてぞ人の」（岡山大学附属図書館池田家文庫本）。題林愚抄七八〇四。全歌集二五七八「みえてぞ人の」。
〔語釈〕 ○満つ潮 満潮。○いや増し 弥増し。一層程度のつのる事。○みらく 見るという状態。ここでは「見たいと思うのに」の意。
〔補説〕 宝治百首宮内庁書陵部本（新編国歌大観底本）では、第四句「みらくぞ人の」である。池田家文庫本「みえてぞ人の」は見す見す遠ざかって行く恋人の様が、満ちて来る潮のイメージと重なって自然であり、「みらくぞ人の」は参考歌「みらく少く」を引いたものとして、やや晦渋ながらそれなりの面白さはある。書体として「らく」と「えて」は誤りやすく、それらも考慮してなお考えたい。

貞永元年七月四日、内裏にて三首歌講ぜられける時、寄薄恋といへる事を
頼まじな秋の盛りの花薄思ふ心は風に寄すとも（一五二三）
〔現代語訳〕 貞永元年七月四日、内裏で三首歌を披講された時、「薄に寄する恋」という題を詠んだ歌。

厭きっぽいあの人の愛情なんてあてにはすまいよ。それは秋の盛りの、美しく穂を出した薄のようなもの。私の愛する心を、風が薄を吹くようにそっと伝えても。（その時は応じてくれたって、またほかの人の言葉にもふらふらなびいて、風次第の薄同様、全く信頼できないのだもの）

〔詠歌年次・契機〕 貞永元年七月四日内裏当座恋三首和歌。一二三二年、35歳。

〔参考〕「しのぶれば苦しかりけり篠薄秋の盛りになりやしなまし」（拾遺七七〇、勝観）「花薄又露深し穂に出でてはながめじと思ふ秋の盛りを」（新古今三四九、式子内親王）

〔他出〕 為家卿集二四三。大納言為家集一一三〇。題林愚抄七八六四。全歌集一六九二。

〔語釈〕 **○秋** 「厭き」をかけ、恋人の性格を暗示。**○風に寄す** 風に託する。あからさまでなく伝える。

〔補説〕「頼まじな」については16・91参照。本三首歌はすべて家集により知り得るが、勅撰入集はこの一首のみである。

文永二年九月十三夜仙洞五首歌合に、絶恋

今来むといひしながらの橋柱又も通はぬ名のみ古りつつ（一五五三）

〔現代語訳〕 文永二年九月十三夜仙洞五首歌合に、「絶ゆる恋」の題を詠んだ歌。

「又すぐに来るよ」と言いながら、それっきりになってしまったあの人との恋は、朽ちた長柄の橋柱のようなもの。その上の橋板がなくて人が通わぬように、恋人が通って来なくなってしまったという噂ばかりが言い古されていて。

〔詠歌年次・契機〕 文永二年九月十三日亀山殿五首歌合。一二六五年、70歳。

〔参考〕「今来むといひしばかりに長月の有明の月を待出でつるかな」（古今六九一、素性）「芦間より見ゆるながらの橋柱昔の跡のしるべなりけり」（拾遺四六八、清正）「逢坂は行くも帰るも別れ路の人頼めなる名のみ古りつつ」（為家千首九二七）

〔他出〕 五首歌合九一。大納言為家集一〇七〇。全歌集四八〇三。

〔語釈〕 **〇ながらの橋柱** 攝津の歌枕、長柄の橋。現大阪市の長柄川にかかっていたというが位置不明。壊れて橋柱のみ残るとされる。「言ひしながら」をかける。**〇通はぬ** 橋が朽ちて人が通らぬ事と、男が通って来なくなる事をかける。**〇名** 噂、評判。実体がなくなり名のみ残る長柄の橋と、失恋の噂とをかける。

〔補説〕 歌合四十九番で、左方後嵯峨院の「妹と我はなだの帯の中なれや色かはりぬと見れば絶えぬる」と合され、判詞に衆議判の状況を記した左方真観は「「はなだの帯の中なれや色かはりぬと見れば絶えぬる」、まことにありがたく、心珍しく、詞遣ひをかしくなど、右方人々もうちとけて、左をほめ申し侍りしかば、右歌をも、素性が面影、橋柱に立ちそひにけりなど、口々に申し侍りて、持にぞ定められしかど、はなだの帯の持になりぬるは、左方、なほいきどほり結ぼほれてぞ侍りけむかし」と一座の空気を伝えたのに対し、右方為家は「はなだの帯の中たえたる恋の心、及びがたく承りしを、長柄の橋の古言、何として持字をつけられ侍りしやらむ」と謙退している。なお「名のみ古りつつ」は使い古された歌語と思われがちであるが、実は参考為家千首が最も早い例かと見られ、これ以前には「月影は秋に劣らぬ心地して名のみ古りける五月雨の空」（為仲集四〇）「恨みたる時雨は袖にうらぶれて名のみ古りゆく天の橋立」（建保名所百首一〇一八、範宗）があるのみである。

題しらず

いとせめて猶物憂きは春を経て老蘇の森の鶯の声（一六六八）

〔現代語訳〕 題不明の歌。

非常に切実に、つくづく憂鬱だと思われるのは、何年もの春を過して年老いた自分が、その名も老蘇の森で聞く、春も暮れがたの老鶯の声だよ。

〔詠歌年次・契機〕文永元年（家集注記）。契機不明。一二六四年、67歳。

〔参考〕「いとせめて恋しき時はむば玉の夜の衣をかへしてぞきる」（古今五五四、小町）「むれて来る大宮人は春を経てかはらずながら珍しきかな」（後拾遺一五、小弁）「東路の思ひ出にせむ時鳥老蘇の森の夜半の一声」（後拾遺一九五、公資）

〔他出〕大納言為家集二二六、全歌集四六二六、両者ともに「なく音まで」。

〔語釈〕〇老蘇の森　近江の歌枕。滋賀県蒲生郡安土町老蘇、奥石《おいそ》神社の森。時鳥の名所、また我が身の老いとかけて詠まれる。鶯を詠む事は珍しい。

〔補説〕初句は原作「なく音まで」であるべく、勅撰採歌に当り、「鶯の声」と重なる事を忌んでの改訂であろう。これにより日常的な感慨から歌柄は高められたものの、「いとせめて」の切実さは「鶯の声」に対してはやや過剰とも思われ、不自然の感をまぬがれない。

　弘長元年百首歌奉りける時、三月尽

身のよそに思ひなせども行く春の名残は猶ぞ物忘れせぬ（一七二七）

〔現代語訳〕弘長元年百首歌を詠進した時、「三月尽」の題を詠んだ歌。

（年をとって万事忘れっぽく、物憂くなった私には）三月が終るといったって自分とは関係ない、どうでもいい事だと強いて思うけれども、行ってしまう春の名残惜しさというものは、やはり忘れる事はできないよ。

〔詠歌年次・契機〕弘長元年九月以降詠進弘長百首和歌。一二六一年、64歳。

〔参考〕「霞立つ野辺吹く風は寒からでわが身のよそに春は立ちぬる」（元真集三三二）「いにしへになほ立帰る心かな悲しきことに物忘れせで」（古今七三四、貫之）
〔他出〕弘長百首一三七。為家卿集六五七。大納言為家集二六五。全歌集四一八二。
〔語釈〕**○身のよそ**　自分とは無関係なこと。**○思ひなせども**　意識的に思ってみるが。
〔補説〕「わが身のよそに」は若干例があるが、「身のよそに」は為家創始といってよく、若さ、盛りを象徴する春に対し、初句に端的にこの疎外感を打出して老年を暗示した上で、物忘れがちな自分ながら忘れられぬ春の名残を惜しんでいる。さりげなく見せながら老獪な作。

日吉十禅師社によみて奉りける歌の中に
そむきけむ親のいさめの悲しきに晴るるばかりの道を見せばや（一九六四）

〔現代語訳〕日吉十禅師社に詠んで奉納した歌の中に詠んだ歌。

（自分ではそんなつもりはなかったのだが）親から見ればその教えにそむいたと思ったであろう、そう親に思わせた事がしみじみ悲しいので、どうかしてその思いが晴れるような、和歌の正道に立つ自分である事を見せたいものだ。

〔詠歌年次・契機〕嘉禄元年日吉社十禅師宮法楽歌。一二二六年、29歳。

〔参考〕「たらちねの親のいさめしうたたねは物思ふ時のわざにぞありける」（拾遺八九七、読人しらず）「たらちねの親のいさめの数々に思ひあはせて音をのみぞ泣く」（新撰六帖八六七、新後撰一三九一、為家、131）

〔他出〕為家卿集一四二。中院詠草一五四。大納言為家集一七一三。全歌集一四二九。

〔語釈〕**○日吉十禅師社**　日吉山王七社権現の一。地蔵菩薩の垂迹、瓊瓊杵尊を祀る。法華経守護の神。**○そむき**

けむ 「けむ」は過去の推量。自分はそむくつもりはなかったが、結果的にそうなってしまった状況を示す。

〔補説〕 為家が歌道不堪を嘆き、出家しようとして慈円に制止され、千首を詠出してようやく父定家に認められたと伝えられる（井蛙抄）のは本詠の二年前、貞応二年の事であった。それから当年にかけ、各種百首をはじめ懸命な精進が続けられるが、なお「親のいさめ」を晴らすには程遠い中での悲願の詠である。この思いは、定家没後三年、寛元二年（一二四四）新撰六帖詠でも満たされてはいなかった（↓131）。三代目の悲哀は深い。本詠とは別に、為家卿集正嘉二年（一二五八）五八二番歌に、「そむき（約十二字分空白）なきに（約十一字分空白）」（全歌集三三四二）とあり、『全歌集』ではこれを本詠と同一歌かとしているが、詳細は明らかでない。

独懐旧といふことを

とにかくに思ひ続けて音をぞ泣く人に言ふべき昔ならねば（二二一三）

〔現代語訳〕 「独りの懐旧」という題を詠んだ歌。
あれやこれやと、さまざま思い続けては声を出して泣くことだ。他人に語ってよい、また語って理解されるような、これまで経て来た人生ではないのだから。

〔詠歌年次・契機〕 寛喜元年石清水別当幸清勧進三十首和歌。一二二九年、32歳。

〔参考〕 「もえ出づる木の芽を見ても音をぞ泣く枯れにし枝の春を知らねば」（後撰一四、兼覧王女）「夜もすがら月にうれへて音をぞ泣く命にむかふ物思ふとて」（続後撰七三三、定家）

〔他出〕 為家卿集一八〇。中院詠草一三六。大納言為家一五一四。題林愚抄九六二一。全歌集一五一三。

〔補説〕 「独懐旧」という題にそった歌としても、いかにも思い屈した詠である。全歌集で見るに、この前年安貞二年（一二二八）にはわずか四首と、前後の年にくらべ著しく作歌活動が後退している。公的には従三位参議、侍従兼阿波権守で、さして不遇とは思われないが、如何。幸清《ぎょうしょう》は治承元～文暦二年（一一七七～一二三五）、59歳。法印成清男、石清水別当、法印、権大僧都。新古今以下歌人。この三十首和歌は家集・閑月集により四首が知られ、本詠のほか新拾遺300に一首入集している。

六帖題にてよみ侍りける歌の中に

我が事はおくのこほりのえびすかげとにもかくにも引きちがへつつ（二一六〇）

〔現代語訳〕 古今六帖になぞらえた題で詠みました歌の中に詠みました歌。

私の運命は、陸奥の地方から来た、辺境産の鹿毛の馬みたいなもの。ああやってもこうやっても、手綱を引きちがえて、思うようにならないよ。

〔詠歌年次・契機〕 寛元元年十一月十三日～二年二月二十四日、新撰六帖題和歌。一二四三～四四年、46～47歳。

〔参考〕 「我が事はえもいはしろの結び松千歳をふとも誰かとくべき」（拾遺五二六、好忠）「世の中はうきものなれや人言のとにもかくにも聞え苦しき」（後撰一一七六、貫之）

〔他出〕 新撰六帖七七二、現存六帖抜粋一一六、両者ともに「えびすがけ」。秋風集一三四四「わがごとく」「えびすかけ」。夫木抄一四五二七「えびすがけ」。題林愚抄一〇二〇三「わがごとく」。全歌集二〇五四「えびすがけ」。

〔語釈〕 **○おく** 陸奥。東北地方。**○こほり** 郡。令の国郡制度で、国の下位にある行政組織。ここでは「地方」程度の意。**○えびすかげ** 「夷鹿毛」で、辺境産の鹿毛の馬の意であろう。鹿毛は茶褐色で、たてがみ・尾・足の下部等が黒い馬。また「浅黄色馬也」（和名抄）とも。**○引きちがへ** 馬を引く意と、予想・期待を裏切る意をかける。

〔補説〕 異文多く、難解な詠である。初句はここに底本とした新編国歌大観（書陵部蔵兼右筆本）では「わがごとく」とあり、また新撰六帖では同書（底本日大図書館本）「わがこと葉」とするが、「く」と「は」は誤りやすく、「葉」は変体仮名表記と見て改めた。また「えびすがけ」と濁点を付するものが多いが、意味不明。「引きちがへ」に縁あり、東北地方の名産であるものとして、馬の事をさしていると考え、これも用例の有無未詳ではあるが、「夷の地で生産した鹿毛」と解した。六帖題は「郡」で、同時詠「みちのくに狭布《けふ》の郡に織る布のせばきは人の心なりけり」（七七一、家良）と同様、国郡の特産物を詠み入れたものと考える。「とにもかくにも引きちがへつつ」とは、為家一生を通じ、廷臣としても、歌道家後継者としても、家庭人としても、常につきまとった感懐であったであろう。

従二位家隆すすめ侍りける三首歌に、無常の心をよめる

定めなき人の憂き世もよそならじ風の末なる野べの白露（二一九五）

〔現代語訳〕従二位家隆が勧進しました三首歌に、「無常」の題の気持を詠みました歌。

（見ているとつくづく）安定する事のない辛い人生というのも、これと違ったものではないだろうと思われるよ。風の吹き過ぎるにつれてこぼれ落ちる、野の草の上の白露よ。

〔詠歌年次・契機〕嘉禄元年八月家隆勧進弥陀四十八願三首和歌。一二五五年、28歳。

〔参考〕「定めなき憂き世を風にながむればかつ散る花にやどる白露」（壬二集一九八、家隆）「風渡る草葉の露のかずかずに消え残るべき人の憂き世か」（為家千首九六九）「人の世のはかなき程はよそならじ岩間に消ゆる水の白玉」（為家千首九七二）

〔他出〕題林愚抄九六九一。全歌集一四二四。

〔補説〕当然すぎるほど当然な無常詠として見過されるであろうが、「人の憂き瀬」は多用されても「人の憂き世」

はこれ以前寿永頃の有房集長歌に「かかる憂き世を　見るからに　人の憂き世ぞ　知られぬる」（四三七）があるのみ、なお大納言為家集には今一例（一七三七）ある。「よそならず」「よそならで」はあっても「よそならじ」は他に為家七社百首一例（五四四）があり、これを新編国歌大観に「よそならし」と清音にするのは意味からいって誤りであろう。定番表現なる「風の前」に対し、「風の末」はこれが初例。為家はこのように、実にさりげなく、新しい表現を創り出している。それが偶然の産物でない事は、本詠のみならず多くの場合、こうした新表現を彼が時代を隔てて複数回用いている事で知られよう。それはあまりに洗練された形であり、のちに安易な追随者を多く生んだがために、月並、平凡とみなされて為家詠の評価を下げた結果となったが、彼が決して安易な擬古典主義者ではなかった事を注意しておきたい。なお本三首和歌は久保田淳『藤原家隆集とその研究』（昭43）に考証がなされているが、為家の詠は本詠のみが知られる。

　　建長元年祝部成茂七十算に、四季屏風調じてつかはしけるに、粟津野の雪に若菜つむ所

いざけふは衣手ぬれて降る雪の粟津の小野に若菜摘みてむ（一二〇六）

〔現代語訳〕　建長元年祝部成茂の七十の賀の祝に、四季図屏風を作って贈った時に、粟津野の雪の中で若菜を摘む図に添えた歌。

さあ、今日、初子の日は、袖がぬれてもかまわない、降る雪が淡く積る粟津の野原で、若菜を摘んで祝おうではないか。

〔詠歌年次・契機〕　建長元年十二月日吉社禰宜祝部成茂宿禰七十賀湖辺名所題四季屏風歌。一二四九年、52歳。

〔参考〕　「いざ今日は春の山辺にまじりなむ暮れなばなげの花のかげかは」（古今九五、素性）「若菜摘む衣手ぬれて片岡の朝の原にあは雪ぞふる」（新後撰二五、道家）「白雪のまだふるさとの春日野にいざうち払ひ若菜摘みてむ」

（後拾遺三四、能宣）

【他出】 為家卿集四三八。大納言為家集一三五三。夫木抄二五七。新後拾遺二三。歌枕名寄六三一七。八十浦之玉本居大平序。全歌集二六三六。

【語釈】 **○成茂**　治承四～建長六年（一一八〇～一二五四）、75歳。允仲男、日吉社禰宜。新古今以下歌人。**○粟津の小野**　近江の歌枕、大津市膳所。「淡雪」の意をかける。**○摘みてむ**　「てむ」は「必ず……しよう」の意。「いざ」を伴って周囲に行動を促す気持となる。

【補説】 日吉神社は特に御子左家の信仰篤く、成茂はその神職にして大先輩歌人である。この月十八日にその七十賀を祝い、為家は鳩杖を贈って「神山の千年に栄ゆ《千世に栄ゆる（著聞集）》榊もて作れる杖は《も（著聞集）》君が為とぞ」（為家卿集四三六、大納言為家集一七一七、古今著聞集二四九）ほか一首を詠じた。本屏風歌は家集等により一三首が知られ、本詠は新後拾遺集306に重複入集、更に「志賀浦」を詠んだ「帰雁」詠が新続古今集321に入集している。画題「粟津野」に春の淡雪を組合わせて、言外に春の喜びを巧みにあらわしており、のち文政五年（一八二二）本居大平撰の「八十浦之玉」序に、後拾遺以降の勅撰から二・三首づつを例示した中に、新後拾遺詠として引用されている。↓4。

新拾遺集

石清水歌合に

行きかへり美豆の小河をさす棹のみなれし跡も霞む春かな（三四）

〔現代語訳〕 石清水歌合に詠んだ歌。
石清水参詣の行きにも帰りにも見る、美豆の小河の舟旅で舟長がさす棹、その水馴棹ではないが、いつも見馴れた風景も、霞んで奥床しく眺められる春であることよ。

〔詠歌年次・契機〕 貞永元年三月二十五日石清水若宮社三首歌合。一二三二年、35歳。

〔参考〕「行きかへり空にのみしてふることは我がゐる山の風早みなり」（古今七八五、業平）「蛙なく美豆の小河の底清み底にぞうつる岸の山吹」（堀河百首二九二、続後拾遺一四四、師頼）「玉藻かるあまのゆき方さす棹の長くや人を恨みわたらむ」（拾遺一二七二、貫之）「高瀬さす六田の淀の柳かげ緑も深く霞む春かな」（新古今七二、公経）

〔他出〕 石清水若宮歌合五、為家卿集一九七、両者ともに「みつのかはをさ」。大納言為家集三八。歌枕名寄一五二一「みつのかはをさ」。歌枕名寄七六六四。全歌集一六八四「みつのかはをさ」。

〔語釈〕 **○美豆の小河** 山城の歌枕。京都市伏見区淀美豆町、すなわち「美豆の御牧」あたりを流れる淀川の称。京から石清水への船便の道。「見つ」をかける。**○みなれし** 「水馴棹（舟の棹）」をかける。

〔補説〕 第二句は「美豆の川長（渡し守）」が正しい。歌合三番「河上霞」で右方成実の「立ちわたる霞の衣春きても波風さむき淀の川長」と合され、「両首の河をさ、おなじさまに侍れば、又為ㇾ持」（定家判）とされている。「美豆の小河」は参考堀河百首詠に引かれた改訂、あるいは誤写か。歌枕名寄七六六四ではこれを「水の尾河」と解して丹波の歌枕に入れているが当らない。一首は「行きかへり……見馴れし跡もかすむ春かな」で何度参詣しても馴れて衰える事のない石清水社への信仰心を示している。

宝治百首歌に、春月

霞む夜の月の桂も木の間より光を花とうつろひにけり（七〇）

【現代語訳】 宝治百首歌に、「春の月」の題を詠んだ歌。（秋は月の桂が紅葉するからその光が一そう照りまさるというが）春、霞む夜の月も、桂の花が咲いたように、木の間から、光を花かと見せて趣深く映ることだよ。

【詠歌年次・契機】 宝治元年十一月詠進宝治百首和歌。一二四七年、50歳。

【参考】 「久方の月の桂も秋はなほ紅葉すればや照りまさるらむ」（古今一九四、忠岑）「冬ごもり思ひかけぬを木の間より花と見るまで雪ぞふりける」（古今三三一、貫之）「秋くれば月の桂の実やはなる光を花と散らすばかりを」（古今四六三、恵）

【他出】 宝治百首四〇八。大納言為家集一一四。全歌集二五一五。

【語釈】 **〇月の桂** →195。**〇うつろひにけり** 光が映ずる意と、花の縁語「うつろふ」（散る）をかける。

【補説】 古今三三一詠を見事にあやなして、春月の朧ろな美を巧みに詠む。「光を花と」の引用が利いている。

283

文永二年白河殿にて人々題をさぐりて七百首歌仕うまつりける時、挿頭花といふことを

今日も又大宮人の桜花のどけき春のかざしにぞさす（二一〇）

〔現代語訳〕文永二年白河殿で廷臣らが探り題で七百首歌を詠進した時、「挿頭《かざし》の花」という題を詠んだ歌。（「いとまあれや」とうたわれた古歌の通り）今日も又、大宮人はその愛する桜の花を、のどかな春の象徴として冠の飾りにさすよ。

〔詠歌年次・契機〕文永二年七月七日後嵯峨院白河殿当座七百首和歌。一二六五年、68歳。

〔参考〕「百敷の大宮人はいとまあれや桜かざして今日もくらしつ」（新古今一〇四、赤人）「九重に久しく匂へ八重桜のどけき春の風と知らずや」（金葉三〇八、実行）

〔他出〕白河殿七百首六五。大納言為家集一九六。題林愚抄九六八。全歌集四七一五。

〔補説〕古歌による軽い祝言。

284

弘長元年百首歌奉りけるに、春月

あかず見る花の匂も深き夜の雲居に霞む春の月影（二一八）

〔現代語訳〕弘長元年百首歌を詠進した時、「春の月」の題を詠んだ歌。

その色を飽く事なく見る花は、加えて匂いも深く、深夜の空には霞んだ春の月の姿が仰がれる。

〔詠歌年次・契機〕弘長元年九月以降詠進弘長百首和歌。一二六一年、64歳。

〔参考〕「咲きそめて幾世へぬらむ桜花色をば人にあかず見せつつ」（拾遺四四、千景）「名に高き天の香具山今日しこそ雲居に霞め春や来ぬらむ」（続古今一、定家）「佐保姫の霞の袖も誰ゆゑにおぼろに宿る春の月影」（続古今八〇、

壬二集一二四九、為家家百首、家隆）
〔他出〕弘長百首一一六。為家卿集六五五、大納言為家集一一一、両者ともに「あかずのみ」「春の夜の月」。題林愚抄七三三。全歌集四一七九。
〔語釈〕〇深き　「匂」と「夜」と双方にかける。
〔補説〕「雲居に霞む」「雲居に霞め」はそれぞれ勅撰集にこの一句しかなく、「春の月影」は参考家隆詠が勅撰初出である上、為家の家での作である。為家は定家家隆二詠を続古今に撰入するとともに、同集撰定のための弘長百首にこの詠をなした。無関係とは思われない。

白河殿七百首歌に、夏月似秋

明けやすき夜の間ならずは月影を秋の空とや思ひはてまし（三〇〇）

〔現代語訳〕白河殿七百首歌に、「夏月、歌に似たり」という題を詠んだ歌。

こんなにすぐ明けてしまう夏の夜の時間でなかったら、澄み切った月の光を見て、これは秋の空だとすっかり思いこんでしまいそうだよ。

〔詠歌年次・契機〕文永二年七月七日後嵯峨院白河殿当座七百首和歌。一二六五年、68歳。

〔参考〕「水の面に月の沈むを見ざりせば我一人とや思ひはてまし」（拾遺四四二、文時）

〔他出〕白河殿七百首一九一。大納言為家集四一三「月影の」。題林愚抄二七一四。全歌集四七三〇。

〔語釈〕〇明けやすき夜の間　夏の短夜で、月を賞する時間の少い事をいう。〇や……まし　事実に反する事を仮に想像する意。

〔補説〕「夏月、秋に似たり」という、一種の難題。為家は「詠歌一躰」に、「題の文字多けれども、必ずしも字毎に詠み入るまじきもあるべし。此の題は其の字其の字こそ詮にてあるべけれと、見分けて詠み入るべし」と教える。この題で言えば、「月」「秋」を詮の字として詠み入れ、「夏」は「明けやすき夜」、「似」は「ならずは……思ひはてまし」と婉曲に表現している。歌としてはさしたる事もないが、その難題処理技倆を見るべきもの。

秋歌の中に

七夕の雲の衣のきぬぎぬに帰るさつらき天の川波　（三四三）

〔現代語訳〕　秋の歌の中に詠んだ歌。

七夕の二星が引き重ねて寝たという、雲の衣を、それぞれに取って着て帰る時の辛さ、その二人を分ける天の川の波も、一旦寄せたのが帰るのは辛い事だよ。

〔詠歌年次・契機〕　貞応二年八月詠千首和歌。一二二三年、26歳。

〔参考〕「天の川霧たちわたる《のぼり(家持)》七夕の雲の衣の帰る《なびく(家持)》袖かも」（続後撰二六〇、人麿。家持集一〇四）「七夕は雲の衣を引きかさねかへさで寝るや今宵なるらむ」（後拾遺二四一、頼宗）「雲間より星合の空を見渡せばしづ心なき天の川波」（新古今三一七、輔親）

〔他出〕　千首三一九。題林愚抄三一四九。全歌集四八一。

〔語釈〕　**○きぬぎぬ**　後朝。→163。**○帰るさ**　帰途。「衣」「きぬぎぬ」「かへる」と縁語を連ね、かつ「返る」から「波」を引出す。

〔補説〕　伝承歌であろう参考人麿詠（新編国歌大観では人麿集になく、家持集に歌詞小異で入る）が、青年為家の脳裏にあってこの詠が成り、のち人麿詠は続後撰に入ったと思われる。為家の古歌記憶力、応用力の一端を見る好例である。

家十五首歌に、月

天の原光さしそふかささぎの鏡と見ゆる秋の夜の月（四二一）

〔現代語訳〕 家で催した十五首歌に、「月」を詠んだ歌。

空に昇って見る見る光を増す、その姿を見ると、神異経にいうところの、鏡が鵲に化したという伝説にもとづいて、鵲の姿を背面に鋳た古代の明鏡、全くそれではないかと思われる、秋の夜の月よ。

〔詠歌年次・契機〕 寛元元年独吟十五首和歌。一二四三年、46歳。

〔参考〕「かささぎの鏡の影もうつりあへずさす程もなき夏の夜の月」（弘長百首一七二、為家）「かささぎの鏡の山の夏の月さし出づるより影も曇らず」（夫木抄三三二八、為家、文永十年毎日一首）「くまもなき鏡と見ゆる月影に心うつらぬ人はあらじな」（金葉二〇五、長実）

〔他出〕 為家卿集三二五。中院詠草四九。大納言為家集五八九。夫木抄五二四六。六華集七四九、作者為氏。全歌集一八五八。

〔語釈〕 **○かささぎの鏡** 鵲鏡。古えの鏡。神異経の故事により、古鏡の背面に鵲の形を鋳たのでいう。「昔有二夫婦一、将レ別、破レ鏡、人執レ半以為レ信、其妻忽与レ人通、鏡化レ鵲飛至二夫前一、其夫乃知レ之、後人国鋳レ鏡為レ鵲、安二背上一也」（神異経）

〔補説〕「かささぎの鏡」は参考詠にも見る通り、全く為家独自の用語であり、後代、契沖の「かささぎのこれや鏡の池ならむ片割月と見ゆる氷は」（二七六〇）がただ一つの追随詠である。夫木抄八三四七には、参考同抄三三二八為家詠を「御集　慈鎮和尚」として再度掲げるが、拾玉集には見えず、誤りである。なお本十五首歌は、家集により今一首が知られるが、勅撰入集は本詠のみ。

288

宝治百首歌奉りける時、重陽宴を

諸人の今日九重に匂ふてふ菊に磨ける露の言の葉（五一七）

〔現代語訳〕　宝治百首歌を詠進した時、「重陽の宴」の題を詠んだ歌。

廷臣一同が、九月九日の今日、内裏に集い、宮中に咲き匂うという菊を主題に、その菊の花に置く露の光のように磨き上げた詩の言葉を競うめでたさよ。

〔参考〕　「古の奈良の都の八重桜今日九重に匂ひぬるかな」（詞花二九、伊勢大輔）

〔詠歌年次・契機〕　宝治元年十一月詠進宝治百首和歌。一二四七年、50歳。

〔他出〕　宝治百首一八四七。万代集一一六一。夫木抄五九六二。題林愚抄九八六八。全歌集二五五三。

〔語釈〕　**〇重陽宴**　陽の数である「九」が重なる九月九日の菊花の宴。紫宸殿で探韻による詩会を催し、菊酒を賜わる。**〇九重**　宮中。**〇磨ける**　詩の言葉を磨く意と、菊に置く露が磨いたように輝く意をかける。**〇露の言の葉**　菊の露はそれを飲むと長寿を保つめでたいものであるので、それを祝った詩の言葉。「露」と「葉」は縁語。

〔補説〕　有名な伊勢大輔詠の桜を菊に転じ、嘉節を祝する。

280

題しらず

敷島や大和にはあらぬ紅の色の千入に染むる紅葉ば（五三五）

〔現代語訳〕　題不明の歌。

この日本産ではなく、はるばる中国から渡って来た上等の赤色の染料に、しかも何回となく浸して染め上げたような、濃く美しい紅葉の色よ。

【詠歌年次・契機】　貞応二年八月詠千首和歌。一二二三年、26歳。

【参考】「敷島や大和にはあらぬ唐衣ころも経ずして逢ふよしもがな」（古今六九七、貫之）「わが恋よ《は（月清集）》大和にはあらぬ唐藍の八入の衣深く染めてき」（仙洞句題五十首二九五、良経）「山吹の花にせかるる思ひ川色の千入は下に染めつつ」（続後撰一五三、定家）

【他出】　千首四七九、「敷島の」「花の千しほに」。六華集八九八、「大和にはあらず」。題林愚抄四六五五。全歌集六四一「敷島の」「花の千しほに」。

【語釈】　**〇敷島や**　大和の枕詞。**〇大和にはあらぬ紅**　「紅」は「呉の藍」の約で、日本ではなく呉（中国）から来た染料の意、紅花をさす。**〇千入**　↓265。

【補説】　千首本文は、国歌大観は書陵部蔵五〇一・一四一本、全歌集は時雨亭文庫蔵本によっている。新拾遺との異同のうち、「敷島の」は以下に「の」が二つ重なるためもあり、古今貫之詠にならっての改訂か。「花の千入」は「紅花の千入」の意とも考えられるが、「花」と「色」は誤りやすい字体でもあり、通常なら「花の」と言えば「千種」と続けて秋草の形容になる所である。いずれにせよ勅撰入集歌としては新拾遺の形が妥当であろう。

（鷹狩をよめる）

三島野や暮るれば結ぶ矢形尾の鷹も真白に雪は降りつつ（六〇五）

【現代語訳】（「鷹狩」の題を詠んだ歌）

三島野に狩をして、日が暮れたので仮の屋形を結ぶのだが、そこで木居《こゐ》（止り木）に結び止める矢形尾の鷹も、その尾の模様が見えずまっ白になってしまうほど、雪が降り続いているよ。

【詠歌年次・契機】　貞応二年八月詠千首和歌。一二二三年、26歳。

〔参考〕「矢形尾の鷹を手に据ゑ三島野に狩らぬ日まねく月ぞ経にける」（万葉四〇一二、作者未詳）「矢形尾の真白の鷹を屋戸に据ゑかき撫で見つつ飼はくし好しも」（万葉四一五五、作者未詳）
〔他出〕千首五八五。夫木抄七四三〇。歌枕名寄七五四七。全歌集七四七。
〔語釈〕**○三島野** 越中の歌枕。富山県射水郡。**○矢形尾の鷹** 屋形尾とも。鷹の尾の模様が矢羽根形になっているもの。「（旅の）屋形」をかけるか。
〔補説〕「くるれば結ぶ」が未詳。一往、日が暮れたので仮屋を結び、止り木に鷹の足を結び止めたと考えたが如何。「水茎の岡の屋形に妹とあれと寝ての朝けの霜の降りはも」（古今一〇七二、水茎ぶり）「雨晴れぬ旅の屋形に日数へて都恋しき浮雲の空」（拾玉集一八三七、慈円）などがあるが、「屋形を結ぶ」という言い方があるか否か不明。示教を待つ。

冬の歌中に

夜寒なる豊の明の霜の上に月冴えわたる雲のかけはし（六二四）

〔現代語訳〕冬の歌の中に詠んだ歌。

　夜の寒さが身にしみる季節の、五節豊明の節会の式場に降りた霜の上に、あたかも月が冴えわたって、舞姫の乙女達が天上から下りてくる雲の橋を照らしている。

〔詠歌年次・契機〕寛元元年十一月十三日～二年二月二十四日新撰六帖題和歌。一二四三～四四年、46～47歳。

〔参考〕「置きまよふ篠の葉草の霜の上に夜をへて月の冴えわたるかな」（新勅撰三三二、道家）「有明の月冴えわたる武庫の浦の潮干のかたに千鳥妻よぶ」（林下集一六二、実定）「かささぎの雲のかけはし秋暮れて夜半には霜や冴えわたるらむ」（新古今五二二、寂蓮）

〔他出〕　新撰六帖一八七。為家卿集三四三。大納言為家集八八九。夫木抄七四三七。全歌集一九三七。
〔語釈〕　○豊の明　十一月中旬、天皇が新穀を食し群臣にも賜わる新嘗祭前後四日間（即位の年は大嘗祭として五日間）の行事。五節の舞が行われ、豊の明の宴が開かれる。○月冴えわたる　十一月中旬ゆえ月がよく、寒い。「わたる」は「かけはし」の縁語。○雲のかけはし　天女が天下り、五度袖をひるがえして舞ったという故事により、五節舞姫が参入する内裏の通路・階。
〔補説〕　新撰六帖の題は「霜月」。「月冴えわたる」はこれ以前案外用例が少い。

（別の心を）

目に見えぬ心ばかりは後れねどひとりや山を今日は越ゆらむ（七五二）

〔現代語訳〕（「別れ」の題の気持を詠んだ歌）
目に見えない私の心だけは、旅立つあなたに遅れずついて行っているのだけれど、でも何分にも見えないのだから、それに気づかないあなたは一人で淋しく山を今日は越えて行くのでしょう。
〔詠歌年次・契機〕　未詳。
〔参考〕　「思へども身をし分けねば目に見えぬ心を君にたぐへてぞやる」（古今三七三、篤行）「限りなき雲居のよそに別るとも人を心に後らさむやは」（古今三六七、読人しらず）「雲居にも通ふ心の後れねば別ると人に見ゆばかりなり」（古今三七八、深養父）「朝霧にぬれにし衣干さずしてひとりや君が山路越ゆらむ」（新古今九〇二、読人しらず）
〔他出〕　全歌集五八九七。
〔補説〕　送別の表現の定番とも言えるが、先行歌への連想を巧みに誘いながら、自らの心の表現としては率直素朴で、より真情を感じさせる。

293

白河殿七百首歌に、旅宿時雨

唐衣はるばる来ぬる旅寝にも袖ぬらせとや又時雨るらむ（八〇四）

〔現代語訳〕 白河殿七百首歌に、「旅宿の時雨」の題を詠んだ歌。

あの業平と同じように、故郷に妻を置いてはるばると旅に出、淋しく寝るこの宿でも、涙だけでは足りない、もっと袖を濡らせというのか、その上にも時雨が降るようだ。

〔詠歌年次・契機〕 文永二年七月七日後嵯峨院白河殿当座七百首和歌。一二六五年、68歳。

〔参考〕「唐衣きつつなれにし妻しあればはるばる来ぬる旅をしぞ思ふ」（古今四一〇、伊勢物語一〇、業平）

〔他出〕 白河殿七百首三四一。大納言為家集八二四。題林愚抄五〇〇九。私玉抄。全歌集四七四三。

〔語釈〕 ○唐衣　参考業平詠に全面的による。「はる（張る）」「袖」は「唐衣」の縁語。

294

題しらず

旅衣はるばる来ぬる八橋の昔の跡に袖もぬれつつ（八一〇）

〔現代語訳〕 題不明の歌。

旅の身仕度を調えて、遠くやって来た八橋で、業平の昔の物語をしのんで涙で袖も一入ぬれることだ。

〔詠歌年次・契機〕 貞応二年八月詠千首和歌。一二二三年、26歳。

〔参考〕「三河の国八橋といふ所に至りぬ。そこを八橋といひけるは、水ゆく川の蜘蛛手なれば、橋を八つ渡せるによりてなむ八橋といひける」（伊勢物語五段）。前歌参考。

〔他出〕 千首八九三。歌枕名寄四九七七。全歌集一〇五五。

〔語釈〕 ○八橋　三河の歌枕、愛知県知立市。○昔の跡　業平の故事。
〔補説〕 新拾遺集羇旅部に、わずか五首を隔てて前歌と本詠が並んでいる。前歌には「旅寝」の一連、本詠は道中地名の一連ではあるが、同一作者の同一典拠・発想・表現詠を一集の、しかも至近距離に入れるというのは、撰者の不見識であろう。作としても双方とも、多数連作中の地歌ともいうべきもので、これらが勅撰詠として残るのは為家としても不本意と推察される。

光明峰寺入道前摂政家の恋十首歌合に、寄糸恋

逢ふまでの契も待たず夏引の手引の糸の恋の乱れは（一〇〇六）

〔現代語訳〕 入道前摂政九条道家家の恋十首歌合に、「糸に寄する恋」の題を詠んだ歌。
実際に恋人に逢って契を結ぶという所まで到達するかどうか、そこまでの命も期待できない。夏に手で操り引いた糸が乱れるように、ひそかな恋に心乱れ、一人思い悩んでいる現在の状態では。
〔詠歌年次・契機〕 貞永元年七月光明峰寺摂政家恋十首歌合。一二三二年、35歳。
〔参考〕 「逢ふまでとせめて命の惜しければ恋こそ人の祈りなりけれ」（後拾遺六四二、頼宗）「夏引の手引の糸をくりかへし事しげくとも絶えむと思ふな」（古今七〇三、読人しらず）「夏引の　白糸　七量《ななはかり》あり　さ衣に　織りても着せむ　汝妻《ましめ》離れよ」（催馬楽、夏引）「あはれてふ事だになくは何をかは恋の乱れのつかねをにせむ」（古今五〇二、読人しらず）
〔他出〕 光明峰寺摂政家歌合一三六。題林愚抄八二二九。全歌集一七〇五。
〔語釈〕 ○夏引の手引の糸　春蚕の繭を夏に煮て手で糸を引き出して作った糸。「乱れ」を出す序詞。
〔補説〕 歌合では六十九番で、右方信実の「更に又馴るるとまでも頼まれずおのが手引の糸の乱れは」と合され、

「右歌、上三句いたづらに、糸によれる詞侍らずと申す。左為レ勝」（定家判詞）とされた。「契も待たず」は、参考「せめて命の惜しければ」により、「命」にかかわる表現と解釈した。

（題しらず）

はかなしや誰が偽りのなき世とて頼めしままの暮を待つらむ（一一〇二）

〔現代語訳〕（題不明の歌）

何とも頼りないことだ。誰がうそをつかない世の中だと思って、あの人が来るよと約束したのを信じて夕暮を待っているのだろう。（あの約束だってきっとうそで、どうせ待ちぼうけにきまっているのに）

〔詠歌年次・契機〕 貞応二年八月詠千首和歌。一二二三年、26歳。

〔参考〕 「はかなしや枕定めぬうたたねにほのかに通ふ夢の通ひ路」（千載六七七、式子内親王）「ならひ来したが偽りもまだ知らで待つとせし間の庭の蓬生」（新古今一二八五、俊成女）「偽りのなき世なりせばいかばかり人の言の葉嬉しからまし」（古今七一二、読人しらず）

〔他出〕 千首七二八。全歌集八九〇。

〔語釈〕 **○頼めしままの**　約束した通りの。

〔補説〕 「誰が偽り」には、おそらく初例である、冤罪を北野天神に訴えた詠「身をつみて照らし治めよ増鏡誰が偽りも曇りあらすな」（顕輔集三九）、定家の心境告白として知られる「天地もあはれ知るとは古の誰が偽りぞ敷島の道」（拾遺愚草二七一七）、これをはじめて恋に応用した参考俊成女詠等があるが、為家は俊成女詠と古今詠を組合せて、恋する女性の新しい心境詠を創り出している。

297

後朝恋といへる事をよみ侍りける

そのままにさても消えなで白露のおきて悲しき道の芝草（一一八二）

〔現代語訳〕「後朝の恋」という題を詠みました歌。

もうこれが限り、と思うような切ない逢瀬の翌朝、そのままにこの世から消えもせず、起きて帰路につかねばならないという冷たい現実、消えもせぬ白露が道の芝草に置いているのを見るさえ、つくづくと悲しい。

〔詠歌年次・契機〕未詳。

〔参考〕「白玉か何ぞと人のとひし時露と答へてけなましものを」（新古今八五一、伊勢物語七、業平）「早く吹く草葉にかかる露の身のさても消えなで何とまるらん」（定頼集二類本二四二）「暁のゆふつけ鳥も白露のおきて悲しきためしにぞ鳴く」（新勅撰八〇六、中宮少将）「花ぞ見る道の芝草踏みわけて吉野の宮の春の曙」（新古今九七、季能）

〔他出〕題林愚抄六八六一。全歌集五八九八。

〔語釈〕**〇さても**「そのような状態で」の意の「さて」に、下の「消えなで」を感動的に強調する助詞「も」を添えた形。**〇おきて** 露の「置きて」に、後朝の「起きて」をかける。**〇道の芝草** 帰途の道に生えている雑草。露の置くものとして用いられている。

〔補説〕悲恋の後朝を、古歌を活用して劇的にうたう。

298

（題しらず）

唐藍の八入の衣ふりぬとも染めし心の色は変らじ（一三一二）

〔現代語訳〕（題不明の歌）

私の恋は、唐渡来の紅に深く染めた着物のようなもの。たとえ年月古り、古くなっても、思い初めた時の心の情熱は、着物の変らぬ色合同様、少しも変化しはしまいよ。

〔詠歌年次・契機〕 貞応二年八月詠千首和歌。一二二三年、26歳。

〔参考〕 「我が恋は大和にはあらぬ唐藍の八入の衣深く染めてき」（仙洞句題五十首二九五、月清集九九九、良経）「紅に染めし心も頼まれず人をあくにはうつるてふなり」（古今一〇四四、読人しらず）

〔他出〕 千首六二二。全歌集七八四。

〔語釈〕 **○唐藍** 紅。「呉藍」（↓289）に同じ。**○八入** 八回（八は多数をあらわす）も染料に入れて染める意。千入（↓265）に同じ。**○ふりぬ** 古くなる。「振り」は「染」の縁語。**○心の色** 恋の情熱。

白河殿七百首歌に、寄髪恋

玉かづらいかに寝し夜の手枕につらき契のかけはなれけむ（一三七三）

〔現代語訳〕 白河殿七百首歌に、「髪に寄する恋」の題を詠んだ歌。

頭にかける玉鬘ではないが、恋人とどんな工合に寝た夜の手枕のせいで、思うようにならぬあの人との縁が、かけ離れ、遠ざかって行ってしまったのだろう。

〔詠歌年次・契機〕 文永二年七月七日後嵯峨院白河殿当座七百首和歌。一二六五年、68歳。

〔参考〕 「宵々に枕定めむ方もなしいかに寝し夜か夢に見えけむ」（古今五一六、読人しらず）「見ればまづいとど涙ぞもろかづらいかに契りてかけはなれけむ」（新古今一七七八、長明）

〔他出〕 白河殿七百首五一一。大納言為家集一一四七。題林愚抄八一〇五。全歌集四七六七。

〔語釈〕 **○玉かづら** ↓6。**○手枕** 腕を枕にすること、男女共寝の折、互いに手をさし交わして仮の枕とする。

○かけはなれ　関係が離れること。「かけ」は「玉かづら」の縁語。

300

法印昭清すすめ侍りける石清水社三十首歌に、寄水祝

神垣や影ものどかに石清水すまむ千歳の末ぞ久しき（一三九八）

〔現代語訳〕法印昭清が勧進しました石清水社三十首歌に、「水に寄する祝」の題を詠みました歌。

この神域では、社名となった石清水に映る物の影も動かずおだやかに見えて、その水の永遠に澄んでいるように、神の清らかに住まわれるであろう千年も先までの歳月が、久しくめでたいことよ。

〔詠歌年次・契機〕寛喜元年石清水別当法印幸清勧進三十首和歌。一二二九年、32歳。

〔参考〕「曇りなく千歳にすめる水の面に宿れる月の影ものどけし」（新古今七二二、紫式部）「ここにしもわきて出でけむ石清水神の心を汲みて知らばや」（後拾遺一一七四、増基）

〔他出〕閑月集四四一。題林愚抄一〇三三六。歌枕名寄一〇〇三。全歌集一五一四。

〔語釈〕○昭清　幸清（↓277）の誤り。昭清の名は尊卑分脈石清水祠官系図のはるか支流に見えるが、別人であろう。

301

（題しらず）

道の辺の杉の下葉に引くしめはみわ据ゑまつるしるしなるらし（一四三四）

〔現代語訳〕（題不明の歌）

道のほとりの、杉の下枝の葉に引きめぐらした注連縄は、ここが神にお供えする神酒を入れた甕を据え、祭祀

を行う場所である、という目印であるらしいよ。

〔詠歌年次・契機〕 寛元元年十一月十三日〜二年二月二十四日新撰六帖題和歌。一二四三〜四四年、46〜47歳。

〔参考〕 「斎串《いぐし》立て神酒《みわ》据ゑまつる神主のうずの玉かげ見ればともしも」(万葉三二二九、作者未詳)

〔他出〕 新撰六帖二四二二「杉の下枝に」。現存六帖六八一。現存六帖抜粋三三五。夫木抄一五九五〇。全歌集二三八六「杉の下枝に」。

〔語釈〕 ○みわ 神に捧げる神酒。また、酒を醸造する容器でそれをそのまま神に奉る甕。杉を神木とする「三輪」の神社名をかける。○しるし 目印の意に、「杉のしるし」(↓13)をかける。

〔補説〕 新撰六帖題は「杉」。参考万葉詠は神奈備の三諸山讃歌の反歌であるが、ここでは「杉」から三輪の神杉を着想、「神酒《みわ》」「しるし」と続けた。第二句は新撰六帖の「下枝に」が正しいであろう。なおこれと関連があるか否か不明であるが、後年の「中務内侍日記」・「竹むきが記」には、三輪神社境内の杉に輪を三つ付けたシンボルがあった事を記している。

西園寺入道前太政大臣、住吉社に三十首歌よみて奉りけるに

幾世にか神の宮居のなりぬらむ古りて久しき住吉の松 (一四四三)

〔現代語訳〕 入道前太政大臣西園寺公経が、住吉神社に三十首歌を詠んで奉納した時に詠んだ歌。

一体、創建以来どれ程多くの年代に、この神の御社はなったのだろうか。古くなって年久しい、住吉神社境内の松よ。

〔詠歌年次・契機〕 嘉禎三年入道前太政大臣公経住吉社三十首和歌。一二三七年、40歳。

〔参考〕 「幾世にか語り伝へむ筥崎の松の千歳の一つならねば」(拾遺五九一、重之)「雪の中に深き緑をあらはして

幾世になりぬ住吉の松」（拾玉集四〇二二一、慈円）「天下る現人神の相生を思へば久し住吉の松」（拾遺五八九、安法）

〔他出〕　為家卿集二八四「神の宮居も」。中院詠草一五三。大納言為家集一六四三、全歌集一七八八、両者ともに「神の宮居も」。

〔語釈〕　○西園寺入道前太政大臣　公経→218。○住吉社　→185。松はその名物。○三十首歌　為家卿集・中院詠草詞書により、「二十首歌」が正しいと認められる。

〔補説〕　第二句は為家卿集・大納言為家集にいう「神の宮居も」が正しいであろう。その境内の松さえ「古りて久し」いのであるから、神の宮居もそれ以上に……という気持である。「神の宮居の」では、松との連繫が今一つ明確でない。

弘長元年百首歌奉りける時、述懐

伝へ来る庭のをしへの形ばかり跡あるにだに猶迷ひつつ（一七七五）

〔現代語訳〕　弘長元年百首歌を詠進した時、「述懐」の題を詠んだ歌。
父祖の代から伝えて今日に至る、歌道家としての庭訓が、形ばかりにせよ、従うべき足跡を残しているのに、それがあってさえなお私は後継者としての道に踏み迷っていることだ。

〔詠歌年代・契機〕　弘長元年九月以降詠進弘長百首和歌。一二六一年、64歳。

〔参考〕　「さらでだに大和言の葉跡もなき庭のをしへに茂る夏草」（為家卿集一八二八、文永五年徒然百首）「見し秋の庭のをしへは跡ふりて頼む道だにえやは残らむ」（為家卿集五七八、文永七年源承亭続五十首）

〔他出〕　弘長百首六五八。為家卿集七〇六「あとあるかたに」。大納言為家集一四七九「猶まどひつつ」。中院詠草一四六。全歌集四二五六。

〔語釈〕 **○庭のをしへ**　「庭訓《ていきん》」の訓読語。家庭での教訓。親の教え。**○形ばかり**　謙辞。

〔補説〕 本詠は弘長百首に、続拾遺98詠と二首、「述懐」題で並んでおり、両者一組として続古今撰定下命への謙退と感謝とを述べている（解説374頁参照）。参考詠二首にもくりかえされる通り、弘長元年64歳、文永五年71歳、七年73歳に至っても、為家に課せられた歌道家三代目宗匠としての重圧はいたましいばかりである。このような思いを抱きつつ、最晩年のこの時期に、おそらくはまだ海のものとも山のものともわからぬ幼い為相に望みを託して執筆したのが、歌論書「詠歌一躰」であった。

弘長百首の歌に、山家

たらちねの昔の跡と思はずは松の嵐や住み憂からまし（一八一二）

〔現代語訳〕 弘長百首の歌の中に詠んだ、「山家」の題の歌。

これが父親の昔住みなれた、思い出の場所だと思わなかったら、山荘を囲む松の嵐の音を聞くだけでも、淋しくて住むのがいやになるだろうが。（私にとっては、亡き父を一番身近に感じられる、大切な場所なのだよ）

〔詠歌年次・契機〕 弘長元年九月以降詠進弘長百首和歌。一二六一年、64歳。

〔他出〕 弘長百首六三八「昔の跡を」。為家卿集七〇五「あ《む欤》かしの跡と」。大納言為家集一二七二。全歌集四二五四。

〔参考〕 「滝の音松の嵐もなれぬればうちぬるほどの夢は見てまし」（新古今一六二四、家隆）

〔語釈〕 **○たらちね**　→49。**○昔の跡**　定家の嵯峨小倉山荘（→47・130）。

〔補説〕 嵯峨定住約一年頃の、正直な感想であろう。

宝治百首歌奉りけるに

305

つらきかな山の杣木のわれながら打つ墨縄にひかぬ心は（一九一九）

〔現代語訳〕 宝治百首歌を詠進した中に詠んだ歌。

ああ、辛いことだ。杣山から切り出した材木が割れてしまって、大工が製材のためのしるしを付ける墨縄に従って挽こうとしても思うようにならない、そのように世間並になれない、我ながら偏屈な私の心は。

〔詠歌年次・契機〕 宝治元年十一月詠進宝治百首和歌。一二四七年、50歳。

〔参考〕「かにかくに《とにかくに（人丸集）》物は思はじ《ず（人丸集）》飛騨人の打つ墨縄のただ一道に《すぢ（人丸集）》」（万葉二六四八、作者未詳、人丸集一四）「一筋に恋ひやわたらむ飛騨匠《たくみ》打つ墨縄の跡にまかせて」（新撰六帖一六三三、知家）

〔他出〕 宝治百首三五六五。夫木抄一五八九四。題林愚抄八六〇〇・一〇二二五。全歌集二五九六。

〔語釈〕 **○杣木** 杣山（植林して材木を取る山）から切り出した材木。**○われながら**「割れながら」と「我ながら」をかける。**○墨縄** 材木に直線を引くため、墨壺を通して細縄を繰り出し、材木に当てて指先ではじき、墨線をつける。これを「打つ」という。**○ひかぬ**「挽かぬ」と「引かぬ（或る方向に誘導されぬ）」をかける。

〔補説〕 難解であるが一往このように訳した。父定家にくらべ温順と見られる為家の、実は勁い「個」を堅持する心中の核にふれるような歌ではあるまいか。

新後拾遺集

306

若菜をよみ侍りける

いざ今日は衣手ぬれて降る雪の粟津の小野に若菜摘みてむ（二三）

新千載集二三〇六に同じ。↓280。

307

弘長元年奉りける百首歌に、梅

梅の花色香ばかりをあるじにて宿は定かにとふ人もなし（五〇）

〔現代語訳〕 弘長元年詠進した百首歌に、「梅」の題を詠んだ歌。

梅の花は、その色と香を頼りにして人が訪い寄るのだから、色香こそ主人公であって、これを咲かせた家の主人をはっきり目当にしてやって来る人はいないよ。

〔詠歌年次・契機〕 弘長元年九月以降詠進弘長百首和歌。一二六一年、64歳。

〔参考〕 「春来てぞ人もとひける山里は花こそ宿のあるじなりけれ」（拾遺一〇一五、公任）「夕露の庵は月をあるじにて宿りおくるる野辺の旅人」（続古今八八九、定家）「ふるさとは我まつ風をあるじにて月に宿かる更級の山」（月清集八四三、良経、千五百番歌合）

〔他出〕 弘長百首三〇。為家卿集六四八。中院詠草七。大納言為家集六六。題林愚抄五〇二。全歌集四一七〇。
〔語釈〕 ○あるじにて 主人として。主目的として。
〔補説〕 「あるじをば誰ともわかず春はただ垣根の梅を尋ねてぞ見る」（新古今四二、敦家）を、角度を変えて詠んだ歌。

春の歌の中に

見渡せば今や桜の花盛り雲の外なる山の端もなし（一〇三）

〔現代語訳〕 春の歌の中に詠んだ歌。
見渡すと、今こそ桜のまっ盛りだ。遠くまで一面、雲のように花が咲き続き、その雲に包まれていない山の尾根も見当らないよ。
〔詠歌年次・契機〕 貞永元年内裏当座和歌。一二三二年、35歳。
〔参考〕 「時鳥聞きつとや思ふ五月雨の雲の外なる空の一声」（新勅撰一七三、慈円）「わたの原波と一つに三熊野の浜の南は山の端もなし」（新勅撰一三三一、公経）
〔他出〕 為家卿集二〇二。大納言為家集一六九七。全歌集一七三四。
〔語釈〕 ○雲の外なる…… 山の稜線にそって桜が咲きそろったため、くっきりとした山の端の姿が見られない事をいう。
〔補説〕 本当座和歌は勒字六首、すなわち指定された漢字一字を詠み入れる条件で六首を詠む催しで、家集により六首全部が知られるが、勅撰入集は本詠のみ。条件とされた字は「無」である（為家卿集）。

月の歌の中に

さしかへる雫も袖の影なれば月に馴れたる宇治の河長 (三八五)

〔現代語訳〕 月の歌の中に詠んだ歌。

竿さしつつこちらの岸に帰って来る、その竿に散る雫も、袖に映る月の光を反射してきらきらと輝いているから、いかにも月と馴れ親しんでいると見える、宇治の渡し舟の船頭よ。

〔詠歌年次・契機〕 承久二年道助法親王家五十首題和歌。一二二〇年、23歳。

〔参考〕 「さしかへる宇治の河長朝夕の雫や袖をくたし果つらむ」(源氏物語六二九、大君)「花の色の折られぬ水にさす竿の雫も匂ふ宇治の河長」(拾遺愚草二一七三、定家)「藻塩汲む袖の月影おのづからよそに明かさぬ須磨の浦人」(新古今一五五七、定家)。

〔他出〕 為家卿集九。中院詠草五〇。大納言為家集六四八。夫木抄五二七〇・一六七三一。全歌集六九。

〔語釈〕 ○さしかへる 竿さす意と月の光のさす意をかける。「かへる」は渡し舟の漕ぎ帰る意であろうが、「袖」の縁語でもある。 ○袖の影 「袖の月影」の意。

〔補説〕 若年時の作で、意余って言葉足らぬ点も見えるが、右のような景と見て大過ないであろう。歌題は「舟中月」。家集等で一三首の作が知られ、勅撰入集は本詠のみ。

(月の歌の中に)

月影も鳰照る浦の秋なれば塩焼くあまの煙だになし (三八六)

〔現代語訳〕 (月の歌の中に詠んだ歌)

月の光も、「鳰照る浦」とたたえられる琵琶湖に照りわたる秋の眺めであるから、（海辺ではないので）光をさえぎる塩焼く海人の煙もなく、まことに澄み切った美しさである。

〔詠歌年次・契機〕 嘉禄二年（家集注記）。契機未詳。一二二六年、29歳。

〔参考〕「唐崎や鳰照る沖に雲消えて月の氷に秋風ぞ吹く」（月清集七四七、良経、正治初度百首）「伊勢の海に塩焼くあまの藤衣なるとはすれど逢はぬ君かな」（後撰七四四、躬恒）

〔他出〕 為家卿集一四七。大納言為家集六四四。全歌集一四七〇。

〔語釈〕 **○鳰照る浦** 近江の歌枕、琵琶湖。「鳰の海」（→106）。月の照る意をかける。**○塩焼くあまの……** 淡水湖ゆえ製塩作業はない。

〔補説〕 歌題は「湖上月」。「なれば」が二首続くのは、むしろ等類表現はまとめて排列するという撰者の心得で、全くの回想を並べる293 294の場合とは異なるであろう。

雪の歌の中に

矢田の野に打出でて見れば山風のあらちの峰は雪降りにけり（五三九）

〔現代語釈〕 雪の歌の中に詠んだ歌。

矢田の野に出て、ずっと見晴らすと、山風の荒く吹く有乳山の山頂には、（ああ、あの人麿の歌にいう通り）すっかり雪が降り積っているなあ。

〔詠歌年次・契機〕 寛元三年十月入道右大弁光俊勧進経裏百首和歌。一二四五年、48歳。

〔参考〕「八田の野の《に（新古今）》浅芽色づく有乳山峰のあわ《あ（新古今）》雪寒く降るらし」（万葉二三三一、作者未詳。新古今六五七、人麿）「田子の浦に打出でてみれば白妙の富士の高嶺に雪は降りつつ」（新古今六七五、赤人）「矢田の野の浅芽が原もうづもれ

ぬ幾重あらちの峰の白雪」（千首五三四、続拾遺四四六、為家、73）
〔他出〕 為家卿集三七九。大納言為家集九四七。題林愚抄五八〇七。歌枕名寄七四六二。全歌集二四四六。
〔語釈〕 **○矢田の野** ↓73。**○山風のあらちの峰** 「山風の荒し」に「有乳の峰」（↓73）をかける。
〔補説〕 かつて千首に詠じ、続拾遺に採られた参考詠にくらべれば、やや軽い。百首中の地歌程度のものであろう。

（題しらず）

嵐こす外山の峰の常盤木に雪げ時雨れてかかる村雲（八一一）

〔現代語訳〕（題不明の歌）
嵐がちょうど今吹き越して行く、近い山の峰を見ると、常盤木の上に、雪をもよおすような時雨を含んで、むらむらと雲がかかっている。
〔詠歌年次・契機〕 建長六年三月雲葉集成立以前。一二五四年、57歳以前。
〔参考〕 「嵐こす峰の木の間を分け来つつ谷の清水に宿る月かげ」（山家集九四六、西行）「霧深き外山の峰をながめても待つ程過ぎぬ初雁の声」（拾遺愚草五四四、定家）「故郷のかたみの衣袖さえて雪げ時雨るる道の山風」（中書王御詠二四一、宗尊親王）「ははそ散る岩田の小野の木枯に山路時雨れてかかる村雲」（瓊玉集二八四、柳葉集一八八、宗尊親王）
〔他出〕 雲葉集八三四。三十六人大歌合一九九「嵐こそ」。夫木抄六三八二。六華集一〇二六「嵐吹く」。題林愚抄五四四六。後三十六人歌合（甲）。全歌集三二〇〇。
〔語釈〕 **○雪げ** 雪の降りそうな空模様。
〔補説〕 「嵐こす」は西行にしか用例なく、「雪げ時雨れて」はおそらく為家創始。参考宗尊親王詠「故郷の」は詠歌年次不明だが、「ははそ散る」は弘長二年詠。二首ともに本詠に影響されたものと推測される。

313

題しらず

富士のねは冬こそ高くなりぬらめわかぬみ雪に時を重ねて（八一四）

〔現代語訳〕 題不明の歌。

富士の山は、冬こそは一そう高くなるのだろうな。四季の別なく降り積る雪の上に、更に又めぐって来る冬という時を重ねて。

〔詠歌年次・契機〕 貞永元年三月洞院摂政家百首和歌。一二三二年、35歳。

〔参考〕「時知らぬ山は富士のねいつとてか鹿子まだらに雪の降るらむ」（新古今一六一六、伊勢物語一二、業平）

〔他出〕 洞院摂政家百首九二一。全歌集一六一五。

〔語釈〕 **○わかぬみ雪** 時分かず降る雪。「時知らぬ」という参考詠をふまえる。**○時** 歳月。**○重ねて** 「雪」の縁語。

〔補説〕 歌題は「雪」。業平詠の「時」を巧みに転用し、消えぬ雪の上に更に冬になり雪が積る、おまけにそういう年月――「時」までが重なったら、いやが上にも高くなるだろう、という諧謔。楽しい歌である。

314

建長二年八月十五夜、鳥羽殿歌合に

消えねただあまのすくも火下燃えの煙やそれと人もこそ問へ（九七四）

〔現代語訳〕 建長二年八月十五夜、鳥羽殿歌合に詠んだ歌。

火の消えるように、この身も消えてなくなってしまえよ、いっそのこと。海人のたく藻屑の火の煙のように、ぱっと燃え上る事もできずにくすぶっている私の恋心を、もしやそんな事で悩んでいるのではないかと他人がたずねたら困るから。

〔詠歌年次・契機〕 建長二年八月十五夜鳥羽殿歌合。一二五〇年、53歳。

〔参考〕「消えねただしのぶの山の峰の雲かかる心のあともなきまで」（新古今一〇九四、雅経）「難波潟すくもたく火のうちしのび下燃えにてや世をぱつくさむ」（古今六帖二六六八、読人しらず）「津の国の名には立たまく惜しみこそすくもたく火の下にこがるれ」（後撰七六九、紀内親王）

〔他出〕 拾遺風体集二八〇「下もえて」。題林愚抄七五四五。全歌集二六五〇。

〔語釈〕 **○すくも火** 藻屑、また枯れた芦や萱を燃やす火。湿っていて燃え立たずくすぶるので「下燃え」という。**○もこそ** そうなっては困ると危惧する気持。

〔補説〕 本歌合については他作品は伝えられていない。なお年次については264参照。

同じ心（逢不遇恋）を

今ははや十市の池のみくり縄くる夜も知らぬ人に恋ひつつ（一一七八）

〔現代語訳〕 前歌と同じ題の気持（逢うて遇はざる恋）を詠んだ歌。

今はもうあの人との仲は、（逢った昔とは違い）遠い十市の池に生える三稜草《みくり》のよじれた茎のようなもの。それを「操《く》る」のではないが、逢いに来る夜がいつとも全くわからない人に、ただ恋いこがれてばかりいて。

〔詠歌年次・契機〕 貞永元年三月洞院摂政家百首和歌。一二三二年、35歳。

〔参考〕「恋すてふ狭山の池のみくりこそ引けば絶えすれ我やねたゆる」（古今六帖三九五五、歌枕名寄五四六六、読人

しらず）「みさびゐる浅沢沼のみくり縄苦しき世にはすまれやはする」（新千載一八八二、読人しらず）

【他出】 洞院摂政家百首一三一九。現存六帖二七八。現存六帖抜粋二九四。夫木抄一〇七五八。題林愚抄六九五六。歌枕名寄三〇二七。全歌集一六三六。

【語釈】 **○十市** 大和の歌枕、奈良県橿原市。「遠方《とほち》」とかけて遠い所という意をあらわす。**○みくり縄** 三稜草《みくり》は沼や沢に自生する多年生の水草。その茎が水に漂い、縄のようによじれて見えるのをいう。**○くる** 恋人が「来る」に縄の縁語「操る」をかける。

【補説】 「十市の里」は擣衣などとからめてよく用いられるが、「十市の池」は本詠のほか、のちに蓮愉集の一首（三六八）があるのみ。「みくり」も「みくり縄」と熟した例は少いが、為家は新撰六帖に「見かれ《みかくれ（夫木）》ぬに深きさはぬのみくり縄月日はくれどひく人はなし《も（夫木）》」（二一九七、夫木抄一五六二三）とも詠じている。他に宗尊親王詠（夫木抄一〇八二一）がある。

（題しらず）

かきやりし山井の清水更に又絶えてののちの影を恋ひつつ（一一九四）

【現代語訳】（題不明の歌）

以前きれいに掃除して影が映るようにした、山中の清水だったが、今は絶えてしまった。それと同様、文通を経て障害なく逢えていたのに中絶えてしまったあの人。今更のように又、絶えてのち映らなくなった映像のように、逢えなくなった人の面影を恋い慕うことだ。

【詠歌年次・契機】 寛元元年十一月十三日～二年二月二十四日新撰六帖題和歌。一二四三～四四年、46～47歳。

【参考】 「我がためは棚井の清水ぬるけれどなほかきやらむさてはすむやと」（拾遺六七〇、実方）「袖ぬるる山井の清水いかでかは人目もらさで影を見るべき」（新勅撰六五九、堀河）「安積山影さへ見ゆる山の井の浅き心をわが思はなくに（古今序、采女）「玉の緒をあわをによりて結べれば絶えてののちも逢はむとぞ思ふ」（新勅撰九四八、読人しらず）「筑波嶺の木の本ごとに立ちぞ寄る春のみ山の影を恋ひつつ」（古今九六六、潔興）

〔他出〕　新撰六帖五五二。為家卿集三四七。中院詠草九八。大納言為家集一二二一「あとを恋ひつつ」。全歌集二〇一〇。

〔語釈〕　**○かきやりし**　手で払いのけた（水面の塵芥などを）。参考実方詠により文通の意も含むか。**○山井**　山の井。山の清水のたまっている所。**○絶えて**　水の絶える事と男女の仲の絶える事をかける。**○影**　古今序詠により、「山井」の縁語。恋人の面影。

〔補説〕　新撰六帖の歌題「山の井」による詠。初句には「かきやりしその黒髪のすぢごとにうち臥す程は面影ぞ立つ」（新古今一三九〇、定家）も連想されているか。

（題しらず）

人はいさ鏡に見ゆる影をだにうつる形見に頼みやはする（一二二〇）

〔現代語訳〕（題不明の歌）

「鏡に映る自分の影以外に、恨み、泣く相手はいない」と言った人は、さあどうだろうか。他人に思い移った恋人を思い切れない私は、鏡に映る自分の影だって、「うつる」という辛い思い出の形見だと思えば、頼りにして愚痴を言ったりもできないよ。

〔詠歌年次・契機〕　弘長元年四月二十日早卒百首和歌。一二六一年、64歳。

〔参考〕　「人はいさ心も知らずふるさとは花ぞ昔の香に匂ひける」（古今四二、貫之）「恨みても泣きても言はむ方ぞ

なき鏡に見ゆる影ならずして」（古今八一四、興風）
〔他出〕　為家卿集六三九、大納言為家集一一四五、題林愚抄八一〇〇、全歌集四一五六、以上すべて「うつるかたには」。
〔語釈〕　○いさ　さあ、どうだか知らないが。○うつる　鏡に映る意と、心変りして思い移る意をかける。
〔補説〕　本集以外はすべて第四句「うつるかたには」。「映る――移る、という風に考えて見ると、頼りにならない」の意で、この方が正しいと思われる。「うつる形見」はやや不安定な語である。撰歌時の改訂か、あるいは新編国歌大観底本書陵部蔵兼右筆本の独自異文か、現在不明。

（題しらず）

今はとて世にも人にも捨てらるる身に七十の老ぞかなしき（一三二〇）

〔現代語訳〕（題不明の歌）
今はもうあの人は役に立たない、といって、社会からも人からも捨て去られるこの身に、これだけは忘れられずに積って行く七十歳という老いの年月の、なんと悲しいことだろうか。
〔詠歌年次・契機〕　文永四年七月又は八月十七日続五十首和歌。一二六七年、70歳。
〔参考〕「今はとてわが身時雨にふりぬれば言の葉さへにうつろひにけり」（古今七八二、小町）「いかにせむ身に七十の過ぎにしを昨日も思へば今日も暮れぬる」（続古今一八一一、蓮生）
〔他出〕　中院集一四八。全歌集五〇三三。
〔語釈〕　○今は　今となっては。将来に何の希望も期待も持てない意。
〔補説〕　参考詠作者蓮生は為家岳父宇都宮頼綱。治承二～正元元年（一一七八～一二五九）、82歳。彼が70歳に達し

たのは宝治元年（一二四七）の事であった。本続五十首の作品は十五首が中院集により知られ、勅撰入集は本詠のみである。

（題しらず）

319 定めなき心弱さをかへりみて背かぬ世こそいとど惜しけれ（一四一二）

【現代語訳】（題不明の歌）（出家したいとは思うものの）はっきり決心のつけられない自分の意志薄弱さを知っているから、あえて出家せずにいるこの世こそ、一入口惜しく思われるよ。（決して俗世に未練があって惜しんでいるのではないのだけれど）

【詠歌年次・契機】 貞永元年三月洞院摂政家百首和歌。一二三二年、35歳。

【参考】「世の中を思ひ捨ててし身なれども心弱しと花に見えぬる」（後拾遺一一七、能因）「長らふる心弱さを命にて背かぬ世こそ老となりけれ」（新後拾遺一三六三、孝行）

【他出】 洞院摂政家百首一八一五。全歌集一六五九。

【補説】 この世が惜しいから出家しないのではない、自分に自信がないから出家しない、それが残念だ、の意。相似た参考詠の作者孝行は源光行の男で、おそらくは本詠の模倣歌か。

観経釈文、尺迦此方発遣　弥陀即彼国来迎

320 舟呼ばふ声に迎ふる渡し守憂き世の岸に誰かとまらむ（一四九六）

【現代語訳】 観無量寿経の釈文にいう、「釈迦此方発遣　弥陀即彼国来迎」を詠んだ歌。

渡し舟を呼ぶ声に応じて迎えに来る渡し守の船頭のように、極楽往生を願う衆生の念に応じて来迎されるという阿弥陀仏よ。そのありがたさを思えば、此岸なる現世に誰がとどまって居ようか。（誰だって喜んで彼岸に渡していただくだろう）

〔詠歌年次・契機〕　建長四年最智勧進和歌。一二五二年、55歳。

〔参考〕「宇治河の川瀬も見えぬ夕霧に槙の島人舟呼ばふなり」（金葉二四〇、基光）

〔他出〕　為家卿集四七〇。大納言為家集一五七四。全歌集二七三六。

〔語釈〕　○観経釈文……　唐、善導（六一三～八一）の観無量寿経註釈書、『観経四帖疏』の「玄義分」にある文。「釈迦が現世から衆生を送り出すと、即座に阿弥陀仏がその極楽国土から迎えに来られる」の意。○舟呼ばふ　舟が来るよう声をあげて呼ぶ。臨終にとなえる南無阿弥陀仏の十念をいう。

〔補説〕　本勧進和歌の主催者、最智は、源家長男、家清の法名か。尊卑分脈では他に同名の者は見当らず、家清は嘉禎二年（一二三六）遠島歌合等の作者で、続後撰集に三首初入集、以後新後撰・玉葉・新拾遺・新続古今に各一首入集している。家長室下野と為家の親交（↓201・210）を見ても、この人と考えてよいであろう。為家とはほぼ同年配か。本勧進和歌作品は、他に一首が家集に知られる。

帰雁を

遠ざかる雲井の雁の影も見ず霞みてかへる志賀の浦波（一〇二）

〔現代語訳〕「帰雁」の題を詠んだ歌。
遠ざかって行く、空行く雁の姿も早くも見えない。一面の霞の中で、「帰る」ものは（帰雁ではなく）静かに寄せては返る琵琶湖の波だけだ。

〔詠歌年次・契機〕建長元年十二月日吉社禰宜祝部成茂宿禰七十賀湖辺名所題四季屏風歌。一二四九年、52歳。

〔参考〕「小夜更くるままに汀や氷るらむ遠ざかりゆく志賀の浦波」（後拾遺四一九、快覚）「霞みゆく雲井の雁や越えつらむ渡せば絶ゆる峰のかけはし」（壬二集八一七、家隆）「わたの原雲に雁がね波に舟霞みてかへる春の夕暮」（月清集八〇七、良経、千五百番歌合）

〔他出〕為家卿集四四二。大納言為家集一三七五。閑月集四二。全歌集二六四〇。

〔語釈〕〇かへる　寄せた波の返る意に、帰雁の意をかける。

〔補説〕参考良経詠に学んだものかと思われるが、良経詠のやや口拍子めいた軽さに対し、しっとりとした詠み口で、想像詠ながら実景を髣髴とさせる。

322

（承久元年七月歌合に、暮春雨といふ事をよませ給うける）

明日よりはおのが名にだにとどまらじしばしな晴れそ春雨の空（二一二）

【現代語訳】（承久元年七月歌合に、〈順徳天皇が〉「暮春の雨」という題をお詠みになったのと、同時、同題の歌）今日は三月晦日、明日からは（いくら同じように降っても）お前の名にさえ「春」という字はとどまっては居まい。暫くは晴れないでいてくれよ、春雨の空よ。

【詠歌年次・契機】 承久元年七月二十七日内裏百番歌合。一二一九年、22歳。

【参考】「ぬばたまの夜渡る雁はおぼほしく幾夜を経てかおのが名を告《の》る」（万葉二一三九、作者未詳）「雪げだにしばしな晴れそ峰の雲明日の霞は立ちかはるとも」（月清集四四九、良経）

【他出】 内裏百番歌合五一。全歌集四九。

【語釈】 **○おのが名** 自分の名。「春雨」の名がなくなる事を惜しむ。**○な……そ** 禁止の意。**○春雨** 「晴れそ」に対する「晴る」を響かせるか。

【補説】 歌合二十六番に右方実氏の「今日のみとながむばかりの夕暮にはては物憂き春雨の空」と合され、「左、心なきにあらず。右、無㆓指難㆒とて、為㆑持」（衆議判、判詞後日家隆執筆）とされた。「おのが名」は為家の好みの句で、「緑なる松の梢も雪とぢておのが名したる白河の関」（為家卿集六三、貞応二年）「もろこしの吉野の山に咲きもせでおのが名しらぬからももの花」（新撰六帖二四二二）等と用いている。本歌合為家詠は十首、勅撰入集は本詠のみ。

323

寛喜四年日吉社撰歌合に

晴れやらぬ雲の八重山峰とぢて明くるも暗き五月雨の空（二一九〇）

〔現代語訳〕 寛喜四年日吉神社撰歌合に詠んだ歌。
晴れようにも晴れられない、という感じで雲が幾重にもかかっているために、重なる山々の峰はすっかり閉ざされて、夜が明けても暗い、五月雨の空よ。

〔詠歌年次・契機〕 貞永元年（寛喜四年四月改元）三月十四日日吉社撰歌合。一二三二年、35歳。

〔参考〕「都より雲の八重立つ奥山の横河の水はすみよかるらむ」（新古今一七一八、村上天皇）「花の色は雲の八重山重ねても春の日数のあかぬ比かな」（明日香井集七三九、雅経）「五月雨に降りとぢらるる槙の戸の明くるも暗き空の色かな」（壬二集一三七〇、家隆）

〔他出〕 日吉社撰歌合二二。全歌集一六七五。

〔語釈〕 **○晴れやらぬ** 「やらぬ」は……し切れない、の意。**○雲の八重山** 「八重」は雲と山と双方にかかり、いずれもが重層をなしているさまを示す。

〔補説〕 陰鬱な五月雨の朝。参考家隆詠の影響はあろうが、より実景に即して重厚である。「雲の八重山」は雅経以後本詠と俊光集に一首、のち景樹に「五月雨は今日ぞまことに晴れぬらむ雲の八重山あらはれにけり」（桂園一枝拾遺一四八）という模倣歌があるのみ。「峰とぢて」は用例皆無、ただ望月長孝（元和五～天和元〈一六一九～八一〉）に「夏はまた山となるてふ塵ならでかさなる雲の峰とづるなり」（広沢輯藻三三〇）があるのみである。

本撰歌合は寛喜元年（一二二九）為家が諸家に勧進した「為家家百首」の中から、為家自ら五十番に撰歌結番したもので、三月十四日日吉社に奉納した。為家詠は一〇首、勅撰入集は玉葉180（但し新撰六帖歌と誤認）、本詠および別機会の作とされている寛喜元年三輪社奉納続後撰13の三首である。

建長三年影供歌合に、初秋露といへる事を

玉敷の露のうてなも時にあひて千世のはじめの秋は来にけり（三五四）

〔現代語訳〕建長三年影供歌合に、「初秋の露」という題を詠んだ歌。

造営成った新内裏の、整備された露台も時節にふさわしくて、ここに我が君が千年も栄えられるであろう、その最初の秋が来たことだ。

〔詠歌年次・契機〕建長三年九月十三日仙洞影供十首歌合。一二五一年、54歳。

〔参考〕「めづらしき千世のはじめの子日にはまづ今日をこそ引くべかりけれ」（拾遺二八九、信賢）

〔他出〕影供歌合四。夫木抄三八四五。六華集五五〇（作者有家）。全歌集二六九五。

〔語釈〕〇玉敷　玉を敷いたように美しいこと、またその場所。ここでは内裏。〇露のうてな　露台。紫宸殿と仁寿殿の間、仁寿殿と承香殿の間の二箇所に設けられた、屋根のない大床。

〔補説〕宝治三年（一二四九）二月一日、当時の内裏であった閑院殿が焼失、建長二年七月十三日再建の事始が行われ、三年六月二十八日、完成した閑院内裏に後深草天皇（9歳）が遷御された。その状況は『経俊記』『弁内侍日記』に詳しい。新内裏には、旧閑院殿で省略されていた、仁寿殿と承香殿の間の露台が復活され、これに関して「世の常の月も光やまさるらん千歳の秋の露の台は」（作者不明、後嵯峨院か）「この秋は露の台の数そひて□（月の光もカ）千々にさやけき」（弁内侍）の贈答があった（弁内侍日記一三八段）。本詠もこれにかかわる、後嵯峨院への賀詞である（岩佐『中世日記行集　弁内侍日記』平6小学館新日本古典文学全集・『宮廷女流文学読解考中世編』平11参照）。

歌合では二番左実氏の「白露の玉敷く小野の浅茅原風より先に秋は来にけり」と合され、「右方申、風より先に秋は来にけり、よろしく聞ゆるよし申す。左方申、露の台、尤も可レ被レ賞非レ可レ負、仍被レ付ニ持字ニ」（衆議判、判辞後日為家執筆）として持となった。歌人四十二人中、歌題の「露」を「露台」に結びつけたのは為家一人である。その「時」と「場」を逃がさぬ用意を見るべきであろう。

題しらず

かち人のとはぬ夜寒に待ちわびて木幡の里は衣打つなり（五三九）

〔現代語訳〕 題不明の歌。

馬でなく歩いてでも来てくれるはずの恋人が、なぜか訪れない寒い晩秋の夜、待ちくたびれながら、木幡の里の女は衣を砧で打っているようだ。

〔詠歌年次・契機〕 寛元三年九月入道前摂政道家家秋三十首和歌。一二四五年、48歳。

〔参考〕 「山科の木幡の里に馬はあれどかちよりぞ来る君を思へば」（拾遺一二四三、人麿）「かち人の道をぞ思ふ山科の木幡の里の秋の夕霧」（月清集八四六、良経、千五百番歌合）

〔他出〕 万代集一一〇六。秋風抄序。歌枕名寄二〇八。全歌集二四二八。

〔語釈〕 **〇かち人** 徒歩の人。参考拾遺詠により、馬の用意ももどかしく歩いてでも逢いに来る情熱的な恋人。**〇夜寒** 晩秋の、冷えこむ夜。**〇木幡の里** 山城の歌枕。宇治市木幡町から、その周辺、山科から巨椋池あたりまでを含む広い地域。**〇衣打つ** →218。

〔補説〕 秋風抄序には、「前大納言為家卿は、よく歌の趣を得て、その言葉巧なり。しかも艶なるをもととして、優しきを願へるにや、たとへば上陽の人のまぶたには芙蓉に似、胸は玉に似たるが如し、かの深宮の有様も面影なきにあらず」として、本詠を筆頭に、「我が袖の海となるをは津の国の流す涙の積るなりけり」（新撰六帖一〇八七）「いたづらにながめて落つる涙かなすすまぬ《ぐさぬ(万代集)》つきの恨めしきまで」（万代集三〇〇七、光俊勧進経裏百首）の三首をあげている。他二詠はともかく、本詠については妥当な評言であろう。この三十首和歌作品は他に秋風集等に一首が知られる。

326 弘長元年百首歌奉りけるに
峰の雲磯辺の波はかはれどもなほ故郷の面影ぞたつ（九九八）

【現代語訳】弘長元年百首歌を詠進した時に詠んだ歌。
（旅の道々に眺める）峰の雲や海岸の波は、その場所に従って次々に風景は変って行くけれども、どちらも「立つ」ものである事は同じ、そしてそれを見る度に、どうしても故郷の面影が「顕《た》つ」のも、変りなく同じであるよ。

【詠歌年次・契機】弘長元年九月以降詠進弘長百首和歌。一二六一年、64歳。

【参考】「峰の雲汀の波にたちなれて春にぞ契る宇治の橋姫」（元久詩歌合五六、業清）「かきやりしその黒髪のすぢごとにうち伏すほどは面影ぞたつ」（新古今一三九〇、定家）

【他出】弘長百首六一七、為家卿集七〇四、大納言為家集一三〇七、両者ともに「いそべの波と」。全歌集四二五一。

【語釈】○たつ　雲・波・面影、すべて「たつ」ものであるからいう。

【補説】「峰の雲磯辺の波と」であると、「あるいは峰の雲、あるいは磯辺の波というように、風景は変って行くけれども」の意となり、微妙な差ながらややスケールが小さくなるか、如何。

327 忍恋を
消えぬべき露だにかけじしのぶ草心ばかりの下の乱れは（一〇四七）

【現代語訳】「忍ぶる恋」の題を詠んだ歌。

今にも消えてしまいそうな忍ぶ草の露、その露ほども口には出すまいよ、忍ぶ恋の、心一つにおさめてある、表面に出さない乱れる思いは。

〔詠歌年次・契機〕 文永四年正月または二月詠二十首和歌。一二六七年、70歳。

〔参考〕 「思ひには露の命ぞ消えぬべき言の葉にだにかけよかし君」(後拾遺八一三、兼家)「しのぶ草いかなる露かおきつらむ今朝はねもみなあらはれにけり」(新古今一七三四、済時)「かくれ沼《ぬ》の入江に生ふる芦の根の下の乱れは苦しかりけり」(新後撰八一七、読人しらず)

〔他出〕 中院集五八。全歌集四九四二。

〔語釈〕 **○露** 忍草に置く露に、「ほんの少しでも」の意をかける。**○かけじ** 露の縁語「かけ」に、「口に出す」意をかける。**○しのぶ草** シダ類の一種、ノキシノブ。樹皮・岩石・軒端などに生える。思慕する・秘密にする・我慢するの意の「偲ぶ・忍ぶ」をかける。**○下の乱れ** 表面に出さない心の悩み。

〔補説〕 縁語を巧みに用いて歌題を適切に表現する。「下の乱れ」は案外用例が少く、参考新後撰詠は後代勅撰入集詠ながら、早くから知られていた古歌と見てあげた。為家は「紫の根摺の衣色に出づと下の乱れは人に知られじ」(千首六〇九)ほか千首七三四・七社百首二八五・大納言為家集一四三四と、しばしば用いている。本百首詠は中院集により二〇首が知られるが、勅撰入集は本詠のみである。

寄縄恋といふ事を

沖つ島とまる小舟のいかり縄いかでくるしき程を知らせむ(一五〇六)

〔現代語訳〕 「縄に寄する恋」という題を詠んだ歌。

沖の島に仮泊する小舟の碇の縄、それを繰るように、どうやって思う人に、この苦しい恋心を知らせようか。

（なかなか思うようには行かないことだ）

【詠歌年次・契機】文永四年正月又は二月二十八日続百首和歌。一二六七年、70歳。

【参考】「沖つ島雲居の岸を行きかへり文通はさむまぼろしもがな」（拾遺四八七、肥前）「港出づるあまの小舟のいかり縄くるしき物と恋を知りぬる」（拾遺六三八、読人しらず）

【他出】中院集八七。全歌集四九七一。

【語釈】**〇沖つ島** 沖の島。参考歌では隠岐をさすが、本詠では単に沖の意。**〇いかり縄** 碇につけた縄。「いかで」（どうして）の序とし、かつ「縄を繰る」意から「苦しき」を導く。

【補説】本続百首詠は中院集により三〇首が知られ、勅撰入集は本詠のみである。

弘長百首歌に、逢不会恋

初霜の岡のかげ草かりにのみ通ひし跡はやがてかれにき（一五五一）

【現代語訳】弘長百首歌に、「逢うて会はざる恋」の題を詠んだ歌。

私の恋は、初霜の置く岡の、物陰の草のようなもの。草刈の為にだけ人が通った道ばたに取り残され、そのまま枯れてしまう。そのように、恋人が心を許してくれないのでほんの仮りそめにだけ通っていた逢瀬は、じきに離《か》れ（縁が切れ）てしまった。

【詠歌年次・契機】弘長元年九月以降詠進弘長百首和歌。一二六一年、64歳。

【参考】「虫の音はまだかれなくに初霜の岡辺の草の暁の色」（宝治百首一五四六、経朝）「初霜の岡の篠生に伏しわびて幾夜になりぬ夢をだに見ず」（宝治百首三四五九、行能）

【他出】弘長百首五一七。全歌集四二三八。

〔語釈〕 ○初霜の岡 「初霜の置く」と「岡」をかけたもの。歌枕ではない。○かり 「苅り」と「仮」をかける。○かれ 「枯れ」と「離れ」をかける。

〔補説〕 「初霜の」は「おくての稲」「起きながら」などに冠せられる例が古くから若干見られるが、「岡」と続けるのは参考宝治百首が初例で、本詠がこれに続き、以後、伏見院・尊円等に少数例がある。歌枕名寄等には扱われていない。

宝治二年百首歌奉りける時、歳内立春といふことを

朝氷とけにけらしな年の内に汲みて知らるる春の若水 (一六〇六)

〔現代語訳〕 宝治二年百首歌を詠進した時、「歳の内の立春」という題を詠んだ歌。

早朝に張っていた氷は、早くもとけたようだな。まだ旧年のうちに立春が来たという事を、氷っていない水を汲むという事で察知する事ができる、立春一番のめでたい水よ。

〔詠歌年次・契機〕 宝治元年十一月詠進宝治百首和歌。一二四七年、50歳。

〔参考〕 「朝氷とけにけらしな水の面にやどる鳰鳥ゆきき鳴くなり」(順集二一二)「朝氷とくる間もなき君によりなどてそほつる袂なるらむ」(拾遺七二六、能宣)「年の内に春は来にけり一年を去年とやいはむ今年とやいはむ」(古今一、貫之)「ここにしもわきて出でけむ石清水神の心を汲みて知らばや」(後拾遺一一七四、増基)「いつしかと池の氷の今朝はまたとくれば結ぶ春の若水」(新撰六帖一三、知家、ついたちの日)

〔他出〕 宝治百首八。夫木抄一。題林愚抄四九。私玉抄。全歌集二五〇七。

〔語釈〕 ○汲みて 水を「汲む」意と、「推察する」意をかける。○若水 立春の日、主水司から天皇に奉る水。一年の邪気を払うとされる。一般に、正月の最初に汲むめでたい水。

〔補説〕「春の若水」は用例少く、「筒井づにかけし袂をいかで我結びしらせむ春の若水」（六百番歌合八五四、隆信）が初例、次が参考知家詠で、はじめて立春の若水の意が明らかになる。本詠はこれを年内立春に巧みに利用している。

苔を

思ひ入るいはほの中の苔衣なほ捨てがたき世こそつらけれ（一八七二）

〔現代語訳〕「苔」を詠んだ歌。
深く思いつめて入った、世間のいやな事が聞えて来ないはずの、岩穴の中での苔の衣を着た出家生活と思ったのに、やはり捨てられない悩み多い現世である、という事こそ、本当に辛いことであるよ。

〔詠歌年次・契機〕文永四年九月二十日続百首和歌。一二六七年、70歳。

〔参考〕「世の中よ道こそなけれ思ひ入る山の奥にも鹿ぞ鳴くなる」（千載一一五一、俊成）「いかならむいはほの中に住まばかは世の憂き事の聞え来ざらむ」（古今九五二、読人しらず）

〔他出〕中院集一九三。全歌集五〇七八。

〔語釈〕**〇思ひ入る** 心に深く思う意に、（巌の中に）「入る」意をかける。**〇いはほの中** 参考古今詠により、遁世の生活を意味する。**〇苔衣** 僧や隠者の着る衣。またその生活。

〔補説〕出家後すでに十年余、家族間の葛藤、所領・文書の相続、阿仏・為相の将来、まことに「捨てがたき世こそ辛けれ」である。このように嘆きつつ、なお最晩年の満八年間、為家は精力的に詠歌し、歌書の書写伝授を行い、源氏物語を講じ、酒宴・蹴鞠を楽しみ……と、多彩な活動を行って、建治元年（一二七五）七十八年の生涯を終えた。一般的に考えられている、温和な保守主義者、阿仏に溺れた老耄の晩年、という常識は、覆えされねばなるまい。なお本続百首は四九首が中院集により知られるが、勅撰入集は本詠のみである。

弘長元年百首歌に、同じ心（橋）を

聞きわたる佐野の舟橋かひもなし知らぬ昔をかけて恋ふれど（二〇一八）

〔現代語訳〕 弘長元年百首歌に、前歌と同じ題の気持（橋）を詠んだ歌。

昔からよく聞いている、「佐野の舟橋」は、心にかけて恋するものだというけれど、（恋であればそれが成就する事もあるかもしれないが）その甲斐もない事だ、私は見た事もない輝かしい昔を、口に出し、心にかけて恋しく思うのだけれど（それを体験する事はできない）。

〔詠歌年次・契機〕 弘長元年九月以降詠進弘長百首和歌。一二六一年、64歳。

〔参考〕 「東路の佐野の舟橋かけてのみ思ひわたるを知る人のなさ」（後撰六一九、等）「東路の佐野の舟橋さのみやはつらき心をかけて頼まむ」（壬二集二八二〇、家隆）「しのべとや知らぬ昔の秋をへて同じ形見に残る月影」（新勅撰一〇八〇、定家）「奥山の日影の露の玉かづら人こそ知らねかけて恋ふれど」（新勅撰六八三、為家、6）

〔他出〕 弘長百首五九九、為家卿集七〇一、大納言為家集一二三五、全歌集四二四八、以上すべて「しらぬ昔は」。

〔語釈〕 **〇聞きわたる** 長い時間にわたって聞く。前から聞いている。「わたる」は橋の縁語。**〇佐野の舟橋** 上野の歌枕。高崎市佐野、烏川にかかっていたという、舟を並べてその上に板を渡した橋。**〇知らぬ昔** 体験した事のない昔。**〇かけて** 口に出して。心にかけて。橋の縁語。

〔補説〕 佐野の舟橋は恋に詠まれる事が多いが、ここでは懐旧に用いている。「しらぬ昔」は定家詠によるであろうが、具体的にはいつの時代をさすか。千載新古今撰集の昔か、あるいは遠祖道長・長家の時代か。第四句は「知らぬ昔は」が有力で、「昔を」はあるいは新続古今集新編国歌大観底本、書陵部蔵兼右筆本の独自異文か。「は」の方が感懐が深いと考えられる。

詠歌一躰

総論

和歌を詠む事、かならず才学によらず、たゞ心よりおこれる事と申したれど、稽古なくては上手のおぼえとりがたし。を《（お）》のづから秀逸をよみ出だしたれど、後に比興の事などしつれば、さきの高名もけがれて、いかなる人にあつらへたりけるやらむと誹謗せらるゝ也。さ様に成りぬれば」一ゥ物うくて歌をすつる事もあり。これすなはち此の道の荒廃なるべし。されば、あるべきすぢをよく〳〵心得いれて、歌ごとにおもふ所をよむべきなり。

〔現代語訳〕「和歌を詠む」という事は、必ずしも才智・学問の有無に左右されるものではない、ただ心の表現としておのずから発するものである、とは言われているけれど、しかし「稽古」すなわち古を範として学ぶという事がなくては、名人上手という評価は得難いものである。たまたま或る機会に、秀歌を詠出したとしても、後日に、物笑いになるようなつまらぬ歌を詠んだりすれば、以前の名声も下落して、「いつぞやの歌は、どんな人に頼んで詠んでもらったのだろう」などと中傷される事になる。そんな状態になれば、気が進まずうんざりして、詠歌そのものを止めてしまう事さえある。こうした現象は取りも直さず、歌道衰退の見本のようなものだろう。だから、「和歌とはこうあるべきだ」という正道をよくよく心得、体得して、一首ごとに、自分の真によしとする所を詠むべきである。

〔語釈〕○心よりおこれる事　「歌は広く見、遠く聞く道にあらず。心より出でて、自らさとる物也」（近代秀歌）によるか。○稽古　古の道を考える意。「曰若二稽古一帝尭」（書経尭典）。「稽、考也。能順二考古道一、而行レ之者帝尭也」（書経孔安国伝）。「古を稽《かんが》へて風猷を既に頽れたるに縄《ただ》し、今を照して以って典教を絶えむとするに補はずといふこと莫《な》し」（古事記上表文）。○おぼえ　評価。信望。○比興　おかしく不都合なこと。非興の転とも。○あつらへ　注文すること。○すぢ　条理。道理。

〔補説〕為家の詠歌精神の基底を説く、総論部分である。その核をなすものが「稽古」であり、その精神については解説に詳論するが、「稽古なくては上手のおぼえとりがたし」と言ったのち、稽古なくしてたまたま名声を得ながら没落する歌人の例をあげ、これを受けて、「されば、あるべきすぢを……」と言う、その「有るべき筋」とは、必ずや「稽古において有るべき筋」であるべく、以下の一つ書はその具体的教示たる各論であると読みとるべきであろう。それはまた、結語における「悪しき筋を除き詠むべきなり」の「悪しき筋」と対置されているものである。詳しくは解説「四　詠歌一躰考」の「2　論の基本と構成」を参照されたい。

各論

一　題を能々《よく〳〵》心得べき事

天象・地儀・植物・動物、すべて其の体あらむ物をば、其の名をよむべし。三十一字のなかに題の字をおとす事は、ふかく是を難じたり。」二オ但しおもはせてよみたるもあり。

落葉満水

いかだしよまて事とはむみなかみは　いか許《ばかり》ふく山のあらしぞ

月照水

すむ人もあるかなきかのやどならし　あしまの月のもるにまかせて

此の二首は、その所にのぞみてよめる歌なれば、」二ウ題をばいだしたれど只今見るありさまにゆづりて、紅葉・水などをよまぬ也。

五月五日《四日》の歌合に、郭公

五月雨にふりいでゝなけとおもへども　あすのあやめや《ためにや》ねをのこすらむ

この歌は落題とて難じたり。

〔現代語訳〕

一、題の性格をよくよく理解して詠むべき事

題の中でも、天象・地儀・植物・動物等、すべて形としてあらわれている物については、その名をはっきりと詠みこむべきである。三十一字の中に題の名称を詠みこまず、落す事は、強く非難されるのが古来の例である。但し、時によっては暗示するにとどめて詠んだものもある。

落葉が水一面に浮んでいる景

川を下って来る筏士よ、ちょっと待て。聞きたいのだが、（こんなに紅葉が沢山散り落ちて流れて来るというのは）水上ではどんなに烈しく山の嵐が吹いているのかね。

月が水を照す景

住む人もいるのかいないのかわからない程、わびしい（水辺の）家であるようだ。芦の間からもれてさし入る月の光、ただそれだけを頼りにして。

この二首は、それぞれ実景に臨んで詠んだ歌であるから、題にその名は出ているけれども、その物はただ現在見る情景に譲って、「落葉」「水」などは詠まないのである。

（それとは異なり）五月四日の歌合に「郭公」の題で、（郭公よ）この五月雨の空に、ことさら声高く鳴いてくれ、と思うけれども、明日、五月五日の菖蒲の節供のために、その音（根）を惜しんで鳴かず残しているのだろう。

この歌は、「題が落ちている」と言って非難されたのである。

〔語釈〕 **○落葉満水**　新古今五五四、「後冷泉院御時、うへのをのこども大堰河にまかりて、紅葉浮水といへる心をよみ侍りけるに　資宗」。**○いかだしよ……**　大堰河の名物筏流しに寄せて、川面一面に流れる紅葉を吹落したであろう、上流の嵐の烈しさをたずねる事で題意を表現する。**○すむ人も……**　新古今一五三〇、「家にて、月照水といへる心を人々よみ侍りけるに　経信」。「芦間」の一言で水を暗示する。自家での歌会詠であるから、必ずしも実景か否か明らかではない。経信集二四八では「六条にて人々の詠みしに、月」とする。**○五月四日の歌合**　応和二年（九六二）内裏庚申歌合。**○五月雨に……**　同歌合一一、佐理。**○ふりいでゝ**　「振出でて」（声をはりあげて）に、五月雨の「降り」をかける。**○ね**　時鳥の鳴く音に、五月五日の景物、菖蒲の「根」をかける。**○難じたり**　但し歌合では「郭公といふことなけれど、歌の姿清らかなりとて」（判詞）勝っている。

〔補説〕　宮廷和歌の基礎である「題詠」のあり方を、冒頭に詳細に教える。第一に最も基本的な欠陥、「落題」について、例外的に許容されるもの、難ぜられるべきものの実例を示す。「郭公」詠の、歌合当時との評価の分れは、中古と中世の和歌観・題詠観の変遷を物語るものでもあろう。

詞の字の題をば、心をめぐらしてよむべしと申すめり。恋題などはさま〴〵に侍るめり。」三オ

臨期違約恋

おもひきやしぢのはしがき〴〵（かき）つめて　も、よもおなじまろねせむとは

等思両人恋

つのくにのいくたの河に鳥もゐ（い）ば　身をかぎりとや思ひなりなむ

隔日恋

三日月のわれてあひみしおもかげの」三ウ　ありあけまでに成りにけるかな

乍来不遇恋

わがこひは木そ（曽）のあさぎぬきたれども　あはねばいとゞむねぞくるしき

〔現代語訳〕複雑な内容を含む題は、想像を働かせて遠まわしに詠むべきだと言われている。恋の題などは、特に色々な物があるようだ。

いざ逢う、という時になって約束を違える恋

ああ、思いもしたろうか。毎夜通った証拠に榻《しぢ》につける印を付け続けて、ようやく約束の百夜目になったのに、女が約束を破って逢ってくれず、今夜も前夜までと同じ独り寝をしようとは。

同等に二人を思う恋

（あの大和物語の女のように）摂津の国の生田川で二人の男が一羽の鳥を射て恋を争うような羽目になったら、（等しく二人を思う私は）この身の最後の時と思ってしまうだろう。

何日も逢わずにいる恋

満月の割れ砕けた一片のような三日月の頃、思い砕けてようやく逢えた人の面影を抱きながら、その後逢う折もなく日はたち、有明月の時にまでなってしまった。

来ていながら逢えない恋

私の恋は幅の狭い木曽の麻で仕立てた着物と同じ。着ても胸の所で十分合わないで苦しいように、せっかく来たけれど逢えないで、この胸の内が苦しいよ。

〔語釈〕 **○詞の字の題** 人事的な意味を含む文章題。**○心をめぐらして** 直説法でなく婉曲に。**○臨期違約恋** 千載七七九、俊成。嘉応二年（一一七〇）建春門院北面歌合四二。**○しぢのはしがき……** 「榻《しぢ》」は車の轅《ながえ》を乗せる台。「端書《はしがき》」はその一端につけた印。男が確かに通って来た事を証するためのもの。**○まろね** 衣服を着たまま寝る事。独り寝を示す。以上、深草の少将と小町との百夜通いの伝説をふまえる。**○等思両人恋** 寂蓮結題百首七八。**○つのくにの……** 摂津国生田川伝説。二人の男に思われた女が、「水鳥を射当てた方の妻となろう」と言ったところ、一人は頭、一人は尾を共に射当てたので、いずれとも決めかねて生田川に投身、男二人もあとを追った（大和物語一四七）。**○鳥もゐば** 「ゐ」は「射」で、鳥でも射るような恋争いになったら、の意。**○隔日恋** 新撰六帖一四三二、為家。のち玉葉一四八〇、164に入る。**○三日月の……** 月初めの三日に逢って以来、二十日前後の有明月になるまで再会できない。題の「隔日」を月齢で示した。「われて」には「順調に行かず苦しんで」の意が含まれる。**○乍来不遇恋** 新撰六帖一五九〇、光俊。**○木そのあさぎぬ……** 木曽産の麻布は粗製で幅狭く、胸の打合せが合わない事に、満足できぬ（胸合わぬ）意をかける。「更級や木曽の麻衣袖せばみきたるかひなし胸の合はぬは」（久安百首六六四、親隆）。

〔補説〕 恋歌には特に複雑な恋の経緯を指定した難題が多いので、実例によって会得を促す。「三日月の」は全編中にただ一首の自詠で、「心をめぐらして」詠んだ自信作であろう。

題の文字おほけれども、かならずしも字ごとによみいるまじきもあるべし。此の題はその字〳〵《その字》こそ詮にてあるべけれと見わけてよみ入るべし。心見の題とて、字ごとにすつまじ」四オきもあり。難題は、一字抄といふ物にしるせり。

池水半氷

いけ水をいかにあらしのふきわけて　こほれる程のこほらざるらむ

「半」字の難題にてある也。難題をばいかや(う)にもよみつゞけむために、本歌にすがりてよむ事もあり。風情のめぐりがたからむ事は、證歌をもとめて詠ずべし。但し古集には、秋、郭公を」四ウよみ、冬、鹿をもなかせたり。か様《やう》の事、眼前ならずは更《さら》〳〵よむべからず。

〔現代語訳〕題の文字が多い場合でも、必ずしもその字を全部詠み入れる必要のないものもあろう。この題はこの字とこの字が大事だ、としっかり見分けてそれを詠み入れるべきである。しかし中には「試みの題」といって、挙げられた字は全部詠み入れねばならない場合もある（からこれも注意しなければいけない）。いわゆる難題の例歌は、「一字抄」という書物に記してある。

池水が半ば氷る景

池の水を、どうやって嵐が吹き分けて、氷った部分とちょうど同じぐらい、氷らない部分があるのだろう。

これは「半」の字をどう扱うか、の難題の実例である。

こうした難題を何とかして一首に仕立て上げる為には、本歌を求め、それを頼りに詠む事もある。どうにも趣向を思い寄らないような時には、證歌として、古歌の一部を借り用いて詠むがよい。但し、古代の集の中には、秋なのに（夏の物）郭公を詠み、冬に（秋の物）鹿を鳴いたと作るものもある。このような季節外れの事は、実際に見聞した場合でない限り、決して詠んではいけない。

〔語釈〕○詮　肝心な所。○心見の題　実力を見るためことさらに構えた題。○一字抄　和歌一字抄とも。清輔撰の歌学書。歌題の一字（あるいは二字）を標目とし、その例歌をあげる題詠手引書。上下二巻、約一一七〇首。鎌倉中期に裏書追加あるか（掲出良経詠もその一）。○池水半氷　一字抄九四、続古今六二七、良経。家十首歌合。○いけ水を……　題の「半」をそれと言わず、下句で巧みに表現した例。○本歌　詠作の構成根拠として、表現の一部を明確に取り用い、これを媒介に抒情の深化拡充をはかる働きをもたらす古歌。○風情　趣向・着想。○證歌　本歌ほどの強い影響力を持たず、発想のヒントをなすと共に、表現をもそれとなく借り用いて作品に情趣を添える古歌。歌合難陳にいう「表現の先例・典拠」の意の「證歌」とは異なる。○古集には……　万葉集の「時鳥声聞く小野の秋風に萩咲きぬれや声のともしき」（一四六八、小治田広瀬王）「時鳥鳴きて過ぎにし岡傍《び》から秋風吹きぬ縁《よし》もあらなくに」（三九四六、池主）をさすか。「冬、鹿をも鳴かせたり」の例歌は未詳。

〔補説〕「證歌」の語はここにただ一箇所用いられているだけであるが、為家詠を詳細に検するに、證歌の活用は必ずしも難題詠に限らず為家作歌の根幹をなすものと考える。詳細は解説「五　為家歌風考」の「5　證歌」に譲る。

文字もすくなく、やす〳〵とある題をば、すこし様《やう》あり気《げ》によみなすべし。假令《けりやう》、「朝霞」などあらむ題に、「あさがすみ」と詠じ、「野虫」を「野べの虫のね」、「暁鹿」を「あかつきのしか」、「夕時雨」を「ゆふしぐれ」、「夜千鳥」を「さよちどり」などよみたらむは、無下《むげ》に事あさく侍るべし。」五オ題のはじめの字に「朝の何」と出だしたらむに、やがて歌のはじめに「けさの」とよみたるだに、あながちにこひねがはぬ体にてあるべし。但し難題にはか様の事まで嫌ふべからず。

題を上句につくしつるはわろし。たゞ一句によみたるもわろけれど、堀河院百首題は一字づゝにてあれば、さ様《やう》ならむ題の歌にてもおほくよまむには、はじめの五字によみたらむもくるしからず。」五ウ 但し其《それ》も一首とよまむ歌に、やがて初五字によみいれたらむは、無念にきこゆべし。

〔現代語訳〕 文字も少くて、いかにも簡単そうに見える題は、少し持ってまわって思う所ありげに詠むべきである。たとえば、「朝の霞」などという題に、「あさがすみ」と詠み、「野の虫」を「野辺の虫の音」、「暁の鹿」を「あかつきのしか」、「夕の時雨」を「ゆふしぐれ」、「夜の千鳥」を「さよちどり」などと詠んだのは、全く浅薄で論外というものだろう。題の冒頭の字に「朝の何々」とあるのが出された時、そのまま初句に「今朝の」と詠んだのさえ、強いては歓迎されない形であろう。但し、非常にむずかしい題の場合には、こんな事まで避けるには及ばない。

　題を上の句で言ってしまって、下の句には言うべき事が残っていない、というのはよろしくない。格別の意図もなく初句に詠みこむのも、好ましくないのだが、堀河院百首題は一字づつなのだから、そういう題の歌でも数多く詠む場合には、はじめの五文字の中に詠んだとしても差支えはない。但しそれも、一首立ての歌として詠む場合に、無造作に初五文字に詠み入れてしまったりするのは、思慮のない事と思われるであろう。

〔語釈〕 **○様あり気**　何かありそう。思わせぶり。**○假令**　たとえば。**○無下に**　全然。**○こひねがはぬ**　請ひ願はぬ。求め、期待せぬ。**○堀河院百首題**　長治二〜三年（一一〇五〜六）成立、堀河天皇に奏覧した、最初の組題百首の題。百首題の基本、典型として、後代和歌詠作の規範となる。霞・月・雪・松等、一字題が多い。**○一首とよまむ歌**　定数歌ではなく、一首独立して詠まれ、鑑賞される歌。

〔補説〕為家歌論の特色の一つは、項目の一々につき、原則と例外をはっきりと示している事である。初歩的な教えであり、言うまでもない事とも見えるが、好むと好まざるとにかかわらず公事としての和歌を詠まねばならぬ廷臣達、これを指導するとともに自らは和歌師範家の人間としての声価を示すべき作品を生み出さねばならぬ子弟、その双方への目配りが周到になされている。

「花」の題に落花をよみ、「月」の題に暁月をよむ事、歌合にはしかるべからず。「羇中」と「旅宿」とのごとし。題にいできぬべき物の、題にもいださぬをよみいるゝ事、詮なきにや。連歌の傍題のごとし。但し、これも事により様にしたがふべければ、一すぢにきらふべからず。」六オ
春の題に秋の物をよみならべ、秋の題に春の景物をひきよする事、更《さら》〳〵要なし。

霞隔遠樹

からにしきあきのかたみをたちかへて　春はかすみの衣手のもり

此の歌は難ぜり。すべて歌がらもこひねがはず、「衣手のもり」をしいださむとつくりたる歌なり。むかしは歌も対をとるなど申しければ、さる事」六ウもあるべし。

はるがすみかすみていにしかりがねは　いまぞなくなるあきゞりのうへに

ほとゝぎすなく五月雨にうへ《ゑ》した《田》を　かりがねさむみ秋ぞくれぬる

これらも強《あなが》ちにこひねがはず。

〔現代語訳〕「花」の題に散る花を詠み、「月」の題に暁の影薄れた月を詠むような、その題の本質でない姿を詠む

事は、歌合の場では適切でない。同じ旅でも「羇中」は旅の道すがら、「旅宿」は旅の宿り、というように本質的に違うから混同してはいけない、というのも同じである。また、いかにも題に出て来そうな物の、あえて題にも出していないのを勝手に詠み入れるのも、無益な事だろう。連歌で嫌う、「傍題」の難のようなものだ。但し、これも事柄により、場合に従って異なる事であるから、一概に非難し避けるべきものでもない。

春の題に秋の物を並列させて詠んだり、秋の題に春の景物を引用する事は、全く必要のない事である。

霞が遠方の樹を隔てている景

唐錦のように美しかった秋の形見の紅葉の景を、衣裳を裁ち変えるようにすっかり変えて、春は一面霞に覆われている、衣手の森よ。

この歌はその点が非難された。全体的な歌の姿もかくありたいとは思われない。「衣手の森」を何とか趣向にしようとしてことさら作った歌だ。昔は、詩だけでなく歌でも「対句を構える」などと言ったものだから、そんな事も許されたと見えて、たとえば、

春霞の中に、霞んで北へ去って行った雁は、今こそ帰って来て鳴いているようだ、秋霧の立ちこめた上空に。

時鳥の鳴く五月雨にぬれながら植えた田の稲を刈る頃、帰って来た雁の声が寒々と聞え、秋は暮れてしまった。

これらの歌もあるが、強いて求めて詠むべきものではない。

〔語釈〕 **○歌合には……** 歌合は公式の場で、題の本質の追求が注目されるので、特にこのような禁忌がなされたのであろう。**○羇中** 羇は旅の意。道中の風物等を詠むべきであり、宿泊しての感慨を詠む「旅宿」とは異なる。**○傍題** 連歌で前句中の主題たるべき語句以外の部分を中心として付けること。**○からにしき……** 建仁元年三月新宮撰歌合一〇、雅経。明日香井集一〇五六。紅葉をあらわす「唐錦」を裁ちかえて、春は「衣手の森」に霞が立

つ、と縁語をあやなしたもの。俊成判に、「春の霞の歌に唐錦秋のかたみと置ける、由なくや」として負けている。**○衣手のもり**　山城、また三河の歌枕というが所在未詳。衣の縁で詠まれる。**○対をとる**　対句を作る。漢詩文に広く用いられる手法なので、「歌も」と言う。**○はるがすみ……**　古今二一〇、読人しらず。新撰和歌三六。古今六帖四三五六、人丸。**○ほとゝぎす……**　新古今四五六、為政。「田を刈り」に「雁がね」をかける。

〔補説〕　歌題の要求しているところを正しく見定めて詠む。自然美の極致たる花・月に対しては、一首ごとにその評価が月旦される歌合の場ではその盛りの姿を詠むべきである。但し一題で数首詠む百首歌のような場合はその限りでない。題以外の余計なものを詠み入れてはいけないが、それも時と場合による。「対を取る」手法は古歌にもあるが、強いて用いるべきではない。……禁止する口の下から、直ちに例外が保留、許容されもする。不徹底とも見えようが、これが為家の歌論である。ここのみでなく、論全体を通じて、「時と場を心得た上で、冒険するならうまくやれ。自然に危うい処に遊ぶ事ができたならそれもよいが、そうでなければ穏当に行儀よくしておけ」というきわめて実際的な教えが、手を替え品を替え、懇切丁寧に説かれている。本段ではその片鱗が示されるのみだが、以下全項目にわたりこの論法がくりかえされる所に注意されたい。

「泉」を題にて、「のきのした水」などよむ人〳〵あり。たゞ「いづみの水」とよみたる、難なし。」七オ

「春興」「秋興」、いづれもおなし《もしろき》《かしき》事どもをつくさむとよむべし。朗詠の題に見えたり。

「山居」山ずみ也。山ざとにはすこしかはるべし。「野亭」野のいゑ《(へ)》。「野径」野のみち。「海路」ふねのみち。「水郷」水のさと也。宇治・淀・吉野川。近江湖もよみならはしたり。

ことに名誉ある題を、わざと異名をもとめて、「しか」を「すがる」とよみ、「草」を「さいたづま」とよ

み、「萩」を「鹿鳴草」とよまむと好む事、其の詮なし。」七ウ「螢」を「夏虫」と詠む事はうちまかせたる事なれど、それも後撰に

やへむぐらしげれるやどは夏むしの　こゑより外に問ふ人もなし

此の歌は蟬ときこえたり。されば「夜半の夏虫」とも、「思ひにもゆる」などよむ也。たゞ「ほたる」とよむべきにこそ。

「牡丹」ふかみぐさ。「紫苑」鬼のしこくさ。「蘭」ふぢばかま。か様にこゑのよみの物は、異名ならずはかなふ」八オべからず。歌にもこゑのよみあまたあり。国名、又所の名の中に、いひふるしてきゝよき事どものあるは別儀也。六帖の題はかの歌どもを見て心得べし。

〔現代語訳〕「泉」を題として、「軒の下水」などと詠む人々がある。（そんな事を言わなくても）素直に「泉の水」と詠んで、何の差支えもない。

「春興」「秋興」の題では、どちらもその季節の愉快な事どもを十分に表現しようと詠むべきである。和漢朗詠集・新撰朗詠集の題にあるから、参考にするがよい。

「山居」は山に住んでの生活である。「山里」とは少し趣が違うはずだ。「野亭」は野の家。「野径」は野の道。「海路」は舟で行く道。「水郷」は水のほとりにある里である。たとえば、「宇治」「淀」「吉野川」。近江の琵琶湖も同様に詠みならわしている。

特によく詠まれる有名な題を、わざわざ（風雅さをねらって）異名を使用して、「鹿」を「すがる」と詠み、「草」を「さいたづま」と詠み、「萩」を「鹿鳴草」と詠むような事を、特に好んでするのは、全く意味がない。

「螢」を「夏虫」と詠むのはよくある事だけれど、それも後撰集に、

　　雑草ばかりがひどく生い茂っている私の家は、「夏虫」の鳴く声よりほかに、訪れる人もない。

この歌の「夏虫」は、蟬だと理解される。だからそれとまぎれないように、「夜半の夏虫」とも、「思ひ（火）に燃ゆる」などとも詠むのだ。（それぐらいなら）率直に「螢」と詠むべきである。

「牡丹」を「ふかみぐさ」、「紫苑」を「鬼のしこくさ」、「蘭」を「ふぢばかま」。このように音よみの物は異名にしなければ詠みこむわけに行かない。尤も、歌言葉の中にも音よみの物はいくらもある。国の名、又地名の中に、昔から使っていて聞きよい物のあるのは例外で、使用して少しも差支えない。古今六帖の題のような特殊のものの詠み方は、その例歌を見て承知するがよい。

〔語釈〕 **○のきの下水** 家の軒下を流れる水であるから、野外に自然に湧き出る泉とは意味が異なる。**○春興……** 「花下忘レ帰因二美景一 樽前勧レ酔是春風」（和漢朗詠集一八、春興、白）「林間煖レ酒焼二紅葉一 石上題レ詩掃二緑苔一」（同二二一、秋興、白）等、季節の最も中核的な情趣を詠むべきをいう。**○山居……** 以下、類似する題にかかわる注意。**○名誉ある題を……** 以下、異名使用に関する注意。**○うちまかせたる** ありふれた。**○やへむぐら……** 後撰一九四、読人しらず、第二句「しげき宿には」。**○きこえ** 了解、納得する意。**○思ひ** 「火」をかけ、螢の火をあらわす。**○こゑのよみ** 漢字の音読み。**○国名……** 難波・筑紫など、古くから音読みを和風にやわらげ、歌語として通用しているもの。**○六帖** 古今和歌六帖。平安初期成立類題集。一般的でない歌題をも多く含む。

〔補説〕 題を詠みこむ詞についての具体的教示。持ってまわらず素直に詠むこと、相似た歌題を混同せず詠みわけること、異名・音読みの使用の可否等を端的に説く。

名所をよむ事、常き、馴れたる所をよむべし。但し其の所にのぞみてよまむには、耳とを（ほ）からむもくるし

かるまじき也。つくしにて

　そめかはをわたらむ人のいかでかは」八ウ　いろになるてふの事のなからむ

つゞみのたきにて

　を《(お)》とにきくつゞみの滝をうちみれば　たゞ山川のなるにぞ有りける

其の所の当座の会などには、只今の景気ありさまをよむべし。たとひ秀歌なれども、儀たがひぬれば正体なき也。

　大方、題に名所をいだしたらむに、よみならはし」九オたる所ども、さらではすこしよせありぬべからんをもとめて、案じつゞけて見るべし。花さかぬ山にも花をさかせ、紅葉なき所にも紅葉をせさせん事、只今其の所にのぞみて歴覧せんに、花も紅葉もあらば景気にしたがひてよむべし。さらではふるき事をいくたびも案じつゞくべき也。おほよどの浦にもいまは松なし、住吉の松も浪かけず。かゝれども」九ウなをいひふるしたるすぢをよむべし。ながらのはしなどは昔より絶えにしかば、ことふりにけり。みなせがは、水あれども「水なし」とよむべき也。かくは思へども、いまも又珍しき事どもいできて、昔のあとにかはり、一ふしにてもこのついでにいひいでつべからむには、様にしたがひて必ずよむべき也。ことひとつしいだしたる歌は作者一人のものにて、撰集などにも入る也。」一〇オ

〔現代語訳〕名所を詠む場合には、（何度詠むとしても）平生聞き馴れた所を詠むがよい。但し、実際にその場所に行って詠む場合には、あまり聞いた事のない地名を詠んでもかまわないのである。たとえば九州に行って、

（この川は染川というそうだが）染川を渡ろうとする人なら、どうして色がつくなんて事がなくてすむものですか。（さあ、あなたと色事をして楽しみましょう）

鼓の滝で、

有名な「鼓の滝」というのを実際来てみたら、（鼓の皮が鳴るのじゃなくて）ただ山河が音立てて鳴るのだったよ。

（どこであれ）名所でのとりあえずの歌会などでは、その場、その時の風情、有様を詠むべきである。たとえ歌としてはすぐれていても、その場の情景と違っていたら、何の意味もないのである。

総じて、（現地に行ってではなく）歌題として名所を出された場合には、昔から詠みならわされているような場所、そうでなくとも何か古典に関係のありそうな事柄を求めて、歌句を考えてみるがよい。花の咲かないはずの山にも花を咲かせ、紅葉に縁のない場所にも紅葉させるような奇をてらった事は、その時実際その場に行って風景を鑑賞するのに、思いがけず花も紅葉もあった、というのなら、その実景、感興に従って詠むのもよい。そうでなければ、陳腐な趣向だと思っても、古来の手法に従って何遍でも歌作を工夫すべきである。たとえば、大淀の浦に行ってみても今は松はない。住吉の松も波がかかったりはしない。そうではあっても、やはり昔から言い古した内容表現にそって詠むがよい。長柄の橋などは、昔から「絶えた」と言っているのだから、古臭い言い方でもそれで構わない。水無瀬川は、実際には水があるけれども「水無し」と詠まなければいけない。

一般的にはこのように考えるけれども、今日また、何か珍しい新しい事が出来て、昔からの言いならわしと異なり、ごく小さな事でも、与えられた機会に新奇な表現を発表して成功し得ると信じた時には、その場の状況に従って必ずこれを詠むべきである。（こういう冒険をして）新しい特色を一つ造り出した歌は、その作者一人だけが持つ宝物であって、それを評価されて撰集などにも入るのである。

〔語釈〕 **○のぞみて**　臨場の意。**○耳とをからむ**　聞き馴れないであろう地名。歌枕として熟していない場所。**○つくし**　筑紫。筑前・筑後（福岡県）。転じて九州地方の総名。**○そめかはを……**　伊勢物語一一〇、拾遺一一二三四、業平。染川は太宰府市、太宰府神社と観世音寺の間を流れる。「色」は「染」の縁語。**○つゞみのたき**　拾遺五五六、「清原元輔肥後守に侍りける時、かの国の皷の滝といふ所を見にまかりたりけるに、ことやうなる法師のよみ侍りける」。所在未詳。「音」「打ち」「河（皮）」「鳴る」は「皷」の縁語。**○よせ**　縁故。関連。**○おほよどの浦**　伊勢の歌枕。三重県多気郡明和町大淀。斎宮禊の場所。「大淀の禊いく世になりぬらむ神さびにける浦の姫松」（拾遺五九四、兼澄）**○住吉**　摂津の歌枕、大阪市住吉神社の周辺。「沖つ風吹きにけらしな住吉の松の下枝を洗ふ白波」（後拾遺一〇六三、経信）**○ながらのはし**　摂津の歌枕、淀川にかかっていた長柄の橋。「芦間より見ゆる長柄の橋柱昔の跡のしるべなりけり」（拾遺四六八、清正）**○みなせがは**　水無瀬川。「言に出でて言はぬばかりぞ水無瀬川下にかよひて恋しきものを」（古今六〇七、友則）のように、本来、水が涸れて地下を流れる川をいう普通名詞だったが、後鳥羽院の水無瀬離宮経営により、実在の摂津の歌枕として扱われるようになったので、特に注意する。
○ことひとつしいだしたる歌　何か一点、歌壇に認められる斬新性を創出した歌。

〔補説〕　名所題の詠み方。「大淀の浦にも今は松なし、……かかれどもなほ言ひ古したる筋を詠むべし」など、為家歌風の退嬰性の見本のように思われがちであるが、その一方で「其の所の当座の会」などには古例に従わずとも「只今の景気有様」を詠め、また「今も又珍しき事ども」が出て来たなら「一節にても」必ず詠め、として、「事一つ仕出だしたる歌は作者一人のもの」とその価値を認め、奨励している所は、まさに「冒険するならうまくやれ」という教えの典型であり、為家その人を理解する上で見逃してはならぬ言辞である。

一　歌もお《（を）》りによりてよむべき様あるべき事

百首をよまむには、地歌《（ぢうた）》とて、所〳〵にはさる体なるもの、いひしりたるさまなるをよみて、その中に秀逸出で来ぬべき題をよく〳〵案ずべし。さのみ心をくだく事も、其の詮あるべからず。よき歌のいでくる事も自然の事なれば、百首などにかず〳〵に沈思する事はせぬ也。三十首・二十首などは、歌ごとによくよみて、地歌まじる」一〇ウべからず。作者の身にとりては能々《（よく〳〵）》沈思すべし。歌合の歌は、ことに失錯《（しつしやく）》なく、人の難じつべからむ事をかねて能々見るべし。たけもあり、物にもうつまじからむすがたをよむべし。これをはれの歌と申すめり。

山ざくらさきそめしよりひさかたの　くもゐに見ゆるたきのしらいと　俊頼

見わたせばなみのしがらみかけてけり」一一オ　卯花さける玉川のさと

明日もこむ野地《（路）》の玉川はぎこえて　いろなる浪に月やどりけり

ゆきふればみねのまさかきうづもれて　月にみがけるあまのかぐやま

四季の歌はか様のすがたによむべきにや。恋の歌は天徳歌合に、

しのぶれど色にいでにけりわがこひは」一一ウ　物や思ふと人のとふまで

新宮歌合に、

うらみわびまたじ今はの身なれども　おもひなれにし夕ぐれの空

これらは秀歌とて褒美せられたり。歌合の歌に、

ほと、ぎすきなかぬよひのしるからば　ぬるよもひと夜あらましものを

此の歌は百首の地歌とこそきこゆれ。歌合に」一二オいだすべき物にあらず。又よひも夜も同じ心なるよし、判者これを難じけれど、歌はあしからぬにや、後拾遺にいれたり。か様の事を心えてよむべし。

〔現代語訳〕

一　歌も詠む折によってそれぞれの詠み方があるべきである事。

百首を詠む時には、地歌といって、その所その所について、然るべき形の、常識的な歌を詠んでおいて、その中で特にすぐれた作が出来そうな題を、よくよく考えて詠むがよい。そうそう秀歌ばかり並べようと苦心しても、それだけの効果はないものである。よい歌が出来るというのも、おのずからのめぐり合せでもある事なのだから、百首などの場合は、どれもどれも苦吟して全部を秀歌にしようなどとする事はしないのである。それに対して、三十首・二十首などという時は、一首ごとに力を入れて詠んで、地歌、すなわち適当に形をととのえた程度の歌を混えてはいけない。作者の身としては、よくよく考えて詠出すべきである。

歌合の歌は、特に失錯のないように、人の非難しそうな所を前もってよくよく検討して用意すべきである。格調高く、どこに出してもひけを取らないような姿を詠むべきだ。こういうのを晴の歌というのである。

山の桜が咲きはじめてからというもの、その美しさは、空高くかかる滝の水の、白糸となって流れ落ちるかと見るばかりだ。俊頼詠。

見渡すと、川でもない所まで一面、白い波の立つ柵をかけてあるように見えるよ。卯の花の咲いた玉川の里の風景は。

明日も来て見ようよ。野路の玉河の、岸から枝垂れる萩の花を波が越えて、その花の色をたたえた波に、月の光が映っている。(何てすばらしい景色だろう)

雪が降り積ると、峰に繁る神聖な榊はすっかりうずもれて、月の光にまっ白に輝いている、天の香具山の神々しさよ。

四季の歌は、このような姿に詠むべきであろうか。

恋の歌は、天徳の歌合に、

じっと我慢していたつもりだけれど、態度に出てしまったよ、私の恋心は。「何か悩んでいるのですか」と他人がたずねる程に。

新宮の歌合に、

恋人の無情さをつくづく恨めしく思って、もう今は来るのを待ったりするものか、と考える私だけれど、その人を思い、あてもなく待つ習慣のついてしまった夕暮の空を見ると、ああ、やはり思い切れない。

これらは秀歌だといって賞美されたものである。

歌合の歌として出したものだが、

時鳥よ。お前の来て鳴かない宵というものが、はっきりきまっているのなら、安心して寝られる夜が一夜でもありそうなものなのに。(それがきまっていないから、聞きはずすまいと思っていつも安眠できない)

この歌は、百首の中の地歌といった性格のものと思われる。「歌合に出すべき歌ではない、また、宵も夜も同じ意味である」と言って、判者がこれを非難したけれども、それでも歌としては別に悪くないというのだろうか、後拾遺集に入れてある。

以上のような事を心得て、場合によって詠むべきである。

〔語釈〕 **○地歌** 「地」は「文」(綾、模様)に対する語。百首等大量の定数歌において、要所々々の秀歌を引立て、全体の雰囲気を調えるよう、あえて穏健無難に詠まれた歌。**〇さる体なる**　それ相応の。**〇いひしりたる**　表現を心得ている。**〇詮**　効果。**〇かず〳〵に**　一々。**〇たけ**　風格。**〇うつ**　下二段活用連用形。圧倒される。負ける。**〇はれの歌**　改まった、公式の場に出せる歌。**〇山ざくら……**　高陽院七番歌合（寛治八年）一四、金葉五〇、俊頼。下の作者注「俊頼」は、写真版所見ゆえ不明ながら、あるいは他者による後筆か。**〇見わたせば……**　麗景殿女御歌合（正子内親王家絵合、永承五年）三、後拾遺一七五、相模。**〇明日もこむ……**　散木集四八三、千載一八一、俊頼。**〇ゆきふれば……**　御室五十首（建久九～正治元年）二八四、新古今六七七、俊成。**〇天徳歌合**　四年（九六〇）村上天皇内裏歌合。**〇しのぶれど……**　四一、拾遺六二二、兼盛。**〇新宮歌合**　建仁元年（一二〇一）後鳥羽院主催撰歌合。**〇うらみわび……**　六三、新古今一三〇二、寂蓮。撰歌合「思ひなれぬる」。**〇歌合**　賀陽院水閣歌合（長元八年）。**〇ほとゝぎす……**　能因集一六二。**〇きこゆれ**　「聞ゆ」は得心される、の意。「こそ」に対し已然形で結ぶ。**〇歌合に……**　「入道（公任）云はく、歌合の歌には似ずと云々。仍りてこれを入れず。予これを案ずるに、夜居と夜となほ快《よ》からざるの故か」（袋草子下、撰者の故実）**〇後拾遺に**　二〇一。

〔補説〕ただ何でも苦吟沈思すればよいというものではない。「よき歌のいでくる事も自然の事」とは、実践者ならでは喝破しえない真理である。地の歌の適宜なあしらいによって秀逸が引立つこと。地歌を混えてはならぬ場合。晴の歌とはどういうものか。それらを要を得た叙述で簡潔に示す。四季の例歌は特に適切で、為家の鑑賞眼の高さを示す。

一　歌のすがたの事

詞のなだらかにいひくだし、きよげなるは、すがたのよき也。おなじ風情なれどわろくつゞけつれば、「あはれ、よかりぬべき材木を、あたら事かな」と」一二ウ難ぜらる丶也。されば案ぜんお《（を）》り、上句を下になし、下句を上になして、ことがらを見るべし。上手といふはおなじ事をき丶よくつゞけなす也。き丶にくき事は、たゞ一字二字も耳にたちて、卅一字ながらけがる丶也。まして一句わろからむは、よき句まじりても更〱詮あるべからず。

われが身はとかへるたか《(鷹)》と成りにけり」一三オとしはふれどもこひはまさら《わすれ》ず

この歌、「はじめの五字なくてあらばや」と、むかしより難じたり。尾ぎれにきこゆるもいたくこひねがはず。

よしのがはきしの山吹さきにけり　峰のさくらはちりはてぬらむ

山人のむかしのあとをきてとへば　むなしきゆかをはらふたにかぜ」一三ウ

はしたかのみよりのつばさ身にそへて　なを《(ほ)》ゆきはらふうたのみかりば

いづれもよき歌と申しをき《(お)》て侍れど、このみよむまじき体也。すこしの事ゆへ《(ゑ)》歌のすがたのはるかにかはりてきこゆるもあり。まして上下《の》句ゆへはことはりなり。

日もくれぬ人も帰りぬやまざとは　みねのあらしのを《(お)》とばかりして」一四オ

日くるればあふ人もなしまさ木ちる　みねのあらしのをとばかりして

おくは俊頼朝臣の歌也。上手のしわざにて、いますこしゆら〱ときこゆ。はしもよき歌とてこそ後拾遺には入りたるらめど、なを《(ほ)》まさ木のかづらは心ひくすぢにて侍るにや。

河舟のゝぼりわづらふつなでなは　くるしくてのみ世をわたるかな」一四ウ

此の歌はしなゝきよし、歌仙たち申すめり。かやうの歌にて心うべし。

〔現代語訳〕

一、歌の姿の事

言葉をすらすらと滞りなく言い下して、さわやかに美しいのを、「姿がよい」と言うのである。同じ風情を詠んでいるのだけれど、下手に言葉を続ければ、「ああ、結構そうな材料なのに、勿体ない事をしたものだ」と非難されるのである。だから歌を考える時は、上句を下にし、下句を上にするというように、いろいろと工夫して、風情・品位のよしあしを見るがよい。上手というのは、同じ事でありながら聞きよく言葉を続け合せるのである。聞き苦しい言葉というものは、たった一字二字でも聞きとがめられて、三十一字全部が傷物になってしまうのである。まして一句まるまる悪いとならば、他にすぐれた句がまじっていたとしても全く何の役にも立たない。

私の身は、鳥屋に帰った鷹と同様になってしまった。何年たっても木居《こい》（止り木）ならぬ恋は忘れないのだもの。

この歌は、「はじめの五字がなければいいのに」と昔から非難されている。末句の尻切れとんぼのように聞えるのも、あまり感心したものではない。

吉野川では、岸の山吹が咲いたよ。（してみると）山の上の桜はもうすっかり散ってしまったろう。

仙人が住んだという、その古跡をたずねてみると、今は誰もいない座の上を、谷風が吹き払っているだけだ。

はしたかを左手に止らせ、右の翼を自分の身に添うように囲い守って、なおも降りしきる雪を払いつつ狩の機をねらう、宇陀の御狩場の冬の景よ。

これらはいずれもよい歌とは言われているけれど、あまり好んで詠むべき姿ではない。ほんのちょっとの事で、歌の姿は大変に変って感じられる事があるものである。まして、上句と下句の振りあいでよしあしの分れるのは当然の事である。

日も暮れてしまった。尋ねて来た人も帰ってしまった。山里はただ、峰から吹き下す嵐の音がするばかりだ。

日が暮れると、もう逢う人もいない。征木の葛を吹き散らす、峰の嵐の音がするばかりだ。

後者は俊頼朝臣の歌である。さすが上手の仕事とて、前者よりもう少し含蓄深くゆったりと聞える。前者もよい歌と認められたからこそ後拾遺に入ったのだろうけれど。やはり「征木の葛」は、より心ひかれる歌であるようだ。

河舟が上流に遡ろうと、流れに逆らい苦労している引舟の縄、それを繰るのではないが、全く苦しくてばかり、世を生きていることだ。

この歌は品がないと、すぐれた歌人達は言うようである。おおよそどんな歌が望ましいのか、これらの歌を見て心得るがよい。

〔語釈〕 **○なだらか** 角立たずなめらかなさま。**○きよげ** 清浄で美しいさま。**○材木** 歌材・発想を工作材料にたとえる。**○ことがら** 事柄。全体的な風趣・品格。**○けがるゝ** 傷がつく。**○われが身は……** 後拾遺六六一、俊房。**○とかへる** 鳥屋返る。秋冬の頃、羽の抜けかわる間、鷹が鳥屋に戻ること。**○こひ** 「木居」（鳥屋にしつらえた止り木）に「恋」をかける。**○難じたり** 具体的非難の事実は未詳。**○尾ぎれ** 末句に詠歎の気持がなく、含蓄を欠く事をいう。**○よしのがは……** 正治百首一四二〇「峰の桜や」、新古今一五八、家隆。**○山人の……** 千載一〇三九、清輔。大和龍門寺の詠。「山人」はここに籠って仙術を得たという久米の仙人をさす。**○はしたか**

の…… 続古今六四五、寛喜女御入内和歌、家隆。「はしたか」はハイタカ。小型で鷹狩に使う。**〇みよりのつばさ** 身寄りの翼。左手に鷹を止らせた時、鷹匠の身体に近い方、すなわち右の翼。**〇うた** 大和の歌枕、奈良県宇陀郡大宇陀町。皇室の遊猟地につき、「御狩場」という。**〇このみよむまじき** 具体的な欠点の指摘はないが、下文「上下の句」云々によれば上下の句の緊密さに欠ける事をいうか。**〇日もくれぬ……** 後拾遺一一四五、頼実。**〇日くるれば……** 新古今五五七、俊頼。**〇おく** 奥。末尾。ここでは二首中の後の歌。**〇ゆら〳〵** ゆとり、言外の味があるさま。**〇はし** 端。発端。ここでは前の歌。**〇まさ木のかづら** 征木（間拆）の葛。テイカカズラ、またはツルマサキの古名。神事に鬘として用いた蔓草。「引く」は「かづら」の縁語。**〇河舟の……** 新古今一七七五、頼輔。**〇つなでなは** 綱手縄。舟を引く縄。**〇くるしく** 縄を「繰る」と「苦し」をかける。**〇わたる** 「舟」の縁語。**〇しなゝき…** 下品である。あまりに直説法で労働をとりあげた事をいうか。

〔補説〕 冒頭の題詠論に次ぐ長文で、為家の作歌法の要諦を最も具体的に明かした興味深い部分である。「上手といふは同じ事を聞きよく続けなす也」とはまさに実作者の金言であり、為家の口吻をそのまま聞く思いがある。本項のみならず全編を通じてこのような実も蓋もない直説法の短章にきらりと光るものがあり、そこに従来描かれて来た為家像と異なる、彼の真骨頂が認められる。「まして一句わろからむは」云々もその一例であり、下句を同じくする頼実・俊頼詠の比較など、短文にして要を尽くし、鮮かである。

近代、よき歌と申しあひたる歌ども、
を《（お）》しなべて花のさかりに成りにけり　山の葉《（端）》ごとにかゝる白雲
又やみむかたのゝ御野ゝ《（の）》さくらがり　花の雪ちる春のあけぼの
よられつるのもせの草のかげろひて　すゞしくゝもる夕立の空」一五オ

たび人の袖吹きかへすあきかぜに　夕日さびしき山のかけはし
うづらなく真の、入江のはまかぜに　おばな、《並》みよる秋の夕ぐれ
かさゝぎのくものかけはし秋くれて　よはには霜やさえわたるらむ
しがのうらやとを《ほ》ざかり行くなみまより」一五ウ　こほりて出づるありあけの月
うかりける人をはつせの山おろしよ　はげしかれとはいのらぬ物を
たちかへり又も来てみん松しまや　をじまのとま屋浪にあらすな
世の中よみちこそなけれおもひいる　山の奥にもしかぞなくなる
さびしさにうき世をかへてしのばずは」一六オ　ひとりきくべき松のかぜかは

これらにてなどか心えざらむ。むかしの歌は時代かはりて今の事にはかなふまじとおもへり。大方のありさまはまことにさる事なれど、よくよめる歌どもは寛平以往にもいたく勝劣なしと申したり。ちかき世にも、基俊・俊頼・顕輔・清輔・俊―《成》などは、ふるきすがたをよまるゝよし申すめり。其の人〳〵《々》」一六ウこそ上手のきこえは侍れば、猶そのすがたをこのみよむべきにこそ。このごろ、歌とて詞ばかりかざりて、させる事なき物あり。和歌はながめてきくに、よき歌はしみ〴〵ときこゆるよし申しを《お》きたり。

〔現代語訳〕　近年に、よい歌と評判された歌どもをあげよう。

どこもかしこも、花のまっ盛りになったよ。一つ一つの山の稜線すべてに白雲がかかっている、まことに見事な眺めよ。

ああ又二度と見る事があろうか。交野の御料地での花見の宴のすばらしさ。落花が雪のように散る、この春の曙の景色を。

強い日光で乾き、縮れていた野原一面の草が、ふとかげりを見せて、涼しげに曇って来る、夕立の空よ。

旅人の袖を吹き、ひるがえす秋風の様を、夕日がさびしい光で照らしている、山の棧道の景よ。

鶉の鳴いている、真野の入江を吹く浜風のために、尾花が波打つように揺れる、秋の夕暮の淋しさ。

天の川の上を羽を並べて渡すという、かささぎの雲の上の棧にも、秋は暮れて、夜半には（秋の初めの七夕の織女ならぬ）霜が冴え渡ることだろう。

志賀の浦では、湖岸から次第に氷るため、遠くなって行く波の間から、氷りついたような光で、有明の月が姿を現わす。

結局は無情であった人を思い切ろうとするが、その人との縁を祈った初瀬の山の山風よ、こんなに激しく吹き、仲を絶ってくれ、とは祈らなかったのに。

（今は一旦去るけれども）帰って来て再び見ようよ、松島の雄島のささやかな苫屋よ、波で損なわれずにいてくれよ。

ああ、この世の中には、心安まる道すらもないことだ。悟りを求めて入った山の奥でも思い通りにならぬ事があると見えて、鹿が悲しげに鳴いているのが聞える。

淋しいけれど、思い通りにならぬ世の中よりはまし、と思ってがまんしなければ、到底一人孤独に耐えて聞いていられる、松風の音ではないのだけれどなあ。

このような歌を深く味わったなら、「よい歌」とはどういうものか、理解できないはずはあるまい。

大体今の人は、昔の歌はすばらしい、時代が変ってしまったから、今の歌はとても対抗できないと思っている。全体的には全くその通りなのだが、しかし近年でもよく詠んだ歌は、平安初期の和歌盛時とくらべても、そう容易に勝負はつけ難いと言われる。近世でも、基俊・俊頼・顕輔・清輔・俊成などは、古歌と同様の風姿を詠んでおられるとされるようである。こうした人々こそ、上手と定評があるのであるから、やはりその歌風を学んで詠むべきである。此の頃の状況を見るのに、歌だからといって、表面的な言葉ばかり飾り立てて、内容は大した事もない物がある。しかし真の和歌は、一見大した事はないように見えても、声に出して何遍も読み、その音調・内容を聞き味わった時に、よい歌というものはしみじみと心に残って感銘を与えるものだと、先人も言い残している。

〔語釈〕 **○をしなべて……** 治承三十六人歌合一六九、千載六九、西行。**○又やみむ……** 新古今一一四、俊成。**○かたの** 河内の歌枕、交野。大阪府交野市・枚方市。皇室の遊猟地。**○さくらがり** 伊勢物語八二段を面影にする。**○よられつる……** 新古今二六三、西行。**○たび人の……** 新古今九五三、定家。**○うづらなく……** 金葉二三九、俊頼。**○真のゝ入江** 近江の歌枕。大津市堅田町真野の琵琶湖岸。**○かさゝぎの……** 新古今五二二、寂蓮。七夕に天の川に鵲が橋をかけ、織女を渡すという。「わたる」は「かけはし」の縁語。**○しがのうらや……** 新古今六三九、家隆。**○うかりける……** 千載七〇八、俊頼。**○たちかへり……** 新古今九三三、俊成。**○世の中よ……** 千載一一五一、俊成。**○さびしさに……** 千載一一三八、寂蓮。**○寛平以往** 寛平は宇多朝八八九～九七年。その前後、六歌仙時代。「寛平以往の歌にならはば」(近代秀歌)。**○俊—**《成》 祖父を敬して実名の一字を欠く。「成」は後筆。**○ながめて** 声を長く引いて吟じて。

〔補説〕 俊成・定家は膨大な秀歌例を引く事によって、後進の自得を促したが、為家は多くを引かない。金葉一、千載四、新古今六、計一一首の、精撰された「近代」詠をあげ、寛平以往にも劣らぬ歌として推賞する。高踏的な父祖の指導に対して、当代歌人の実力に即した、より実践的な教えであろう。何の説明も加えないが、まことに優秀な撰歌眼である。次に学ぶべき近世五歌人をあげる。経信を省いた(近世からは外れる故か)以外は近代秀歌に同じく、末尾、詠吟を評価の基準とせよという部分は、古来風体抄の「歌はたゞ読み上げもし、詠じもしたるに、何となく艶にもあはれにも聞ゆることのあるなるべし」云々を継承している。

歌をよみいだして事がらを見んとおもはゞ、古歌に詠じくらべてみるべし。いかにも事がらのぬけあがりてきよらかにきこゆるはよきなり。」一七オへつらひてきたなげに、やすくとを《ほ》りぬべき中のみちをよきすて丶、あなたこなたへつたはんとしたるはわろき也。それを難じて、「うきかぜ」「はつ雲」。「うき雲」「はつかぜ」にてこそあるべきを、か様《やう》によみたがるよし、先達申すめり。心のめづらしきをばえかまへいださぬまゝに、ゆゝしき事案じいだしたりと、かやうのそゞろなるひが事をつゞくる事、」一七ウ更〳〵詮なき事也。これゆへ《ゑ》歌はわろくなる也。やさしからむとてすゞろになへ《え》〳〵とよむもわろし。したゝかならんとてあまりにたしかによみたるもしな《品》ゝ《無》し。たゞふるき歌どものよきを常に見て、わが心に「かくこそよみたけれ」「このすがたこそよけれ」と案じとくべし。

歌を案ずるおり《を》は、沈思したるにしたがひてよくもおぼえ、又のちによみたるはまさりたる心地」一八オすれど、それにもよらず。たゞ心詞かきあひたらむをよしとはしるべし。ふるく歌のしなをたてたる九品十体などにも見えたり。

上はるたつといふ許《ばかり》にやみよしのゝ　山もかすみてけさは見ゆらむ
ほの〴〵とあかしのうらのあさぎりに　しまがくれ行く舟をしぞ思ふ

すべてすぐれたる歌はおもしろき所なきよし申すめり。」一八ウ

中春きぬと人はいへどもうぐひすの　なかぬ限はあらじとぞ思ふ

すぐれたる所もなく、だみたる所もなくて、あるべきさまをしるは、このしなにてあるべきよし申す。

下世の中のうきたびごとに身をなげば　一日《ひとひ》に千度《ちたび》われやしに《死》せむ

これにて心うべし。古今序に、田夫の花の影にやすめるごとしとたとへたるは、」一九オ

かゞみ山いざたちよりて見てゆかむ　としへぬる身は老いやしぬると

思ひいでゝ恋しき時ははつかりの　なきてわたると人はしらずや

これも下品ときこえて侍るめり。いかさまにも、さればしなゝき歌はわろきにて侍るべし。

披講の時ゆゝしげにきこえて、後に見ればさせる事なき歌あり。はじめはなにとしも」一九ウなけれど、よく〳〵見ればよき歌あり。見ざめせぬやうによむべし。ゆら〳〵とよみながしつべきに、物をいくらもいはむとすれば、あそこもこゝもひぢはりてわろき也。すべてすこしさびしきやうなるが、とを《ほ》じろくてよき歌ときこゆる也。詞すくなくいひたれど、心のふかければおほくの事どもみなそのうちにきこえて、ながめたるもよき也。昔の歌は一首のうちにも序のある」二〇オやうによみなして、をはりに其の事ときこゆるもあり。

みかのはらわきてながるゝいづみがは　いつみきとてかこひしかるらむ

よしのがはいはなみたかく行く水の　はやくぞ人をおもひそめてし

近代の歌はたゞひとへによむ也。但しよせ恋などの中にはさる事もありぬべけれども、いか」二〇ウさまにも

上句の中にその事ときこゆべきにや。

〔現代語訳〕 歌を詠み出して、姿や風格はどんなものだろう、と思ったならば、古歌と並べて詠吟してくらべて見るがよい。いかにも風趣が立体的に浮き出て、さわやかに品よく聞えるのがよいのである。物ほしそうでさっぱりせず、すんなりと通るはずのまん中の道をよけて、あっちこっちに寄り道をしようとするのが悪いのだ。それを非難して、「浮風」「初雲」という。「浮雲」「初風」であるべきものを、近頃の歌人はこのようにひねった事を詠みたがると、先輩歌人達は言っているようだ。内容的に新しい構想ができないままに、すばらしい事を思いついたとばかり、こんないいかげんな誤った言葉続きをひけらかすのは、返す返す不必要な事だ。こんなことをするから歌は悪くなるのだ。優しく詠もうと思って、意味もなく弱々しく詠むのもいけない。力強く詠もうとして、あまり固苦しく詠んだのも下品である。何より、古歌のすぐれたものを常に見て、自分の心の中で、「ああ、こう詠みたいものだ」「この姿こそはすばらしい」と考え、自得すべきである。

歌を工夫する時は、一生懸命深く考えて詠み出したものをいいように思い、また、後で詠んだものは前に詠んだものよりすぐれているような感じがするものであるが、あながちそうでもない。ただ、内容と表現が程よく釣合ったのをよい歌だと知るべきである。昔から、歌の品というものを分類して評価した、九品・十体などにも記してある通りだ。

上品

立春になったという、ただそれだけの事で、(雪にとざされていた)吉野山も、ほんのりと霞んで、今朝は見えるようだよ。

ほのぼのと夜が明けて来る、明石の浦の朝霧の中で、遠くの島にかくれ、消えて行く舟の行く先を思うことだ。

このように、そもそも、すぐれた歌というものは、格別に目立ってここが面白いという所はないものだと言われている。

中品

「春が来た」と人は言うけれども、でも私は、鶯が鳴かないうちはまだ春じゃあるまいと思うよ。

特に勝れた所もなく、欠点もなくて、歌としてあるべき姿というものを知るには、この中品を参考にすべきであるという。

下品

世の中の、辛い、悲しいと感じられる度に、谷に身を投げていたら、一日に千遍でも私は死んでいることだろう。（いやはや、そんなわけにも行くまいよ）

このように品々を比較して、承知するがよい。古今集の序に、「農夫が花の蔭で休んでいるようだ」とたとえられたのは、

鏡山に、さあ、立ち寄って、映る姿を見て行こうではないか。何年も生きて来た身は、さぞ老いぼれてしまったろうかと。

思い出して、恋しくてならない時は、あれ、あの初雁が空を鳴いて飛び渡るように、私も泣きながら日々を生きているのだと、恋人は知っているだろうか。（知ってなんかいるまいな）

こうした歌も下品だと言われているようだ。いずれにしても、それでは、品格のない歌は悪いという事なのだろう。

披講の時いかにもすばらしいように聞えて、後で見れば大した事のない歌というのもある。初めは別に何という事もないと思っても、よくよく見ればよい歌、というのもある。だから、あとで見て評価が下らないように詠むべきだ。ゆったりと自然に詠めばよいのに、余計な事をいろいろ言おうとするから、あちらもこちらも

ぎごちなくなって、歌が悪くなるのである。

一体に言えば、一見少し淋しいように見えるのが、気品高くよい歌と納得できるのである。詞を惜しんで控えめに言っても、奥の心が深ければ、言外に多くの事どもがその中に含まれ、表現されて、詠吟しても趣深いのである。

昔の歌には、一首の中でも序の部分がかなりを占めるように詠んで行って、終りになって、ああそういう事かとわかるのもある。

みかの原に、湧き出して流れる泉川。その「いつみ」ではないが、一体あの人をいつ見た事があるからといって、こんなにも恋しいのだろう。

吉野川の、岩に打ちつける波を高く上げて行く水の流れの早いように、実に早くから、私はあの人を恋しはじめてしまったことだ。

これに対して近代の歌は、喩えなどを使わずただ端的に詠むのである。但し、物に寄せた恋などの題の場合には、序詞を長く用いる事もあってよいかもしれぬが、何にしても上の句のうちに、歌意が知られるように詠むべきであろうか。

〔語釈〕 **○事がら** →前段注。**○へつらひて** 追従して。鑑賞者に媚びて。**○うきかぜ・はつ雲** 奇矯な造語の例。近代秀歌遣送本奥書に「「風降り」「雪吹」「浮雲」「初風」などやうなる物を見苦しくとは申せ」とある。**○なへ〳〵** 萎え萎え。力無い状態。**○かきあひ** 均衡が取れる意。**○九品** 公任著「和歌九品」。仏説の九品浄土にちなみ、作例を上品・中品・下品各上中下に分けて示し、論ずる。**○十体** 和歌を表現・詠風により十の歌体に分類したもの。「忠岑十体」「定家十体」等がある。**○はるたつと……** 拾遺一、忠岑。**○ほの〴〵と……** 古今四〇九、読人しらず、左注人麿。この二首、「和歌九品」上品上。**○春きぬと……** 古今一一、読人しらず。「和歌九品」中品中。**○だみたる** ゆがんでいる。濁っている。**○世の中の……** 古今一〇六一、読人しらず、下句「深き谷こそ浅くなりなめ」。「和歌九品」下品下。**○田夫の……**　古今序黒主評、「如㆔田夫之息㆓花前㆒也」「たきぎ負へる山人の花の蔭に休めるが如し」。**○かゞみ山……**　古今八九九、読人しらず、左注黒主。次詠とともに古今仮名序黒主評の条に古注書入れ。**○思ひいでゝ……**　同上書入れ。古今七三五、黒主、第五句「人知るらめや」。**○披講**　歌会や歌合で歌を読みあげること。**○見ざめ**　見ているうちに興趣を失うこと。**○ひぢはりて**　肘がつかえて。窮屈になって。**○とをじろくて**　遠白くて。崇高雄大で。**○みかのはら……**　新古今九九六、兼輔、但し古今六帖一五七二によれば読人しらず。瓶原・泉川ともに山城の歌枕、京都府相楽郡加茂町。上句は「いつ見き」を出す序詞。**○よしのがは……**　古今四七一、貫之。水の「早く」に「ずっと以前から」の意の「早く」をかけた、意味としてかかる序詞。**○よせ恋**　「寄雲恋」のような、物によそえて恋の心を詠む歌題。

〔補説〕　前段に続き、更に実践的に「稽古」のあり方——古歌と対応させつつ自詠を磨く方法を述べる。為家歌論の根幹とも言うべき部分である。「證歌」によって発想表現を工夫するのとは別に、一首全体の「事がら」——風情、様態のよしあしを見るために、声に出して古歌と詠吟対比せよ。また日常、何とはなしに古歌に接し、「よき歌」の雰囲気を身体で覚えて行くがよい。「よき歌」とは、「事がらのぬけあがりて清らかに」「心詞かきあひ」、倉卒に見てはあまり面白い所がなくて「少し淋しきやう」であるが、よくよく見るにつけて見ざめせず、少い詞の中に多くの深い意味がこめられて、詠吟するにつれてしみじみとそのよさがわかって来るものだ。——為家の勅撰入集詠を味読して行けば、それらがまさにこの基準に適合している事が実感されるであろう。

一　歌はよせあるがよき事

衣にはたつ、なか、うら、舟にはさす、わたる、橋にはわたす、たゆ、

かやうの事のありたき也。その具足もなきはわろし。かくはいへども事そぎたるがよき也。あながちにもと

めあつめて、かずをつくさんとしたるはわろき也。たとへば、いとには、よる・ほそし・たゆ・ふし・ひくなど、みなをよみいれたるは、秀句のうたとて」二一ォ見苦しき也。よせなき歌もあり。事により、やう《（様）》にしたがふべき也。

〔現代語訳〕

一、歌には縁語を用いるのがよい事

たとえば、「衣」には「裁つ・中・裏」。「舟」には「挿す・渡る」。「橋」には「渡す・絶ゆ」。このような、主題に縁のある言葉を使いたいものである。その用意もないのはよろしくない。そうは言うものの、それもあっさり程度にとどめるのがよいのだ。強いて縁語ばかり探し求めて、数多く並べようとするのはいけない。たとえば、「糸」と言った時、「縒る・細し・絶ゆ・節・引く」など、全部が全部詠み入れたのは、「秀句の歌」つまり洒落で固めた歌と言って、見苦しいのである。また、縁語を使おうにもそういうもののない歌もある。だから、事により、有様に従って、自然に行うのがよい。

〔語釈〕 **○よせ** 寄せ、縁語。主要な語に対し、意味・音声の上で密接に関係するものとして習慣的に定着し、意味・表象を豊かにする修辞法。**○なか** 「中の衣」（男女共寝の時掛ける衣）を男女の仲とかけて用いる。**○さす** 竿さす意で縁語となる。**○具足** 備え。用意。**○事そぎ** 簡略にする。**○秀句** 縁語懸詞で巧みに表現した句。ここではそれが過ぎて真情を損ったものとする非難の意。

〔補説〕 以下三項目は、しばしば見られる言葉の技巧について簡潔、端的に述べる。いずれも、必要に従って用い、無用の所にことさら好むべきでない事を教える。

一　文字のあまる事

させる要なく、あまらでもやすくやりぬべからむ所に、わざとたゝみいれてあます事はわろし。いかにもあまさではかなふまじき時は、あまりたるもきゝにくからぬは、いくもじもくるしからず。

としふればよはひは老いぬしかはあれど」二一ゥ　花をし見れば物思ひもなし

ほの〴〵とありあけの月の月かげに　もみぢ吹きおろす山おろしのかぜ

此の字どもは、いづれもすぐれたる歌なれば、字のあまりたるによりてわろく成るべきにあらず。しなしやうのてづゝなるゆへ《(ゑ)》にきゝにくき也。

〔現代語訳〕

一、字余りの事

大した必要もなく、字余りにしなくても穏当に表現し得るはずの所に、わざわざ詞を重ね入れて字余りにするのはよくない。どうしても字余りにしなければ表現できぬ時は、字余りにしても聞きにくくない限り、幾文字余しても、それはかまわない。

年数がたつと、年齢は老いてしまう。そうではあるが、年々咲く花をさえ見れば、老年にかかわる物思いなどは何もない。

ほのぼのと明けかかる空に残る、有明の月のほのかな光の中に、紅葉を吹きおろして来る、山おろしの風よ。

このような多数字余りの歌は、いずれも秀歌であるから、字の余ったという事で悪くなるはずもない。つまりはやり方がまずいから、聞きにくい事にもなるのだ。

〔語釈〕 **○たゝみいれて**　続けざまに重ねかけて。**○いかにも**　何としても。**○かなふまじき**　都合よく行かなそうな。**○としふれば……**　古今五二、良房。三十三文字。**○ほの〴〵と……**　新古今五九一、信明。三十四文字。**○しなしやう**　仕為し様。やり方。**○てづゝ**　不器用。不細工。

〔補説〕　短文の中に要をつくした見事な教えである。「しなしやうの手づつなる故に聞きにくきなり」は、「上手といふは同じ事を聞きよく続けなすなり」と表裏をなす名言である。

一　かさね詞の事

せんもなからんかさね句も更〳〵にあるべからず。」二二オ

あしびきの山の山もりもるやまも　紅葉せさするあきはきにけり

いかほのやいかほのぬまのいかにして　こひしき人を今ひとめみむ

かくとだにえやはいぶきのさしもぐさ　さしもしらじなもゆるおもひを

これらはあしからねど、すゞろにこのすぢをこのみよむ事あるべからず。何事もよりきたるがよ」二二ウき也。すべていつもおなじ様なる事をすれば、「あは、その人のうた」とおぼえて風情のなき様にも見ゆ。人に「例の事」といはるゝ、もわろき也。

〔現代語訳〕

一、言葉を重ねて使用する事。

必要もないような重ね言葉も、決して用いてはならない。

山を変化しないよう守る山番がいるという「守山」も、紅葉させて一変させてしまう、秋という季節が来たことだ。

伊香保にある伊香保の沼、というその名のように、如何にして、恋しくてならない人をもう一目見ようか、何とか見たいものだ。

「こんなに思っています」とだけでも、どうして言う事ができようか、伊吹山の名物、「さしもぐさ」ではないが、「然《さ》」としもあの人は知るまいな、もぐさのようにひそかに燃える、私の恋心を。

これらの歌は悪いというわけではないが、むやみにこうした形の歌を好んで詠んではいけない。何事も自然に、必要に応じてするのがよいのだ。何につけても、いつも同じような事をすれば、「ああ、相変らずのあの人の詠み口だ」と思われて、形ばかりで味わいのないようにも見える。人から、「いつもの事だよ」と言われるのもよろしくない事だ。

〔語釈〕 **○あしびきの……**　後撰三八四、貫之。「足引の」は「山」の枕詞。**○山もり**　山の管理者。**○もるやま**　「守っている山」の意と、近江の歌枕「守山」（滋賀県守山市）をかける。**○いかほのや……**　拾遺八五九、読人しらず。伊香保は上野の歌枕、群馬県北群馬郡伊香保町。「如何にして」を導く。**○かくとだに……**　後拾遺六一二、実方。**○えやはいぶき**　「得やは言ふ」と「伊吹」（歌枕。近江と美濃の境の伊吹山。また下野とも）をかける。**○さしもぐさ**　灸治に用いる艾《もぐさ》の原料の蓬。伊吹の特産。「然しも」を起す序。**○もゆるおもひ**　「艾」の縁として「火」をかける。**○すゞろに**　漫然と。**○すぢ**　或る方面の事柄。趣向。**○よりきたる**　基づく所があって行われる。**○あは**　感動詞「あは」とも、また指示語「あれは」とも取れるが、語り言葉として前者であろう。

〔補説〕「何事もよりきたるがよきなり」は前二項にも通ずる至言。「あは、その人の歌」「例の事」の口吻も、冗長な教示を排して強い印象を与える。

一　歌の詞の事

いかにも古歌にあらん程の詞を用ふべし。但し聞きよからん詞はいまはじめてよみいだしたらむもあしかるべきにあらず。上手の中にはさる事おほかり。又古集にあればとて、今は人もよまぬ事どもつゞけ」二三オたらん、物わらひにてあるべし。「ほがら〱」「べら也」、かやうの事はまねぶべからず。何事も時にしたがふべき也。ちかき世の事、ましてこのごろの人のよみいだしたらむ詞は、一句も更〱によむべからず。

春

かすみかねたる　うつるもくもる　花のやどかせ　嵐にかすむ　月にあまざる　霞におつる」二三ウむなしき枝に　花の露そふ　花の雪ちる　たえまになびく　そらさへにほふ　浪にはなるゝ

夏

すゞしくゝ《（曇）》もる　あやめぞかほ《（を）》る　雨の夕ぐれ

秋

昨日はうすき　ぬるともお《（を）》らむ　ぬれてやひとり　かれなで鹿の　お《（尾）》花浪よる　露のそこなる　月やをじまの　色なるなみに　霧たちのぼる」二四オわたればにごる

冬

わたらぬ水も　こほりていづる　嵐にくもる　やよしぐれ　ゆきの夕ぐれ

恋
雲ゐる峰の　われてするゑにも　身をこがらしの　袖さへ浪の　ぬるとも袖の　われのみしりて　むすばぬ水に　たゞあらましの　わが身にけたぬ」二四ウ昨日のくもの

旅
するゑのしら雲　月もたびねの　浪にあらすな

か様(の)詞はぬしぐある事なればよむべからず。古歌なれども、ひとりよみいだしてわが物と持ちたるをばとらず、と申すめり。「さくらちる木の下かぜ」などやうなる事は、むかしの歌なればとてとる事ひが事なるべしといましめたれば、かならずしもこの歌に」二五オかぎるべからず。「あしびきの山時鳥」「玉鉾のみちゆき人」、これていの詞はいくらもくるしかるまじ。それをのぞかむには歌あるべからず。させる詞の詮にてもなきゆへ也。

〔現代語訳〕

一、歌の詞についての注意。

何にしても、古歌にあるような詞を用いるのがよい。但し、聞きよいと思われる詞は、今、始めて歌として詠んでも悪いはずはない。上手と言われる人の歌には、そういう事も多いものだ。又、昔の集にあるからといって、今は誰も詠まない詞を並べたりしたら、それは人の笑いの種になるだろう。たとえば、「ほがらほがら」「べらなり」、こういう言葉はまねしてはいけない。何事も時代のあり方に従うべきである。また、近世の歌、ましてや最近の人の詠み出したような詞は、たとえ一句でも決して取って詠んではいけない。

春

今日見ればは雲も桜にうづもれてかすみかねたるみ吉野の山　（新勅撰七二、家隆）

難波潟かすまぬ波も霞みけりうつるもくもるおぼろ月夜に　（新古今五七、具親）

思ふどちそこととも知らず行きくれぬ花のやどかせ野辺の鶯　（新古今八二、家隆）

逢坂や梢の花を吹くからに嵐ぞかすむ関の杉むら　（新古今一二九、宮内卿）

山高み峰の嵐に散る花の月にあまぎる明け方の空　（新古今一三〇、讃岐）

暮れてゆく春のみなとは知らねども霞におつる宇治の柴舟　（新古今一六九、寂蓮）

吉野山花のふるさと跡絶えてむなしき枝に春風ぞ吹く　（新古今一四七、良経）

駒とめてなほ水かはむ山吹の花の露そふ井手の玉川　（新古今一五九、俊成）

又や見ん交野のみ野の桜がり花の雪ちる春の曙　（新古今一一四、俊成）

白雲のたえまになびく青柳の葛城山に春風ぞ吹く　（新古今七四、雅経）

花盛り春の山辺を見渡せばそらさへにほふ心地こそすれ　（千載五一、師通）

霞たつ末の松山ほの〴〵と波にはなるゝ横雲の空　（新古今三七、家隆）

夏

よられつる野もせの草のかげろひてすゞしくくもる夕立の空　（新古今二六三、西行）

うちしめりあやめぞかをる時鳥鳴くや五月の雨の夕ぐれ　（新古今二二〇、良経）

秋

小倉山時雨るゝ比の朝な〳〵昨日はうすき四方の紅葉ば　（続後撰四一〇、定家）

露時雨もる山かげの下紅葉ぬるともをらむ秋の形見に　（新古今五七三、家隆）

下紅葉かつ散る山の夕時雨ぬれてやひとり鹿の鳴くらむ　（新古今四三七、家隆）

浅茅原色かはりゆく秋風にかれなで鹿の妻を恋ふらむ　（新勅撰一三四一、知家）
鶉鳴く真野の入江の浜風にを花波よる秋の夕暮　（金葉二三九、俊頼）
跡もなき庭の浅茅に結ぼほれ露のそこなる松虫の声　（新古今四七四、式子内親王）
秋の夜の月やをじまの天の原明け方近き沖の釣舟　（新古今四〇三、家隆）
明日も来む野路の玉川萩越えて色なるなみに月やどりけり　（千載二八〇、俊頼）
村雨の露もまだ干ぬ槙の葉に霧たちのぼる秋の夕暮　（新古今四九一、寂蓮）
散りかかる紅葉の色は深けれどわたればにごる山河の水　（新古今五四〇、讃岐）

冬

龍田山あらしや峰によわるらむわたらぬ水も錦絶えけり　（新古今五三〇、宮内卿）
志賀の浦や遠ざかりゆく波間よりこほりていづる有明の月　（新古今六三九、家隆）
小初瀬や峰の常盤木吹きしほり嵐にくもる雪の山もと　（続古今六五三、定家）
やよしぐれ物思ふ袖のなかりせば木の葉の後に何を染めまし　（新古今五八〇、慈円）
駒とめて袖打ち払ふかげもなし佐野の渡りのゆきの夕ぐれ　（新古今六七一、定家）

恋

もらすなよ雲ゐる峰の初時雨木の葉は下に色変るとも　（新古今一〇八七、良経）
瀬をはやみ岩にせかるる滝川のわれてすゑにも逢はむとぞ思ふ　（詞花二二九、崇徳院）
消えわびぬうつろふ人の秋の色に身をこがらしの森の下露　（新古今一三二〇、定家）
みるめこそ入りぬる磯の草ならめ袖さへ波の下に朽ちぬる　（新古今一〇八四、讃岐）
わが恋は槙の下葉にもる時雨ぬるとも袖の色に出でめや　（新古今一〇二九、後鳥羽院）
忘れてはうち嘆かるゝ夕かなわれのみしりて過ぐる月日を　（新古今一〇三五、式子内親王）

思ひあまり人にとはばや水無瀬川むすばぬ水に袖はぬるやと　（千載七〇四、公実）
思ひつゝ経にける年のかひやなきたゞあらましの夕暮の空　（新古今一〇三三、後鳥羽院）
冨士のねの空にや今はまがへましわが身にけたぬ空し煙を　（新勅撰六七八、公経）
思ひ出でよ誰がかねごとの末ならむ昨日のくものあとの山風　（新古今一二九四、家隆）

旅

明けば又越ゆべき山の峰なれや空ゆく月のするのしら雲　（新古今九三九、家隆）
狩衣袖の涙にやどる夜は月もたびねの心地こそすれ　（千載五〇九、崇徳院）
立帰り又も来て見む松島や雄島のとまや波にあらすな　（新古今九三三、俊成）

こうした詞は、それをはじめて用いた人が明瞭であるから、詠んではいけない。また古歌であっても、或る歌人が独自に詠み出して、その人の特色として認められている詞は取ってはいけない、と言われている。「桜散る木の下風」（は寒からで空に知られぬ雪ぞ降りける、拾遺六四、貫之）というような事は、昔の歌だからといって、取る事は誤りである、という誡めがあるから、必ずしもこの歌に限るべきではない（同様の独自な性格を持つ詞は取ってはいけないのである）。但し、「足引の山時鳥」「玉鉾の道行人」というような詞は、何回使っても悪い事はあるまい。こういう事までも禁じてしまったら歌は詠めない。またこれらは特に肝要な個性的な詞でもないからである。

〔語釈〕 **○ほがら〳〵**　「しののめのほがら〳〵と明けゆけばおのがきぬ〴〵なるぞ悲しき」（古今六三七、読人しらず）。晴れ〳〵と明るい意。本詠以外に用例を見ず、近世に至り真淵一門に使用される。**○べら也**　「山高み見つゝ我がこし桜花風は心にまかすべらなり」（古今八七、貫之）のごとく、「……のようだ」の意で中古初期に頻用された。「べし」の語幹に接尾語「ら」がつき、指定の助動詞「なり」を伴って形容詞的連語となる。**○このごろの人の……**　以下のいわゆる「制詞」は、平安後期以降、新古今中心。**○嵐にかすむ**　「嵐ぞかすむ」が正しい。底本の誤写か。**○われてするゑにも**　「われてもするゑに」が正しい。異伝か。**○ぬし〱**　主々。表現の創始者。**○あしびきの・玉鉾の**　それぞれ「山」「道」の枕詞。**○これてい**　此れ体。この類。**○させる**　下に打消を伴って、「これという程の」「大した」の意。

〔補説〕　為家歌学中最も悪名高い、「制詞」の教えである。しかしこれは本来、「いかにも古歌にあらん程の詞を用ふべし」の原則に対する例外規定である。掲げられた制詞の主々を見れば、それらが現代の我々ではなく当時の歌人らに、いかに具体的に親しい人々であったかがわかるであろう。またたとえば「雨の夕暮」など、今日的に考えればこれを禁じる理由のない、かく詠む以外言いようのない当然の表現であろうが、当時としてはこの一句を聞けば直ちに良経の名歌が思い浮び、これを用いるのは冒瀆と考えられたであろう。そのような当代的意味を考慮に入れず、これを未来永劫にわたる禁制のように考え、後代の増殖と相俟ってその保守性が声高に論じられた事は、為家にとって甚だ不幸であった。この点を考えに入れて本項を理解すべきであろう。

一　古歌をとる事

五句の物を三句とらん事、あるべからずと申すめり。但し、其れも様によるべし。古歌とりたる歌、

むすぶてのいはまをせばみおくやまの」二五ウ　いはがきし水あかずもあるかな

むすぶてのしづくにゝ(濁)ごる山の井の　あかでも人にわかれぬるかな

つゝめどもかくれぬ物は夏むしの　身よりあまれる思ひなりけり

思ひあれば袖にほたるをつゝみても　いはゞやものをとふ人はなし

此の歌はかならずしもとるとなけれど、かのかざみの」二六オ袖にすかされたる事を思ひてよめるなり。

あし引の山さくら戸をあけを《お》きて　わがまつ君をたれかとゞむる

名もしるしみねのあらしも雪とふる　山さくら戸のあけぼのゝそら

あかでこそおもはむ中ははなれなめ　そをだにのちのわすれがたみに

ちる花のわすれがたみの峰の雲」二六ウ　そをだにのこせはるの山かぜ

かぜふけばみねにわかるゝしらくもの　たえてつれなき君が心か

さくらちる《ばな》ゆめかうつゝかしらくもの　たえてつねなきみねの春かぜ

この歌の、句のすへ《ゑ》所かはらぬは、恋の歌を春の歌にとりなしてめづらしきゆへ《ゑ》に、くるしからぬ也。

常に古歌をとらむとたしなむはわろきなり。いか」二七オにもわが物とみゆる事なし。たゞし其れもおちきてよまれむおり《を》にはとるべし。題もおなじ題の、心もおなじ心、句のすへ《ゑ》どころもかはらで、いさゝか詞をそへたるは、すこしもめづらしからねば、ふるものにてこそあれ、何の見所かあるべき。

万葉集のうたなどの中にこそ、うつくしかりぬべき事のなびやかにもくだらで、よき詞わろき詞まじりてきゝにくきを、やさしく」二七ウしなしたるもめづらしく《き》風情にきこゆれ、三代集よりは人の心もおもひのこす事なく案じくだきたるを、へつらひて、もしさもありぬべきふしぐやあるとうかゞひたらむ、なに程の事かあらん。すべてあたらしく案じいだしたらむにはすぐべからず。

〔現代語訳〕

一、古歌を取る事。

五句の歌を三句まで取ってはいけないと言ってあるようだ。但し、それも場合による事だ。古歌を取った歌の例をあげる。

〔古歌〕（水を飲もうと思って）すくおうとする手が、岩の間が狭くてつかえてしまうので、奥山の岩に囲まれて湧き出る清水は、満足するほどたっぷり飲めないなあ。

〔本歌取歌〕 すくい上げる手からしたたる雫で濁ってしまって、十分飲めない山の泉の水のあきたりないように、満足するほど別れを惜しむひまもなく、愛する人と別れてしまったなあ。

〔古歌〕 包みかくしてもかくれない物は、螢の身体から自然に発生する火の光、そのように、私の態度からつい外に見えてしまう、恋の思ひ（火）ですよ。

〔本歌取歌〕 秘めた恋の思ひ（火）があるから、昔の人のように袖に螢を包んででも、思う人に見せてそれを言いたいと思うのだけれども、そのようなそぶりを見て「どうしたのですか」と聞いてくれる人もいない。

この、後の方の歌は、必ずしも古歌を取ったというのでもないのだけれど、あの、汗衫《かざみ》の袖に螢を包み、光を透かして見せて恋心を伝えたという、大和物語の話を思いうかべて詠んだのである。

〔古歌〕 山桜の木で作った木戸を開けておいて、私が待ちこがれているあの人を、一体誰が引きとめて、あの人はいつまでも来てくれないのだろう。

〔本歌取歌〕「嵐山」という名は本当にその通りだ。峰を吹く嵐も、散る花を雪のように降らせるさまを、山桜の木戸を開けて私の庵から見る、明け方の空の景色よ。

〔古歌〕 飽きの来ないうちにこそ、愛し合った仲は離れて行った方がよい。せめてそのような別れ方をした事をだけでも、後々までの忘れ難い思い出として。

〔本歌取歌〕 散って行った花が、忘れないようにと残した記念のような、峰の雲よ。せめてそれをだけでも吹き散らさず残しておいておくれ、春の山風よ。

〔古歌〕　風が吹くと、峰から別れて行ってしまう白雲のように、あっさり縁を切ってそれっきりという、ああそんなに無情なあなたの心だったのか。

〔本歌取歌〕　桜花よ。その盛りの姿は、夢だったのか、現実だったのか。せめての形見である白雲は絶え果てて、恒常的な物は何もないと知らせるように、峰の春風が吹いている。

この歌の、三句四句の置き所が古歌と変っていないのは、（一般的にはよくないようだが）恋の歌を春の歌に詠み変えた趣向が珍しいから、これでよいのである。

いつもいつも、古歌を取ろうとつとめるのはよろしくない。そういう事ばかりしていては、何としてもその人独自の発想表現と評価される所がない。但しそれも、自然にうまくそこにはまって詠める時には取るがよい。そうでなくて、題も同じ題、心も同じ心、句の置き所も変らず、ただちょっとだけ詞を添えたというのでは、少しも珍しい所がないから、それは古物にすぎない。何の見所があろうか。

万葉集の歌などの中にこそ、美しく詠めそうな内容をなだらかにも詠み下さないで、よい詞・悪い詞がまじっていて聞き苦しいのを、今の姿にやさしく詠みかえたなどというのは、珍しい趣とも納得できよう。三代集以降は、歌人の心としても思い残す事なく、工夫をこらして詠んでいるものを、それに媚び、すり寄って、もしやそのおこぼれでうまい事があろうかと様子をうかがっているような歌には、何のよい事があろう。それぐらいなら、すべて、新しく考え出した方がよほどましである。

〔語釈〕　**○むすぶてのいはまを……**　古今六帖二五七五、人丸。新千載三〇一。**○むすぶてのしづくに……**　古今四〇四、貫之。**○つゝめども……**　後撰二〇九、読人しらず。**○思ひあれば……**　新古今一〇三二、寂蓮。**○かざみの袖に……**　後撰二〇九詞書「桂のみこの螢を捕へてと言ひ侍りければ、童の汗衫の袖に包みて」。大和物語四〇段。汗衫《かざみ》は童女が表着の下に着る、裾の長い単《ひとえ》。**○あし引の……**　古今六帖一三七五、読人しらず。続後拾遺八〇二、人麿。**○名もしるし……**　新勅撰九四、定家。**○あかでこそ……**　古今七一七、読人しらず。古今六帖三四

六八、「別れなめ」。**○ちる花の……** 千五百番歌合五三四、新古今一四四、良平。**○かぜふけば……** 古今六〇一、古今六帖五一五、忠岑。**○さくらばな……** 老若五十首歌合七七、新古今一三九、家隆。**○おちきて** 自然にそこにおちついて。**○なびやか** 優美で柔和なさま。しなやか。

〔補説〕 本歌取のあり方について述べるが、為家は必ずしもこれを奨励しない。思うに、本歌取の技巧は新古今・定家において極まり、後人の及ぶ所でない上に、歌人にも鑑賞者にも古歌の知識は乏しくなり、本歌取の妙味を演出し、またそれを享受する能力の薄れた時代を見据えて、こうした発言に至ったのであろう。その中で万葉取りの価値を特に認めている所には、初期千首以来しばしばこれを試みて来た彼の自信の程がうかがわれる。「常に古歌を取らむとたしなむはわろきなり。……おちきて詠まれむ折には取るべし」には、よせ・字余り・重ね詞と同様の自然体の柔軟さが見られ、一方「題も同じ、心も同じ心……古物にてこそあれ、何の見所かあるべき」、「へつらひて、もしさもありぬべき節々やあるとうかゞひたらむ、何程の事かあらん。すべて新しく案じ出だしたらむには過ぐべからず」には、「事一つし出だしたる歌は作者一人のもの」以来の強靭な作者魂が宿っている事を見逃してはなるまい。

結語

凡《およ》そ、歌よみの名をとり、上手のきこえあらんとおもはゞ、散々の事をしいだすまじき也。いくたびも」二八オ執してよむべし。又このみそむるおり《を》は、人、ほめてゆゝしがるをたのみて、「いまは我が身は躬恒・貫之にもまさりにけり」とおほけなく案じて、たゞ上手めかしき事をのみこのみて沈思する事もなければ、まことの秀歌はいできがたし。さる程に人も心あれば、「よみさがりたり」「才学尽きにけり」といはれて、

「我が歌はよきを、人の僻事にてこそあれ」など」二八ウいどみあひたる、更〳〵無益の事也。老年にいたりても能々心をつくして、あしきすぢをのぞき、よむべき也。

歌はめづらしく案じ出だして、わが物と持つべしと申す也。さのみあたらしからむ事はあるまじければ、おなじふる事なれども、こと葉つゞき、しなし様などを、珍しくきゝなさるゝ体を斗《はか》らふべし。

〔現代語訳〕およそ、歌詠みであると認められ、上手だという評価を得ようと思うならば、見苦しい事をしでかしてはいけない。何度でも、詠歌の機会ごとに、注意して真剣に詠むべきである。又、詠歌に気が乗って来た時分に、人が賞讃してえらいものだと持ちあげるのに増長して、「もう自分は躬恒・貫之にも勝るほどになったのだ」と僭越にも慢心して、ただ一寸見に上手そうな小手先の業ばかりを好んで、深く考え、推敲する事もしないようになっては、本当の秀歌は詠出できなくなってしまう。そのうちに、世人もそれなりの判断力はあるから、「大分下手になった」とか、「才学を出しつくしてしまった」とか言われて、又それに対して「私の歌はすぐれているのに、世人の中傷である」などと、いがみ合ったりするのは、まるきり無益の事である。老年に至るまでも、よく〳〵心を配って、歌のためによろしくない所を排除して詠むべきである。

「歌は、珍しい事を新たに考え出して、それを自分の特色として大切にすべきだ」と言われている。しかし普通には、それ程新しい事は思いつかないだろうから、同じ古い歌材・趣向であっても、言葉の続けがら、姿の扱い方などと、珍しく目新しいと聞けるような風情を工夫すべきである。

〔語釈〕**○きこえ**　評判。**○執して**　深く心にかけて。執心して。**○ゆゝしがる**　すばらしいと評価する。**○おほけなく**　身の程知らずに。**○よみさがり**　詠歌の技倆が下る意。**○あしきすぢ**　冒頭部の「あるべきすぢ」に対応する。正道にもとるあり方。**○しなし様**　仕立て方。**○きゝなさるゝ**　聞いて評価し得る。

〔補説〕冒頭の総論に対応する結語部分である。総論部分と、本項の「悪しき筋を除き、詠むべきなり」までを対比するならば、両者が全く同じ事を、表現を変えて言っている事が納得されるであろう。本来的にはこれを結論として一篇を結んで然るべきであろうが、続く最後の一節は、そこまでの峻厳な稽古に堪えぬまま、新奇に走りがちな傾向を戒め、次善の道として、穏当な中に一抹の新鮮味を盛るあり方を提示して、凡才も学び得る実際的な教えとして終っている。これあるがために、論旨が不徹底と見られる嫌いもあるが、いかにも為家らしい苦労人の言葉である。俊成とも定家とも違う、為家独自の歌論書を、偏見なく読み味わっていただきたい。

解説

一　はじめに

藤原為家はまことにふしぎな歌人である。俊成・定家のあとを継ぐ、歌道師範御子左家の三代目、二条・京極・冷泉三家の祖であり、以後近代まで約六百年、堂上和歌とその流れを汲む御歌所派和歌の歌風を押えて来た、伝統和歌の家元、二代の勅撰撰者。生涯の作品、現存六千首。十三代集すべてに入集し、家集は四種類、歌論書「詠歌一躰」も存する。それでいながら、「為家の代表歌は?」とたずねられたら、答えられる人はおそらくいないであろう。俊成なら「うづら鳴くなり深草の里」、定家なら「花も紅葉もなかりけり」をはじめ、二首三首は即座に苦もなく出るであろうのに。

為家の歌風研究は、早くから手がけられた佐藤恒雄氏のそれが、『藤原為家研究』(平20。以下『研究』と略称する)「第二章和歌作品」にまとめられており、また最近浅田徹氏の「藤原為家の毎日一首について(上)(下)」(国文〈お茶の水女子大学〉108・109、平19・12、20・7)があって、ともに注目すべき成果をあげている。また私も『秋思歌　秋夢集新注』(平20)「為家の和歌——住吉社・玉津嶋歌合から詠歌一躰へ——」(和歌文学研究96、平20・6)において若干の考察を試みた。しかし『研究』でとりあげられたのは千首等初期作品・新撰六帖・七社百首・秋思歌・源氏物語巻之名和歌であり、浅田・岩佐論ともども、為家としては私的な作品群にとどまっている。もとよりそれらは、為家の公的作品群——勅撰集入集歌・応制百首・晴の諸歌会詠等にくらべ、現代的な意味で面白く、平淡温雅な古典主義を事とする二条派歌風の祖とされる一般的評価とは異質の為家発掘、という意義は確かに存するが、これに対し、為家自身最も力を注いだであろう公的諸詠に関しては、緻密な分析検証はほとんど行われず、十三代集の詳細な注釈的研究の遅れも相伴って、久松潜一ら先覚による「平淡美」「平明温雅」「稽古修行道」といった概念的理解からほとんど一歩も踏出していない。ひとり太田水穂が「為家の自覚・定家歌風への検束」(『日本和歌史論中世編』昭24)を説き、これを賞揚したのは、実作者・歌壇指導者としての慧眼であるが、その論拠が制詞部分のみを敷衍した詠歌一躰乙本や水蛙眼目(井蛙抄六)にある上、きわめて短章で歌風研究としては不十分である。

十三代集の評価は八代集に比してきわめて低い。しかし私家集・私撰集類を読んでいて、キラリと光る作品に行き当った時、それが八代集たると十三代集たるとを問わず、勅撰入集作である、という事はきわめて多い。いつの時代であれ、国家的事業として撰定され、広く批判の眼にさらされる勅撰集は、「腐っても鯛」なのである。そこに撰ばれた作品は、各作者にとり、公的に発表され是認された代表歌――「おもて歌」なのである。

人は生れる時代を選ぶ事はできない。たまたま、十三代集初発の時代に人となって、その第一、新勅撰集に初入集を果し、第二・三集の撰者となり、最後の新続古今集に至るまで三三二首の連続入集を見る為家の、そのおもて歌、勅撰入集詠は、たとえ現代人の眼から見て陳腐、擬古典的と見えようとも、その検討を怠ったまま為家を評する事は許されまい。為家も時代の子であり、俊成・定家の時代の評価をもって、あるいは現代的評価をもって一方的にこれを律する事はできない。先ずは虚心に、父が、彼自身が、また彼を直接の宗として尊重する子孫が撰定したこれらおもて歌を検討し、時代の流れをも考慮しつつ、その価値を判断すべきであろう。

幸いに彼は、晩年の歌論書、詠歌一躰において、その詠作の方法と、よしとする歌の基準とを示している。その意を体しつつ、勅撰入集歌三三二首の注釈を試みるとともに、詠歌一躰の注釈をも行った。その結果ようやくある程度形をなして来た、為家歌風論を述べる。甚だ未熟、かつ茫洋として、確たる結論には遠いが、大方の叱正をたまわりたい。

為家詠の考察については、早く安井久善『藤原為家全歌集』(昭37)の恩恵を蒙り、更に佐藤氏『藤原為家全歌集』(平14。以下『全歌集』と略称する)によって、この上ない示教と便宜を受けた。特に後者なくしては本書は到底成立し得なかったのである。また詠歌一躰の考察に当っては、冷泉家時雨亭文庫公開により、最も信頼すべき、為家自筆本を書写した旨の奥書を有する為秀自筆本を、冷泉家の御許可を得て、時雨亭叢書第六巻所収写真版により翻刻注釈する事を得た。佐藤氏、冷泉家はじめ、関係諸方面から受けた学恩に、深く感謝する次第である。

二　生涯と作品

藤原為家の生涯については、佐藤氏『研究』に詳細な考察があり、また私も『秋思歌　秋夢集新注』において一往通観したので、ここではその作品をたどりつつ、七十八年にわたる彼の一生を考えて行く。

1　初学時代

為家は建久九年（一一九八）に生れた。父定家37歳、母大宮実宗女33歳。祖父俊成も85歳で健在であった。幼名三名。すでに異腹の兄光家・定修はあったが、母方が現職大納言、やがて内大臣という有力廷臣であった関係もあって父の期待は大きく、建仁二年（一二〇二）5歳で叙爵、翌三年父に伴われて後鳥羽院に初参、

住吉の神もあはれと家の風なほも吹きこせ和歌の浦波　（家長日記三一）

の御製を賜わった。承元三年（一二〇九）12歳で侍従、翌四年定家は自らの左中将を辞して為家を左少将に申し任じた。

建暦二年（一二一二）15歳、内裏詩歌合にはじめてその詠歌が知られる。

谷の戸の霞の籬荒れまくに心して吹け山の夕風　（夫木抄五〇七）

夫木抄のみに載る歌であり、かつ同抄の寛文五年刊本および桂宮本では、作者「為氏」とする所から、若干の疑義も認められるが（安井久善『藤原為家全歌集』618頁）、『研究』では同年七月道家第作文和歌会に為家が参加している事等をあげ、為家詠と認めてよいであろうとしている（250頁）。翌建保元年16歳には、六度の順徳帝内裏歌合に一

八首の詠が知られ、特に七月十三日歌合の三首は、それぞれ、斬新秀抜な表現、万葉襲用の妙、新古今技巧の摂取と、その意欲を評価されている（『研究』250～252頁）。一方に同年五月、蹴鞠に熱中して父を嘆かせた事はよく知られ、彼の凡庸の証ともされかねない所であるが、廷臣として主君の好尚への同調奉仕は当然要請される所、しかも若年、かつ父と違いスポーツマンタイプの彼が、その方面にいささか度を過したとしても、無理のない所ではなかろうか。『研究』附録なる詳細な為家年譜1208頁以下の、建暦二年・建保元年計一二頁にわたる為家の動静を見ても、16～17歳の彼がいかに勤勉に内裏・院に参仕し、蹴鞠や騎射のみならず、大嘗会悠紀方近江国権介、行幸御幸供奉、随時御書使など、暇もなく精励し、また帝・院から眼をかけられているかがしのばれる。定まった公事以外に、多分に主君の気分や都合によって勤仕の様態の左右される年少近臣の日常は、治承寿永の動乱の中、孤独沈思の閑暇を持ちえた定家の青年時代とは異なる。寵による要務繁多と、家業のための勉学研鑽と、ともに父の望み、家の要求する所。少年為家は、むしろよく力めていると言えよう。

建保二～五年、資料不足により為家の動静はあまりたどれない。内裏歌会は盛んであるが為家出詠の明徴は二年二月三日内裏詩歌合の一首（夫木抄一一九二）のみ。五年（一二一七）20歳の十月十九日内裏当座四十番歌合（順徳天皇判）に至り、ようやく鷹司伊平と合された五首があり、勝二・持二・負一。

引きかへてまだ冬ごもるけしきかな時雨をさそふ木枯しの風　（二十六番、冬風）

に「上下かなひて、尤可ㇾ為ㇾ勝」との評言を得ている。他に私的詠として禅林四十八首和歌がある。十二月十二日、任中将。定家は「中将教訓愚歌」と題して

世に経ればかつは名のため家の風吹き伝へてよ和歌の浦波　（定家全歌集三七八〇）

と詠じた。物名歌のように「為家」の名を詠みこみ、家業相続者としての奮起を促したこの詠には、この数年の為

家作歌不振への憂慮がこもっている。

翌六年（一二一八）21歳、八月十五日中殿御会和歌に、歌仙として吹挙せよと天皇の命を受けた定家は、「詠歌の事、始終思ひ放つべき事にあらず、随って又形の始く相連ね候ふか、然れども当時愚父眼前に吹挙を加ふべきの分限、猶極めて不堪の由見給ふるにより、年来制止を加へ、交衆に合せず」と言っているから、この間数年の表面的な歌業欠如は、為家の不熱心よりも父定家の制止によるものであったかも知れない。しかし定家は「只別に叡慮の趣に依り召さるべくんば、此の限りにあらず」と、結局為家の参仕を許した（明月記七月三十日）。当日記の後文までに徴するに、定家は「親の七光」によって為家が実力以上に評価され、慢心する事、また自らも専横とみなされる事を、極度に警戒していたと思われる。こうして為家は晴の席に連なり、

雲の上に光さしそふ秋の月宿れる池も千代や澄むべき　（156、玉葉一〇七一）

と詠じている。

これで父からも公認されてか、続く承久元年22歳には三度の内裏歌合、二度の日吉神社歌合に、計三二首、二年23歳には内裏御会・道助法親王家五十首題・卒爾百首に、計一六首が見られるが、三年七月承久の乱により宮廷歌壇そのものが一頓挫する。為家も同月二十日内裏出仕を止められ、順徳院に従い佐渡に下るかと見えたが、関東に与して乱後公家社会最有力者となった叔父西園寺公経との関係でこれを免がれ、やがて閏十月、新帝後堀河天皇の内裏昇殿を聴されて、新たな公生活に入る。

2　千首から新勅撰集へ

承久三年（一二二一）前半、乱以前に為家は、幕府の御家人宇都宮頼綱（蓮生）女と婚していた。24歳、妻は22歳。

翌貞応元年長子為氏出生。代始三月の石清水臨時祭に舞人を勤めて、前代をしのび、

契らずよかざす昔の桜花我が身ひとつの今日に逢へとは　（為家卿集二〇）

と詠じ、なお卒爾百首四首、その他計二九首が知られるが、公的歌事は認められない。

貞応二年（一二二三）26歳の八月、歌道不堪に悩み、出家せんとして慈円に諫められ、五日間にして詠じたという千首が生れる（井蛙抄）。本作については『研究』222頁以下に精細な検討が加えられており、新素材・非歌語・俗語の多用、同語反復表現、心理分析的表現、先行作品摂取（特に堀河百首・万葉集）等が指摘されている。これらは私的独詠歌なればこそ可能とされ、また時代的基盤、慈円の影響・感化が指摘されており、至当の見解と思われるが、同時にここに至るまでに、為家が表面には見えぬ所で、いかに多くの先行作品に眼をさらし、努力して学んでいたか、それが後年の為家に、いかに豊かな栄養となって行ったかを思うべきであろう。

現代の研究者にとっては本千首を一通り読み通す事すら相当の努力を要するが、実際味読すると、『研究』に指摘された以外の、すなわち伝統的表現の作品の中にも、三代集はじめ古典の幅広く巧みな引用による、情趣ある表現をしばしば見る事ができ、単に短時日に多数を詠み、努力と新味はある程度認められる、との評価にとどまらぬ、実力の程を知る事ができる。一例のみをあげれば、「女郎花」は必ずしも変化を求めにくい歌題であるが、九首を詠んでおり、古典をふまえた工夫の程が見える。

秋風は分きても吹かじ野辺ごとにおのれとなびく女郎花かな　（三三一）

は必ずや「白露は分きても置かじ女郎花心からにや色の染むらむ」（紫式部日記二、紫式部集七七、新古今一五六八、道長）に、

花かつみ生ふる沢辺の女郎花都も知らぬ秋や経ぬらむ　（三三二）

は「女郎花咲沢に生ふる花かつみ都も《かつて（万葉）》知らぬ恋もするかな」（古今六帖三八一五、万葉六七五、中臣女郎）により、

くちなしの色に咲きける女郎花言はでも濡るる秋の露かな　（二三三五）

は「くちなしの色をぞたのむ女郎花花にめでつと人に語るな」（拾遺一五八、実頼）により、

女郎花おのが名にこそ手折りつれ袖ふれにきと露を散らすな　（二三三六）

は「名にめでて折れるばかりぞ女郎花我おちにきと人に語るな」（古今二二六、遍昭）による詠である。遍昭詠のような周知の作品のみにとどまらぬ、決して月並、平凡とは言えないこのような引用例は、特に四季歌に多々見え、その事が本千首を、通読して倦怠を感じさせぬ、気品ある作品としているのである。『研究』の所論は甚だすぐれたものであるが、千首の価値はそこに示された新味ある表現だけでなく、古典受容・活用の豊富さ、巧みさにも存する。そしてその成果は、出家の決意と慈円の諫止による奮起ゆえ、というような心情的なもののみではなく、それまで為家が表立たず営々と続けて来た古典研究が、ついに実を結んだと言うべきであろう。

翌元仁元年（一二二四）27歳、定家の藤川百首に和した同題百首をはじめ、朗詠題・名所題等計八種にも及ぶ百首歌を詠じて、歌道家後継者として立つに十分な実力の程を示した。

嘉禄元年（一二二五）28歳十二月、蔵人頭となり、二年四月任参議、兼侍従。十一月叙従三位。この間公事に忙しく、歌事は元年基家家三十首・二年百首・安貞元年道助法親王家十五首・同年百首等。なお基家家・実氏家・自家等でしばしば連歌会に興じている。内裏歌事は見られず、寛喜二年（一二三〇）33歳に至り十一月女御（道家女竴子、藻壁門院）入内屏風に二四首を詠じている。姉民部卿も女御付き女房として参入。為家も公事精励のほか、道家家・西園寺家への参仕多忙のうちに、三年右兵衛督、貞永元年（一二三二）右衛門督に転じた。時に35歳。この年三月の洞院摂政家百首に、

明けわたる外山の桜夜の程に花咲きぬらしかかる白雲 (7、一三一、続後撰六八)

天の川遠き渡りになりにけり交野のみ野の五月雨の比 (9、四三四、続後撰二〇七)

逢ふまでの恋ぞ祈りになりにける年月長き物思へとて (15、一一二三、続後撰七八五)

七月光明峰寺摂政家恋十首歌合に、

引きとめよ有明の月の白真弓かへるさ急ぐ人の別れ路 (162、四九、玉葉一四三六)

等の秀歌がある。内裏においても当座和歌会等が盛んに行われ、多くの詠が残されており、実り多い年であった。同年六月、定家に新勅撰集撰進が下命され、十月、後堀河天皇は幼帝四条天皇に譲位。続く天福元年(一二三三)は某月仙洞当座和歌四首が知られるのみで、九月藻壁門院崩、翌文暦元年八月後堀河院崩と凶事が続き、定家は悲しみの余り新勅撰集草本を焼却、その後道家が定家自筆清書内覧本を尋ね出し、後鳥羽・順徳院御製等約百首を切出させる等の経緯があったが、この間為家は、天福元年六月二十日、焼却以前の新勅撰の荒目録を取り、文暦二年(一二三五、嘉禎元年)二月四日、清書者行能に作業を催促、三月十二日、完成した清書二十巻に草二十巻を添えて道家に進入(明月記)、更にこれを自筆書写して定家の校閲を経、家の証本とする(穂久通文庫本為家筆本奥書)など、よく父の業を助けている。

本集により37歳勅撰初入集の為家詠は六首。

たち残す梢も見えず山桜花のあたりにかかる白雲 (1、一〇一)

音立てて今はた吹きぬ我が宿の荻の上葉の秋の初風 (3、一九八)

等、いずれも父定家のめがねにかなった秀歌と言うべく、為家の歌風はここに確立したと言ってよい。なお藻壁門院崩の取込みの中、為家女、のちの後嵯峨院大納言典侍が生れている。

3　新撰六帖

嘉禎元年38歳にして従二位、二年権中納言。暦仁元年（一二三八）41歳、正二位中納言、侍従。この前後、良実家・公経家等の歌合詠、暦仁元年六百番歌合題百首等があるが、幼帝内裏とてさして盛んな公的催しはない。そして仁治元年（一二四〇）九月十三夜、公経吹田亭での月十首和歌に、

いかがして八十路の親の目の前に生きてかひある月を見せまし　（為家卿集一三）

と念じた甲斐あって、二年二月44歳、ついに遠祖長家・忠家以来絶えていた権大納言に昇進した。日吉社への報謝の献詠、

老いらくの親の見る世と祈り来し我があらましを神やうけけむ　（14、続後撰五七三）

為家は最後の孝を為し得たが、八月二十日、定家は80歳で没、為家は服解して、復任する事はできなかった。

仁治三年正月、四条天皇は童遊びの過ちにより急崩、土御門院皇子後嵯峨天皇が幕府推戴により践祚。翌年（一二四三）寛元と改元した。

父を見送った為家は、新たな進路を開拓した。新撰六帖題和歌の企画である。『研究』316頁以下に深く考察されているように、これだけの大事業の企画者としての資格は、年齢（寛元元年家良52、為家46、知家62、信実67、光俊41歳）・地位・詠歌に対する積極性・実行力、すべての面で、このメンバーの中で為家が随一である。そして父を失って迎えた一つの転機、ある種の自由、それらに形を与えるものとして、伝統と新奇の両面を含み、当時盛行の結題のように制限のきびしくない、一種変った歌題をも含む、自分一人でない力くらべの企画、そこに展開してみたい、これまで記憶し活用して来た古歌の詞から抜け出した新境地――。それらを求める事、最も切であった歌人と

して、為家以外の参加者に、推進の適格者は求め得ない。

為家は参加者中最も早く、寛元元年十一月十三日詠作を開始、二年二月二十四日、五二八首を詠み終えた。新撰六帖、またその為家詠については、安田徳子氏『中世和歌研究』（平10）537頁以下、『研究』361頁以下に詳しいが、井蛙抄に言う通り、「寛元六帖人々歌大略誹諧ただ詞也。民部卿入道詠も誹諧体多し」で、公的歌会のそれとは異なる、特異な歌題をむしろ楽しんで詠んだとも思える作品が、為家の或る一面を示している。

　　郡

我が事は奥の郡の夷鹿毛《えびすかげ》とにもかくにも引き違へつつ　（278、七七二、新千載二一六〇）

　　口固む

世にもらば誰が身もあらじ忘れねよ恋ふなよ夢ぞ今を限りに　（166、一五六三、玉葉一五一九）

　　かくれづま

漕ぎかへるみ島がくれの藻刈舟ほにばし恋ふな人知れずのみ　（一六二七）

第一首の第三句は『全歌集』239頁「えびすがけ」とするが、注釈に述べたごとく「夷鹿毛」（辺境産の鹿毛の馬）であろうし、第三首の第四句は、安田氏「ほにはし」（『全歌集』も同じ）と読んで、意味を捉え難いとされるが、「秀《ほ》（帆）にばし恋ふな」（表面に見えるようになんか恋いこがれるなよ。「ばし」は強調）であろう。一般的歌題でも、

暮るる間に出でそふ星の数知らずいや増しにのみなる思ひかな　（三四二、星）

かき曇る空の村雲風巻きて音に近づく夕立の雨　（四〇七、夕立）

踏み分けて誰急ぐらむ九重や外《と》の重《へ》に積る雪の深沓《ふかぐつ》　（四五二、雪）

自然の見方、表現、ともに甚だ独自である。

このような、やや誹諧歌めいた作風は、連歌の名手であった為家、また後の毎日一首の或るものを思わせる。この傾向は直後から否定され、正統二条派には伝わって行かなかった事、にもかかわらずより広い歌人連歌師層に享受された事については、『研究』360頁以下に指摘されているが、為家個人の性向の問題としても、こういう一面があったという事はなお注目に価すると考えられる。

後嵯峨天皇在位中、内裏歌事はほとんどなく、為家としては新撰六帖以外には寛元元年八月定家三回忌に諸家との贈答、十一月河合社歌合に三首および判詞、二年実経家百首歌三二首、三年光俊勧進経裏百首歌三八首その他が残る。

4　宝治百首から続後撰集へ

寛元四年（一二四六）正月、後深草天皇4歳にて践祚、後嵯峨院政開始。翌宝治元年から同院の歌事が盛んとなる。為家50歳。九月仙洞十首歌合に出詠、判者として詳細な判詞を記し、十一月には宝治百首を詠進した。

宝治百首は、未だ仰出されはないものの、勅撰撰定の為の資料収集事業として後代の先例となったものであるが、為家の百首には未だ新撰六帖詠の誹諧性が揺曳し、それかあらぬか、続後撰集には一首も入集していない。これには次章に述べるように宝治百首そのものの性格もからんで居ようが、作としてもやや軽く、

朝氷とけにけらしな年の内に汲みて知らるる春の若水　（330、八、新続古今一六〇六）

霞む夜の月の桂も木の間より光を花とうつろひにけり　（282、四〇八、新拾遺七〇）

草の原野もせの露に宿かりて空に急がぬ月の影かな　（27、一六四七、続古今四二四）

など、なかなかしゃれた歌ではあるものの、為家自身当代の反応にかんがみて、あえて撰歌範囲から除外したので

あろう。後嵯峨院歌壇の政教的雰囲気（『研究』21頁）は、為家の中にある一種のユーモアとは相容れぬ所があったと思われる。

宝治二年（一二四八）七月二十五日、宇治に方違御幸中の後嵯峨院は、51歳の為家に内々に勅撰集撰定を下命。八月、為家は玉津島社に参詣、三代にわたる勅撰の成就を祈って、

磨きおく跡を思はば玉津島今も集むる光をも増せ（為家卿集四二八）

ほか二首を詠じた。建長二年九月、任民部卿。以後建長三年（一二五一）54歳の十二月二十五日、続後撰集奏覧までの三年半、撰集の傍らにも、仙洞諸歌会詠・建長元年祝部成茂七十賀関係詠等多く、また毎日一首もおそらく建長三年から開始している。続後撰集には、前引洞院摂政家百首の三首、大納言昇進日吉報謝詠のほか、

頼まじな思ひわびぬる宵々の心は行きて夢に見ゆとも（16、八八五）

みちのくの籬の島は白妙の波もて結へる名にこそありけれ（17、一〇二四）

等の自信作、一一首を収める。

建長四年、推定82歳（森本元子）の俊成卿女越部禅尼は、続後撰集を手にして為家に喜びの消息を贈った。

是は皇太后宮大夫俊成の孫、定家の子にて候、撰り出させ給ひたる歌のめでたき、……驚かるる気もなく、目立たしからず、余る所なく足らぬ方なく、……なつかしうたをやかにも、欠けたる方なく覚え候。もとより詞の花の色匂ひこそ、父には少し劣りておはしまし候へ、歌の魄《たましひ》はまさりておはしますと申しつる事あらはれて、撰じ出ださせ給ひて候ふ勅撰、命生きて見候ひぬる、返す返す嬉しくて候。

この評言は過褒とも見られ、また撰者・下命者の正統性讃美が中心とも読み取られているが、三代目の重荷を負うて苦闘する甥を、長年月、やや離れた所から、定家の圧力に必ずしも同調しない眼で見守って来た老女歌人の言と

して、為家のめざす所に対する、深い理解であり、評価であったと考えられる。中正穏和にして過不足なく、気品高くなつかしく。それは、後年為家が詠歌一躰に「よき歌」の基準とした所とも等しく、すなわちこれが、千首・新撰六帖等に幾つかの試みもし、新古今時代とは様変りした歌壇の様相と歌人等の資質をも見定めた上で確立した、為家の公的歌風――「おもて歌」であった。

長男為氏は建長三年30歳、参議に任ぜられ、本集において

人問はば見ずとや言はむ玉津島霞む入江の春の曙　（四一）

等六首勅撰初入集。愛娘後嵯峨院大納言典侍為子は19歳、すでに宮仕えを退いて、関白二条良実の嫡男内大臣道良室となり、御子左家の九条邸に新婚生活を営み、これも宝治二年鳥羽殿御幸詠なる、

色かへぬ常盤の松の影そへて千世に八千世に澄める池水　（一三三二）

をもって勅撰初入集を果した。為氏嫡男為世もわずか2歳でこの年叙爵している。為家一人のみならず、児孫をあげて、歌歴と言い社会的地位と言い、父祖をして泉下に満足せしめるだけの成果を挙げえたのであった。

5　阿仏・鎌倉往還・出家

続後撰集奏覧の後、道良室為子は源氏物語書写の人材を求めて、阿仏（安嘉門院四条）を招いた。その九条邸で、為家は阿仏と相識ったであろう。建長四年（一二五二）のおそらく冬頃から、両者の熱烈な恋の贈答がはじまる。為家55歳、阿仏30歳余。玉葉・風雅集によって計一二首にのぼる両者の贈答ならびに関係詠を見るに、二人の愛は全く真剣で、勅撰集完成後の為家の心の空白を、打てば響くような阿仏の才がいかに満たし、互いに離れ難いものとなって行ったかがしのばれる。それは三十余年連れ添った本妻頼綱女には求め得ないところであり、一方本妻か

ら見れば到底許容できず、やがて離れ去って行くほかないものであったろう。

その他には、若干の私的勧進歌や歌会詠の外、四年には毎日一首詠二五首が夫木抄に、五年には月別日次詠草四一一首が大納言為家集、毎日一首詠二首が夫木抄に残されている。五年日次詠草のうち十月十一月の八三首と十一月鎌倉日吉社三首和歌とは、為家ただ一回の鎌倉往還詠（『研究』119頁）である。旅行の目的は明らかでないが、恐らくは所領問題にかかわり、その奥にはすでに為氏との不和が胚胎していたものと思われる（『研究』126－137頁）。時に為家56歳である。

建長六・七年には各数首の作しか残らず、康元元年二月二十九日、病により民部卿を辞して出家、融覚と号した。59歳。

数ふれば残る弥生もあるものを我が身の春に今日別れぬる　（75、続拾遺四八三）

この年は良守勧進熊野山二十首のうち一三首が残り、なお以後死去前年の文永十一年（一二七四）まで、ほとんど毎年欠かさずに毎日一首が存する。翌正嘉元年には岳父頼綱入道蓮生の八十賀を祝って屏風歌等を詠じ、また卒爾百首がある。二年には五十首和歌、

時鳥なく一声も明けやらずなほ夜を残す老いの寝覚に　（26、続古今二一九）

等を詠じた。

6　弘長百首から続古今集へ

正元元年（一二五九）三月十六日、北山西園寺第に御幸された後嵯峨院は為家に再度勅撰集撰進の事を下命された。為家は辞退して為氏を推挙したが許されず拝命、

六十路あまり花にあかずと思ひ来て今日こそかかる春に逢ひぬれ
(中院詠草一九)

時に62歳である。70歳にして千載集撰進を拝命、75歳で奏覧を遂げた祖父俊成の、報謝のため五社に奉納した百首の例を思い、早々に同じ五社(最終的には七社)百首の奉納を思い立った(『研究』366頁)ものの、一方十一月八日には女為子の夫、二条道良(九条左大臣)の26歳での早世、続いて十二日岳父頼綱82歳の没と不幸が続き、院歌壇にも宝治続後撰企図の頃程度の盛上りすら見えず、真観(光俊)らの反抗も次第に浮上して来る中で、撰歌の事は現存資料に見る限り目に見えた進展は示していない。

文応元年(一二六〇)63歳。七月以後、為氏と同居していた冷泉高倉邸から、嵯峨中院邸に移住、本妻頼綱女とも完全に別居状態になったと見られている(『研究』195頁)。

九月末に着手した奉納百首は、十一月中旬までに伊勢・賀茂・春日・日吉・住吉の五社を完成、更に石清水・北野を加えて、翌弘長元年正月に完詠、五月十六日までに順次各社に奉納を遂げた。七社百首の成立経過・歌風とその特色については、『研究』365頁以下に詳しい。うち、歌風と特色につき、佐藤氏は、真観離反への嘆きと痛憤、老・病の悲哀と自信喪失、口語・非歌語・万葉語への関心、漢詩的世界とその表現摂取の四点をあげておられ、いずれも首肯できるが、全体としては堀河百首題と各社ゆかりの地名・事物を組合わせて、短時日に速詠したものであり、指摘された詞句の特色も細部にとどまる。これは作品の目的上当然の事で、難ずるには当らず、拝命から二年近く、撰歌実務よりも神助祈念を優先せざるを得なかった、当時の歌壇の姿、64歳にしてこれに対処せねばならなかった為家の苦衷を思うべきであろう。

弘長元年、後嵯峨院は実氏・基家・家良・為家・為氏・行家・信実の七歌人に百首を召した。この弘長百首には安田徳子氏に詳細な研究があるが(『中世和歌研究』394頁)、これによれば撰集資料収集というより、主要歌人に求められた歌の手本、あるいは百首歌の範としての意味があったかとされる。詠歌意欲が一般に盛んで、そこに勅撰企画が発表されたとなれば、自薦他薦で撰者の許に資料が集り、百首にしてももっと多人数のものとなってよいはずで、本勅撰実務の進行の遅さは、撰者為家の老耄怠慢と言うより、こうした手本をすら示さねばならなかった当時の歌壇状況を反映するものではなかったか。そしてそこに、当時鎌倉にあって将軍宗尊親王の許に地歩を固めていた光俊の介入を招いたのではなかろうか。

それはそれとして、為家弘長百首は全体として姿正しく、渾然としたまとまりを見せ、彼の定数歌中の秀作である。

立ちかへり春は来にけりさざ波や氷吹きとく志賀の浦風　（184、四、続千載四）

大堰川音まさるなりゐる雲の小倉の山の五月雨の比　（216、一八二、続後拾遺二一〇）

朝ぼらけ嵐の山は峰晴れてふもとを下る秋の川霧　（70、三二六、続拾遺二七六）

榊葉のかはらぬ色に年ふりて神代久しき天の香具山　（104、五八五、続拾遺一四五八）

なお佐藤氏が、

和歌の浦においずはいかで藻潮草波のしわざもかき集めまし　（98、六五九、続拾遺一一五六）

につき、「和歌の道に長く携わって来て、私がこんなに年老いてなかったら、歌草をかき集めて何としてでも勅撰集を完成させたものを」（『研究』598頁）と解釈して、「撰集の実をあげえなかった為家の口惜しさが籠っている」（375頁）と見ておられるのは文法上からも誤りである。注釈でも指摘した所であるが、「いかで……まし」は反語表現であること、「鶯の声なかりせば雪消えぬ山里いかで春を知らまし」（拾遺一〇、朝忠）に明らかで、このような古歌を熟知する為家が、右解釈のような形にこれを用いるとは思われない。本詠は述懐二首一組として、弘長百首

中に

　伝へ来る親の教への形ばかり跡あるにだになほ迷ひつつ（303、六五八、新拾遺一七七五）

と並んでおり、「親の庭訓は形ばかりでも残っているのに、不肖の子たる私はなお迷っております」「しかしそれでも年老いるまで和歌の道にたずさわっていなかったら、どうして勅を奉じて歌を書き集める事ができたでしょうか、まことにありがたい事です」と、謙退と感謝の意を、弘長百首下命者後嵯峨院に表明しているのであって、このような場で（当時はまだ為家独撰予定）下命者に対し撰集の進まぬ愚痴を言うわけがなく、また前代勅撰に対し礼を失し、撰者自らの無能を告白するような歌を、次代続拾遺集に後継者為氏が撰入するはずがない。細部をあげつらうようで恐縮だが、小林一彦氏『続拾遺和歌集』（和歌文学大系7、平14）でも同様の解を取っておられるので、注意を促す次第である。

　為家の本百首詠からは、

　　さらでだにそれかとまがふ山の端の有明の月に降れる白雪（35、四〇二、続古今六六八）

の佳什等四首が続古今に入り、次の続拾遺一三首をはじめ、風雅集を除く全勅撰に合計四六首、為家全歌事のうち最も多数入集している。為氏詠も二八首。「井蛙抄」に為藤の言として、「当家二代歌も、此御百首ことに規模なり。百首はこれを本にて詠ずべし」とされている。

　為家はまた弘長二年夏までに、承久元年（一二一九）以来の詠七一四首を、編年歌集として編み、撰集資料とするとともに後嵯峨院にも進覧、続古今為家詠四四首はすべてこの中に含まれている。「為家卿集」がこれである（『全歌集』715頁）。

　弘長二年（一二六二）九月、基家・家良・行家・光俊の四人が撰者に追加された経緯からはじめ、御前評定を経て続古今集撰集完了、竟宴に至る道程は、『研究』587頁以下に詳しい。結局同集は文永二年（一二六五）十二月二十六日に撰定完了、三年三月十二日に竟宴を行い、四月六日光俊が「目録（当世）」を、これと前後して為家が「目録（故者）」を撰して、すべての撰集作業を終った。正元元年の下命から七年、為家は69歳に達し、その間私生活上にも、彼としても思っても見なかったであろう、さまざまの変化があった。

撰者追加を見て

玉津島あはれと見ずや我が方に吹きたえぬべき和歌の浦風　（181、玉葉二五三六）

と悲痛な心境を吐露した為家は、翌弘長三年（一二六三）三月、為氏為教ら一門、信実一門、津守国助、祝部成賢、賀茂氏久らの親近者二十一名と共に住吉・玉津島社に参詣、各三題三十三番の歌合を奉納した。これについては岩佐「為家の和歌――住吉社・玉津嶋歌合から詠歌一躰へ――」（和歌文学研究98、平20・6）に詳述したが、神社献詠歌ゆえにきわめて制限された歌題・趣向の中でも、為家の詠は他歌人を遥かに抜いた優秀さを示し、

我が道の光をそへよ玉津嶋月こそ春はおぼろなりとも　（四三）

など、歌題「嶋月」、季節「春」を苦もなく詠み入れつつ、「濁りなく千代をかぞへて澄む水に光をそふる秋の夜の月」（後拾遺二五一、兼盛）をふまえて、秘めた祈念の深さが当時の心境を思わせる。

それから四箇月、かつての後嵯峨院大納言典侍、夫の没後出家して二条禅尼と称していた愛娘為子が、七月十三日、二児を残して没した。31歳の若さであった。その中陰期間、嵯峨山荘葬籠中に成った秋思歌二一八首については、『秋思歌　秋夢集新注』（平20）に詳述したので繰返さない。そしてその年秋冬の頃、あたかも為子の生れかわりのように、阿仏の腹に為相が出生するのである。

翌文永元年（一二六四）67歳。四月二十日夢告により勧進した粉河寺三十三首をはじめ、私的詠歌活動はきわめ

て盛んで、知られるもの一九四首にのぼる。なお「中院詠草」は為家自撰の部類歌集で、建保五年（一二一七）から文永元年まで一六七首を収めるもので、「為家卿集」中から厳撰した一五二首にそれ以前・以後の一五首を加え、本年八月までに続古今資料として再度自撰した「珠玉の小家集」（『全歌集』718頁）とされる。すべての詠に詠歌年次や契機を明らかにしている点、その作歌歴を知る上にも貴重な資料である。

ちなみに本詠草所収歌の勅撰入集状況は次表の通りである。京極派二集、また後代の集となれば必ずしも本詠草を撰歌資料としたとも言えないが、参考までに掲げておく。

集名	総歌数	詠草歌数
続古今	44	18
続拾遺	43	16
新後撰	28	10
玉葉	51	2
続千載	29	5
続後拾遺	22	8
風雅	25	1
新千載	21	2
新拾遺	25	3
新後拾遺	15	3
新続古今	12	0
計	315	68

二年（一二六五）、院歌壇は活性化し、七月七日白河殿当座七百首に、為家は68歳の老齢ながら八〇首を詠じた。探題による即詠ゆえ多くは望めないが、続古今にただ一首入集した

卯の花の籬は雲のいづくとて明けぬる月の影やどすらむ

（24、一二三五、続古今一九〇）

はさすが佳作である。ついで八月十五日仙洞五首歌合・九月十三日亀山殿五首歌合には、後嵯峨院、また右大臣基平と番えられ、衆議判の上後日判詞を書いた。毎日一首等私的詠歌も甚だ多い。

真観介入後の続古今撰定過程における為家の態度は、「井蛙抄」に為世の言として生き生きと記されている。

民部卿入道は、「我が撰進の歌の外は一事以上子細申す事あるべからず」とて口を閉ぢ侍りき。和歌の評定の時治定の事も、後に又申し改む。「か

やうにこそ評定には治定し侍りしに、何様の事や」の由申されければ、「いさ、何と候ひけるやらん、鶴内府参ぜられ、申し行はれ侍りし」と真観返答しけり。「仙人のわたましのやうに、鶴に物を負はするは」と民部卿入道利口し申されけると云々。

「仙人の引越しじゃあるまいし、よくまあ何もかも鶴（鶴殿基家）にしょわせることだ」には、遣る方ない憤懣をユーモラスな警句で吐き出すより外ない為家の心情がしのばれ、穏和因循とのみ見られがちな彼の性格の中にある或る勁さ、誹諧性を示す、貴重な証言である。撰定に多々不満があったとしても、彼が決して撰者としての責任を放棄せず、完結までよく力めた事は、真観筆の「目録（当世）」に対し、「目録（故者）」を自筆編纂するという面倒な作業を、協力して完成している事で明らかである（『研究』531～540頁）。

かくて成った続古今集に、為家入集歌は四四首。

初瀬女の峰の桜の花かづら空さへかけて匂ふ春風　（21、一〇三、洞院摂政家百首一三二）

早瀬川波のかけこす岩岸にこぼれて咲ける山吹の花　（23、一六六、寛元二年実経家百首）

見るままに秋風寒し天の原とわたる月の夜ぞ更けにける　（28、四二七）

明けわたる芦屋の海の波間よりほのかにめぐる紀路の遠山　（56、一七二七、宝治百首三八八四）

いずれも趣向をことさらに目立たせず、ゆったりと情景をとらえ、品高い秀歌である。最晩年の為家が自ら許した歌境はこのようなものであった。

この前後から表面化する、所領・文書相続にかかわる家族間の軋轢については、力及ばず、福田秀一『中世和歌史の研究』（昭47）225頁以下、『研究』1083頁以下等の諸論に譲る。

7　最晩年

続古今集成立に先立つ文永二年（一二六五）68歳、四月、為相3歳の叙爵を祝って、建長七年書写の自筆本続後撰集および、定家自筆嘉禄本古今集・天福本後撰集・同拾遺集を為相に付属した。後撰・拾遺集はかつて定家が「鍾愛之孫姫」大納言典侍為子に与えた、その奥書を摺り消しての伝授である。同年にはまた為守も生れており、阿仏は公然と後妻の地位に坐り、一方「前妻尼」頼綱女は、文永三四年頃、夫および二男源承と、下野国真壁庄の領有権をめぐり争論している（『研究』174頁）。

「中院集」は文永三四年の日次詠を、おそらく為家自ら累加記載して行った、生の詠草資料と見られており（『全歌集』719頁）、69～70歳に至ってもこのような記録作業を怠らず、時にその一部は、後の文永四年日吉社奉納二十一首和歌に活用する（『全歌集』721頁）ような事もあったと知られる。

以後建治元年（一二七五）五月一日、78歳逝去までの最晩年は、文永六年（一二六九）九月から十一月に至る飛鳥井雅有「嵯峨のかよひ」によって、詠歌・連歌・古典講釈・蹴鞠・それが終れば酒、という悠々たる生活が活写され、その一方に所領文書相続にかかわる為氏との確執が知られているが、それのみでなく、為氏の大納言昇進のために心を労し（文永四年）、逝去前年77歳の高齢で為氏を同道、その勅撰撰者拝命のため奔走し（文永十一年）、孫為世・為兼らにも三代集や勅撰の秘事故実を伝授するなど、歌道家の長としての責任は十分に果している。「詠歌一躰」もこの頃に書かれたであろう。

毎日一首のほか、続百首・続五十首の類をしばしば催し、諸家の勧進詠等に応じ、同じ小倉なる山階実雄家の月次歌合にも参加する。公的催しとしては文永五年九月十三夜、後嵯峨院出家直前の名残の白河殿五首歌合に、院の命により、衆議判の判詞を記し、院との多年の縁を思って「身をせめ、心を砕きて、書きやる方も侍らず」と奏した（増鏡あすか川）。また七年内裏七首（閑月集一七八）、八年白河殿探題百首（192、続千載三一七）、十年内裏七首（78、続拾遺五六四）と、いずれも七夕歌会に歌を奉っている。他に八年六月十九日詠源氏物語巻之名和歌（『全歌集』669頁、『研究』408頁）がある。やがて十年冬以後か、嵯峨から持明院北林の阿仏邸に移った（源承和歌口伝・『研究』年譜1316頁）。

最後に近い文永十一年毎日一首中の、心に響く一首、

散りやすき一葉の舟のうちながらさすが月日をまた渡りつつ（夫木抄一五八〇八）

生涯を回顧し残りの日々を思う、一代の老歌聖の、底深い感慨である。かくて建治元年（一二七五）五月一日、為家は七十八年の生涯を終った。

なお家集四種中最大の「大納言為家集」（二二〇一首）は、為家没の約四十年後、正和二年から元亨三年（一三一三〜一三二三）までの間に、おそらく続後拾遺集撰集資料の意味をこめて、二条家なりその周辺で編纂されたものであろうとされる（『全歌集』797〜805頁）。これに対し大量の毎日一首詠は、為相を経て勝間田長清の手で夫木抄に入った。それらにも洩れた阿仏との贈答や最晩年の生活の一部を示す詠は、為兼とその系統の京極派二撰集に残る。為家生涯六千首の和歌は、彼自身の努力と三家に分れた児孫の相異なった性向により、公私の作品が詠歌年月日まで相当程度明らかにして、今日に残されているのである。『全歌集』『研究』の集大成を機に、俊成とも定家とも異なるこの大歌人の真価を、改めて見直さなければなるまい。

三　勅撰入集歌概観

為家の勅撰集入集歌は三三二首、うち一首は重複であり、別に続後拾遺集に、誤って寂蓮詠として入る一首がある。その内訳は上表の通りである。

生涯の作品中から各集への入集状況は、巻末の別表を参照していただきたいが、20歳から76歳、詠作年次未詳のものを加えれば78歳没までにわたるであろう長年月、公私の詠を網羅している。主要作品別に入集数の多い順にあげれば下表の通りである。

勅撰集入集歌数一覧

集　名	全歌数	為家歌数	%
新 勅 撰	1,374	6	0.4
続 後 撰	1,371	11	0.8
続 古 今	1,915	44	2.3
続 拾 遺	1,459	43	2.9
新 後 撰	1,607	28	1.7
玉　　葉	2,800	51	1.8
続 千 載	2,143	29	1.4
続後拾遺	1,353	22	1.6
風　　雅	2,211	25	1.1
新 千 載	2,365	21	0.9
新 拾 遺	1,920	25	1.3
新後拾遺	1,554	15	1.0
新続古今	2,144	12	0.6
計	24,216	332	1.4

(注)　新千載と新後拾遺に重複１。
続後拾遺に寂蓮歌として入る１首は除外。
%は小数点２位以下四捨五入。

作品別入集歌一覧

作　品　名	歌数
弘長百首	46
千首	24
宝治百首	24
新撰六帖	23
洞院摂政家百首	17
白河殿七百首	13
七社百首	6
詠作年次未詳(注)	27

(注)　某年以前・以後、あるいは某年号間とみなされるもの以外の全く年次未詳のもののみ。

十三代集を通観し、各集における秀歌と私に考えるもの二三をあげてみたい。

新勅撰集は文暦二年（一二三五）三月に完成。為家38歳以前の作中から、父、撰者定家のきびしい撰歌眼に堪えた六首をもって、勅撰初入集を果した。

立ちのこす梢も見えず山ざくら花のあたりにかかる白雲　（1、一〇一）

音立てて今はた吹きぬわが宿の荻の上葉の秋の初風　（3、一九八）

「詠歌一躰」に、「少しさびしきやうなるが、遠白くてよき歌」と言っている通り、単純化された中に、味わい深く、気品高い秀歌である。

続後撰集は為家の独撰をもって、建長三年（一二五一）十月に奏覧を遂げた。時に54歳。中世勅撰集の成立過程については、福田秀一『中世和歌史の研究続篇』（平9）133頁以下（初出「成城学園五十周年記念論文集　文学」昭42・5）に詳説されているが、本集においては他集のような和歌所の設置は記録に見えず、編纂協力者も当然あったであろうが表面には出ず、おそらく為家が全責任を持って孜々として作業に当ったであろう。その状況の一端は後年の「為家卿続古今和歌集撰進覚書」（福田著書293頁以下に解説と翻刻、初出大久保正編『国文学未翻刻資料集』昭56）の叙述からも推測される。なお本集撰定資料の意味を持つ宝治百首からは一首も採歌していないが、これについてはこの百首が非専門歌人のための資料源であったため、専門歌人としてはそこから入集する事はあまり名誉でなかったためかとの見方があり（安井久善『宝治二年院百首とその研究』昭46、393頁以下）、これに敷衍した深津睦夫氏説（『中世勅撰和歌集史の構想』平17、143頁以下）がある。私はさきに、本百首における誹諧性を指摘したが、逆に言えば右のような性格の百首ゆえに、比較的気楽に誹諧めいた着想・言いまわしの歌も交えたのかもしれない。

為家は撰者として、自詠撰入に甚だ慎重である。前後の御子左家単独撰の勅撰集における、撰者詠入集数の全歌

撰者詠入集歌一覧

歌集名	撰者名	総歌数	撰者歌数	%
千　載	俊成	1288	46	3.6
新勅撰	定家	1374	15	1.1
続後撰	為家	1371	11	0.8
続拾遺	為氏	1459	21	1.4

数に対する比率は上表の通りであり、すなわち為家は自詠を撰入するにきわめて厳しい。従って本集入集一一首は選りすぐりの撰者自信作と言うべく、新勅撰詠六首とともに、人口に膾炙した人気作でこそないが、為家の代表歌として深く玩味するに足る名歌である。その中でも特にあげるとすれば、

明けわたる外山の桜夜のほどに花咲きぬらしかかる白雲　（7、六八）

逢ふまでの恋ぞ祈りになりにける年月長き物思へとて　（15、七八五）

みちのくの籬の島は白妙の波もてゆへる名にこそありけれ　（17、一〇二四）

の三首などは、古歌を證歌としつつ独自の境地を創造した、為家ならではの作と言えよう。

続古今集は下命から七年、文永三年（一二六六）竟宴。その不本意な成立事情についてはよく知られるところであるが、撰者五名の入集数を見るに、行家一六首、基家二一首、家良二六首、光俊三〇首に対し為家四四首。実力から言っても当然なり、撰者追加の経緯からしても、他撰者もここは為家を立てるべき所であろう。

早瀬川波のかけこす岩岸にこぼれて咲ける山吹の花　（23、一六六）

卯の花のまがきは雲のいづくとて明けぬる月の影やどすらむ　（24、一九〇）

ありしよの別れも今の心地して鳥の音ごとに我のみぞなく　（43、一一七九）

清新・軽妙・哀切、それぞれに鮮かである。

没後二年の弘安元年（一二七八）、男為氏撰の続拾遺集奏覧。死の前年、77歳の老体を運んで為氏を勅撰撰者に推

挙した為家に報いるべく、春部巻頭に

あら玉の年は一夜の隔てにて今日より春とたつ霞かな　（62、一）

を据え、以下、万葉を巧みに詠みかえた若き日、千首の野心作、

矢田の野の浅茅が原もうづもれぬ幾重あらちの峰の白雪　（73、四四六）

から、最晩年文永十年（一二七三）76歳の内裏乞巧奠頌歌、

天の川八十路にかかる老の波又立ちかへり今日に逢ひぬる　（78、五六四）

まで、四三首を入集する。弘長百首から一三首と特に多数採歌している事が目立つ。

没後二十八年、為氏男二条為世撰の新後撰集が、嘉元元年（一三〇三）奏覧される。二八首入集。

鐘のおとは霞の底に明けやらで影ほのかなる春の夜の月　（109、一四三）

知られじな霞にこめて蜻蛉の小野の若草下にもゆとも　（121、七七四）

など、しっとりと美しい。本集も弘長百首から九首を入集している。

ついで没後三十八年、庶流為教男京極為兼撰の玉葉集が正和元年（一三一二）成立。勅撰集中最大の二八〇〇首を擁する関係もあり、また嫡流為世に対し、自分こそ為家から正統の歌道伝授を受けていると誇示する意味もあって。勅撰集中最多の五一首を入集している。数だけでなく、自然の動き・光・音を生き生きと描写して、京極派叙景歌の先蹤をなし、その正当性を保証するような、

山深き谷吹きのぼる春風に浮きてあまぎる花の白雪　（137、二二一）

秋風に日影うつろふむら雲を我染めがほに雁ぞ鳴くなる　（143、五八四）

降る雪の雨になり行く下消えに音こそまされ軒の玉水　（152、九八六）

特異な恋歌、

世にもらば誰が身もあらじ忘れねよ恋ふなよ夢ぞ今は限りに　（166、一五一九）

更に阿仏との贈答163・165・167・170、最晩年の生活をしのばせる172・175など、他集詠に見られぬ為家の側面を鋭く截り出して示しており、新撰六帖から一二首と、際立って多くを入集する事とあわせ、撰者為兼の格別の思い入れの程が感じられる。

没後四十五年の元応二年（一三二〇）、為世は再度続千載集を撰進し、二九首を入集。

難波江や冬ごもりせし梅が香の四方に満ちくる春の潮風　（186、五〇）

舟もがないさよふ波の音はしてまだ夜は深し宇治の網代木　（197、六四五）

など、古典を巧みにふまえた高雅な詠を採っている。

間を置かず没後五十一年、為世男為藤・孫為定撰の続後拾遺集が、嘉暦元年（一三二六）に成る。二二首入集。

春の日の光も長し玉かづらかけて干すてふ青柳のいと　（214、四五）

とまらじな雲のはたてにしたふとも天つ空なる秋の別れは　（219、四〇六）

端正な秀歌である。なお本集一〇六八には、千首詠九三二を、寂蓮詠と誤って入れている。これは後年伝写の過誤ではなく、撰者の資料誤認と考えられるので、本書では為家勅撰入集詠としては数えず、その詠と注釈のみを本集注釈末尾に加えた。

元弘建武の動乱がようやく一段落した貞和二年（一三四六）、光厳院親撰の風雅集が完成する。没後七十一年。玉葉を継ぐ京極派の集ではあるが、もはや特に為家の権威を借る必要はなく、入集は二五首にとどまる。しかし千首から七首、宝治百首から八首、七社百首から四首と、いずれも他集を引離して多くを採り、一方続古今以来の諸集に万遍なく入っている弘長百首詠を本集のみ入集せぬなど、資料に偏った特色が見られる。歌道家を離れた上皇親撰ゆえの現象でもあろうか。京極派の先駆、

山もとのをちの日影は定かにてかたへ涼しき夕立の雲（242、四〇六）

夕闇に見えぬ雲間もあらはれて時々照らす宵の稲妻（245、五七五）

のほか、若き日の秀作、

閼伽棚の花の枯葉もうちしめり朝霧深し峰の山寺（257、一七七七）

を採っているのは、撰者の見識を示すものである。

観応の擾乱後武家に擁立された、後光厳天皇のもと、延文四年（一三五九）新千載集成立。撰者為定は為道男、為世孫。為家没後八十四年である。二一首入集。全体に伝統的無難な詠を採るが、中で

都出でし日数思へば富士のねもふもとよりこそ立ちのぼりけれ（266、八一九）

我が事はおくのこほりのえびすかげとにもかくにも引きちがへつつ（278、二一六〇）

が為家の心の一端をのぞかせ、ユニークで面白い。

引続き没後八十九年、将軍義詮の執奏により、後光厳天皇再度下命、為藤男、為世孫の為明撰、頓阿助成の新拾遺集が、貞治三年（一三六四）に成る。二五首入集。

霞む夜の月の桂も木の間より光を花とうつろひにけり（282、七〇）

三島野や暮るれば結ぶ矢形尾の鷹も真白に雪は降りつつ（290、六〇五）

にやや変った味の特色を見得る。

没後百九年、将軍義満執奏、後円融天皇下命による新後拾遺集が、至徳元年（一三八四）成立。撰者為遠は為定

男、その没により業を継いだ為重は為世末子為冬男。為家詠入集は一五首であるが、その最初の若菜詠（306、二三）は新千載280、二三〇六と重複している。

富士のねは冬こそ高くなりぬらめわかぬみ雪に年を重ねて　（313、八一四）

が微笑を誘う。

最後の勅撰、新続古今集は将軍義教の執奏、後花園天皇が飛鳥井雅世に下命、永享十一年（一四三九）成立した。没後百六十四年である。一二首入集。

遠ざかる雲井の雁の影も見ず霞みてかへる志賀の浦波　（321、一〇二）

かち人のとはぬ夜寒に待ちわびて木幡の里は衣打つなり　（325、五三九）

後者は秋風抄序に、為家称揚の言葉とともに第一に掲げられており、その筆者かとされる光俊ないし反御子左派から見ても評価の高い詠であったと知られる。

井蛙抄には為家の言として、

民部卿入道申されけるは、亡父の歌殊勝なれども、歌見知らざらむ子孫、みだりに撰入せば悪しかるべき歌多し。我が歌はおろかなれども、たとひ歌知らざらむ子孫の撰び出でたりとも、さまで悪しかるまじき歌を詠みおきて侍るなり、と云々。

とある。定家のどのような歌をさしてこうした事を言ったのか、明らかでないが、たとえばはるか後年の勅撰集に見るに、

宮木守なぎさの霞たなびきて昔も遠し志賀の花園　（新千載一五五、元久詩歌合）

津の国の生田の森の時鳥おのれすまずは秋にとはまし　（新拾遺二三〇、光明峰寺摂政家百首）

松虫のなく方遠く咲く花の色々惜しき露やこぼれむ　（新後拾遺三一六、道助法親王家五十首）

など、たしかにこれが定家かと首をかしげるような言葉続きの歌も散見される。これにくらべれば為家の勅撰入集歌は、これら末期の諸集においても、趣向は平凡と見えても古歌にもとづく情趣ある表現を行っており、さきの揚言が根拠のない大言壮語ではない事を示している。

四　詠歌一躰考

詠歌一躰の研究は、諸本論・成立論を中心に近年著しく深化し、その成果は『研究』657頁以下に詳しい。そしてその現時点での結論は、詠歌一躰広本（甲本）は「為氏と為秀の手を経てほぼ一元に帰した著作という限定を付した上で、為家歌論とのなにがしかの差異はあるかもしれないことを留保しつつ、従前どおりすべてを為家真作の歌論として扱うほかはないと思量する」（『研究』720頁）という所に帰着している。

私は書誌には全く疎く、これら精細な研究に口を挟む余地はないが、しかし書誌的研究はさておき、古くからの為家研究——久松潜一・風巻景次郎・石田吉貞・福田秀一・細谷直樹ら諸先覚の論を見渡して、歌論書としての本書の考察が、平淡美・稽古修行道・道統守成の中世的理念といった抽象的見地からのみなされ、注釈的研究も『歌論集㈠』（中世の文学、昭46）に福田秀一・佐藤恒雄校注の簡潔な頭注本があるのみ、かつは為家の詠作の子細な吟味とはほとんど無関係に行われて来た事に、深い疑問を感じざるを得ない。

最近の最も精密な内容分析なる、『研究』776頁以下においても、主たる力点は俊成・定家の庭訓はじめ先行歌学書との関連と、自身の詠作試行経験にもとづく、実用的技術論的歌論という部分に置かれていて（『研究』776頁以下）、為家詠作の基本理念には及んでいない。

私はさきに秋思歌の注釈を行って為家詠歌の妙諦にふれ、また住吉社・玉津嶋歌合の考察から図らずも詠歌一躰の再検討にまで踏み込んでしまった。そして今回為家勅撰入集全作品の注釈を試みるとともに、諸文献に残された彼の言説・足跡を検討するにつれ、広本詠歌一躰はまさに為家の真作であり、従来の評価以上の価値を持つすぐれた歌論であると考えるに至ったので、小考を公にして大方の御批判を得たいと考える。

底本は実見の機会を得ないので、『続後撰和歌集　為家歌学』の佐藤氏解題から、当該部分を同氏の了解を得て転載させていただく。

1　書誌

冷泉家時雨亭文庫蔵本は、綴葉装、一帖。縦二三・七センチ、横一六・三センチ。紺色無地紙表紙（原装に極めて近い頃の後補）、見返しは本文料紙と共紙。料紙はやや薄手の鳥の子紙、全丁数は三十二丁。前遊紙一丁、第二丁裏（影印一ウ）より本文、本文墨付二十九丁の後、三〇オに奥書、後遊紙一丁。全部で三括からなり、第一括は六枚の料紙を折り、最初の一丁は前表紙に貼付して見返しとし、第二括は八枚、第三括は五枚の料紙を折り、最後の一丁はまた後表紙に貼付して見返しとし、最末部三丁は切除してある。綴糸は朱絹。保存状態は、ほぼ良好であるが、虫損少々と、表紙にやや疲れがみえる。

外題は「詠歌一躰中院」と本文と同筆で打ち付け書きし、内題はない。奥書は、次のとおりである。

此一帖以祖父入道大納言為家卿
自筆本令書写校合訖尤
可為証本矣
　　右近権中将為秀（花押）

確実に為秀の筆跡と花押である。外題ならびに本文もまた同筆で、全冊為秀筆であることは疑いを容れない。為秀の右近権中将は、貞和三年（一三四七）三月二十九日から、延文元年（一三五六）正月二十八日までであるから、その間に祖父為家の自筆本をもとに直接書写したのである。

（以上、右解題より）

2　論の基本と構成――「稽古」の意義――

詠歌一躰は、次のように書き出される。

　和歌を詠む事、必ず才学によらず、ただ心より起れる事と申したれど、稽古なくては上手の覚え取りがたし。

久松潜一『日本文学評論史古代中世篇』（昭11）以来、為家歌論と言えば、「平淡美」「制禁の詞」「修行稽古」の三本立ととらえられてその間に軽重を見ない。そして「稽古」は「文学道の胎生」（石津純道「文学道の胎生――為家における稽古思想――」、国語と国文学昭18・5）であり、中世の諸道に繋がる精神性であるとする一方、現代語の用法と同じ「習練」「練磨」の意ともされるが（『研究』788頁）、それ以上、詠歌一躰の文脈に沿い、また為家の実作の検証を経ての解釈は加えられていないのが現状である。先ずここから考察をはじめたい。

「稽古」とは、「古えの道をかんがえる」事である。「曰若二稽古一帝尭」（書経尭典）。「稽、考也、能順二考古道一而行レ之者帝尭也」（書経孔安国伝）。古事記上表文には「古を稽《かんが》へて以て風猷を既に頽れたるに縄《ただ》し、今を照して以て典教を絶えむとするに補はずといふこと莫《な》し」とある。稽古照今、すなわち古えを考える事によって現在のあり方を正すのであって、よくこれを行い得たのは中国の理想的帝王尭であり、日本にあっては古事記撰述の下命者天武天皇であるという。為家が歌の道の「上手」たるべき第一条件としてその歌論劈頭に掲げたのは、まさにこの意味の「稽古」であって、平淡美や制禁の詞とは次元を異にする為家歌論の基本であった。

「稽古」の語は、歌論中ここ一箇所にしか出て来ないが、上文に続き「稽古なくして偶ま秀逸を詠む事もあるが、その名声は永続しない」の意の短章を挟んで、「されば、有るべき筋をよくよく心得入れて、歌ごとに思ふ所を詠むべきなり」とこの冒頭段を結ぶ。そして、次に八箇条にわたり、長短とりどりの「一つ書」をもって作歌の注意点を述べ、最終段に「凡そ、歌よみの名を取り、上手の聞えあらむと思はば」常に慎重に沈思して詠め、「老年に至るまでよくよく心をつくして、悪しき筋を除き詠むべきなり」と諭すのである。このような文脈に留意しつつ本歌論全体を俯瞰すれば、冒頭の「有るべき筋」と末尾の「悪しき筋」は、「稽古において為すべき事柄」と「為すべからざる事柄」としてまさしく対応し、これに挟まれた各一つ書は、その具体的解説指示である事が明らかになろう。これが私の、「稽古」をもって他に隔絶する為家歌論の基本であるとする所以である。

このように理解するならば、本歌論の構成は、従来言われたような「序・一つ書・跋」と見るよりは、「総論・各論（一つ書）・結語」と見る方がふさわしいと思われるので、注釈においてもその形式を取り、以下すべてその形で論を進める。結語は実質的には前引「悪しき筋を除き詠むべきなり」で終っているのであるが、なお附加された「歌は……はからふべし」の一文は、あまりに峻厳な「稽古」の訓えに逡巡するであろう後進に配慮し、あえて論旨をやわらげた温情の一言である。

3 「稽古」とその実践

以下、「稽古」の語こそ無けれ、為家が各論の中で懇々と説くその具体的実践のあり方を見て行く。

i 難題詠法

難題をばいかやうにも詠み続けむために、本歌にすがりて詠む事もあり。風情の廻り難からむ事は、證歌を求めて詠ずべし。（題をよくよく心得べき事）

「本歌」「證歌」については後に詳述するので、ここでは「難題」についてのみ見る。難題といっても、例示された「池水半氷」のような見るからに難問、というものよりも、たとえば文永二年（一二六五）白河殿七百首（出題者為家〈春・恋〉行家〈夏・冬〉光俊〈秋・雑〉）に見る、「依風知梅」「袖上菖蒲」「蘭薫枕」「冬夜難曙」といったものこそ、内容の限定甚だしく、誰が詠んでも大同小異で、詠者の途方にくれる所であろう。これに対処すべく、「本歌にすがり」「證歌を求めて」詠めという。すなわち日常記憶して脳裏にある古歌を駆使して切りぬけよ——日常「稽古」の有無深浅が問われるところである。

本七百首は当座探題、すなわちその場で探り取った題での即詠である。その中で為家68歳は、為氏に次ぐ八〇首の多きを詠じている。

遊子越関

鳥の音に関の戸出づる旅人をまだ夜深しと送る月影　（118、五七七、新後撰五五三）

は「本歌にすがりて」詠んだ例。言うまでもなく「夜をこめて鳥の空音にはかるとも世に逢坂の関は許さじ」（後拾遺九三九、清少納言）により、なお「遊子猶行㆓残月㆒ 函谷鶏鳴」（和漢朗詠集四一六）を配して情景を鮮明にするとともに、まんまと関守を謀りおおせた一行を見送る月に、ほのかなユーモアをただよわせている。

原上行人

夕日さす小野の篠原吹く風に旅行く人の袖かへる見ゆ　（五七一）

は「證歌を求めて」詠んだ例。「原」から「浅茅生の小野の篠原しのぶれど余りてなどか人の恋しき」（後撰五七七、等）、「行人」から「ささ波の比良山風の海吹けば釣する海人の袖かへる見ゆ」（万葉一七一五、槐本歌、新古今一七〇二、読人しらず）を思い寄せ、その詞によって「風情を廻らせて」詠んだものである。

いずれもその場その場に応じて、資料など見ずとも適切な古歌を直ちに思い浮べ、これを自在に働かせていかなる設題にも対処する、為家独自の「稽古」の成果である。

題に名所を出だしたらむに、詠みならはしたる所ども、さらでは、少しよせありぬべからむを求めて、案じ続けてみるべし。（同上）

ii　名所詠法

名所詠なら当然の心構えと思われるが、これに最も長じているのも為家である。他歌人詠と比較できる好例を、弘長三年（一二六三）住吉社・玉津嶋歌合に見る事ができる。本歌合は名所歌とこそ明示していないが、両社への奉献詠である以上、当然その関係の名所を各詠に詠み込む事が期待され、その条件を満たすべく参加諸歌人汲々として、しかも成功していない中で、為家一人はいとも鮮やかにこれを詠みこなしている。これについては前掲『和歌文学研究』所載小論に詳説したし、なお「5　證歌」に詳述するので一例のみあげれば、

江藤

住の江の岸に生ふてふ草はあれど春を忘れずかかる藤波（住吉社歌合、四三）

詠まれてみれば、「道しらば摘みにも行かむ住の江の岸に生ふてふ恋忘れ草」（古今一一一一、貫之）をふまえている事明らかで、この古歌に着目しこれを利用しない歌人はあるまいと思われるが、他歌人二一名は種々苦吟し他詠を引きながら、この有名な古歌に「よせ」を求める事には想到していないのである。くどいようだがこれも為家の他歌人に卓越した「稽古」のたまものである。

iii　古歌との対比研鑽

実際に歌会に臨んだ時、古歌の活用を奨励するだけではない。為家はもっと日常的に、古歌に親しみ、詞のみならず、姿・事柄（風格）を高めるために、古歌に照らして自詠を鍛練せよと言う。まさに「稽古照今」である。

近き世にも、基俊・俊頼・顕輔・清輔・俊成などは、古き姿を詠まるるよし申すめり。その人々こそ上手の聞えは侍れば、なほその姿を好み詠むべきにこそ。（歌の姿の事）

歌を詠み出だして、姿・事柄を見むと思はば、古歌に詠じくらべて見るべし。いかにも事柄の抜けあがりて清らかに聞ゆるはよきなり。へつらひて汚なげに、安く通りぬべき中の道を避《よ》き捨てて、あなたこなたへ伝はむとしたるはわろきなり。（同上）

ただ、古き歌どものよきを常に見て、我が心に「かくこそ詠みたけれ」「この姿こそよけれ」と案じ解くべし。（同上）

いかにも古歌にあらむ程の詞を用ふべし。（歌の詞の事）

詠歌の場だけでなく、日常的に古歌を見て秀歌に対する感覚を養え、というのも、きわめて適切な教えであるが、特に、詞や趣向を取入れ、学ぶだけでなく、口に出して自詠と古歌とを詠じくらべ、表現・内容とは別途に、詠吟の調子を通じて風趣・風韻の如何を対比して見よ、という所、まことに実践的であり、「いかにも事柄の抜けあがりて」云々の一節には、さながら為家の口吻をそのまま聞くごとき味わいを覚える。

以上、「稽古」の実体的なあり方は、一つ書中特に長文の「題」「姿」の二項目に格別に懇切に示されるほか、他項目から結語にまで貫かれていること、なお後文を通観して明らかである。為家における「稽古」が、決して具体性のない精神論でもなく、主体性のない尚古主義でもなかった事を、改めて確認しておきたい。

4　本歌取

i　本歌にすがる

定家歌論と言えば「本歌取」が当然の常識であるが、為家歌論において「本歌」という言葉は上掲題詠の項に、難題への対応として「本歌にすがりて詠む事もあり」と見えるのみである。これについてはすでに述べたが、時代は降るが「井蛙抄第二、取本歌事」の中に、「一のやう」として、

本歌の心にすがりて風情を建立したる歌。本歌に贈答したる姿など、古く言へるもこの姿のたぐひなり。

とあり、為家がこれを本歌取の一つの形と認めていたか否かは別として、難題詠に限らず当代一般に「本歌にすがる」詠法が、作歌上の一の手法として行われていたと知られる。

「すがる」とは「つかまって頼りにする」意であり、本歌を「取る」という積極性とは異なる。「井蛙抄」ではその一一例をあげるうち、先ず冒頭に定家・家隆・為家二首の四例を掲げている。

消えなくに又やみ山をうづむらむ若菜つむ野もあは雪ぞ降る　（続拾遺二〇、定家）

［本歌］　み山には松の雪だに消えなくに都は野辺の若菜つみけり　（古今一九、読人しらず）

にほの海や月の光のうつろへば波の花にも秋は見えけり　（新古今三八九、家隆）

［本歌］　草も木も色かはれどもわたつみの波の花にぞ秋なかりける　（古今二五〇、康秀）

卯の花の籬は雲のいづくとて明けぬる月の影やどすらむ　（24、続古今一九〇、為家）

［本歌］　夏の夜はまだ宵ながら明けぬるを雲のいづこに月宿るらむ　（古今一六六、深養父）

天の川遠き渡りになりにけり交野のみ野の五月雨の比　（9、続後撰二〇七、為家）

［本歌］　天の川遠き渡りにあらねども君が舟出は年にこそ待て　（拾遺一四四、人麿）

他の諸例ともども考えるに、「本歌にすがる」歌とは、家隆の名歌をも含めて、ほとんど本歌と部立を変えず、句の置き所も必ずしも違えぬものをさすようである。本歌を奪い、転回して新たな劇的空間を創り出す、定家言うと

ころの厳密な本歌取には当らないものと思われる。

一方、為家自身の本歌取論としては、一つ書の最後、第八項目「古歌を取る事」に、「古歌取りたる歌」五例をその本歌と併せて挙げたのち、自身の見解を述べるが、叙述に当り常に「古歌」と言い、「本歌」の語は前引難題の項の一回以外は全く用いていない。

ii 古歌を取る

常に古歌を取らむとたしなむは悪きなり。いかにも我が物と見ゆる事なし。但しそれも、落ち来て詠まれむ折には取るべし。……三代集よりは人の心も思ひ残す事なく案じたるを、へつらひて、もしさもありぬべき節々やあるとうかがひたらむ、何程の事かあらむ。すべて新しく案じ出だしたらむには過ぐべからず。

新古今の華麗、また幽玄な本歌取の時代はすでに終っていた。堀河・鳥羽を擁しての白河院政に格別の傾倒を示す、後深草・亀山朝の後嵯峨院政期においては、政教性、晴の意識を強めた宮廷歌壇のあり方（『研究』13頁以下）と言い、その主要構成員なる一般廷臣らの歌才・言語感覚の著しい退潮と言い、新古今時代からの変貌は甚だしい。その中ではいかにすぐれた詠歌技法も、そのままの形では受けつがれない。強いて継承しようとすれば創作の正道を外れる。為家はそれをはっきりと見据えている。

「落ち来て」――おのずから興熟して本歌取が成立するのならよいが、常に意識してこれを企んではならぬ。三代集以来、古人が心を尽くしての詠作を利用して、何かうまいおこぼれでもあろうかと期待するような事で、何程の作が成ろうか。「すべて新しく案じ出だしたらむには過ぐべからず」。擬古典主義の元祖とも見られがちな為家への偏見を打ち砕くこの言については、なお後に考える。

為家自身の作を見ても、定家の指示するような本格的な本歌取のあり方――過度に多くの詞を取らぬ、取った句の置き所を変える、主題・部立を変える、などの規制を必ずしも守らず、また結果的に生ずる三十一字以上の劇的重層性にも必ずしも重きをおいていない。近年ようやく整いつつある諸家の十三代集注釈を見ても、もとより注釈者それぞれ本歌の解釈・認定に差があって一概に言えぬけれども、入集為家詠に対し、新勅撰（神作光一・長谷川哲夫、中川博夫）、続後撰・続古今（木船重昭）、玉葉・風雅（岩佐）は参考歌と区別しての本歌の明示なく、木船「続後撰和歌集本歌考」（中京大学文学部紀要）では一一首中五首、続拾遺（小林一彦）では四三首中七首、続後拾遺（深津睦夫）では二三首中五首、新続古今（村尾誠一）では一二首中六首に本歌を挙げる。たとえば、

続後撰集

染めもあへず時雨るるままにたむけ山紅葉をぬさと秋風ぞふく　（11、四四二）

［本歌］　このたびはぬさもとりあへず手向山紅葉の錦神のまにまに　（古今四二〇、道真）

みちのくのまがきの島は白妙の波もてゆへる名にこそありけれ　（17、一〇二四）

［本歌］　わたつみのかざしにさせる白妙の波もてゆへる淡路島山　（古今九一一、読人しらず）

続拾遺集

いつはりの花とぞ見ゆる松山の梢を越えてかかる藤波　（67、一四〇）

［本歌］　君をおきてあだし心を我が持たば末の松山波も越えなむ　（古今一〇九三、陸奥歌）

満つ潮のながれひる間もなかりけり浦の湊の五月雨の比　（69、一八三）

［本歌］　満つ潮のながれひる間を逢ひがたみみるめの浦に夜をこそ待て　（古今六六五、深養父）

続後拾遺集

とまらじな雲のはたてにしたふとも天つ空なる秋の別れは　（219、四〇六）

［本歌］　夕暮は雲のはたてに物ぞ思ふ天つ空なる人を恋ふとて（古今四八四、読人しらず）

思ひ入る道をば安く聞きしかど逢ふにはさはる端山茂山（226、七八〇）

［本歌］　筑波山端山茂山しげけれど思ひ入るにはさはらざりけり（新古今一〇一三、重之）

新続古今集

遠ざかる雲井の雁の影も見ずかすみてかへる志賀の浦波（321、一〇二）

［本歌］　小夜更くるままに汀や氷るらむ遠ざかりゆく志賀の浦波（後拾遺四一九、快覚）

かち人のとはぬ夜寒に待ちわびて木幡の里は衣うつなり（325、五三九）

［本歌］　山科の木幡の里に馬はあれどかちよりぞ来る君を思へば（拾遺一二四三、人麿）

たしかにいずれも、本歌と言ってよいものではあるが、それにしても為家の「本歌取」が、定家のような深いもの――本歌を背景に置いて全く新たな世界を創り出し、三十一字で表現し得る以上の劇的な効果を演出するていのものでない事は明らかであろう。これらはむしろ、「本歌にすがり」あるいは「本歌に贈答したる姿」という方が当っている。

更に源承和歌口伝、「古歌をとりすぐせる歌」に列挙される、多数の当代歌人詠を見ても、勿論非難例のみの拾集であるにもせよ、彼等の古歌活用の実力の乏しさは、本格的本歌取には到底堪えぬものであった事が推察されよう。

「落ち来て詠まれむ折には取るべし」。おのずから詠まれる場合以外にはあえて本歌取を奨励しなかった為家の判断は、時代に即して正しいものであった。本歌に対峙し、時にこれを奪うほどの気力なくして、「へつらひて、もしさもありぬべき節々やあらむとうかがひたらむ、何ばかりの事かあらむ」。真剣にして謙虚な「稽古」とはこと変り、功利的に古典の余徳にあずかろうとするいやしさを厳しく排除する、為家の気息が感じられる。なお例外的に、万葉歌等の中で「美しくありぬべき事のなびやかにも下らで、よき詞悪き詞交りて聞きにくきを、優しくしなしたる」例としては、自ら続古今集に撰入した、

時つ風寒く吹くらしかすゐ潟潮干の千鳥夜半に鳴くなり　（33、六〇一）

[本歌]　時つ風吹くべくなりぬ香椎潟潮干の浦に玉藻苅りてな　（万葉九五八、小野老）

安倍島の山の岩が根片敷きてさぬる今宵の月のさやけさ　（39、八九三）

[本歌]　玉かつま安倍島山の夕露に旅寝得せめや長きこの夜を　（万葉三一五二、作者未詳）

などが為家の自ら許した形であったろうか。

5　證歌

では、何が為家詠成立の核心であったか。私見によれば、それは、為家稽古の結晶である、「證歌」の全面的活用であると考える。

「證歌」については、『和歌大辞典』（昭61）「証歌」の項に

表現の先例・典拠として引証された歌で、具体的には万葉集や三代集などの古歌をいう。歌合においては、新奇を嫌い前例を重んじる批評意識に支えられて、表現の伝統性が重要視され、「証歌やあらむと言へど、不ㇾ出《ダサ》ば負けぬ」（元永元1118年右兵衛督実行歌合）などのごとく、証歌の有無が判定基準とされた。（田村柳壱執筆）

と定義され、また清輔撰で詠歌一躰の中にも言及される「和歌一字抄」（清輔撰、鎌倉中期増補）は下巻末尾に「証歌」として一三四首の古歌をあげている。しかし、これ以上の言説はほとんど管見に入らず、さして注意を引かぬ

和歌用語であるように思われる。

さきに見たように、為家は題詠の教えの中で、「風情の廻り難からむ事は、證歌を求めて詠ずべし」と言っている。「證歌」という言葉はこの一箇所にしか現われず、注釈書として唯一の『歌論集一』所収本の頭注に、「例証となる歌」と注されているのみで、従来全く関心を払われていなかった。

右の発言は、「趣向の立てにくい時には、古歌の中から例證となる歌を求め出し、これによって詠むがよい」と解されよう。題詠に限らず、必要に迫られ、あるいは自発的に詠歌を志した時、構想を練り表現を工夫する上で、古歌を参考とし、何等かの形で活用する事は、古典和歌の世界では当然の事でもあろうが、これを最も有効に、徹底して行ったのは為家であった。私は為家諸詠を分析研究する中で、彼がいかに多数の古歌を記憶し、これを必要に応じていかに巧妙に駆使して作品を形成しているかを痛感し、その意味での「證歌」の活用こそ、為家詠を支える基底であると考えるに至った。

その検証結果をふまえて述べるならば、為家のいう「證歌」とは、「発想のヒントとなる古歌」の意である。鑑賞者にはっきりと引用古歌のわかる事を前提とする「本歌取」とは異なり、趣向や言いまわしの上で、由緒ある古歌の一部をそれとなく借り用いる事で、形にしかねている着想を形にし、姿に味わいを添えて、風情ある一首に仕上げるのである。鑑賞上は利用された古歌に気づかずとも理解に支障なく、しかし何故にここでこう言ったかと思いめぐらして、證歌たる古歌に思い当れば、より深く首肯し、感銘を新たにして鑑賞し直す、といったていのものである。


音立てていまはた吹きぬ我が宿の荻の上葉の秋の初風　（3、新勅撰一九八）

詠歌動機を明らかにしないが、文暦元年（一二三四）37歳以前の詠で、定家の評価を得て新勅撰に入った作。一見、

「秋はなほ夕まぐれこそただならね荻の上風萩の下露」（和漢朗詠集二二九、義孝集四）以来の月並詠として見過されかねないが、「いまはた」の一語に注目すれば、心ある人には直ちに「夕暮は荻吹く風の音まさるいまはたいかに寝覚めせられむ」（新古今三〇三、具平親王）が想起され、また無造作に初句に置かれたと見える「音立てて」からは、古く歌学書に引かれる「ますらをの鳩吹く秋の音立ててとまれと人を《は（奥儀）》言はぬばかりぞ」（奥儀抄六三一、袖中抄六八一、和歌色葉一八九）が連想されるであろう。うたう所は「秋の初風」であるが、さりげなく用いられたこれら古歌の言葉によって、今から予想される晩秋に向けての人恋しさ、寂寥が、知る人ぞ知る、という形でひそかに表現されているのである。

明けわたる外山の桜夜のほどに花咲きぬらしかかる白雲　（7、続後撰六八）

貞永元年（一二三二）洞院摂政家百首、35歳の作。自ら撰んだ続後撰集の、撰者詠としての初登場。何の奇もない平凡作とも見えようが、従来春季詠としては

高砂の尾上の桜咲きにけり外山の霞立たずもあらなむ　（後拾遺一二〇、匡房）

としか詠まれなかった「外山」に桜を咲かせ、これに「外山」についてのみ用いられた、

ともしする火串の松も消えなくに外山の雲の明けわたるらむ　（千載一九七、行宗）

の「明けわたる」を冠し、末句には「詠歌一躰」の「近代、よき歌」の筆頭に掲げた、

おしなべて花の盛りになりにけり山の端ごとにかかる白雲　（千載六九、西行）

のそれをそのまま据えて、何の抵抗もなくすらりと読み下せる自然な一首に仕上げている。ともに「本歌取」とは言い難く、「證歌を求め風情をめぐらして詠んだ歌」の好例である。卒然と読めばおだやかで美しいが誰にでも詠めそうな歌、しかし、なぜここで「いまはた」と言うのか、「明けわたる」とはどこかで聞いたような……と今一

歩踏みこんで考えた時、これらの古歌、すなわち證歌に思いを致せば、なるほど、さすがは和歌宗匠詠、と納得させる力を備えている。

弘長三年（一二六三）、66歳の老齢にして、愛娘後嵯峨院大納言典侍を31歳の若さで先立てた時、極度の悲嘆の中から二一八首の「秋思歌」を詠出し、もってその打撃から再生し得たのも、一つには彼の中に蓄えられた豊富な證歌、そしてそれを巧みに生かし得る多年研鑽の実力ゆえであった。

うしとても別れに残るつれなさを有明の月に言や伝てまし　（一九）

［證歌］　有明のつれなく見えし別れより暁ばかりうきものはなし　（古今六二五、忠岑）

嘆かるる身は影ばかりなりゆけど別れし人に添ふ時もなし　（一五六）

［證歌］　恋すれば我が身は影となりにけりさりとて人に添はぬものゆゑ　（古今五二八、読人しらず）

後者の證歌は、新編国歌大観全巻を見渡して、管見の限り引用例・影響例皆無である。為家の古歌記憶蓄積、ならびに活用能力――「稽古」の力の、いかに卓越していたかを知る事ができよう。

名所詠法の条で触れた住吉社・玉津嶋歌合でも、この能力は遺憾なく発揮される。「生涯と作品」の章にもすでに示したが、なお

はるばると吹き来る風の花の香や遠里小野にかかる白雲　（住吉社歌合二一）

［證歌］　霞立つ春の山辺は遠けれど吹きくる風は花の香ぞする　（古今一〇五、元方）

沖つ風吹上の浜の名もしるし空に霞める春の曙　（玉津嶋歌合二一）

［證歌］　名もしるし峰の嵐も雪とふる山さくら戸の曙の空　（新勅撰九四、定家）

など、一門・同調者のみの祝儀歌合とは言いながら、為氏・信実らとは比較にならぬ手腕を示している。

今回勅撰集詠注釈において、また前著『秋思歌　秋夢集新注』においても、繁雑、また穿ち過ぎと思われる程に参考歌をあげたのは、為家脳裏を往来したであろう、多様な古歌の中から、まさにこれ、という證歌をえぐり出したいがための試みである。深読みとの難もあろうが、しかし思いもよらぬ所に思いもよらぬ證歌を見出して、感に堪えた事あげて数えがたく、なお全く気づかぬ所にひそむ巧妙な證歌活用の存在も、多々あろうと思われる。それらは鑑賞上承知しておらねばならぬ「本歌」とは異なり、為家自身、知る人ぞ知るとしてあながちの探索は求めない、といった性格のものでもあろうが、一首々々注釈を進めるにつれ、為家の「稽古」の要諦はこの多数の證歌の自在な活用にあると痛感されるので、詳論した次第である。

6　制詞

詠歌一躰、ないし為家歌学の中で最も悪名高い「制禁の詞」である。しかし虚心に本文を読めば、為家の意図は明らかである。

いかにも古集にあらむ程の詞を用ふべし。但し、聞きよからむ詞は、今初めて詠み出だしたらむも悪しかるべきにあらず。……又古集にあればとて、今は人も詠まぬ事ども続けたらむ、物笑ひにてあるべし。

（歌の詞の事）

1　古集にあるような詞を使え。
2　但し聞きよい詞であれば初めて用いても差支えない。
3　古集の詞でも現在通用しないようなものは用いてはならぬ。

至極当然の教えではなかろうか。そしてこの冒頭大前提のもとにおける例外規定として、「近き世、まして此の頃」

人の創始した詞は詠んではいけない、とするのは、逆に当時の廷臣歌人らの安易な作歌態度を証するものでもあろう。為家のこの言は当代の一般詠作傾向に対し警鐘を鳴らしたものでこそあれ、決して以後増殖して保守的権威主義による拘束とみなされるようなものではなかった事、また、制詞例を省けばこの一項目はごく短小なものとなるが、にもかかわらずまことに行き届いた教えである事を、偏見なく読み取るべきであろう。

挙げられた制詞、四二例。集と歌人名の内訳は次表の通りである。

集名	用例
金葉	1
詞花	1
千載	4
新古今	31
新勅撰	3
続後撰	1
続古今	1
計	42

歌人名	用例
家隆	9
定家	4
俊成	3
良経	3
讃岐	3
俊頼	2
崇徳院	2
寂蓮	2
式子	2
後鳥羽院	2
宮内卿	2
師通	1
公実	1
西行	1
慈円	1
雅経	1
公経	1
具親	1
知家	1
計	42

後代人にとっては数ある和歌文献中の一集、歌仙の一人、というにとどまろうとも、為家にとってはその大多数はその生成の場を体感した撰集であり、親しく謦咳に接し私淑した大先達である。その苦心創出し、また為家自身愛誦してやまぬ名歌の詞を、自分が「古集にあらむ程の詞を用ふべし」と教えたからといって、後進に安易に使い古されてしまう事に、我慢のならなかった事は当然である。

歌学・歌論も時代とともにある。これをわきまえず、歌道師範家の権威にすがって、後代種々の形で増殖、権威主義におちいった後人にこそ罪はあれ、為家にそこまでの責めを負わせる事は全く不当、かつこれによって詠歌一躰の価値をおとしめるごとき事はあるべきでない。

7　よき歌

「稽古」「制詞」と並ぶ「平淡美の主張」と言われるものは、「歌の姿の事」に諄々と語られている、「よき歌」の定義をさしている。

1　和歌は、詠《なが》めて聞くに、よき歌はしみじみと聞ゆる由、申しおきたり。
2　いかにも事柄のぬけあがりて、清らかに聞ゆるはよきなり。
3　心・詞かきあひたらむをよしとは知るべし。
4　すべて、すぐれたる歌は面白き所なき由申すめり。
5　初めは何としもなけれど、よくよく見ればよき歌あり。見ざめせぬやうに詠むべし。
6　すべて、少し淋しきやうなるが、遠白くてよき歌と聞ゆるなり。詞少く言ひたれども、心深ければ、多くの事ども皆その中に聞えて、詠めたるもよきなり。

1　詠吟して、しみじみと聞えるのがよい。
2　情景がくっきりと浮んで、すっきりと上品に聞えるのがよい。
3　心と詞が過不足なく調和したのがよい。
4　すぐれた歌は取り立てて表面的に面白いという所はないものだ。
5　最初見た時は何という事もないが、よくよく味わうとよい歌、というのがあるものだ。一見面白いが再三の鑑賞には堪えない、という事のないように詠むがよい。
6　総じて言えば、表面的には少し淋しく物足りないと見えるような歌が、実は幽遠な秀歌なのである。表現を慎しんで控えめに言っているが、かえってそこに内に秘めた心の深さがしのばれ、詠吟しても味わいがまさるのである。

「平淡美」などというそっけない一語では覆えない、為家のよしとする歌の性格が、具体的に念入りに語られている。この定義・条件はほとんどすべて、定家撰、また為家自撰の新勅撰・続後撰・続古今入集の為家詠にあてはまるものではないか。

立ちのこす梢も見えず山桜花のあたりにかかる白雲　（1、新勅撰一〇一）
奥山の日かげの露の玉かづら人こそ知らねかけて恋ふれど　（6、新勅撰六八三）
逢ふまでの恋ぞ祈りになりける年月長き物思へとて　（15、続後撰七八五）
みちのくの籬の島は白妙の波もてゆへる名にこそありけれ　（17、続後撰一〇二四）
見るままに秋風寒し天の原とわたる月の夜ぞ更けにける　（28、続古今四二七）
さらでだにそれかとまがふ山の端の有明の月に降れる白雪　（34、続古今六三三）

詳しくは各歌の注釈に譲るが、いずれも目驚かす所のない平淡な月並詠かと見えながら、実は巧みに證歌を活用し、詠吟して美しく、しっとりと品高い「よき歌」である。俊成・定家のあとを受けつつ、当代・次代の歌壇の様相を見据えて、為家の選んだ理想の歌境を、既成観念を捨てて理解する事が必要であろう。

しかしながら一方、「よき歌」を詠もうとことさらあせってはいけないし、苦心して詠んだものが必ずよき歌になるとも限らない。

よき歌の出で来るも自然の事なれば、百首などに数々に沈思する事はせぬなり。

（歌も折によりて詠むべき様有るべき事）

歌を案ずる折は、沈思したるに随ひて、よくも覚え、又、後に詠みたるは勝りたる心地すれど、それにもよらず。（歌の姿の事）

若年時から「家」の重圧を受け、「よき歌」を詠まねばならぬと苦しみ、千首・百首等数知れず詠じて来た人の、最晩年に到達した真理である。頭を垂れて聴くべきであろう。

8　地歌・晴の歌

「歌も折によりて詠むべき様ある事」の項では、ごく短文の中に定数歌・歌合歌、それぞれの詠み方を教え、例歌六首を示し、やや疑問の例一首をあげて終る。

百首、二十首三十首、歌合。それぞれの場に応じた歌の詠み方というものがあるのだ。沈思するばかりが能ではない。百首なら適宜地歌を交えてめりはりをつけ、秀逸を引立たせよ。二十首三十首は気を入れてしっかり詠め。歌合の歌は特に批判論難されそうな所に注意し、格調高く詠め。簡明にして、しかも各の場の性格の浮き上って見えるような叙述である。その中に挟まれた「よき歌の出で来る事も自然の事なれば」の一句は、何気なく見えながら、実は若年時の千首をはじめ、生涯に何回となく定数歌・歌合歌を経験し、その度に沈思し苦吟したであろう為家の、最終的に会得した悟りにも似た穏やかさで、創作の不思議を語る金言である。

9　よせ・字余り・重ね詞

残る三項目は、更に更に短い。

詞の「よせ」はありたいものであるが、強いて求めて多数詠み集めるのは見苦しい。（歌にはよせあるがよき事）

字余りにせずとも十分表現できるのに、わざわざ余すのはよくない。どうしても余さざるを得ない場合は、幾文字余しても構わない。（文字の余る事）

必要もない重ね詞を好み用いてはならない。（重ね詞の事）

実に簡にして要を得ている。そして、

事により、様に従ふべきなり。（歌にはよせあるがよき事）

しなし様の手づつなるゆゑに聞きにくきなり。（文字の余る事）

何事もより来たるがよきなり。（重ね詞の事）

至極当然の真理を、平易な短文で核心をずばりと示している。ためにこの三項目は、長文の他の五項目と比較しても全く見劣りなく、むしろ寸鉄よく人を刺す趣で、長短相伴って論に生気を与えている。

10 率直性

詠歌一躰全般に見られる特徴として、為家特有の、思い切って単刀直入に真実を衝く率直な物言いがある。

為家の性格と言えば、詠歌一躰に対する従来の退嬰的な見解と、明月記における定家の批判と、若干の詠歌の瞥見を根拠に、早くから「覇気のない従順さ・繊細緻密な融和性」（谷亮平「藤原為家論」国語と国文学昭8・3）、「温和で従順で、圭角といふ様なもの、全く無い人間・鷹揚でこせつかず、策略などの全く無い、明るい人間」（石田吉貞「藤原為家論」国語と国文学昭13・8）とみなされて来た。しかし作品はじめ各種文献が整備された現在、このような単純な見方は許されるべくもない。彼は一面、勁い個我を持った人間であり、穏和な側面もありながら、時としてその勁さを率直に出す場合もあれば、鋭い警句によって鬱憤を晴らす事もあり、誹諧歌に心を遣る時間もあった。詠歌一躰はその力強い直言を、肉声をもって聞き得る貴重な文献でもある。

上手といふは、同じ事を聞きよく続けなすなり。（歌の姿の事）

へつらひてきたなげに、安く通りぬべき中の道を避きて、あなたこなたへ伝はむとしたるは悪しきなり。……心の珍しきをば構へ出ださぬままに、ゆゆしき事案じ出だしたりと、かやうのそぞろなる僻事を続くる事、更々詮なき事なり。（同上）

此の字どもは、いづれも秀れたる歌なれば字の余りたるによりて悪くなりぬべきにあらず。しなし様の手づつなる故に聞きにくきなり。（文字の余る事）

いつも同じやうなる事をすれば、「あは、その人の歌」と覚えて、風情のなきやうにも見ゆ。人に「例の事」と言はるるも悪しきなり。（重ね詞の事）

題も同じ題、心も同じ心、句の据ゑ所も変らで、いささか詞を添へたるは、少しも珍しからねば、古物にてこそあれ、何の見所か有るべき。（古歌を取る事）

この、歯に衣着せぬ率直さは、弘長二年（一二六二）五月二十四日、続古今集撰定作業中に、将来の参考のために為氏に与えた書状、「為家卿続古今和歌撰集覚書」（福田秀一『中世和歌史の研究続篇』平19、301頁）中の、

重代にもあらず集のためも面目もなき者の撰者に物とらせていらむと思たるが、返々おそろしき事にて候也、又住吉神主国平、内宮一禰宜延季、日吉祝成賢兄弟などは、一首もいれられれば、うれしがりて本社に世をいのり、亦君臣民事物のため御いのりにてもあれば、心をゆるすべきこと也、

の直言とも相通ずるものであり、またその後四人の撰者追加を見て、評定の席で鶴殿内大臣基家の威を借りて我意を通す光俊の態度に、私語にもせよ、

仙人のわたましのやうに、鶴に物を負はするは、（井蛙抄）

と警抜な一句で的確な批判を下すその面影をも髣髴たらしめるものである。

11　複眼的視線

率直さの半面にはまた、一方的に物を言い切ってしまわぬ、複眼的な視線がある。

題の字を落す事は、深く是を難じたり。但し、思はせて詠みたるもあり。（題をよくよく心得べき事）

題に出で来ぬべき物の、題にも出ださぬを詠み入るる事、詮なきにや。……但し、これも事により様に従ふべければ、一筋に嫌ふべからず。（同上）

衣にはたつ《たつ》、うら《うら》……かやうの事のありたきなり。その具足もなきは悪し。かくは言へども、事削ぎたるがよきなり。……よせなき歌もあり。事により、様に従ふべきなり。（歌にはよせ有るがよき事）

わざと畳み入れて余す事は悪し。いかにも余さでかなふまじき時は、……幾文字も苦しからず。（文字の余る事）

いかにも古歌にあらむ程の詞を用ふべし。但し、聞きよからむ詞は、今初めて詠み出だしたらむも悪しかるべきにあらず。（歌の詞の事）

五句の物を三句取らむ事あるべからずと申すめり。但しそれも様によるべし。（古歌を取る事）

常に古歌を取らむとたしなむは悪しきなり。……但し、それも落ちきて詠まれむ折には取るべし。（同上）

歌は珍しく案じ出だして、我が物と持つべしと申すなり。さのみ新しき事は有るまじければ、同じ古事なれども、……珍しく聞きなさるる体を計らふべし。（結語）

「但し」「様に従ふべき」「かなふまじき時は」「有るまじければ」と語を重ねて、例外・次善の策を懇切に説く。求める所多い父親に苦労し、一方我が子とて思うようには行かぬものと痛感して、英才もさる事ながら凡才もそれなりに歌人、歌道師範として立って行かねばならぬ児孫への、配慮に満ちた教えである。

12　新取への視点

為家歌道、稽古、と言えば、尚古一辺倒と見られる。しかし稽古の目的、「照今」をいかに実現すべきか。そもそも、

和歌を詠ずる事、必ず才学によらず、只、心より起れる事。（総論）

である。

今も珍しき事ども出で来て昔の跡にかはり、一節にても此のついでに言ひ出でつべからむには、様に従ひて必ず詠むべきなり。事一つし出だしたる歌は作者一人の物にて、撰集などにも入るなり。

（題をよくよく心得べき事）

題も同じ題、心も同じ心、句の据ゑ所も変らで、いささか詞を添へたるは、少しも珍しからねば、古物にてこそあれ、何の見所かあるべき。……すべて、新しく案じ出だしたらむには過ぐべからず。（古歌を取る事）

歌は、珍しく案じ出だして、我が物と持つべし、と申すなり。（結語）

勿論、心の起る所に従って、珍しく新しい独自の物を創造する事が理想なのである。それはそうなのだけれど、何が新しく、何が珍しいかを知るためには、「稽古」して、今までどういう事が、どういう形でうたわれて来たかを知らねばならない。現在は、基俊・俊頼・俊成・定家の時代よりずっとずっと沢山、「古え」は積って来ている。

それを徹底的に学び、有るべき筋を体得した上で、

歌ごとに思ふ所を詠むべきなり。（総論）

そこにおのずから、新しく珍しく案じ出だした、作者一人の物と自他共に許す作品が生れるのである。そのような機会が生じたならば、恐れず、自然の成行きに従って必ずこれを詠むべきである。しかし多くはそこまでに至らないのだから、慎んで、

同じ古事なれども、言葉続き、しなし様などと、珍しく聞きなさるる体を計らふべし。（結語）

と教える。当時の歌人等の実力水準を見定めた上での、現実的な示教である。

為家自身、千首・新撰六帖等に、『研究』に詳論されるごとく種々の新しい試みもして来た上での、晩年の発言である。後者についてはパトロンたる実氏のきびしい批判もあった（源承和歌口伝・井蛙抄）。そのような体験もふまえた現実的な指導であって、このような文脈を正確に読み取らぬまま、為家の詠歌理念を擬古典主義と極めつけるのは、短絡的な思考であろう。

13　結語

2に述べたごとく、「歌よみの名をとり……」以下の最末段は、従来「跋」と呼ばれて来たが、冒頭の総論（従来の「序」）を受けて、これを別の表現で再度念押ししたもので、一篇のしめくくり、「結語」と言った方がふさわしいと思われる。

総論と結語とは、さりげなく、しかし確として呼応している。

「稽古なくては上手の覚え取りがたし。

「歌よみの名を取り、上手の聞えあらむと思はば、散々の事をし出だすまじきなり。

「おのづから秀逸を詠み出だしたれど、後に比興の事などしつれば……。

「我が身は躬恒・貫之にもまさりにけりとおほけなく案じて……沈思する事もなければ……。

「いかなる人にあつらへたりけるやらむ。

「よみ下りたり、才学尽きにけり。

「物うくて歌を捨つる……此の道の荒廃なるべし。

「いどみ合ひたる、更々無益の事なり。

「有るべき筋をよくよく心得入れて、歌ごとに思ふ所を詠むべきなり。

「よくよく心をつくして、悪しき筋を除き、詠むべきなり。


論旨の照応は明らかであろう。

歌論としては、この「悪しき筋を除き、詠むべきなり」で終れば、総論の「有るべき筋」との対応、「稽古」の趣旨が通って効果的かと思われるが、その効果を損ねても、最後にさまでの稽古に堪えぬ凡才の為に、一言付け加えているのも為家らしい。「新鮮な独自の詠風を開拓できるならそれに越した事はない。しかしなかなかそうは行かないのだから、同じ詠み古した事柄でも、言葉あしらいや趣向の持って行き方で、珍しい、面白いと思わせるように工夫するのだよ」。直接の教訓対象かとされる、幼年で海の物とも山の物ともつかない為相への思いやりでもあろうか。人柄を思わせる言葉である。

14　為家真作の証

以上のごとく論全体を通観した結果として、従来書誌的面からのみ検討されて来た、為家真作か否かの問題を、本文に即して考えてみたい。

i

詠歌一躰を読んで気になる事の一つに、一つ書各項目に割かれた本文分量の、著しい不均衡がある。『研究』787頁には、その状況が『歌論集』所収本文の行数により表示されている。これにならい、かつ（序）（跋）とある所を上述の私説にもとづき「総論」「結語」として示す。

総論	六行
題をよくよく心得べき事	八〇行
歌も折によりて詠むべき様ある事	二〇行
歌の姿の事	七三行
歌にはよせ有るがよき事	五行
文字の余る事	七行
重ね詞の事	七行
歌の詞の事	三四行
古歌を取る事	二五行
結語	一〇行

不均衡の程は一目瞭然であろう。しかも一見長文に見える「歌も折によりて詠むべき様ある事」は引用歌を除けば実質一三行、「歌の詞の事」は制詞を除けば実質一二行、「古歌を取る事」は例歌を除けば実質一五行である。残る五行・七行（うち例歌二行・三行）に至っては論外であって、もしも為家ならぬ後人が、師説祖述の意図をもって構成した編纂物であるならば、あまりの短章には何等か補訂して全体の釣合を取る、というのが自然ではなかろうか。為家真作なればこそ、各項目それぞれに、必要にして十分なる叙述の分量を配り、形式的不均衡など考慮する必要を感じなかったのではあるまいか。

その短章三項の歯切れのよさ、核心をついた端的な文体の味わいは格別で、最長文二項に対しても何等ひけを取らぬ力強さである。

衣には……かやうの事のありたきなり。…かくは言へども、事削ぎたるがよきなり。……よせなき歌もあり。事により、様に従ふべきなり。　（歌にはよせ有るがよき事）

わざと畳み入れて余す事は悪し。いかにも余さでかなふまじき時は、余りたるも聞きにくからぬは幾文字も苦しからず。　（文字の余る事）

詮もなからむ重ね句も更々あるべからず。……何事もより来たるがよきなり。　（重ね詞の事）

実に必要にして十分ではなかろうか。これに若干の縁語例（よせ）、例歌を添えれば、あとは言う事はない。この簡潔さには、為氏であれ為秀であれ、何等か後人のさかしらの介入する余地はないであろう。形式的不整備とも見られかねない、この長文短文織りまぜた独特の構成そのものの中に、為家真作の証を見る、と考える所以である。

ii

長文においても、その個性的な簡潔さは、為家その人の筆たる事を髣髴とさせる。それは、定家に仮託された偽書、「三五記」上（鷺本）後半の、全面的に偽作者の筆の入った本書本文と見合わせれば、一読明らかであろう。

天象・地儀・植物・動物、すべてその体あらむ物をば、その名を詠むべし。三十一字の中に題の字を落す事は、深く是を難じたり。但し、思はせて詠みたるもあり。（詠歌一躰）

天象・地儀・植物・動物・すべてこの体あらむ物にとりて、その名を読むべし。三十一字の中に、題の実を捨つる事は、深く是をいましむる事なり。但し又、思はせてかすかに詠めるたぐひも侍るべし。（三五記）

詞なだらかに言ひ下し、清げなるは、姿のよきなり。……案ぜん折、上句を下になし、下句を上になして、事柄を見るべし。上手といふは、同じ事を聞きよく続けなすなり。（詠歌一躰）

詞なだらかに言ひ下し、清げなるは、姿もつともよろしきたぐひと申すべし。……案ずる時、上句を下になし、下句を上になして、事柄をよくよく続け見るべし。上手といふは、同じ事なれども、聞きよきやうに続けなすをその人とす。（三五記）

ゆらゆらと詠み流しつべきに、物をいくらも言はむとすれば、あそこもここも肘張りてわろきなり。すべて、少し淋しきやうなるが、遠白くてよき歌と聞ゆるなり。（詠歌一躰）

ゆらゆらと詠み流しつつ、しかも又いくらも物を言はむと出で立ちたる歌は、あそこもここも肘張りてわろきなり。ゆらゆらとしたるばかりはよろし。すべて少し物遠きやうなるが、物の理をも風情をも、いひ尽くさむともせでなびらかなるが、いかにも面白く、よき歌にて聞ゆるなるべし。（三五記）

両者対比して、詠歌一躰の文章の、いかに生き生きとして力強く、簡にして要を得ていることか。ここのみならず全文を通じ、指定の助動詞「たり」「なり」、命令の助動詞「べし」で簡明に言い切り、最善の道と次善の策とを明確に指し示し、さながら相対してその直言を聞くが如くである。偽書は論外としても、口伝の聞き書、後人の編纂であったなら、ここまで簡潔な美しい文体は、期待し得ないであろう。

以上の点から見て、本作はまさに為家の真作であり、為氏であれ誰であれ、他者の手は加わっていないと考えるが如何であろうか。大方の御意見を承わりたい。

五　為家歌風考

1　證歌活用の妙

為家詠の特色の第一は、その證歌活用の妙にある。これについては再々述べ、また注釈中に多くの参考歌を指摘して来たが、現代の我々はこれらを新編国歌大観の索引で一々検索してようやくさがし当てるのに対し、為家はすべてを記憶しており、しかもこれを当座探題のような即詠の場でも、直ちに題や場の要請に応じ適切なものを複数思い浮べ、これらにより風情をめぐらして、新たな歌を創造できるのである。「詞は古きをしたひ、心は新しきを求め」（近代秀歌）の徹底した実践である。

「古歌の詞を求め、組合わせて適当に風情を作れ」とは、まさに創造性のかけらもない擬古典主義の典型とも思われよう。しかし、

天の川遠き渡りになりにけり交野のみ野の五月雨のころ　（9、続後撰二〇七）

「五月雨」題が出た時に、なぜ「桜狩」の「交野のみ野」を思いつくのか。及ばずながら、本詠成立に至る為家の作歌過程を想像すれば、先行五月雨詠の中から先ず、

天の川八十瀬も知らぬ五月雨に思ふも深き雲のみをかな　（千五百番歌合八六三、定家）

が浮び、ついで

天の川遠き渡りにあらねども君が舟出は年にこそ待て　（拾遺一四四、人麿）

天の川といふ所に至りぬ。……「交野を狩りて天の川のほとりに至るを題にて歌よみて盃はさせ」とのたまうければ……

狩り暮らしたなばたつめに宿からむ天の川原に我は来にけり　（伊勢物語一四七、業平）

というような順序で風情が形作られて行って、はるか桜狩の思い出をよそに交野一面を領する五月雨、それを受けて滔々と流れる天の川が現前する。そこに拾遺詠七夕のほのかな艶と、これを反転した軽いユーモアをしのばせて、一首が成るのである。

逢ふまでの恋ぞ祈りになりにける年月長き物思へとて　（18、続後撰七八五）

「不遇恋」の題に対し、思い浮べられる歌は多々あろうが、

逢ふまでとせめて命の惜しければ恋こそ人の祈りなりけれ　（後拾遺六四二、頼宗）

を連想したという事自体ユニークである。しかもこれを「恋ぞ祈りになりにける」と言いかえ（この表現、新編国歌大観中に類例なし）、これに周知の

玉の緒の絶えてみじかき命もて年月長き恋もするかな　（後撰六四六、貫之）

を取合わせて、心の底深く沈めた恋を品高く表現している。

その他、注釈の参考歌を見れば、一首ごとに為家の脳裏を行き交う證歌の多様さ、これを自家薬籠中の物として自在に活用する手腕の程は首肯されるであろう。しかもなお私の心付かぬ證歌は、更に多々あるはずである。卑屈な形での本歌取を排して、

題も同じ題、心も同じ心、句の据ゑ所も変らで、いささか詞を添へたるは、少しも珍しからねば、古物にてこそあれ、何の見所かあるべき。　（詠歌一躰、古歌を取る事）

と言い放つ彼は、古歌を本歌としてでなく、證歌として生かす手腕を、随処に遺憾なく発揮している。表に平淡温雅と見えながら、その懐の深さは計り知れぬものがある。

2 その新しさ

一方で為家は、新しい歌材・趣向・表現も積極的に用いている。その例は玉葉風雅に多く見られ、

閼伽棚の花の枯葉もうちしめり朝霧深し峰の古寺（257、風雅一七七七）

などはその面での代表的秀歌であるし、

山深き谷吹きのぼる春風に浮きてあまぎる花の白雪（137、玉葉二三一）

降る雪の雨になり行く下消えに音こそまされ軒の玉水（152、玉葉九八六）

等、京極派の先駆とも見られる清新な叙景を開拓してもいる。

しかしそれだけでなく、一見うたい古された歌材・表現による伝統詠と見えながら

早瀬川波のかけこす岩岸にこぼれて咲ける山吹の花（23、続古今一六六）

の「波のかけこす」「岩岸に」「こぼれて咲ける」は、勅撰集中ただ一句の特異句であるばかりでなく、新編国歌大観全編を通して本詠が初出であり、阿仏十六夜日記の

かもめ居る洲崎の岩もよそならず波のかけこす袖にみなれて（三九）

をはじめ、後出詠はすべて本詠を強く意識している。いくらでもありそうな「こぼれて咲ける」に至っては、遠く承応二年（一六五三）没の松永貞徳の逍遊集に、

一木さへあかぬ匂の麓までこぼれて咲ける花桜かな（三八八）

を見るのみである。

このような、たとえば「てには」ただ一つの違いにもせよ（和歌ではそれが表現上大きな差異をもたらす事が多い）、従来と異なる一句を創出し、それがあまりにしっくりと伝統的表現と調和していたため、また無制限に後進に襲用されたために、古来の歌語同様にみなされて為家の創造性を認められなかった表現は非常に多い。注釈中にしばしば指摘しておいたので注目されたい。

万葉を明らかに本歌に取った例はさきに示したが、それと露わに見せずして「美しくありぬべき事のなびやかにも下ら」ぬ難点を「優しくしなし」、新古今風の妖艶の体に詠みなした例としては、

初瀬女のつくる木綿花三吉野の滝のみなわに咲きたらずや（万葉九一二、金村）

にあきたらずして詠みかえた、

初瀬女の峰の桜の花かづら空さへかけて匂ふ春風（21、続古今一〇三）

がある。詳しくは注釈を参照されたいが、こうした形も千首以来為家がしばしば試みた新しさであり、「空さへかけて」はその独創句である。

このような些細な詞の末の相違は、偶然にいくらでも起り得る事であり、新しいとするに足りないとの意見もあろう。しかし国歌大観勅撰集篇の索引を開いて、そこに並ぶ各句の極端な同一性を見るなら、そこから一歩でも脱する事、しかも詠歌一躰に言う「うき風」「はつ雲」の奇矯に陥らず、温和の中に新味を盛る事のいかに難事であったかが理解されよう。それが余りに巧みに、抵抗を感じさせず行われたがために、後年追随者を多く招き、為家の独創性が見失われてしまった事は彼にとって不幸であったが、それはそれとして、この面での為家の「新しさ」は改めて認めるべきである。

なお新撰六帖詠の新しさについては、次項に述べる。

3　その誹諧性

為家の資質中、俊成・定家に対し特に目立つ異質さとして、その誹諧性がある。為家にはきわめて良質のユーモア精神が、生得のものとして備わっていた。

「稽古」を第一義とし、道統守成の人と思われている為家に、誹諧とは、との疑問もあろうが、万葉古今の昔から、戯笑歌・誹諧歌は存在する。そもそも、言いたい事を何に限らず五七五七七の中におさめる、という事自体、ウィットを必要とする。枕詞・序詞・縁語・懸詞・歌枕・本歌本説取、すべては複雑な意味内容を三十一字に封じこめ、しかも万人の理解に供するための技巧であり、一種の言葉遊び、洒落である。それは有心幽玄の新古今からの堕落ではない。後世「わび茶」の心として信仰的にたたえられる定家の名歌すら、花紅葉を賞でる常識を覆えして「見渡せば花も紅葉もなかりけり」と人の意表を衝き、「浦の苫屋の秋の夕暮」で「なるほど」と納得させるという趣向に、ある種の誹諧性を含んでいるのである。誹諧といっても、不真面目な滑稽や語呂合せとは同一視しないでいただきたい。

みちのくの籬の島は白妙の波もてゆへる名にこそありけれ　(17、続後撰一〇二四)

実に楽しい想像力で、四囲に白波寄せる緑美しい小島の俯瞰図が浮き出て来るではないか。

三日月のわれて相見し面影の有明までになりにけるかな　(164、玉葉一四八〇)

世にもらば誰が身もあらじ忘れねよ恋ふなよ夢ぞ今を限りに　(166、玉葉一五一九)

ともに新撰六帖詠。前者は「日比隔てたる」、後者は「口固む」という題から趣向をめぐらして、前者は月齢で題意を表現しつつ、「三日月のわれて相見し」で遇い難い悲恋の趣をうたい、後者は切迫した口調そのもので危うい逢瀬の場を描き出している。いずれも、「誹諧体多し」「俗に近く」と実氏に難ぜられた（井蛙抄）新撰六帖詠であるが、しかし力強い新しさに満ちた独特の作品であろう。

冨士を詠んでも他歌人と異なり、

都出でし日数思へば冨士のねもふもとよりこそ立ちのぼりけれ　（266、新千載八一九）

と古今序を思いよそえ、

冨士のねは冬こそ高くなりぬらめわかぬみ雪に時を重ねて　（313、新後拾遺八一四）

と、「時」をも実体あり厚みある物質のように取扱って、高山をますます高くしてしまう。くだらぬ諧謔という見方もあろうが、それが末期とは言え勅撰に入る風格を見せている所、やはり為家であり、その警句に長じた面影もしのばれる。彼はまた連歌の名手でもあったのである。

以上、伝統守成、修行道、平淡温雅とされる為家の別の一面にも、注意する必要があろう。

3　為家秀歌の特性

改めて、為家自身よしとしたであろう、勅撰詠中の秀歌を見よう。

立ちのこす梢も見えず山ざくら花のあたりにかかる白雲　（1、新勅撰一〇一）

音立てて今はた吹きぬわが宿の荻の上葉の秋の初風　（3、新勅撰一九八）

奥山の日かげの露の玉かづら人こそ知らねかけて恋ふれど　（6、新勅撰六八三）

天の川遠き渡りになりにけり交野のみ野の五月雨のころ　（9、続後撰二〇七）

五十鈴川神代の鏡かげとめて今も曇らぬ秋の夜の月　（12、続後撰五三六）

逢ふまでの恋ぞいのりになりにける年月長きもの思へとて　（15、続後撰七八五）

みちのくのまがきの島は白妙の波もてゆへる名にこそありけれ　（17、続後撰一〇二四）

早瀬川波のかけこす岩岸にこぼれて咲ける山吹の花　（23、続古今一六六）

見るままに秋風寒し天の原とわたる月の夜ぞふけにける　（28、続古今四二七）

さらでだにそれかとまがふ山の端の有明の月に降れる白雪　（35、続古今六六八）

詠歌一躰「歌の姿の事」に列挙された、「よき歌」の条件をあげれば、

　詞なだらかに言ひ下し、清げなる事。

　姿のよき事。

　同じ事を聞きよく続けなす事。

　詠めて聞くに、しみじみと聞ゆる事。

　事柄のぬけあがりて、清らかに聞ゆる事。

　心・詞かきあひたらむ事。

　初めは何としもなけれど、見ざめせぬ事。

　ゆらゆらと読み流したる事。

その結果として、秀歌の要件につき、

　秀れたる歌は面白き所なし。

　少しさびしきやうなるが、遠白くてよき歌。

詞少けれど、心深く、詠めたるもよき歌。
という定義が示される。右十首はまさにこれに当ろう。そうした秀歌を詠むために、為家は、
上句を下になし、下句を上になして、事柄を見る。
基俊から俊成に至る近世の上手の姿を好み詠む。
古歌に詠じくらべて事柄を見る。
よき古歌を常に見て、「かくこそ詠みたけれ」「この姿こそよけれ」と自得する。
このように「稽古」を専一にしつつも、その上において、
珍しき事ども出で来て一節にても言ひ出でつべからむには、様に随ひて必ず詠み、作者一人の物として事一つ仕出だす。（題をよくよく心得べき事）
三代集にへつらはず、新しく案じ出だす。（古歌を取る事）
珍しく案じ出だして、我が物として持つ。（結語）
事を本来とし、次善のあり方として、
言葉続き、しなし様などを、珍しく聞きなさるる躰を計らふべし。（同上）
としている。
明けわたる芦屋の海の波間よりほのかにめぐる紀路の遠山（56、続古今一七二七）
など、現代人には全く気づかれないが実は非常に新しい独自の詠であり、後代の勅撰集には更に、自身は入集を遠慮した新撰六帖の新奇な歌、京極派の先駆として玉葉風雅を飾る諸作等も多く入って、為家が決して旧風墨守の人ではなかった事を示している。

七十八年の生涯を通じ、孜々として本来の意味の「稽古」に励み、新たな形をも試みつつ詠み残した六千首、その中から選びぬかれた三三二首を見て来て、さてその代表歌は、と問うた時、いかに考えてもそれの無い事に改めて驚く。一首々々を子細に見れば、その證歌活用の広さ、巧みさ、古き詞に盛る新たな味わい、声調の美しさ、気品高い歌柄、その中に漂うほのかな機知など、一々に感に堪える所であるが、一つ抜け出して「これ」と示せるものがない。これが俊成定家をはじめ、諸歌人との大きな違いである。

しかしそれは、むしろ為家の本懐とする所かも知れない。特に面白き所なく、少しさびしきやうであるが、詠めて聞くにしみじみと聞え、初めは何としもないが見ざめせず、事柄のぬけあがりて清らかに遠白く、詞少けれど心深く、姿よき歌。それを長年月常におもて歌として詠み続けられるという事は、和歌が公事化して、歌才のない一般廷臣も内面的欲求よりは外部的要請により、時と場にふさわしく、難のない歌を詠まねばならぬ時代、和歌師範の第一人者として、最も望まれる、しかし得難い資質ではなかろうか。定家詠のような、到底及ばないと仰ぎ見るよりほかない秀歌ではなく、誰にも詠めそうに見える題材、趣向、詞遣い。それでいて、自分でやってみるとうまく行かない。そんなはずはないとあれこれ試みて、結局「さすが宗匠」と甲を脱ぐ、というような歌である。

その制作の秘密は、徹底した「稽古」――あらゆる古歌を記憶し、その詞や趣向を、時に応じ場に従って自在に変換し活用するのみならず、常住坐臥これを愛誦して、「よき歌」に対する感性を養い、自詠と対比して推敲の基準とするにある。それはある程度まで誰にもできる事のようであり、本人の努力と適切な指導で達成できる事のようではあるが、実は古歌の資料を桁違いに大量に貯えてこれを繙読し得る自由を持ち、幼くからその空気の中で生育した和歌師範家の人間と、それ以外の人間との間には、容易には埋められない大きな格差がある。為家はこの利点を徹底的に活用し、「稽古」という大前提を、誰もが努力次第で或る基準まで到達し得る具体的システムの基本に置き、慢心して邪道に走る誡めとする一方、歌道専門の宗家たる御子左家の、冒し難い権威の源として確立したのである。

とはいえ為家は、その一方に凝り固まっていたわけではない。若年時からの父の期待に苦しんで、若くしては千首に非歌語・俗語・特異表現を試み、父死後の新撰六帖では思い切った誹諧性をも表面に出して新奇さを世に問い、晩年には毎日一首をもってすべてにとらわれぬ悠々たる境地に至っている。詠歌一躰には、

上手といふは、同じ事を聞きよく続けなすなり。 （歌の姿の事）

しなし様の手づつなるゆゑに聞きにくきなり。 （歌にはよせ有るがよき事）

いつも同じやうなる事をすれば、「あは、其の人の歌」と覚えて、……人に「例の事」と言はるるも悪《わろ》きなり。 （重ね詞の事）

等々、相対して為家その人の直言を聞くがごとく教示されているが、為家全歌を通観すれば、きわめて多数の作が現存するゆえに当然の事とは言いながら、同じような表現・趣向を、繰返し詠み試みている事も非常に多いのであって、それが勅撰入集作として完成すれば、平淡温雅な古典的詠と見えるけれども、そこに至るまでには、「あは、其の人の歌」「例の事」と難ぜられつつ、「同じ事を聞きよく」「手づつならず」推敲浄化して行く、為家稽古の跡がたどられるのである。すなわちこれらの直言は、単に和歌宗匠として門弟・初心者を見下してこの発言ではなく、自らの体験をふまえて身にしみての真理であるからこそ、単刀直入に人の心を衝く力を備えているのである。

結局、為家は代表歌を持たぬ大歌人であった。時代そのものが、和歌を、一首立てで深い感銘を与え、一歌人の全貌をそこに語りつくし得るようなものから、社会人必須の公事の一環として、個人的な感情とは別に、設題に相応して作り出すものへと変化して行く、その流れの窮極点に達していた。そこでは歌人の価値特色は或る一首をも

って代表させる事は不可能であり、総合的に見ての作風、という事で評価するより外ない。為家に限らず、光俊・知家ら、あるいはパトロンとしての後嵯峨院・実氏等、誰一人として世に残り記憶される一首というものはない。わずかに知られる為氏の、「玉津島よく見ていませ青丹よし奈良なる人の待ち問はばいかに」(万葉一二一五、作者未詳)を本歌とする、

人問はば見ずとや言はむ玉津島かすむ入江の春の曙　(続後撰四一)

にしても、意表を衝いた本歌取が賞され、しかもその核心「見ずとや」は、原作「見つとや」を為家が斧正した(井蛙抄)というエピソードつきで知られるのみで、為氏その人を浮び上らせるようなものではない。十三代集の世界で個人が各自の代表歌——、

枝にもる朝日の影のすくなさに涼しさふかき竹の奥かな　(玉葉四一九、為兼)

花の上にしばしうつろふ夕づく日入るともなしに影消えにけり　(風雅一九九、永福門院)

の如きを持ちえたのは、この時代の流れを一時的に絶ち切った、玉葉風雅の京極派歌人らのみであった。

代表歌を持たぬからといって、為家の偉大さは毫も揺らぐものではない。月並で無個性と思うのは、後代歌人らが為家の独創を模倣して使い古したため、また鑑賞批判者が為家の十分の一も古歌を知らず、その稽古照今の手腕と妙味とを理解できぬため、更には為家ほどの長く深い人生体験を経ずして、平淡と見える表現の内に含む含意の程を身にしみて体得できぬため、といった障碍による所が大きい。幸いに『全歌集』によって大歌人の全貌に接する事ができるようになった今後、従来の定説にとらわれず、全作品を読み通す中から、詠作・歌論両方面からする、新たな為家評価を望むこと切である。

御子左家系図

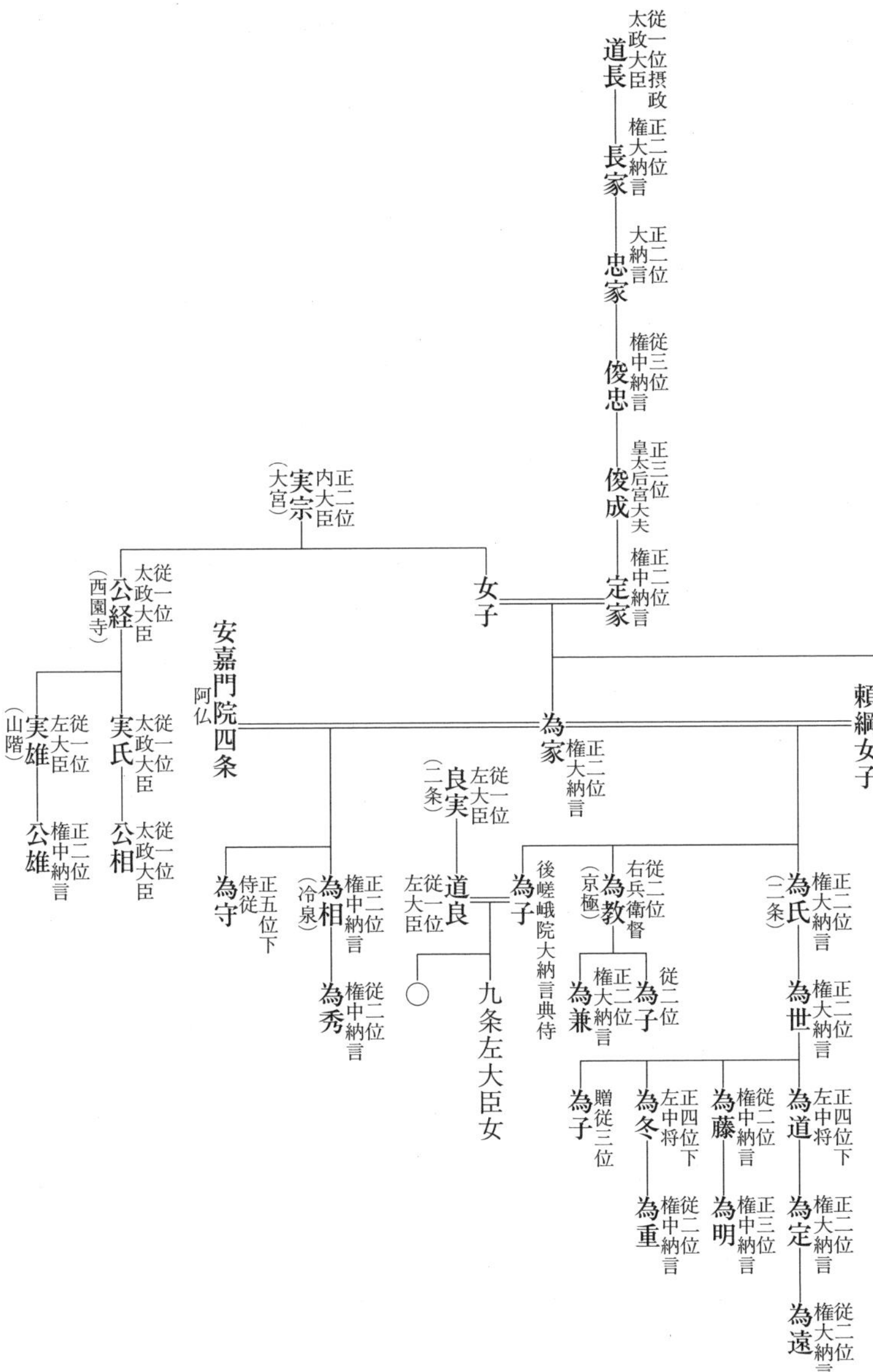
道長 従一位摂政 太政大臣
長家 正二位 権大納言
忠家 正二位 大納言
俊忠 従三位 権中納言
俊成 正三位 皇太后宮大夫
実宗 正二位 内大臣 (大宮)
公経 従一位 太政大臣 (西園寺)
女子
定家 正二位 権中納言
実雄 従一位 左大臣 (山階)
実氏 従一位 太政大臣
公雄 正二位 権中納言
公相 従一位 太政大臣
安嘉門院四条 阿仏
為家 正二位 権大納言
宇都宮頼綱女子
因子 民部卿典侍
為守 従五位下 侍従
為相 正二位 権中納言 (冷泉)
為秀 従二位 権中納言
良実 従一位 左大臣 (二条)
道良 従一位 左大臣
九条左大臣女
為子 後嵯峨院大納言典侍
為教 従二位 右兵衛督 (京極)
為兼 正二位 権大納言
為子 従二位
為氏 正二位 権大納言 (二条)
為世 正二位 権大納言
為子 贈従三位
為冬 正四位下 左中将
為藤 従二位 権中納言
為道 正四位下 左中将
為重 従二位 権中納言
為明 正三位 権中納言
為定 正二位 権大納言
為遠 従二位 権大納言

十三代集一覧

集名	下命者	成立年	撰者
新勅撰集	後堀河天皇	文暦二年（一二三五）	定家
続後撰集	後嵯峨院	建長三年（一二五一）	為家
続古今集	後嵯峨院	文永三年（一二六六）	為家・基家・行家・光俊・家良（中途没）
続拾遺集	亀山院	弘安元年（一二七八）	為氏
新後撰集	後宇多院	嘉元元年（一三〇三）	為世
玉葉集	伏見院	正和元年（一三一二）	為兼
続千載集	後宇多院	元応二年（一三二〇）	為世
続後拾遺集	後醍醐天皇	嘉暦元年（一三二六）	為藤（中途没）・為定
風雅集		貞和二年（一三四六）	光厳院
新千載集	後光厳天皇	延文四年（一三五九）	為定
新拾遺集	後光厳天皇義詮執奏	貞和三年（一三六四）	為明（中途没）・頓阿
新後拾遺集	後円融天皇義満執奏	至徳元年（一三八四）	為遠（中途没）・為重
新続古今集	後花園天皇義教執奏	永享十一年（一四三九）	飛鳥井雅世

為家作品勅撰集入集一覧表

年号	年次	西紀	年齢	作品名	新勅撰	続後撰	続古今	続拾遺	新後撰	玉葉	続千載	続後拾遺	風雅	新千載	新拾遺	新後拾遺	新続古今	計
建保	5	1217	20	禅林十八首										1				1
	6	18	21	八月十五日中殿御会						1								1
承久	元	19	22	内裏百番歌合													1	1
	2	20	23	道助家五十首題												1		1
貞応	2	23	26	千首			3	4				2	7	2	6			24
元仁	元	24	27	八月詠百首						1								1
嘉禄	元	25	28	基家家三十首							2							2
				日吉十禅師社法楽										1				1
				家隆勧進四十八願										1				1
				実氏家和歌			1											1
	2	26	29	権大納言家和歌			1											1
				同年詠												1		1
安貞	元	27	30	道助家詠十五首				1										1
寛喜	元	29	32	幸清勧進三十首										1	1			2
				女御入内屏風和歌	1	1												2
				三輪社参詣		1												1
				為家勧進家百首				1		3								4
				十二月光行関東旅行								1						1
貞永	元	32	35	三月洞院摂政家百首		3	4	1	3		2			1		3		17

年号	年次	西紀	年齢	作品名	新勅撰	続後撰	続古今	続拾遺	新後撰	玉葉	続千載	続後拾遺	風雅	新千載	新拾遺	新後拾遺	新続古今	計
				三月十四日日吉社撰歌合													1	1
				三月二十五日石清水若宮三首歌合											1			1
				五月五日内裏当座五首						1								1
				七月四日内裏当座恋三首										1				1
				七月十一日道家家七首歌合	1													1
				七月道家家恋十首歌合						1				1	1			3
				八月十五日道家家名所月三首歌合		1												1
				内裏十首	1													1
				内裏当座勒字六首												1		1
文暦	元	34	37	新勅撰成立以前某年詠	3													3
嘉禎	元	35	38	同年詠			1	1										2
	3	37	40	公経住吉社三十首											1			1
暦仁	元	38	41	七月二十日以後円経勧進春日社十首				1				1						2
				下野勧進十六想観和歌							1							1
延応	元	39	42	公経家三十六首								1						1
仁治	2	41	44	二月任大納言日吉社献詠		1												1
				同年以前詠				1										1

寛元	元	43	46	暮春詠						1								1
				八月定家三回忌詠			1				2							3
				新撰六帖題和歌			3		3	11	2			1	2	1		23
				独吟十五首											1			1
	2	44	47	六月十三日以前実経家百首			3	1										4
	3	45	48	九月道家家秋三十首													1	1
				十月光俊勧進経裏百首			3					1				1		5
	4	46	49	家長十三年結縁経和歌								1						1
宝治	元	47	50	八月十五日仙洞内々五首					1									1
				九月仙洞十首歌合					1									1
				十一月宝治百首			4		1	3	1	2	8	1	3		1	24
	2	48	51	玉津島社参詣次三首							1							1
				夏以前詠			1											1
				八月後嵯峨院御幸鳥羽殿初度和歌				1										1
建長	元	49	52	九月十三日仙洞五首						1	1							2
建長	元	49	52	成茂七十賀湖辺名所屏風歌										1		(1)	1	2 (3)
	2	50	53	同年以前詠			3					1						4
				八月十五夜鳥羽殿歌合												1		1
				同夜仙洞二首										1				1
				九月仙洞詩歌合		1					1							2
	3	51	54	続後撰成立以前某年詠		3												3

年号	年次	西紀	年齢	作品名	新勅撰	続後撰	続古今	続拾遺	新後撰	玉葉	続千載	続後拾遺	風雅	新千載	新拾遺	新後拾遺	新続古今	計
				九月仙洞影供十首歌合							1						1	2
				閏九月吹田御幸十首				3										3
				実氏亭三首							1							1
	4	52	55	最智勧進和歌												1		1
				同年以降阿仏関係詠						4			3					7
	5	53	56	八月実氏吹田亭月五首				1										1
	6	54	57	三月雲葉集成立以前詠												1		1
康元	元	56	59	二月晦日出家時詠				1										1
				良守勧進熊野山二十首			1				1							2
				同年詠							2							2
正嘉	元	57	60	七月卒爾百首			1											1
	2	58	61	十月忠定三年結縁経五首				1										1
				詠五十首			2											2
				尊海勧進春日社十五首								1						1
正元	元	59	62	九月明石浦観月詠十首			1											1
				十一月八日二条道良没時詠				1										1
文応	元	60	63	七社百首							1	1	4					6
弘長	元	61	64	四月三十日早卒百首				1	1			1				1		4
				九月以降弘長百首			4	13	9	3	4	3		3	3	1	3	46

	2	62	65	亀山殿十首							1			1				2
				九月続古今撰者追加時詠						1								1
	3	63	66	三月玉津島社三首歌合					1									1
				七月秋思歌			1											1
文永	元	64	67	四月二十日粉河寺三十三首								1						1
				贈答百首				1	1									2
				同年詠										1				1
				続古今成立以前某年詠			4											4
	2	65	68	七月白河殿当座七百首			1	2	3		1	1	1		4			13
				九月亀山殿五首歌合			1							1				2
				同年詠								2						2
	4	67	70	正月又は二月続百首													1	1
				七月七日続七十首						1								1
				七月二十二日庚申続百首						1	1							2
				九月続百首													1	1
				詠二十首													1	1
				続五十首												1		1
	7	70	73	八月十八日実雄家月次十首				1										1
				閏九月二十九日実雄家月次十首				1										1
	8	71	74	七～八年実雄家月次十首				1										1

作品名	年号	年次	西紀	年齢	新勅撰	続後撰	続古今	続拾遺	新後撰	玉葉	続千載	続後拾遺	風雅	新千載	新拾遺	新後拾遺	新続古今	計
正月二十九日実雄家月次十首		10	73	76										1				1
三月二十九日実雄家月次十首								1	1									2
七月七日白河殿探題百首											1							1
七月七日内裏七首和歌								1			1							2
文永年間詠									1	2								3
同年間良覚如法経詠													1					1
詠作年次未詳								2	2	16	1	2	1	1	2			27
計					6	11	44	43	28	51	29	22	25	21	25	15(1)	12	332

為家作品集別入集表

詠作年次・契機	歌番号	西紀	年齢
○新勅撰集　6首			
寛喜元年十一月十六日女御入内御屏風和歌	162	1229	32
貞永元年七月十一日光明峰寺摂政家七首歌合	101	1232	35
貞永元年秋か、内裏十首和歌	297		
文暦元年以前	198・383・683	1234	37
○続後撰集　11首			
寛喜元年十一月十六日女御入内御屏風和歌	423	1229	32
寛喜元年三輪社参詣	562	〃	〃
貞永元年三月洞院摂政家百首	68・207・785	1232	35
貞永元年八月十五日光明峰寺摂政入道家名所月三首歌合	536		
仁治二年二月二日任大納言奏慶日吉社	573	1241	44
建長二年九月仙洞詩歌合	442	1250	53
建長三年以前	132・885・1024	1251	54
○続古今集　44首			
貞応二年八月千首和歌	20・86・1596	1223	26

詠作年次・契機	歌番号	西紀	年齢
嘉禄元年右大将西園寺実氏家和歌	217	1225	28
嘉禄二年権大納言家和歌	679	1226	29
貞永元年三月洞院摂政家百首	103・508・1695・1906	1232	35
嘉禎元年以前	5	1235	38
寛元元年八月定家三回忌	1420	1243	46
寛元元二年新撰六帖題和歌	1220・1387・1721	1243・44	46・47
寛元二年六月十三日以前前右大臣一条実経家百首	166・1028・1765	1244	47
寛元三年十月光俊勧進経裏百首和歌	633・746・1465	1245	48
宝治元年十一月宝治百首和歌	424・601・1025・1727	1247	50
宝治二年夏以前	1730	1248	51
建長二年以前百首歌	893	1250	53
建長二年以前	434・1508	〃	〃
康元元年良守法印勧進熊野山二十首和歌	1819	1256	59
正嘉元年七月卒爾百首和歌	1551	1257	60
正嘉二年詠五十首和歌	219・839	1258	61
正元元年九月十三日明石浦観月詠十首和歌	475	1259	62
弘長元年九月以降百首	125・449・668・1511	1261	64
弘長三年七月秋思歌	1461	1263	66
文永二年七月七日後嵯峨院白河殿当座七百首和歌	190	1265	68
文永二年九月十三日亀山殿五首歌合	1071	〃	〃

文永二年以前	427・1179・1223・1772	〃	〃
○続拾遺集　43首			
貞応二年八月千首和歌	446・558・681・962	1223	26
安貞元年道助法親王家十五首和歌	317	1227	30
寛喜元年為家勧進家百首和歌	152	1229	32
貞永元年三月洞院摂政家百首	183	1232	35
嘉禎元年詠	658	1235	38
暦仁元年七月二十日以後興福寺別当法印円経勧進春日社十首和歌	30	1238	41
仁治二年以前詠	528	1241	44
寛元二年六月十三日以前右大臣一条実経家百首	294	1244	47
宝治二年八月後嵯峨院御幸鳥羽殿初慶和歌	728	1248	51
建長三年閏九月後嵯峨院吹田御幸十首和歌	105・657・1033	1251	54
建長五年八月十五日前太政大臣実氏吹田亭月五首和歌	604	1253	56
康元元年出家時詠	483	1256	59
正嘉二年十月前参議忠定三年結縁経五首和歌	1405	1258	61
正元元年十一月八日九条右大臣道良没詠	1308	1259	62
弘長元年四月三十日早卒百首和歌	1175	1261	64
弘長元年九月以降詠進弘長百首和歌	58・139・140・276・568・591・777・804・921・929・1156・1256・1458	〃	〃
文永元年贈答百首和歌	1276	1264	67
文永二年七月七日後嵯峨院白河殿当座七百首和歌	478・672	1265	68
文永七年八月十八日前右大臣山階実雄家月次十首和歌	874	1270	73

詠作年次・契機	歌番号	西紀	年齢
文永七年九月二十九日前右大臣山階実雄家月次十首和歌	814	〃	〃
文永七年八・十・十二・八年二月前右大臣山階実雄家月次十首和歌	897	1270・71	73・74
文永八年三月二十九日前右大臣山階実雄家月次十首和歌	1100	1271	74
文永十年七月七日内裏七首和歌	564	1273	76
年次未詳	1・594		
○新後撰集　28首			
貞永元年三月洞院摂政家百首	183・426・1074	1232	35
寛元元二年新撰六帖題和歌	228・774・1391	1243・44	46・47
宝治元年八月十五日仙洞内々五首和歌	565	1247	50
宝治元年九月仙洞十首歌合	94	〃	〃
宝治元年十一月宝治百首和歌	206	〃	〃
弘長元年四月三十日早卒百首和歌	143	1261	64
弘長元年九月以降詠進弘長百首	17・51・393・454・464・531・935・1295・1467	〃	〃
弘長三年玉津島三首歌合	757	1263	66
文永元年贈答百首	1368	1264	67
文永二年七月七日後嵯峨院白河殿当座七百首和歌	33・553・921	1265	68
文永八年三月二十九日前右大臣山階実雄家月次十首和歌	957	1271	74
文永年間	1337	1264・74	67・77
年次未詳	795・813		

○玉葉集　51首			
建保六年八月十五日中殿御会和歌	1071	1218	21
元仁元年八月詠百首	1194	1224	27
寛喜元年為家勧進家百首和歌	656・2229・2448	1229	32
貞永元年五月五日内裏当座五首和歌	348	1232	35
貞永元年七月光明峰寺摂政家恋十首歌合	1436	〃	〃
寛元元年暮春	221	1243	46
寛元元二年新撰六帖題和歌	15・772・1024・1025・1358・1480・1519・1681・1750・2002・2084	1243・44	46・47
宝治元年十一月宝治百首和歌	32・503・1236	1247	50
建長元年九月十三日仙洞五首和歌	1595	1249	52
建長四年以降阿仏関係詠	1456・1488・1526・1688	1252	55
弘長元年九月以降詠進弘長百首和歌	106・303・464	1261	64
弘長二年九月続古今撰者追加時詠	2536	1262	65
文永四年七月七日続七十首	585	1267	70
文永七年七月二十二日庚申続百首	2211	1270	73
文永年間	1885・2041	1264・74	67・77
年次未詳	29・356・584・720・861・910・936・957・986・1009・1239・1259・1995・2046・2592・2693		
○続千載集　29首			
嘉禄元年内大臣基家家三十首	1611・2122	1225	28
貞永元年三月洞院摂政家百首	1079・1577	1232	35

詠作年次・契機	歌番号	西紀	年齢
暦仁元年下野勧進観無量寿経十六想観和歌	980	1238	41
寛元元年八月下野贈答歌	2046	1243	46
寛元元年八月覚寛贈答歌	2047	〃	〃
寛元二年新撰六帖題和歌	440・754	1243・44	46・47
宝治元年十一月宝治百首和歌	187	1247	50
宝治二年玉津島社参詣次三首和歌	869	1248	51
建長元年九月十三夜仙洞五首和歌	480	1249	52
建長二年九月仙洞詩歌合	50	1250	53
建長三年西園寺実氏亭三首和歌	87	1251	54
建長三年九月十三夜影供十首歌合	1103	〃	〃
康元元年良守法印勧進熊野山二十首和歌	290	1256	59
廉元元年詠	67・117	〃	〃
文応元年七社百首	28	1260	63
弘長元年九月以降詠進弘長百首和歌	4・529・1631・1721	1261	64
弘長二年後嵯峨院亀山殿十首和歌	1791	1262	65
文永二年七月後嵯峨院白河殿当座七百首	645	1265	68
文永七年七月二十二日庚申続百首	1806	1270	73
文永八年七月七日白河殿探題百首和歌	317	1271	74
文永十年内裏七首和歌	350	1273	76
年次未詳	953		

○続後拾遺集　22首			
貞応二年八月千首和歌	45・600	1223	27
寛喜元年十二月光行関東旅行	555	1229	32
暦仁元年七月二十日以後円経勧進春日社十首和歌	1146	1238	41
延応元年西園寺公経家三十六首和歌	376	1239	42
寛元三年光俊勧進経裏百首	780	1245	48
寛元四年家長十三年結縁経和歌	1280	1246	49
宝治元年十一月宝治百首和歌	697・1071	1247	50
建長二年以前	3	1250	53
正嘉二年尊海勧進春日社十五首和歌	1323	1258	61
文応元年七社百首	148	1260	63
弘長元年四月三十日早卒百首和歌	406	1261	64
弘長元年九月以降詠進弘長百首和歌	210・747・944	〃	〃
文永元年四月二十日粉河寺三十三首	500	1264	67
文永二年七月七日後嵯峨院白河殿当座七百首	641	1265	68
文永二年詠	826・985	〃	〃
年次未詳	302・1185		
○風雅集　25首			
貞応二年八月千首和歌	18・99・134・452・1128・1168・1777	1223	26
宝治元年十一月宝治百首和歌	80・303・314・406・954・1318・1673・1844	1247	50

詠作年次・契機	歌番号	西紀	年齢
建長四年以降阿仏関係詠	1096・1104	1252	55
文応元年七社百首	554・876・1416・1522	1206	63
文永二年七月七日後嵯峨院白河殿当座七百首	185	1265	68
文永年間良寛如法経詠	2086	1264・74	67・77
年次未詳	575		
○新千載集 21首			
建保五年禅林十八首和歌	897	1219	20
貞応二年八月千首和歌	37・76	1223	26
嘉禄元年八月家隆勧進四十八願三首和歌	2195	1225	28
嘉禄元年日吉十禅師社法楽和歌	1964	〃	〃
寛喜元年幸清勧進三十首	2113	1229	32
貞永元年三月洞院摂政家百首	1262	1232	35
貞永元年七月四日内裏当座恋三首和歌	1523	〃	〃
貞永元年七月光明峰寺入道摂政家恋十首歌合	1178	〃	〃
寛元元二年新撰六帖題和歌	2160	1243・44	46・47
宝治元年十一月宝治百首和歌	1481	1247	50
建長元年祝部成茂七十賀湖辺名所題四季屏風和歌	2306	1249	52
建長二年八月十五夜仙洞二首和歌	389	1250	53
弘長元年九月以降詠進弘長百首和歌	212・819・1727	2161	64

弘長二年亀山殿十首和歌	554	1262	65
文永元年詠	1668	1264	67
文永二年九月十三夜仙洞五首歌合	1553	1265	68
文永八年正月二十九日前左大臣山階実雄家月次十首和歌	19	1271	71
年次未詳	865		
○新拾遺集　25首			
貞応二年八月千首和歌	343・535・605・810・1102・1312	1223	27
寛喜元年幸清勧進石清水社三十首歌	1398	1229	32
貞永元年三月二十五日石清水若宮社三首歌合	34	1232	35
貞永元年七月光明峰寺入道前摂政家恋十首歌合	1006	〃	〃
嘉禎三年西園寺公経住吉社三十首和歌	1443	1237	40
寛元元年秋吟十五首	421	1243	46
寛元元二年新撰六帖題和歌	624・1434	1243・44	46・47
宝治元年十一月宝治百首和歌	70・517・1919	1247	50
弘長元年九月以降詠進弘長百首和歌	128・1775・1812	1261	64
文永二年七月七日白河殿当座七百首和歌	110・300・804・1373	1265	68
年次未詳	752・1182		
○新後拾遺集　15首			
承久二年道助法親王家五十首題和歌	385	1220	23
嘉禄二年詠	386	1226	29

詠作年次・契機	歌番号	西紀	年齢
貞永元年三月洞院摂政家百首	814・1178・1412	1232	35
貞永元年内裏当座勅字六首	103	〃	〃
寛元元二年新撰六帖題和歌	1194	1243・44	46・47
寛元三年光俊勧進経裏百首	539	1245	48
建長元年祝部成茂七十賀湖辺名所題四季屏風歌	23	1249	52
建長二年八月十五夜鳥羽殿歌合	974	1250	53
建長四年最智勧進和歌	1496	1252	55
建長六年二月以前	811	1254	57
弘長元年四月三十日早卒百首	1220	1261	64
弘長元年九月以降詠進弘長百首和歌	50	〃	〃
文永四年続五十首	1320	1267	70
○新続古今集　12首			
承久元年内裏百番歌合	212	1219	22
貞永元年三月十四日日吉社撰歌合	290	1232	35
寛元三年九月道家家秋三十首和歌	539	1243・44	46・47
宝治元年十一月宝治百首和歌	1606	1247	50
建長元年祝部成茂七十賀湖辺名所題四季屏風歌	102	1249	52
建長三年九月十三日仙洞影供歌合	354	1251	54
弘長元年九月以降詠進弘長百首和歌	978・1551・2018	1261	64

文永四年正月又は二月続百首和歌	1506	1267	70
文永四年詠二十首和歌	1047	〃	〃
文永四年九月二十日続百首和歌	1506・1872	〃	〃

参考文献

〔影印〕
『冷泉家時雨亭叢書』
続後撰和歌集（『6続後撰和歌集・為家歌学』一九九四）
詠歌一躰（同）
為家書札（同）
新撰六帖為家卿詠歌（『10為家詠草集』二〇〇〇）
秋思歌（同）
入道民部卿千首（同）
七社百首（同）
百種愚草為重詠（同）
忠岑集伝為家筆本（『22平安私家集九』二〇〇二）
保延のころほひ為家筆（『27中世私家集三』一九九八）
秋夢集（『31中世私家集七』二〇〇四）
為家譲状（『51冷泉家古文書』一九九四）
『徳川黎明會叢書』
詠歌一躰（『和歌篇四　桐火桶・詠歌一躰・綺語抄』一九八九）
〔影印翻刻〕
錦仁・小林一彦『冷泉為秀筆詠歌一体』（二〇〇四）

〔翻刻校注等〕
久松潜一「詠歌一体」（『中世歌論集』岩波文庫、一九三四）
福田秀一・佐藤恒雄「詠歌一躰」（『歌論集一』中世の文学、一九七一）
福田秀一「「為家卿続古今和歌集撰進覚書」と「越部禅尼消息」の一伝本」（『国文学未翻刻資料集』一九八一）→『中世和歌史の研究　続篇』
井上宗雄・田村柳壹「中院一夜百首」（『中世百首歌二』古典文庫、一九八三）
佐藤恒雄「中院詠草」『中世和歌集鎌倉篇』（小学館新日本古典文学全集、一九九一）
岩佐美代子『秋思歌　秋夢集新注』（新注和歌文学叢書、二〇〇八）

〔十三代集注釈書〕
神作光一・長谷川哲夫『新勅撰和歌集全釈』（風間書房、一九九四〜二〇〇八）
中川博夫『新勅撰和歌集』（和歌文学大系6、明治書院、二〇〇五）
木船重昭『続後撰和歌集全注釈』（大学堂書店、一九八九）
同　『続古今和歌集全注釈』（大学堂書店、一九九四）
小林一彦『続拾遺和歌集』（和歌文学大系7、明治書院、二〇〇二）
岩佐美代子『玉葉和歌集全注釈』（笠間書院、一九九六）
深津睦夫『続後拾遺和歌集』（和歌文学大系9、明治書院、一九九七）
岩佐美代子『風雅和歌集全注釈』（笠間書院、二〇〇二〜〇四）
村尾誠一『新続古今和歌集』（和歌文学大系12、明治書院、二〇〇一）

〔研究書〕
安井久善『藤原為家全歌集』（武蔵野書院、一九六二）
佐藤恒雄『藤原為家全歌集』（風間書房、二〇〇二）

佐藤恒雄『藤原為家研究』（笠間書院、二〇〇八）

〔論文〕

谷亮平「藤原為家論」（『国語と国文学』10-3、一九三三・一〇）
三条西公正「三秘抄の有つ伝統的意義」（『国語と国文学』11-2、一九三四・二）
風巻景次郎「藤原為家の家業継承」（『日本文学講座』七、一九三四）→『新古今時代』
　同　「藤原為家伝研究断片」（『国語と国文学』12-2、一九三五・二）→『新古今時代』
松田武夫「古今集為家抄の諸本」（国語と国文学』12-5、一九三五・五）
三条西公正「為家の明疑抄に就いて」（『国語と国文学』12-9、一九三五・九）
久松潜一「歌論における平淡美と素樸美と官能美」（『日本文学評論史古代中世篇』一九三六）
石田吉貞「藤原為家論」（『国語と国文学』15-8、一九三八・八）
同「藤原為家の生涯」（『国学院雑誌』40-3、一九三九・三）→『新古今世界と中世文学（下）』
同「為家」（『国文学　解釈と鑑賞』4-10、一九三九・一〇）
石津純道「文学道の胎生―為家に於ける稽古思想―」（『国語と国文学』20-5、一九四三・五）
太田水穂「為家の自覚・定家歌風への検束」（『日本和歌史論中世篇』一九四九・八）
加賀谷一雄「二条為家の歌論の研究（その一）―主として類従本詠歌一体の性格について」（『秋田大学学芸学部研究紀要』1、一九五一・二）
同「同（その二）―主として制詞を中心に―」（『同』2、一九五一・一〇）
同「同（その三）―為家歌学の特質―」（『同』3、一九五二・一二）
同「同（その四）―「詠歌一体」慶融偽作説について―」（『同』4、一九五四・三）
星田良光「藤原為家の花押に関する一資料」（『国語と国文学』30-2、一九五三・二）
八島長寿「詠歌一体成立考」（『横浜国立大学人文紀要　第二類　語学・文学』2、一九五三・三）
加賀谷一雄「「秋風抄序文」の為家評について」（『国語』（東京教育大学）2-2・3・4、一九五三・九）

志田延義「為家」（『国文学　解釈と鑑賞』19-4、一九五四・四）
池田亀鑑「新資料（1）伝為家筆伊勢物語」（『国文学　解釈と鑑賞』21-11、一九五六・一一）
細谷直樹「為家歌学の形成過程と詠歌一体」（『国語』（東京教育大学）6-2、一九五七・一二）
曾沢太吉「紫明抄の撰者素寂は源孝行ではない―附、「為家家百首」の成立について―」（『国語国文』27-2、一九五八・二）
同　「為家家百首の成立について（補訂）」（『国語国文』27-4、一九五八・四）
久保田淳「為家と光俊」（『国語と国文学』35-5、一九五八・五）→『中世和歌史の研究』
岩津資雄「藤原為家の歌論」（『国文学』3-7、一九五八・六）
片桐洋一「伊勢物語の成長と構造―参考伊勢物語所引為家本をめぐって―」（『国語国文』27-12、一九五八・一二）
樋口芳麻呂「続後撰和歌集伝本考」（『和歌文学研究』7、一九五九・三）
同　「続後撰目録序残欠とその意義」（『国語と国文学』36-9、一九五九・九）
久松潜一「藤原為家と阿仏尼」（『中世和歌史論』一九五九）
同　「詠歌一躰と三五記との関係」（『国学院雑誌』61-1、一九六〇・一）→『中世歌論史の研究』
家郷隆文「定家の家嫡選定に絡む問題とその過程―藤原為家ノート・その一―」（『国語国文研究』1-7、一九六〇・一〇）
同　「新古今歌壇の晩鐘―同・その二」（『同』1-8・9、一九六二・三）
同　「為家の初学期をめぐって―同・その三」（『同』2-2、一九六二・六）
同　「為家卿千首についての吟味―同・その四」（『同』2-6、一九六三・九）
同　「「ぬしある詞」とその周辺（上）―同・その五」（『同』3-2、一九六六・一）
同　「同（下）―同・その六」（『同』3-3、一九六六・三）
同　「続後撰集の撰歌以前について―同・その七」（『同』3-5、一九六六・九）
安井久善「定家・為家の藤川百首の成立年次について」（『語文』（日本大学）12、一九六一・一）
家郷隆文「未刊流布大納言為家集―覚え書と本文―」（『藤女子大学文学部紀要』1、一九六二・三）
久保田淳「安井久善編著『藤原為家全歌集』」（『国語と国文学』40-6、一九六三・六）

有吉保「安井久善編著『藤原為家全歌集』」（『和歌文学研究』15、一九六三・七）
安井久善「藤原為家の生涯」（『歴史教育』11-7、一九六三・七）
佐々木忠慧「「詠歌一体」の批判」（『宮城学院女子大学研究論文集』23、一九六三・一二）→『中世歌論とその周辺』
井上宗雄「安井久善氏編著『藤原為家全歌集』」（『語文』（日本大学）16、一九六三・一二）
田口守「伊勢物語成立論序説―為家本に透影された狩使本の形態―」（『国語と国文学』41-6、一九六四・六）
井上宗雄「毎月抄・定家物語・詠歌一体・浄弁注古今集の二、三の伝本について」（『立教大学日本文学』12、一九六四・六）
森暢「傳藤原為家筆　三十六歌仙絵断簡　伊勢」（『古美術』8、一九六五・三）
佐藤恒雄「詠歌一体考」（『言語と文芸』一九六五・五）→『藤原為家研究』
白畑よし「為家及び為氏の筆跡について」（『日本歴史』212、一九六六・一）
豊崎満佐美「藤原為家の歌論」（『日本文芸研究』18-1、一九六六・三）
三輪正胤「「口伝抄　為家」翻刻と研究（上）」（『文車』15、一九六六・三）
谷山茂「為家書札とその妖艶幽玄体―付、越部禅尼消息等の伝本ならびに紫明抄のことなど―」（『文林』1、一九六六・一二）
佐々木忠慧「詠歌一体批判再説」（『宮城学院女子大学研究論文集』29、一九六七・一）→『中世歌論とその周辺』
佐藤恒雄「衣を擣つ女―続後撰集の一考察―」（『国文学　解釈と鑑賞』32-6、一九六七・五）
安井久善「為家と光俊」（『国文学』12-10、一九六七・八）
佐藤恒雄「続後撰集の当代的性格」（『国語国文』37-3、一九六八・三）→『藤原為家研究』
同　「続後撰和歌集の撰集意識―集名の考察から―」（『言語と文芸』57、一九六八・三）→『藤原為家研究』
同　「続後撰集」（『国文学　解釈と鑑賞』33-4、一九六八・三）
福田秀一「詠歌一体（甲本）の成立を論じて毎月抄偽作説の批判に及ぶ（上）」（『国語と国文学』45-11、一九六八・一一）
→『中世和歌史の研究』
同　「同（下）」（『同』45-12、一九六八・一二）→『同』

佐藤恒雄「藤原為家の初期の作品をめぐって―『千首』を中心に後代との関わりの側面から―」（『言語と文芸』64　一九六九・五）→『藤原為家研究』
横山青娥「為家擁護論」（『学苑』362　一九七〇・二）
佐藤恒雄「藤原為家「七社百首」考」（『国語国文』39-8、一九七〇・八）→『藤原為家研究』
同「「詠歌一体」二題」（『和歌史研究会会報』38、一九七〇・八）
安井久善「「為家集」の新出写本について」（『和歌史研究会会報』38、一九七〇・八）
後藤祥子「〈翻刻〉日本女子大学蔵伊勢物語（伝慈鎮・為家筆本）」（『日本女子大学国語国文学論究』2、一九七一・二）
松田武夫「藤原為家「古今集聞書」―古今集注釈史研究の一資料―」（『国語と国文学』48-4、一九七一・四）
柳田忠則「「参考伊勢物語」所引　為家本伊勢物語に関する覚書」（『語文』（日本大学）37、一九七二・三）
広永浩「活字本「群書類従」の翻刻ミスについて―為家卿千首の場合―」（『解釈』20-1、一九七四・一）
山田清市「〈新資料〉伝為家筆本伊勢物語について」（『亜細亜大学教養部紀要』11、一九七五・六）
佐藤恒雄「為家の新出歌三首」（『和歌史研究会会報』57、一九七五・一〇）
同「藤原為家の青年期と作品（上）」（『中世文学研究』2、一九七六・七）→『藤原為家研究』
同「同（下）」（『同』3、一九七七・七）→『同』
同「中世歌論における古典主義―俊成・定家から為家へ」（『中世評論集』一九七六）→『同』
細谷直樹「『詠歌一体』と定家」（『中世歌論の研究』一九七六）
松田武夫「〈新資料〉永享本続後撰和歌集の紹介」（『国文学春秋』（学燈社）1、一九七七・一）
岡野道夫「〈解説と翻刻〉「源氏物語藤裏葉巻」―日本大学総合図書館蔵伝為家筆本―」（『語文』（日本大学）43、一九七七・五）
佐藤恒雄「為家詠歌拾遺」（『和歌史研究会会報』62～64、一九七七・五）
家郷隆文「続後撰集という名辞の集合性」（『藤女子大学国文学雑誌』22、一九七七・一〇）
国枝利久「続後撰和歌集伝本の研究」（『親和国文』12、一九七八・一）
同「同　二」（『同』13、一九七八・一二）

広永浩「『明題和歌全集』所収の藤原為家の歌の考察」（『島大国文』7、一九七八・八）
日下幸男「俊成・定家・為家本伝来管見」（『中世文芸論稿』5、一九七九・五）
佐藤恒雄「『新撰六帖題和歌』の諸本について」（『中世文学研究』5、一九七九・七）→『藤原為家全歌集』『藤原為家研究』
同　「新撰六帖題和歌の成立について」（『香川大学教育学部研究報告　第一部』49、一九八〇・三）→『藤原為家研究』
安田徳子「「新撰六帖」の為家詠の性格をめぐって」（『松村博司先生古稀記念国語国文学論集』一九七九）→『中世和歌研究』
小沢正夫「鎌倉中期における古今集―為家を中心として」（『中世和歌とその周辺』一九八〇）
塚本邦雄「無月記　人の子の父　定家　為家と後堀河院民部卿典侍」（『国文学』28-16、一九八一・一二）
鈴木徳男「『弘長百首』の為家詠について」（『龍谷大学大学院紀要』3、一九八二・三）
角田文衛「新発見　藤原定家の小倉山荘」（『国文学』27-12、一九八二・九）→『王朝史の軌跡』
佐藤恒雄「為家定家両筆仮名願文について」（『日本古典文学会々報』95、一九八三・二）→『藤原為家研究』
小島喜与徳「『続後撰和歌集』賀部の配列構成について」（『古典論叢』13、一九八三・一一）
後藤重郎「続後撰和歌集に関する一考察　―巻十七（雑歌中）巻末部につき―」（『名古屋大学文学部研究論集』（文学）30、一九八四・三）
佐藤恒雄「藤原為家筆人麿集切をめぐって」（『香川大学国文研究』9、一九八四・一一）→『藤原為家研究』
河南奈都子「『夜の鶴』について―『詠歌一体』とのかかわりから―」（『芸文東海』8、一九八五・六）
佐々木克衛「『詠歌一躰』「ぬしある詞」小考―制禁の詞・創造的表現論として―」（『国士舘大学国文学論輯』7、一九八五・一二）→『中世歌論の世界』
木船重昭「続後撰和歌集本歌考（二）」（『中京大学文学部紀要』22-3・4、一九八七・三）
同　「同（三）」（『同』23-1、一九八八・八）
小林強「為家家十五首歌会および実氏吹田荘十首歌会について」（『解釈』33-5、一九八七・五）

佐藤恒雄「藤原為家年譜（晩年）」（『中世文学研究』13、一九八七・八）→『藤原為家研究』
小林強「続古今和歌集の成立に関する一疑義　―弘長二年九月の撰者追加下命に至るまでの為家の撰集意欲の数位をめぐって」（『研究と資料』18、一九八七・一二）
高橋善浩「飛鳥井雅有の和歌活動について―宗尊親王・藤原為家との関係を中心にして」（『語文』（日本大学）69、一九八七・一二）
佐藤恒雄「〈翻〉藤原為家の書状一通」（『日本古典文学会々報』113、一九八七・一二）→『藤原為家研究』
安井重雄「寂蓮の風情小考」（『国文学論叢』33、一九八八・三）
森晴彦「『続後撰集』賀部巻頭年紀の齟齬私論―御子左家の賀部を手がかりとして」（『解釈』34-8、一九八八・八）
佐藤恒雄「古典秀歌鑑賞　夜のほどに花咲きぬらし」（『短歌』35-10、一九八九・一〇）
藤本孝一「勅撰の家・冷泉家の成立と三代集―藤原為家の言外の遺言」（『日本歴史』489、一九八九・一二）
小林強「反御子左派旗揚げ前後の歌壇について―寛元四年七月為家勧進「日吉社五十首」及び光俊勧進「住吉社卅六首」を中心に」（『東山学園研究紀要』35、一九九〇・三）
佐藤恒雄「大納言為家集の諸本」（『中世文学研究』16、一九九〇・八）→『藤原為家全歌集』
安田純生「さかひの浦のさくら鯛」（『白珠』46-2、一九九一・二）
大取一馬「宗尊親王『文応三百首』の為家評について（その一）」（『龍谷大学論集』437、一九九一・三）
遠山忠史「『なよ竹物語絵巻』の絵画的視点」（『解釈』37-3、一九九一・三）
佐藤恒雄「大納言為家集の編纂」（『和歌文学研究』62、一九九一・四）→『藤原為家全歌集』
黒川高明「〈複〉続後撰和歌集切」（『日本歴史』525、一九九二・二）
後藤祥子「為家相伝の後拾遺和歌集について」（『王朝文学　資料と論考』一九九二・八）
佐藤恒雄「為家から為相への典籍・文書の付属と御子左家の日吉社信仰について」（『中世文学研究』18、一九九二・八）→『藤原為家研究』
同「続古今和歌集中書本について」（『王朝文学　資料と論考』一九九二・八）
池尾和也「『続古今和歌集』の編集過程をめぐる諸問題」（『やごと文華』5、一九九二・八）

佐藤恒雄「古典秀歌鑑賞　三日月のわれてあひみし」（『短歌』39-10、一九九二・一〇）
同　「藤原為家伝拾遺―三宮年爵による叙爵と加階」（『和歌史研究会会報』100、一九九二・一二）
上條彰次「詠歌一体（乙本）一本紹介」（『和歌史研究会会報』100、一九九二・一二）
池尾和也「中世古筆切資料聚影―架蔵、和歌関係資料を中心に」（『中京大学図書館学紀要』14、一九九三・三）
佐々木孝浩「文永年中為家勧進一品経歌考」（『国文学研究資料館紀要』19、一九九三・三）
池尾和也「『続古今和歌集』撰者追加前後の歌壇」（『皇学館論叢』26-5、一九九三・一〇）
久保田淳「藤原為家の和歌」（『中世和歌史の研究』　一九九三）
小林強「『続後撰和歌集』基礎資料稿―他出文献一覧及び原出典に関する資料稿」（『自讃歌注研究会会誌』1、一九九三・一二、3、一九九五・一〇）
同　「同―他出文献索引稿」（『同』2、一九九四・一〇）
同　「続後撰和歌集と秋風和歌集との成立の前後関係に関する一試論」（『研究と資料』31、一九九四・七）
佐々木孝浩「追善歌会としての影供―後鳥羽院影供についての一考察」（『日本文学』43-7、一九九四・七）
小林強「『続後撰和歌集』と『秋風和歌集』に関する基礎的考察―当代主要歌人の受容をめぐって」（『東山学園研究紀要』40、一九九五・三）
佐藤恒雄「歌学と庭訓と歌論―為家歌論考」（『歌論の展開』和歌文学論集7、一九九五・三）→『藤原為家研究』
山崎桂子「御子左家の悲願と成就―頼実歌一首をめぐって」（『国文学孜』145、一九九五・三）
佐藤恒雄「藤原為家の所領譲与について」（『中世文学研究』52、一九九五・六）→『藤原為家研究』
同　「石橋年子氏蔵『続古今和歌集』（巻下一帖）について」（『中世文学研究』21、一九九五・八）→『同』
同　「大納言為家集の成立時期」（『香川大学国文研究』20、一九九五・九）→『藤原為家全歌集』
田村柳壹「和歌の消長」（『岩波講座　日本文学史』5、一九九五・一一）
井上宗雄「冷泉家の歴史（三）為家・阿仏尼」（『しぐれてい』53、一九九五・七）
片桐洋一「関西大学図書館所蔵　伝藤原為家筆『拾遺和歌集』について」（『関西大学図書館フォーラム』1、一九九六・三）

伊井春樹「『十七番詩歌合』について」(『詞林』19、一九九六・四)
海野圭介「〈翻〉『十七番詩歌合』注釈―凡例・翻刻・注釈」(『同』、同)
同「『十七番詩歌合』解説」(『同』、同)
小林一彦『「空さへにほふ」と「空さへこほる」(上)―定家・家隆・為家」(『銀杏鳥歌』16、一九九六・六)
同「同(下)」(『同』17、一九九六・一二)
佐藤恒雄「『詠源氏物語巻名和歌』は為家の詠作か」(『中世文学研究』22、一九九六・八)→『藤原為家研究』
関葉子「伝藤原為家撰『源氏紫明抄』の性格」(『国学院雑誌』97-8、一九九六・八)
佐々木孝浩「後嵯峨院歌壇における後鳥羽院の遺響―人麿影供と反御子左派の活動をめぐって」(『和歌の伝統と享受』和歌文学論集10、一九九六)
今井明「『為家卿千首』を通して見る『五代簡要』の位置―その万葉集摂取の場合」(『香椎潟』42、一九九七・三)
海野圭介「〈翻・複〉伝藤原為家筆『顕注密勘』(巻二・春下)断簡　解題・影印・翻刻」(『語文』(大阪大学)68、一九九七・五)
佐藤恒雄「藤原為家の鎌倉往還」(『中世文学研究』23、一九九七・八)→『藤原為家研究』
同「為家室頼綱女の生没年」(『香川大学国文研究』22、一九九七・九)→『同』
小林一彦「為家・為氏・為世―新古今の亡霊と定家の遺志」(『国文学』42-13、一九九七・一一)
浅田徹「後拾遺集為家相伝本をめぐって」(『王朝和歌と史的展開』一九九七)
佐藤恒雄「為家室頼綱女とその周辺」(『和歌文学の伝統』一九九七)→『藤原為家研究』
同「同(続)」(『中世文学研究』24、一九九八・八)→『同』
浅野春江「為家の加階」(『季刊ぐんしょ』39、一九九八・一)
片桐洋一「『土左日記』定家筆本と為家筆本」(『国文学』(関西大学)77、一九九八・三)
佐藤恒雄「藤原為家の官位昇進と定家」(『明月記研究』3、一九九八・一一)→『藤原為家研究』
石澤一志「西園寺家と御子左家―為家とその子息達」(『国文鶴見』33、一九九八・一二)
安田徳子「『続古今和歌集』研究」(『中世和歌研究』一九九八)

同　「「弘長百首」研究」（『同』）
隈部香織「宗尊親王と京歌壇」（『活水日文』37、一九九九・三）
田辺麻友美「藤原為家と阿仏尼との和歌の贈答に関する一考察」（『国文白百合』30、一九九九・三）
矢板真人「『毎月抄』成立攷—為家との関係を中心に」（『研究と資料』41、一九九九・七）
佐藤恒雄「藤原為家の官歴と定家」（『中世文学研究』25、一九九九・八）→『藤原為家研究』
同　「俊成・定家・為家三代の悲願」（『新編日本古典文学全集』49、月報67、二〇〇〇・一〇）→『同』
安田純生「箕面の歌（15）」（『白珠』55-11、二〇〇〇・一一）
今井明「続後撰和歌集に見る「新古今時代」—その撰歌と歌壇像」（『香椎潟』46、二〇〇〇・一二）
小川剛生「「虎の生剥」—『新撰和歌六帖』の為家歌をめぐって」（『銀杏鳥歌』18、二〇〇〇・一二）
豊田尚子「冷泉家時雨亭文庫蔵書の仮名文における「オホ～」表記について—俊成・坊門局・定家・為家の自筆本に注目して」（『鎌倉時代語研究』10-1、二〇〇〇・一二）
赤瀬信吾「冷泉家の祖・為家と阿仏尼」（『冷泉家　時の絵巻』二〇〇一）
深津睦夫「続後撰和歌集の詞書における叙述主体について—助動詞「き」と「けり」の書分けをめぐって」（『皇学館論叢』206、二〇〇二・六）
佐藤恒雄「錦仁・小林一彦編著『冷泉為秀筆　詠歌一体』」（『日本文学』51-7、二〇〇二・七）
佐藤恒雄「佐藤恒雄編著『藤原為家全歌集』」（『香川大学国文研究』27、二〇〇二・九）
福田智子「古典和歌データの増補とその活用」（『人文科学とコンピュータシンポジウム論文集』二〇〇二・九）
佐藤恒雄「御子左家三代の悲願」（『香川大学教育学部研究報告』（第1部）117、二〇〇二・一一）→『藤原為家研究』
吉海直人「『百人一首為家本』について」（『同志社女子大学学術研究年報』53、二〇〇二・一二）
中川博夫「『詠歌一体』を読む」（『野鶴群芳』二〇〇二）
若林俊英「『続後撰和歌集』の「詞書」の語彙について」（『城西大学女子短期大学部紀要』20-1、二〇〇三・三）
佐藤恒雄「為家・為氏父子の性格—母系から稟けたもの」（『礫』200、二〇〇三・六）
同　「藤原為家息為顕の母藤原家信女について」（『香川大学国文研究』28、二〇〇三・九）→『藤原為家研究』

同「同（補遺）」（『同』29、二〇〇四・九）→『同』
深津睦夫「勅撰和歌集神祇部に関する覚え書き」『皇学館大学神道研究所紀要』20、二〇〇四・三）
佐藤恒雄「為家と勅撰集―歌の魂はまさりておはしますと」（『冷泉家歌の家の人々』二〇〇四）
浜本倫子「俊成卿女の本歌取について―家集中の「為家家百首」・「北山三十首」の歌を中心に」（『神部宏泰先生退職記念論文集』、二〇〇四）
平井啓子「為家撰『続後撰集』所収の式子内親王歌―為家の式子内親王評価」（『同』、二〇〇四）
久保木秀夫「伝藤原為家筆『道真集』断簡」（『国文学研究資料館紀要』（文学研究篇）31、二〇〇五・二）
森井信子「篠山市立青山歴史村蔵『松が浦嶋』の翻刻と解題」（『同』、二〇〇五・二）
今井明「勅撰和歌集と天皇正統観―続後撰和歌集の場合」（『文芸と思想』69、二〇〇五・三）
藤川功和「宝治元年『院御歌合』の藤原為家―十番判詞「しづかに今み侍れば」をめぐって」（『古代中世国文学』21、二〇〇五・五）
佐藤恒雄「定家十三回忌の二つの法文詩歌作品」（『広島女学院大学日本文学』15、二〇〇五・一二）→『藤原為家研究』
藤本孝一「冷泉家時雨亭文庫蔵本の書誌学　その十三　伝来の歴史（十）」（『冷泉家時雨亭叢書』（月報）69、二〇〇六・二）
森井信子「藤原為家と阿仏尼の「夢」の歌について―『松が浦嶋』の詠者に及ぶ」（『国文鶴見』40、二〇〇六・三）
佐藤恒雄「藤原為家の仏事供養について」（『広島女学院大学大学院言語文化研究紀要』9、二〇〇六・三）→『藤原為家研究』
同「詠歌一体（広本）の諸本と成立（上）」（『広島女学院大学日本文学』16、二〇〇六・七）→『同』
同「同（下）」（『広島女学院大学国語国文学誌』36、二〇〇六、一二）→『同』
同「略本詠歌一体の諸本と成立」（『広島女学院大学論集』56、二〇〇六・一二）→『同』
名子喜久雄「『続後撰集』神祇部私見―その構成と歌道家の扱いを中心に」（『日本語と日本文学』44、二〇〇七・二）
池田利夫「〈翻・複〉源光行自筆書状の新出をめぐりて―定家における『新勅撰和歌集』撰集と光行における鎌倉」（『国文鶴見』41、二〇〇七・三）

位藤邦生「『院御歌合』の藤原為家」（『表現技術研究』3、二〇〇七・三）
名子喜久雄「「続後撰集」神祇部巻頭七首について─そこに託されたものを中心に」（『人文論究』（北海道教育大学）76、二〇〇七・三）
岩佐美代子「文学のひろば　恋のキイワード─為家と阿仏の場合」（『文学』8-5、二〇〇七・九・一〇）
安田徳子「勅撰集撰集資料としての『伊勢物語』『大和物語』─『新古今集』『新勅撰集』『続後撰集』『続古今集』を中心に」（『名古屋大学国語国文学』100、二〇〇七・一〇）
三村晃功「〈翻〉『故人証謌集』の成立─付・『宗好詠草』翻刻と初句索引」（『京都光華女子大学短期大学部研究紀要』45、二〇〇七・一二）
浅田徹「藤原為家の毎日一首について（上）─その伝存と原態─」（『国文』（お茶の水女子大学）108、二〇〇七・一二）
同　「同（下）─その歌風─」（『同』109、二〇〇八・七）
岩佐美代子「為家の和歌─住吉社・玉津嶋歌合から詠歌一躰へ─」（『和歌文学研究』96、二〇〇八・六）
石澤一志「『夫木和歌抄』の成立とその性格─為家「毎日一首」を視座として」（『夫木和歌抄　編纂と享受』二〇〇八）
田渕句美子『阿仏尼』（人物叢書、吉川弘文館、二〇〇九）

初句索引

あとがき

敗戦四箇月前に結婚して、新婚旅行どころの沙汰ではなく、生きる事のみに汲々として二十年。昭和四十一年秋、思えば生涯たった一度となった、夫と二人の観光旅行に、嵯峨中院の小さな公園で、落葉の中から頭だけ出している可愛らしい為家の五輪塔に図らずもめぐり合った喜びは、今も忘れ難いものでございます。

その十数年後、冷泉家御文庫の公開に際して重文指定を受けた、為相・阿仏宛の為家自筆譲状を実見し、その筆跡に深い感銘を受けました。更に平成九年の「冷泉家の至宝展」で、その存在など夢想だにしなかった「秋思歌」の、愛娘為子死去の日付を冒頭とする見開き部分の展示に、矢も盾もたまらぬ思いにかられ、その影印公刊を待って、平成二十年、ようやく本叢書3『秋思歌　秋夢集新注』を刊行いたしました。それと並行して、これも多年気になっていた「住吉社・玉津嶋歌合」の考察を通じて、為家歌風と詠歌一躰の基底に思いを致し、和歌文学会で口頭発表するとともに論文化しました。このような過程を経て、この上はやはり、彼のおもて歌たる勅撰集詠と、詠歌一躰の内容そのものへの追求なくして為家研究はあり得ないと存じ、おおけなくも本書の著作を企てました。

多年、宗家に反逆した京極派研究を続けてまいりましたので、「岩佐も年をとってようやく伝統和歌の値打がわかって来たか」と思召す向もあるかと存じますが、実は反対で、縁語懸詞・故事引歌で持ち切って、それなればこそ素人でも下手なりに和歌の形となる、という事を当然とし、その面白さを享受する家庭に育ちましたからこそ、京極派の新鮮さが強烈に印象づけられたというのが本当の所でございます。そのような旧派和歌のシステムの価値、功徳をも十分認めている人間であるが故に、その元祖とみなされて人格上にも業績上にもかなり不当な評価を与えられておりましたこの大歌人を、新たな視点から見直そうとする試みであると御理解下さいませ。

昨年末に都美術館で開催されました、「冷泉家　王朝の和歌守展」を拝見いたしまして、これだけの和歌典籍の中に生れ育ち、読み、書写し、詠じて来たればこそ、あのように広汎な證歌を使いこなす為家歌風が成立したのだ、いかに「稽古」の実践を心掛けても、かくも豊富な資料と、父の期待・庭訓と、それ以上に「家」そのものの持つ空気とがなければ、あそこまでの成果は期待しえない、と実感しました。誰にも出来るようで出来ない最高の「稽古」実践者為家。その稀な存在価値を、改めて認識したことでございました。

当初は自覚するともなく、次第に自ずと形をなすに至りました為家・詠歌一躰論を、今ここに公にできます事を、心から嬉しく存じ、冷泉家時雨亭文庫、故安井久善氏・佐藤恒雄氏はじめ御教示を賜わった各研究者、本叢書編集委員の方々と青簡舎に、心からの御礼を申上げます。

平成二十二年正月三日

岩佐美代子

岩佐美代子（いわさ・みよこ）
大正15年３月　東京生まれ
昭和20年３月　女子学習院高等科卒業
鶴見大学名誉教授　文学博士
著書：『京極派歌人の研究』（笠間書院　昭和49年）、『京極派和歌の研究』（笠間書院　昭和62年）、『玉葉和歌集全注釈　全四冊』（笠間書院　平成８年）、『宮廷の春秋　歌がたり女房がたり』（岩波書店　平成10年）、『宮廷女流日記読解考　全二冊』（笠間書院　平成11年）、『光厳院御集全釈』（風間書房　平成12年）、『源氏物語六講』（岩波書店　平成14年）、『風雅和歌集全注釈　全三冊』（笠間書院　平成14～16年）、『校訂　中務内侍日記全注釈』（笠間書院　平成18年）、『文机談全注釈』（笠間書院　平成19年）、『秋思歌 秋夢集新注』（青簡舎　平成20年）など。

新注和歌文学叢書　5

藤原為家勅撰集詠 詠歌一躰 新注

二〇一〇年二月一〇日　初版第一刷発行

著　者　岩佐美代子
発行者　大貫祥子
発行所　株式会社青簡舎
〒一〇一-〇〇五一
東京都千代田区神田神保町一-二七
電　話　〇三-五二八三-二二六七
振　替　〇〇一七〇-九-四六五四五二
印刷・製本　株式会社太平印刷社

ISBN978-4-903996-23-3 C3092